新中国 70 年 70 部
长篇小说典藏

杨　沫

(1914—1995)

当代作家，湖南湘阴人。

新中国70年70部
长篇小说典藏

青春之歌

杨 沫——著

学习出版社
人民文学出版社

图书在版编目（CIP）数据

青春之歌 / 杨沫著. —北京：人民文学出版社：学习出版社，2019
（新中国70年70部长篇小说典藏）
ISBN 978-7-02-015466-1

Ⅰ. ①青… Ⅱ. ①杨… Ⅲ. ①长篇小说—中国—当代 Ⅳ. ①I247.5

中国版本图书馆CIP数据核字（2019）第164773号

责任编辑　刘　稚
装帧设计　刘　静
责任印制　王重艺

出版发行　人民文学出版社　学习出版社
社　　址　北京市朝内大街166号
邮政编码　100705
网　　址　http：//www.rw-cn.com

印　　刷　河北鹏润印刷有限公司
经　　销　全国新华书店等

字　　数　451千字
开　　本　680毫米×960毫米　1/16
印　　张　38.75　插页2
印　　数　1—5000
版　　次　1958年1月北京第1版
印　　次　2019年9月第1次印刷

书　　号　978-7-02-015466-1
定　　价　98.00元

出版说明

为庆祝中华人民共和国成立70周年，全面展现中华民族的文化创造能力和文学发展水平，深入揭示新中国70年来的伟大历程、辉煌成就和宝贵经验，激励人们为实现“两个一百年”奋斗目标、中华民族伟大复兴的中国梦而不懈奋斗，我们策划出版了这套“新中国70年70部长篇小说典藏”丛书。为将该丛书打造成思想精深、艺术精湛、制作精良的精品丛书，我们成立了丛书评审专家委员会，成员均为密切关注和深刻了解我国长篇小说创作动态的资深评论家。委员会从历史评价、专家意见和读者喜好等方面对新中国成立70年来众多优秀长篇小说进行综合评定，从中选出70部描写我国人民生活图景、展现我国社会全方位变革、反映社会现实和人民主体地位、弘扬社会主义核心价值观和讴歌中华民族伟大复兴中国梦的精品力作。这些作品，大多为曾获中宣部“五个一工程”奖、“茅盾文学奖”等重大国家级奖项的长篇小说，政治性、思想性和艺术性高度统一，代表了中国文坛70年间长篇小说创作发展的最高成就。

我们致力于“把提高作品的精神高度、文化内涵、艺术价值作为追求”的使命任务，通过这套丛书的出版，在讲好中国故事、传播中国声音、阐释中国精神、展现中国风貌的同时，倡导精品阅读，引领和推动未来的中国文学原创出版。

“新中国70年70部长篇小说典藏”
评审专家委员会名单

评审专家委员会主任：李敬泽

评审专家委员会委员（按姓氏笔画排序）：

丁　帆	白　烨	朱向前	吴义勤	何向阳
应　红	张　柠	张清华	陆文虎	陈思和
孟繁华	胡　平	南　帆	贺绍俊	梁鸿鹰
董保生	董俊山	谢有顺	臧永清	潘凯雄

项目统筹：吴保平　宋　强

第一部

第一章

清晨，一列从北平向东开行的平沈通车，正驰行在广阔、碧绿的原野上。茂密的庄稼，明亮的小河，黄色的泥屋，矗立的电线杆……全闪电似的在凭倚车窗的乘客眼前闪了过去。乘客们吸足了新鲜空气，看车外看得腻烦了，一个个都慢慢回过头来，有的打着呵欠，有的搜寻着车上的新奇事物。不久人们的视线都集中到一个小小的行李卷上，那上面插着用漂亮的白绸子包起来的南胡、箫、笛，旁边还放着整洁的琵琶、月琴、竹笙……这是贩卖乐器的吗，旅客们注意起这行李的主人来。不是商人，却是一个十七八岁的女学生，寂寞地守着这些幽雅的玩意儿。这女学生穿着白洋布短旗袍、白线袜、白运动鞋，手里捏着一条素白的手绢，——浑身上下全是白色。她没有同伴，只一个人坐在车厢一角的硬木位子上，动也不动地凝望着车厢外边。她的脸略显苍白，两只大眼睛又黑又亮。这个朴素、孤单的美丽少女，立刻引起了车上旅客们的注意，尤其男子们开始了交头接耳的议论。可是女学生却像什么人也没看见，什么也不觉得，她长久地沉入在一种麻木状态的冥想中。

她这异常的神态，异常的俊美，以及守着一堆乐器的那种异常的行止，更加引起同车人的惊讶。慢慢地，她就成了人们闲谈的资料。

“这小密斯失恋啦?”一个西服革履的洋学生对他的同伴悄悄地说。

"这堆吹吹拉拉的玩意至少也得值个十块二十块洋钱。"一个胖商人凑近了那个洋学生,挤眉弄眼地瞟着乐器和女学生,"这小妞带点子这个干么呀?卖唱的?……"

洋学生瞧不起商人,看了他一眼,没有答理他;偷偷瞧瞧缟素的女学生又对同伴议论什么去了。

车到北戴河,女学生一个人提着她那堆乐器——实在的,她的行李,除了乐器,便没有什么了——下了火车。留在车上的旅客们,还用着惊异的惋惜的眼色目送她走出了站台。

小小的北戴河车站是寂寥的。火车到站后那一霎间的骚闹,随着喷腾的火车头上的白烟消失后,又复是寂寞和空旷了。

这女学生提着她的行李,在站台外东张西望了一会,看不见有接她的人,就找了一个脚夫背着行李,向她要去的杨庄走去。

走路的时候,她还是那么沉闷。她跟在脚夫后面低头走着,不言也不语。后来转了一个弯,走到个小岗上,当蔚蓝的天空和碧绿的原野之间突然出现了一望无际的大海时,这女学生迟滞的脚步停下来了。她望着海,那么惊奇,明亮的眼睛露出了欢喜的激动,"呵!呵!"她连着呵呵了两声,脚步像粘在地上似的不动弹了。"第一次看见——多么美呀!"她贪婪地望着微起涟波的平静的大海,忘记了走路。

"先生,快走哇!怎么不走啦?"脚夫没有理会女学生那一套情感的变化,径直走到了山脚下,当他看不见雇主的踪影时,这才仰头向山上的女学生吆喊着。

女学生仍然痴痴地望着崖底下的海水,望着海上的白色孤帆,好像什么也没有听见。

"喂!我说那位姑娘啊,您是怎么回事呵?"脚夫急了,又向山上大声吆喝着,这才惊醒了女学生,她揉揉眼睛茫然地笑了一下,快步跑下了山岗。

他们又一起走起来了。

脚夫是个多嘴的中年人,他不由向这举止有点儿特别的女学生盘问起来:“您站在山上看什么哪?”

“看海。多好看!”女学生歪着头,“你住在这儿多好,这地方多美呵!”

“好什么? 打不上鱼来吃不上饭。我们可没觉出来美不美……”脚夫笑笑又问道,“我说,您这是干什么来啦? 怎么一个人? 避暑的?”

女学生温厚地向脚夫笑笑,半晌才说:“哪配避暑。是找我表哥来的。”

脚夫瞪大了眼睛:“您表哥是谁? 警察局的吗?”

女学生摇摇头:“不是,我表哥是教书的——杨庄的小学教员。”

“嘿!”脚夫急喊了一声,“我们邻村的先生啊,我都认识。不知是哪一位?”

“张文清。”女学生的神色稍稍活跃一些,她天真地问,“您认识他吗? 他在村里吗? 怎么没有上车站来接我……”

脚夫的嘴巴突然像封条封住了。他不做声了。女学生凝望着他黝黑多皱的脸,等待着他的回答。但是他不出声,又走了好几步远,这脚夫却转了话题:

“我说,您贵姓啊? 是从京里下来的吗?”

女学生还带着孩子气,她认真地告诉脚夫:“我姓林,叫林道静,是从北平来的。你不认识我表哥吗?”

脚夫又不出声了。半天,他呵呵了两声,不知说的什么,于是女学生也不再出声。这样他们一直走到了杨庄小学校的门前。脚夫拿了脚钱走了,林道静也微微踌躇地走上了学校门外的石台阶。

学校是在村旁一座很大的关帝庙里。林道静把行李放在庙门口,就走进庙里去找人。她走上东殿、西殿、正殿、偏殿各个课堂里全看了一遍,一个人影也没有。“莫非他们到海边散步去啦?”她心里猜想着,只好站在庙门外的台阶上等待起来。

这时天色将晚,村子里家家的屋顶,全冒起袅袅的炊烟。庙外就是一片树林,树林里的蝉,在知了知了地拼命聒噪,林道静忍耐地听了一阵蝉声,焦灼地东张西望了半天,还是一个人影也没有。看着行李,她又不敢挪动。直到天黑了,这才有一个跛脚老头从大路上蹒跚地走来。这老头看见有人站在台阶上,远远地先喊了一声:

“找谁的呀?”

道静好容易盼着来了个人,欢喜得急忙跑下台阶和老头招呼:“张文清先生是在这儿教书吗?”

“啾,找张先生的?……”老头喝得迷迷糊糊的,红涨着脸,卷着大舌头,“他,他不在这儿啦。”

道静吃了一惊:“他哪儿去啦?——他写信告诉我暑假不离开学校的呀。还有,我表嫂呢?她也在这儿教书……”

“不,……不知道!不知道!……”老头越发醉得厉害了,东倒西歪地跌进学校的大门,砰的一声把两扇庙门关得紧紧的。

这下子可把林道静难坏了!表哥他们上哪儿去啦?她已经写信给他,告诉他要来找他,可是,他却不在这儿啦。现在怎么办?以后又怎么办呢?……她愣愣地站在庙门外的冷清的阶石上,望着面前阴郁的树林,聒耳的蝉声还在无尽休地嘶叫,海水虽然望不见,然而在静寂中,海涛拍打着岩石,却不停地发着单调的声响。林道静用力打了几下门,可是打不开,老头一定早入梦乡了。她心里像火烧,眼里含着泪,一个人在庙门外站着、站着,站了好久。明月升起来了,月光轻纱似的透过树隙,照着这孤单少女美丽的脸庞,她突然伏在庙门前的石碑上低低地哭了。

人在痛苦的时候，是最易回忆往事的。林道静一边哭着，一边陷入回忆中——她怎么会一个人来到这举目无亲的地方？她为什么会在这寂寥无人的夜里，独自在海边的树林徜徉？她为什么离开了父母、家乡，流浪在这陌生的地方？她为什么，为什么这么悲伤地痛哭呵？……

第二章

热河省一个偏僻的山村里，住着一家姓李的人家。这家人家只有祖父和孙女两个。祖父老了，成天病在炕上，孙女秀妮就打柴、种地养活着祖父和自己。秀妮是个又漂亮、又结实、又能干的姑娘。村里的青年小伙子都想娶这个姑娘，可是秀妮长到二十一岁了，却谁也没有嫁。原因是她从十一岁就给人家当童养媳，后来到她十五岁上，她的“丈夫”死了，她才又回到祖父的家里。这婚姻伤透了她的心，而且为了侍养老祖父，她就不想很快结婚。祖父因为年老多病需要孙女的照顾，也不愿意孙女离开他，于是祖孙俩就相依为命地活下来。祖父爱孙女，闺女家有时送来几个贴饼子、腌鸡蛋，他总要留给孙女儿吃，自己只尝一点点。孙女呢，养种的地是地主的，交了租了只剩一把柴火，为了叫老祖父喝上一碗热糊糊，她除了种地之外，一有空就扛着斧头上山去打柴；夜晚灯下给人做针线。村里人都赞美着这个勤劳、纯朴的好姑娘——这真是青年人梦里都想着的好姑娘。可是这么个好姑娘，在她二十一岁的那年冬天，厄运来了：住在北平城里的大地主林伯唐亲自下乡来收租的时候，秀妮忽然被他发现了。他惊羡她的美丽，就要讨她当姨太太。虽然他已经五十多岁了，虽然他已经讨过好几房姨太太，并且还叫大太太徐凤英打跑过好几个从妓院里买来的红妓。但是他既然看上了秀妮，看上她这健康的带点“野味”的姑娘，那他就绝不会放手。为了镇压佃户的反抗，他是从热河督军汤玉麟那儿弄到军警来帮他收租的，孤弱的秀妮祖孙俩，哪能抵抗这强暴的力量！于是秀妮就在这小小山村里的二地主(庄头)家里,成了大地主林伯唐的姨太太。她哭过,她寻死过,她咬过林伯唐的手指头,但是这一切抵抗全无济于事,林伯唐捻着八字胡笑吟吟地还是把她弄到了手。

两个月后,秀妮怀了孕,林伯唐把她带回北平的公馆里来。老祖父就在秀妮离开村子的那天夜里,一个人颤巍巍地拄着拐杖跳到了村旁的白河川里。

秀妮到了北平的林公馆里,聪明、伶俐的姑娘变成了痴痴呆呆的傻子。成天一句话也不说,除了吃饭、做活,就两眼直勾勾地冲着墙发呆。徐凤英看在秀妮有孕的分上,开始对她还不错,因为徐凤英自己生过几个孩子,一个也没活,所以就希望秀妮替林家生个孩子。

秀妮生下孩子后,精神好了一些,她把全部的希望和爱寄托在孩子身上。她多么爱她怀里的白白胖胖的女孩呵！这孩子浅浅的一笑,能使她暂时忘掉了刻骨的伤痛,忘掉了耻辱的生活,给她生活下来的勇气。常常在深夜里,老头子林伯唐到别的姨太太房里去了,秀妮悄悄爬起身,给孩子换尿布、喂奶,亲着美丽的小圆脸蛋,然后一边哽咽着一边喃喃地说:

“妮,长吧！活吧！娘要跟你一块儿活下来。……”

眼泪——许久以来干枯了的眼泪,滴滴地掉在孩子的嫩脸上。

孩子一岁了,牙牙学着话,用小指头搔着妈妈的脸,揪妈妈的头发,妈妈的脸上有了幸福的笑容。……

可是有一天,徐凤英喊来了秀妮,先把孩子接抱在手里,然后脸色大变,对秀妮说:

“孩子是我家老爷的,我要留下她！你这不要脸的穷女人,现在就给我滚!”

秀妮惊呆了。接着大哭着,撞着头,拼命要夺回她的孩子。但是她夺不回来了！林伯唐玩够了她，早躲到一边去了。“妈！妈妈！要……”孩子在徐凤英手里张着小手，哭着要妈。秀妮却被几个如狼似虎的听差推搡着架上了停在大门外的汽车。

秀妮的孩子，林伯唐替她起名叫林道静。开始林伯唐夫妇还很喜欢她，后来当她三岁时，徐凤英自己也养了个儿子之后，小道静的厄运就来了：不断挨打，夜晚和用人睡在一起；没有事，徐凤英不叫她进屋，她就成天在街上和捡煤渣的小孩一起玩。

一年冬天，有一天徐凤英不知为什么高兴了，把道静叫到屋里，和她说了几句话，看她一边讷讷地回答，一边不住地浑身乱动，她惊奇地揪过她来，问她怎么了。

“痒痒……”孩子只七岁，吓得吸溜着鼻涕要哭的样了。

想不到徐凤英大发慈悲，她替小道静脱下破棉袄一看：只见套在棉袄里面的小褂子上的虱子，密密麻麻地已经滚成了蛋蛋，要拿也拿不清。于是她又恼火又慷慨地一下子把这小褂子填入了正在熊熊燃烧着的洋火炉里，一阵劈劈啪啪的响声，无数的虱子就和褂子一齐消灭了。徐凤英越发高兴了，她扳过小道静冻得紫红的面孔细细端详了一番，然后转过脸对靠在沙发上读着报纸的林伯唐说：

“我这两天看出来，这丫头长得怪不错呢。叫她念书吧，等她长大了，我们总不至于赔本的。”

林伯唐捻着八字胡，冲妻子笑着点点头：

“好！太太从来都是眼力过人的。‘女子无才便是德’已经不大时兴了，叫她念念书也好。”

这么着，小道静被送到学校里去读书。她喜欢读书，人也聪明，可就是有点儿乖僻，一天到晚，一句话也不说，不知道的人还以为她是个哑巴。弟弟仗着母亲的娇惯，常欺侮她、打她，她可从来不哭。有时，她不理他，任他打；有时火气上来了，她就狠狠地揍弟弟几下子。当然这样她会招来更凶的一顿狠打。母亲打她不用板子,不用棍子,却喜欢用手拧、用牙齿咬。一个夜晚,道静已经在“下房”睡着了,弟弟打破了一个母亲心爱的花瓶,他却推在道静身上。于是道静在睡梦中突然被一阵剧烈的疼痛惊醒来,她立时明白了是怎么回事,于是就咬紧牙关,顽强地准备着一切痛苦的袭来。

“狗娘养的！越来越胆大啦。赔,赔我的花瓶!”

她的小腿被拧肿了,胳膊被咬得透出一个个红血印。但是小道静不哭,不求饶,没有一滴眼泪从她倔强的眼睛里流出来。在这个家庭里,她就这样像小狗似的活下来了。家里所有的人里面,只有一个年老的用人王妈关心她、心疼她,常常偷着照顾她。但是还不能叫徐凤英知道。道静当然也爱王妈,她肚子饿了,身上冷了,总去找王妈;她的眼泪也只当着王妈一个人流。

道静高小毕业考上了北平西郊的南山女子中学之后,母亲对她的态度有了显著的好转。因为这时她已经长成了一个颀长、俊美的少女。她的脸庞是椭圆的、白皙的、晶莹得好像透明的玉石。眉毛很长、很黑,浓秀地渗入了鬓角。而最漂亮的还是她那双忧郁的嫣然动人的眼睛。她从小不爱讲话,不爱笑,孤独,不爱理人。可是徐凤英并不注意这些,她注意的是这女孩子的相貌的变化,和如何使她具有一定的学历,因为这是那个时代的时髦妇女要嫁一个有钱有势的丈夫所必备的条件。

学校开学了,第一天离家去上学,父母亲高兴得亲自送道静到大门口去上车。林伯唐穿着纺绸长衫,摸着胡子站在大门口外的玉石台阶上,沉吟有顷,然后对坐在洋车上就要起程的道静笑吟吟地赞叹说:

“小姐,恭喜你！上了中学,等于中了秀才呢！哈、哈、哈……”

林伯唐不仅是教育家、慈善家,而且是颇有名望的前清举人。

他中举之后，还没等进京应考，正赶上康梁变法维新，北京办了个京师大学堂[①]，这位举人老爷就追赶着潮流，带了夫人，做了京师大学堂的“大学士”。到了民国，这位善于追赶潮流的“大学士”，又赶上了办教育吃香的时候，于是他很快成为教育家，借了“办教育”为名，向清朝王爷手里用低价买了大批“跑马占圈”的土地[②]。于是戊戌举人、京师大学堂大学士、悯安慈幼院院长、务本大学校校长等头衔的名片，在煊赫的“上流”社会里飞舞起来了。人们钦佩着“才德兼备”的林伯唐教授，却没有人说他曾怎样残酷地玩弄了可怜的秀妮。

林伯唐熟读过“四书五经”，也研究过康德和孟德斯鸠，不过最使他醉心的还是科班出身的翰林学士。所以他对女儿啧啧赞叹她上了中学就等于中了秀才。

没等道静开口，母亲接着说话了。她是胖身子，八月里还挥着小绢扇，她眯缝着眼睛，也站在台阶上欣赏着女儿：

“乖乖，好好念书呀！妈会想法子弄钱供给你上中学、上大学，要是留洋回来，那就比中了女状元还享不清的荣华富贵哩！”她说的好端端的，忽然扭头冲着老头子，鼻子哧了一声撒娇似的，“你老东西嘻嘻笑什么？女儿是我生的！我养的！她挣钱发了财，横竖没有你老东西的份！”

徐凤英溅着唾沫星子好像生了气，林伯唐反倒得意地哈哈笑了。他悠然自得地冲着妻子连连点头：“太太，归你！归你！什么全归你。连女婿挣的钱也全归你不好吗？”

十二岁的林道静厌恶地瞅瞅她的所谓父母亲，眼眶里浮着泪珠，一言没发，坐着洋车走了。

一离家，一上了中学，她就像跳出笼子的鸟儿，仿佛来到了一

---

① 北京大学的前身。

② 清朝王爷骑马，马一气跑过的地方，由皇帝赏赐给他，即为“跑马占圈”的土地。

个自由的天地。她喜欢读书，尤其喜欢读文艺作品。书籍培养了她丰富的想象力和对于美好未来的憧憬，她是个喜欢海阔天空地幻想的姑娘，越读的多，也越想得多。可是表面上她却依然对一切都淡漠，依旧沉默寡言。同学中，她只和一个名叫陈蔚如的女孩子要好，因为那女孩子对她温存、和善，她同情林道静的不幸遭遇，给她热情和鼓舞，因此她们成了好朋友。

一九三一年，林道静读到离高中毕业只有两个多月了。

一天下午，她从北平的家里回到学校后，神情惨淡地坐在课堂的位子上，半天工夫一动也不动。好些同学都奇怪地看着她，有人走过来问她：

“林道静！你母亲叫你回北平什么事呀？怎么一回来变成这样啦？”

陈蔚如拉着她的袖子，摸着她的头发，温柔地悄声说：

“林，告诉我，什么事呀？”

道静像段木头，不声不响地仍然呆坐着。

同学中有些人哄的一声笑起来了，道静才像从梦里惊醒似的，揉揉眼睛苦笑道：

“你们笑什么？少拿别人开心！”说完站起脚就走了。

过一会儿，陈蔚如跟着她走到了学校西边的西河沟。

两个女孩子紧挨着走。走着，走着，林道静突然站住身，回过头，愣愣地盯着小陈说：

“小陈，我不能上学了！……”说这话时，她的脸色异常苍白。

“为什么？小林，你妈叫你回去倒是怎么回事？”多情的女孩子，被她朋友的痛苦吓住了，她显得比道静更加惊悸不安。

道静又不出声了。她们俩走到西河沟的树丛里，靠在河边的垂柳下。道静凝视着闪着金光的河水，半晌，才自言自语似的说：

“家里破产啦——我父亲因为地权的事打了官司，闹得身败名裂,就把口外的地一股脑儿瞒着母亲全卖光,带着姨太太偷跑掉了。现在我成了我妈惟一的财产。……”

“什么?怎么你是财产?你也不是钱呀!”

“我妈想叫我当摇钱树。她叫我回去,就为了叫我嫁个阔佬,她好依旧享福。我不答应,和她决裂了。”

“这怎么办呢?”陈蔚如捏紧道静的手几乎哭了出来。可是这时道静反而沉静地抚着小陈的手说:

“小陈,别着急!反正我不屈服!最后不行,还有个死!”

接着徐凤英果然断绝了女儿的供给,她企图用这个办法威胁道静屈服。

可是道静不屈服。她本来立刻就要离开学校去谋生的,可是暑假还不到,到哪儿去呢?有些热情的同学同情她,几个人每月替她凑饭费,她就这样勉强读完了最后两个月的书。

不久,到了放暑假的时候,她不得不怀着渺茫的希望和沉重的心情准备回家去。她知道如果母亲不能回心转意,她就不能再读书。而她是热望能够升大学读书的。可是凶狠的母亲会回心吗?

她惶惑了。

她除了喜欢文学也很喜欢音乐。此刻放了假,她雇了洋车从学校向城里拉去时,车上还带了一堆乐器——笙、笛、箫、月琴、二胡,她那最宝贵的蝴蝶牌口琴就放在口袋里。无论走到哪儿,她总是随身带着这一堆东西。因此同学们给她取了两个外号:好听的叫做“洞箫仙子”;不好听的叫做“乐器铺”。下课之后,她常常一个人吹着、弹着,这时候看见她的人,都有些惊讶她那双忧郁的眼睛忽然流露出喜悦的光芒,也只有这时候,她那过于沉重的神情才显出了孩子般的稚气。当然,这是半年以前的情况。自从她的生活突然发生了这意外的变故,她就不大抚弄这些东西了,因此有些同学笑着问她:

“洞箫仙子,怎么不开乐器铺啦?”

她淡淡地笑一笑,默然地走开了。

洋车在颠簸不平的土道上慢慢走着,她的心也一刻刻更加沉重不安。母亲上次对她那种凶狠的好像鞭打佃户时的恶煞神气,时时在她眼前浮动:“狗娘养的!娘老子养着你为了什么?”“不孝的枭鸟给脸不要脸!不听话,给我滚蛋!”想到这里,她身上微微发抖,仿佛怕人抢去似的,她用力抱住了怀里的竹笙。

可是当她下了车,走进母亲的房门,情形却出于她的意外。母亲正和客人打着牌,见她回来了,亲热地拉着她的手,笑吟吟地说:

“姑娘,好女儿,你回来啦?路上热吧?今天客人不少,他们都在称赞你读书读得好呢!”

道静想:“妈妈也许不逼我嫁人了,也许还能供给我念书?”她一向认为“万般皆下品,唯有读书高”,要是还能读书,该是多么幸福呀。于是,她向客人们微微鞠了一躬——过去她是非常讨厌家里的赌客、烟客的,今天却仿佛看他们顺眼一些,竟站在牌桌旁,对他们羞涩地笑了笑。

“这位是胡局长,”母亲指着一个坐在上首的黄瘦的西服男子给道静介绍,“这就是小女道静。”她眯起肿眼向那黄瘦的男子恭顺地又像夸耀地一笑时,道静心里突然感到了不自在。于是她赶快扭转身子走到里屋去,再也听不到母亲后来又说了些什么话。

道静在家里住下来了,并且参加了师范大学的入学考试。她考试的成绩很好,心里很高兴。可是,一想到叫她结婚的那件事,再加上家里通宵不停的麻将牌声,轻贱的男女调情声,靡靡的歌曲声和输了钱的男人怒骂声……仍然使她一天比一天烦闷、痛苦。

“没了男人,破了产,妈妈堕落成什么样的人了呵!”她看见四十七八岁的徐凤英,成天打扮得花枝招展,向男人献媚的丑态,心里又难受又讨厌。

半个多月过去了。

这一天母亲好像分外高兴，带道静到店里买了一件白洋纱长衫、一双白帆布鞋。母亲一定叫她买漂亮的好衣料，可是这女孩子很执拗——在夏天她永远只穿短短的白旗袍、白袜白鞋，打扮得像个护士。母亲没办法，只好依了她。晚上，母亲又替道静烧了她最爱吃的菜。吃罢饭，连着弟弟小凤，母子三人一块坐在床边说起闲话。正东拉西扯说得高兴，母亲忽然说："静，你爸爸这老东西跑得没有影子了，地也光了；剩下咱母子们——你兄弟又小，你又还没学好本事，咱娘儿几个以后可怎么过活呢？"母亲说着流下眼泪，道静也低下了头。这时，母亲反而抚慰她："好姑娘，不要难过，只要听妈的话，管保咱们有吃有穿，你也还能去上学。"

道静没有出声，母亲想了一下咬着指甲笑道："呵，好姑娘，说实话，你究竟愿意嫁个什么样子的丈夫呢？"

半晌没有回答。

"说呀，在问你呀！"

"妈，我从来没想过这些事——您不是允许我还去念书吗？我求您再别跟我提这些事了。"

母亲忍住火气，皱着眉头：

"你说的没道理。娘老子十六岁就跟你爹结了婚。再说，结了婚也并不妨碍你去念书呀。"母亲说着从床上站起来，把两只肉眼泡眯成一条缝，拉着女儿的手笑道，"亲女儿，告诉你一个好消息，常来咱家的那位胡局长，看上了你，喜欢你的才貌。局长从来没有结过婚，人不过三十多岁，可是个有财有势的阔人呢。"

看见女儿低着头不做声，以为女孩子害羞，肯了也不愿说。于是徐凤英高兴得眯着眼睛，笑着，滔滔地开了话匣子：

"宝贝，你要同意了，福可是享不尽的呵，局长在南京上海全有洋房；北平银行里存着大批现款；在家乡有一二十顷土地；上海还有不少股票——他是蒋介石的亲信,不久还要升大官。……”

道静再也忍耐不下去了,她猛地甩掉母亲的手,发着沉闷的哭声:

“妈,您别总打我的主意行不行?——我宁可死了,也不能做他们那些军阀官僚的玩物!您死了这条心吧!”

母亲勃然大怒了。她跳起来,两眼露出可怕的凶光,青筋暴露的白手好像寻找着打人的物件在各处颤动。

“狗娘养的贱货!你还自以为是金枝玉叶的小姐吗?贱货养贱货!住山洞的穷婆娘、卖淫的小老婆,能养出什么好东西!……好好依了便罢;要真不知好歹,老娘卖了你也要卖出这些年的饭钱来!”

道静好像泥胎一般呆在地上。母亲喊叫的是些什么话呀?自己的亲母亲是个什么样的人?过去她只知道自己的亲妈死了,因为不是徐凤英生的,所以受折磨。至于亲妈妈的事情她是一点也不知道的。

“住山洞的穷婆娘,卖淫的小老婆”,和她本身的遭遇连到了一起,她的心燃烧着,撕裂着。她跑回自己的屋里一直呆坐了半夜。

后半夜,她悄悄走到王妈屋里,紧抱着王妈的瘦胳膊:

“王妈妈,请你告诉我,我亲妈妈到底是个什么人?她,她是怎么死的?……为什么你们总是不叫我知道她的事?”道静知道王妈见过她的亲妈,所以才想起来问她。

没有回声。黑暗闷热的小屋里死一般的沉寂。

“说呀!王妈妈请你说给我!……你疼我,好像妈妈一样。”道静抱住王妈的脖子哭了。

“孩子,”还没出声,王妈也哽咽住了。她断断续续地说:“你,你还记着你小时候我给你讲的那个砍柴姑娘的事?那,那就是你那亲妈呀!”

孤苦无依的小道静，在冬天的长夜，常常偎在王妈的怀里，听她讲许多许多动听的民间故事。其中，也讲到过秀妮的故事。但是她不敢违背徐凤英的命令，没有说出那个砍柴的、被地主逼迫做了小老婆的姑娘就是小道静的妈妈。现在，善良的老妈妈，再也忍耐不住了，于是告诉了道静关于秀妮的全部故事。

秀妮自从被林伯唐夫妇指使人架上汽车，就被当做礼物送到林伯唐的一个朋友家里。可是秀妮疯狂地冲出了那个朋友家的大门，跑到林家来要孩子。林公馆门禁森严，进去不得，她就披头散发，跌跌撞撞，不停地围着林家的院墙转；不吃不喝、成日成夜来来回回地转。一边转着，一边悲惨地号叫：

“还我孩子！还我孩子！你这丧尽天良、狼心狗肺的人，该千刀万剐的人呀，还我孩子！还我孩子！……”

那声音多惨呵，像快淹死的人在发出绝望、悲伤的呼救声。听见这声音的人没有不掉泪的。

林伯唐看她闹得太厉害，实在有损大学校长的尊严，就命人绑架着，把急疯了的秀妮送回了白河川旁的山村。一回到故乡，一望见故乡的山和水，人事不知的秀妮似乎明白一些了，能讲两句明白话了，也知道哭了。她想，孩子虽然不能再见，但总还可以和老祖父——她那慈祥的、和她相依为命的老祖父再团圆。谁知，回到家里，屋里的坛坛罐罐虽然还摆在那儿，可是老祖父已经死了，永远也不能再相见了。秀妮一见这情景又不知道哭了，话也不会说了。就在回到家里的当天夜晚，她也纵身跳到白河川里，就这样结束了她年轻的生命。

道静倒在王妈的小铺上，瘫软得好像失掉了知觉。半天，她才勉强坐起来，用冰冷的手指紧紧捏住王妈枯瘦的手，低低地喊了一声："妈妈……"

她大哭了。第一次这么痛心地哭了。

"孩子，别哭啦，叫你妈听见不是玩的！"王妈劝道静别哭，自己却擦着眼泪。

"王妈妈，我再也不怕他们了……我要离开这个家！"过了一会儿，道静从王妈的床上跳起来说。

"上哪儿去？"王妈吃了一惊，又扯着衣襟擦起眼泪来。

"回学校。"道静改了口，"在学校住些天，等师大发了榜再回来。"

"回学校？那好。千万可别乱跑呀！娘儿俩吵几句嘴，不要紧，几天就过去了。孩子，既在矮檐下不得不低头啊。"老太婆嘴里一边叨叨，一边划了根洋火到枕头底下摸摸索索地寻找起什么来。道静在鱼白色的晨光中望着她，想说的话到了嘴边还没出口，老太婆已经找到了一个小小的纸包。她小心翼翼地慢慢地打开它，叫道静又划了一根洋火，照出几张花花绿绿的钞票来。她仔细地数了数这些钞票，然后珍重地放在道静手中，声音有点儿沙哑：

"这是你妈才给我的两个月工钱——十块钱。好闺女，你拿回学堂交饭钱去吧。忍耐着点，缺个什么就跟我要。唉，命苦的娘儿俩……"

道静接过钱来，哽咽着：

"趁着他们睡觉，我走啦。我，我不是……王妈妈再见！……"

一霎间，她眼前站着的满脸皱纹的老太婆，忽然变成一个美丽憔悴的少妇。她披散着头发，流着眼泪，绝望地哀号着："还我孩子！还我孩子！……"

第 三 章

林道静离开家并没有回学校。回学校有什么用呢,她发誓要永远离开这个可恨的家庭,永远不再登这个罪恶的大门。于是她先到她要好的朋友、小学时的同学王晓燕家里住了三天,然后就到了北戴河来找表哥张文清。表哥是个有头脑的正直青年,她从小敬佩他;表嫂是她的同学和朋友,找他们帮助是可靠的。本来在临放暑假的时候,她接到过表哥的一封信,信里说放暑假的时候他们不离开学校。而且在她动身来北戴河的前五天,她还给表哥表嫂写了一封急信,告诉他们她要来找他们,并且告诉了他们她从北平动身的时间。可是,当她迢迢千里地找了他们来,却扑了空。他们哪儿去了呢? 在这孤寂的古庙旁,她忍不住哭了。

月亮悄悄地移向了南方,清凉的海风轻轻吹拂着她的短发,也渐渐吹醒了她昏热的头脑。天气不早了,不能总这样哭下去呀。于是她抬起头来,望望寂静的树林,望望双门紧闭的古庙,慢慢地站起身来。

“我为什么不去找学校校长打听一下?”这个念头一闪,她好像得了救星一般身子轻捷起来,同时,肚子也觉得饿了。整整一天半夜,她没有吃过一口东西,这时觉得又饿又渴,于是,她丢下行李急急地沿着林间小路向村里走去。

“校长在哪儿住呢?”她好容易找着村口,进了静悄无人的村子,又不知校长是谁,家在哪儿。这时,却见一个黑影迎面走来,她高兴得紧走两步,喊住了来人:

“请问——学校校长在哪儿住?”

“您找校长?”那人稍稍惊异地站住了脚,“这么晚了,您打哪儿来到敝村的?”

“我来找这村的教员张文清,他是我表哥。没找到他,我想找校长。”

“啾,啾,”来人连着啾了两声露出了笑容,“巧得很!我就是本村小学的校长。您贵姓?”

道静这时才看出这是个瘦小的穿着长衫的中年男人,果然是乡村的“先生”模样。听见说他本人就是校长,她高兴地急忙问他:

“听庙里一个老头说,张文清不在这里了。您告诉我,他和我表嫂都到哪儿去啦?”

“张文清夫妇吗?啾,啾,……”校长啾啾着,露着满嘴黄牙嘻嘻笑着,“真不巧得很,前两天他们夫妇才辞职另有高就,听说是去了东北。……投亲不遇,这是常有的事,您还没有歇息的地方吧?不要紧,今晚权且在敝村住一晚,我们可以代张先生尽尽地主之谊。”

找不到表哥表嫂,连回北平的路费都没有,以后怎么办?道静愣在那里,许久说不出一句话。也许天气有点儿凉,也许心里太难过,她面色苍白,双腿发抖,站都站不稳的样子。

校长似乎看出了她为难的神色,毕恭毕敬地笑道:

“您贵姓?——姓林,林先生,请不必客气,既然远道访亲,他们不在,您有什么为难的事,我和文清有同仁之谊,可以谈谈。一定要尽力帮忙。拙号余敬唐,就是本村人。”

道静平生第一次独自出远门,也第一次碰到这种“投亲不遇”的困境,在危难之中碰见余敬唐校长这样热心招呼,真像遇见熟人一样,她心里立刻踏实了一些。

“我来找表哥是为……为的找职业。不知您学校里还缺教员吗?”她忽然提出了这么个问题,使余敬唐吃了一惊。立刻看出这姑娘还是个刚离娘窝的“雏儿”。

“啾,啾,……”校长堆着满脸笑容,眨动着眼皮,在深夜的村街上从容不迫地回答道,“这好说,好说。今晚,您就在舍下休息一晚,职业的事,明天商量。好说!好说!”

道静高兴了。虽然从谈话中使她感到这位校长有点儿庸俗,酸溜溜的不像个校长倒像个绅士。可是不管这些,在这里只要能够找到职业,找到安身之处,该是多么令人高兴呵。

“谢谢您,余先生。不用住在您家里,要是可以,我就住在学校里。”

“好,好,好!”余校长一连答应了几个好,便在前领路,把道静领到学校去。

校长走角门绕到学校里面把醉老头喊醒,安置道静住在一间教员宿舍里,他便眨动着眼皮殷勤地问起道静一些北平城里的事情和她家里的事情。道静没有告诉他关于自己出走的原因,只说家里不能再供她念书,所以找表哥来谋职业。她希望能够找到一个小学教员的位置。

“啾,啾,好说!好说!”余校长又连说几句“好说”,大声笑道,“敝校的教员人位已满,您别着急,我一半天就要进临榆城去见县长,跟他一说,包管什么事都不成问题。敝县这位鲍县长,跟我交情最好,又最爱护青年,一个教员位置不算什么,包管一说就成。”

林道静欣幸自己遇见了好人,也欣庆自己渴望的职业有了着落。

这一夜,在陌生的古庙里,道静睡得很香甜。静静的海浪,聒耳的蝉声,全在她的梦里幻成了美妙的音乐。

第二天大早,她就被海浪拍打着岩石的声音催醒了。那有节奏的雄伟的浪涛声,有力地诱惑着年轻的、对人生充满着幻想的林道静。她匆匆吃过看门老头端来的早饭,就一个人跑到海边去。

"海,神秘的伟大的海洋呵!"道静站到潮湿的沙滩上,心头充满了喜悦的激情,目不转睛地凝望着大海。早晨,天气晴朗,天边淡淡地飘着几朵白云,海水就像天色一样蔚蓝、明净,锦缎般闪着银色的光辉。远远的,就在这样平静的沉睡般的海面上,许多只挂着白帆的渔船随风荡漾。对着这雄伟辽阔的大海,林道静几天来紧紧压缩着的痛苦的心,渐渐舒展开来了。她掠了掠轻轻拂动的短发,掏出了她心爱的口琴——

云儿飘,
星儿摇摇,
海——早息了风潮。
…………

她吹奏着儿时的歌曲,沿着海滩走下去。

吹着口琴,她还随走随拾着沙滩上各色美丽的贝壳。左一个,右一个,像天真的孩子一样,高兴地一会儿匍匐下身子,一会儿又跳起来向衣襟里面装着贝壳。鞋子在渗着水的沙滩上浸湿了,头发沾上了许多细碎的沙子,但是她一点也不觉得。

杨庄是个荒凉的沿海小村,周围除了沙丘,青翠的树木是很少的。但是当她走着走着,沿海滩走出了几里路之后,情况就渐渐变了:葱郁的树林,鲜艳的结着累累苹果、李子的果树,一簇簇整齐地出现在山巅、在低洼的小峡谷里。合欢树上飘着清香的娇羞的花朵,就在这些美丽的绿树中间葳蕤地到处盛开。极目望去,在这些绿树鲜花中间还迤逦地出现了一幢幢各式各样精美的小洋楼。那些白色的、黄色的、绿色的、蓝色的或者红色的楼顶,在大海旁边的树丛中间猛一出现时,真使她惊奇极了。过去,她除了见过北平的灰尘滚滚的街道,就是跟徐凤英到古北口外收租时见过那险峻的山峦和穷僻的乡村。而今,在阳光下面,在这魅人的大海旁边闪着光彩夺目的美丽的别墅,她可从来不曾看见过这般幽美的所在。

她站在一个小山的顶端,默默地对这些奇丽的景色望了一阵,接着由于一种年轻人好奇的冲动,使她跑下了山巅,向紧靠海边的一个个的红色小木屋奔去。

在这儿,在这世外桃源的仙境中,有了人世喧嚣的声音。一片平坦的海滩上,游泳者的笑声、闹声和娇声娇气的呼喊什么的声音,清晰地传到了她的耳朵里。这时,她才知道自己已经走进了有钱人避暑的海滨区。

她站在稍远的一棵老松树下好奇地观望着。一群群的外国人和中国的少爷、小姐,穿着各式各样颜色鲜丽的游泳衣,有的躺在海滩上,有的好像白鹅张着两臂,嬉笑着扑到海水里。停在岸上的只有少数外国老太婆,和中国的太太们。她们撑着洋伞,有的还带着小狗,悠然地坐在铺着洁白被单的沙滩上,欣赏着海景,谈着闲话。还有一个女人把一杯白色的乳汁,可能是牛奶,倒在一只洁白的盘子里喂给小狗吃。道静正看着,忽然听见一个女人尖声地喊叫起来。她向那边一望:这是个年轻的中国女人,站在一个老太婆的洋伞旁边,服装阔绰而妖艳,特别是一双珠子耳环,远远地就望见它在阳光下闪耀。这时这个女人正跳着脚大声叱骂着什么人:

"小挨刀的!洋伞这半天还没拿来呀!晒死人,你这小贱货赔得起命吗?"

这时天色已将近中午,炎热的沙滩上,一个短衣女孩子正向这个骂人的女人跟前疾步跑着。但是沙地是软的,她越急越跑不动。那女人就跺着脚大骂着。好容易女孩子跑到女人跟前了,喘吁吁地正把一把粉红色的绸伞递给她——啪、啪两个耳光打在女孩子的脸颊上……

道静不看了,她扭身向回走。出来了这半天,该是回去的时候了。

她的心情已经不如出来时那么轻松愉快。但是还好,随便一走,就开了这么多的眼界,欣赏了北戴河的美丽风光。她沿着来时的路途走着,还不时弯下身来采几朵崖上的野花,哼唱两句歌曲。

“绕过去!这里不能走!”突然,一个男子粗野的喊声把她吓了一跳。她抬头一看:山崖上矗立着一幢巍峨而富丽的洋楼,楼周围是一堵坚固的围墙。一个好像镖客模样的男人在围墙外雄赳赳地站着。他瞪着眼睛对闯到这儿来的道静挥着手,并且指指一旁墙上钉着的大木牌。

道静站住脚,心里又气又恼。可是她还是好奇地随着镖客的粗大手指看了看那块木牌:

华人与狗不得通过……

她这时才看清一面美国国旗正在这幢楼前的高高的旗杆上迎风飘舞着。她向这木牌,向这旗杆和旗子使劲瞪了两眼,二话没说,扭头就走。

“什么狗世界!外国人在中国耀武扬威……”她心里突然像堵上了一块铅板。

她没有心绪再看下去,只想赶快回到杨庄。

中午的太阳在岩石上、沙滩上播散着炙人的暑热,虽然海风阵阵吹拂着,但走不一会儿,她还是热得汗水淋淋的。想擦汗,一看手绢包着贝壳,她就坐在一块岩石上,解开手绢擦着汗。这时她开始有点儿心慌——今天还没有去见余校长谈个着落,就孩子气地跑到海边游逛起来。从小她并不爱贪热闹,可是为什么一到了北戴河却立刻这样热烈地迷上了海洋,以致把什么事都忘掉了呢?她懊恼着,并且焦躁地眯起眼睛向四外眺望:她歇憩的这个地方是个荒凉的沙丘,没有树木也没有人烟,远处像有个村庄,像是杨庄,却又不大像。来的时候,只顾溜溜达达地东瞧西看了,现在回杨庄的路却弄不清楚。在城里长大的人,一出了城,一到这辽阔的天地简直东南西北也分不清,想问问人,可是这寂寥的沙丘上却连个人影也没有。

“管它呢,走吧!”她沿着起伏的沙丘走下去了。从小她自己一个人常睡冷屋;七岁起每夜几乎都要替徐凤英上街买东西,所以胆子是大的。她大步走着,远远的望见有几个灰色的帐篷孤岛似的立在沙滩上,估计那里会有人,她就朝那儿跑去。可是跑到帐篷跟前一看,一个人影也没有。从帐篷外面散乱地放着的渔网、鱼钩,和沙滩上几个翻晒着的小破渔船看来,这些帐篷可能是渔人的临时住所,这时大概是都下海打鱼去了。道静扫兴地伫立在沙滩上四面观望了一会儿,忽然,挨着帐篷不远的一块岩石后面传来了小孩子的哭声。道静惊异地听了一下,就急忙朝那里跑去。

一个中年的、脸色好像黄蜡般的瘠瘦的女人,坐在一块岩石旁边的柳树底下,她一边给一个瘦小的婴儿喂奶,一边还拿着细绳补缀着破烂的渔网。孩子吃两口奶又哭起来,她还是不停地补。道静走到她跟前,她紧蹙着双眉,并不觉得有人在跟前。

“小要命鬼呀,别哭啦!”这中年妇人用干哑的喉音对小孩喃喃着,“大人吃不饱,你,你就得受点委屈呀!乖乖……”

小孩吐出了奶头,哇的一声哭得更凶了。显然因为瘦弱的母亲没有奶水,饥饿折磨着这像小柴棍一样的孩子。母亲一见这情景,把没有补好的渔网一扔,突然向张着小口干号的孩子生起气来:

“小要命鬼,你死!死!跟你那穷爹一起死去吧!老天爷呀!……”母亲猛地把头伏在孩子的脸上,轻声地啜泣起来了。

道静本来是想向这女人问路的,一见这情形,她僵住了。那女人身上穿的不是衣服,只是片片的污脏的碎布。肩膀露在外面,破裤腿上还露着污黑的膝盖。

“大嫂子,请问你……”道静愣了一下,低声向这个女人说了话,“别哭啦！看压住小孩。……”她不知道说什么好,只想用手去扶起那个压在小孩胸上的蓬乱的头。小孩子是这样瘦弱,大哭了两声就只能轻轻喘着,张着小嘴不出声了。

女人受惊似的抬起了头。一看是个年轻的姑娘站在面前,她怔怔地望着道静嗫嚅着:“你……你……要干啥?”

道静这时才听出这女人是山东口音,她的声音里带着惊慌和恐怖。忘记了问路,道静不安地说道:

“是外边来的？怎么这样？……”

女人两眼是枯涩的,好像鱼眼一样的暗淡。她呆呆地瞅着道静,才要张口说话,又赶快拿起渔网补缀着。半天才自言自语似的喃喃道:

“俺老家是山东的。年景不好跟男人逃荒到这里。有人说在这里给洋人做工挣钱多,俺一家三口就来了……不到三个月,他……他给洋人盖避暑的洋楼,就,就摔死啦！……”女人的手不动了,她直直地瞪大眼睛瞅着道静,木然的没有表情的神情,反而比哀哭更凄惨。“老家也回不去,要着饭,给打鱼的补网……”这女人似乎感觉到站在她面前的这个女学生,还不嫌她脏,不嫌她穷,于是喘了口气,轻轻摇晃着将要睡着的孩子,无力地说:“小姐,俺也活不长啦,孩子也快啦——病,没得吃……早知道,一家子死也死在老家呀。”

“不要紧,能够活下去的。”道静也喃喃着。她的眼前忽然出现了小狗吃牛奶的情景。她望望眼前这个干瘪的女人,又看看她饿得奄奄一息的孩子,心里难过极了。

“唉,死了好,省得活受罪。叫洋人、有钱人享福去吧！唉,小姐,您是避暑来的吗？看,那边海滩上他们玩得多乐和呀。”

“不,不是!”这女人最后的两句话,像针似的刺了道静一下子,她顾不得再说什么赶快走开了。

破旧的帐篷，起伏的沙丘，咆哮的海涛，飒飒的杨叶，海滩上的小狗和洋伞，美丽得像仙宫一样的避暑别墅，别墅跟前“华人与狗不得通过”的木牌，……全闪电似的在她脑际旋转，她心慌意乱、急急忙忙地跑回了杨庄。

第 四 章

“林先生回来啦？敝处靠着大海，风景无比，您就好好观光观光吧！”

林道静刚一回到关帝庙的住屋门前，余敬唐就从屋里迎出她来。他满面含笑，连那不住眨动着的眼皮，也像笑着。

没容道静开口，他又炫耀似的告诉道静：“今天一早，我就进城去见鲍县长啦。这位县长年纪又轻又有德望，我们是老同学，可惜他到省开会去了，没有见着。不要紧，您就暂且在敝处委屈几天，等他一回来一切好办。”

道静听了，望望余敬唐那黄瘦的窄脸默然无语。

余敬唐急忙解释道：

“请不必着急，不必见外。您只管住在这儿等着。您不知道，我可是最爱交朋友的人。”

“您不必为难。如果不成，那我就回北平去。”道静说。这时，她心里七上八下糟乱得很——表哥表嫂不在这里了，工作又毫无着落，回北平吧，连路费都不够，而且回去后又怎么办呢？……她望着摆在桌子上的一堆贝壳不禁出起神来。

“林先生，您千万别见外。将来我到北平去，不是一样要打扰您？”余敬唐说得那样诚恳，仿佛熟朋友一样，使得道静又稍稍踏实一些。半天，她点点头说：

“谢谢您！鲍县长能够很快回来就好了。”

“那当然哪。快！快！慢不了。呶，呶，您出去半天还没吃饭吧？早给您预备好啦。”他连忙唤着看门老头，“喂！老高头，给林先生端饭来呀！”

老头把饭端了上来，余敬唐就弯弓着背走出去了。林道静看着八仙桌上的白面烙饼摊鸡蛋，心里饱饱的，一点儿也吃不下去。

临离开北平前，她住在王晓燕家里的时候，曾嘱托了几个接近的同学和老师为她寻找工作。但是一个星期过去了，北平托人寻找的工作没有消息，而余敬唐校长等待的鲍县长也消息杳然，道静开始对余敬唐那“啾，啾，不成问题”的乏味的声音感到了厌烦和怀疑。

“啾，啾，林先生，放心！放心！不成问题——鲍县长就要回来啦。”

“啾，啾，请问——不揣冒昧，林先生结婚了吗？有未婚夫吗？……对不起，随便问一问。”

每天余敬唐都要来探望她一两次，而每次谈话的内容都是翻来覆去千篇一律的乏味的东西。

“他为什么留我住在这儿？说是替我找工作，可是又总要等什么鲍县长，他总问那些结婚没有、未婚夫等等干什么？”道静对余敬唐的行为怀疑起来了，她恨不得赶快离开这里，但是，世界虽大，而又无处可去。在无可奈何中，她只好咬紧牙关，忍受着这样莫名其妙的生活的熬煎，在杨庄继续住下来。

十天过去，当给北平的同学、老师写的寻找职业的信仍如石沉大海，而余敬唐的“鲍县长”又总不见回来的时候，道静的神情一天比一天沉郁，面色一天比一天苍白了。为了躲避余敬唐的唠叨，为了打发这难过的日子，她就整日滞留在海边，和海做了亲密的朋友。

她每天吃点早饭就到海边去。一看见那蔚蓝色的无边海水，看见海上闪动着的白色孤帆，她沉重的心情就仿佛舒服一些，就仿佛有一只温暖的手掌抚慰地贴在心上。虽然,她再没有刚来那天的兴致——吹口琴,拾贝壳,游山玩景,可是她还是热爱着海。不管它是风平浪静时,美得像瑰丽的锦缎,还是波浪滔天,咆哮得好像凶暴的野兽,她都整日坐在一块浸在海水里的巨大的岩石上,挨着海,像挨着亲爱的母亲。这时她忧郁的眼睛长久不动地凝视着海水,有时她会突然垂下头来低低地喊一声"妈妈!"——自从王妈向她讲过了妈妈的命运和遭遇,她的眼前就时时刻刻浮动着她的影子。

她这样整日坐在岩石上,附近的农民和孩子们都惊异地望着这浑身素白的、令人奇怪的年轻姑娘。

有一天,这种沉默单调的情况被破坏了。傍晚,她正对着汹涌澎湃的晚潮呆望着的时候,一个声音把她从迷惘的梦境中唤醒来:

"该回去吃饭了,老高头等着你呢。"

道静扭头一看:一个黑黑瘦瘦的青年,含着微笑站在她身边。这个人她常看见,在海滩上,常见他在离她不远的地方溜达,可是他们谁也没跟谁说过话。

这时,她睁大眼睛望着这个青年,她并没听清他说的是什么。

"回去吃饭吧,留神把身体饿坏了。"青年和悦的声音好像对熟朋友说话一样,又说了一遍。他留着短分头,穿着黄色咔叽布学生制服,眼睛虽然不大,却亮亮的显着灵活和聪慧。这样的人在农村里是少见的,道静不由得对他注意起来。可是,她只看了他一眼,说了句"谢谢!"便转身跑走了。

从此,在海滩上,她常常看见那个青年学生的踪迹。有时他走近她身边想跟她讲话,可是,也许因为她那冷冷的神情,他没有张口,慢慢地又走远了去。

在岩石上坐烦了,有时,道静也顺着海边走下去。而且不止一次地又走到了海滨的游泳地方,走过那仙境般的别墅旁边。一天,她无意中又看见了那几个灰色的帐篷，望见了岩石后面的大柳树。这时，她想起了上次坐在树下补缀渔网的女人和她的婴儿，就朝着帐篷跟前走过去。

“有个生病的补渔网的女的上哪儿去啦?”柳树下不见了那个女人，道静看见几个渔人正在帐篷外面支着锅子做饭，她就走过去问其中的一个老头。

“谁?”老头扭过头惊异地瞅着道静，“这儿没有老娘们，你找谁呀?”

道静说明了女人和她那骨瘦如柴的婴儿的情形。

“唉，她呀!”老头儿停止了烧火，扭脸对道静说，“完啦——投海死啦。……这样人死了也好，看她受的那份洋罪。可惜了那个孩子，还是个小子呢! 前几天她抱着孩子一块儿跳了海。……一家子算全完啦。”

几个渔人，好奇地拥过来围住了林道静。奇怪一个女学生，怎么会关心起这受苦的穷女人。闹得道静又窘又难过，她像逃脱似的赶快走开了。

她急急地在松软的沙滩上走着。

那瘦削的黄蜡般的脸孔，那鱼样的没有表情的眼睛，那没有奶吃哀哭着的婴儿，和那个披头散发呼喊着“还我孩子”的妈妈的形象，全同时混成一幅阴惨的画面，在道静眼前浮动起来。她觉得脚步发软、心头梗塞，但她还是奋力走着、走着，她是这样疲乏，恨不得一步走到学校，赶紧躺到床上去。

“喂，小白鸽! 停停! 停停!”一阵嬉笑的喊声在什么地方喧腾着。道静抬头一看:沙滩上，躺在太阳下面的是一小群脱得光光的青年公子。在他们的身边，漂亮的救生圈、考究的游泳衣、精致的像蘑菇样的大洋伞和各种花花绿绿的酒瓶子堆了一大片。

道静吓了一跳，刚要返身跑开，接着一个声音又喊叫起来:

“护士！喂，白衣裳的小护士过来呀！我们累啦，过来给我们捶捶腿！”

一阵嘻嘻哈哈的笑声，随着这喊声一块儿送到道静的耳边。她明白了这是在喊她、在取笑她。因为在附近除了她穿着白衣，没有第二个女人。她被激怒了。突然，她挺直身子，笔直地朝这些人走了过去。走到离他们十来步远，她站住了。她咬着嘴唇，懔然地瞪视着这些人。她那傲慢的、仇视的眼光，像袭来的一阵疾雨，公子们突然被淋得噤若寒蝉了。道静瞪着他们足有一分钟，然后庄重地转过身来，不慌不忙地走开了。

她刚走了几步，背后又传来了刺耳的笑声：

“好不害臊！”“好厉害的眼睛！”“小白鸽变成秃老鹰啦！”……

道静没有再回头。她掏出手绢，狠狠地擦去了涌流出来的泪水。

回到杨庄的村边，天色将晚，天气也变得阴沉了。道静疲惫地坐在沙滩上，又呆呆地看起海来。平日美丽安静的海洋，现在随着暴风雨的将临，变得狂怒而墨黑；滚滚袭来的惊涛骇浪也有如万马奔腾地咆哮着。她的心随着这突变的海洋也变得更加阴暗。她歪倒在潮湿的沙子上，想起了刚才看见的那一伙公子哥儿们，就用手指在地上慢慢画了起来：

山川满目泪沾衣，
富贵荣华能几时？
不见祗今汾水上，
惟有年年秋雁飞。

“是唐诗吧？”一个热情的声音，从道静身后悄悄传过来。她扭身一看：还是那个黑黑瘦瘦的青年正俯身对她微笑着。“喜欢诗？你也写诗吗？北戴河这海边可真是诗的境界。”

不知为什么，道静忽然绯红了脸。她赶忙站起身，拍掉头发上的沙子,轻轻说了句:“不,不会写!”就想转身走开。可是青年这回却拦住她说:“要下雨了,回去吧。你怎么成天待在海边呢?”

“没什么,谢谢!”她不知自己嘴里说的是什么,冷淡地一扭身就跑开了。

这时,大块乌云随着东风在天上疾迅地飞卷,海水翻滚着,变得漆黑,狂风猛起,天就要落大雨了。道静躲开了青年,反而放慢了脚步,向学校慢腾腾地走着。海边离学校差不多有一里路,等她走到离学校不远的树林子外面,天色已经漆黑,大雨倾盆般落了下来。她这才急忙跑起来,一气跑到学校里。当她走进关帝庙的大门里,找不着自己住的房间时,这才发现在黑暗中走错了路——匆促中她跑进关帝庙旁边的角门里,这是作为村公所用的另一个院落。既进来了,她只好权且在这里避避雨。东屋里灯光明亮,麻将牌声劈劈啪啪。她就站在东屋廊子下面喘着气,摸着滴水的头发。忽然听见屋里有男人粗嗄的笑声:

“喂,老余,你总把那小家伙留在这儿是个啥意思呀?工夫长了,不怕大嫂子吃醋喝酱油吗?”

“那妞儿长得可真不错,又是高中生。老余,你这小子可真有眼力呀!”

屋子里哈哈的大笑声,哗啦啦的麻将牌声,混在狂暴的雨声中震响着,站在窗外的林道静却猛地打了个冷战。她把身子紧贴在墙上从玻璃窗子向里一望:清清楚楚地看见余敬唐校长眨动着眼皮,正和三个绅士样的人物打着麻将。一个肥头大耳的圆胖子戴着黑框的玳瑁眼镜,把大拇指向余敬唐一伸,吧嗒着厚嘴唇说:

“老余,舍得舍不得?把这小妞让给老弟我吧!行的话,城里聚兴号的买卖让给你。……别看老弟有了三房太太,可没尝过洋学生是啥滋味呢。”

道静更加把身子紧贴在走廊一边的墙壁上,咬紧牙齿屏息听下去。

“啾,啾,老哥们,别开玩笑了！我本人可并无一点野心。”这是余敬唐的声音,他半开玩笑半认真地说着,“都是自己的哥们,我对你们说实话吧,咱鲍县长早就托我物色个标致女学生,县长的太太是个乡下黄脸婆,他当然不满意。我一见姓林的小妞找她表哥来,像个逃难的,那份愁模样叫我怪心痛的,所以,我把她挽留下来。……”三把牌手停止了摸牌,都把脸朝向余敬唐,听他津津有味地说下去,“不巧！老鲍到省开会去了,至今还没回来;那小妞还总催我给她找事,这年头女人的事可真好找——只要有个漂亮脸蛋子,‘事儿’可真好找！哈哈……”

胖子急忙向余敬唐的肩上一拍,眯缝着眼睛笑道:

“鲍县长要是不要,老余,可得让给老弟我呀！人生一世,草木一秋,倾家荡产,也得乐它一阵!”

…………

道静不知道自己是怎样在黑夜的大雨中跑回她的住屋去的。屋里黑漆漆,她穿着湿透的单衣,像受了重伤,蜷伏在板床上。许久许久,她不动、不响,而且什么也不想。

大雨在窗外倾泻着,海涛惊人地吼叫着,天宇充满了激昂的叫嚣。但是道静什么也不知道。

渐渐,她清醒一些,开始思索半个月以来的遭遇。人生为什么是这样的冷酷、残暴？她竭尽了全副勇气刚刚逃出了那个要扼杀她的黑暗腐朽的家庭牢笼;想不到接着又走进了一个更黑暗、更腐朽、张大血口要吞食她的社会。一切有为的青年,不甘心堕落的青年将怎样生活下去呢？天地如此之大,难道竟连一个十八岁的女孩子的立锥之地都没有？

深夜,她勉强坐起来点上灯,看见桌上放着三封信。她用颤抖着的手打开来——第一封是王晓燕写来的。她看清了这样几句话：

……报告你好消息：你已经考上师大了，而且成绩很不错。可是也有不好的消息：你妈妈因为花了姓胡的许多钱，她找不到你，没法应付姓胡的，听说已经躲起来了。所以，小林，你能够回北平来么？我看你先不要回来吧！……

"先不要回来。……"她低声重复着。

第二封信是陈蔚如写来的。她也曾到处托人为道静找事，但是毫无希望。她这样说：

亲爱的静姐，工作真不好找呀！我为你跑了许多地方，诉说你的痛苦和志向，但是许多人都用讥笑的口气回答我，甚至我爸爸都反对我。……亲爱的静姐，你看怎么办呢？不然，你回来吧！回到北平再想办法。……

"回到北平再想办法？"在昏暗的灯光下，道静的脸色越发苍白，浑身不住地颤抖。是饥饿？是寒冷？还是由于一连串过于沉重的打击？她捏着那两封信，愣愣地坐在凳子上，动也不能动了。第三封信就放在桌子上，但是她没有勇气再拆它。生活——向她身上抽来的生活的皮鞭够残酷了，在她的想象里，人生不会再给她什么幸福与温暖，那第三封信是不是会带给她更可怕、更冷酷的消息呢？

雨下得越发大了，闪电在黑暗的空中刚刚划过，沉重的雷声便跟着发出惊人的巨响。道静住在偏殿的里间屋里。偏殿的外屋停着一口有钱人家准备下的棺材。将近午夜，煤油灯里的油燃尽了，爆着小小的无力的火花，屋里渐渐黑暗下来，终于完全漆黑了。道静坐在凳子上，头脑昏昏沉沉，好像在腾云驾雾。她不知自己在想什么，也许什么都没有想。一个闪电打过，那口漆黑发亮的棺材在道静眼前一闪时，她猛地一惊，似乎停止不跳了的心脏激烈地跳了起来。

“妈妈！救救你的孩子！……”

她哭着倒在棺材旁边，许久没有声息。

当她似乎苏醒过来时，一个意念可怕地闪过心头，使她的心猛一紧缩，接着又激烈地狂跳……她跳起身来，狂奔着跑出了屋外。

夜是漆黑的，大雨还在不停地倾泻着。林道静就在这样漆黑的大风雨之夜，从庙里径直奔到了海边。

黑得像墨水一样的海水卷着巨浪是可怕的，但是在林道静的眼里，这黑暗的社会更可怕。就这样她跑到了海边，毫没有顾惜地纵身扑向了怪啸着的狂涛巨浪。

第五章

沉沉的黑夜，海愤怒地冲击着岩石，发出惊心动魄然而又单调寂寞的声响。道静倒在大雨下面的沙滩上——她并没有死。当她正要纵身扑向大海时，一双温暖的臂膀抱住了她。同时，一个低低的声音响在她的耳边：

“别……别这样！……想……想办法。……”那个人浑身也在发抖。雨是这样的凶猛，好像要把他们冲跑掉，那个人就用力抱住了道静的上身，吃力地想把她举起来。

道静似乎处在一个可怕的噩梦中，——她为什么要死？是谁来挽救了她？……她疲惫的朦胧的意识已经分辨不清，只是下意识地从那个人的臂弯里挣脱出来，无力地倒在沙滩上。

“回去吧！这样大雨，冷……回去……”

那个人的声音又在道静耳边响起来。年轻人的，亲切的，又像是在梦中似的。

歇了一阵，道静清醒一些了。就着闪电一霎的光，她扭头看了看她旁边的人——黑瘦的脸，焦灼的闪着亮光的眼睛，那不是常在海边逡巡的青年吗，傍晚，他还对道静讲过话，谈过诗。

“他……”一道温暖的热流，缓缓地流过了道静冰冷的全身。她冻僵了的心遇见了这温热的抚慰，死的意念，突然像春天的冰山一样坍倒下来了。她慢慢爬起身来坐在沙子上，雨水顺着头发流到全身，她感到一阵彻骨的寒冷，浑身颤抖着，牙齿打着战，她勉强挣扎着站起身来，那个青年又说话了：

“冷,你受不了,我送你回去。”

道静一句话也不能讲。她默默地在渐渐小了的风雨中,傍着那个青年走回学校去。

他们一同回到道静住的偏殿里,青年从别的屋里端过来一盏洋油灯,道静从他的动作上看出,他夜来也是住在这个庙里的。他小心地把灯放在桌子上,站了一下,看看道静小声说:

“你换换衣服,我一会儿再来。”

奇怪,这时道静忽然变成一个非常温顺的小孩,她顺从地赶快找出衣服换好,拿起水壶喝了几口冷开水,那个青年就又走了进来。他依然穿着湿透了的黄色学生装,但脸上却露着欣快的笑容。在门边立了一下,他就向道静点点头,自我介绍说:

“你不认识我;可是,你一来我就认识你了呢。林道静是不是?我叫余永泽,就是这村子的人。余敬唐是我堂兄。我在北大上学。林……今天真太危险了!……”他背台词似的流畅地说着,慢慢坐在桌旁的太师椅上。

道静也坐在桌子边,低着头,好像大病刚愈一样衰弱无力。停了一会儿,她仰起头,不好意思地看了余永泽一眼,低低地说:

“谢谢你,不然,……可是活着也没意思!……”说到这儿,她又低下头来不出声了。

余永泽站起身,靠近她旁边,沉默了一下,说:

“可以告诉我么?你有什么痛苦的事?如果我能够帮助你的话,那将是我最大的幸福。”

这时雨已经小了,淅淅沥沥地在深夜的窗外飘洒着;屋里的煤油灯在这清冷的雨夜里,愈显得暗淡无光。道静振作起来,笑了一下:

“当然可以告诉你——我看出你跟你堂兄余敬唐不是一样的人。”

在艰难险恶的境地中,突然遇见了一个同情自己,而且救了自己生命的人,好像他乡遇故知,年轻的林道静便率直地推心置腹地把自己的身世、遭遇完全告诉了余永泽。甚至连余敬唐打牌时她偷听到的话,也告诉了他。说到最后,她那双忧郁的大眼睛,忽然迸放着一种刚强的、坚决的、和这沉默的少女绝不相称的光焰。

“我恨! 什么都恨! 恨社会、恨家庭、恨我自己……为什么一个人不愿马马虎虎地活着,结果却弄得走投无路? ……”

“我知道。你的痛苦就是你不说,我也猜得差不多。”余永泽点着头,颇有阅历似的看着道静的眼睛微笑一下,“自从你来到我们村子,我看你的神色,看你成天待在海边上,就知道你必定有大的不幸和痛苦。可是那时咱们没有机会说话。”他瞟了道静一眼,微微不安地顿了一下,“可是,不知道你看出来没有? 我早就担心你会有意外,所以常常跟在你后边。今夜里,我看见你从村公所跑出来的那个神气,我就更不放心,所以住在你对面的殿里。”说到这儿,他闪着亮晶晶的眼睛笑笑,突然住了口。

道静这时才恍然大悟。自从来到北戴河海边,她常常看见他好像影子般在自己身边时隐时现。原来他是有意地在关心着自己。……想到这儿,她偷偷看看余永泽,不觉红了脸。

“林……”对她的称呼,他好像颇费思索地考虑了一下,最后还是秃秃地没有下文。“你今后打算怎么办呢? 你知道我很……同情……”

“余敬唐既然居心不良,我只有走!”

“哪儿去?”余永泽急急追问一句。

道静望望余永泽那双不安的小眼睛,沉重而又天真地说:

“哪儿去吗? 不知道! 到处流浪,四海为家。”

“那怎么行!”余永泽坐在林道静对面的太师椅上,急忙摇着头,“天下乌鸦一般黑,这儿黑暗、龌龊,别处还不是一样。你一个年轻女孩子可不能再去冒险。”

“那,你说怎么办呢?”道静对这个突然闯进生活里的青年,带着最大的尊敬,很快地竟像对传奇故事中的勇士侠客一般的信任着他。

“林……不客气,我们一见如故。敬唐那方面不成问题,我父亲在村中很有威望——他在外面做过知县,现在告老还乡,敬唐还听他的话;而且鲍县长他也认识。我和父亲说说,也可以和敬唐说说,他们是不会怎么你的。对敬唐那一套把戏,你只管放心,他不过是痴人说梦。你表哥一走,小学校里还缺教员,我想你就留在这里教书。这样不是更妥善些吗?”

道静歪着头默默地听完了余永泽的话,心里想:这个大学生不仅善良、热情,而且还挺干练。但是她却蹙着眉,摇摇头,带着年轻人那种任性的神气拒绝说:

“不,我可不愿跟余敬唐这样卑鄙的人在一起。宁可饿死,也不能为五斗米折腰。”

“这不能算是折腰。敬唐也是个读书人。……”余永泽微笑着,委曲婉转地反驳林道静。

但是道静打断了他的话:

“他才不配称为读书人呢——这样的人挨着他都讨厌!”

余永泽瞪大亮晶晶的小眼睛,凝视着面前这张苍白而美丽的面孔。在这柔美虚弱的外形里,却隐藏着一个多么刚强、多么执拗的灵魂呀!她为什么这样任性、这样幼稚地执迷于某种不可能达到的理想呢?他想说服她,可是一看她那倔强的、不易说服的眼睛,他不做声了。两个人相对沉默起来。

天都快明了,雄鸡在嘈乱地高声啼叫。林道静疲惫地伏在桌子上,心里乱糟糟地不愿再说话。余永泽站起来向窗外望望,雨已经住了,天色放晴。在乳白色的晨光里,他默默地在道静身旁站了一会儿，然后沙哑着嗓子说：

“我走啦，你该休息休息了。见了余敬唐可千万别露出听了他们的话，也别谈我们刚才那些……还有，你现在可不能走。至于今后怎么办好，我们再商量。下午，到海边谈谈去好吗？我知道你爱海。”

道静站起身来点点头。当余永泽走出门外略一回头，他们两双眼睛好像无意中碰到一起时，两个人都不觉红了脸。

傍晚，欢笑着的海洋喷吐着白沫敲打着松软的沙滩，翱翔在空中的水鸟掠过薄暮的浮云，不时传来“啊，啊”的叫声。斜阳射在一大块嶙峋的岩石上，在它靠近海水的一小块平坦的地方，坐着林道静和余永泽。林道静低着头，看着闪闪发光的金色的海浪，思索着什么；余永泽则仰面望着海洋的远处，望着云水相连的淡淡的天边，还不时回过头来偷眼望望林道静。过了一会儿，他先说了话。听起来，他还是个善于辞令的年轻人。

“林……希望你能够相信我。我们虽然萍水相逢，可是我觉得你是个了不起的有意志的姑娘，所以从心底里……我的同情和钦佩使我忘掉一切地关心你。……我要求你留在这儿不要到别处去了，用我的人格担保绝不会有人敢再欺侮你。余敬唐已经答应你在这儿教书。三年级的级任你一定能做得绰绰有余。呵，可以吧？”

道静抬起头来，用愁郁的眼睛瞅着余永泽那黑黑的脸，说：

“谢谢你，我知道。……我常想起高尔基的一句话：‘最光荣伟大的职务就是在世界上做一个人。’为了保持人的尊严，我不愿马马虎虎地活在世上。……”说着说着，她提高了声音，这羞涩的沉默的少女，突然激昂起来，那种天真的豪迈的神色，不禁使余永泽又吃了一惊。“假如为了贪图物质享受，我早就去做姨太太少奶奶，也就不这样颠沛流离了。可是，那叫什么生活！没有灵魂的行尸走肉！”

他惊异地看着她，半晌张口不得。两个人又都沉默了。半天，余永泽灵机一动，突然转了话题：

“你喜欢文学？读过不少书吧？”

“喜欢。读得不多。——还没问你：你在北大读哪一系？”

“国文系。咱们喜欢的是一样。”

于是找到了很好的谈话题目，余永泽不慌不忙地谈起了文学艺术，谈起托尔斯泰的《战争与和平》，谈起雨果的《悲惨世界》，谈起小仲马的《茶花女》和海涅、拜伦的诗；中国的作家谈起曹雪芹、杜甫和鲁迅……他似乎知道得很多，记得也很熟。林道静睁大眼睛注意地听着从他嘴里慢慢流出的美丽动人的词句，和那些富有浪漫气息的人物和故事。渐渐，她被感动了，脸上不觉流露出欢欣的神色。说到最后，他把话题一转，又转到了林道静的身上：“林，你一定读过易卜生的《娜拉》；冯沅君写过一本《隔绝》你读过没有？这些作品的主题全是反抗传统的道德，提倡女性的独立的。可是我觉得你比他们还更勇敢、更坚决。你才十八岁是不是？林，你真是有前途的、了不得的人。……”他那薄薄的嘴唇，不慌不忙地滔滔说着，简直使得林道静像着迷似的听下来了。

上弦的月亮已经弯在天边，除了海浪拍打着岩石的声音，海边早已悄无人声，可是这两个年轻人还一同在海边的沙滩上徘徊着、谈说着。林道静的心里渐渐充满了一种青春的喜悦，一种绝处逢生的欣幸。对余永泽除了有着感恩、知己的激情，还加上了志同道合的钦佩。短短的一天时间，她简直把他看作理想中的英雄人物了。

第二天傍晚，他们又在海滩上相见了。

月亮出来了，他们还沿着海滩散着步。

温和的海风轻轻吹拂着，片片乌云在天际浮游着。林道静和余永泽走累了，两个人就一同坐在岩石上。余永泽又说起许多有关文学艺术方面的话。但是，说着说着，忽然间他竟忘情地对林道静凝视起来，好像他根本不是在谈话。林道静正听得入神，看他忽然不说了，而且看他那凝视自己的神情，也就不好意思地低下头来……

“林，你记得海涅的诗么？”余永泽发觉自己走了板，就赶快找个题目来掩饰他的窘态，“这位德国的伟大诗人，我在中学时候就特别喜欢他的诗，而且背过不少他的诗——特别是他写海的诗。”

“你现在还能背么？”道静好像做梦一样听见了自己恍惚的声音。

余永泽点点头，用热情的声音开始了低低的朗诵：

暮色朦胧地走近，
潮水变得更狂暴，
我坐在岸旁观看
波浪的雪白的舞蹈。
我的心像大海一样膨胀，
一种深沉的乡愁使我想望你，
你美好的肖像
到处萦绕着我，
到处呼唤着我，
它无处不在，
在风声里、在海的呼啸里，
在我的胸怀的叹息里。

我用轻细的芦管写在沙滩上：
“阿格纳思，我爱你！”
…………

余永泽背不下去了,仿佛他不是在念别人的诗,而是在低低地倾诉着自己的爱情。道静听到这里,又看见余永泽那双燃烧似的热情的眼睛,她不好意思地扭过头去。隐隐的幸福和欢乐,使道静暂时忘掉了一切危难和痛苦,沉醉在一种神妙的想象中。当她和余永泽沿着海岸踏着月光一同慢慢地走回村庄的时候,余永泽又轻声对她说:

"林,你就留在这村子不要走了吧。看,这海边的乡村够多美!"

你信仰的人的每一句话都是有分量的,道静这时就毫不犹疑地答应了余永泽的要求。

几天之后,杨庄的小学校就要开学了;道静也送余永泽到北平去上学。

清晨,在寂寥的车站等候着东来的火车。因为时间还早,他们就在车站外面的一片空地上并肩漫步着。

虽然熟识不过几天工夫,虽然这几天在海滨的长谈不过是些艺术、人生和社会的空泛的议论,但是当这就要分别的一霎间,他们的心里却都感到了难言的依恋。尤其道静的心里在依恋中还有一种好像婴儿失掉母亲的沉重和惶悚。在北戴河有余永泽的仗义扶助,余敬唐收回了他那卑鄙的主意,但是他要一走呢,她不能不感到像从前一样的孤独困苦。

走着走着,他们立住了。

余永泽望着道静悒悒的愁闷的眼睛,望着秋风中她那微微拂动着的浓密的短发,情不自禁地感到了一阵心跳。自从在海边第一次看见这个美丽的少女,他就像着迷似的爱上了她。他是个小心谨慎、处世稳健的人,他知道过早地表露是一种危险,因此,他一直按捺着自己的感情,只是根据道静的情形适可而止地谈着各种使她中意的话语。现在,他已看出道静对他有了感情,而且很真挚。因此他就想向她谈出心中的秘密。可是,他犹疑着,怕说得不好反而坏了事。于是他忐忑不安,望着道静朴素的白衣,心里像燃烧似的呆想着:

“含羞草一样的美妙少女,得到她该是多么幸福呵!……”

道静扭过脸来,发现余永泽那双亮晶晶的眼睛又灼热地望着自己,她突然也感到了一阵激烈的心跳。于是赶快蹲下身去摘起路旁的一朵小野花。过了一会儿,当她站起身来时,余永泽已经像平日那样在安静地微笑了。他望望车站里面说:

“你回去吧,火车就要进站了。”

“不,火车开走我再走。”道静一甩头发,对余永泽稚气地一笑。

他们在车站上等候火车进站的时候,余永泽谆谆嘱咐着道静:

“以后不管敬唐说什么,你要忍耐些,反正他不会怎么样你的。因为……”他望着道静笑了一下,“因为我告诉他我们成了好朋友。你说不是这样吗?”

“好朋友不好朋友,告诉他干什么!”

“告诉他有好处,这样他会照顾你。”

“我又不是小孩子,凭本事吃饭叫他照顾什么!”

余永泽怕道静生气,温存地看着她的眼睛,小声说:

“林,别着急,你知道这些天我为你……为你各方面都费了多少心!……为你……呵!不说这些啦,这个社会就是这样嘛,‘朝里有人好做官’。敬唐知道我们是朋友,只会有好处。你别在意这些就好了。”

道静低着头回答:

“反正饿死也不会巴结他!”

“好一匹难驯驭的小马!”余永泽心里暗暗说着,嘴里却不敢再多话。

火车来了,余永泽提着提包上了车。道静站在车站水门汀的地上望着他。穿过嘈杂的人群,她看见立在车门上的余永泽的脸色很悲哀,车开动了,他还那么失神地望着自己,眼睛一动不动。……

“啊!多情的骑士,有才学的青年。”火车开走了,人群走散了,道静还站在车站上若有所失地没有动。

第 六 章

道静在杨庄当起小学教员来了。由于自己养活自己的理想实现了,她的心情逐渐安静下来,并且对教书生活和孩子们也渐渐发生了兴趣。惟一使她讨厌的是:还要时常看见余敬唐。他那窄瘦的黄脸和那不断眨动着的薄眼皮带着狡猾的微笑在她面前一出现,她的身上就感到一种说不出的不安和厌恶。

学生们告诉林道静:她表哥张文清就是因为不满意余敬唐干涉教员的自由,而被余敬唐解雇走了的。他是村里的大地主兼绅士,又是县里的红人,人们都管他叫"笑面虎"。不过,余敬唐见了林道静还是很客气,他照例地欧欧两声,然后向道静笑着招呼:

"林先生忙吧?敝校设备可是简陋呵,受屈!受屈!"

道静冷淡地点点头,不愿跟他多说话。

可是余敬唐还是笑容满面。他一边眯着眼看着道静,一边点头"欧,欧……"真不愧称为"笑面虎"。

一天,道静在学校外面的高台阶上又碰见了他。他向道静点头,鼻子几乎碰到道静的脸上,笑着说:

"林先生,恭喜呵!永泽媳妇刚刚死啦。您可真是有福之人不用忙。……"

"什么?"道静猛地把身子向后一退,激愤地盯着余敬唐:"我不明白您说的是什么话!"

"欧,欧,没什么,没什么。……永泽媳妇刚才死啦。碍道的破车搬走啦。病媳妇没咽气,媒人就上门,这是敝县的风俗。欧,欧,没什么,没什么。”

余敬唐说着,笑着,走掉了。

道静回到屋里,气得趴在桌子上半天没有动。

过了两天,下午下课之后,两三个教员正坐在教员休息室闲聊,余敬唐捏着一沓子信,口里哼哼唧唧地走了进来。一看见道静正在翻着报纸,他走到跟前喊了一声:

“林先生,信! 邮政局要搬到咱杨庄小学校里来啦,看,好大的一沓子啊!”

没等道静站起身来,他把信高高地举到头顶上,冲着所有其他的教员笑嘻嘻地说:“林先生自己一个人,就可以开个邮政局啦。一来信就是一大沓子——全村的人也没有她一个人的信多呀!”说到这里,他脸色一变,眨动着眼皮,板起面孔,一字一板地说:“林先生,我可不能不劝劝您,村子里可早有人说了闲话。您明白么? 为人师表必得注意风化,男女……”

道静猛地夺过余敬唐手里的信,愤怒地打断了他的话:“余校长! 我是来教书的,不是来听您讲烈女传的! 我是教员,我有我的自由!”说完,她头也不回径直回到自己的寝室里,立刻倒在床上蒙起了头。

掌灯以后,她才抑制住自己,点起灯来读那包信。一气接到的这十来封信几乎全是余永泽一个人写来的。这个瘦瘦的青年大学生被爱情燃烧着,每天每天他都要写一封甚至两三封热得烫人的信寄给她。因为乡村邮局好几天才送一班信,所以邮差不来便罢,一来就有她一沓子信。这就叫余敬唐抓住了把柄。他正因余永泽打破了他的如意算盘——他不仅打算拿道静给鲍县长送礼,他自己也想沾一手呢——因此他对余永泽是不满意的。这正像一口肥羊肉刚刚要入口,忽然叫一只敏捷的手轻轻抓了去。他不能不感到懊恼。但是余永泽的父亲和余永泽本人是不可得罪的,大学生呀，这是村里的圣人，知道他将来要做多大的官。于是只好迁怒于道静。这年轻的、流浪的女孩子毕竟是手心里的物件，摆布摆布还不好说。

道静在昏暗的煤油灯下，一封封读起那些热烈的、缠绵的信，渐渐脸上有了笑容。她被信中洋溢着的温柔情意和热烈而又含蓄的告白深深感动了，年轻的心沉浸在爱情的喜悦中，忘掉了一天的疲劳。看完信，她立刻提笔给余永泽写了一封长长的回信。信中说到的一段话可以看出她不像一个天真的少女的、而仿佛是一个饱经忧患的老人的心情：

> ……永泽，我憎恶这个万恶的社会，我要撕碎它！可是我像蜘蛛网上的小虫，却怎么也摆脱不了这灰色可怕的包围。……家庭压迫我，我逃到社会；可是社会和家庭一样，依然到处发着腐朽霉烂的臭味，黑漆一团。这里，你的堂兄和我父亲是一样的货色——满嘴仁义道德，满肚子男盗女娼！我真像一只孤独的骆驼，背着沉重的负担，跋涉在无穷尽的苦难的沙漠中。……永泽呀，何时才能看见绿洲？何时又才能看见那渴望的甘泉呢？……
>
> 告诉你，你不是总嫌我对你不热烈甚至冷酷吗？不，从今天起，我爱你了。而且十分的……你知道今天我心里是多么难过，我受不了这些污辱，我又想逃——可是我逃到哪里去呀？……所以我非常非常地爱你了。……

夜深了，她太疲倦了，睫毛调皮地打起架来。写完了，还没容得再看一遍，她就穿着衣服倒在床上睡着了，这时她手里还紧紧捏住那一包信。

平淡的乡村，平淡的生活，甚至连瑰丽奇伟的大海，在道静暗淡的心目中，也渐渐变得惨淡无光。在她给余永泽和王晓燕的信中充满了悲天悯人和郁郁寡欢的情绪。余永泽和王晓燕虽然都写信劝她不要这样消沉，劝她快活起来；她自己也有时惊异自己小小年纪怎么竟有了这种可怕的衰老的心境。可是，人生——展示在她面前的人生，是那么阴惨灰暗，即使和余永泽的初恋，也没有能够冲淡这种阴暗的感觉。于是，她依然陷在忧郁的情感中而无力自拔。

突然，晴天一声霹雳，惊醒了麻木的乡村，也惊醒了林道静麻木、衰颓的心。

一九三一年的九月二十四日，这是一个难忘的日子。

从山海关外开进关里的火车忽然一辆辆全装满了哭哭叫叫逃难的人，靠近北戴河车站的杨庄群众，听说这个情况，已经有点儿惊奇了；接着又听说日本海军占领了秦皇岛，杨庄村里就沸腾起来了；从秦皇岛和秦皇岛附近村里逃到杨庄来的男男女女和小孩子再一拥塞在街头，杨庄的群众就更加人心惶惶。学校停了课，家在附近的教员回了家，就是本村的教员也不到学校来。关帝庙里冷清清地只剩下道静一个人。

午后，道静一人坐在教员休息室里。秋日的斜阳无力地照在东窗外面的葫芦架上，给黯旧的窗纸投上斑驳的叶影。她拿着一本小说，心不在焉地读着。她人虽在关帝庙里，心却不能不飞到乱糟糟的街上，飞到相离不过二十里、被日本海军占领了的秦皇岛上。

工友拿着报纸进来了。这就是道静刚来那天把她关在庙门外的醉老头。他蹒跚地哼唧着什么走进来，一见道静就喊道：

“林先生，糟啦！日本人占了东三省！”

道静吃惊地一把抢过报纸来。果然，赫然大字载着日军占领沈阳和东北各地的消息。她读着，读着，最后她捏住报纸跌坐在凳子上。

关帝庙里静悄悄的，教员休息室里静悄悄的，世界好像突然静止了。

“林先生,啥消息呀? 国家大事怎样啦?”

道静吓了一跳。抬头一看,醉老头不知什么时候早就走了,站在她面前的是四十多岁的本村教员李芝庭。他悄悄走进屋来见林道静一个人捏着一叠报纸在发呆,不禁这样问了一声。

道静站起身把报纸递给李芝庭。她清澈的眼睛变红了。

李芝庭捧着《世界日报》,把头条消息看过几行,摇头叹气道:

“不好! 不好! 咱中国岂不眼看就要亡国了吗? 唉,亡国! 亡国!”

“李先生,您别这样说好不好? 听着叫人怪难过!”平日很少讲话的林道静这时打断李芝庭的话,含着眼泪说,“我想:中国怎么也不会亡国的! 国家兴亡,匹夫有责,我们能叫她亡吗? ……”

道静的话还没有说完,一个高个青年迈着沉稳的步子走进门来。他站在门边随便向道静点点头微微一笑:

“您说的很对,国家兴亡,匹夫有责。您是这儿的教员吗?”

“是呀!”道静一边回答这人的问话,一边惊异地看着李芝庭,仿佛在问他:这个坦率的青年人是干什么的?

“介绍介绍!”李芝庭笑着说,“这是我内弟卢嘉川,北京大学的学生。因为我岳母病了,他回家探母顺便来看他姐姐。一来到这里,他就闲不住,叫我领着他各处溜达。这位是林道静先生,本村教员,她也是北平的学生。”

那青年人笑着说:

“很好,北平的学生在乡村教小学……请坐,这几天形势很紧张呵!”

仿佛这青年身上带着一股魅力,他可以毫不费力地把人吸在他身边。果然,道静立刻被他那爽朗的谈吐和潇洒不羁的风姿吸引得一改平日的矜持和沉默,她仿佛问熟朋友似的问他:

“您从哪儿来？您知道日本占了东三省，中国倒是打不打呀？”

青年人并没有急于回答。他用聪明、和悦的眼睛微笑着看着面前的两个人，仿佛在考虑什么，又好像在等待什么。

李芝庭抽着纸烟，默默地望着他的内弟，似乎在等待他的回答。可是没等客人说话，他却先向林道静做了一个简短的说明：

“林先生，您不知道，我这位内弟可是专爱研究国家大事，说起中外古今全是一套一套的……好，嘉川，你就谈谈吧，看林先生为咱国家可愁的不行呢。”

“卢先生，那您给我们谈谈吧！”道静又催了一下。

“没有什么，报上全有了。”卢嘉川翻了一下桌上的报纸，抬起头来慢慢地说，“只有一点：蒋介石打内战很‘勇敢’，可是却指示东北的几十万军队绝对不许对外抵抗。所以日本不费一枪一弹就把全国最大的沈阳兵工厂和沈阳制炮厂、飞机场连同二百架飞机全一齐强占了。而且接着又向本溪、营口、长春等地进攻；听说吉林已经被占领，咱们这边秦皇岛也完了。……可是国民政府解决这奇耻大辱的办法只是给驻在日内瓦的施肇基打了个电报，要求‘国联’替中国主持公道……”

说到这里，他突然把眼光盯着道静，严肃地问她道：“您认为这样的梦想可以实现吗？中国自己要是不用武装斗争能够战胜日本吗？”

道静目不转睛地望着卢嘉川。在她被煽动起来的愤懑情绪中还隐隐含着一种惊异的成分。从来没有见过这样的大学生，他和余永泽可大不相同。余永泽常谈的只是些美丽的艺术和动人的缠绵的故事；可是这位大学生却熟悉国家的事情，侃侃谈出的都是一些道静从来没有听到过的话。

“我不知道！”想了想，道静率直地回答，并且惭愧地红了脸。

“但是，您既然关心国家的事，那就应当知道啊！”卢嘉川笑笑说。

“可是,……”林道静笑了。她不知道怎样回答这陌生的青年才好。

“嘉川,别处看看去。你不是还要打听秦皇岛上的事吗？走!”李芝庭是个好好先生,他见卢嘉川把初次见面的林道静问得怪窘的,就赶快要把他拉走。

卢嘉川同李芝庭向门外走去时,道静也送出他们来。一边走,卢嘉川还一边对两位教员说:

“国事如此,咱们谁也不能袖手旁观呵!”

“那可有啥办法？咱们白面书生,手无寸铁。……”李芝庭小声咕哝着,轻轻地摇头叹息。

“爱国不一定都拿枪打仗。进行宣传,唤起人心——像你们对学生们灌输爱国思想,这也是拿起了武器。”

李芝庭没有言声。道静也没有答话。可是她心里承认了这个陌生青年说得对。并且对这个人——奇怪的、不知哪一点和一般人不一样的人感到了尊敬。只不过短短十多分钟的谈话,可是他好像使道静顿开茅塞似的,忽然知道了好多事情。

过了两天,风暴过去,学校又照常上课。在三年级的课堂上,第一堂道静没有讲功课。激昂的爱国热情战胜了个人的伤感,她把“九一八”的惨痛消息和日本帝国主义侵略中国的罪恶,以及那陌生青年卢嘉川告诉她的国民党的不抵抗政策,一气向小学生们讲了整整一堂。她讲的声音不高,并且时讲时停,但是她那悲痛的声调,和她眼中不断涌出的泪花却把孩子们的感情慑住了。孩子们静静地听着,一动不动。许多小眼睛闪着泪光,几个大些的女孩子甚至呜呜地哭出声来。

“老师,咱们为什么不打日本呵?”一个小男孩含着眼泪问。

“因为政府不爱国……”

“老师,打日本用什么呀?”

“用军队、枪炮。”

“那中国没有枪炮吗?”“中国没有飞机吗?”“中国没有军队吗? ……”连珠炮似的问题似通不通地从孩子们天真的嘴里喊出来,道静应接不暇地回答他们:

“国民党只顾打内战,打中国人,可是不敢打日本。他们怕……”

“我们不怕,我们打!”

“我们打,我会放枪!”

“我们打!”“我们打!”孩子们一片喊打的声音,把平日肃静的课堂嚷叫得要抬起来了。道静感到沉痛然而又感到欢快。多么可爱的孩子呵!他们都知道爱国,都知道打、打、打日本!

从此,道静经常给孩子们讲爱国故事,像文天祥、岳飞、史可法的故事,外国的《二渔夫》《最后一课》等故事。孩子们爱听,她也爱讲。她和学生的关系,好像忽然亲密起来,她自己空虚的心灵也似乎充实起来了。

可是有一天却又发生了一场风波。

余敬唐走到教员休息室来。他照旧眨动着眼皮带着狡猾的笑容,先对四个教员环视一周,然后看着林道静煞有介事地小声说:

“呶,呶,你们听说了吗?北平、天津的风声可紧呀!捣乱分子、学生,请愿罢课乱成一团,有的还跑到南京去示威游行,什么玩意!……名为抗日,其实还不是共产党操纵!”他突然把手一摆,神态庄严地大发议论,“呶,呶,那不是瞎胡闹吗?凭这个就能救国打日本?呶,呶呶,请你们几位注意:蒋委员长已经下了命令——不许抵抗,一切他自有办法!注意,我听说咱学堂里可有宣传抗日的啦!”他咕噜一声咽了一口唾沫,冲着四个沉默不语的教员,用诡谲的眼光一个个扫了一眼,最后把眼光落到林道静一个人的身上。

“啾,林先生年轻,您可得注意呀!什么‘二渔夫’、‘三渔夫’的,您跟学生们讲那干啥?要叫外边说咱学堂里有赤党分子煽动宣传——那,那连我余敬唐的脑袋瓜可也要跟着长不住啦!”

别的教员还是默默无言。林道静沉默了一下,突然用愤怒的眼睛狠狠地盯着余敬唐,说:

“余校长,您的脑袋瓜长住长不住,与我毫不相干!国家这样危急,我是中国人,怎么连个宣传抗日的自由都没有?宣传抗日就是赤党,这是谁定的法律?”

别的教员惊呆了。李芝庭的脸都白了。平常那么腼腆不多说话的女教员竟敢这么大胆地顶撞校长,这可是件少见的事!

余敬唐的瘦脸上一阵发乌,眼睛连眨也不眨了。他愣了几秒钟,然后猛地扭身就走。到了屋门口,这才转回头来站住脚,把大肥袖子一甩,冲着林道静连连眨动了几下眼皮子,颤声冷笑道:

“这个么,我不知道!有不明白的地方,请您自己去问蒋委员长!”

“您放心!北京大学的学生早替我上南京问去啦!”道静冲着余敬唐的脊背又顶了一句。

在余永泽给她的来信中,她知道了北京大学的学生因为反对政府的不抵抗主义,反对把锦州划为中立区,许多同学都到南京请愿示威去了。余永泽说,他本来也想去,因为突然患感冒没有去成。他并且告诉她,他们示威团的副总指挥就是李芝庭的小舅子卢嘉川。

“卢嘉川?……”和余敬唐争吵之后,道静独自坐在自己的房间里愤然默想的时候,她忽然想起了那个偶然邂逅的卢嘉川。想到他正率领着大批学生奔向南京去找国民党算账的情景,她笑了。似乎这个小伙子替她出了口闷气,她感激地低声地念起他的名字来。

第 七 章

夜，寒冷而黑暗。惨淡的月光照着一列长长的列车，正疾迅地奔驰在广阔的原野上。时过午夜，在车轮有节奏的飞转声中，车厢里的旅客多半都东倒西歪地睡去了；可是也有一些人在谈论着、小声地激昂地争辩着；还有的倚在车厢冰冷的板壁上低声唱起了歌子。

第一节车厢是这样，第二节还是这样。所有的车厢都载着不同寻常的旅客——向国民政府请愿示威的北平大学生奔向南京去。

北京大学的二百多个学生，拥挤在列车后面的行李车里睡去了。只有看守行李人的小车厢里，还有三个青年人伴着微弱的灯光挤在一起低声谈着话。

"老卢，老罗，党交给咱们的担子可够重啊！南京政府一看咱们跑了几千里路前来示威，那，他们红脸做不成，白脸恐怕就要上来啦。……"说话的人名叫李孟瑜，是这次南下示威的总指挥。

"怕他！"身体粗壮、面孔红润的罗大方用拳头在小桌上轻轻擂了一下，接着李孟瑜的话说，"咱们就算牺牲许多人——像'三一八'那样，可是鲜血是最能唤醒人心的。人民，沉睡的人，都会因我们的鲜血而觉醒起来。"

另一个青年就是曾经在北戴河出现过的卢嘉川。他把微合的眼睛一睁，看着罗大方摇摇头说：

"不，老罗，你的想法太天真啦！聪明人应当用最小的牺牲换得最大的胜利。十一月三十号咱们虽然把反动的学生会战胜了，争取了这么多的同学到南京来示威；可是，到了南京，怎么能取得更大的胜利呢？反动统治者将怎样对付我们呢？这些可都值得好好想想啊！”他沉思起来，停止了说话。

从“九一八”事变第二天起，上海、北平、天津、杭州、太原、西安……许多城市的青年学生，立即展开了广泛的抗日救国运动——罢课、请愿、游行，要求国民党政府出兵抗日。可是，抱定了不抵抗主义的南京政府，竟毫不理会人民的要求；到了一九三一年的十一月二十五日，他们更打电报给驻在“国联”的施肇基，叫他向“国联”提议划锦州为“中立区”，由国际共管，而以中国军队退入山海关内为交换条件。这个拱手把东北让给帝国主义的卖国计划，更加激怒了全国人民，于是，工人罢工，学生罢课，并且纷纷跑向南京去提出抗议。而这次北京大学更首先打起了示威的大旗，也奔向了南京。

车身轻轻震荡着。原野里寒风怒吼，使得这没有暖气设备的车厢里更加冷不可挡。身材高大的李孟瑜把鸭舌帽向前戴了戴，卢嘉川也搓搓冻僵了的双手，罗大方似乎忘了冷，他听了卢嘉川的话，低头陷入沉思中。半晌，像刚醒来似的，他突然抬起头来说：

“别的学校请愿，我们示威，当然要惹恼南京的衮衮诸公？所以，你就害怕了么？”他向卢嘉川尖锐地一瞥，不以为然地摇了摇头。

“不，老罗，你想到哪儿去了！”卢嘉川微微一笑，拉住了罗大方的大手，“想到了坏的方面并不等于胆小。我们是马列主义者呀。”

“对！”李孟瑜说，“老卢考虑得对。我们绝不能轻视敌人。现在谈谈具体问题。我想，我们再分分工：老卢机警、办法多，你这次就专门和各方面的反动家伙们办交涉；我和老罗呢，气力足、嗓门大，我们就掌握示威的群众。……”

他的话还没说完，车门外有人喊了一声“报告！”随着车门一开，跳进了几个男女学生。

“报告！告民众书、传单、旗子、臂章都做好了！”一个健壮漂亮的小伙子，抱着一大抱红绿宣传品，兴冲冲地走进小车厢说，“诸位指挥官，还有什么吩咐吗？”

这活泼的小伙子名叫许宁，他一句话逗得大家都笑了。

“许宁，你们都够累啦！纸够用么？”卢嘉川赶快伸手接过这些东西，仔细地把它们放在看车人的小铺上，然后回过身来把灵活的眼睛一眨，紧握住许宁和另外一个男同学的手。“这些，都是我们北大南下示威团的有力武器，你们把它制造出来啦！谢谢你们！”他又转身对一个瘦小精干的女学生说，“徐辉，标语口号也拟出来了么？”

“写好啦。你们看看行么？”徐辉刚要把一张纸递给卢嘉川，许宁一把抢了过来。

“你们太累了，让我来念吧！”许宁还没有念，他又扭头对徐辉笑着说，“徐辉，您，北大有名的才女嘛，尊驾写的标语那还有错！来，我念着，大家听：‘反对政府出卖东三省！反对划分国际共管的中立区！反对投降帝国主义的外交政策！反对政府压迫民众抗日运动！全国被压迫民众联合起来！打倒日本帝国主义！……’”许宁越念声音越高，他的拳头也越举越高。念到后来，他蓦地将身一纵，跳到凳子上，挥着拳头几乎大声呐喊起来。

“好，许宁，不要喊啦！叫同学们充分休息，留着精神到南京去斗争吧。”李孟瑜的话刚刚说完，外面车厢的地上，突然爆发了一阵洪钟样的喊声：

“打倒日本帝国主义！中华民族解放万岁！”

这声音激昂、愤慨，而在这寒冷的深夜，在这囚笼似的没有窗子的黑暗车厢里迸发出来，更显得苍凉、悲郁，激动人心。……

拂晓前,小车厢里的三个青年人,也挤在一起打起盹来了。由于和反动的学生会以及和学校当局的阻拦作了激烈的斗争,这三个新学生会的领导人,已经三天三夜没有睡觉了。此时,疲倦征服了他们,他们中的两个刚刚熟睡去,没有睡着的李孟瑜忽然推醒了他们:

“嗳,想起点事,到了南京,我们通知卫戍司令部,叫他们给我们的示威来个‘保护’好不好?”

“怎么?”罗大方惊疑地说,“保护?我们向卖国政府去示威,却要求这个政府来‘保护’,这是什么意思?”

李孟瑜的态度是沉稳、安详的。此刻,他微微一笑,不慌不忙地说:

“有文有武,有软有硬,这就是策略嘛。”

“好,这也是一招!”卢嘉川拿起小铺上的一把小纸旗摇了摇,似乎在驱逐难忍的瞌睡,“老李的话,给了我启发。辩证法嘛,什么事都是有反有正,有利有弊。”

罗大方睁着圆圆的大眼睛,盯在两个战友的身上。他的眼睛似乎在说:“你们这两个老练的家伙是怎么回事?”

罗大方到别处去睡了,卢嘉川歪在小铺上又睡着了,只有李孟瑜靠着小桌坐在小凳上。多少事在他心里翻腾,他不能睡。过了一会儿,他站起身来,一回头看见卢嘉川在睡梦里冷得紧缩着身子在呻吟,他就脱下自己的棉布大衣轻轻地盖在他身上,随即走到小车厢外面去。

他迈过横躺竖卧在车厢地上的同学们,走到关着的两扇车门前。因为头脑昏涨,身上虽然冷,可是脑子却想用凉风吹一吹。他紧靠在车门前,由车门宽宽的缝隙中,他望见了一片灰蒙蒙的原野。天快亮了,天边显出了鱼肚白,在那景物不断变化的广阔的原野中,却有几颗星星不变地在天边闪烁。远处还有一抹群山朦胧地耸立在灰色的天边。“快到济南了吧?”他深深呼吸了一下从缝隙透进来的寒冷的空气,又打了个哈欠。当他似乎听见了黎明时远远的几声鸡叫和犬吠时,他的心骤然激动起来,仿佛这些景物随着火车的奔驰将要永远逝去了似的,他贪婪地望着跳到眼前的一条明亮的小河和疾驰而过的几棵小树,这时,这高大的冷静的青年,突然眼里盈满了激动的泪水。……

十二月一号从北平动身,十二月三号北京大学南下示威团就到了南京。繁华的、安谧的南京城随着这一批示威学生的到来,仿佛敌人出现在城头,冲要的马路和街道忽然密布了荷枪实弹的武装岗哨;示威团借住的中央大学体育馆,当示威学生们刚一到,门前的小汽车也不停地咩咩吼叫起来。南京市党部的人和成群的新闻记者,不断地围上前来向示威团“打听消息”。接着四号一早,首都卫戍司令部就把示威团印的几千份“告民众书”全部扣留了;而且把印刷局的主人也捕走。五号一早,一封“哀的美敦书”又送到李孟瑜的手中。示威团的十来个代表赶快围着李孟瑜听他念道:

> ……该所谓“北大南下示威团”抵京以来,扬言示威,拒绝劝告,行动离奇,言词荒诞,昨竟印刷传单,诬蔑政府“蹂躏拍卖中华民族”,……最后且有“我们非但不信任他,而且要打倒他”之明显反动宣传及“命令政府”之妄语。与共产党之口吻如出一辙……

“好啦,不要念下去啦!”卢嘉川轻轻地从李孟瑜的手中拿过这份卫戍司令部的公函说,“底下的无非是我们是一伙暴徒,要图谋不轨;他们为国为民将予制裁等。情况很紧急,我们赶快商量怎么办吧!”

代表们立刻开了紧急会议。会议决定,不管卫戍司令部如何恐吓,示威团仍决定在五号上午十一点全团出发游行示威。同时派副总指挥卢嘉川到卫戍司令部去找司令谷正伦解释,并请他们加以保护。

卢嘉川听了这个决定,半晌没有出声。他的眼睛忽然有点儿忧郁。和同学们、和李孟瑜在一起,他毫无所惧,那轰轰烈烈响彻南京上空的口号声,是这样有力地诱惑着他。可是,他却不能和大伙在一起了,而要单独去见什么谷正伦!

"老卢,想什么哪?"代表们都迅速散开整理示威队伍去了,只剩下李孟瑜和卢嘉川留在作为示威团办公室的一间狭小的房间里。

老卢忽然微微一笑,站起身,握着李孟瑜的手:

"老李,你的主意是对的。我现在就走。不过示威队伍的重担子就全搁在你们身上啦。"

"不,等一下!"李孟瑜想了想说,"你一个人去太孤单,万一有什么事连个送信的也没有。叫许宁和你一起去吧,这家伙也还机灵。"

"好,祝你们成功!"卢嘉川仿佛要出远门,也仿佛不能再回来了似的,再次紧紧握住了李孟瑜的手。

接着他和许宁佩戴上示威团的臂章,一起到了南京卫戍司令部。他们拿着示威团的复函,要见谷司令。

在会客室里等了许久,不见谷司令出来,最后,一个西装革履、白净面皮的中年人出来接见他们了。他含着微笑,点燃一根纸烟,拱手让让卢嘉川和许宁,然后坐在沙发上打量了一下这两个学生,慢慢问道:

"两位前来有何贵干?"

"您大概不是谷司令。我们要见的是司令。"卢嘉川一字一句慢慢说着。他比这位进来的先生显得更沉着、更儒雅。

进来的人皱皱眉,知道这位对手不是一个简单的家伙。吸了两口烟，点点头说：

“我是谷司令的参谋长，完全可以代表司令。有什么意见请说吧。”

“我们北大南下示威团今天上午十一点要出发示威。路经成贤街、中山路、花牌楼，转夫子庙、中华路、中正街、司法部、外交部、中央党部等地。请贵部加派军警保护。”卢嘉川双目炯炯地盯着这位参谋长，一口气说了这一套。

参谋长的笑容蓦地收敛了，他用力丢掉烟蒂，严厉地说：

“请问，许多学校都是来京请愿，惟独贵校为什么却自称示威？为什么示威呢？向谁示威呢？”

“请愿的时候过去了！”卢嘉川微微一笑，锋利地开了炮，“千百万群众请了三个月的愿，可是你们依旧是一个‘不抵抗’！所以我们才来示威。向谁示威吗？向压迫中华民族的日本帝国主义示威！向出卖中华民族利益的日本帝国主义的走狗示威！”

“那么你们的‘威’将怎样的‘示’法？”

“刚才不是已经讲过了！”卢嘉川正颜厉色地说，“你们给我们来的公函，说我们要图谋不轨，对我们要加以制裁，我们特来向谷司令声明：我们此行纯为爱国而来，绝无越轨行动。请你们不要阻挠。”

“不对！”参谋长又笑了，“你们说是爱国，可是，你们的传单标语都很反动。我们为了维持首都治安，必要时，当然要制止你们。”

许宁突然把拳头挥了挥，激愤地说：

“你们的制止是无用的！如果你们一定要用武力，同学们也绝不会屈服！要是发生不幸的事情，恐怕政府也将无法借口。”

卢嘉川赞许地向许宁瞟了一眼，参谋长这时默默无言，只一个劲地狂吸纸烟。

卢嘉川看看手表，十一点快到了。他站起身来说：

“我们的大队此刻就要出发了。请您马上向贵司令报告，要他命令军警不要阻挡。……”

话没完，进来一位马弁向卢嘉川递过一张条子说：“请你们两位写下名字。”

卢嘉川毫不迟疑地把两个名字写上了。

“好吧。我代你们向司令去讲。”参谋长见他们写上了名字立刻走了进去。

阴暗的大房间里剩下了卢嘉川和许宁两个人。他们俩互相望望，都笑着叹了一口气。

“出发了!”许宁用力捏住卢嘉川的手，他漂亮的大眼睛像有火在燃烧。

“出发了!”卢嘉川点点头。忽然，一股热泪使他扭过脸去。但很快他又握住许宁的手笑了。

半点钟后，参谋长又回来了。这一回他可不像刚才那么和气了，一进门，就气势汹汹地说：

“胡闹！刚才接到报告，你们的队伍已经出发了！当然，我们不得不派军队去照料。你们两位就在这里安置一下吧!”一甩身参谋长又转了出去。

卢嘉川和许宁都没有出声。在他们的眼前突然出现了浩浩荡荡的示威人群，他们在呼号、肉搏、流血……

“走！我们找大队去!”卢嘉川拉住许宁就向门外走。但刚到门边，就有个黑胖子拦住了他们：

“出去？晚了。到里面去！我们优待。”

“为什么逮捕我们?”卢嘉川和许宁同时厉声问。

“外面很乱，在这里面休息休息多好!”黑胖子笑笑走了。立刻上来五六个全副武装的士兵把他们押了出去。

他们走进了相距不远的卫戍司令部看守所的甬道，这时，又上来七八个拿着步枪的士兵，把他们两个从上到下搜了个遍。最后，连许宁的一根漂亮的领带也都解走了。

卢嘉川对许宁笑笑说：

“看，这是多么隆重的优待！”

许宁这时可没有老卢镇静了，他红涨着脸，在老卢耳边说：

“他们要把我们怎么样？……”

老卢摇摇头，在许宁的肩上轻轻拍了一下。

“鬼鬼祟祟做什么？走！”一个士兵凶狠地用枪把戳了卢嘉川一下子，就把他们关进每个门上都有个方洞的小监房里。

确实是“优待”。监房里原来只有两个人，加上卢嘉川和许宁一共才四个人，空气还不算恶浊，而且还有木板铺和嵌着铁条的窗户。

原来的两个人一见老卢他们进来了，还没等押送的士兵走掉，就一下子跑到门边，仿佛迎接他们似的问：

“你们是哪个学校的？”

原来的这两个人都是南京中央大学的同学，“九一八”后，因为奔走爱国运动，被押在这卫戍司令部的监牢里已经两个多月了。

仿佛熟朋友碰到一起，四个青年人立刻交谈起来。有些沮丧的许宁又眉飞色舞了。

“我们是北京大学南下示威团的，”许宁带着夸耀的口吻说，“卧了轨才乘上火车到南京向卖国政府示威。现在呀，南京城里恐怕正展开着我们同反动统治者的肉搏战呢。”

“啊！”原来的两个青年显得很兴奋，一齐说，“现在外面的情况怎么样？”

卢嘉川坐在木板床上，把北大南下示威的经过，和示威团到南京后的遭遇向中大的两位同学说了一遍。这两位同学听完了，其中的一位立刻握住老卢的手说：

“我叫杨旭。他叫吴洪涛。现在，我们该把这里面的情况向你们报告一下了，不，等会儿再说。都一点钟了，你们俩一定还没吃饭，我来替你们叫点饭吃吧。”

杨旭在这监里很熟，过一会儿就有个犯人给他们送了饭来。卢嘉川和许宁正吃着，忽然从门上的小方洞里有什么东西飞了进来，机警的卢嘉川猛一回身，仿佛是一个拿着刺刀的卫兵一闪就过去了。杨旭拾起了一个小纸团，他打开看了一下，就招呼卢嘉川、许宁、吴洪涛四个人一起看起来：

北大示威同学刚才在成贤街被捆绑走了许多。大概被押到孝陵卫去了。

卢嘉川默默无言；许宁举起拳头用力在铺板上击了一下，突然伏在铺上哭了。杨旭和吴洪涛呆呆地看着他们两个，半晌没出声。

“这消息可靠么？”过了一会儿，卢嘉川低声问杨旭。

杨旭向门外望望，点点头。卢嘉川的脸色突然变得有点苍白。

整个下午，许宁就倒在铺上睡去了；卢嘉川靠着墙坐在铺板上默默地沉思着——他思考着整个示威团的命运和动向。同学们被捕了多少？有伤亡么？李孟瑜、罗大方和其他负责同学的情况怎么样？难道，因为反动政府的阻挡、破坏，这次千辛万苦的南下示威运动就此结束了吗？……“不，不会！”他闭着眼睛摇摇头。“中国人民都忍无可忍了！尤其青年们，这里倒下了，那里会起来——起来的。……”他只顾想着示威团的问题，却忘了自身还处在囹圄中，直到昏暗的监房突然有了一阵奇怪的响声，才把他从沉思中惊醒来。

“老杨，你听！外面在喊口号。”隔壁监房里突然有人敲着墙轻轻说话了。

这边屋里的四个人全霍地站起身来，竖起了耳朵。

“……”

“……”

听不清！仿佛从遥远的地方刮过来一阵飓风，呜呜的，呼呼的。

“是军队散操回来？”杨旭疑问地说。

“也许我们北大的同学集合起来游行到这里？”许宁陡然长了精神，神情又惊又喜。

“老杨！你听！”隔壁又有人在叩墙壁。

“打倒……”

“反对……”

远远地，真的传过来了口号声。

整个监狱顿时沉入死寂中。卢嘉川只觉得一阵心跳。……来了！也许真是北大示威的同学来了么？……

他们四个人一起伸着头，一起把头紧紧挤在铁窗子上。黄昏的天空，灰暗而惨淡，可是在这一霎间，他们却觉得它变得异常明亮、异常美丽起来了。

“反对政府出卖东三省！”

“打倒刽子手谷正伦！……”

“放出北大被捕同学来！”

声音完全听清楚了！像山洪、像裂帛，昂扬、悲壮，透过监牢层层的铁壁，传到四个青年的耳朵里。

“一定有我们中大的同学！”年轻瘦小的吴洪涛欣喜地瞅了许宁一眼说。

“当然更有我们北大的！”许宁得意之色更不下于吴洪涛。

“统治者的丧钟响了！”卢嘉川和杨旭是四个人当中比较老练也比较年长的两个。他们两个互相望望不知是谁说了这句话。可是，真是学生们来到这里了么？他们的眼里仍然带着怀疑的神色。

呼喊的群众像是来到了卫戍司令部的大门外。愤怒的呼号、喊叫、喧嚷之声不绝地传到了监狱里。

监狱里也突然混乱起来了。杨旭拉拉许宁,说:

“看!蠢东西们把看守所的牌子都摘下来啦!”

他们四个人同时向窗外望去:

果然,监狱的甬道里,军官和士兵开始忙乱地来来往往。一个士兵扛着看守所的大木牌,慌忙地从他们的窗外走了过去。

“急急有如丧家之犬。”卢嘉川刚说完,突然,一阵惊人的喊声,使四个人一下子愣住了。

“冲!冲进去!”

“冲呵!冲呵!”

“冲呵!救出北大同学呵!”

仿佛在遥远的异乡听到了亲人的召唤,卢嘉川和许宁一听见“救出北大同学”这几个字,立刻眼睛潮湿了。他们忍住心跳,把脸紧紧贴住了铁栅谛听下去:

“打倒日本帝国主义!……打倒卖国政府!……救出北大同学……”的喊声越来越猛。撞击大门的声音,夹杂在喊声中也越来越响。猛地,轰然一声,喊声被淹没了,群众竟然打进了卫戍司令部的第一重大门。

电灯突然熄灭。整个司令部和它的监狱陷入黑暗、恐怖中。

这时,呼喊声暂时沉寂下来。但是,士兵的枪栓声,大皮鞋来来往往的奔跑声,沉重的沙包搬运声,却在监狱内连续不断地紧张地响起来了。监狱内杀气腾腾,突然充满了火药气味。

四个青年互相望望,都用污脏的手擦着额上的汗水。

过了一会儿,外面又有了喊话声:

“这几个条件非立刻答复不行!”

“呵!北大的同学为什么还不出来呀!还不出来呀?……”

“呵!不行!打进去!再打进去!……”

一阵攻击大门的沉重的响声,夹杂着高呼口号声又清晰地传到监狱里面来了。接着屋顶上支架机关枪、搬运机关枪的声音也清晰地传到监房里来。

学生们和统治者短兵相接地斗争着。

“情况很紧张！反动家伙恐怕要动武了！”在黑暗中杨旭拉拉卢嘉川的袖子，轻轻地说。

“啊？……”许宁呻吟似的喊了一声。

“情况是严重。”卢嘉川说着，一个人离开了窗子，在牢房里走动起来。他极力抑制着自己的激动，想冷静地分析一下这迫在眉睫的紧张情况。看样子，群众如果继续向里面进攻，那么，和“三一八”同样的惨案，顷刻间很可能就要发生了。……怎么办？他想到了党交给他带领的北大同学，一定也有许多在这进攻卫戍司令部的队伍里面，在这个时候，让这些青年同学流血牺牲呢？还是，……他的心纷扰着。怎么解决这紧张、复杂而又困难的问题呢？他苦思起来了。

外面群众的呼喊声，愈来愈悲壮、愈愤怒地掠过了监狱的上空：

“冲呵！用力冲呵！救出北大同学呀！”

“我们的统治者呵，你们有的是枪弹，我们有的是热血！”

“冲呵！冲呵！……”

好像万马奔腾似的吼叫，随着再一次的轰隆一声门的巨响，人群潮水一般涌到第二道门里来了。一片混乱的喊声，愈加清晰地逼近了黑暗的牢房。

“你看！”许宁慌忙拉过卢嘉川来到窗前向外望去：只见牢房对面看守兵的房里，在忽明忽灭的电筒光下，许多士兵正在迅急地顶上子弹、拉起枪栓、上上刺刀，然后把这全部武器杀气腾腾地对准了牢房。

他们四个脑袋紧靠着窗子上的铁栅，动也不动地望着。

忽然,好像是从遥远的地方有一个低沉的声音传到了他们的耳朵边:

“有命令:学生要打开了第三道门,立刻就开枪。”

卢嘉川迅速循声望去:一个卫兵荷着亮亮的刺刀在旁边一闪又不见了。老卢立刻问杨旭:“这是什么人?”

“是一个爱国的兵……”杨旭宽阔的圆脸,在手电筒一映之下显得异常苍白。

“房顶上有几挺机枪正对准着第三道大门。”墙壁又敲响了,那边有人这样轻轻地说。

“那么,”许宁用力拉着卢嘉川的臂膀说,“反动派也许先对监狱开枪吧?”

“不!”卢嘉川甩开许宁的手,把杨旭拉到一边去。他又沉思了一会儿才说:“老杨,情况需要我们当机立断!你能想法给外面同学捎个信吗?我们已经给反动统治者不小的打击了,为了避免过多的流血牺牲,我们建议他们暂时收兵好不好?”

杨旭想了想说:

“这不是妥协——虎头蛇尾么?要多想想!”

“不!”卢嘉川态度很坚决,“我们的斗争,也要有利有节。你给中大,我给北大,我们每人写个条子送到外面去。那个爱国的卫兵可以帮这个忙吧?”

靠在窗前的吴洪涛和许宁也围拢了他俩,四个人立着开了个简短的紧急会议。最后通过了卢嘉川的提议——给二门外的同学写信去,建议暂时收兵,以避免过多的流血牺牲。

杨旭从墙角里掏出了一截铅笔和一张纸条递给卢嘉川。为了怕漏出亮光,吴洪涛和许宁用棉被支成一个小窝铺,杨旭划着洋火,卢嘉川就急急地趴在窝铺里写了几个字。完了,卢嘉川划洋火,杨旭又写。都写完了,杨旭一个人靠着铁窗轻轻咳嗽了三声,于是有一只手,立刻敏捷地拿走了这两个小纸条。

这时在卫戍司令部的第三道铁门外,群众的吼声更高亢了:

“白色的统治者呵!你们开枪吧!你们有的是枪弹,我们有的是热血……”在沉沉的黑夜里,上千青年的呼声刚刚停歇一下,接着又悲昂地呼啸起来了。杂沓的脚步声和着呼喊声,踏在地上像巨雷似的越来越响。人群用身体轰击着卫戍司令部的第三道大门,大门发出吱呀的响声,眼看又要被撞坏了。

千钧一发的时刻到了!房上敌人的机关枪,虎视眈眈地对准了铁门外的大队学生。

卢嘉川等四个人紧紧地互相拥抱着,并肩靠在铁窗前。

我们不相信世界会永远地黑暗,
昏夜将成过去,顷刻就会天明……

卢嘉川轻轻地唱起了歌子。他不相信条子准保发生效力,而他自己的心里正准备着最后的时刻。他唱着,几个人也低声合着他唱起来:

昏夜将成过去,顷刻就会天明……

但是,十几分钟以后,一种声音把他们从梦寐似的情景中惊醒了。

“中大同学在这里集合!”

“北大同学在这里集合!”

在杂乱的喊声中,同时响起了集合的号声。

监狱的电灯忽然亮了。

“好险哪!”许宁抹抹头上的汗水,跳起来喊了一声。

杨旭回过身紧紧地握住了卢嘉川的手,握得他生痛。

“假如因此我们要终生住在这里面,不是也很幸福么?……”卢嘉川含着满眶泪水微笑着。

第八章

林道静在北戴河杨庄小学校忍受不了余敬唐的啰嗦,结果,还没等到放寒假,就像她从北平逃来北戴河一样,她又悄然从北戴河逃回了北平。

在杨庄每月只有十五块钱的薪水,除了吃饭、发信、零用,她连一身厚棉衣都没有挣上。她穿着单薄的衣服,带着小小的行李卷——那些乐器她早没有闲情逸致玩弄它们,陆续都送给了她的学生。一路上她踌躇许久:到了北平到哪儿安身呢? 而且那个什么胡局长还在找她。当然她宁可饿死,也不愿——用她在日记上常写的话——"出卖灵魂"。她常想自己该有一个纯洁高尚的灵魂,这个灵魂要不为世上任何污浊、物欲所熏染。……

火车快到北平东车站了,她才下定决心去投奔她的要好朋友王晓燕。

王晓燕是一个和道静同岁的高三学生。沉静、善良,一看就知道是个即使是大同学也要管她叫"大姐"的人物。她的父亲王鸿宾是北大历史系教授;母亲是个温顺的家庭知识妇女。她从小生长在和平、温暖的小家庭中,所以性格不像林道静那样奔放、大胆。她温文尔雅,只知道努力用功,希望将来也像父亲一样做个学者。

一见王晓燕,道静拉着她的双手许久说不出话来。晓燕看见她的朋友在寒冷的冬天,只穿着一件薄薄的黑布棉袍,而且上面沾满了灰尘和油迹,一种风尘、劳碌的疲惫神色,使她好像不认识林道静似的,看了她许久。

“嘿,小林!”晓燕亲切地笑笑,不知道怎样心疼林道静好,“洗洗脸,换上我一件衣裳吧——看你打扮得像个乡下佬。”

“你不要瞧不起乡下人,我妈妈……”道静努努嘴,觉得用不着说这些废话,便笑着转了话题,“晓燕,你多幸福呵——爸爸、妈妈、妹妹,一家人多么好。……”道静笑着,眼睛却忍不住潮湿起来,她赶快扭过头去拿起了洗脸手巾。

晓燕同情地望着她,说:“你别总是难过。就住在我家,叫爸爸帮你想办法。”

“好吧。”道静苦笑着。两个女孩子相对看了几秒钟,道静忍不住了,忽然抱住王晓燕的脖子在她耳边说:“知道余吧?……我们好了……”

“早知道了!”王晓燕温存地笑了,推开林道静,“快去看看他吧,早急坏啦。”

晚上,道静去看余永泽。在他那小小的公寓房间里,他们谈到了深夜。当她要回晓燕家里去睡觉时,余永泽送她,在深夜的马路上,他们并肩漫步着。当走到天安门前的玉带河旁,他们才在玉石栏杆旁边站住了。在黯淡的灯光下,余永泽用力捏紧了道静冰冷的手指,深情地凝视着她。半天,才用颤抖的声音小声说:

“林,愿意做我最亲爱的吗?……我会永远地爱你……”

道静低下头来,没有回答他。她的心头激荡着微妙的热情,两颊燃烧起红晕。这就是青春的热恋吗?它竟是这样的幸福和甘美!她情不自禁地握住余永泽的手,把头靠在他的肩上。……

但是,爱情并不能解决道静的苦闷,住在王晓燕家,晓燕和她的父母对她虽然很好,然而,这究竟不是长久之计。她必须要赶快解决生活问题。因此,一到北平的第二天,她便急忙各处活动起来——托同学、托老师帮她介绍职业。如果不外出的时候,她就翻着各种报纸。她希望从报上的招聘广告上,能够找出求职的线索。

一天、两天,一星期、两星期过去了,尽管她着急,尽管她做了各种努力,可是能够找到职业的希望一点也没有。王教授婉转地告诉她:在现在的社会里,即使是大学毕业生或者专门人材,如果没有相当的“引荐”,还经常处在失业状态中,像林道静这样的年轻女孩子,找职业是很不容易的。因此他劝她还是“少安毋躁”。可是道静并不相信。她以为这偌大的北平,找一个小小的职业还不容易。因此她还继续去找——东碰西撞,东找西找。半个月过去了,一个月过去了,却连所谓“职业”的影子也没有。王伯母常劝她慢慢找,找不到可以住在她家;晓燕也劝她别乱跑,留神碰见坏人。不过她们的抚慰并不能解除她心里的焦躁,有个门路她还是去打听,可是没有一个能成功。这一天,《小实报》上登了一个招聘年轻家庭女教师的广告,她看条件还差不多,就准备去试试。

她穿了晓燕的绿呢大衣,把自己打扮得整齐、漂亮些,然后挟着小小的漆布包走出门去。刚走到大门口,碰见晓燕下学回来,她拦住道静问道:

“小林,又到哪儿去碰运气呀?”

“不,发封信去。”因为道静已挨晓燕说了许多次,所以这次决心瞒住她。

晓燕看出她在说谎,笑着推了她一下:“去吧!愿你成功,早点回来。”

道静不好意思地笑笑,扭头跑走了。

按着地址找到了东单三条一座红油漆大门的阔公馆。她被引到一间华丽的、有点东洋味道的客厅里。等了许久才出来一位西装革履、留着两撇仁丹胡子的“老爷”。这位“老爷”见了道静倒很客气,让烟让茶,一开口就问道静多少岁了,上过什么学校,一边

问,一边用两只贼溜溜的混浊的眼睛不停地向道静身上打量。道静感到很不自在,但她勉强忍耐着回答。最后她问那人:

“先生,你的学生在哪儿?他读几年级了?都补习什么功课?”

只见那臃肿的拙笨的身体猛地向沙发背上一靠,露着满嘴金牙哈哈大笑起来。笑了几声,他这才又摸摸胡子,弄弄领结,重整仪容微笑道:

“小姐,您很好的!很好的!我的太太少爷还在我们国家——知道吗?大日本国。您先来教鄙人吧!钱多多的,多多的,……哈哈哈。……”

道静突然像被人在头上重重打了一记,她不知道嘴里说了两句什么,就像一匹逃脱猎人的野兽,猛地蹿出了那座华丽的公馆。直到走出很远,她才站住脚,回头望望那傲岸的红漆大门,用微微颤抖的手指,擦擦迷糊了的眼睛。

没回晓燕家,她照直去找余永泽。

她走进了他的房间,他正伏在桌上写什么。见她走进来,他站起身来想拉她的手。但她摇摇头,坐在椅子上,双手抱着头,半天,不动也不响。

余永泽急了,偎在她身边,轻声地问:

“静,怎么啦?生了我的气?”

“不,你别管我。一会儿就好了。”

余永泽不敢多讲话,他惶悚地望着她,两个人都沉默着。最后,她好像平静一些了,抬起头来看着余永泽微微一笑:

“好啦,过去啦。……这叫我更加知道中国是块俎上肉,强盗们到处横行。……泽,你听说过姜太公卖面的故事吗?小时候,老王妈常对我说:人不走运就好像还没遇见文王时的姜太公,钓鱼跑了鱼钩,卖面翻了笸箩。我,我,我不知道我还有走‘好运’的一天没有?”她竭力掩藏着内心的痛苦,但是眼泪还是在眼眶里打转。

歇了歇,她又充满孩子气地歪着头说:“我才不信什么命运呢,反正碰吧,碰吧!我不相信真会永远碰不出一条道路来。”

她向余永泽叙说起刚才求职的遭遇,余永泽注意地听着。听完了,他一改平时温存的风度,在屋里走了两圈,回过头来严肃地注视着林道静,说:

“静,请你别怪!咱们的关系使我不能再缄默。你这样任性地乱撞下去是很危险的。这个社会别说是你,就是比你能耐大、阅历多的男子,哪个不碰得头破血流?你,静,你真像一匹难驾驭的小马,总爱东闯西闯。但是,这有什么用?理想是理想,事实又是事实。我相信你不久就会撞得精疲力竭的。”

道静凝视着余永泽那个瘦瘦的黑脸,那对小小的发亮的黑眼睛。她忽然发现他原来是个并不漂亮也并不英俊的男子。而且,他说的是些什么话呀?她听着,心里感到从未有过的烦躁。因此,她只冷冷地瞅着他,并不出声。

“亲爱的!”停了一会儿,余永泽走到道静身边抱住她,在她耳边低声说,“静,听我的话,咱们搬到一块儿吧!我这是第十次请求你了。……你想想,那时咱们该多么幸福——我下课回来,你亲手替我做熟了饭;你喜欢文学我帮助你;你写诗,如果愿意的话,我来替你修改。家里寄来的钱虽不多,省一点也够咱俩用的。……现成的幸福道路你不走,却喜欢这样任性胡闹,为什么一定要闹得东奔西走、寄人篱下呢?……”

“不要说了!”道静按住了余永泽的嘴巴,然后用双手蒙住自己的眼睛。待了一会儿,突然睁开眼睛说,“永泽,你怎么好像忽然变了一个人?寄人篱下?跟你在一块儿就不算寄人篱下?你别老对我讲这些啦,你再说,我真怀疑你是乘人之危……”她的嘴唇哆嗦着,看得出,她在竭力压制自己的恼怒。

余永泽拉着她的手臂,站在她身旁惶惑地嗫嚅着:

“静,亲爱的,别这么说呀！我爱你,永远永远地爱你。你是我的生命、灵魂,我为你才活着……”

道静笑了。这些话是迷人的,尤其对一个初恋的少女。

第九章

林道静虽然很爱余永泽，但是，就是不愿意很快和他结婚。余永泽和她谈了几次，几次都碰了钉子。这个问题使他大伤脑筋。于是有一天，他忽然病了，蒙着头躺在床上，课也不去上。道静来看他，焦急地问：

“泽，怎么啦？怎么忽然病啦？”她摸摸他的额头并不烫，只是脸色阴沉沉的显得很痛苦。

“静，坐下。”他看着林道静苦笑道，“我不知道为什么心里这么难过，过去，我得过心脏病，几乎死掉，有几年没犯了，可是昨天又犯了，也许因为……”他闭上眼睛不说了。

“因为什么？”道静急着追问。

“不要说它了！”余永泽睁开眼睛有气无力地摇着头，欲说而又止。

“不！”道静忍耐不住了，在余永泽的肩上用力推了一下，皱着眉笑道，“你这个家伙怎么啦？吞吞吐吐的！有事告诉我，不许你这样！”

余永泽的眼睛忽然潮湿了，接着，大粒泪珠滚滚而下。他瘦削的手指用力捏住道静的手，使她感到了疼痛。道静惊奇地看着他。半天，他才用沉重的低声说道：

“静，请告诉我实话——如果不爱我，如果我不值得你爱，那么……告诉我实话吧！”

道静呆呆地看着他——许久工夫才明白他说的是什么话。于是她再也压不住自己的激动，紧紧捏住他的双手说：

“永泽，谁叫你说这样的话！再也不许你这样说！”她转过身去擦去了流下来的眼泪——原来余永泽是因她而病的呀！

一缕欣喜的笑容浮上余永泽的嘴角，但他很快把它抹去。拉回道静坐在床头，他仍然哀愁地说道：

“不，你并不爱我。没有你在我的身边，我觉得我的生命好像黄叶一样的枯萎下去了……静，救救我！没有你我真的再也活不下去了。……”

这是多么深挚的刻骨相思呀，而且他是救了自己生命的人！于是在余永泽的眼泪和拥抱中，她答应了他的要求，决定和他搬到一起去。

新的生活开始了。

从晓燕家里临搬走的头天夜里，道静真像将要结婚的姑娘离开娘家一样，心里忐忑不安。夜晚把东西收拾好了，她拉住晓燕的手，小声说：

“晓燕，明天我就要过另外一种生活去了，我……有点儿怕。可是有什么办法呢！只好这样。希望你更加劲读书，实现你的理想。……你比我幸福，我，我的前途……”她痛苦地低下头来。

“但是，你比我勇敢，比我大胆。”晓燕赶快用手绢擦擦眼镜后面的泪水，笑着说，“对家庭、对生活你全够大胆的，我赞成你，同情你。可是，就是对老余，我有点不放心。你真正了解他吗？贸然就跟了他去，有什么保障？对他这人你真正相信得过？”晓燕自觉对道静应当尽大姐姐的忠告，她迟疑一下，终于这样说了。

道静抬起头，明亮的眸子带着一股倔强的稚气：

“晓燕，你以为需要坐坐花汽车，来个三媒六证才可靠吗？我就讨厌那种庸俗的礼仪。你读过《邓肯自传》没有？我真喜欢这本书。邓肯是西洋近代大舞蹈家，她从小就是孤身奋斗。遭遇了多少艰难困苦,但是她不气馁,不向恶势力屈服。她就讨厌那些传统的道德。有一次,她的两个孩子全掉在莱茵河里淹死了,她想孩子,希望再有个孩子,可是那时她没有丈夫,她就躺在海滩上等待着。后来,看见来了一个可爱的青年,她就向这个陌生的青年迎了去。……"

庄重的不苟言笑的王晓燕,看见一向沉默寡言的林道静忽然认真地讲起这些浪漫故事,禁不住扑哧一声笑了出来:

"你这不守本分的小家伙!余永泽早晚丢了你,看你怎么办?"

"那怕什么!"道静轻轻一笑,"我又不是男人身上的附属品,离了他活不了。再说,你……你不知道他是多么爱我呢!"说到这里,她不好意思地笑了。

王晓燕也吃吃地笑了:"这个嘛,我可真不知道哩!"

王晓燕喜欢林道静。因为她聪明、有头脑、又喜欢读书。比起一般知识和文学修养来,她都不如林道静。而且她同情她的遭遇,愤恨她的家庭,因此,她总是热情地帮助她,像大姐姐一样地爱她。但是对于她的某些狂放、激烈、简直不像女孩子的思想和见解,她是不能同意的。然而她又从来没法说服她。因而,两个朋友好是好,但总不免要抬个小杠。常常是王晓燕温厚地一笑,两个人才又言归于好。

"好吧,小林,我是真心实意地希望你幸福。"晓燕挚情地看着道静,却禁不住摘下眼镜擦掉泪水。

道静感激地望着她。半天,她拉起晓燕的手勉强笑着:

"晓燕,你放心。我不会堕落的,我要对得起你。……"

林道静和余永泽住在一起了。两间不大的中国式的公寓房间,收拾得很整洁。书架上摆着一个古瓷花瓶,书桌上有一盆冬夏常青的天冬草。墙壁上一边挂着一张白胡子的托尔斯泰的照片,一边是林道静和余永泽两人合照的八寸半身照相。这照相被嵌在一个精致的镜框里,含着微笑望着人们。总之,这旧式的小屋经他们这么一布置,温暖、淡雅,仿佛有了春天的气息。

余永泽觉得很幸福。能够把这么个不易驯服的女孩子征服了,能够得到这么一个年轻、漂亮的爱人,他是多么高兴啊。早上上课去之前,他必定要把林道静抱在怀里,注视着她那脉脉含情的眼睛,说:

“亲爱的,等着我,一会儿就回来。”

好像要出远门似的,他依恋地停留一会儿才去上课。

中午,下课回来,他还是先拥抱她,然后往作为餐桌的一个小几跟前一坐,带着满足的微笑摸着自己的脸颊说:

“饭做熟啦?吃什么?烙饼摊鸡蛋,那好极啦。我真喜欢吃你做的饭。静,咱们够多么幸福啊!”

这时,道静也感觉幸福。余永泽的温存和体贴,使她从小缺少爱抚的心灵感到了情感上的满足。而且余永泽使她有了一个温暖的家。这家虽然只有两个小小的房间,但是比起流浪在北戴河时的情况可好多啦。然而时间一长,她的内心却渐渐有了不安的感觉,有时在笑语中,她对余永泽说:“你是大学生,有书读,有事做。可是,我,我这样的算个什么呢?”

他安慰她:

“那有什么!我们学校许多教授夫人都是大学毕业生,甚至还有留洋回来的,可还不是留在家里——陪着丈夫,照顾孩子。静,你要闷得慌,就帮我搜集点材料,抄点东西;不然就学学烹调、缝纫。以后,咱们不能光是两个人呀。”他笑着,轻轻地拉起道静的手吻着。

“泽,你为什么总这样说?……”道静抽回自己的手惶惑地看着他,“从前咱们在北戴河海边的时候,你的思想多么丰富,你对人生、对艺术有许多见解我真喜欢。可是,现在,你成天价总是吃啊、喝啊、孩子啊,……你知道,我的意志不在这上头。"

"你要做什么呢?"余永泽笑着问。

"要独立生活,要到社会上去做一个自由的人。"

"我不反对!"余永泽赶快改了口,"我从来都是主张妇女走出厨房的。这是社会问题啊,你找不到工作那怎么办?"

可是有一天,道静高兴地对余永泽说:

"我已经找到工作了!"

"什么?找到了工作?"余永泽好像挨了一棒子,赶紧问,"谁替你找的?"

道静告诉他,她的同学李玉梅的父亲在西单一家书店做经理,这书店现在缺了一名店员,李玉梅来问道静愿不愿意干,她已经答应了,明天就准备去工作。

这天晚上,余永泽忽然变得很烦恼。他坐在书桌旁却看不下书,抚着额头若有所思。可是道静却比较高兴,她在灯下看了一会儿书,抬头看见余永泽不安的神色,推了他一下:

"泽,你为什么不高兴?我工作去还不好么?而且还可以减轻你的负担。"

余永泽一下子紧紧握住她的手,激动地说:

"静,我舍不得!你看,再有一年多我就毕业了,为了我的前途,不,也就是咱俩的前途,我考虑得很多很多。近来胡适和一些学者们都在提倡研究国故,'考据'这一门很吃香。所以你看,我近来不大看纯文艺作品了,我选的课、上图书馆,都在向这方面钻。现今职业问题是一个很大的问题,不过我相信毕业后不会成问题的。那么,我们的生活,我想是不会太坏的。所以,我不愿我心爱的人再东奔西走。那么个小书店的店员,你不该答应。再说,还有你妈给你找的那个胡局长,你不怕碰见他么?"

"我又没有花过姓胡的一文钱,怕他做什么?"道静甩开余永泽的手，一种隐隐的失望的痛苦开始在她心上捶击，“永泽，我真不明白你是怎么回事，又主张妇女独立，又不愿我出去工作。不，泽，我一定要去！不要留我。”

余永泽知道她的脾气，只好愁闷地点点头，不再说下去。

第二天清早，道静带着兴奋的心情从东城到西单去上工。第一天她非常高兴，事情不忙，她可以有时间读各种新书。但是第二天、第三天她就懊恼起来了；第四天她简直忍耐不下去了；第六天她就索性辞了职。原来一起一起的流氓，自第二天起，就开始不断跑到书店来起哄、寻开心。看见一个年轻漂亮的女孩子在当“招待”，流氓们简直像苍蝇一样，成群地在书店里外飞来飞去。第六天的清早，书店大门上还贴上了这样一个小条条：

这个书店真不赖，
新添漂亮女招待。
给我一个甜乖乖呀，
买一毛来给一块！

道静看见了，气得浑身发抖。她二话没说，立时向经理辞了职。一文工资没有拿到，反倒受了许多污辱，她颓丧得许多天都抬不起头来。从此，道静找工作的事，更加没有头绪了。但是余永泽却高兴了，他又胜利了。

在漫长的空虚的日子里，道静听说她中学时代的要好朋友陈蔚如结了婚，而且生活得很不错。有一天，她就怀着兴奋的心情去看她。可是一见之下，不禁使她大失所望。只见陈蔚如烫着最时髦的鬈发，穿着粉红色的丝绒袍子，绣花缎鞋，脸上涂着厚厚的脂粉。学生时代朴素的陈蔚如已经是一个道地的阔少奶奶了。

“她怎么变成这么个怪样子了！”道静心里咕哝着，怪不舒服地坐在沙发上。

陈蔚如见了道静非常高兴。一边拉着她的手，一边向门里娇声娇气地喊道：

“赵妈，倒茶！来了贵客啦！”

道静一边打量着这间漂亮的客厅，一边耐着性子问陈蔚如这一年多来的生活情况。

“啊！林道静，我告诉你。”陈蔚如用纱绢抹抹嘴唇，浮着满足的微笑，“去年分别以后，我也没有考大学。经我表姐介绍，我就跟潘先生结婚啦。他是南开毕业的，现在是盐业银行的副理。我们的生活倒还好。你看：这所房子是他去年为我俩新婚才买的，家具一项就用了两千块。小林，他的脾气也挺好，不像别的男人有了钱就去找舞女，他，他准时回家来。……一个月以前，我们还有了个胖孩子，叫贝贝。小贝贝可好哩，他爸爸爱得不行。”陈蔚如越说越高兴，轻轻用手摸了摸鬈发，忸怩地站起身来喊道：

“奶妈，把贝贝抱来！给阿姨看看。”

还没等孩子抱进来，她又坐下来看着林道静，带着大姐姐般关切的神情问道静：

“小林，你还是那么‘怪’吗？像你这样人才，要是找个好人，可比我还得阔气。唔，”她又轻轻地用手绢擦擦自己的红唇，“听说你跟个大学生住在一块，是真的吗？”

道静点点头，不说话。

“唉，真是怪！你怎么这么……”陈蔚如焦灼地皱着眉头，两条又弯又细的黑眉毛像八字似的向下弯垂，“在学校的时候，论功课、读书，哪方面我可都不如你，可是现在……你为什么不、不想想……我们贝贝他……爹……”她吞吞吐吐地还想说什么，道静打断了她的话。

“陈蔚如，我想不到你变得这么快。”道静坐在沙发上，忧郁地看着陈蔚如弯弯的黑眉毛，一字一板地说，“你还记得咱俩在西河沟一同咒骂着黑暗的社会，要誓死保住清白之身的那些话吗？你还记得我妈妈不供给我上学、逼迫我嫁阔佬，你急得直哭，同情、鼓励我和他们斗争的那些事吗？怎么才隔了一年多，你也想劝我嫁个阔佬来了？难道阔佬真这么可爱？”

陈蔚如正接着奶妈抱进来的孩子，听道静这么一说，立刻把孩子又扔还给奶妈：“把贝贝抱回去吧！”她转身冲着道静愣了一会儿，然后红着脸讪讪地说：

“林道静，你怎么这样？……你别误会！我并没有劝你嫁阔佬，那是你的自由呀！”她微微吁了一口气，眼睛看着地下，“唉，早先在学校里的事，那还不都是些小孩子的幻想，想不到你还都记着。我觉得人总要实际一点……”

看见道静站起身要走，她没说完想说的话。两个朋友的友谊就在这样不欢而散的会见中结束了。

第 十 章

冬天，快过阴历年的时候，一个风雪满天的星期日，余永泽从外面抱回了许多好吃的东西——有便宜坊的烤鸭，有天福号的酱肉，还有非常精致的点心和一瓶白兰地酒。道静接过这些东西，奇怪地问：

“你买这些干什么呀？”

余永泽在道静的脸上吧地亲了一下，高兴地说：

“今天请个贵人来吃点喝点。——来，咱们快收拾收拾屋子和这些东西。”

道静噘着嘴巴看着余永泽不动，不高兴地说：

“什么贵人？——我不侍候你那贵人！”

余永泽把道静的手拿在自己的脸上摸着说：“看，为买这些东西这脸都冻成冰棍啦。你也不心疼人家——来，给我暖暖！”

道静笑了。抽回自己的手，又问：“倒是谁来呀？”

“一会儿你就知道了。”余永泽好像故意和道静开玩笑，“这个人对咱们大有好处。你一定要拿出主妇的殷勤好好招待人家。……来，咱们把这些肉、菜都摆好，你再去把馒头蒸热……等等！去把那两只漂亮的宋瓷杯子拿出来，今天可用上这些古董了。”

两个人刚把吃的东西摆好，把屋子收拾干净，就听外面有人喊道：

“有一位杨庄的余少爷住在这儿么？”

道静赶快把门打开。只见一个衣衫褴褛的衰弱的老头站在屋门外。他一边扑打着身上的雪花和尘土,一边哆哆嗦嗦地问道静:“您、您……余少爷是住在这儿吧?”

“您进来吧!”道静刚要往里让老头,余永泽走到门边看着老头,问:

“你找谁?”

老头一见余永泽,立刻高兴地抢上前来,核桃样布满皱纹的脸上有了笑意:

“大少爷,您住在这儿? 好、好难找啊!”老头说着不等余永泽往里让,就背着布“捎马”①踉跄地往门槛里迈。

“你是谁? ……”余永泽没让他进去,挡住了门槛。

“我,我是您对门的魏三大伯,您……您连我也不认识了?”老头有些失望,他仰着瘦削的皱脸呆呆地看着余永泽。

“啾,魏老三!”余永泽好像刚刚想起似的,把手一挥把魏老头让到屋里来。同时对道静一努嘴:“这是家里的老佃户。”

道静见老头风尘仆仆又冷又饥的神色,连忙找个凳子让老头靠火炉坐下,并且问老头:

“没吃饭吧? 跟我们一块儿……”她的“吃”字没有说出口,余永泽早向她使了个眼色。她点点头,看看那一桌子珍美的食品,想起就要来的贵人,就到外面买回了一包烧饼递给老头,说:“老大伯,吃点这个吧。”

“不啦,不啦! ……”老头一边拙笨地谦让着,一边早接过烧饼大口吃起来。余永泽走进了用幔帐隔开的里屋去,外面道静只好一个人陪着老头。老头儿狼吞虎咽地一气把烧饼吃光了,然后掏出旱烟袋,吸着烟,眯着眼睛感激地看着道静笑道:

“您是我们庄子上教过书的林先生是不是?”

---

① 捎马,搭在肩上的布袋,两端可装物。北方农民赶集、进城时常用。

“是。老大伯。您还认得我?”

“怎么不认得！我那大孙子狗儿还跟您上过学。他回家来常念叨林老师好,林老师教他打日本呢。”

听见老头子和林道静在外屋谈起家常来,余永泽挟着几本书走了出来,他截住老头的话,问道:

“魏三大伯,你有什么事找我?说吧！我要上课去了。”

这老头儿的神经忽然紧张起来,他拿着烟袋的手有点儿哆嗦。但他克制着,慢慢地把烟灰磕打出来,和烟荷包一起收拾好了,装在腰里,然后所答非所问地说道:

“大少爷,您是念书人,什么不明白,……我种您家那东洼的地,连着三年闹水,籽粒不收,老伴儿饿死啦;您五福兄弟饿得跑走当兵去啦;家里只剩下我跟狗儿娘、小狗儿,……还有五福的妹子玉来——她,她叫我狠心卖给人家,也不知山南海北地哪儿去啦！……”

看样子老头儿叨叨起来没有完了,余永泽用手敲着桌子,又截住老头的话说:

“三大伯,你倒是干么来了?没事,你待着,我要走啦。”

“别,别！待一待！几句话就完。”老头子赶快站起身来,双手伸出去,远远地好像要抱住余永泽似的哀诉道,“穷人的日子实在没法过啦！您家的租子两年都交不上,您父亲催……”老头儿摇着头叹口气,忽然,浑身上下摸索起来,摸了半天,这才从腰里摸出一封揉皱了的信封,他举着这信封,用颤巍巍的双手送到余永泽面前。“看！这是您五福兄弟当兵来了信啦,一家子高兴坏了,他说在北平长辛店驻防,我,我就找了他来啦。”

“你找他有什么用?”还是余永泽明白,他微微一笑说。

“您说得对!”老头儿赶忙回答,“好几百里,好容易央告人借了四块钱的盘缠,可是赶到那儿,他又开拔啦,不知开到哪儿去啦。……我，我们一家子还指望找他要点钱活命呢。要是他发个财什么的，把您家四老爷的租子交上那就更好啦。可是老天爷，老天爷不睁眼，五福又不知哪儿去啦，不知开到哪儿去啦！这年头兵荒马乱，一个枪子……唉，我那苦命的小子啊！……”说着说着，老头子一屁股坐在凳子上竟呜咽起来了。林道静听了这些话，忍不住心酸起来，看着老头儿用污脏的手去擦眼泪，她赶快拿了一条毛巾递给他。可是，没等送到老头手里，余永泽却轻轻夺了过去。他笑着向道静一努嘴，回过身来对老头说道：

“魏三大伯，别难过啦。你是没有路费回家吧？不要紧，我这里给你凑一块钱，你到别处再想点办法，赶快回家去吧！”说着，余永泽从衣袋里掏出一张一元的钞票放在老头的身边，并且对林道静微微一笑，意思好像说：“你看我多么慷慨。”

老头儿开头听着余永泽的话是高兴的，但转瞬间，看见了打发他走的一块钱后，老头儿的脸陡然痉挛起来了。他瞪着余永泽，又看看一旁站立的林道静，用哆嗦的嘴唇，上句不接下句地说：

“少爷！行行好，家里人眼看就饿死啦！一块钱……一块钱连到家的路费都不够！您好心眼，小时候还常给五福白面馒头吃。今个……”他那昏花的老眼满含着泪水，“今个，帮个十块八块的吧！别，别叫小狗跟她娘，白，白盼一场。”

老头儿的眼泪流出来了，可是林道静眼中的温存多情的大学生余永泽，却忽然又粗鲁又冷淡地说：

“三大伯，你们佃户都不交租，我父亲拿什么钱寄给我？我是个学生，又不挣钱，给你这一块钱也是不容易呀！”说着话，他偷眼看看林道静，谁知道静已经转身走出门外去了。余永泽还想说什么，可是老头儿已经颤巍巍地站了起来，艰难地背起他的破捎马——好像它有千斤重似的。他一边蹒跚地向门外走，一边含糊不清地说：

“行！行！人到难处就是这样！”

余永泽看见老头儿没拿他那一块钱，他把钱又随手掖在口袋里。老头出了门，他也没往外送。

“老大伯，等一等！”老头走到大门口，道静把他叫住了。她匆忙地递给他一张钞票：“老大伯，这是十块钱，管不了多大事。可是……”她向门里看看，又说，“你认识火车站么？留神！火车上有小偷，可把钱收好了。”

老头儿的眼泪唰地又流下来了。在漫天大雪的街上，接过钱以后，他两只手慌乱得好像瞎子一样乱摸起来。半天，才喃喃说道：

“哪儿都有好人，好人……谢谢您，一家子全给您磕头啦！”

看见这悲惨的情景，道静的眼泪也忍不住流下来了。在这一霎间，她忽然想起了她那白发苍苍的外祖爷。穷人、佃户，世界上有多少受苦受难的人呵！……她怀着沉重的心情站在门边，看老头儿一步一回头地慢慢走了，这才回到屋里来。可是，刚走进屋，她看见余永泽的脸上有了怒气。

“你给老头钱啦？”他皱着眉头，充满了斥责的意味。

道静抬起头来，盯着余永泽看了看，点点头道：

“给了。”

“多少？”

“十块。”

“拿着我的钱装好人，这是什么意思？”余永泽第一次对林道静发起火来了。

“啊！”道静想不到余永泽竟会说出这种话来。她猛地站起身来，激怒地盯着余永泽：

“你这满嘴仁义道德的人，对待穷人原来是这样！我，我会还你！……”她哭了。她跑到床上蒙起被子，哭得那样伤心。而更使她伤心的是:余永泽——她深深热爱的人,原来是这样自私的人,美丽的梦想开始破灭,她,她怎么能够不痛哭流涕呢?

看见林道静真的伤了心,余永泽慌悚起来,他顾不得刚才的气愤不满,用力抱住她的脖颈,温存地央告起来。一霎间,他又变得多么多情和善了呵!

“静,饶恕我。我错了。我是为了咱们的生活呀。我不是自私的人。为什么老头儿来找我借钱?因为我和父亲不同……静,别生气了,别说给他十块,就是把父亲刚寄来的五十块全给他,只要你高兴,我再也不说个‘不’字了。”

见道静虽然不理他,但面色渐渐好转了,也不流泪了,于是他拉起道静,替她把头发梳好,还替她往脸上敷了一点粉,然后得意地说:“张敞画眉也不过如此吧?来,别生气,我来给你说个笑话:小时候,我和老头的儿子五福最要好,我们住对门,常常一起跳到大坑里去打扑通。我父亲上五十岁才有我这么个儿子,当然像宝贝样,不许我游水,可是我偷着也要游。五福和一帮小孩子,就给我打掩护。家里人一来找,他们站在水里往我身边一围,几个小孩围住我转磨磨,找的人就看不见我了。我高了兴就给小孩子们偷馒头吃。有一天做饭的刚把一笼馒头掀开盖,趁他背朝我,我就从敞开的窗户上,几下子把一笼馒头全偷偷装到一个布口袋里跑走了。做饭的一回身馒头没有了,他就大喊‘有了狐仙!’你说有意思不?”

“有意思!”道静冷冷地说,“可是,你今天为什么就不肯把馒头给别人了呢?那一桌子好吃的东西,怎么就不肯给老头吃呢?”

“怎么不给!”余永泽理直气壮地说,“如果父亲死了,我当了家,我就要像托尔斯泰一样,把土地全部奉送给农民。”

“奉送?”道静眯缝着眼睛哼了一声,“农民的血养活了你,你反而是他们的救命恩人!”

余永泽没有出声。他心里焦急地想着那个他要找的“贵人”，道静说的什么他根本没听见。

过了一会儿，风雪小了一点，“贵人”终于来了。这人像个运动员，穿着灯笼裤、球鞋，粗粗壮壮的。可是一双大眼睛却很有精神。进门后，余永泽赶忙热情地给道静介绍：

“这是罗大方，我们历史系的同学。”他又转过身把道静介绍给他，“这是林道静，我的爱人。”

罗大方伸出大手握住道静的手，亲切地笑笑说：

“好，我们认识认识。你现在没有上学？也没有工作？”

道静不好意思地红了脸。但她觉得罗大方这个人挺直爽，一见面就很关心别人的生活。他对人像个朋友，可不像什么“贵人”。于是她笑着，赶快给客人斟上水，一边张罗着这顿丰盛的晚餐，一边听他们谈什么话。

“老余，你现在弄起考据来啦？”客人说。

“是啊，国文系嘛，就得钻故纸堆。对这些，我现在兴趣很浓。你怎么样？还忙着救国工作？”

“不。”罗大方避而不谈这些，仍然接着刚才的话头，“你们弄考据，整理国故很好，这也是需要的。可是，千万别上了胡博士的圈套，钻到‘读书救国’的牛角尖里。那，那可就……”他机灵的大眼睛忽然一转，头一摆，对余永泽和林道静爽朗地大笑起来，“嘿，朋友！我来背一下胡博士的杰作给你们听听好不好？”

“嘿嘿，你先别背，我来问你！”余永泽慌忙打断罗大方的话，脸上浮起极不自然的笑容，“你父亲不是跟胡适很熟，现在，他们的情况怎么样？……我的意思是问胡适近来忙不忙？”

“问我父亲和博士他们吗？一对难兄难弟！他们一同研究杜威先生的实验主义，然后贩卖给中国人，好叫中国人高高兴兴地承认‘有奶便是娘’，以便帝国主义和封建军阀来奴役中国。怎么？

老余,你问胡适忙不忙是什么意思?”这位罗大方口若悬河,一说就是一套。

“别忙,先吃饭喝酒。”余永泽笑着张罗着让罗大方坐下。

客人和余永泽都坐在铺着洁白桌布的小圆桌旁吃起来了,罗大方惊奇地说:“老余,你好阔呀,干吗弄这些酒菜?”

“老同学嘛,应当招待招待你。你刚才问我为什么要找胡适么,”余永泽微笑着说起来,“我读王国维和罗振玉[①]的著作,里面有些问题弄不大清楚,想找胡适问问——尽管他在某些地方有毛病,好些人都骂他,不过依我看,他毕竟是中国现代的学者。他治理学问的态度和他的渊博知识还是有可资学习之处的。所以我想把些问题向他请教。可是,他是名学者,咱是个穷学生,不好意思直接找他。因为你父亲和他熟,所以我想托你……”余永泽把一大块烤鸭夹到罗大方的碟子里,脸上露出极其殷勤的笑容。

罗大方又是一阵爽朗的大笑。他把头摇得货郎鼓似的,一边吃着一边说:

“有学问的教授多得很,干什么单找胡适?我看算了吧!我给你介绍别人可以,就是不管介绍胡博士。”

余永泽竭力抑制自己的失望、不满,喊着林道静说:“你也吃饭来吧。”他又转向罗大方仍然笑着问,“喂,老罗,你们一伙子南下示威的救国代表都哪儿去了?怎么听不到你们活动的信啦?李孟瑜呢?——那可真是个了不起的干将。”

“你钻到故纸堆里当然听不到外面的消息了。”罗大方放下酒杯从坐着的小凳上站起来,在小屋各处观看着。他一边观察着这屋子两位主人的兴趣,一边漫不经意地回答着余永泽。“我们示威的学生被绑着送回北平以后,十二月十七号,国民党对南京学生突然来了个大屠杀,你听见没有?因为国民党撕破了它的假面具,镇

① 王国维和罗振玉,都是中国近代的考据学家。

压得很凶,咱们学生救国运动目前不能不暂时沉默一些。李孟瑜就因为那次做了总指挥,回校后,宪兵先生总光顾他,他不得已,不知跑到哪儿去了。”他停下来,眼睛炯炯地看着余永泽,又转过去看看林道静,口气忽然变得很严肃。“老余,你们两个都是青年人,可不要失掉青年人的锐气呦!能活动,还是参加些外面的活动。南下那阵子,老余,你在北平不是也很激昂吗?”

“是啊。”余永泽说,“现在,我也并非不激昂。不过那么喊喊口号,挥挥拳头,我认为管不了什么事。我是采取我自己的形式来救国的。来,老罗,再吃一点。”他仍然殷勤地劝罗大方吃。

“你的形式就是从洋装书变成线装书;从学生服变成长袍大褂。”道静忽然笑着插了话。不知怎的,虽然和罗大方初次见面,但她的同情却在他那边。她觉得他不知有哪些地方,有些像她在北戴河碰到过的卢嘉川。

余永泽过去是穿短学生服的,可自从一接近古书,他的服装兴趣也改变成纯粹的“民族形式”了。夏天,他穿着纺绸大褂或者竹布大褂、千层底布鞋;冬天是绸子棉袍外面罩上一件蓝布大褂,头上是一顶宽边礼帽,脚底下竟穿起了又肥又厚像小船一样的“老头”靴。道静不喜欢他这样打扮,老里老气,不像个青年人。可是他却说这就是爱国。整理国粹和民族服装这就是爱国的具体表现,这在余永泽的言论中是时常隐隐出现的。因此道静才这样说他。

“不要听她瞎说!”余永泽急忙接过道静的话,对罗大方笑着说,“她因为找不到工作,无处泄愤,就常常找我出气。这样的社会真是不免叫人气愤,我为她的工作真不知跑了多少腿,着了多少急,结果还是不得不把她耽误在家里替我洗衣做饭。这社会,‘毕业就是失业’,一点儿不假。现在我就在为毕业后的出路担心。老罗,你的职业一定不成问题,因为你有那样一个有地位的父亲。”

“算啦,我才不稀罕他的栽培呢。我们说不到一块儿,只好各行其是!”罗大方说着就要往外走,“谢谢你们二位,我走啦。”

余永泽和林道静也不留他。走到门口他又回过头来对他们两个说:

“刚才,我要背胡适博士的杰作没背成,现在还是让我背完再走。”

> 你忍不住吗?你受不住外面的刺激吗?你的同学都去呐喊了,你受不住他们的引诱与讥笑吗?你独坐图书馆里觉得难为情吗?你心里不安吗?……我们可以告诉你一两个故事。……

罗大方睁大眼睛,绷着脸儿,摇头晃脑地滔滔背着。余永泽拿起手绢在擤鼻涕,也不知他听了没听;可是林道静却竭力忍耐着才没有笑出声来。歇了一下,罗大方喘了一口气,又说道:“胡博士同情完了青年人的苦闷,他接着话头一转,举出歌德和费希特的例子叫人们像他两个一样:兵临城下你们还必须要安心读书呀。……现在,老余,可别上当,光读书并不能救国的!”

他笑着点点头走了。林道静笑着送走他;余永泽也强打精神送他到大门口。可是走进屋来,他却向床上一倒,两眼望着棚顶,一言不发。

道静在桌旁坐了一会儿,见余永泽一直闷不做声,慢慢走到他身边:

“罗大方一来,你为什么这么不高兴?他劝你也是一番好意。”她还以为余永泽是受了罗大方的讥笑而不痛快。

余永泽躺在床上摇摇头:“静,不是的。他算个什么东西,我怎么会为他难过!我心里确实有些苦闷,因为,你想,我已经有了家,有了你,当然以后还会有小孩。要是为过去那死了的黄脸婆我倒可以不着急,但是,现在是你呀。还有几个月就毕业了,可是职业还毫无门路，到那时，家庭不会再供给，我带着你怎么生活下去呢?”他叹了一口气，愁闷的小眼睛直直地注视着林道静，“因此，我才花了四五块钱买了酒菜找罗大方来谈谈，希望经过他父亲托托胡适，或者就请他父亲帮忙注意一下我的职业，谁想，这家伙总是那一套马克思的大道理。算了，想别的门路吧。静，亲爱的，来!安慰安慰我!”

他从床铺上坐起身来，伸出双臂要拥抱林道静，但是她却把身子往后退了两步，痛苦地瞅着他。经过今天一天他对待两个人截然不同的两种态度，道静似乎看透了她的爱人的真面目，心中感到说不出的失望和伤痛。

迷人的爱情幻成的绚丽的虹彩，随着时间渐渐褪去了它美丽的颜色。林道静和余永泽两个年轻人都慢慢地被现实的鞭子从幻觉中抽醒来了。道静生活在这么个狭窄的小天地里(因为是秘密同居，她不愿去见早先的朋友，甚至连王晓燕都渐渐疏远了)，她的生活整天是刷锅、洗碗、买菜、做饭、洗衣、缝补等琐细的家务，读书的时间少了;海阔天空遥望将来的梦想也渐渐衰退下去。她感到沉闷、窒息。而尤其使她痛苦的是:余永泽并不像她原来所想的那么美好，他那骑士兼诗人的超人的风度在时间面前已渐渐全部消失。他原来是个自私的、平庸的、只注重琐碎生活的男子。呵，命运！命运又把她推到怎样一个绝路上了呵!

第十一章

大年三十的夜晚。

在一间北平式的方格窗棂、白纸窗户的小房间里，透出了明亮的灯光和喧闹的人声——坐满在这里面的十来个男女青年正在高谈阔论。

在烟雾弥漫、热气蒸腾中，主人白莉苹的美丽俊俏的笑脸和灵活的黑亮的眼睛是特别引人注意的目标。她站在八仙桌旁端起玻璃酒杯，对每个客人闪过一个亲切的微笑：

"今夜里，咱们都是无家可归的孩子凑到一起。尽管日本强盗不叫咱们跟家里人一块过团圆年，可是咱们偏要过个快乐年！喂，孩子们，快喝酒呵！"

她这么年轻，屋子里有好几个人都是比她年纪大的，可是她摆着大姐的姿态，一个劲管客人们叫"孩子"。她原是北京大学法学院的学生，吉林省人。因为"九一八"后，东北学生都和家庭断了联系，在这除夕的年夜里，她就约了几个同乡、同学和朋友到她的公寓来过年。她是个热情的爱热闹的姑娘。

她的话刚完，一个健壮的、面孔红红的漂亮小伙子，带着青年人一股天真的激奋的神气，一下子跳到桌子旁，抢过了她手里的酒杯，高举到头顶上，呐喊着：

"我抗议！在这新年之夜，我要大声向反动的国民党和国民政府抗议！蒋介石的不抵抗主义葬送了东北三省，使三千万无辜的同胞在水深火热中当了亡国奴隶。我抗议，大声向南京……

抗议!”

这个青年就是北大南下示威时,在火车上朗诵标语口号的许宁。他一边喊着,一边用他微眯着的圆眼睛向全屋的人严肃地扫射着,好像在寻找他的抗议的反应。白莉苹蹙着眉头微微一笑,顺手打了许宁一巴掌:

“许宁,你这傻孩子,在这儿瞎喊什么呀?蒋介石也听不见你的抗议。而且你不怕侦探听见?……来,朋友们,别听他!快喝酒吧。”

但是,主人的声音像落到一片荒漠的旷野中,似乎谁也没有听见。有几个激愤地议论起政府的反动、不抵抗;有的触景生情想起家乡在低声叹气;一个十七八岁的纤细的女学生,忽然趴在白莉苹的床栏上呜呜哭起来。这一来,屋子里更乱了。白莉苹跑到这女学生身边:

“崔秀玉,别哭!是想妈妈吗?她死得是惨,我们都该记住这仇恨……”她的声音低下来,“别哭,好孩子!像咱们这样失掉家乡、失掉爹妈的孩子老鼻子啦,日本鬼子叫多少多少人都成了孤儿寡妇呀。仇恨!我们都会记住这仇恨!告诉你,东北义勇军打得欢着呢,咱们、咱们早晚一定能打回老家……”白莉苹虽然老练些,可是说着说着,想起了自己处在狼烟下的父母和故乡,她也不禁同小崔一样趴在床栏上哭了。

屋里顿时陷入沉默中。

这个夜晚,林道静也在这里。

她和白莉苹同住在一个公寓里,白莉苹和罗大方熟,他常来找白莉苹,所以道静也就和白莉苹认识了。放了寒假,余永泽回家过年去了,道静没有和他一同去,独自留在公寓里,就被好客的白莉苹邀来同他们一起过新年。

这屋里除了白莉苹和罗大方,其他人她都是不认识的,所以她坐在一个角落里，只静听别人谈说。当她看到崔秀玉和白莉苹都哭了，她忍不住走到白莉苹身边，看着她们，想说什么却又说不出来。平常，豪迈的、爱说爱笑的罗大方此刻却靠窗坐着，低着头，不说话。连刚才那个高喊抗议的许宁也沉默起来了。

“‘每逢佳节倍思亲。’唔，今夜里，我的妈妈爸爸都在、都在想念儿子哪！可、可爱的松花江呀！你那清清的水浪还是、还是那么美、美丽吗？”一个穿着破旧的西装，蓬着一头乱发的小个子青年，显然因为酒喝多了，他这带着醉意的哽咽的声音打破了屋里的沉寂。

大家都把视线转向了坐在八仙桌旁举着酒杯的他。白莉苹不哭了，她擦擦眼睛，跳到这个青年的旁边，夺过酒杯，在他脸上扭了一下：

“不害羞！于一民，你撒什么酒疯呀！”

可是，女主人还没把这边秩序维持好，另一边爆发了更加难听的骚扰：一个穿着灰布棉袍、留着一头颓废的长发、有个长而难看的驴脸、约莫三十岁的男子说了话：

“唉，唉，诸位莫谈国事吧！让人生——更、更自由一些吧！生命流水一样，瞬息——即逝，……我受不了，受不了！……唉，唉，人生若梦，为欢几何，受不了，受不了……”

这个人正凄凉地哼着他的“受不了”，别人还好，许宁和崔秀玉可真受不了了！他们两个几乎同时打断了他的话。崔秀玉先跳到他跟前，指着他的鼻子尖，瞪圆眼睛说：

“王大艺术家，你喝了多少酒呀？我看你烂醉得不像个中国人啦。这是什么时候？国破家亡！可你，你还说这些颓废无聊的屁话！我大声告诉你：日本强盗就要灭亡你的祖国啦，请你从象牙塔里醒一醒吧！”

许宁把手一摆，讲演家似的向后一掠浓黑的头发，紧接着也开了炮：

“王健夫，请你清醒一下吧！知道吗？现在热河危急，华北跟着也紧张。你老先生还有心思高谈你那虚无的妙论？”

王健夫伸长脖子瞪着两只酒醉的红眼觑着许宁和小崔冷笑着，像只挨了打的夹尾巴狗。看着他，满屋子人突然爆发了一阵哄堂大笑。

过了一会儿，人们又谈起来。

“小白，叫我们谈谈心里的话吧！你这儿可不该像茶馆一样也贴上‘莫谈国事’的条子。”于一民瞟着白莉苹，向她要求着。

白莉苹抿着嘴笑道：“我知道在这个日子，你们一定都有许多感慨。我不是不愿谈，我是怕引起你们的伤心来。……”说着，她的眼睛又潮湿了，便赶快扭过头去。过一会儿，才回过头来接着说：“‘九一八’事变以后，咱们东北流亡青年的生活够痛苦的啦，到过年了应当乐一乐，可又总乐不起来。”她想了想，“好，我来说个笑话叫你们高兴高兴，我说完了，你们每人也要说一个。许宁！可不许你坏小子瞎捣乱！”她挤挤眼皮向人们轻盈地一笑。人们都用眼睛盯住她。她说：“‘九一八’后，正当上海八十万工人组织了抗日救国联合会，派代表要求南京政府立刻出兵抗日、要求发给他们枪支抗日的时候，我们北平的学生配合全国各地学生也到了南京，向国民党政府请愿。好呵，蒋介石这时先来了一套妙法，他在中央军校召集学生讲了个话，嘿，请听！他讲得可妙哩！”白莉苹喜欢演话剧，不久之后就要去当电影明星。此刻她拿出了演戏的架势，高声学着蒋介石的南腔北调。“‘现在——政府，正在——积极准备——抵抗日本，如果，三年之后——失地不能收复，中国不能复兴，当杀——’”她用手向自己的脖子上使劲一抹，眼睛一瞪，“‘当杀蒋某之头以谢天下！’”她惟妙惟肖地学着蒋介石的声调、神色，和她那美丽轻盈的姿态一对比，逗得满屋子人又是一阵哄堂大笑。

连那个总低头叹气的王健夫也笑了。于一民竟端着酒杯跳了起来。

“谁听他的屁话!”许宁使劲敲着桌子抢过话来,“就在蒋介石放过臭屁之后不久,全国的学生就开始到南京轰轰烈烈地游行示威去啦! 有名的‘一二·五’北京大学的同学打了先锋;接着上海、北平的学生又大批地到了南京。他们同中央大学的学生一同包围了、打毁了中央党部;《中央日报》也打得它稀里哗啦。学生们到了国民政府的大门外,高喊:‘反对卖国政府’的时候,嘿! 堂堂国府就吓得像一摊烂泥似的把大铁门紧紧关闭了起来。……这就是前年十二月十七号的事。知道吗?”许宁说到这里突然把拳头向王健夫的驴脸跟前一伸,吓得王健夫赶快一缩头。屋子里又是一阵大笑。

“小白,小许,你们聊得好热闹! 来,新年无事,让我也说上两句给你们醒酒!”罗大方今天的神色有些沉闷,好像有什么事情在使他不安,所以直到这时,他才开腔。可是一开腔,他的面色立刻开朗起来,谈笑风生,滔滔地像开了闸的流水:

“小许,南下示威时,你小鬼头跟卢嘉川一起受‘优待’去了;李孟瑜跑出去带领人马攻打卫戍司令部;可我们一百八十五人却被绑到了孝陵卫,饱尝了囚徒的滋味。夜里,凄风苦雨,我们睡在冰冷的地上,周围真像坟墓一样的静寂。咱们温文尔雅的学生们一旦做了阶下囚,谁个还能睡得着! 咬牙切齿的,长吁短叹的,还有诗兴大发即景创作的……你们知道,寡人我也是才高八斗,在那时候,在那沉沉的黑夜里,为了解除同学们的痛苦,为了使同学们又冷又饿、长夜不眠的时间好过些,我和老徐就编起顺口溜来。工夫不大,我们的杰作就风行一时。在黑暗的地上,这边说:‘哥儿们,再唱唱咱们北大歌!’那边也喊:‘再来一个!’我们把监狱、把阴沉沉的孝陵卫军营变成了歌舞场。麦克唐娜小姐的金喉也不如我那粗俗的顺口溜受人欢迎呢。”

“哎呀，哎呀，老罗仁兄，你编的倒是什么惊人的杰作，倒是说出来呀，可把人憋死了！”小崔这女孩子瞪着圆圆的亮眼睛听得入了迷，她见罗大方总是卖膏药，急得要跳脚。

罗大方一阵哈哈大笑：“小伙子们，你们上当啦！我并不会编，编的真是粗俗不堪。不过在那时候，人们实在苦闷无聊这才乱喊一通。”说到这里，他眯缝着大眼睛，摇晃着脑袋，滑稽而豪迈地喊道：“‘北大！北大！一切不怕！摇旗南下，救我中华！’此其一也，下面还有——‘既被绳绑，又挨枪把，绝食两日，不算什么！作了囚犯，还是不怕！不怕！不怕！北大！北大！’”

“好，好极啦！再来一个！”一个生人的声音突然把全屋子的人吓了一跳。大家扭头向门口一望：原来早有一个青年人站在门口听着。这人一来，有认识他的立刻欢呼起来：

“老卢，老卢，你可来啦！”

白莉苹跳上前去紧握住来人的手，亲切地向他微笑道：“卢嘉川，好久不见你啦！”

林道静的心里微微一动。那高高的挺秀身材，那聪明英俊的大眼睛，那浓密的黑发，和那和善的端正的面孔，不正是她在北戴河教书时，曾经一度相遇的青年吗？虽然那时只是短短的交谈，但是，这个富有才华的聪睿的人，却给她留下了深刻的印象。使她有时还会想起他来。但是此刻，卢嘉川却没有看出是她，她也不好意思上去和他招呼。

卢嘉川和大伙招呼完了，找个凳子坐下，就对罗大方笑着说：

“来，伙计，把杰作朗诵完。完了，我也有好作品贡献给大家。”

“对！重新打鼓开张。”罗大方张着大嘴笑了两声，又咳嗽两声清清嗓子接着说道，“那夜里，雨越下越大，我们把大家情绪鼓动起来，人们渐渐安静下去。这时，深夜的孝陵卫只有军营中一二未熄的灯火隐约可见，再就是四处守卫我们的岗兵在泥水里来往践踏的声音。突然我们的纠察队走来报告：‘报告！政府当局派了三十多辆汽车，一千多名军警，要强迫我们回北平！’这一声霹雳不要紧，我们又领着全体同学喊起来了！”他轻松的声调变得沉重了，虽然是低声说着，却洪亮有力。他说：“我们呐喊的声音比刚才还响亮，还有力。‘不走！不走！先得恢复我们的自由！你们既绑来还得绑去，你们要的是升官发财和小民的血，我们要的是祖国的幸福和自由。自由！自由！不走！不走！’”罗大方比划着，挥着拳头、红涨着面孔小声呐喊着。人们鸦雀无声，没有一个人笑了。一阵沸腾的热流激荡在每个青年人的心头。大家目不转睛地望着罗大方，许多人的眼睛里蕴满了泪水。

屋子里又沉默了。

那个驴子脸的王健夫先走掉了。过了一会儿，人们才开始吃着、喝着、嘁嘁喳喳地说起话来。

“我也来讲个笑话。”卢嘉川看看左右的人们微笑着说，“最近听说的这个笑话，正可以和蒋介石在中央军校对学生们高谈三年之内必可收复失地的鬼话来媲美：前几天，正当热河紧张的时候，宋子文飞到了承德。一下飞机，他立刻对热河守军慷慨激昂地发表了一番动人的谈话。他说：‘你们只管打吧！子文敢断言，中央必为诸君后盾。诸君打到哪里，子文跟到哪里，——诸君打到天上，子文跟到天上；诸君打到海里，子文跟到海里……’可是热河战争刚开战的第一天，敌人还离着不知有多远，这位宋老官也没上天、也没下海，却人不知鬼不觉地悄悄飞回了南京。”

奇怪，卢嘉川的笑话并没有像白莉苹的笑话那样引起大笑，相反的，人们像被揭破了陈旧的创伤，唤起了痛苦的记忆，都面面相觑地沉默起来。半晌，小崔才低声说了一句：

“糟啦！热河一完，华北也快……”

许宁忍不住了，他晃晃自己的拳头，拉拉崔秀玉的衣角，对卢嘉川要求道：

“卢兄，请你把最近的形势给我们大家讲讲吧！自从形势一紧张，我、我连课都听不下去啦。”

“是呀，老卢给讲讲！”小崔和白莉苹同时看着卢嘉川。

“不，我比你们知道得也不多。”卢嘉川摇摇头，笑着。

“老卢，谈谈。大伙都要求，谈谈吧。”罗大方亲切地望着卢嘉川，对他努努嘴。

看着大伙都对卢嘉川流露着一种尊敬而渴望的神情，林道静不由得对他更加注意了。她很想挨近他，向他招呼，但是，她又有点害羞。这一屋子人都比她知道的多，都不同于她过去所接触过的人。他们都有一种向上的热情和爱国爱民的责任感。处在这么个新鲜的环境中，她自惭形秽般只待在一个黑暗的角落里，不敢发一言。

“现在的情形确实叫人很激愤！”卢嘉川看看周围的人，低声说道，“叫每一个有良心的中国人忍受不下去。自从‘一二·八’以后，政府虽然口头上喊着‘一面抵抗，一面交涉’，实际上还是个不抵抗。最近山海关打了不到五天，驻在那里的何柱国便奉命退出了；热河只打了七天，承德也失守了。现在日寇正准备向长城各口进攻。……”卢嘉川掏出手巾擦擦头上的汗珠，他已经不像刚才那样神色自若了，带着愤慨和富于煽动性的音调继续讲道，“中华民族到了这个生死存亡的关头，蒋介石却说我们的敌人不是倭寇而是‘共匪’。几百万中国军队不去打日本，却更加凶残地‘围剿’红军，屠杀共产党和爱国青年。……但是毛泽东和朱德领导的红军已经粉碎了蒋介石亲自指挥的‘围剿’，得到了很大的胜利……”

“宁赠友邦，不与家奴！”许宁激愤地打断了卢嘉川的话，抡着拳头喊起来，“嘿，知道吗？这就是他们的‘攘外必先安内，呀！”

屋里十来个青年沸腾似的议论起来了。只有林道静仍然坐在角落里不声也不响。她细心地听着他们的谈话。这些话,不知怎的,好像甘雨落在干枯的禾苗上,她空虚的、窒息的心田立刻把它们吸收了。她心里开始激荡起一种从未有过的热情。她渴望和这些人融合在一起,她想参加到人群里面谈一谈。但是,由于习惯——她孤独惯了,加上自尊,因此,她一直不为人注意地坐在人们的背后不发一言。

“卢兄,”许宁冲着卢嘉川突然又喊了起来,“卢兄,你说我们怎么办啊?我们的出路在哪里?……”

一屋子的青年——包括林道静,听了许宁这句话,都目不转睛地望着卢嘉川——好像他们的出路都在他身上似的。一个个的脸上都显出不可抑制的苦闷和焦灼。

卢嘉川看看对他流露着无限期望的一屋子青年,也向林道静那儿望了一眼,就用低沉的声音轻轻地说:

“你们想找出路么?对,咱们大家都在找出路——整个中国也都在找出路。那么,出路在哪儿?我想出路就在反抗,出路就在斗争,出路也就在把咱们个人的命运和国家、人民的命运结合在一起。半封建、半殖民地的中国知识分子能有什么出路?今天,我们首先就要求得中华民族的解放,然后才有我们个人的出路和解放……”

“要找个人的出路,先找民族的出路……对!”许宁挥挥拳头点了点头。

“对,是这样!”崔秀玉看看许宁轻声说。

“可是,我还是苦闷……”也有人这样嘟囔。

屋子里又沸腾似的纷纷议论起来了。

青年们正在议论着,罗大方忽然跳到桌子边,击了一下桌子说道:“嘿,诸位!我说,光研究理论还是不行,现在咱们商量怎么做点实际有益的工作吧！”接着人们围着罗大方又热烈的谈起来了。这时，卢嘉川站起身来悄悄走到林道静身边，向她伸出了手：

“还认识吗？林道静！”

道静赶快站起身来握住卢嘉川的手。脸不觉一红：“认识——北戴河见过你……”

“到北平来啦？你离开杨庄多久了？”卢嘉川语调亲切、自然，好像多年不见的老朋友。

“一年多了。你好？还在北大吗？”道静微笑着，她对卢嘉川也有一种亲切的好像熟朋友样的感情。

没等卢嘉川回答，白莉苹一回头，看见他们两人在说话，她就走过来插了一句：

“你们俩早就认识吗？嘿，可没想到。”

“一年多以前我们就认识。而且是在一个非常重要的时间，非常美妙的地方。”卢嘉川向白莉苹玩笑似的述说着过去的情形，“那天，林道静正和我那位老姐夫在争论，真怪有意思。嗨，你怎么不在那儿教书啦？现在在做什么？”

道静的脸孔霎地红到耳根。她怎么能够向他讲，她不教书了，她做了余永泽的爱人，就什么也不能干了。不，这不能说出嘴。她只能红着脸看着卢嘉川讷讷地微笑。

“你问她的情形吗？她有了一块绊脚石把她绊得牢牢的！”白莉苹看出道静的窘状，向卢嘉川做了个鬼脸笑着说，“小林可是个好姑娘，可爱的好姑娘，就是她那位老夫子绊住了她的腿。”

“小白，小白，过来！”一堆人中有人在喊小白。白莉苹向他们两人笑笑：“两位故人，你们谈吧！”就到人堆中去了。

卢嘉川和林道静两人真的谈起来了。而且谈了很久。

第十二章

黎明前，道静回到自己冷清的小屋里。疲倦、想睡，但是倒在床上却怎么也睡不着。除夕的鞭炮搅扰着她，这一夜的生活，像突然的暴风雨袭击着她。她一个个想着这些又生疏又亲切的面影，卢嘉川、罗大方、许宁、崔秀玉、白莉苹……都是多么可爱的人呵，他们都有一颗热烈的心，这心是在寻找祖国的出路，是在引人去过真正的生活。……想着这一夜的情景，想着和卢嘉川的许多谈话，她紧抱双臂，望着发白的窗纸忍不住独自微笑了。

二踢脚和小挂鞭响得正欢，白莉苹的小洋炉子也正旺，时间到了夜间两点钟，可是这屋子里的年轻人还有的在高谈，有的在玩耍，许宁和小崔跑到院子里放起鞭炮；罗大方和白莉苹坐在床边小声谈着、争论着，他似乎在劝说白莉苹什么，白莉苹哭了。罗大方的样子也很烦闷。后来他独自靠在床边不再说话，白莉苹就找许宁他们玩去了。听说罗大方原是白莉苹的爱人，不知怎的，他们当中似乎发生了不愉快的事情，因此两个人都显得怪别扭。

道静和卢嘉川两个人一直同坐在一个角落里谈着话。从短短的几个钟点的观察中，道静竟特别喜欢起她这个新朋友了。他诚恳、机敏、活泼、热情。他对于国家大事的卓见更是道静从来没有听见过的。他们坐在一块，他对她谈话一直都是自然而亲切。他问她的家庭情况，问她的出身经历，还问了一些她想不到的思想和见解。她呢，她忽然丢掉了过去的矜持和沉默，一下子，好像对待老朋友一样把什么都倾心告诉了他。尤其使她感觉惊异的是：他的每一句问话或者每一句简单的解释,全给她的心灵开了一个窍门,全能使她对事情的真相了解得更清楚。于是她就不知疲倦地和他谈起来。

“卢兄(她跟许宁一样地这样称呼他),你可以告诉我吗? 红军和共产党是怎么回事? 他们真是为人民为国家的吗? 怎么有人骂他们——土匪?”

卢嘉川坐在阴影里,面上浮着一丝调皮的微笑。他慢慢回过头来,睁着亮亮的大眼睛看着她,说:

“偷东西的人最喜欢骂别人是贼;三妻四妾的道德家,最会攻击女人不守贞操;中国的统治者自己杀害了几十万青年,却说别人是杀人放火的强盗和土匪……这些你不明白吗?”

道静笑了。这个人多么富有风趣呀! 她和他谈话就更加大胆和自由了。

“卢兄,”道静又发问道,“你刚才说青年人要斗争、要反抗才有出路,可是,我还有点不大相信。”

卢嘉川稍稍惊异地睁大了眼睛:“怎么,你以为要当顺民才有出路么?”

道静低着头,摆弄着一条素白麻纱手绢。好像有些难过,她低声说:“你不知道,……我斗争过,我也反抗过,可是,我并没有找到出路。”

卢嘉川突然挥着手笑起来了。他笑得那么爽朗、诚恳,像对熟朋友一般地更加亲切和随便。

“原来如此! 来,小林,我来给你打个比方。……”他看看一屋子喝酒畅谈的青年人都在一边说着、吃着,就用手比划着对道静说起来。“小林,这么说吧,一个木字是独木,两个木就成了你那个林,三个木变成巨大的森林时,那么,狂风再也吹不倒它们。你一个人孤身奋斗,当然只会碰钉子。可是当你投身到集体的斗争中,当你把个人的命运和广大群众的命运联结在一起的时候，那么，你，你就再也不是小林，而是——而是那巨大的森林啦。”

林道静忍不住地笑了起来：“卢兄，你说话真有意思。过去，我是只想自己该有一个高尚的灵魂，别的事我真很少去想。今夜里，听了你们那些谈话，我忽然觉得自己好像……”

“好像什么？”

“好像个糊涂虫！”林道静天真地迸出了这句话，自己也不禁为在一个刚刚认识的男子面前竟放肆地说出这种话而吃惊了。

卢嘉川还是随便地笑道：

“大概，这是你在象牙之塔里住得太久的缘故。小林，在这个狂风暴雨的时代，你应当赶快从个人的小圈子走出来，看看这广大的世界——这世界是多么悲惨，可是又是多么美好……你赶快走出来看看吧！”

多么热情地关心别人，多么活泼洒脱，多么富于打开人的心灵的机智的谈话呵……道静越往下回忆，心头就越发快活而开朗。

“小林，你很纯洁、很直爽。”后来他又那么诚恳地赞扬了她，“你想知道许多各方面的事，那很好。我们今晚一下谈不清，我过一两天给你送些书来——你没有读过社会科学方面的书吧？可以读一读。还有苏联的文学著作也很好，你喜欢文艺，该读读《铁流》《毁灭》，还有高尔基的《母亲》。”

第一次听到有人鼓励自己读书，道静感激地望着那张英俊的脸。

他们谈得正高兴，白莉苹忽然插进嘴来：

“老卢，小林真是个诚实、有头脑的好孩子，可是咱们必须替她扔掉那块绊脚石。一朵鲜花插在牛粪上，真把她糟蹋啦。”

道静闹了个大红脸。她向白莉苹瞟了一眼，她真不喜欢有人在这个时候提到余永泽。

道静和白莉苹在深夜寒冷的马路上送着卢嘉川和罗大方。白莉苹和罗大方在一边谈着，道静和卢嘉川也边走边说：

“真糟糕！卢兄，我对于革命救国的道理真是一窍不通。明天，请你一定把书给我送来吧。”

“好的，一定送来。再见！”卢嘉川的两只手热烈地握着白莉苹和道静的手。多么奇怪，道静竟有点不愿和他们分别了。

“这是些多么聪明能干的人啊！……”清晨的麻雀在窗外树上吱吱叫着，道静想到这儿微笑了。但是这时她也想起了余永泽。他放了寒假独自回家过年去了，和父母团聚去了。因为余敬唐的缘故，她不愿意回去，因此一个人留在公寓里，这才参加了这群流浪者的年夜聚会。想到他，一种沉痛的感觉突然攫住了她的心。

“和他们一比……呵，我多么不幸！”她叹息着，使劲用棉被蒙住了头。

和白莉苹、林道静分别以后，卢嘉川、罗大方二人一边在深夜的马路上走着，一边谈起话。

“老罗，你今天为什么这么沉闷？是和小白闹别扭了吗？”机灵的卢嘉川回过头来向罗大方一笑，同时好像抚慰似的把手臂搭在他宽阔的肩膀上。

“就是这么回事！”罗大方激动地说道，“这女人变坏了！我看错了人。……不爱我了没关系，可是她不该去追许宁。小崔和许宁好了好几年，蛮好的一对，可是这个不要脸的，她，她乱搞一气！老卢你信不信？一个人政治上一后退，生活上也必然会腐化堕落。小白原来是热情的、有进取心的，我确实很爱她。可是，如今书也不读了，什么集会也不参加了，只想演戏、当明星、讲恋爱……像我这样的，她当然不会再喜欢。”

卢嘉川默默地点点头，向冷清的马路上望望，然后对罗大方轻声说:“同志,我相信你是能够忍受过来的。爱情——只不过是爱情嘛……”他意味深长地瞅着罗大方,嘴角又浮上他那调皮的微笑。

罗大方伸手给了他一拳。一边走,一边嘟噜着:

“对!我明白你的意思。可是奇怪,你是不大单独接近女人的,怎么对那个林道静却这么热情——一谈几个钟头。你不知道她有了白莉苹说的‘绊脚石’吗?她那个对象我认识,真是个胡博士的忠实信徒。我争取过他,可不容易。”

“别瞎扯!”卢嘉川严肃地驳斥着罗大方,“她的情形我早从我姐夫那里知道一些。对这样有斗争性有正义感的女孩子我们应当帮助,应当拉她一把,而不应该叫她沉沦下去。她在北戴河时,为了‘九一八’事变,痛心地和我姐夫争论,她说中国是不会亡国的。她那种神态和正直的精神确实使我很喜欢。但是,干吗扯到私人问题上?难道……你这张嘴巴,别瞎扯了!”

罗大方笑着说:“玩笑!玩笑!我了解你。为了咱们的事业,你从来是不考虑自己的。我们经常要和女孩子们打交道,但你却好像个清教徒,我可办不到。为小白——唉!不提她了。”

“我不是清教徒。”卢嘉川沉思着,“不过,目前的形势确实使自己顾不到这些。老罗,那个女孩子——你说的林道静,我看她有一种又倔强又纯朴的美。有反抗精神。我们应当培养她,使她找到正确的道路。你认为怎么样?”

罗大方回身看了他一眼,笑笑说:

“对,应当把她引到革命的路上来。”

夜,虽然是年夜,拂晓之前,街上也已经行人稀少,只有昏暗的街灯,稀稀落落地照着马路上偶尔走过的行人。卢嘉川在和罗大方分手之前,他们又谈了些工作问题。卢嘉川从南京示威回来之后,北大早已不能存身,党已经调他离开学校,专门做秘密的学生

工作。这时,他嘱咐着罗大方:

“你要尽可能利用你父亲的关系,在北大存身下去。想想,反动者的压迫越来越紧,我们许多人都不能再公开活动,所以你和徐辉要尽可能迷惑敌人,必要时才能给敌人突然的袭击。告诉你,李孟瑜在唐山煤矿上,他做起工人工作来啦。”

“真的吗?”罗大方站住脚,高兴地瞪着眼睛瞅着卢嘉川,“老卢,我可也想去。在知识分子当中工作真是麻烦。”

“别说了,再见!”卢嘉川远远瞧见有人迎面走来,他轻轻推了罗大方一下,就和他分了手。接着,一边摇摆着身子,一边高声唱起来:

八月十五月光明——薛大哥在月下……

他摇摆着,唱着,消失在马路旁边的小胡同里。

余永泽在开学前,从家里回到北平来。他进门的第一眼,看见屋子里的床铺、书架、花盆、古董、锅灶全是老样儿一点没变,可是他的道静忽然变了!过去沉默寡言、常常忧郁不安的她,现在竟然坐在门边哼哼唧唧地唱着,好像一个活泼的小女孩。尤其使他吃惊的是她那双眼睛——过去它虽然美丽,但却呆滞无神,愁闷得像块乌云;现在呢,闪烁着欢乐的光彩,明亮得像秋天的湖水,里面还仿佛荡漾着迷人的幸福的光辉。

“看眼睛知道在恋爱的青年人。”余永泽想起《安娜·卡列尼娜》里面的一句话,灾祸的预感突然攫住了他。他不安地悄悄地看了她一会儿,趁着她出去买菜的当儿,他急急地在箱子里、抽屉里、书架上,甚至字纸篓里翻腾起来。当他别无所获,只看到几本左倾书籍放在桌上和床头时,他神经质地翻着眼珠,轻轻呻吟道:

“一定,一定有人在引诱她了。”

道静看见余永泽回来,高高兴兴地替他把饭预备好。他吃着的时候,她挨在他身边向他叙谈起她新认识的朋友、她思想上的变化和这些日子她心情上的愉快来。她想他是自己的爱人,什么事都不该隐瞒他。谁知余永泽听着听着忽然变了颜色。他放下饭碗,皱紧眉头说:

"静,想不到你变得这么快……"沉了半晌才接着说,"我,我要求你别这样——这是危险的!一顶红帽子往你头上一戴,要杀头的呀!"

一句话把道静招恼了。八字还没一撇,什么事也没做,不过认识几个新朋友,看了几本新书,就怕杀头!她鄙夷地盯着余永泽那困惑的眼色,半天才压住自己的恼火,激动地出乎自己意外地讲了她自己从没讲过的话:

"永泽,你干吗这么神经过敏呀?你也不满意腐朽的旧社会,你也知道日本人已经践踏了祖国的土地,为什么咱们就不该前进一步,做一点有益大众、有益国家的事呢?"

"我想,我想……"余永泽喃喃着,"静,我想,这不是我们能够为力的事。有政府,有军队,我们这些白面书生赤手空拳顶什么事呢?喊喊空口号谁不会。你知道我也参加过学生爱国运动,可这是过去的事了。现在——现在我想还是埋头读点书好。我们成家了,还是走稳当点的路吧……"

"你真糊涂!"道静气愤地打断他的话,喊道,"你才是喊空口号呢!原来你就是这么个胆小鬼呀!"

余永泽用小眼睛瞪着道静,愣愣地半晌无言。忽然他脸色发白,双唇抽搐,把头埋在桌上猛烈地抽泣起来。他哭得这样伤心,比道静还伤心。他的痛苦,与其说是因为受了侮辱,还不如说是深深的嫉妒。

"……她、她变得残酷,这样的残酷,一定变心了。爱、爱上别人了。……"他一边流着泪,一边思量着。他认为,天下只有爱情才能使女人有所改变的。

吵过嘴，道静和余永泽虽然彼此有好几天都不大说话，可是她的心里还是很高兴的。她做饭洗衣也轻声哼着唱着，快乐的黑眉毛扬得高高的。完了事，就抱着书本贪婪地读着。一点钟、两点钟过去了，动也不动、头也不抬，那种专注的神情，好像早已忘掉了余永泽的存在和这间蜗居的滞闷。她的精神飞扬到广阔的世界里去了。可是余永泽呢，他这几天可没心思去上课，成天憋在小屋里窥伺着道静的动静。他暗打主意一定要探出她的秘密来。可是看她的神情那么坦率、自然，并无另有所欢的迹象，他又有点茫然了。

晚上，道静伏在桌上静静地读着列宁的《国家与革命》，做着笔记，加着圈点，疲乏的时候，她就拿起高尔基的《母亲》。她时时被那里面澎湃着的、对于未来幸福世界的无限热情激荡着、震撼着，她感到了从未有过的快乐与满足。可是余永泽呢？他局促在小屋里，百无聊赖，只好拾起他最近一年正在钻研的“国故”来。他抱出书本，挨在道静身边寻章摘句地读起来。一大摞线装书，排满了不大的三屉桌，读着读着，慢慢，他也把全神贯注进去了。这时，他的心灵被牵回到遥远古代的浩瀚中，和许多古人、版本纠结在一起。当他疲倦了，休息一下，稍稍清醒过来的时候——“自立一家说”，——学者，——名流，——创造优裕的生活条件……许多幻想立刻涌上心来，鼓舞着他，使他又深深埋下了头。

道静呢，她不管许多理论书籍能不能消化，也不知如何去与实际结合，只是被奔腾的革命热情鼓舞着，渴望从书本上看到新的世界，找到她寻觅已久的真理。因此她也不知疲倦地读着。就这样，一今一古、一新一旧的两个青年人，每天晚上都各读各的直到深夜。自从大年初一卢嘉川给道静送来她从没读过的新书以后，她的思想认识就迅速地变化着；她的感受和情绪通过这些书籍也在迅速地变化着。多少年以后，她还清楚地记得卢嘉川给她阅读的第一本书名字叫《怎样研究新兴社会科学》。在大年初一的深夜里，她躺在被窝里，忍住寒冷——煤球炉子早熄灭了，透风的墙壁刮进了凛冽的寒风。但她兴奋地读着、读着，读了一整夜，直到把这本小册子一气读完。

卢嘉川给她的仅仅是四本用马克思列宁主义理论写成的一般社会科学的书籍，道静一个人藏在屋子里专心致志地读了五天。可是想不到这五天对于她的一生却起了巨大的作用——从这里，她看出了人类社会的发展前途；从这里，她看见了真理的光芒和她个人所应走的道路；从这里，她明白了"朱门酒肉臭，路有冻死骨"的原因，明白了她妈因为什么而死去。……于是，她常常感受的那种绝望的看不见光明的悲观情绪突然消逝了；于是，在她心里开始升腾起一种渴望前进的、澎湃的革命热情。……

书看完了，她盼望卢嘉川再来借书给她看，可是他没有来。她向白莉苹、许宁那里借到许多政治、经济、哲学、文学的书。有许多书她是看不懂的，像《反杜林论》《哲学之贫困》，她看着简直莫名其妙。可是青年人热烈的求知欲望和好高骛远的劲头，管它懂不懂，她还是如饥如渴地读下去。当时余永泽还没回来，她一个人是寂寞的，因此她一天甚至读十五六个钟头。一边吃着饭一边也要读。钱少了，她每天只能买点棒子面蒸几个窝头吃。懒得弄菜，窝头不大好吃，可是因为捧着书本全神贯注在这上面，一个窝头不知不觉就吃完了。自从发明了这种"佐食法"，她对于书本一会儿也不愿离开。

"许宁，请你告诉我：形而上学和形式论理学是一个东西吗？"

"辩证法三原则什么地方都能够应用，那你说，否定之否定应当怎么解释呢？……"

"苏联为什么还不实行共产主义社会？中国要到了共产主义社会，那将是个什么样子呀？"

“……”

许宁常去找白莉苹，顺便也常看看她。每次见到他，道静都要提出许多似懂不懂的问题。弄得许宁常常摇头摆手地笑道：

“啊呀，小姐！你快要变成大腹便便的书虫子了！人怎么能一下子消化掉这么多的东西呀？我这半瓶子醋，可回答不了你。”话是这样说，可是谈起理论，许宁还是一套套地向道静谈得津津有味、头头是道。道静深深为她新认识的朋友们感到骄傲和幸福。于是她那似乎黯淡下去的青春的生命复活了，她快活的心情，使她常常不自觉地哼着、唱着，好像有多少精力施展不出来似的成天忙碌着。这心情是余永泽所不能了解的，因此，他发生了怀疑，他陷在莫名其妙的嫉妒的痛苦中。

第十三章

道静正在院子里生火，准备做饭。一抬头卢嘉川走进来了。她立时扔下手里的煤球和簸箕，不管木柴正在熊熊燃烧着，慌忙地要领老卢进屋去。

“怎么？你还不放煤球？劈柴就要过劲啦。”卢嘉川含笑站在炉子边，拿起簸箕就把煤球添到炉口里。接着小小的炉子冒起了浓浓的黑烟。道静心里更加慌促——她正为叫卢嘉川看见自己做这些琐细的家务劳动而感到羞怯，加上他竟这么熟练地替她一做，她就更加觉得忐忑不安了。

“卢兄，这么久不见你……”她讪讪地说，“到屋里坐吧。你近来好吧？嗽，你知道我多盼望……”道静兴奋地站在屋地上，东一句西一句简直语无伦次。卢嘉川呢，他却安详地和道静握握手，搬把椅子坐在门边，看着道静微微一笑，说：

“小林，这些日子生活得怎样？忙一点，好久不来看你了。”

道静竭力使自己镇静下来。一种油然而生的尊敬与一种隐秘的相见的喜悦，使得她的眼睛明亮起来，她靠在桌子边，还带着刚才的羞怯、不安，小声说：

“卢兄，这些天，我读了好多书，明白了好多事，我的精神变了。……”她红着脸不知怎样来表达自己的心情。沉默了一下，看见卢嘉川并没有注意到她的慌乱和激动，于是她才完全镇静下来，开始向他报告起她所读的书，这些书所给予她的影响，以及她心情上的变化来。她越说越高兴，渐渐全部消失了刚才的慌乱和不安，神采飞扬地歪着脑袋，说："卢兄，多么奇怪呀！怎么这么快我就变成了另外一个人——我好像年轻多啦。"

"你现在并不老，怎么能够再年轻？"卢嘉川眯着眼睛看着道静。顽皮的微笑又浮在他的嘴角。

"不，不是这样。"道静的神气非常庄严认真，"卢兄，你不知道，我虽然只有二十岁，可是我……我过去的生活使我早就像个老太婆了。我看什么都没意思，对什么都失望，甚至悲观到想过自杀。……可是自从过年那天夜里认识了你们，你教我读了许多书，我就忽然变啦。……"她正说到这儿，一扭头，发现余永泽不知在什么时候已经站到屋子当中。看见他的小眼睛愠怒地睨视着卢嘉川，道静的话嘎地停住了。还没容她开口，余永泽转过头来对道静皱着眉头说：

"火炉早着荒了，你怎么还不做饭去？高谈阔论能当饭吃吗？"又没等道静开口，他一个箭步冲了出去，屋门在他身后砰地关上了。

道静坐在凳子上，突然像霜打了的庄稼软软地衰萎下来。有一阵子，她红涨着脸激愤得说不出一句话。这时，倒是卢嘉川老练、沉着，他对砰然关上的房门望望，又对道静痛苦的神情默然看了一下，然后站起身走近道静的身边：

"这位余兄我见过。既然他急着要吃饭，小林，你该早点给他做饭才对。我们的谈话不要影响他。你把炉子搬进来，你一边做饭，我们一边谈好不好？"

"好！"道静正怕卢嘉川生气走掉，一见他还是留下来，她高兴得立时搬进炉子，坐上饭锅。渐渐地，气愤变成了沉重的悲哀，她低下头看着地说："卢兄，替我想个办法吧！这生活实在太沉闷了。憋得出不来气。……"她抬起头来，眼睛忽然放射着一种异常热烈的光，"你介绍我参加红军，或者参加共产党，行吗？我想我是能够革命的！要不，去东北义勇军也行。”

“啾，”卢嘉川对这突如其来的请求似乎感到有些惊异：这年轻女孩子把参加革命想得多么简单容易呀！他望着她，沉了一下问道：“为什么呢？为什么想去当红军？”

“‘宁为玉碎，不为瓦全！’我不愿意我的一生就这么平庸地、毫无意味地白白过去。从小时候，我抱定过志愿，——我要不虚此生。黑暗的社会不叫我痛快的活，我宁可去死！”她红涨着脸，闪烁着乌黑的眼睛说下去，“可是，自从看了你们给我的那些革命的书，明白了真理，我就决心为真理去死。我觉得人活着应当像那些英雄，像那些视死如归的人。卢兄，叫我到火热的战场上去吧，我再不能这样生活下去了！”

卢嘉川坐在椅子上，用手轻轻拍着桌子，好像在替道静滔滔的言语打着拍子。他摇着头，刚刚可以觉察到的调皮的微笑又浮现在他活泼的眼色中。

“小林，咱们先讨论个问题。——你该把饭锅搅一搅，不然要煳了。你过去和家庭斗争，不满意黑暗的社会，现在又想很快去革命、上战场，究竟都是为了什么呢？”

道静突然被窘住了。她咬着嘴唇沉思着，忘了搅锅，大米饭真的有了煳味。卢嘉川站起身把锅搅了搅端到火炉的一边烤着，她还沉在思索中一点不知道。半晌，她才迷惘地看着卢嘉川讷讷地说：

“我，我没很好地考虑过这个。……但是我相信我不是为自己。——我讨厌那种自私自利的人。”

“但是，你这些想法和做法，恐怕还是为了你个人吧？”

道静蓦地站起身来：“你说我是个人主义者？”

“不，不是这个意思。”卢嘉川的神气变得很严峻，他的眼睛炯炯地盯着道静，“我问你，你过去东奔西跑，看不上这，瞧不起那，痛苦沉闷，是为了谁？为劳苦大众呢，还是为你自己？现在你又要去当红军，参加共产党做英雄……你想想，你的动机是为了拯救人民于水火呢？还是为满足你的幻想——英雄式的幻想，为逃避你现在平凡的生活？”

道静愣住了。过了一会儿，她又忍不住笑了。卢嘉川的话多么犀利地道破了她心中的秘密呵！她不由得害羞起来，歪着脑袋半天才说：

“卢兄，你说得很对。过去我只想当个好人——不欺侮人，也不受人欺侮。也许这就叫做‘独善其身’？确实，我很少想到为旁人，但是我有一点儿还不明白：我常常省下自己的零用，给洋车夫、给乞丐，我喜欢帮助穷人。你能说这也是为个人？”

“我想，”卢嘉川点点头说，“对一个人行为的评价——包括他一切的努力和奋斗，不仅要看他的动机，更应当看他的结果。看他是在推动现社会前进呢，还是在给这个腐烂的社会贴金，或者在挽留这个腐烂的社会。……”轻轻的、意味深长的微笑，浮在卢嘉川的眼角，他机警地向门外瞥视一下，又看了看那个倒霉的饭锅，继续说下去，“小林，你救济几个洋车夫或者几个乞丐，能叫千百个洋车夫和乞丐都有饭吃吗？这个除了能够满足你个人的‘好人’欲望之外，对整个社会对全体劳动人民又有什么好处呢？……说到参加红军上疆场，这愿望是好的，可是也得看实际情况。革命工作是多种多样的，有火热的白刃战，也有不为人注意的平凡的斗争。”他又转动一下发着煳味的饭锅，向道静瞥了一眼，“像你做的这些做饭洗衣的琐碎事情，如果它是对人民对革命有利的、必须的，需要我们去做时，不一定非要上战场才算是革命。……小林，怎么样？非要当个战死疆场的英雄不行吗？”

卢嘉川说着笑了。林道静也跟着笑了。她的情绪随着他的话像小船随着波浪一样忽高忽低。当她觉察到卢嘉川是用一种真诚坦率的友谊在向她劝告时,她那由于面子、自尊而引起的不快就很快地消逝了。当她看到他爽朗地笑起来,并且露着关切的神情向她点头的时候,她心里忽然感到一阵从未有过的欣喜。

"卢兄,真感谢你!"她绯红的脸上浮跃着欢喜的笑容,美丽的眼睛睁得又大又亮。

"怎么,中午了,饭熟了吗?"余永泽狸猫一样又偷偷地跳进来了。这回他把礼帽向床上一扔,一屁股坐在床上,瞪着道静不动了。

道静的脸霎地变得灰白。她愣愣地望着余永泽,张不得口——她实在不愿当着卢嘉川的面去和他吵嘴。

卢嘉川是个机灵人,他一看这两个人的情况不对,便赶快拿起帽子,先向余永泽微笑地点点头,又向道静含着同样镇定的笑容说:

"我们今天的谈话很不错。……现在,你们吃饭吧,我该走了。"他又向余永泽点点头,便走向房门外。道静默默地跟在后面送他出来,直送到他走出大门,道静才咬着嘴唇什么话也没讲就回来了。当她一回身却发现余永泽也跟在她身后,瘦脸拉得长长的,像个丧门神。

这天夜晚,道静晚饭没吃就睡下了。她心里被许多复杂的情绪、思路搅扰得很惶乱。时间很久了,她躺在枕上还没有睡着。睁眼望望,昏昏的灯光下,余永泽正坐在桌旁低头发着闷。这时,她的眼睛忽然盈满了泪水。

"这,这就是那个我曾经热爱过的、倾心过的人吗?……"她赶快把头蒙起来,生怕他听见她伤心的痛哭。

余永泽坐在桌旁思索着。他早就知道林道静接近卢嘉川,今天,他俩那种亲密纵谈的情况,更加使他明白了道静变化的原因。他竭力克制自己,他想:男子汉大丈夫不应该为一个女人来苦恼自己。可是,当他眼前闪过了卢嘉川那奕奕的神采、那潇洒不羁的风姿,同时闪过了道静望着卢嘉川时那闪烁着的快活的热情的大眼睛,他又忍不住被痛苦和愤恨攫住了。他激动地坐在椅子上想得很久,也想得很多。但是他毫无办法。道静这女人是倔强的,是有自己独立不倚的思想的,你用道理说服不了她,用眼泪也不能打动她,施加威力更是不行。……怎么办呢,聪明的余永泽最后想出了一个奇妙的主意,——给卢嘉川写封信。劝告他,警告他,如果他懂得做人的道德的话。信是这样写的:

卢公足下:

余与足下俱系北大同学,而令戚又系余之同乡,彼此素无仇隙。乃不意足下竟借口宣传某种学说,而使余妻道静被蛊惑、被役使。彼张口革命,闭口斗争,余幸福家庭惨遭破坏。而足下幸矣,乐矣,悠悠然、飘飘然逞其所欲矣!……人,应当懂得做人的道德,人也应当不以危言耸听去破坏别人的幸福,否则殊有背人之良知德行也。余谨以此数言奉劝足下,是耶非耶?幸三思之。尚望明鉴。

余永泽　一九三三年三月

信写好了,他心里好像出了一口闷气,舒畅一些。把信封好,站起身来伸了个懒腰,走到床前。这时他看见道静睡着了。她熟睡的面孔好像大理石的浮雕一样,恬静、温柔,短短的松软的黑发覆披在白净的丰腴的脸庞上,显出一种端庄纯净的美。……后来他又看出她的嘴角含着浅浅的笑意,脸上却挂着晶莹的泪珠。“她哭啦?……”这个念头一闪,他立刻被一种怜悯的感情把满腔气恼全部勾销了。他忽然感到她不是一般的女人,她是一个有着崇高理想的女人。而他应当理解她,原谅她。……他站在床前望了她一会儿,心里想:“她是善良的,诚实的,她不会欺骗人,不会爱别人的,我干吗庸人自扰呢?……”想到这里,仿佛豁然开朗似的,余永泽的心情舒展了。他伏下身来在道静脸上轻轻吻了一下，然后回过身把那封刚写好不久的信，一狠心，投入到将熄的火炉里。看见炉口冒起一阵火光，他好像做了一件了不得的事业，立刻豪壮地举起胳臂，连连伸出去打了几拳，然后几个哈欠一打，他赶快脱衣睡下去。

第十四章

许宁来找白莉苹，白莉苹不在，他就到道静的屋子里，站在当屋地上问道静：

“小白哪儿去啦？她怎么又不在家？”

道静看着许宁漂亮面孔上的沮丧神情，微笑着说：

“我怎么会知道？她就是总不在家嘛。”

许宁原来和崔秀玉很不错，后来崔秀玉到东北去了，白莉苹这富有魅力的女人就把他迷惑住。这些天来他们俩常在一起。不过白莉苹一向交际很多，许宁来找她有时找不到，他就来向道静打听。

许宁坐在凳子上，惘然地问道静：“小林，你说，白莉苹是怎么回事？”

道静没有回答他，却问他：

“小崔有信吗？她真的去参加了义勇军？”

许宁突然满面涨红。平日这欢腾的爱笑爱闹的小伙子变得期期艾艾地说不上话来。他翻着眼皮对墙上一张贝多芬的画像望了一会儿，然后回过头来含着一种无可奈何的苦笑说：

“小林，你别误会，我爱小崔和爱小白是不一样的。要不是因为我妈妈、因为快要毕业，我就和她一同到东北参加义勇军去了。……小白这家伙我知道……”

“你知道就好了。”道静不会说那些俏皮锋利的话，她不满意许宁这种对待爱情的态度，但是她只能诚恳地直率地对他说，“许宁，别忘了小崔。你看,那姑娘够多好。”

“是的,小林。说实在的,我心里常常想着她。而且一想到她,还,还有些痛苦……”许宁被道静这种纯挚的友好的态度感动了,他望着她,像对一个知心的朋友说起他心里的事:“本来我对小白没什么,可是她——真有办法……我们有些工作又需要经常在一起,所以……别说她了,我会克制自己的。”他默然想了一会儿站起身来就要走。

“许宁,问你,”道静拦住他,“你见了老卢老罗他们吗?怎么……”

“嘿,你不提差点儿忘了。老卢叫我告诉你:明天是‘三一八’惨案纪念日,北平学生要举行扩大纪念会,还可能游行示威,你愿意参加吗?”

“游行做什么?”

“反对国民党的不抵抗主义,反对日本帝国主义加紧进攻中国,反对帝国主义和他们的走狗,拥护社会主义的苏联。”

“参加!”道静毫不迟疑地说道,“你也去吗? 老卢呢?”

“他吗,当然去!”许宁一改刚才的神情,做了一个滑稽的鬼脸,冲着道静一挥拳头,“我——当然去啦。还有,小林,你要尽量多发动你的朋友们也参加。老卢说应当广泛地发动群众。我走了,明天见! 上午八点在北大操场集合。你可要去呀!”

许宁已经走远了。道静还一个人站在门槛上望着他的背影微笑着。她从来还没有参加过任何游行集会,这么多人群聚在一起将是个什么情景呢? ……她被一种新奇的神秘似的感觉兴奋得许久都不能安静下来。

余永泽腋下挟着一叠子书回家来了,道静忘情地拉着他:“泽,明天我要去参加‘三一八’纪念游行,你也同去吧。”

“什么? 你要干什么去?”余永泽惊愕地瞪着道静。

"'三一八'纪念游行,你又不愿意呀?"

余永泽懒洋洋地放下书本,半天才开口说话,声调那么凄凉:

"静,听我一次话,不要去吧。听说外面常捕人。……救国的事还可说,可是'三一八'算个什么纪念日?万一……静,安静一点!天有不测风云,谁知道哪一块云彩下雨……"他注视着道静,脸上又露出了那种乞求似的哀愁。

"不行!谁都像你这样胆小,掉下个树叶也怕砸死你!"道静对余永泽别的规劝或啰嗦还都比较能够忍耐,惟独关于革命方面的事,她简直点火就着,是最不能容忍的,"算啦,我还打算叫你跟我一起去呢,闹半天,你还想拉我的后腿。算啦,谁也别管谁!"刚一说完她就跑出去了。

她找到她的好朋友王晓燕。老卢叫尽量多发动人,她很希望自己能多找几个人一块儿去。可是晓燕问她:"游行干什么事呀?"

"反对日本帝国主义的侵略,反对国民党的不抵抗主义,反对帝国主义的走狗,拥护社会主义的苏联……"

晓燕沉默着,好半天没出声。道静站在她面前心神不安地看着她,好像等候判决似的。终于晓燕郑重地摇头说道:

"小林,别怪我。爸爸对我说过:青年人还是多研究些问题,少谈些主义……看你们还没游行,先就来了一大套'主义',我不懂这些,真的什么也不懂。"

道静蹙着眉头,她的面孔微微涨红,心里又懊丧又焦躁。"燕,你说的这些不都是胡适的学说吗?什么时候你也学会了这些东西?"

晓燕睁大眼睛,那里面闪烁着一种稚气而自信的光芒,她不好意思地怯怯地说:"小林,别问我这些。我相信爸爸的话,他很有修养。……我劝你也别太相信那些左倾的人的话了,读书是最要紧的。什么社会主义苏联,和我们有什么关系呢?"

晓燕虽然是不赞成她的,但是她的态度温存、心地善良,她只是不相信,不像余永泽那样的自私和胆怯。因此道静站在地上只深深感到了失望的颓丧,而没有像对余永泽那样的气恼。再说,对爱人可以任性地发发脾气,对待朋友可怎么能够拉下脸来呢。

两个朋友相对无言地怔了一阵子,道静只好怏怏地跑回家来。

夜里,余永泽和她在床上闲谈着。他用娓娓动听的低声讲起古今中外一些大作家大艺术家的爱情故事。那些人怎样生活在美丽的大自然中,怎样为爱情牺牲一切……他抚弄着她的头发,说着说着,突然带着无限柔情低声问她:

"静,还记得吗?我们在北戴河海边的许多往事。有一次夜里,我和你一块儿坐在沙滩上,一同静静地听着海浪的声音。月亮底下,大海闪着银光,我望着你的眼睛——你的眼睛真像海水一样又深、又亮、又美呀!唉,真美极啦。望着它,我的心就像醉了一样。静,那时,我真想拥抱你、亲你……我永远不会忘掉那一晚。永远不会忘掉我们在北戴河的生活。人要永远生活在那种美妙的诗的境界中该多好呵!"他闭上眼,沉醉在往事的回忆中。过了一会儿,他睁开眼睛,露着沉痛的神色。"可是看看现实——滚滚尘寰,你争我夺,到处是火药气味,多么令人痛心……"他又闭起眼睛,带着朦胧的梦呓的意味抱住道静的脖子轻轻叹息。

听着余永泽的叙说,那美丽无边的大海,大海上的明月和银波,真的在道静面前荡漾起来了。她用力握住了他的手,深情地看着他:"是,泽,那真是美呀!"但是当听他说到最后,说到了现实充满着火药气味等话的时候,她才警觉起来,慢慢抽回了自己的手,小声说:"泽,别总叫我为难好不好?你应当了解我。……当然,我忘不了北戴河,我们在那儿初次认识。"她的心里交错着许多复杂的情绪,她既爱将来,又不能忘掉过去。在她的心灵深处,未来和过去是两个相反的互不相容的极端,但却同时在她心里存在着、混淆着。

“亲爱的，我一点儿也不反对你正义的行动。”余永泽轻轻抚摸着她的头发说，“人生活得要有意义我知道。可是你太年轻，对复杂的魑魅魍魉的社会太缺少阅历，所以我不放心你。在北戴河如果不是我们相遇，那还不知要闯出什么祸来。你知道么？光在我们北大就有什么托派、国家主义派、无政府主义派，国民党的一些什么派还不算在内。真正的你所信仰的那个共产党是很少的。听说清党以后早就没有什么了。真正的革命在哪儿呢？你接近的那些人可靠吗？——知道他们不是挂羊头卖狗肉吗？静，我不是顽固不化的人，可是你总不了解我，认为我自私保守。……我心里真难过！”他悲伤地长吁了一口气，说不下去了。

小屋里春寒未退，深夜是寒冷的。而且窗外刮着北方猛烈的风沙，震得窗纸发出沙沙的响声。道静挨着余永泽瘦削的肩膀，她陡然觉得心里一阵发冷。

“挂羊头卖狗肉？……卢嘉川、罗大方、许宁……这些人可能吗？不！不！”她竭力拂去余永泽给她心上投来的暗影，“不，不要信他的！不要信他的！”她在心里呼喊着、挣扎着，眼睛忍不住潮湿了。

“泽，你不要破坏我的信仰好不好？”过了一会儿，她振作起来，决然地说，“你折磨得我够瞧了，我相信他们，我一定相信他们！如果我错了，我自己负责；如果因为这个我变坏了或死了，我谁也不怨！”

“那不行！”余永泽只穿着衬衣，猛地坐了起来，他的小眼睛里闪着一种困兽似的绝望的光焰，“你是我的！你的生命和我的生命早已凝结在一起。我们要死一起死，要活一起活；可是我们不能分裂！不能离开！我不能叫你盲人瞎马地去乱闯！静，明天的游行你是绝对不能参加的。明白不？这是我第一次干涉你的行动，可是我必须干涉!”

“我不叫你干涉!”道静也霍地坐起身来面冲着墙喊道,“我现在才明白你讲了大半夜的目的只有两个字——这就是‘干涉’!你为什么干涉?我是去放火抢劫?还是去找情人谈情?你说得美妙动人、天花乱坠,闹了半天只是拐弯抹角地迷惑人、动摇人……你简直是要我的命!”

他们争吵着,闹得公寓里的邻居都不能安睡。有的人就高声咳嗽起来,他们才渐渐安静下去。

这一夜林道静整夜没有睡着。天色刚亮,她望望身旁熟睡着的余永泽,就悄悄爬起了床。好像小偷一般蹑手蹑脚地脸也没洗就溜出门去——她怕吵醒他,他要真的再拦她,闹得四邻皆知是很糟糕的。

她到北大女生宿舍王晓燕那儿洗了洗脸,又动员她去参加,她还是不去,她就一个人到北大红楼后面去了。

第十五章

春天的早晨，快活的麻雀飞跃在青色的枝头，挟着春意的晓风吹过，使人们确切地感到春天是来到了。北大红楼后面的大操场上，迎着东升的红日，一小群一小群和三三两两的青年学生正络绎地向这儿集合着。“九一八”以后，全国人民如火如荼的抗日爱国运动被反动的国民党的血腥屠杀镇压下去了。青年学生大规模请愿示威的壮举这时已不能出现；代之而起的只能是以各种非政治性名义召开的较小规模的集会。

空旷的大操场上，穿着各式各样服装的青年男女渐渐多起来了。操场矮墙旁的一排垂杨柳吐着嫩绿的柳丝在迎风摇曳。就在这里的一棵柳树底下，罗大方在漫步蹀躞着。他宽阔的肩膀时而背着朝霞，时而又有力地向它迎去。他的面容带着沉思的神情，不时把浓黑的眉毛缩紧着。有时抬起头来瞭望一下越来越多的呼唤着的人群，他的脸上禁不住又露出孩子般欣悦的笑容。

昨天晚上他在街上碰见了白莉苹。她轻飘飘地拉住他的大手，笑着责备他：

“老罗，你这家伙！好久都不理我啦。忘了过去吗？……我并没有对你变心呀！”

罗大方摇摇头，克制住内心的激动，说起别的话来：“小白，明天‘三一八’纪念日你去参加吧！现在你的生活怎么样？还常活动吗？”

白莉苹笑了笑。她的眉毛描画得几乎要碰到鬓角，她睁大了妩媚的眼睛：

“老罗，我的好朋友，我忙极啦！排戏、演戏——你知道我在主演《少奶奶的扇子》吗？……还有，你不知道，我快要到上海去演电影啦，忙得什么也顾不了。‘三一八’吗，你去吧！你替我，亲爱的！……”她又用力紧握住老罗的手，笑得那么甜。

“一颗明星！”老罗摇头苦笑笑，扭过身来就走开了。

罗大方双手抱住了柳树的粗糙的树干，大声吐了一口唾沫，扬头看看激动着的人群。一阵歌声传来——

打回老家去！
打回老家去！
打走日本帝国主义！
…………

这悲壮的歌声稍稍平复了他心头的郁闷。他用力把拳头一伸，自个儿嘟噜了一句：

“老卢这家伙简直要把我送到养老院啦！”

卢嘉川这时负责领导北大党的工作。他几次指示罗大方不要轻易地暴露自己，要他善于在白色恐怖严重的情况下，利用一切时机积蓄力量、隐蔽工作。今天的“三一八”纪念集会，他又命令他不要在群众大会上讲话，话由他自己来讲。因为他已经离开北大，工作没有固定的场所，是比较容易隐蔽的。但是罗大方感到了抑郁，感到一种透不过气似的窒闷。他这健壮的躯体内蕴藏着无穷的精力，蕴藏着想要摧毁一切、燃烧一切的热力，但是，他无法发挥，无法施展。……他看看大操场上的三两百个人，想起了南下示威时成千上万的青年们打进了南京中央党部、捣毁了中央日报馆、打进卫戍司令部的壮烈的场面，不禁长长地吐了一口气。

“党的纪律——服从，绝对服从！……”他心里叨念着，又沉思了一会儿,然后迈起大步走到人群里面去。

道静走在红楼后面的大操场上。她在人群中找许宁,找卢嘉川,找罗大方,但是谁也没找见。看看没有一个认识的人,她只好站在一堆人群的外面,心里兴奋,可又有点儿懊恼。渐渐,人越来越多,看看总有三四百人了,只是她还是孤零零地站在人群的后面。突然,此起彼落地响起了雄壮、嘹亮的口号声,这声音使她蓦地激奋、欢快起来。

“反对日本帝国主义的进攻!”

“反对卖国求荣的国民党! 建立民众政权!”

“纪念‘三一八’,青年学生自动组织起来,打倒日本帝国主义!”

声音是那么激昂,那么愤慨,那么有力地震撼人心。道静站在不甚整齐的队伍外面真想跟着人们振臂高呼,不知怎的,却又慌悚地喊不出声来。她拿着小白手绢一劲擦额上的汗。这时靠她旁边站着一个年轻女学生,小个子,黑黑瘦瘦的,穿着破旧的蓝布夹袍,披着短短的头发。只见她不慌不忙,和着人群的呼声喊得非常响亮、有力,而且好像还在领着人们喊。道静望着她,暗暗羡慕她,“她真是勇敢呀! ……”正想着,那女学生发现她窘迫不安的神情,就对她点了点头:

“你第一次参加吧? 一个人吗?”

道静看见她先跟自己说了话,真高兴得很,就凑近她,急忙回答道:

“一个人。熟人还没找到……你是哪个学校的?”

“北大。”女学生拉住道静的手,神态亲切而自然,“我第一次也是不敢,后来和大伙一齐喊就不怕了。你来,你来跟我们在一起吧!”

许多许多年轻热情的眼睛都投射到道静的脸上、身上,那么亲切,那么热烈,似乎在希望这个陌生的女孩子,能够参加到他们的行列里面来和他们成为一体。道静突然胆大了,勇气增加了。她拉着那个北大女学生的手,向前冲到一座摆着几张凳子的讲台前,在那上面一个戴眼镜的矮矮的青年正在激动地挥手讲话:

"同学们!同志们!国民党不久就要崩溃啦,革命高潮就要来到啦,我们要自动武装起来打倒日本帝国主义!打倒国民党!拥护中国共产党!拥护苏联!拥护中华苏维埃政府!……"他的口号声随着飘散着的红绿传单震响起来了。道静清脆、热烈的喊声,也随着人群雄壮、激昂的呼声一起震荡在这春天的古老都城的上空。她旁边的那个北大女学生喊什么,她也喊什么,这时,她的眼睛是那样的明亮,心头激动得狂跳。——第一次,她感到了群众的巨大的力量。她不再孤单,不再胆怯,她已经是这巨大的人群当中的一个……

正当道静兴奋地胡乱想着的时候,突然警笛狂啸起来,那个正在讲话、喊口号的人,稍稍一怔,一下子跳下了讲台。接着另一个人却立刻跳了上去。突然,道静的眼睛睁大了,那穿着黑棉袍、带着从容不迫的风度登上讲台准备讲话的不正是卢嘉川吗?她赶快晃晃那个北大女学生的手,小声说:

"你看,我那朋友——也是我的老师上去讲话啦!"

"他?卢……"那个女学生似乎认识他,她把道静的手握得更紧了。

挟着暖意的春风,轻轻吹动卢嘉川整齐的短发,他站在一张凳子上,在警笛越来越近的狂叫中,用炯炯有神的眼睛扫射了一下全体站着的人群,开始用低沉的有节奏的声音讲起话来:

"同学们!同志们!睁开眼睛看看这血腥的现实吧!"

他的话刚一开始,立刻有力地吸引了全场的人群。嘈乱的嗡嗡声即时静了下来,几百个人昂然不动、鸦雀无声地仰头望着他那沉静的富有表情的面孔。“我们每个青年都有着雄伟的抱负，都热望着祖国的富强和个人有远大的前途，……多少革命的先烈就是为了这些，才前仆后继地流血牺牲了！‘三一八’的烈士就是这样流血牺牲了！我们在庄严地工作，我们在刻苦地学习，我们就是为了在中国实现一个美好的社会而奋斗不息！可是反过来看看我们的统治者吧——他们荒淫无耻，他们对外奴颜婢膝，甘心卖国求荣；对内可就摆出了老爷架子，屠杀、逮捕、奴役、监禁，……人民的生活，痛苦万分；而我们青年们自从国民党执政以来遭屠杀、暗害的更有几十万人了。几十万人！如果摆成行列，那么，多少个北大这样的大操场也安放不下呀！这是对内，他们是这样‘勇敢’而残忍；可是我们再看看他们怎么对外：现在，日寇正在加紧进攻冷口、喜峰口、古北口，……当地的守军激于爱国义愤自动起来抗战，和日本人打起来了。可是看看我们的蒋委员长怎样做，听听他怎样说吧。他下令驻守平津长城之间的三四十个师，不许抵抗日本，却叫他们监视抗战部队，他对全国的抗战军民堂皇地下了命令，恐吓说：‘有侈言抗日者，杀勿赦！’……”

“打倒日本强盗！”

“打倒认贼作父的国民党！”

激怒的、雄壮的呼声刚刚打断了卢嘉川的讲话，一阵急迅的枪声突然响了起来，这声音像一阵晴天的霹雳，人们开始惊悸地四外观望着。

“同学们，同志们，反动统治就快要崩溃了！我们人民就要站起来了！”卢嘉川昂然站到凳子上，好像并没有听见嗥叫着的枪声，依然镇静地准备讲完他的话：“诗人雪莱说过：‘冬天到了，春天还会远吗？’”

“冬天到了，春天还会远吗？”人群中又是一阵热烈的呼应。

“冬天到了，春天还会远吗？”道静眼里含着激动的泪花轻轻地喃喃着。

这时狂鸣着的枪声已经砰砰地在人群的头上呼啸起来了。人群发生了骚乱,有大声喊着口号的,也有乱跑起来的。道静惊惶不安地看看她旁边的那个女学生,又望望凳子上的卢嘉川——他们都严肃地静静地站在原地动也不动,似乎在等待什么。道静的心稍微安静一点,不自觉地靠拢了他们。她仰脸望着卢嘉川,心里慌乱地想:他怎么还不动弹呀?……

"不要乱!"听见纠察队跑来报告完了情况,卢嘉川高声挥手喊道,"同学们!同志们!反动统治者的血腥镇压又来了,我们已经被包围了。但是勇敢的战士是不怕威胁的,我们拿石头、拿拳头也要和他们拼!我们向外冲吧,冲到街上继续游行!"

刚才零乱了的队伍,经卢嘉川这么一鼓动又组织起来了。八人一排,臂膀挽着臂膀,怀里揣着石块,高呼着口号一直向北大红楼前的大门冲过去。那个北大的女学生,成了道静这一小队的队长,她不慌不忙地指挥着人们向外走着,道静紧挨着她,也昂然地迈着大步。

起来,饥寒交迫的奴隶!
起来,全世界受苦的人!
满腔的热血已经沸腾!
…………

歌声突然像爆发的山洪,在继续的枪声中悲愤地倾泻在广漠的春天的上空。人群更加激奋了,队伍更加整齐了。

"站住!不许动!——再动,开枪啦!"荷枪实弹、浑身黑老鸦一样的警察,对着这些手无寸铁的青年人,好像对着百万雄兵的大敌一样,有的端着刺刀,有的举着大枪,有的拿着木棒,从四面八方杀了上来。这时,罗大方再也憋不住了,他不知从哪个角落里突然钻到队伍前面来,他洪亮的嗓音,震响在空中:

“冲呵,冲到街上去呵！踏着‘三一八’烈士的血迹前进呵!”

人群一齐怒吼着,应和着:

“冲呵,冲到街上去呵！踏着‘三一八’烈士的血迹前进呵!”

前面的队伍还没有冲到大门口,军警已经和他们短兵相接地混战起来,一阵呼喊,一阵枪柄、刺刀、石块的对打,两边的人群都大乱了！军警拦不住学生,向学生们的头上开了枪;学生们就拼命地扔开了石头块。前面的一对打,后面埋伏的警察宪兵之类的“武士”们也都跳上来开始逮捕捆绑起人来。

“打！打死这些刽子手！打倒国民党!”学生们狂怒地呼喊着。

“捉！捉这些拿了卢布的共产党!”警察宪兵们也凶恶地大嚷着。

在混乱中、厮打中,道静看不见卢嘉川,也看不见她旁边的那个女学生了,她扔完了石头,心里可慌起来。这时有的警察拿着手枪,有的拿着木棒东追西跑,四面捉人、打人。许多学生头上流了血,也有的被警察绑架着往外拉。道静身上挨了一棒,警察刚要捉她,她一蹿,蹿到另一堆人里。一到这里,一下子把她吓呆了！只见那个北大女学生正和一个穿黑呢子制服的胖子在狠命厮打。——这瘦瘦的女学生,忽然变成了勇士,她矫健灵巧地揪住胖子的衣领,死命抓他的脸、咬他的手。胖子喘吁吁地像一头母牛,东倒西歪地回击着女学生,把她的旧旗袍扯碎得一直露到胳膊肘。

“你这恶狗阎庚！你这内六区的狗区长！你来这儿抓了多少好青年呀!”她声嘶力竭地喊叫着,好像要一口咬死这条警犬。这个内六区的区长阎庚正指挥着喽啰捕人、打人,看见这个瘦小的女孩子,想找便宜轻薄一下,不想碰了个没趣。这瘦小的女人竟这么有力气,简直叫这位胖区长大有招架不住之势。当他发现周围没了他的人,跑上来的都是红了眼的学生时,他吓得杀猪般大叫起来:

“来呀！快来这儿逮人呀!”

“狗东西！嚷什么？让你也尝尝群众的铁拳头！”几个学生一齐扑到他身上，砰砰啪啪，有力的拳脚，几下子就把他打得鼻青脸肿、嘴歪眼斜，滚在地上爬不起来。立刻，他惊慌的呼救声混在高声的喊打声中：“救命呀！来人呀！救命呀！不得了啦！……”

“哈哈哈！”有的学生高声笑起来了。道静跳上去拉住那勇敢的女学生，想掏出手绢替她擦擦脸上的血痕，但是一阵急促刺耳的枪声和一阵混乱地冲撞，又把道静和她冲散了。“救命”的武装警察闻声赶到，那胖子惊慌、恼怒地指着一群学生用破锣样的嗓子嚷叫道：

“先逮她！先逮她！那小臭娘们好厉害呀！”

那瘦小的女学生混在一群男女学生当中跑开了。她跑得好快，但是警察追得也快。道静一边跑着，一边拿眼瞟着她那边，心里又急又怕，眼看女学生就要被他们抓住了，呵，怎么办呀！正在这时，想不到这女学生回过身来猛力一撞，正撞到一个跑步前来的警察身上，把他弄了个大彳亍，意外地她又扭头跑走了。她灵巧地疾步往前跑，在人群中迂回前进，警察和那个胖区长都一齐在后面紧追。因为要追这个打了区长的人，这伙子警察也顾不得去捉别的人。道静一直跟在那个女学生后面跑，看看那女学生跑向了红楼，看看警察又要挨近了她……

“前边截住！截住！”女学生刚刚跑进红楼的入口，一个警察的大手一把抓住了她。道静吓愣了。自己也忘了跑了。正在这千钧一发的紧急关头，那捉女学生的警察猛地被一个人一脚踢出好远去。急急跑上前来的道静，看出踢倒警察的那个人正是卢嘉川。一霎间，她的心里说不出来是多么高兴，她忘掉了眼前的危急境地，竟跑上去和他招呼：

“卢兄！卢兄！……”她想和他说什么，但是卢嘉川却没搭理她，他向左右迅急地瞥了一眼，就把她和那个女学生还有两个男学

生一起往一个木门里使劲一推,急急地小声说:

“快!进这个门,下地下室,往右拐——在印刷所里有人掩护你们。”

不容道静再说什么,那女学生一把拉住她,一直就照卢嘉川说的方向,摸着黑走进了北大红楼下面的地下室。

下面的灯很少,阴森森的。当他们刚刚向右一拐时,一个年轻的印刷工人截住他们低声说:

“你们藏一藏,一会儿就过去了。”

“谢谢你!”那女学生大大方方地拉住了工人的手,他们一同走向一间堆着破烂的小屋。工人叫那个女学生和道静进了这间小屋,接着把灯一熄,把门一锁,领着另两个男学生别处去了。

道静虽然欣庆自己和那女学生脱离了险境,但她担心着卢嘉川,也担心着领头呼喊的罗大方。警察眼看就跟上来了,他,他们能否跑得脱呢?在黑暗中,她摸着那女学生的手说:

“你看,他——卢,还有那个罗大方他们要不要紧呢?”

“我看,不要紧的!”女学生握住道静的手小声地说,“今天来的多半都是内六区的土警察,都是些笨蛋菜货。老卢机警、有办法,他会跑掉的。嗯!你也认识罗大方吗?”她好像有点儿惊奇。

“认识。”道静心里反而比刚才更乱了。她默默地坐在一只大木箱上,想到刚才火热的斗争场面,心头澎湃着一种从未有过的激昂的热情;生平第一次,她看见反动统治者用残酷的手段来对待这些纯洁、爱国的青年,卢嘉川、罗大方和那些流着鲜血的人,他们是多么勇敢,他们竟把生死置之度外无所顾忌,可是自己呢?她想到自己躲躲闪闪的情景,不自觉地向身边的那女学生望了一眼——黑暗中虽然望不见她的面孔,但是她那坚定勇敢的眼睛,她那狠狠抓破了区长的脸的小手却仿佛宝石样发着光辉在她眼前闪耀。她的心头被沉重的不安和惭愧占据了……

“你叫什么?”女学生低低的问话打断了道静零乱的思潮。她回答了她;接着她也问起那女学生叫什么。

“徐辉。”

“徐辉?”道静又惊又喜地说,“我知道你！南下示威时,你领着……”

“小声点,别太兴奋了！……”徐辉捂住了道静的嘴巴,压着嗓子说,“听许宁说的吧?我也早知道你。”

她们俩都不出声了。但两个人把一层隔着她们的窗户纸通开之后,好像多年的故交,在黑暗中,两双手就握得更紧了。

两个钟头之后,时间恐怕已经过了中午,工人打开了门,扭亮了电灯,道静一眼望见卢嘉川穿着一套工人装站在门旁边,她高兴得一把拉住他,说:

“卢兄,你好吧?……”

卢嘉川微笑着,神态还是那么安详镇定,他和道静握握手:

“出来吧,警察老爷们都凯旋了。”

徐辉也跳到卢嘉川身边,低声问他:

“怎么样?牺牲大吗?”

卢嘉川的声音沉重了:

“被捕四十多,死两个……受伤的还没统计——罗大方也被捕了……”

“罗大方!”卢嘉川、工人、徐辉都有一阵低头不语;道静也低下头来。罗大方那健壮的身影,一霎间竟如此清晰地闪过她的眼前。

“斗争——斗争是要流血的,是你死我活的,……”她读过的理论,今天已由事实证实了。

别人先走出去了,过了一会儿,卢嘉川领着道静也出了北大的后门。他们穿过几条小胡同绕着地安门,向西城的路上走去。开始两个人都疾步走着,谁也不说话;后来离北大远了,卢嘉川才靠近道静身边问她：

“你今天一个人来参加的？”

“嗯！”道静羞愧地点点头，“许宁叫多发动人，可是——他们都不参加。”

“为什么不参加？”

“我一说什么‘主义’，一说拥护苏联，他们落后、胆小不肯来。”

卢嘉川不说话了，他好像陷在沉思的状态中，目不斜视，苦苦地思索着什么。道静悄悄地望着他，不明白是不是自己说错了话。

“小林，你提醒了我！”走到什刹海了，卢嘉川领着道静在颓败的凄凉的海边——其实是一片臭泥塘边，慢慢走着说道：“我们有些口号常常叫人不能接受。每个纪念日都有集会游行，每次都有许多人被捕牺牲，这究竟是个什么缘故呢？……”他好像忘掉道静在身边，轻轻地自语道。道静惊愕地望着他，不明白他说的是什么话。

“你对今天的经过有什么感想？”一阵沉思过去，卢嘉川又平静地和道静谈话了。

“感想吗？多极啦！”道静竭力压低了声音，“我觉得比看了许多书，比听你讲了许多话都更好，都得到的更多。我好像突然长了翅膀，飞得那么高，看得那么远……”她笑了，笑得很天真。歇了一下她突然问：“许宁今天为什么不参加呢？他说他要参加的。”

卢嘉川轻轻笑道：“长了翅膀飞到天上可了不得，还是在人间、在群众的火热斗争中来锻炼吧。许宁么？大概是陪小白去了。他也许胆小了。小林，你不害怕吗？再有这样的行动你还愿意参加？”

道静在她尊敬的老师面前变成了一个小女孩，她好像受到委屈般地鼓起了嘴巴。

“卢兄，你应当相信我，了解我……我不是那种没有骨头的人。我常常在心里命令我自己——我一定要向你们这些英勇的革命者学习……这两个月我学得不少；今天，我学得更多……你知道我多么感激你们给了我——这种幸福。”她美丽的长睫毛上闪起了晶莹的泪珠，她的话被激情拥塞住不能再说下去。

卢嘉川挨近她，情不自禁地握住了她的手。这女孩子的热情、大胆和奔向革命的赤诚深深感动了他。他望着她的脸，有一会儿没有说出话来。

“小林，我还有事情，咱们就在这儿分开吧！”卢嘉川克制住自己，轻声说。他觉得这女孩子的感情真动人，“你赶快回去，老余一定要急坏了。”

道静红了脸，不好意思地嘟囔着：

“卢兄，干么开玩笑？这是痛苦的事……”她沉默了一阵，又说，“你先别走，问你，老罗怎么被捕的？有一会儿，我还看见他领着人大声唱《国际歌》呢。”

“有几个警察正要来捉两个女同学，他赶上去用他的大拳头一抡，立刻打倒了两个。警察们的目标就都集中到他一个人身上，那两个女同学都逃脱了，可是他——被捕了。”卢嘉川的声音虽然仍是平静的，但是道静分明感到里面蕴藏着深沉的悲痛。还没容她再张口，卢嘉川匆匆地说，“再见吧，我还有事。”

“对，再见。可是有工夫一定去找我呀！”

她真不愿意和卢嘉川分别。和这样的人在一起，她就觉得心安，觉得有勇气、有力量。可是他们只好分别了。卢嘉川回头望望道静默默含愁的面孔，微微一笑说：

“好！一定去找你。不过……”他没有说完要说的话就大步走开了。今天，许多人遭到了逮捕屠杀，许多人负了伤，他有许多紧急的工作必须赶快去做，因此伴着道静走了一段路，他就急忙走开了。

道静望着他的背影，呆呆站在一棵垂杨柳下，直到他的影子望不见了，她还站在那儿。

第 十 六 章

早晨，余永泽从睡梦中惊醒过来，一睁眼，他身旁的道静不见了。仔细地听了听，她没有去生火炉，也没有去收拾房间。他赶快跳下床来打开一条门缝向外一望——院子里冷清清一个人影也没有。他把屋门用力一关，随着他关门的响声，震得窗纸都在沙沙乱响。他懒洋洋地又向床上一倒，合起了眼睛，自言自语地喃喃着：

“完啦——完啦——为他人做嫁衣裳，而自谓得意……”他瘦窄的面孔抽搐着，一种从未体验过的好像一切都失败了的痛苦深深折磨着他。他不想起床，也不想动弹。想想夜来他曾怎样费尽心机、怎样温存委婉地规劝着林道静，而这个女人，这个倔强的野马却偷偷地不再说明一声就走了，就去参加什么“三一八”去了。道静的这一举动，深深地刺伤了他的自尊心，使得他又恼怒又伤心。他躺在床上思前想后：和这样的女人怎么生活下去呢？怎样爱下去呢？而且，而且——卢嘉川那微笑的面孔在他眼前一闪，他更加怒不可遏。他跳下床来，用力把被子一甩，脸也不洗，早点也没吃就踏着沉重的大步奔向红楼后面的图书馆去。

几个月来，图书馆成了他的避难所。当他感到了私人生活的不如意，当他在林道静的面前感到了自己的软弱，以及在某些浪潮中感到自己已经丧失了青年人的锐气因而也激起了某些矛盾或羞惭的情绪时，他就赶快藏身到图书馆里去。这里的环境是安谧的，空气是柔和的，这里没有斗争，没有喧嚣和呼喊，人们默默地读着书，谁都是互不相扰。于是，每每当他心情极端恶劣时，他就到这里埋头坐上几点钟,厚厚的线装书一翻就什么都忘掉了。而且如果能够在某一种书籍中,某一些章句中,找到了可供参考的有用材料,那他就更加欢喜更加得意地忘掉了一切烦恼。

“三一八”纪念大会在红楼大操场上进行着。人群在昂扬地呼喊,激愤地搏斗,余永泽却默默地坐在图书馆里的硬木椅子上,好像与世无关地思索着自己的事。开始,他读不下书,由于气愤、懊恼,安不下心。当他抬头望望图书馆里各个长桌子上疏疏落落的几个同学,看着这些常碰头的埋头读书的熟面孔,他的心就渐渐安静下来。不久,就认真地凝神聚思地读起来了。

“打倒日本帝国主义！打倒卖国求荣的国民党!”这些激昂悲壮的口号声,不时远远地传送到图书馆里肃静的空气中,好像平静的水面有哪个淘气的孩子投下了小小的石子。但引起的波纹不久就消失了。这几个埋头在图书馆里的学生,不过抬起头蹙着眉望望窗外,他们不安的心情很快就都安静下来。

“对酒当歌,人生几何?譬如朝露,去日苦多……”余永泽正翻着书,不知怎的,心里突然闪过了曹孟德的这几句话。一种缥缈的幻灭似的悲哀,在很短的一霎间抓住了他的心灵,他撂下书本,茫然地起身踱到窗前去。枝头汪着湿润的绿色,温暖的阳光下,几株碧桃含苞待放,空气是醉人的清新馥郁。他凝望着,心思又转到了林道静的身上。她,在这么美丽的春天,干什么去了?……他的幻觉使他陷到朦胧的状态中。好像他的道静不是在什么人群里呼喊嘶叫;不是在为什么去厮打斗争;她是在海滩上,好像仙子般穿着白衣,苗条的身段,雪白的面庞,睁着大大的深情的眼睛在等待他……想到这里,他是这般渴念着她,好像多少日子不见她了,好像她永远不再回来了,他深深地痛苦起来。

几声清脆的枪声打断了他缭乱的思潮,接着狂怒的呼喊和混乱的人声更使得他惊悸不安地心跳起来。

“发生了什么事?”他回过头来,对一个站在他身边也正惊慌地向外瞭望的同学问,“枪响!你听,开枪,就在咱们操场上。”他想到了道静这时一定也在操场上,他就更加慌乱了。几个静坐读书的学生也都坐不住了;连图书馆的管理员都跑到院子里,他们同时向空中各处观望着。

又是几声急促的枪响。

“不行!要去找她!”余永泽什么都顾不得再想,就急忙奔了出去。

北大图书馆紧挨着大操场,他出了图书馆大门口,向东跑了不远就站住了脚步。站在一个小土堆上,他向大操场上远远一望:警察和学生们正厮打成一团。呼喊、怒骂、闪亮的刺刀、舞动着的木棒、飞来飞去的石块和躺在血泊中的人影……这些可怕的情景把他吓呆了!他的脚像钉在土堆上挪动不得。他竭力按捺住慌乱的心,定睛向大操场上混乱的人群张望,他希望在人群中看出林道静来,如果她逃了出来,他就扑上去接应她。可是,看了一会儿没有她。她到哪儿去了?是被打倒了?还是……他愈不安,脚就愈不能动。

这时,他心里开始有点儿惭愧和负疚的感觉:这多人都不怕,她都不怕,我怕什么呢?他很想冲上去从人群中救出林道静,正像北戴河杨庄的海边,他在大雨中救出林道静一样。可是,一种洞晓世故的敏感,使他清楚地看到:此一时彼一时也,情况不同,如何能够乱来呢?他刚刚给自己选择了一条不可冒险的道路,忽然,一颗子弹清脆地从他头顶上呼啸而过,这下子可把他吓坏了!他的脸色煞白,手指头不住地发抖。定了定神,下意识地向四周一看——世界是不是还完好地在他身边存在呢?他是不是负了伤就要倒下去呢?他举起软弱无力的手臂向头上一摸:没有窟窿,子弹也没有挨着皮肤,他还好好地活在世上。他刚刚放下心来,忽然又有一颗子弹飞过去,他再也顾不得想林道静,也顾不得再摸摸受伤没有,拔起脚来就向回跑。他想跑得离操场远些,可是一想:人怎么也没子弹跑得快,于是他一蹿就蹿回到图书馆的院子里,三步两步奔向了阅览室的大房间。

中午,肚子饿极了,他听听大操场上已寂无人声,再看看图书馆里也空无一人,他就慢慢地站起身来收拾了书籍纸张,怏怏地走出了图书馆的大门,连向操场那边望都没敢望,径直回到公寓的家里。

这时,林道静还没有回来,他只好自己生起火炉,看看冷清清的凌乱不堪的房间,他无精打采地整理着、打扫着。他一边煮着挂面条,一边抹着布满灰尘的桌子,喃喃道:

"没有女人,真不像个家。亲爱的,你快回来吧!"

第十七章

拂晓,迷蒙的浓雾笼罩在北河沿葱郁的洋槐树上,故都的清晨还沉在朦胧的雾霭中。这时,临时睡在北大三院的卢嘉川已经起了床。他在二楼许宁的宿舍里,两个人挤在一个小铁床上,睡了半夜。清早他起来了,许宁还睡得正香。他一边用手梳着蓬乱的头发,一边悄悄推开屋门。门开了,清新的空气迎面吹来,他踮起脚尖活泼地行着深呼吸。虽然疲乏,虽然眼睛因缺乏睡眠,密布着细细的血丝,但他的脸部却充沛着活力和青春的愉快,正像这清新的早晨。他站在空无一人的走廊上,样子很闲逸,但他的眼睛却一直炯炯地透过雾气,向楼下、向墙外各处观望着。在残酷的白色恐怖下,他已经养成了高度的警惕性。尤其这几天,又有一些党的机关被破坏,又有一批同志被捕走——自从蒋介石派了宪兵三团和他的忠实走狗蒋孝先来到北平以后,北平的革命组织迭遭破坏,情况是严重的。因此,每一个革命同志都不得不随时提高了警惕。

他默然地观察了一会儿,没看见什么,正想翻身走进房里时,一辆小汽车风驰电掣般奔向北大三院的大门口来,接着停在大门口上。不一会儿院子里出现了几个便衣的和西装的形状蹊跷的人……卢嘉川看到这里不再看下去了,在这千钧一发的紧急关头借着柱子的掩蔽,他一个箭步蹿回到屋里,急忙推醒了许宁:

"许宁,起来!狗崽子们来捕人了。快收拾一下!我到别处去!"

"你去哪儿?已经跑不出去了!"许宁用胳膊拦住了他。

“不行！他们还没有注意你……我不能在这屋里。如果我被捕走，请你快对徐辉去说一下。”说完，不管许宁还伸着胳膊要拉他，他已经在一转眼间蹿出屋子去。

整个北大三院的学生宿舍，像滚开水一样地沸腾起来了。拥上来大群带着盒子枪的宪兵在卢嘉川常住的——吴大刚的屋里一个人也没找到之后，就分头奔向学生们的各个房间乱翻起来。三个宪兵跟着一个便衣特务闯到许宁的屋里，许宁还在蒙头大睡。

“妈的，还睡哪，起来！”一个枯瘦的手扼了一下许宁的喉咙。

许宁从梦中惊醒，愣愣地望着站在床前的宪兵们。

“有个姓卢的——不是你们学校的学生，跑到你屋里来没有？”

许宁的心扑通一下落了地。卢嘉川还没有被捕。呵！能干的小伙子，你跑到哪儿躲藏起来了呢？他心里高兴着，嘴里却讷讷地前言不搭后语地说：“唔，唔，你们说什么？我屋子里跑进人来啦？啊，那，你们找吧！来，我帮你们找。”他一跃而起，真的东瞧西看了。

宪兵们乱翻一气。床上、床下，小小的屋子哪里能藏什么人，于是屋门砰地一响，他们又一窝蜂似的闯了出去。

楼上楼下乱成了一片。大皮靴的橐橐声和大声叱骂乱扔东西的声音交响在一起，把这宁静严肃的最高学府搅扰得人人惊惶不安。

二楼上的拐角处，一个挂着“工役室”牌子的小屋，屋门虚掩着，里面好像寂然无人。一个年轻的宪兵走过去，仔细地望望这小屋墙上的木牌就把房门踢开走了进去。屋里的窗户关闭着，里面黑黑的，迎面一股恶浊的空气扑过来，这宪兵后退了一步，用力一下把屋门大打开。只见木板床上头朝里躺着一个老头，头上戴着小帽盔，额上蒙着一块白毛巾，身上盖着厚厚的棉被，痛苦地呻吟着，好像在闹什么急性传染病。宪兵皱着眉头，用力呸了一口唾沫,像躲避瘟疫似的,又把屋门用脚砰地一踹,转身走开了。

从早晨六点,直翻到十点,北大三院的楼上楼下几乎要全部找遍了,宪兵三团和国民党市党部的"剿共"能手们,也没有找到他们可以邀功请赏的卢嘉川。最后还是抓走了几个学生,这才悻悻地走了。

二楼工役室的屋门半开着,宪兵们在这儿过来过去地走过好几趟,但卢嘉川在工友老王的铺上却静静地躺了四个钟头。

同学们嘁嘁喳喳的怒骂声,传到老王的小屋里,卢嘉川知道宪兵和特务们已经走了。就一翻身跳下床来,刚要摘掉帽盔和毛巾,工友老王匆匆闯进屋里来。他猛见一个青年人穿着他的灰大褂戴着他的小帽盔的稀奇样子,不禁一愣。当他看出这是常来这儿的学生卢嘉川时,他立时什么都明白了。小老头一把抓住他的胳膊,连声说:

"好险!好险!宪兵三团的,今个也要抓您哪吧?"

"也许是吧,不多抓点老百姓,他们发得了洋财吗?"卢嘉川一边说着,一边脱去了老头的衣服,并且替他叠好被子,扫去尘土,打开窗户。老王手里提着一把水壶站在当地怔怔地看着他。多么紧张严重的时候呀,可是这位年轻的学生,还对他那么亲热地笑着,还不慌不忙地替他收拾着房间。老人深深被感动了。这位饱经沧桑的老工友,什么样的人全见过,可是像这样的年轻人他可见得不多。他忘了该做的事情,弯着矮小的身子,挨在卢嘉川的身边唠叨起来:

"哎!哎!这伙子东西还是什么国民政府呢,还称什么孙中山的徒弟呢,简直哪——您哪,可别嫌我说得难听,简直是比土匪还不如!我亲眼见得多啦,哪个好小伙只要一说救国,一说抗日,一看什么红皮子的书,这就比挖他们的祖坟还着急!什么共匪呀,赤党呀,什么捣乱学府呀,全扣到人家脑袋瓜上来。您想想,人的脑袋瓜全是肉长的,谁可受得了呀!一回一回从我眼前抓走的好小伙子数不清了。”他叹了口气,“我老头见不得这个。唉!卢先生,您哪说说,这可是个什么世道呢?”老头儿喷溅着唾沫星子,滔滔地说起来。卢嘉川蛮有兴致地站在地上听他讲,可老头儿却圆睁着眼睛改变了口气:“您哪,准是忙着呢,我别老说废话啦。我真是喜欢你们,我有好几个朋友——学生,全像您这样,可是他们都被捕啦。……唉,我不叨叨了,您忙着呢。您哪,您先别走,要走,我到外边先给您瞧瞧去,万一留下狗腿子……您哪,等等吧!”

老王提着大水壶蹑手蹑脚地走出去了。

卢嘉川坐在老王的小屋里又等了一会儿,老头回来告诉他,大门口果然有好像侦探的人在转悠,因此他只得留下来,直到下午七点,他才在一个同学屋里换上一套漂亮的西装,摇晃着身子吹着口哨,像个浪荡公子,趁着黄昏时的骚乱,走出了北大三院的大门。

卢嘉川是河北乐亭县一个乡村小学教员的儿子。由于李大钊同志在那一带的活动和影响,使他在很小的时候就接近了革命。后来,他到北平来上中学,经常到李大钊同志家里去,因此,他的理论知识,他的思想认识,以及他的斗争意志全在李大钊同志的耐心培养下逐步成长起来。中学时代,他就在学校中从事革命活动,考上北大后,他立即成了北大党的负责人之一。后来北大南下示威回来,敌人注意他,搜捕他,他就被党调出来,在北平东城专门领导一些大中学校的革命活动。

一九三三年夏,北平党的组织遭受到严重的破坏,剩下来的少数同志,在残酷的白色恐怖中,风雨飘摇,随时都处在被捕的危险中。因此卢嘉川没有固定的住址。今天他在朝阳大学睡了半夜,明天也许就上了辅仁大学。他机智灵活,又具备共产党员无比的忠诚和勇敢,因此,在敌人严密的搜捕下,他常常能够一次次地逃脱了危险。

从北大三院出来后，天色已经薄暮，故都街上的人流像沸水般涌流着。他夹在人群中疾步向东城区委准备开会的地点走去。走着，走着，他自然地带着漫不经意的神情回顾一下，没有发现跟踪的人，他就加快了脚步。当他走过了一个烧饼铺，才发觉肚子饿得很，他想起整整闹腾一天还没吃过一点东西，笑了笑，顺手摸摸口袋，身上只剩下两毛钱，可是还需要用它吃上两天饭，于是在又经过一个小烧饼铺时，他只买了三个小烧饼揣在衣袋里。肚子咕噜噜地，真想吃，望望自己笔挺的西装，他摇摇头又忍住了。

走到地安门内的一个小胡同里，在一个油漆剥落的小门楼前他站住了脚。望望门槛上一块小砖头好好地紧挨在门框边，他脸上浮过一丝不容易看出的微笑，这才掏出烧饼几口吞了进去。

走进里院的南屋时，他扬着帽子摇摆着脑袋喊了一句：

"嘿，三缺一净等我啦?"一霎间，他多么像个浪荡公子啊。

一个约莫三四十岁衰弱而瘦削的女同志，看他来了，首先站起身来紧握住他的手，眼睛瞅着他，发着细小的声音：

"同志，来晚了。我们以为你出事了呢!"

"刘大姐，不会的。"他看看大姐，又向摆好麻将牌的八仙桌上一扫，坐在桌旁的另外三个人——一个女的两个男的也全看着他含着笑意点点头。那个女的很年轻，穿着华丽的衣服，她站起身来让他坐在她的位子上，点头笑笑就走出去了。

一阵哗啦啦的牌声响过，他看着另外的三个同志轻轻地说：

"没有什么——开始吧。"

区委书记是个二十五六岁、戴着眼镜、名叫戴愉的同志，也就是在"三一八"集会时最初讲话的那个人，他有着一双金鱼样的鼓眼睛。

他严肃地宣布："现在会议开始。"

首先，他们讨论起"五一"国际劳动节怎样举行纪念的办法。

这个议题还没有讨论完，戴愉瞅着卢嘉川，忽然神色凛然地说：

“冯森同志[1]的错误越来越严重，今天我提议讨论一下这个问题。国民党的统治危机越发严重，革命高潮日渐迫近，我们不去准备大规模的行动——武装群众、组织罢课、罢操、罢市，扩大宣传我们党的胜利，扩大吸收党员，反而只会去同一些小资产阶级知识分子空讲理论、乱谈思想，……要知道，这些中间分子是极不可靠的，是极端动摇的，是资产阶级的后备军！”说到这里他把眼镜一摘，使劲把牌弄得哗哗乱响，“这样下去是不行的，冯森的右倾机会主义已经发展到了严重的地步。听说他还向一个反动大学生的老婆——她叫林道静，对么？——去进行共产主义的宣传，我也很不同意冯森同志这样做法。”

刘大姐低着头谁也不看，手里的几张麻将牌单调地发着细微的摩擦声。另外那个微胖的黄脸的男同志吴方也是默不出声。卢嘉川目不转睛地望着戴愉，柔和的眼色始终没有离开他明亮的眼睛。他静听着戴愉的讲话，当讲话停止的一霎间，他的脸色才变得严肃而冷峻。

“戴愉同志，”他慢慢说道，“你的发言，我看有点过左了吧？这是不是一种左倾关门主义呢？这和陈独秀的右倾机会主义一样，也会导致革命失败的！也会脱离群众的！群众普遍要求抗日，我们党就应当首先注意群众的要求……”他的脸孔抽搐了一下，一种深深的痛苦使得他的脸色苍白起来，声音越发低沉了，“至于在知识分子当中进行宣传这是党给我的任务。毛泽东同志在《中国社会各阶级的分析》里，首先就叫我们闹清谁是我们的朋友，谁是我们的敌人。他就说小资产阶级是我们最接近的朋友；甚至中产阶级的左翼都可能是我们的朋友……记住！戴愉同志，你和我也并不是无产阶级出身的呀！”

---

① 冯森，即卢嘉川的化名。

关于林道静，他没有进行任何辩白，因为他认为这是毫无意义的。

“什么？”戴愉的黄脸涨红了，“你这是机会主义的理论！中产阶级都可以做我们的朋友吗？那太可怕啦！”他喘了口气，眼球在眼镜后面迅急地转了几转，又说了一篇道理，来反对卢嘉川在知识分子当中进行细致的耐心的教育工作。他滔滔地说着，好像忘了是在白区残酷的环境中，忘了应当珍惜时间和解决问题。卢嘉川终于忍不住了，他把牌一推，霍地站起身来，轻轻喊了一声：

“戴愉同志，请你停一停！听我谈点意见行不行？”他用力把手一挥，仍又坐了下来，然后竭力把声音放和缓，“我同意你的某些意见，上级党布置给我们吸收党员的任务，我们应当坚决去执行。但是根据目前形势，哪能一下子吸收那么多呢？自从宪兵三团一来，白色恐怖一天比一天严重，蒋介石在德、意法西斯帮助下训练了大批的特务警犬正向我们进攻。现在人心惶惶，外围组织也几乎都被破坏；剩下的，情绪不安，也很难发展。这时，我认为党应当根据情况稳健一点，尽量保存一点力量，不要过分孤立地暴露自己。可是‘三一八’纪念，我们又损失了不少同志。”

“不，冯森同志，”戴愉又打断了卢嘉川的话，“情况紧张是暂时的，可是胜利的形势却在鼓舞我们每个革命者奋勇前进。……难道可以因为害怕牺牲而停滞不前么？……”

“戴愉同志，停一停！让我说两句。”刘大姐忍耐不住了，她苍白的有着细碎皱纹的瘦脸激动得绯红，微微气喘地打断了戴愉的话，“同志，你不要只搬教条嘛。冯森的看法是值得考虑的。”她把麻将牌往戴愉和呆着不动的吴方跟前一推，用坚定的口气对准了戴愉，“我基本上是同意冯森的意见的。戴愉同志只是搬教条，不大了解实际的情况。好久以来我就有了和冯森一样的苦闷，好久以来我们就都感觉出来：我们党的领导虽然克服了‘立三路线’的盲动、冒险，但现在的路线是否仍然不大妥当呢？人民热烈要求抗日救国，可是咱们提出的口号常常过高，常常除了少数积极分子以外，使广大群众不能接受。所以我常常在想……”说到这里，她的声音低得听不出来了。她似乎还有许多话要说，可是没有说出来。

四个人都沉默着。连易激动的戴愉也不出声了。只有断续的麻将牌发着单调的声响。后来仍是刘大姐向三个男同志望了一眼，低声说：“戴愉，就说你反对冯森接近的那个女孩子吧，我知道她，了解一点她的情况。这是个在旧社会里挣扎过，渴望着党的援救的积极分子。我们应当帮助她、培养她。冯森这样做我认为是对的。”

“那也要看情况。”一直很少说话的另一个男同志吴方说话了，“那个姓林的女人既然肯嫁一个反动的大学生，那么，她的思想可见很成问题。无论如何，我们党的阶级路线是重要的。所以，我也要警告冯森，你接近小资产阶级知识分子要特别警惕，我们是宁左勿右。”

“对，宁左勿右！”戴愉赶快插了一句。

卢嘉川抚弄着麻将牌，安详地轻轻摇头：“宁左勿右？不，我却认为不应当这样提。马列主义要和中国的具体情况结合起来，才能顺利地发展党的事业。当然，同志们的意见我应当警惕。如果没有别的重要事情，我提议还是来讨论纪念‘五一’的问题。”

“对，谈纪念‘五一’吧！”吴方睁亮眼睛说，“关于是左倾还是右倾，目前，我们几个人很难做出什么结论。反正作为党员，我们尽量执行上级党的决议就是了。”

穿着华丽服装的那个女同志走了进来，对四个人望望，轻轻说了句：“没什么，你们谈吧。”就又出去了。

戴愉好像还有许多话要谈，但他忍耐住了：“好吧，这个问题留着下次再谈。”

会议内容转到纪念“五一”上。照戴愉的意见，党、共青团和社联、左联等赤色群众团体，必须发动他们全体成员进行一次大规模的游行示威。卢嘉川沉思有顷，抬起头来看着戴愉说：

“前几天李大钊同志的出殡游行[①]，我们已经又被捕许多同志。现在，情况很严重，‘五一’这个纪念日，无疑的，敌人是会更加严密戒备的。希望你和市委好好反映一下，恐怕……”

“真是白色恐怖观念！”不等卢嘉川说完，戴愉把眼镜猛地一摘，皱紧了眉头，“冯森，你要消极怠工吗？……这是党交给我们的神圣任务，对这样任务的任何怀疑全是一种可耻的动摇！”他掏出手绢抹抹嘴角，然后把麻将牌一推，其他三个人也随着一推，一阵牌声代替了许多的话语。等牌声静下来，卢嘉川苍白的面色才转过红色来。他看着戴愉的金鱼眼睛，仍然慢慢地说：

“戴愉同志，一切不成问题！组织决定我做任何工作，我是不会讲价钱的。但是应当允许我发表一点自己的见解。也许我看错了，也许我估计得完全不正确，可是你应当冷静地看看我不是那种胆小怕死的怯懦者。……”他低下头来不能说下去了。

“我们就照着市委的布置坚决执行去，能发动多少人算多少人好了。”吴方刚说完，刘大姐露着焦虑的神色说：

“发动人是对的，但是发动之后就把他们送进了牢狱，这总是一个问题呀！”

沉默，一阵无声的争辩持续在人们的炽热的眼睛里。最后戴愉冷静下来，说道：

“好吧，如果冯森你们不反对大规模游行，那么，‘五一’那天，我们发动赤色群众都到天桥集合。具体行动有人会临时通知你们的。”

会开到这里就散了。

---

① 一九三三年四月，北京地下党曾为牺牲了六年的李大钊同志举行过一次出殡游行。

几个人都站起来准备离开的时候，服装华丽的女同志到大门外望了望，没发现什么可疑的人，走进来对几个同志亲切地笑笑。戴愉和吴方先走了出去；接着刘大姐伴着卢嘉川也向门外走着。他们默默地走到门过道里，在初月的薄明中，刘大姐站住脚，用力握住卢嘉川的手，声音又低又慢：

“小冯，不必难过。党了解你，我们了解你。‘五一’要提高警惕呵，不过还要尽量多发动群众。”

卢嘉川低着头，半晌没有出声。当他抬起头来看着大姐的时候，他的眼睛有点儿发红。

“大姐，亲爱的好同志，谢谢你！”他用力握住她瘦削的手指，只有这样的一握才表明了他内心的激动，“大姐，不必担心我。我想，在一个党员热望为党贡献一切的崇高理想里，就包含着不计个人的荣辱与得失在里面。这不算什么……好，再见吧！”

刘大姐倚在颓败的大门上，望着卢嘉川矫健而沉稳的步子一点点消失在街头昏暗的转角处，她才轻轻关上了街门。只有她自己才可以听见地低低自语道：

“小冯——好同志呵！可是戴愉为什么就不睁开眼睛多看一看呢？……”

第十八章

上午，林道静在火炉上蒸上了馒头，就拿着一本《辩证法教程》坐在窗前的椅子上读起来。但是当她的眼睛看到了书里夹着的一块小小的红布片，书就读不下去了。她只好放下书本，拿起这鲜红的小布片把玩起来。她像欣赏心爱的宝物，脸上含着笑，嘴里轻轻自语着：

"呵，'五一'，你又过去啦！"

在"五一"这个伟大的纪念日那天，她又被卢嘉川招呼着去参加了游行示威。开始，她和几个临时集合在一起的人隐藏在天桥附近的小胡同里，卢嘉川先来交给他们一卷传单，检查他们是否带来了小旗和石灰粉，当得到了肯定的答复，他立刻转身走开了。剩下他们在小胡同里又串游了一会儿。当负责联络的交通员走来告诉他们即刻到天桥大马路上去集合时，一阵风似的，他们从小胡同里蹿了出来；同时，别的小胡同里也蹿出了许多人。于是人群迅急汇合成了昂奋的队伍。道静总想靠近卢嘉川，靠近他就觉得安心，好像有保障似的。可是他特别忙，一转眼他又跑到前面去了。她正在人群中拥挤着前进，突然一面红色的大旗灿烂地招展在空中，好像阴霾中升起了鲜红的太阳。她仰头望见大旗上面的黑字：

全世界无产阶级联合起来！

她的心忍不住怦怦地乱跳了。热烈地高喊着的口号，向空中抛撒着的传单，挥舞着的拳头，和无数迎风飘动的红旗，这一切使大地好像突然震动起来了……可是，这种情况不过持续几分钟，接着又是尖厉的警笛,又是飞奔的摩托,又是砰砰的枪声,全副武装的军警又从四面八方包围上来。

…………

道静捏住小布片蹙起眉头。卢嘉川英俊的面孔,这时又清楚地显现在她的眼前。军警冲散了人群,捕捉着人们,他是负责保卫扛大旗的同志的,当大旗被折断,扛大旗的同志即将被捉走时,他突然跳上去狠狠地给了那个刽子手一拳,同时把石灰粉奋力一撒,在硝烟弥漫中扛大旗的同志趁机跑走了,几个军警就转身追起他来。林道静是跟着他跑的——他曾挥手叫她走开,但是她不。她飞跑着,朝他跑的方向跑。他刚要跑进一个小胡同里,一个穿灰衣的宪兵向他头上连着射了两枪,并且眼看就追上了他。他猛地回过身来又把一个小包用力向外一抖,空中立时弥漫起一阵呛人的白烟。石灰粉发挥了它奇妙的效果,趁着军警们睁不开眼睛的一霎间他逃跑了。道静学习了他的办法,那包石灰粉也救了她,她也逃脱了。最后她按照事先的约定,在陶然亭那儿又遇见了他,他挽着她的手臂,好像一对爱人似的,但他们只说了几句话就迅速分开了。当他们一起走着的时候,她看见他的口袋缝里还夹着一片撕碎的红旗,她就拿了过来,留作这个伟大日子的珍贵纪念品。

"呵,他是多么勇敢、多么能干呵!"一想到卢嘉川在"三一八"和"五一"这两个日子里的许多表现,她心里油然生出一种钦佩、爱慕,甚至比这些还更复杂的情感。她自己也说不上是什么,只是更加渴望和他见面,也更加希望从他那儿汲取更多的东西。

午后,余永泽上课去了,她见白莉苹在家,就到她屋里去闲坐。

"小林,昨天'五一'你去参加游行啦?"白莉苹挤挤眼皮顽皮地一笑。

"去啦。白姐姐,你怎么没去?"

"我么?有别的工作呀。"白莉苹急忙岔开了话,把手臂搭在道静的肩膀上笑着,“小林,昨晚,又跟你那老夫子吵架啦?嘿,傻孩子,你为什么老跟这样的人凑在一块儿?难道找不出比他可爱的男人来?”白莉苹看着余永泽总穿着长袍大褂像个学究,就一直称呼他老夫子。

“不用你操心!”道静露着两排洁白的牙齿也笑了,“谁像你这个样儿:见一个爱一个,见两个爱一双——恋爱专家。”

“得啦,你不要倒打一耙!我真是为你好。你看他那酸溜溜的样儿有什么爱头呢?嘿,小林,你看老卢怎么样?活泼、勇敢,又能干又漂亮,你要同意,我给你俩介绍介绍好不好?”

道静的心突突地跳起来了。她想不到白莉苹在玩笑中,竟把自己的名字和这样可敬可爱的人的名字连到了一起。她红着脸,呆呆地睁大眼睛看着她。白莉苹趁势抱住她的肩膀,把脸挨在她耳旁,吃吃地笑着,说:

“好孩子,犹豫什么?‘新的恋爱不起,旧的恋爱不会消灭。’这是哪个文学家的话呀?你那个老夫子可真不值得爱,还是大胆地创造新生活吧!”

“不,他爱我,我怎么能忍心离开他。”道静感到不能再开玩笑了,白莉苹是在真心实意地和她谈话。于是她摇着头低声回答。

“等着余永泽给你挂节孝牌吧!”白莉苹的脸色变庄重了,嘴角带着一丝讥讽的笑意,“你还想革命哩,连这么一点芝麻粒大的事情——私人的事情算得什么?——都不敢革,还说别的!”

轻轻的一句话,可把道静刺痛了。她放松了白莉苹的手,低着头坐在椅子上不再出声。她知道她和余永泽之间已经有了一道不可弥补的裂痕,这裂痕随着她对于新生活的奔赴,是在日益加深。可是她可怜他,这种感情,像千丝万缕绊着她,同时,她又认为革命者是不应该关心个人的问题的,于是她忍住了矛盾的痛苦,忍住了一切的不满,希望就这样和余永泽凑合下来。可是白莉苹的这句

“芝麻粒大的事情”使她恍然若有所悟，她朦胧地意识到自己不是对于个人问题看得太轻，而是过重；是在一种“不必关心”的掩饰下的苟且偷安。

她迷惘地望着窗外蓝色的天空，沉默着。白莉苹却以为她生了自己的气，她歪头对她观察了一下，就抱住她，哄小孩似的：

“好啦，小林，别生气啦！既然你那老余这么可爱，你就去爱吧！我可不敢拆散你们。不过，我告诉你一件事，”她松开道静的手站起身来，神气很严肃，“你不是知道崔秀玉到东北义勇军里去了吗？当初她希望许宁和她一同去——他们的感情已经怪深的了。可是许宁——你不是也知道他讲起话来一套套挺漂亮吗，可是办起事来就不大带劲了。他不去，舍不得妈妈，舍不得学业——当然也怪我，我也把他拉住了。可是不能不佩服小崔，她正上着学，也正恋着许宁，可是为了革命事业她一甩袖子就走了。小林，你别学许宁，也别学我，还是学小崔——你大概不知道，她是朝鲜人呢。”

“朝鲜人！……”

道静看着白莉苹的嘴唇一张一合地动着，微微惊讶地重复了一句，就再没有话说了。

她回到自己房里后，心情烦恼，一头倒在床上，陷入纷乱的思潮中。

天黑下来了，她连晚饭也忘了做。

“静，你多美！真像海棠春睡的美人儿……”余永泽不知什么时候走进屋里来了，他瞅着侧卧着的林道静，悄悄地说。

道静没有理他，拿起一本书盖上了脸。他就走上去拿下书本，顺便向书皮望了一眼——《资本论》。他微微蹙蹙眉头笑道：

“马克思先生的大弟子，您又在研究什么问题哪？”

“干么讽刺人！”她对他的脸看了一会儿，忽然感到：她所爱的那个余永泽早已不存在了；这个人已经变得多么庸俗可厌了呀。于是一种失望的气恼冲上心头，她不由得又冲口说道，“马克思的弟子总比胡适之的弟子强！”

“你说什么？”余永泽也有点恼火，“胡适之的弟子有什么不好？”

“好极啦！专门拍统治阶级的马屁，拍帝国主义的马屁，帮蒋介石来统治学生，那怎么会不好呢？”道静把书本向床上一丢，轻蔑地扭转了身子。

余永泽两手抱住头倚在桌子上。他竭力忍耐着，终于还是抬头冷笑道：

“革命呀，奋斗呀，说说漂亮话多么好听呀！可是我就没见过几个革命的少爷、小姐下过煤窑。因为这总比喊几句什么普罗列塔利亚、布尔乔亚之类的字眼要不舒服得多！”

“不许你胡说！”道静跳下床来，激愤地盯着他喊道，“你已经叫我受够了，请你发发慈悲叫我走吧！”

一句话就把紧张的空气冲散了。余永泽变得像秋虫儿一样可怜了。他嘶哑着嗓子哀求着：

“亲爱的！我的生命，你不能走！”

临睡前，两人才和好了。余永泽看着道静，高兴地说：

“今天我回来的时候本来挺高兴，想赶快告诉你一个好消息，不想咱们又闹了个误会吵起来。静，以后咱们不要吵了……不说这些了。你知道毕了业，我的职业不成问题啦，这不是好消息吗？”

“什么职业？离毕业还有两三个月呢。”

“但是要早一点准备呀！一个饭碗你知道有多少人在抢？”余永泽带着胜利者的骄傲，又带着怕惹动道静的惶悚，轻声说，“李国英跟胡适很熟——别生气，我不是崇拜他，只不过是为咱们的生活……这样托李介绍，把我的一篇考证论文给胡适看了，不想胡先生倒很欣赏,叫李国英带我去见他。今天我真就见了他,他鼓励我一番,教我还要好好用功,又讲了些治学的方法,末了,答应毕业后,职业由他负责……静!”他使劲握住道静的手,小眼睛闪烁着快活的光芒,“听说哪个学生要叫他赏识了,那么,那个人的前途、事业可就大有希望呢。”

“嗯。”道静咬着嘴唇望着他那沾沾自喜的神色,“那么,你真正成了胡博士的大弟子了!”

“亲爱的!”余永泽用巴掌按在道静的嘴巴上,装着庄严的口吻,“静,你不要总被那些革命的幻想迷惑了,现实总是现实呀。胡适是‘五四’以来的大学者,他还能害咱们青年人吗?这两年,你跟着我也够苦了,我心里常常觉得对不起你。有的同学都说我:‘老余,看你的她长得倒不错,为什么不给她打扮得漂亮一点?’真是,毕业后,要是弄个好职位,我第一个心愿就是给你缝两件丝绒袍子,做几件好料子的绸纱衫,再做件漂亮的大衣——你喜欢什么颜色的?亲爱的,我可最喜欢你穿咖啡色的或者淡绿色的,那显得又年轻、又大方。那时,叫人们看看我的静是个、是个惊人的漂亮的姑娘……”他说得兴奋了,猛地把道静推到电灯底下,自己跳到屋子的另一角,好像第一次发现她,他歪着脑袋,眯缝着眼睛,得意地欣赏起她的美貌来。“静,你哪儿都好,就是肩膀宽一点,嘴大一点。古时的美人都是削肩、小口。你还记得‘樱桃樊素口,杨柳小蛮腰’这两句诗吗?怎么?你又生气啦?为什么皱起眉头?来,咱们睡吧,打我一顿也可以,就是不要老生气。”

道静本来又要翻脸的。她怎么能够忍受这些无聊的、拿她当玩意儿的举动呢?但是她疲乏了,浑身松软得没有一点力气了,终于没有出声。刚一睡下,她就被许多混沌的噩梦惊醒来。在黑暗中她回过身来望望睡在身边的男子,这难道是那个她曾经敬仰、曾经热爱过的青年吗?他救她,帮助她,爱她,哪一样不是为他自己呢？蓦然，白莉苹的话跳上心来。——卢……革命，勇敢……“他，这才是真正的人。”想到这儿她微笑了。窗外的树影在她跟前轻轻摇摆，“他，知道我是多么敬佩他么？……”这时她的心里流过了一股又酸又甜的浆液，她贪婪地吸吮着，觉得又痛苦又快乐。

这夜里她做了一个奇怪的梦。

在阴黑的天穹下，她摇着一叶小船，飘荡在白茫茫的波浪滔天的海上。风雨、波浪、天上浓黑的云，全向这小船压下来、紧紧地压下来。她怕，怕极了。在这可怕的大海里，只有她一个人，一个人呵！波浪像陡壁一样向她身上打来；云像一个巨大的妖怪向她头上压来。她惊叫着、战栗着。小船颠簸着就要倾覆到海里去了。她挣扎着摇着橹，猛一回头，一个男人——她非常熟悉的、可是又认不清楚的男人穿着长衫坐在船头上向她安闲地微笑着。她恼怒、着急，“见死不救的坏蛋！”她向他怒骂，但是那个人依然安闲地坐着，并且掏出了烟袋。她暴怒了，放下橹向那个人冲过去。但是当她扼住他的脖子的时候，她才看出：这是一个多么英俊而健壮的男子呵，他向她微笑，黑眼睛多情地充满了魅惑的力量。她放松了手。这时天仿佛也晴了，海水也变成蔚蓝色了，他们默默地对坐着，互相凝视着。这不是卢嘉川吗？她吃了一惊，手中的橹忽然掉到水中，卢嘉川立刻扑通跳到海里去捞橹。可是黑水吞没了他，天又霎时变成浓黑了。她哭着、喊叫着，纵身扑向海水……

她醒来的时候，余永泽轻轻在推她：

“静，你怎么啦？喊什么？我睡不着，正考虑我的第二篇论文。把它写出来再交给胡先生，我想暑假后的位置会更好一点。”

道静在迷离的意境中，还在追忆梦中情景，这时，她翻了个身含糊应道：

“睡吧，困极啦！”

但是和余永泽一样，她也在想着自己的心事，一夜都失了眠。

第十九章

在一座小花园的小书房里，架上琳琅满目的图书，被竹帘子透进来的阳光映照得斑斑驳驳，反射出幽静的光辉。刚从牢狱里释放回家的罗大方，躺在一把竹躺椅上正和来访的卢嘉川谈着他这些天遭遇的事情。卢嘉川坐在写字台前的转椅上，默默地瞅着罗大方，听着他说：

“我到家的当天晚上，就和我父亲开起火来了。”罗大方笑着，挥着大拳头比划着，“他摸着小胡子哼着我们老家的东北腔对我说：‘肥子’——别笑，这是我的小名——‘我费尽力气托了多少朋友花了上千的大洋才把你保出来，往后你可得老老实实地给我读书！告诉你好消息：我就送你去日本留学；你愿意的话去美国也行。出国以前，你要是再敢同那些共产党来往，再勾搭那些亡命之徒，我可要、可要……’他摘下金丝眼镜瞪着我，好像要把我的五脏六腑全掏出去吃了似的。嘿，老卢，你猜我怎么回答，我说：‘父亲，你可赔了本了！我不值一千大洋，也不值得你那些朋友的隆情盛意，更值不得上美国去镀金。朽木不可雕也，你还是送我回监狱吧！’这下子可把他气坏了，他大骂我妈巴子忤逆不孝；骂我瞎了眼睛，吃了共产党的迷魂药；骂我早晚要上断头台。……我也不生气，只跟他嘻嘻笑着说：‘父亲，倒霉的不一定是谁，你这块同胡博士一起到美国镀过的灿烂的黄金，不准哪一天就要变成粪土呢……’哈，哈，老卢，他一气，带着我的后母上庐山避暑去啦。”

罗大方从警备司令部转到法院看守所坐了三个月的牢，虽然红润的面孔瘦了些、也白了些，但是丝毫看不出有受到挫折后的萎靡和困顿，他依然风趣横生，大眼睛滴溜溜地映闪着，拳头不停地挥动着。

“你这家伙，真有一门！”卢嘉川大笑着。他跳到罗大方身边狠狠地给了他一拳——这是他们亲密友谊的惯常表现，“以后打算怎么办？当真在家里当起大少爷？”

“这碗饭可不是老弟咱吃的！”罗大方把脑袋靠在玻璃书柜上，摇着头微微一笑，“我父亲的官越升越大，快到南京的行政院去当什么长去啦。我已经决定要和这样的家庭永远割断联系，所以绝不能再留在北平读书了。老卢，我诚恳地要求党信任我，分配我到最残酷的斗争中去考验我……”他宽阔的大脸渐渐被一种严肃的沉重的感情所笼罩，他不笑了，静静地凝视着卢嘉川。

卢嘉川在光亮的地板上来来回回地走动着，低着头沉思着。偶尔抬起头望望罗大方，不一会儿，仍又恢复了原来的姿态。

窗外火红的石榴花和夹竹桃迤逦地排列在洒过清水的花园里，微风阵阵透过帘子，吹进沁人心脾的花香。尽管天气已热，但这个阔公馆里的小花园却异常凉爽、清洁和幽静。卢嘉川穿着一身咖啡色的西装，梳着油亮的头发，看起来，他倒比那蓬乱着头发、穿着一件旧布衬衣的罗大方更像这个屋子的主人。他沉思有顷，当一个问题想透了，决定好了，他才抬起头来带着深思熟虑后的果决神态，说：

“老罗，情况是这样，你不能再留在北平了。现在，察北同盟军正在察北英勇抗战，我们也正在源源派人去参战。你到那里去工作怎么样？”

“好！”罗大方一把把卢嘉川的衣领抓住，生怕他跑了似的喊了一声，“好同志，谢谢你！请你快去和组织上说说，越快越好！”

就在这时，卢嘉川看见罗大方的额上流下了大粒的汗珠。他好像才经过了一场长途赛跑，激动得红着脸流着汗。因为是胜利地跑到了目的地，就又表现了一种衷心的喜悦和松快。他热爱党，热爱自己献身的共产主义事业，当他从监狱里出来的时候，他生怕这罪恶的铁门把他和党隔绝了，现在经过卢嘉川的几句话，知道他和党仍是紧紧地结合在一起的，他怎么能够不激动呢。因为高了兴，他反倒不开玩笑了，他向卢嘉川询问察北抗日同盟军的情况，他们谈起了当时的战争形势。

一九三三年五月，在国民党与日寇订立了丧权辱国的“塘沽协定”之后，全国人民更加激愤地联合起来，英勇的人们也更加积极地行动起来了。五月二十六日，人民自动组织起来的抗日武装——察北抗日同盟军在张家口成立了。这个由共产党员吉鸿昌和抗日将领冯玉祥、方振武领导的队伍里，除了有一部分东北义勇军和地方武装，还有一个由华北学生组织起来的学生大队。广大的爱国知识分子，为了挽救垂危的祖国，在共产党的领导和号召下，正热血沸腾地纷纷奔向了塞外疆场。

说到这里，卢嘉川好像刚刚想到似的对罗大方说：

“许宁也表示愿意去察北，可是，看样子总还是动摇不定。从南下示威回来以后，许多运动他有时露露头，有时连头也不露。这可真是个小资产阶级革命的典型代表——又想革命，又怕艰苦危险。”

“白莉苹还不是一样！他们俩……嘿，老卢，我被捕后，他们俩更好起来了吧？”罗大方的脸上隐隐露出了抑制不住的痛苦。

“大概是这样，好过一阵子。小许也可能受了白莉苹的影响。不过小白已经到上海去了，如果我们以后很好地帮助小许，他还会好起来的。”

“我去试试看。”停了一会儿，老罗眯缝着眼睛笑了笑，“可以把这个任务给我吗？”

“怎么,你想要这个任务?”卢嘉川微微惊讶地撑着写字台的边缘盯住他,“你的心胸和你的外形倒是挺相像。这对你的情绪没有影响吗?”

罗大方悄悄走到卢嘉川身边咚的给了他一拳:“你把我看成什么人啦? 爱情、爱情——它能够跟我们的事业来相比吗?”

就在这一霎间,卢嘉川的脑海里闪过了余永泽那一双被嫉妒激怒的小眼睛,也闪过了林道静苍白的痛苦的脸。本来他是愿意和她接近的,愿意更多地帮助她的,可是为了不使余永泽夫妇关系受影响,他许久不去找她了。他用意志控制了感情,避免和她多接触。

卢嘉川突然沉默了。

罗大方坐在写字台前的皮转椅上,从抽屉里拿出一只金壳怀表,他打开表慢慢地修理着,看见卢嘉川站在桌边总不说话,抬起头来问了一句:

“老卢,你想什么哪?”

卢嘉川好像没有听见一般,仍然望着窗外稀疏的竹林出着神。过了一会儿,忽然低声自语道:“已经好久不见啦。……”

“是不是为她——为林道静苦恼起来啦?”罗大方是个粗中有细的人,他很善于观察人的思想、感情的变化。这时他用细细的小扦子拨弄一下发条,又抬起头望着卢嘉川说,“我看你有些喜欢她——为什么不大胆地表示一下呢?”

卢嘉川转回身来躺在竹榻上,双手抱住后脑勺,半天才回答:

“别瞎扯! 你不知道人家有丈夫吗?”

“那个余永泽吗? 去他的吧! 他们怎么能够长久地合在一块? 老卢,这一盘棋,你算没走对。”

“不,我不愿意看见别人的眼泪,连想也不愿想。所以,我已经有意识地和她疏远了。”

罗大方放下表，走到竹榻旁，严肃地看着他朋友的脸，声音柔和而恳挚：

“你不要自己苦恼自己。我认为这并不关系到什么道德问题。就是你不爱她，她也不会同余永泽那样的人长久维持下去。”

“又瞎扯！你根本不了解情况。”卢嘉川闭上眼睛低声说，“他们俩的感情是很深的。而且……总之，我不愿意。”

“不破坏旧的，怎么能够建设新的？”罗大方抢着反驳他，“你忍心叫这女孩子被余永泽毁灭了吗？你应当做摧枯拉朽的迅雷闪电，而不要做——做‘孔老二’的徒弟！”

卢嘉川睁开眼睛微微一笑：

“瞧你说得够多简单、容易……别说这些了，怪无聊的。”说完，他又闭上了眼睛，长久地默不出声。

罗大方回到桌边仍又修理起那只坏了的怀表。他不时偷眼望望卢嘉川仰在榻上的忧郁的面容，想用什么话打破这种沉闷的空气，可是一时又找不到合适的题目。

“老卢，你不是把表送到当铺里去了？再说那只也太旧了。昨天，我在我父亲的抽屉里，翻到了这只金表，牌子很好，大概他还嫌不好丢下不要了，我权且当当钟表匠收拾一下给你用吧。”他翻着大眼瞅了他一下，看他仍不出声，他又说，“老卢，还记得吗？为小白，你劝我——‘爱情，只不过是爱情嘛。’今天我也要用这句话来劝告你啦，你，难道你这个坚强的布尔塞维克，竟要为爱情痛苦起来了吗？……”

“去你的，什么劝告！”卢嘉川从竹榻上一跃而起。他揉揉眼皮，好像拂去灰尘似的拂去了心上的愁闷，笑笑说，“你别担心我会怎么样的，其实，这算什么……来，老罗，唱个歌子。你唱的《马赛曲》好听得很，唱一唱吧。”

“不唱，咱俩的情绪都唱不出来。”

于是两个好朋友就东拉西扯地谈起天来。卢嘉川热了,脱下西服上衣,一看衬衣的两个袖子破了两个大窟窿,他对罗大方挤挤眼笑着:

“在你家里洗个澡行吗?别看有个同志送了我这身漂亮西装,可是衬衫、裤衩、袜子全都破得一塌糊涂,把你的给我换换。”

“好啊!”罗大方按了一下电铃,过了一会儿,从里院走来了一个四十多岁胖胖的女管家模样的人。她系着白围裙,卷着头发,样子精明利落。没等她进屋,卢嘉川赶快又穿上了西装上衣,藏起了那不能登大雅之堂的破袖子。

女管家托着托盘端来一壶热茶、几样糖果点心放在茶几上。罗大方装出严肃的样子对这女人说:

“阿妈,谢谢你!把东西放在这里吧。来,我给你介绍一下:这位是吴先生,他是老爷的学生,刚从美国留学回来,就要在北平荣任厅长大人。”

这女人赶快对卢嘉川深深鞠了一躬,殷勤地笑着说:“吴先生,您早来啦?天气热呢。”

卢嘉川忍住笑,只好点头还礼。一边用眼使劲瞅着罗大方那个装得煞有其事的怪样子。

“阿妈,天气很热。吴先生又有一点儿感冒,我请他在咱们家里舒舒服服地洗一个澡。你去预备一下,把老爷最好的衬衫、衬裤、袜子多拿出几套叫吴先生挑一挑换一换——人家在美国讲究得很,可要挑最好的喽。”他看着阿妈那种对卢嘉川的恭敬样子,最后加了一句,“他是老爷最喜欢的学生,阿妈要小心服侍呀!”

阿妈诺诺连声地答应着走出去了。

看她走远后,两人同声大笑起来。卢嘉川笑得抹着眼泪举着拳头:

“小子!你哪儿学的这一套本事?”

罗大方咧着大嘴笑着："等我父亲回来，反正也找不到我了，叫他们口吐白沫骂去吧——坏小子、骗子、不务正业的赤匪……随便吧！你别小看这个阿妈，她可是我父母最信任的人——奴才的奴才。他们叫她监视着我，所以必得这样唬一唬她。"

他们吃着、喝着，罗大方从书柜上搬下一个考究的留声机："来，先听听唱片再去洗澡。"他打开唱盘。没有看就安上一张唱片，屋里立刻飘荡着一种软绵绵的娇媚的歌声：

好哥哥，
相信我！
不要信——别人说……

"他妈的，什么玩意！"罗大方拿下唱片往地下一摔，唱片梆的一声立刻粉碎。他在一叠唱片里又挑了一阵，"他妈的，全是美国的靡靡之音。来，只好听听麦克唐娜的吧！"

唱机放送着《璇宫艳史》里的一段独唱，他们听着，都含着微笑。听到后来，罗大方摇头晃脑地打着拍子说：

"要有那么一天呀，——咱们也大声地放放《国际歌》，大声地放放工农战斗者的歌曲该多好！"

第二十章

深夜里,许宁和罗大方还在沿着北大操场的墙边慢慢溜达着。罗大方把健壮的胳膊搭在许宁的肩膀上,他们边谈边走。月色清明,照出了许宁漂亮面孔上的兴奋颜色。罗大方呢,平日诙谐的玩笑态度此时半点儿也没有了,他好像个敦厚的大哥哥,在耐心地说服淘气的不听话的小弟弟。夏天的夜里,操场上三三两两漫步着的情人和朋友全消散了,他们俩还在不知疲倦地谈着。

"老罗,你放心,我一定要说服妈妈和你一同去。我明白一个人应当怎样正确地安排他的生活。……"

"对! 小许,我相信你会这样去做。……不知你怎么样? 我要是一想到那火热的战斗生活,心里就恨不得一下子飞到塞外去——'好男儿当马革裹尸还'。我想就是这个时候了。"罗大方望望空旷寂寥的大操场,高大的红楼像一扇巨大的屏风矗立在夜幕中,他的心头激越着昂奋的热情,忍不住用他的大手用力地握住了许宁的手。

许宁也被他这种激情感染了。他凝视着罗大方那张宽阔而又异常慈祥的大脸,忽然觉得这个人是这样的高大、这样的雄伟,在黑夜中,他的浑身好像发着绚烂的光。……他想到他在南下示威时孝陵卫中的一夜,想到他平时在学校里不知疲倦的工作情形,想到他对待自己舒适的资产阶级家庭生活视若敝屣的决然态度,尤其想到他对一个夺去自己爱人的人竟能视若兄弟毫不妒忌的宏大胸怀,许宁此时的心里又是敬慕又是惭愧。他看着他,半天才激动地小声说：

“我要去说服妈妈——我感激你，老罗。……”

“亲爱的朋友，咱们要是能够并肩战斗，那该是多么幸福呵！”

罗大方的这句话，说得这样自然、这样亲切，竟使得许宁长久地不能忘掉它。

和罗大方分别以后，许宁确实是在想尽了方法去说服妈妈，同时也想尽方法说服他自己。但是妈妈从年轻就守寡，只有他这一条“命根子”，想说服她允许儿子去打仗那是很困难的。所以，到察北参战的同学第二天就要动身了，可是他还没有最后决定去还是不去。

傍晚，他走回家去看妈妈。

他的神情沮丧不安。最后一次——他必须再和母亲作最后一次的交涉。

母亲正坐在小凳上懒懒地缝着袜底。一见儿子回来了，还没等他张嘴，她就捏着袜底诉起苦来。花白的头发在头上轻轻颤动，捏着针线的手也在哆嗦：

“孩子，你又来跟我商量走吗？唉，我这苦命的老婆子为什么还不死呀？——你三岁就死了爹，只留下你这么一条根。为了你，我才活在这人世上守着你整整二十三年。……屎一把尿一把，好容易把你带大。现在，你要远远地走了？那不行！”许老太太的眼泪滴滴答答地流着，刚要拿衣襟擦擦，生怕许宁打断她的话，就又急忙说下来，“看你现在是个又高又大的小伙子，小的时候，你可多病多灾，妈为你一个月总有二十多夜不能睡觉。菩萨面前，磕了多少头，烧了多少香……那一回你病得快死了，眼看不成了，我也不愿再活了，吞了鸦片烟……”

许宁实在耐不住了，把手一挥，打断了母亲没完没了的唠叨：

“妈，你这些话我听了总有百八十遍了。耳朵满满的，再也塞不进去啦。你为什么总说这些？我，我并没有忘掉你的好处。……妈,说实在的,现在咱们国家这么危急,我一个青年人怎么忍心这样待下去?……妈,我去参加不会有危险的。去的同学多极了,他们来信都说很好……”

许老太太急了,顾不得再擦眼泪,就抢过儿子的话:

“孩子,你不用再说什么啦,反正我不能叫你去!……你……你如果真走……走,我,我就不活……活……”她突然扬起头盯着儿子哀伤地嚷道,“中国人多得很,哪就缺你一个人!”

说到这里,许宁看着没法再说下去了,就赌气跳起来奔向门外。走出去两步,他又回过身来,看着还在啜泣的母亲悻悻地说:

“妈,不用哭啦!我不去还不行吗?——哼,如果我一定去,你也没办法。真糟糕,为什么我总要同你商量呢?……”

他一个人跑到北海的土山上,徜徉了一个晚上。夏夜,带着热气的暖风吹着山上的松树,发出沙沙的令人烦躁的声响。这里游人是稀少的,他茫然地望着繁密的星群缀在灰蒙蒙的仿佛带着雾气的天幕上。一个年轻的纤细的影子在他眼前闪动着——她现在在长白山上?还是在黑龙江的大森林里?……崔秀玉——他曾经努力想忘掉的女孩子,这几天却是这般强烈地占据了他的心,使他惭愧,也使他痛苦。

她一定忘掉了我——忘掉了我这怯懦者。……他用力按住自己的太阳穴,罗大方的声音同时在他耳边响起来:“亲爱的朋友,咱们要是能够并肩战斗,那该是多么幸福呵!”他感到燥热,把衣服扯开,双手抱住头,久久地坐在一块冰冷的石块上。

许宁的父亲是个小官吏,年轻时就死了。许宁的母亲守着寡,依靠丈夫留下的薄产,把儿子抚养到上了大学。许宁从小生活在小资产阶级的温暖、舒适的家庭里,母亲过多的抚爱软化了他的灵魂。因此,虽然他的外形看起来是健康、漂亮的,自从接近了革命理论、接近了卢嘉川他们,他也热情地倾向了革命,并且热情地参加过一些活动。但是一到紧要关头，一到真的要牺牲些什么而去开辟新的道路时，他就变成像一棵经不起飓风的美丽的小树，衰弱无力地颓倒下来。

当崔秀玉为拯救她生长的故乡，拯救她的第二个祖国参加东北义勇军去的时候，她也曾希望她所爱的许宁和她一同去。但是许宁却想，还有两年大学就毕业了，而且母亲，还有——这是他心底的、没有和任何人说过的话：他不是东北人，比起江苏——他的故乡，东北那个地方是多么生疏的荒漠呵！再加上白莉苹的诱惑，……结果崔秀玉和其他勇敢的战士一同走了，剩下他留在大学校里，伴着母亲。后来白色恐怖一严重，他甚至连许多活动也不敢参加了。这次察北抗日同盟军轰轰烈烈地和敌人战斗起来，他在卢嘉川和罗大方的鼓舞下，也曾为了赎回过去的错误，竭力动员母亲让他去参加，但是谈了几次，母亲都不许可，他自己就失去了反抗的力量。因此许多同学处在参军的热潮中，他却痛苦着、犹豫着。终于，温暖、安逸的生活还是把他留住了。虽然他决定不去的时候，从北海小山上跑下来，双腿不禁簌簌地颤抖，眼里满含着羞愧的泪珠。

为了躲避国民党的注意和迫害，参战同学是在西直门外的清华园车站搭车北去的。许宁想送他们，但是因为害羞，他走到西直门又返了回来。他在宿舍的床上躺了一天，傍晚，因为记挂着母亲，他又无精打采地走回家去。到家，掀开竹帘一看，母亲正跪在神像前，喃喃祷告着：

"菩萨！大慈大悲的观世音！保佑、保佑我那孩子平平安安，不要离开——永远不要离开家。保佑他回心转意，像小时候一样时时刻刻不离开娘……"

许宁扑哧一声笑了。母亲吓了一跳。一回头看见儿子站在门口，像天上掉下个宝贝来，她急忙站起身一把拉住儿子，狂喜地喃喃道：

"孩子，孩子，你没有走哇？好！好！菩萨保佑，谢谢菩萨！"她又立刻转过身,跪倒在神像前,“大慈大悲的观世音!弟子吃斋念佛,谢你老人家保佑了我的儿子……”

许宁苦笑着说:

“妈,你不要瞎捣鬼了。什么神!是我自己不去的……弄点饭吃吧,我饿了。”

母亲受了儿子的奚落,还是很高兴。她忙给儿子弄了几样好菜,一边做饭,一边还不住偷眼望望躺在床上的儿子,生怕宝贝飞走了。

吃着饭,她忽然问儿子:

“你那些走了的同学都没有家吗?”

“怎么没有!谁也不是石头缝里迸出来的。”

“那么,他们的妈妈就舍得叫他们走?……奇怪!”母亲端着饭碗停止了吃,双眼愁闷地望着儿子。

“谁全像你这样!”许宁愤慨地瞪着母亲,“她们都明白爱国的道理,都想做一个真正的母亲。……敌人打来了,什么儿子、家,还不是一齐完蛋!”

母亲不再出声,摇摇头叹口气,就去洗碗了。许宁吃过饭,看了一阵书,没有再理母亲就闷闷地睡了觉。睡到半夜,一阵唧唧喃喃的声音把他吵醒了。他侧耳细听,原来母亲又在神像前祷告着:

“菩萨呀,大慈大悲的观世音!保佑——保佑那些去打东洋人的青年人全平安——平安无事,结结实实,早点回来。……菩萨呀,不要见怪!我,我,我实在舍不得儿子呀……”

许宁暗笑起来:“原来她也如此呀!”他刚想和妈妈打个招呼,猛然一阵激烈的打门声,把许宁和母亲全吓怔了。顷刻间,一大群军警照直闯进了他们的屋子。立时满屋全是凶狠狠的带着盒子枪、大枪的宪兵和警察。母亲吓得紧拉住儿子的衣袖,许宁也愣愣地站在门边。一个戴着礼帽的便衣胖子,问许宁:

“你是许宁吗?”

“嗯。”许宁按捺住自己的惊慌，点点头。

母亲更加紧紧地拉住儿子的胳膊，吓昏了。

警察宪兵们开始乱翻起来。翻箱倒柜地闹了半天，什么东西也没有翻到。一个宪兵向便衣胖子摇摇头，用眼睛在请示怎么办。便衣胖子露着金牙，冷笑一声：

“没有吗？我来翻！”

那个家伙刚在抽屉里翻了一下，立刻翻出了一本《北方红旗》[①]，高兴地大喊道：“这不是吗？确确实实的共产分子！”

为了捉到一个共产党员可以得到五百块钱的赏金，特务们卑劣地用自己带来的文件安了赃。

“有证据，他妈的真正的共产党！”特务们恬不知耻地又喊了一声。

“带走！带走！”

母亲看见带枪的家伙捉住儿子的胳膊要带他走，她撕裂心肺样地哭着、号着，拉住儿子的胳膊不放他走：“为什么带他走？……他，他犯了什么罪呀？”母亲把头向特务身上撞击着，好像疯子一般拼着命。正在这纷乱紧张的一霎间，一个念头冷酷地钻入许宁的脑子里：

“今天，如果今天坚决地和他们一起走了，还会有这样的事吗？……”

恼恨自己怯懦的感情，使许宁勇敢起来，在母亲和宪兵互相争夺他的纠缠中，他猛然用力挣脱了母亲的手臂，并且向母亲厉声喊道：

“妈妈，放手！我和你都应当懊悔的！”

不管母亲的悲哭，他昂然地立在地上，由宪兵给他带上了沉重的手铐。

---

① 《北方红旗》，当时北方党组织的刊物。

第二十一章

傍晚，余永泽吃过晚饭出去了，道静在刷洗碗筷。房东开了收音机，流行歌曲带着哭声好像送丧似的传到道静的耳鼓：

毛毛雨，
下个不停，
微微风，吹个不——停……

道静无精打采地收拾着食具，她越讨厌这无聊的声音，可是房东和他的太太却偏放得越起劲。她无可奈何地叹了一口气，刚想坐下来，不料一只大手掌轻轻地在她肩上拍了一下，一回头，却是好几个月不见了的卢嘉川。她高兴得把抹布一丢，红着脸喘息着说：

"卢兄，这么久不见你了！你哪儿去啦？……"

道静自从"五一"以后就没有再见过卢嘉川。白莉苹又去了上海，虽然许宁偶尔来看看她，但是他总是慌慌张张匆匆走掉。因此道静的生活又掉在呆滞、沉闷的小天地里。她一度变得欢乐、像湖水样明亮的大眼睛不见了；愉快的歌声也从她口里消失了；她重又陷到彷徨和苦闷中。因此，见到卢嘉川时她是怎样的惊喜与激动是可以想见的了。

"对不起——这几个月忙了一点。"卢嘉川放下带来的一个小提包，刚刚坐下又站了起来，"小林，这些日子生活怎么样？又苦闷起来了吧？"

"嗯！"道静低下头，用手指轻轻抹去眼角的一滴泪水，"生活像死水一样。除了吵嘴，就是把书读了一本又一本……卢兄，你说我该怎么办好呢？”她抬起头来，严肃地看着卢嘉川，嘴唇颤抖着，“我总盼望你——盼望党来救我这快要沉溺的人……”

卢嘉川漫不经意地向屋里、院里各处张望了一下，然后坐在桌边，微笑着说：

“你的苦闷我很了解。小林，不要悲观，我们要尽量帮助你。不过……”他的语气变沉重了，眼睛却依然安详地、柔和地瞧着她，“现在白色恐怖是越来越严重了。蒋孝先带来的宪兵三团在北平到处捕杀爱国青年——你大概还不知道吧？许宁已经被捕了。”

“啊！他也被捕啦？”道静吃了一惊，“什么时候被捕的？”

“就在罗大方和北平各校同学到察北参军去的那天晚上。你还不知道罗大方已经出狱了。许宁本想去，却犹豫着没有去，结果被捕了。小林，环境是残酷的，斗争是激烈的呀，不知你想到过这些没有？”

“我早就想过无数遍了！”道静红涨着脸，使劲把身子向桌上靠着，“我早就这样想：与其碌碌无为地混这一生，不如壮烈地去死。死都不怕，我还怕什么？”

卢嘉川锐利地盯着她那张充满稚气、充满激情的美丽的脸，从这张脸上他完全信任了这个生活在矛盾的泥坑中的女孩子。停了一下，他直视着她的眼睛说：“英雄式的战死在疆场的思想还一点儿没变吗？”她笑了。“小林，你想错了。参加革命并不是叫咱们去死，而是叫咱们活——叫咱们活得更有意义；叫千百万受压迫的人全活得很幸福。为什么还没有做什么就先想到死？这是不对的！”

“那么，卢兄，你倒指给我一条参加革命的路呀！现在这样子能叫革命吗？”

“好，这样说现在就来找你帮忙。”卢嘉川的神色突然严肃起来，“有三件事请你考虑考虑能够帮忙不？第一件事，有些文件要放在你这儿保存几天;第二件事,今晚上你替我去送封信;第三件……”他忽然住了口,望着她沉吟了一下,“第三件,我想在你这儿多待一会儿,如果可能,今夜最好允许我借住一下。……因为这些天侦探盯得紧——刚才我才甩掉一条尾巴,跑到你这里。”

道静听着给她的委托,开始是高兴的,可是听到后来,心情却紧张起来了。卢嘉川刚才还在轻松地和她谈着生活问题、思想问题,却没想到他原来处在这么危急的情况中。他那沉着、镇定、潇洒的风度,不禁使她惊住了。愣了一下,她率直地说道:

“卢兄,一切全可以!我早就希望你们拿我当自己人。你就住在这儿吧,我去和余永泽说一下就行了。”一提起这个人,她的脸就红了。

卢嘉川弯着身子,一只脚蹬在凳子上,一只手按住太阳穴。他那英俊而端正的面孔,带着沉重的深思的神色,两道浓眉挤得紧紧的。半晌,他摇摇头敲着桌边说:

“小林,不要和他说了。住在这儿不行……就这样吧,我今晚要写点东西,就在你这儿多耽搁一会儿,你想法子叫老余晚些回来可以不?”他拿起小提包交给道静,“这是一些秘密宣传品,你把它放好,不要叫老余看见。”

“嗯!”道静小心翼翼地接过那个半旧的古铜色的小提包,好像母亲接抱自己初生的婴儿。顷刻间,她的心头充溢着一种幸福的、欢乐的感情,这感情是这样激越和有力,竟使得她忘掉了刚才的紧张,紧紧把提包搂抱在怀里,眼睛燃烧似的瞅着卢嘉川。“卢兄,你就住在我这里吧。你讨厌他,我和他都到别处去住。我一定要……”她想说“保护你”,可是话到嘴边又咽回去了。她是这样年轻、幼稚,怎么好向自己尊敬的老师说出好像母亲嘴里才能说出的话呢。

“不必了。”卢嘉川看见道静那种认真的焦急之色,一个满意的微笑轻轻掠过他的嘴角。他说:“小林,你现在就去找一个人——她住得偏僻,路又不近,早一点去吧。她是李大嫂,你如果见到她,就问她说:‘小戴、小吴这两个孩子到圣经会去玩,都回来没有?’你就说小冯很好。她如果说都回来了,那就好了。如果找不到她,有人问你干什么的,你就或说是她的亲戚,或说是找错了门。总之要随机应变,要沉着、机警……”卢嘉川接着又谆谆地向她讲了一些秘密工作的方法和特别应注意之处。

“小戴、小吴到圣经会去玩,这是什么意思?”道静对这些莫名其妙的话感到了兴趣,她睁大眼睛好奇地问。

“不需要你知道的,你不要多问——这是原则。”卢嘉川的话又锋利又和蔼。

道静点点头站在当地摆弄着衣服角。这种新奇的有点神秘的生活使得她在慌乱和忧虑中却掺杂着某种程度的喜悦。她看着卢嘉川,心里有许多话要说,可是又说不出来。

他们相对沉默了一会儿。

过了一会儿,她想到该走了,不要再拖延了,就站起身对卢嘉川点点头向门外走去。就在这一霎间她忽然想到:也许屋外就有凶恶的侦探在窥伺着卢嘉川;也许她刚刚一走,他就会被抓走。……想到这儿,脚沉重得迈不动了,她无力地靠在门边看着他。一种依恋的情感混搅在一种正义的恚恨的情绪中,她不知如何表示这种情感,只是愣愣地望着他。

“小林,现在是八点半了,你走吧。”卢嘉川的眼睛也一直没有离开过她。

“好,卢兄,我就去!你就在这儿等我。”道静咬了咬牙,拔脚就走。她还没迈出门槛,卢嘉川又叫住她:

“别这么慌里慌张,态度要镇静。惊慌失措是会坏事的。我尽量在这里等你回来。如果你回来我不在了,那么三天之内,我一定来拿东西。”

“你一定等我,可别走……”道静扑上来拉住了他的手。长睫毛上闪着泪珠。

卢嘉川的心里这时交织着非常复杂的情感。这女孩子火热的向上的热情,和若隐若现地流露出的对于他的爱慕,是这样激动着他,使他很想向她说出多日来秘藏在心底的话。但是,他不能这样做,他必须克制自己。于是他拉住她的手,像个亲切的兄长,严肃地说道:

“小林,你还没有残酷斗争的经验,许多事你也还没有体会到它的严重性和复杂性。好吧,如果三天之后,我还不来,那么……”他突然睁大了柔和的亮亮的大眼睛,“那么你就把这些东西烧毁掉。将来——将来,只要你对我们的事业不失掉信心,只要你能为着未来的幸福的日子坚持斗争下去,那么,你一定会达到目的、达到你的理想的。小林,永远相信我的话——共产主义是扑灭不了的,我们的同志是斩不尽、杀不绝的! 我们也许还会再见……”

道静目不转睛地望着他。竭力镇定神思捕捉着他的每一句话、每一个字。这些字真像金子样发着铿锵的响声,激动着她的心坎。听到最后,她恍然明白了他的意思,她就愣住了,同时眼泪也流下来了。她想:不管有个什么好地方,就是一只箱子也好,把他紧紧地锁在里面,叫他安全,叫他不要被反动派抓了去……但是,哪儿有这么个好地方呢? ……她待在地上慌乱地想着想着,忽然意识到该走了,不要叫他再催了。于是,挪动了脚步勉强自己走了出去。不想卢嘉川又一把拉住她,叮嘱她说:

“小林,记住我告给你的话,对李大嫂一句也不能说错。还有,路上也要小心。如果发现身后有人跟着你,你就先别回这里来。还有,请你叫老余晚一点回来。”

“一切放心!”道静低低喊了一句就跳出门外,转眼消失在黑夜里。

卢嘉川倚在门框上，望着寂静的院子笑笑，仿佛道静还站在那里。

道静一气跑到北大东斋的学生宿舍，在李国英的房间里找到了余永泽。她把他叫到屋子外面，郑重地小声说：

“今晚上我有事要出去，你也晚一点回去吧。”

“什么事？为什么叫我晚回去？我回去等你不是一样？”余永泽惊疑地眯缝起小眼睛。

道静不知怎样回答他好。在窘急中她想：什么事都不应当隐瞒自己的爱人，何况这是正大光明的事。于是她附在余永泽的耳边，放低声音说：

“泽，那个卢嘉川被侦探盯得挺紧，刚才跑到咱们那儿想躲一躲。你就晚一点回去吧！我现在要去替他找一个人。”

余永泽像座泥胎愣在地上。啊！在这样清明芬芳的夏夜，她竟和别个男子亲密地约会着、来往着。为了他，竟不要自己的丈夫回自己的家……于是他斜过眼睛睨着道静，半天才小声地从牙齿缝里喊道：

“原来你的男朋友在等你！可是，我的家我要回去！”说完，他猛一转身冲进屋子里，屋门在他身后砰地关上了。

道静陷入悲愤、失望、憎恶混合在一起的极度痛苦中。有几秒钟她立在昏暗的走廊上动弹不得。她非常想跳进屋子里去和余永泽讲讲道理，可是，当卢嘉川的影子在她眼前一闪时，她立即冷静下来了。她咬着牙把短短的黑头发用力向后一甩，脸上又换成了来时的坚决神色。“走！快走！不跟这样的人再讲什么了。”

这一天——卢嘉川跑到林道静这里以前的两小时，他和戴愉一起去参加了在东城一个最大的圣经会的传道会。当牧师正在圣坛上喃喃祈祷上帝的时候，他们——戴愉和另外几个同志把圣经会的大门一关，卢嘉川就按着事先布置好的做法，跳上去把牧师向旁边一推，自己就站在圣坛上做起共产主义、红军的胜利和抗日救国的讲演来；同时许多同志也撒起雪片似的传单。牧师慌了，群众大乱，许多教徒想跑也跑不出去。当然，讲演还没完，军警已经把圣经会包围。机警的卢嘉川在慌乱的人群中，把礼帽一摘，把事先准备好的牧师衣服往身上一披，就杂在人群中跑了出来。但是其他同志怎么样，是否已经逃出来，他却无从知道。因此，他才叫林道静去送信通知组织这件事。

但是，这次，他暴露得太厉害了，狡猾的特务已经看准了他，有几个家伙轮流地跟踪着他。幸而，他又机警地甩开了这些尾巴，跑到林道静这儿来。因为他估计道静和余永泽住在一起颜色不红，容易掩护。当然，他也估计到，余永泽这个人会不会收留他。不过情况紧张，他绝不能再在街上露面，因此，只要暂时能够隐蔽一下，其他也就顾不得许多了。

尽管又经过了一场激烈的斗争，尽管又是一天还没有任何食物入肚，但卢嘉川仍然平静地坐在道静家的书桌前准备写一份紧急的材料。他凝神聚思，有几次他已经看见道静的小食橱里放着几个白面馒头，他很想吃。但他顾不得站起身拿过来。工作任务急，而他又怕余永泽一下子回来了，材料就无法写了。终究余永泽还是没等他写完就回来了。于是，另一种性质的激烈冲突又展开了。

卢嘉川正在明亮的电灯光下写着，冷不防门一响，余永泽戴着一顶灰色呢帽，穿着件毛蓝布长衫，腋下挟着一叠线装书走了进来。他一见卢嘉川俨然主人般坐在他的书桌前，一阵抑制不住的恼火，使得他的脸苍白了。他瞪着小眼睛仿佛不认识似的看着卢嘉川。看着、看着，还没容他张嘴——实在，他很难张嘴。因为按他这时的怒火,他要破口大骂。可是这样做又觉得有失身份。说什么又文明又有力量的话骂卢嘉川呢? ……还没有想好,卢嘉川却抬起头对他点点头微笑道:

“老余,你回来啦? 好久不见。”他从容地折起写着字的纸,站起身用黑黑的大眼睛看着余永泽。

余永泽极力克制着自己,冷冷地问道:

“你到我家有什么事?”

“小林叫我等她一会儿。”

“叫你等她?”这句话更加刺痛了余永泽。他瞪着卢嘉川,怒火一下子冒了三丈高。不过他还是没有发作,只是嘎声嘎气地转身冲着墙说:

“卢嘉川,请你不要再用你们那套马克思的大道理来迷惑林道静了。知道么,她是我的妻子。我们的幸福家庭绝不允许任何人用卑鄙的手段来破坏!”

卢嘉川站在门边,静静地看着余永泽那瘦骨嶙嶙的背影——他气得连呢帽也没有摘,头部的影子照在墙上,活像一个黑黑的大圆蘑菇。他的身子呢,就像那细细的蘑菇柄。

“老余,你说这些话不觉得害臊么?”卢嘉川严肃地盯着余永泽说,“别忘了,你还是个高喊过爱国的大学生,也还是林道静的丈夫。不是别人来破坏你的幸福家庭,是你自己在破坏它!”卢嘉川说罢,不慌不忙地打开屋门,又不慌不忙地回头看了还在面墙而立的余永泽一眼,就大步走出门外去。

余永泽看卢嘉川走了,一个人嗒然若丧地坐在卢嘉川刚才坐过的桌子前,用瘦胳膊紧紧抱着头。这时悲伤已经代替了他的愤怒。当他偶一抬起头来时,深夜惨白的电灯光,照见他的细长的脸更加苍白而瘦削。

“女人,天下的祸水……”他喃喃着,掏出手绢慢慢地擦去两滴滚下来的泪水。

顺利地找到李大嫂,并且把卢嘉川的话告给她之后,道静走到街上,赶快雇了一辆车子赶回寓所来。坐在车上,开始是兴奋、是完成任务之后的欢快,但是渐渐地她又被一种莫名其妙的忧虑攫住了心——想起了卢嘉川所处的危险境地,一种预感似的不幸念头使她莫名其妙地惊悸不安。她坐在车子上迷迷糊糊的,直到快到胡同口了,才想起卢嘉川嘱咐她看看后面有人跟着没有,在心里骂了自己一声“该死”,赶快回头向四外张望——只见冷清的小巷里黑乎乎的,没有人影,这才放下了心。她下了车又故意绕了几条小胡同,这才怀着忐忑不安的心回到公寓里来。

这时已经将近半夜了,屋里关了灯,黑漆漆的。道静走进门来用颤抖的手扭亮了电灯,定睛一看:卢嘉川不见了,只有余永泽头朝里睡在床上。见她进来,他翻翻眼皮没有言声。道静顾不得余永泽的气恼,急忙问他:

“你什么时候回来的?卢嘉川呢?”

“咦,怪了,我又没受委任来照顾贵友,他到哪儿去,我怎么会知道!”

“永泽,想不到你这样不害羞!告诉你,卢嘉川如果今夜被捕了,我就认为是你出卖了他!”道静不知从哪儿想到了这句话,她狠狠地瞪着他,简直把他当做了敌人。

余永泽一骨碌坐了起来,他好像拿住了什么把柄,一改过去那种乞怜的神态,阴森地冷笑道:

“还没有到出卖人的时候!如果我的爱人叫谁夺去了,那也没准。”

深夜的电灯发着惨白的亮光,两个人的脸色也全同灯光一样的惨白。

沉了一下，道静稍稍冷静下来。想到无论如何应当赶快知道卢嘉川的下落，于是她压着火气，放低了声音：

“永泽，咱俩不要误会下去了！没有人想夺你的爱人。事情挺急，你告诉我卢嘉川倒是哪里去了？”

“十点钟，我一回来他就走了。”余永泽摆着脑袋苦笑道，“人家哪肯和我这落后的人在一块？当然见了我就走。请放心！我余某也还有良心，还不致出卖什么人。”

道静心里七上八下，也不知是喜还是忧。卢嘉川没从她这儿被捕她高兴。但是她没有能留他住在这里，如果他出去之后被捕了，那也是她的罪过呀！她想着，低头在椅子上坐了一会儿，屋子里和她的心一样滞闷，她就走到院子里立在一棵枣树的阴影下，茫然地望着满天星斗。一种没有完成任务的疚痛，使得她的面孔发烧，心情异常地烦恼。

“嘿，睡觉吧！还想在院里站到天亮吗？”余永泽在屋里喊着她。显然，因为等她，他也没有睡觉。她没有理会他，依然站着，凝视着灰蒙蒙的天边。不知过了多少时候，她这才像醒了似的，轻轻地叹了口气。

“干吗这么神经过敏！——等着吧。三天、三天很快就会过去的。”

第二十二章

从圣经会跑出来，刚要走出一条狭窄的小胡同，戴愉就被预先埋伏在这里的特务捕走了。

他坐着挂着窗帘的小汽车来到了一个森严的大院子里，接着走过两层院子，他又被带进一间完全出乎他的意料之外的漂亮的房间里。一个便衣西装的年轻特务让他坐在沙发上就走了出去。于是这间屋子便只剩下了他一个人。虽然心情慌乱不宁，但是戴愉却不能不向这屋子的各个角落观察起来。多么奇怪，这哪里像什么监狱、牢房、审讯室……这明明是一间富有人家的书房兼客房。明亮的大玻璃窗挂着丝质的湖色窗帘；琳琅满目的图书，整齐地排列在一排排的玻璃书柜里；屋子当中有一张小圆桌，桌子上面有一个古瓷花瓶——花瓶里还插着鲜艳的步步高花，花瓶周围则摆着好几瓶好酒——茅台、大曲、白兰地，等等。还有那些大大小小的丝绒沙发，雪白墙壁上挂着的各色字画，也都那么耀眼地闪现在他眼前。这一切，不仅使他惊奇，而且使他陷入一种迷离的境界中——这是怎么回事？刚才，他还在喧嚣的人群中呼喊、搏斗，他还在圣经会的讲坛上散发传单；怎么一转眼间他却来到了这么一个安静、舒适的所在？这跟他刚才在汽车里所预期的腐臭的湿地、血腥的酷刑多么不同呀！这是两种天地、两个世界。但他确实是来到了另一个世界——一个他又生疏、又熟悉的世界。许久许久他没有看见这个世界了，但是，他确实有过这样的世界。那是在他十八岁参加革命斗争以前，他也曾有过这样安静、舒适的房间，有过自己琳琅满目的玻璃书柜，有过喜欢喝的茅台酒——地主兼官僚的父亲曾给过他一个舒适的享乐世界。可是当他接受了共产党员的同学灌输给他的革命真理之后，他就离开了这个世界，从此走入了劳碌奔波、艰苦而又危险的另一个世界。几年过去了，他似乎忘掉了那些玻璃书柜和茅台酒，忘掉了自己也曾亲手挂起来的美丽的窗纱和壁画。可是，今天——不，就在他被捕后不到一点钟的此刻，当他又看见了这许多熟悉的景物时，过去的、久已忘掉的一切忽然又在他心上复活了，忽然又闪现在他的眼前了。啊，梦！难道他是在做梦吗？……正当他坐在软软的沙发上，悄悄地东瞧西看、并且思潮起伏的时候，旁边的一扇油光闪亮的屋门开了，一个穿西装的瘦瘦的中年男子跟在一个打扮得十分妖娆的女人身后走了进来。他惊慌得还没想好如何对付他们的时候，那个女人和男人却像看见熟朋友一般快步走到他身边，向他伸出了手：

“戴愉先生，你好？”那个瘦男人抢先要和戴愉握手，戴愉十分惊异地望望这个男人，他没有伸出手来，却把脸转向了那个也站在他身边的女人——这女人含着微笑也把手伸给了他。但是他痛苦地转过头去，并且把头深深地弯了下去。

在敌人的威胁利诱下，他开始动摇了。过去的温暖的世界和眼前这个舒适的世界不知怎的却像两极的磁石一般自然地互相吸引在一起，有力地冲破了他薄弱的抵抗力。仅仅经过了半个多小时，戴愉终于和那两个人一起坐在小圆桌旁喝起了他最喜爱的茅台酒。接着他立刻就被释放出来。当他正要离开这间漂亮、舒适的房间时，那个男子向他含着微笑赞赏似的说：

“戴先生，你很聪明。鹏程万里，好自为之吧！……你还不知道吧？我叫胡梦安，北平市党部委员。以后，我们多联系。”

那个女人呢，也对他妖媚地一笑，软软地说：

“戴先生，我叫王凤娟，咱们以后也断不了碰头的。”

于是，他走出了国民党市党部的大门，乘着组织上谁也不知道他被捕的情况，又混到了党内。当然，接着，他知道的组织就纷纷遭到了破坏。而卢嘉川的被捕，也和这个叛徒有着密切的关系。

原来卢嘉川走出余永泽的住所后，接着就在他的寓所——临时寄居的一个朋友的公寓门外被捕了。他已经估计到这种情况的可能到来，所以做了一切充分的准备。他没有任何材料落到敌人手中，甚至在他寄居的朋友的房间里，也没有搜出一点点有关革命的材料。敌人把他押到宪兵三团司令部，当然，任何口供也不会有。就这样卢嘉川开始了一个共产党员在监狱和法庭上的斗争生活。

开始敌人也想用对待戴愉的方法来对待卢嘉川，争取他叛变投降。但是他们枉费了心机；而且卢嘉川反而利用敌人争取他的空隙，建立了狱中支部，领导同志们进行斗争。当敌人发现他是无法争取的时候，惨无人性的酷刑降到了他的身上。

半夜里，卢嘉川从小囚房的地上醒转来了。他醒来后的第一个意念是“渴”。他干裂的嘴唇，凝聚着黑色的血，好像燃烧似的发燥，嗓子里又咸又苦。

“水……水呵……”他轻轻呻吟了一声，想翻转身，但是好像有千万根针刺在背上，全身猛烈地刺痛着，他咬了咬牙不动弹了。

“水……水……”他朦胧的不甚清醒的神志又告诉他渴，渴得真难过。……由于渴的刺激，他似乎明白了自己的存在，于是他睁开眼睛，向昏沉的漆黑的牢房里茫然地望着。高高的铁窗上透进了青天上的几颗星星，远远的似乎有岗兵的皮靴在橐橐走动。身边呢，几只饿坏了的老鼠在地上跳来跳去——好像在试探着要吃他身上流出的凝固了的血……渐渐，他完全清醒了。一个意念突然占据了他的心头——使他忘掉了难忍的渴，也忘掉了燃烧着全身的剧烈的痛楚。

"告诉同志们——告诉同志们……"他仰卧在潮湿的地上,浑身痛得连动也不敢动地直直地躺着。"一定要告诉他们——一定要告诉他们!……"

他已经被押在北平宪兵司令部的监狱里两个多月。残酷的刑罚并不曾动摇他的意志,他顽强地斗争着。虽然他被打得死去活来,但是,为了争取公开审讯,为了争取改善政治犯的生活,他仍然领导了监狱的绝食斗争。这是绝食之后的第三天,他们正准备把政治犯在这里所遭受的非刑拷打和非人待遇写成一篇消息,通过一个在狱中的"关系"传到社会舆论界的时候,卢嘉川突然被提出来审讯。他的双腿被老虎凳轧断了;十个手指被铁扦刺得鲜血涌流;他被打得奄奄一息,已经不成人形了。但是任何敌人渴望得到的消息和秘密,没有从他嘴里透出一个字。他怀念着,时时怀念着教育了他、培养了他的李大钊同志。他准备着,准备为他所景仰的事业流尽最后的一滴血……但是狡猾的敌人并没有即刻枪毙他,在他被打得昏昏迷迷的时候,有一阵,他仿佛听到了两个刽子手的对话:

"这小子完啦,还费这个劲干吗?赏给他一颗黑枣多干脆!"

"哪有这么便宜的事!司令可瞧得起这小子,八成,还要解到南京去请赏……"

…………

当卢嘉川从昏厥中苏醒过来,当他的生命又一次地战胜了死亡,当他躺在漆黑潮冷的地上能够清楚地思想的时候,"告诉同志们"的意念,强烈地、超越了一切痛苦地占据着他的心头。

他勉强睁开浮肿的眼皮,向黑暗的四周审视着——这不是他原来所住的囚房。原来他住的是一排囚房的靠一头的小单间,小铁门上面有一个豆腐块样的小窗洞,经过这个窗洞,他可以望见对面的一堵灰色的墙壁和一片铁丝网。但是从现在的窗洞望出去，他看见了青天和星星。显然，敌人为了迅雷不及掩耳地破坏他们的组织、破坏政治犯们坚持下来的绝食斗争，要把他或者还有其他的同志突然弄走，在弄走以前，把他转移到一个新的机密的地方使他无法再与同志们取得联系……他躺在地上默默地思考了一阵："对，是这样的！"他判断自己不久之后不是被拉出去枪毙，就是被转移走。不管结果怎样，他必须趁着还有一口气的现在，告诉同志们一些事，一些重要的事。

于是他开始同自己完全不听从指挥的躯体展开了顽强的斗争。

他的双腿已经轧断了，只有一层薄薄的血肉模糊的肌肉连接着折断的骨头，要想移动一下这样的腿那是不能想象的；而且上肢和脊椎痛得渐渐麻木了；十个被鲜血泡起的手指头肿得变成了大熊掌；何况还有一副沉重的手铐紧紧地铐在它上面。但是，他却又必须要挪动自己。他思考的结果，只有去接近墙壁，试着去寻找他需要寻找的人。

他似乎想要恢复一下精力，闭起眼睛歇了歇，然后开始试着翻转身来，但是没有用处，整个机体好像一块石头，他咬着牙拼着所有的力气，想使身体动一动，也竟毫不可能；反而由于震动了伤处，一阵剧痛袭来，他又陷到昏迷的状态中了。

夜，当窗外的一角青天、几颗星星又出现在他的眼前的时候，他内心的痛苦超过了肉体上所有的疼痛。

"……天快亮了吧？……一到白天——能否叫我活到白天呢？"于是他回想起了整个夜晚的事情：大概十点钟的时候，囚犯们都睡了，他突然被提出去审讯。在一间昏暗的不大的房间里，一个白胖子带着可怕的狡猾的笑容，坐在褐色的好像长蛇一样的写字台后对他说：

“冯森，能干的小伙子呵！可惜——这不是你施展威力的时候……趁早，把你们现在新成立的组织名单交出来吧！”

…………

“不说吗？成了这个样子还不说吗？……在监狱里组织支部、领导绝食、争取权利……你是主要领导者，还能再隐瞒下去吗？……好，我看你是成心要葬送你所有‘同志’的性命！告诉你，我们已经完全知道你们的名单和计划了，等不到你们告诉给外边一个人，我们就要把你们统统枪毙！”

任这个诡计多端的胖子软磨硬吓，卢嘉川却沉稳地胸有成竹地不声不响。他知道敌人如果真正得到了他们的名单，便不会再同他这么费劲了，正因为他不知道，所以他说“知道了”。但是不管怎样，他知道他们的活动和斗争计划是被人告密了；有些同志也就会被猜疑而送命。为了挽救这些同志的性命，为了斗争继续下去，他必须在敌人这个突然袭击、任何同志都不知道这个阴谋的紧急情况下，迅速地告诉同志们揭破敌人的阴谋，使斗争坚持到胜利。

他再一次地试图挪动僵硬了的躯体。他把全身的力气都放到两条胳膊上，他咬紧牙关把两条胳膊肘并撑在地上，在心里喊了一声：“动！”尽管痛得血和汗一齐涌流出来，但是身体却仍像千斤巨石，动也不动。

他喘息着，昏昏迷迷的。渴，可怕的渴好像要吸尽他生命中最后的一点热力，他觉得自己就要陷入不能支持的状态了。喘喘气，舔舔浮肿干燥的嘴唇，想咽一口唾沫，唾沫却一滴也没有。他想把手指插到潮湿的土地里，想挖一把泥土送到嘴里，但是手指头还没动就已经痛入骨髓……

不远处传来了几声橐橐的皮靴响和低低的人语声，按两三个月来的习惯，他知道已经是清晨三点钟了，这是值班的卫兵们在换黑夜的最后一班岗。再有一两个钟头天就大亮了，那时候，到那时候——不,每一分钟他都可能被突然从地上拖走。个人的生命,个人的一切算得了什么,可是,党的事业,集体的事业,还在燃烧着的斗争火焰却不能叫它停熄下去。他开始责备自己对于伤痛的软弱和畏缩,只要有一口气,只要血管里还有一滴血在流动,那么,他便不应当放弃斗争——不论是对敌人,还是对自己“叛逆”的身体。于是他猛地像一条大虫似的蠕动一下,又猛地好像在一团大火当中一滚——他的身体翻转过来了,可是人又昏迷过去了。

醒过来时,他的嘴唇紧挨着冰冷的土地,他笑了。他闭着眼睛,忍住心脏的狂跳和燃烧似的剧痛,用两只肘子挨着地,于是一下一下蠕动起来。……

爬到了一面墙壁下,他昏迷过两次。但是,他的生命中好像有着顽强的永不会枯竭的力量,当他刚刚清醒一些,便急急地用着木棍一样粗笨不灵的手指在墙壁上敲击起来。

“嗒嗒,嗒嗒嗒嗒,嗒、嗒、嗒。”

等了一会儿,没有回音。静寂的深夜中只有老鼠在地上跳跃的微声回答着他沉重不安的问讯。

天色就快放明了,窗外青天上的星星稀少了,将会发生的事越来越近了,但是他在这监狱里的最后的任务还没有完成。

“生命只有一次……”他歪扭的红一块紫一块的脸上浮过一个嘲弄自己的微笑,“难道就这样完了吗?难道静等着被刽子手拉出去枪毙吗?眼看同志们被敌人暗算吗?不能!不能!……”

他不知自己是怎样蠕动到第二面墙壁旁边的。他又照样敲了黑沉沉的冷森森的墙壁,也照样没有得到回答。于是他转向第三面——也是最后的一面。如果这儿也得不到任何回答,那么今晚算白过了,周围没有住着同志,那么,……他不能再想下去。

“嗒嗒,嗒嗒嗒嗒,嗒、嗒、嗒。”

不顾伤口因为不断的移动又涌流着鲜血,他躺在血泊中用手指把同样的声音又敲了一次。

像狸猫一样，他耸着耳朵。

“嗒、嗒、嗒，嗒嗒，嗒嗒嗒嗒嗒嗒。”

在这面墙壁的另一边，传过来使他惊喜若狂的敲击声。准确的同志的声音叫他清清楚楚地听到了！就在他狂喜的一霎间，他却又昏了过去。

衰弱、疲乏。当他醒过来后，听听囚房内外都寂静无声，便和墙壁那边的同志用手指开始了无线电式的谈话。

“你是谁？”

“八号——李亮。”

“一号——卢……”他闭着眼睛歇了一下。

“紧急情况，赶快传给同志们——狱中斗争形势发生变化，敌人已知道我们的计划，某些同志和我可能被处死或弄走。可是我们的斗争必须坚持下去；我们的绝食斗争和敌人的这一杀人阴谋，必须赶快传播到外面去，狱中同志也必须警惕起来加紧团结……”

要说的话说完了，血似乎已经流完了最后的一滴，但是卢嘉川的脸上却浮现出一种安详的、和谐的从未有过的幸福的微笑。直到这时，他好像一桩心事已了，肩上的千斤担子已经卸了下来，他的头渐渐耷拉下去，身体一动也不能再动了。

第二十三章

一天、两天、三天——十天过去了，一个月过去了，卢嘉川并没有来找林道静。

怎么回事呀？……

道静清楚地记得他那天说的话："三天之内一定来拿东西。"可是他再也没有来。她的希望一刻刻地减少，忧虑一刻刻地加多，疚愤的心情也一时时地加重。她想打听他的下落，但是无从去打听。所有认识他的人——许宁被捕了，罗大方去察北了。她也曾去找过卢嘉川的朋友李大嫂，但是李大嫂已经搬了家，院里的街坊谁也不知道她搬到哪儿去了。

道静终日若有所失似的坐立不安。

"为什么不决心留他住下？为什么不想尽办法帮助他？……有阻碍吗？为什么不冲破这些阻碍？"仿佛是自己出卖了同志似的，她的心里感到了难忍的疚痛。她恨自己脆弱、犹豫；恨自己没有决心保护自己所尊敬的人；她也更加恨起余永泽的落后、自私。整天整天她就那么呆呆地坐在窗前，望着窗外翠绿色的孤单的小枣树。她觉得世界忽然变了色，她觉得她刚刚敲开的幸福的大门，在她刚要迈进的时候，却突然紧紧地关闭了！没人的时候，她拿出卢嘉川留下的提包捏着、思索着——并没有依照他的话把它烧掉，她总还希望他会来拿它。很快的，她变得苍白而憔悴。

"怎么啦？为什么苦恼？"余永泽觉察到了道静的变化，有一天，忽然这么问她。但她只是摇摇头不说什么。可是，余永泽还不

断地问。问得她发烦了,不由愤愤地说:

"是个有良心的人谁也过意不去!是出卖不是出卖谁知道呢?……"

余永泽瞪着小眼睛,一丝含着讥讽和轻蔑的笑容浮在他的嘴角:

"又是为贵友卢先生吗?……那么,我劝你还是死了心吧!像这种铤而走险的人有几个有好结果的!"

道静直直地看着余永泽。沉了沉,她一把抓住余永泽的手臂慌促地喊道:

"真的?你怎么知道他?……他被捕了吗?"

余永泽带着骄傲的自信的神气点点头。他要破釜沉舟地使道静对卢嘉川绝望,虽然,他并不清楚卢嘉川是否被捕了,但是仍表示了深知个中秘密的神气。

道静再也忍不住了,她趴在桌子上,双手抱住头低声地啜泣起来。为了她深深敬爱的同志的不幸遭遇,她再也不去顾忌余永泽的讥笑和妒忌。余永泽站在旁边,愤懑地紧咬着薄薄嘴唇,终于他也忍耐不住地发了火:

"我不相信你的共产主义真有这么大的力量……啊,可惜被抓走啦,不能成其好事啦……不要紧,好在你的'同志'还多着哩……"

"住嘴!"道静暴怒地跳起来,"我不允许你拿我的痛苦开玩笑!"歇了一下,她哭着说,"真没有心肝!眼看好好的一个青年人被抓走啦,要丧命啦,你还幸灾乐祸、冷嘲热讽……去你的!"她用手推开余永泽,一下子跑出屋外去。

晚上道静回来的时候,两个人都哭着——都为他们不幸的结合悲伤着。

生活是黯淡的。道静仿佛一个人生活在无人的孤岛上,没有亲人,没有朋友,没有人了解她的痛苦和希望。但是有一件事却使她明白了:这就是政治上分歧、不是走一条道路的“伴侣”是没法生活在一起的。光靠着“情感”来维系,幻想着和平共居互不相扰,这只是自己欺骗自己。

“离开他,不能让他毁灭我的一生!”道静的决心慢慢成熟了。

有一天,道静又拿出卢嘉川留下的提包来,她想该把它烧掉了。他绝不会再来了。她忐忑不安地打开了提包,立刻一卷卷红色、绿色、白色的纸片露了出来。看见这些纸片,她又是难过又是欢喜。“朋友,我又好像看见你啦!……”

当卢嘉川刚刚把这些东西交给她的时候,她很想看看里面放的是什么,但她又感觉这样做不对,便遏制住自己,把它放在一包破棉絮里藏起来。现在她可再也不能忍耐了,她把屋门上好,把纸片摆在桌子上,怀着新奇而又兴奋的心情拿起其中的几张读起来。这些纸上印的都是标语、口号,纸张是薄的,字迹是小的,一张张的油印宣传品上清晰地写着这样的字句:

庆祝红军粉碎国民党四次围剿的伟大胜利!

中国人民武装起来,打倒日本帝国主义!

中国共产党万岁!

中华苏维埃政府万岁!

…………

另外还有两份比较长的宣传品,下款是“中国共产党北平市委会”和“北平反帝大同盟”。

中国共产党——这是个多么亲切、伟大的名字啊!道静望着这几个字,紧紧捏着这些红绿纸片,一种沉醉般的崇高的激情,把她多日来压在心里的愁郁一下子冲开了!好像看见了久别的亲人,她可舍不得烧掉这些珍贵的物品。她抱住这些纸片激动地想着,忽然想到她的命运经过这些红绿纸片、经过这些招恼反动派的字迹,已经和中国共产党的命运联结在一起了！他们已经不可分割了！她感到能够被信任保存这些东西乃是她无上的光荣和幸福。……想到这里,她高兴了,她又有了生活的希望了。

“不烧掉它们又怎么办呢?”晚上她想到了这个问题。他不会再来拿,总放着有危险,而且没意义,她于是想起了高尔基的《母亲》中的母亲维拉索娃来:她带传单到工厂,把它散给工人们……“对,我也应当是这样!”像个顽皮的孩子想到了满意的恶作剧,又像战士想到了袭击敌人的好办法,她兴奋得一夜没有睡着觉。但是怎样散法呢? 她虽然幼稚,也还明白这是危险的。她反复苦思着,整整想了多半夜,终于让她想到了散发传单的好办法。

于是,三天后,这样的事迹出现了。

夏夜,天上缀满了闪闪发光的星星,像细碎的流沙铺成的银河斜躺在青色的天宇上。大地已经沉睡了。除了微风轻轻地、阵阵地吹着,除了偶然一声两声狗的吠叫,冷落的街道是寂然无声的。这时在北平沙滩附近的几条小胡同里,有一个打扮俏丽的年轻女人在来来回回地转悠——她像在等待什么,又像在窥伺什么。她手里提着一个华丽的手提包,穿过一个胡同又一个胡同。当她听到似乎有脚步声或者什么声音的时候,她就停了下来,把苗条的轻捷的身子紧贴在墙边,侧着耳朵屏住了呼吸。她谛听着,在黑夜里闪闪发光的大眼睛睁得大大的,心里却忍不住激烈地狂跳着——她几乎都听到了它怦怦的跳跃声。但是当她听了一会儿,并未听到有人走来的时候,她就像小孩子一样天真地笑了。她喘息一下,歇了歇,接着又像一条黑影似的向前溜去。

这是多么不平常的一天！道静从没有经验过这样紧张、这样不平静的时刻。自从她决定了晚上要偷偷地去粘贴传单,她的心就一直不住地乱跳。她也想到了会被人抓住的危险,但是卢嘉川最后的话给了她力量,“只要你对我们的事业不失掉信心,只要你能为着未来幸福的日子坚持斗争下去……”呵,这是些多么难忘的话呵,她牢牢地记住了它,她要无畏地斗争下去。于是她忙碌地准备着一切。买了三瓶胶水、买了一双没有声响的软底鞋,为了怎样打扮以备被人看见时便于掩饰,她想了许多许多的办法,可是都不满意。最后,当她到房东屋里去借小刷子的时候,看见房东太太穿着粉红的紧身花绸袍,涂着厚厚的脂粉那种妖冶的样子,她心里一动,这才决定了要装扮一个风流女人,甚至被人认作卖笑的“野妓”也不要紧。晚上,怕余永泽注意她,不叫她出去,她就跑到房东太太的屋里梳洗打扮起来。她穿上余永泽给她做的淡绿色的绸袍,嘴上涂上了口红,脚上换上了肉色的丝袜,手里拿起一个漂亮的手提包,俨然成了一个俏丽风流的少妇。房东太太看她打扮成这个样子,开始是张大嘴巴惊讶着,——因为平日她是朴素的,不大修饰的。接着,根据她的经验,她明白了——“这准是去会相好的呀!”于是她向道静斜眼一笑,嘴巴对准了她的耳朵:

“余太太,您这是?……嘻嘻,我明白啦——您也有啦那个?……”

道静高兴她这样猜测,对她善意地微笑着。临走时并且小声地嘱咐她道:

“老余要问,您就说我一会儿就回来——好嫂子,多帮忙吧!”

她走了,怀着新战士初上战场,而且又是独自作战的那种惶悚的心情出发了。开始她在各个小胡同里逡巡着,真好像一个寻找主顾的夜游女人。后来一看左右没人,她就鼓着全身的勇气,把早就涂好了胶水的传单,用舌尖舔上口水迅速地贴到了墙壁上。贴第一张的时候,她的手不住地哆嗦,腿也在发软。这时候,年夜凑在一起的许多青年朋友的面容忽然涌到了她的面前——他们要都在这儿该多好呵,大家贴,一下子就全贴完了!可是,现在,在这黑暗的深夜里只有她一个人。孤单、恐怖。她不但怕警察，而且也怕真拿她当下流女人看待的男人们。贴了几张，胡乱地向几家住户的门口塞了几张，她实在支持不住了，就匆匆地跑了回来。

疲乏。躺在床上，她好像瘫了似的不能动弹。

但是第二天夜里，她仍然还去贴，还去给住家户的门口塞传单，而且不再像第一夜那么慌乱。她转了许多条小胡同，贴了许多。因为这次是在黎明前去的，夜里巡逻的警察已经疲乏了，因此，她顺利地散完了她准备散的宣传品，安然地走回家里来。

看见了这些传单的市民们惊讶着，好像刮过了一阵飓风。青年们好奇地争相传阅；胆小的老人惊慌不安。

"共产党越来越多了？……"人们低声地惊奇地互相探询着。

许多中学、大学的学生自治会也收到了一份不知从何处寄来的报纸。打开来，里面就卷着道静寄去的几份共产党的宣传品。青年们惊喜起来，有些人许多天都不能安静地猜测着。他们相信共产党又活跃起来了，革命高潮也许又要来到了。

街道的墙上，在清早发现了共产党的传单之后，这不能不叫警察们大吃一惊，愤愤地胆怯地把它们撕了去。

道静背着余永泽想尽一切办法散发着传单。除了上面的办法，她还向一些她知道的人，较进步的人寄出了这些危险的东西。虽然散出了大部分，但卢嘉川留下的传单还有一些，她并没舍得一下子全散光。

想不到这些红绿的小纸片，把她从濒于绝望的状态中挽救出来了。曾有些日子，她觉得自己什么都完了，失掉了卢嘉川的领导，失掉了党的爱抚，她觉得自己重又变成了一个死水里面的蝌蚪，重又生活在四面不透风的蜗牛样的小天地里，她惟一的路途只有做余永泽温顺的妻子，跟着他夫荣妻贵，等着穿他的丝绒袍子呢子大衣……但是，这个前途该是多么痛苦、多么可怕呵！可是自从想起了散发传单这个办法之后，她的精神突然开朗了！散发的越多，她越高兴，越觉得自己不是白白地喊空口号——余永泽是常常讥笑小资产阶级出身的知识分子只会喊空口号的——越为自己还是一个有用的青年而欣喜。

不久放了暑假后，为了想知道散发传单的结果如何，她就跑到王晓燕家里去找她——王晓燕现在即将是北京大学二年级的学生了。

“晓燕，昨天早晨我发现了一件奇怪的东西！”她的神气很紧张，一把抓住晓燕的胳膊说。

“什么东西？”王晓燕的眼睛是圆的，一睁大就显得更圆。她看着道静不慌不忙地合上了书本。

“你看，多么奇怪呀！”道静把三张传单从口袋里掏出来，“昨天大清早我起来散步，一出门口就看见了这几张纸……”她把声音放低，伏在晓燕的耳朵边上，“好家伙！共产党的传单，中国共产党的！”

王晓燕把传单拿起来看了一眼，漠不经意地丢在桌上，“我当是什么奇怪的东西，原来是它呀——我也看见过。”

“真是怪事！你在哪儿看见的？”

王晓燕且不回答道静的问话，打开抽屉给道静拿出一包糖：

“小林，吃点糖。这是我爸爸刚从上海带回来的。你对这个传单怎么这么有兴趣？是专为这个来找我吗？”

“我真觉得奇怪呀，现在还有这么多共产党吗？”

“我想一定很多。”王晓燕挨着道静坐下，一边吃着糖，一边一本正经地一字一板地说，“我们学生自治会在前几天——放假前收到一份卷着寄来的《大公报》，里面就夹着三份这样的东西——跟你的一样。有些同学又奇怪、又兴奋，也有的很害怕。以后有人提议把它贴到布告牌上，有人赞成，有人害怕、不赞成。”

“你呢，害怕吗？你不是也在学生会有点工作？”

“我吗？无所谓。随他们怎么办全好。可是第二天这传单真的在布告牌上出现了。同学们都轰动了……学校当局赶快撕了下来，蒋梦麟校长又气又怕。现在正闹得乌烟瘴气。”

王晓燕摆动着浓密的黑头发，微微一笑，仍不改她那庄重的神气。道静可高兴坏了！她一把抱住王晓燕的脖子，脸上笑得像一朵鲜花：

“晓燕！好晓燕！你这消息多么叫人高兴呀！”

“你怎么啦？你干吗这么高兴？……难道这件事跟你有什么关系吗？”

道静感情冲动得不能克制自己了，她立刻向王晓燕坦白了全部秘密：

“晓燕，告诉你，你可不要告诉任何人——这些传单都是我寄的呀！”

“什么？你说什么？——你什么时候参加了共产党？”王晓燕被道静这个爽直的告白弄得慌乱了，她瞪着滴溜圆的眼睛吃惊地看着林道静。

“我哪是共产党！”道静懊丧地摇着头，“可是，我认识了共产党的朋友——就是我常跟你提的卢嘉川。他把这些传单放在我这里，他被捕了，再找不到他了……我留下这些东西可有什么用呢，这才想法子寄出去。”

王晓燕紧盯着道静看个不停，仿佛第一次看见一个奇怪的陌生人。

“那，你为什么不烧掉？这样乱寄是很危险的！”

“不，晓燕，你不了解我！”她抱住王晓燕的肩膀，热情洋溢地说，“我已经不是去年的我了。做这些事我觉得高兴。可是，现在也挺难过——我那些朋友都叫国民党捕走了……哼，捕走就捕走！

‘野火烧不尽,春风吹又生!’我相信他们早晚会回来!”道静扬着头望着窗外的浮云,可是接着又若有所失似的低下头来。

王晓燕被她朋友这种大胆热烈的精神感动了。她紧拉住道静的手,像叹息,又像抚慰般轻轻地说:

“小林,我了解你的性格——像火一样。可是,你要为你的前途着想呵,搞——革命……这有什么前途呢?”

“像你这样成天钻书本子有什么前途呢?”道静的神气严肃起来了,“国家这样危急,社会这样动荡,‘覆巢之下安得完卵’这句话你不知道吗?”

“嗯。”沉静的王晓燕陷入沉思中,她若有所悟地不再出声。

“晓燕,别发愣啦,如果你不反对我,看在咱两个幼年朋友的交情上,给我帮点忙好不好?”道静推着晓燕,忽然撞入脑子一个主意,“我手里还有一些这种传单,放着挺危险,你帮我把它们散出去行吗?”

王晓燕带着惊异为难的神气,想了半天,还是摇摇头:“不行。”

道静生了气,站起脚就走:“还是好朋友呢……”

“好吧,你拿给我。”晓燕拉住道静无可奈何地答应了,“我去找那些主张贴在布告牌上的同学去。可是,说实在的,我实在不赞成你这样的做法。”

道静高兴得并没有听见晓燕后面的话。她跳上前去紧捏住晓燕的手连声说:

“真好!真好!晓燕,你真是我的好朋友呀!……以后等我的老师卢嘉川出来了,我一定要叫你认识认识他。”

第二十四章

余永泽看见道静一连几天匆匆忙忙地出来进去——有时半夜不回来,有时天不亮就往外跑,而且打扮得妖妖艳艳,他简直气坏了。道静什么话也不对他说,既不说上哪儿去,也不说去干什么。问她,她简单地来个棒槌话:“管我干吗呢!”他实在不能忍耐了。一天夜里,刚躺下来,他翻过身,捏住道静的胳膊,咬着牙说:

“静,你究竟安的什么心?你这样——不觉得害臊吗?”

道静静静地躺着。有一会儿没有开口。多日酝酿成熟的意志帮助她冷静下来。她慢慢坐起身,扭开电灯,竭力放低了声音:

“永泽,你应当了解:我们之间已经有了多么大的分歧……这使你痛苦,也使我痛苦。我们都还年轻,你看,咱们离开了不是更好一点吗?”

她这种异常的冷静、和婉,再不同于过去那种吵闹激愤的态度,使得余永泽突然明白:事情已经不可挽回了!已经到了绝望的地步了!他的自尊心在一个已经和他冷漠了的女子面前,陡然增长起来。他坐起身,低头思考了一会儿,最后紧皱着眉头,嘎声嘎气地说:

“好吧,既然如此,就各奔前程吧!”

第二天大清早,余永泽就走了。中午以后当道静收拾好了自己的东西,正准备搬到沙滩附近另外一个小公寓里去时,忽然有个客人来找她。她走出门口一看:矮矮的个子,黄黄的圆脸,戴着眼镜,她认不出是谁来。可是来人却像对待熟朋友似的,抢上前来握住她的手低声说：

“你是林道静吗？我是卢嘉川的朋友——戴愉。”

“卢的朋友——他可能带来了他的消息……”想到这里，道静又惊又喜地把他领进屋里，刚让客人坐下，她就迫不及待地问他：

“没想到你来。……卢嘉川他真的——被捕了？现在，情况怎么样？”

戴愉先对屋里环视一周，然后盯着道静的脸看了一会儿，最后，他才操着南腔北调的低沉声音回答道：“是的，不幸得很，他前三个月就被捕了。原来押在宪兵司令部，现在呢，不知解到哪里去了。”最后的这句话他说的声音很低，这时，他看见道静的脸色苍白，双手使劲捏住了床栏杆。

“林同志，你很关心他嘅。”戴愉的脸上露出了微微的笑容，并且冲着她喊了一声“同志”。

同志，道静听到这个称呼，是如此的惊奇和欣慰。卢嘉川虽然亲密，但还没有这样称呼过她；可是，他，这个陌生的人竟然称自己为同志。……她压住了因不幸消息的证实而引起的波动，亲切地压低声音说：

“看见你，我真高兴。虽然咱们没有见过面，不，想起来啦，‘三一八’开始讲话的就是你！我想老卢一定也和你谈起过我……我很幼稚，希望你以后能够常常来帮助我。”

“那当然。我和老卢是很好的朋友你不知道么？”

“啊……”道静心里这时交织着悲伤与欣喜的感情，反而不知说些什么好了。

戴愉点了根纸烟，吸了几口，忽然慢悠悠地问道静道：“请问你，老卢是不是有些东西存放在你这里？他最后和你见面时，都分配你做些什么工作来？”

道静告诉了她和卢嘉川最后见面时的全部情况，并且把散发传单的事也告诉了他。

戴愉仔细地听完了她的话，点点头说：

“好的，好的，你做得不错，勇敢得很。不过为什么不找我们的同志和你一起去做呢？这样的事，你一个人去做，危险得很。”

“没有人。我认识的革命同志只有老卢小许几个，他们不是都被捕了？”

“欧，是这样的。”戴愉从眼镜后面瞪着突出的金鱼眼睛，浮肿的暗黄色的脸上有一丝笑意，“那么，你今后打算怎么奋斗下去呢？”不等道静回答，他又接着说道，“思想进步、左倾的青年是多得很的，要尽量扩大你的生活圈子，才能……”

“没有！”道静忧郁地打断了他的话，“老戴，我一个进步的朋友也没有了，你给我介绍几个吧。你看我的生活够多苦闷——自从老卢他们一被捕，我又变成井底蛤蟆。现在，我就准备离开他——你还不知道，我有个爱人很落后，我们思想不一致，我只好离开他，此后我就自由了。我真想把我的生活变得更有意义——像你们一样。看你们的斗争生活够多丰富。”

“嗯，是的，是的，……”戴愉连声答应着，然后站起身叼着烟卷在屋里各处观赏着。当他看到吊在墙上的一盆翠绿的天冬草，和书架上那个小小的精致的古瓷花瓶时，他扭过头来微微一笑：

“林同志，你摆着这些资产阶级的玩意儿，可不够革命化欧。无产阶级的革命战士是反对这些‘玩物丧志’的东西的。……好，现在我要走了，请你把你的新住址告诉我，以后有工夫一定来找你。老卢有了消息我一定也要来告诉你。……是这样，你以后要勇敢地投身到革命斗争中，多和革命关系取得联系，当然，我们俩也算有了一定的联系了。”

道静送走了戴愉，回到屋里坐在床边。想到又和革命的朋友联系上了，她的生活又该活跃起来了，她兴奋得忘了搬走的事；但当她想到了卢嘉川,她的心情又渐渐沉重起来——“啊,你现在在哪里呀?……”她呆呆地望着纱窗外面的蓝天,许久工夫动也不动了。后来当她猛然看见墙上挂着的她和余永泽同照的照片,看见衣架上他的蓝布长衫时,她忽然清醒过来了。她站起身向屋里各处望了望——难道真的就要和自己曾经热爱过的男子分手了吗?难道这个曾经度过多少甜蜜时光的小屋永远也不能再回来了吗?……她看了看那个捆好了的铺盖卷,看了看将要带走的小皮箱,又看看屋子里给余永泽留下的一切什物,她的眼睛忽然潮湿了。“赶快离开!”一霎间,她为自己的彷徨、伤感感到了羞愧。不知从哪儿来了一股力量,她拿起被卷就往外走。可是走到门边,她终究还是回过头来坐在桌边,迅速地写了一个条子:

永泽:我走了。不再回来了。你要保重!要把心胸放宽!祝你幸福。

静　一九三三年九月二十日

经过内心的斗争,经过痛心的自我批判,林道静终于提起自己的行李,走出了那间给了她幸福又使她无限痛苦的公寓房间。

第二十五章

低低的婉转的歌声飘散在一间寂静的小屋里。道静坐在凳子上，一个人对着火炉上冒着热气的蒸笼，轻轻地随口唱着自撰的歌儿：

黑暗的牢门呀，
你永远——永远关不住那灿烂的阳光，
亲爱的同志们呀，
太阳、花儿、云鸟，
还有那年轻可爱的姑娘，
他们穿过黑暗的牢狱的墙壁，
在对着你们歌唱——
他们对着你们歌唱。
…………

她低声反复地唱了好久，不知过了多少时候才像醒过来似的停止了唱。揭开蒸笼，取出蒸熟了的又白又大的馒头。这时一丝看不见的微笑浮上她的嘴角，“啊，蒸好了。”她欣赏着自己的技术。把一切收拾好了——炉子端到院子里，蒸笼还了房东。她回到屋里，就对着那堆馒头，一个个地抚摩、观察起来：“哪个里面有铅条呢？——许宁，他们该多高兴啊！”

自从和余永泽分开了，道静就住到沙滩附近的一个小公寓里。她的生活比较自由了，就用全副精神放在和革命同志的联系上。为了打听许宁的消息，她去找了许老太太。于是她和许宁的关系就联系上了。许宁被押在北平地方法院的看守所,她充做他的妹妹和许老太太一同去探望了他。当她第一次看完许宁回来以后,真是高兴得很——为她自己,也为许宁。因为许宁自从坐了监狱,看起来反而比过去沉静了,坚强了。他英俊的脸上很干净,眼睛闪着光,虽然衰弱、瘦削一些,但看不出沮丧的神色。

"身体不错,可以吃饱……"许宁这样对铁栏外的道静叙说他在狱中的生活,"开庭两次了,法官说我的案子不重,只要登报悔过就可以释放。"

道静睁大眼睛说:"什么叫登报悔过?——那是怎么回事?"

许宁回头望望踱着慢步离着很远的看守,微笑变成了苦笑:

"就是自首呗!"

"二哥,那你怎么办?登不登报呢?"

"不,不会!"许宁摇着头,语气很坚定,"我们所有的政治犯都坚决拒绝了。如果他们再逼迫,我们就要用绝食来反抗。……啊,四妹,你们学校要开运动会了吗?那很好……"许宁先是低声说着,后来看守过来了,他提高了声音向道静亲切地含着深意地一笑。

"要写,没有铅笔——在馒头里面夹上铅条送来……"趁着看守又走远了的空子,许宁又这样低声对道静说。她点点头,也给他一个会心的微笑。

想到这里,看看手里捏着的馒头,一种青春美好的热情冲击着她,她又低低地唱了起来:

铅条,可爱的小铅条呀!
你藏在这白白软软的馒头里,
像金子藏在沙子当中。
啊,小铅条,可爱的小铅条呀!
你将跳过看守阴森的眼睛,
握在——握在同志们的手中。

铅条,可爱的小铅条!
你像利剑,
你像匕首,
你将写下人民的反抗呼声,
你将刺向反动者的咽喉。
…………

她眼睛看着窗外,手里捏紧馒头,低低地不自觉地反复地唱。眼前——许宁,还有好些狱中的同志都高兴地拿着她送去的铅条,在书页的空白上急急地密密地写着。反动统治者不叫囚犯们有笔有纸,不叫他们写出人民的呼声;但是,他们拿着她藏在馒头里的铅条正在写,不停地写起来……整个黄昏她沉醉在这种愉快的想象中——她已经从卢嘉川被捕之后那种消沉的情绪中解脱出来了。她为自己战胜了旧我、走上了新的生活而欢欣着。

吃过晚饭,她把屋子整理一下,又急忙找出几本书籍包起书皮来。她知道狱中还需要书看,就用听到了的方法——用旧牛皮纸把革命书籍都包上一层书皮,然后在书皮上写上《三民主义》《建国大纲》或者《七侠五义》《西游记》等字样。她一边写一边想,要是看守看出来怎么办呢?"不管它,怕什么!"她忽然觉得一切都顺利起来了,觉得命运之神已经向她屈服了,她已经昂然地站立起来了。

这个晚上,戴愉又来找她。并且给她带来了几本秘密刊物。他的态度很和蔼,说话慢吞吞,他环视了道静的新居后,抿着嘴唇微微一笑:

"很好,朴素得很……和什么人联系上了吗?你以后可以专心做革命工作了。"

"老戴,我已经找到许宁了。"道静高兴地告诉他找到许宁的经过。"虽然他是在狱中,但是,我感到什么地方都有革命的力量——许宁在狱中反而变得坚强了,这不是革命的力量吗?"

戴愉一根接着一根地吸着香烟，不时仰起头来倾听着道静的诉说。等她说完了，他轻轻地点点头说：

“很好！许宁我认识他。他以后还会变得更好。因为狱中也是有党的领导的。这个你还不知道吧？”

“不知道。”

道静翻起戴愉送来的刊物《北方红旗》轻轻念着：

“‘为创造北方苏维埃而斗争……’呵，党在号召创造北方苏维埃吗？”她惊喜地抬起头来，用询问的眼光看着他，“老戴，目前形势怎么样？我实在什么也不知道……”

“这是过去的刊物。目前形势吗？中国的革命高潮是越发接近了，我们要准备力量夺取更大的胜利。……”他慢慢地向她讲了些革命的道理，虽然这些道理道静也曾听过或者读过，但她还是贪婪地听着，并且为自己重新找到了领导人而异常兴奋。送他出门的时候，她忽然问了他一句：

“明天，我去看许宁，你能不能一起去？”

戴愉摇摇头说：“对他不要提到我。”

第二天接见日，道静把馒头带给了许宁后，就到王晓燕家里去——为了解决生活问题，王晓燕介绍道静到她家里替她的两个妹妹补习功课。因此，每天下午她都要到王晓燕的家里去待上半天。晚饭后当她从王晓燕家里回来的时候，天已黑了，为了省钱，她从西城向东城步行着。过了北海大桥、故宫，走到靠近景山东街的马路时，忽然一辆从景山东街开来的小汽车在她身边嘎地停住了。她漫不在意地向前走着，却不料车门一开，从车上跳下两个人来，突然一边一个人像钳子似的紧紧挟住了她的两臂，接着车上又跳下第三个人来，没容她喊出声，一大块布团同时塞到她的口中。就在一转眼间，三个人已经把她拉上车去。汽车就风驰电掣般地开走了。

第二十六章

道静像在噩梦中。上车后还没容她想想是怎么回事，又有两只大手捂住了她的眼睛。随即一大块黑布像绷带一般把她的两眼捆得严严的。世界突然变得漆黑而可怕，她什么也不能想了。汽车带着风声呼呼地响，她的心像掉在无底的深渊中停止了跳动。

等被人架下汽车，推到一个地方，并被人解开绑着的眼睛、双手，掏出嘴里的布块的时候，她才迷迷糊糊地似乎明白是怎么回事了。“匪徒们绑架青年”她听说过，国民党常用这种阴毒的手段捕走青年。有许多人就是这样一去不返的。

“死吧——牺牲的时候到了！”她想着，被推进一个门里。这时候，她本可以睁开眼睛看看到了什么地方，可是她不睁。她不愿看见这罪恶的巢穴，仿佛自己一定会死似的，她紧闭眼睛，等着最后的一刻。

“这么年轻的学生，怎么你也来到这个地方啦？”

“为什么打官司呀？”

“你倒是睁开眼呀？这又不是老和尚修行的地方，在这儿闭着眼干吗？”

许多女人亲切的问询、招呼声，使她不得不睁开了眼睛。潮湿、阴暗、拥挤、发着霉气的臭味，使她立刻明白这是到了牢房，并不是什么魔窟和刑场。有人给她让了个位子，她便坐在炕沿上，由许多女犯人包围着她。

“你为什么吃官司？”几个女人几乎同声这样好奇地探问着。

“不知道。”道静摸着扭痛了的双臂，望着许多陌生的脸说，“我教完书走到半道上，猛不防有人把我架上汽车。蒙住我的眼，堵住我的嘴，把我送到这地方来。”

“啊呀，这八成是政治犯呀！为什么也把你弄到这个地方来？你这算老几呀？”一个蓬头散发的瘦女人，满脸烟气，眼圈乌黑，挤眉弄眼的。

道静急了，赶紧问她们：

“你们这屋里都是什么案子？”

一个镶着金牙的胖女人，生怕瘦女人抢了先，便急急扳着指头冲着道静数叨开了：

“您要问什么案子，这可是应有尽有！花案、赌案、烟案、抢案，外带上拐带呀，私逃呀，白面瘾客呀！”说到最后一句，胖女人冲着瘦女人一声冷笑，露出了满嘴金牙。

瘦女人仿佛受了侮辱，脸上微微一红，紧接着报复起胖女人：

“您不知道！这儿还有那窑子里的婊子，娼妇老鸨子——整套全干的臭娘们！这号人，杨梅大疮长上脸还觉着好大的体面哩！……”

胖女人火了，一个嘴巴儿口唾沫一齐上了瘦女人的脸。一时哭喊声、臭骂声，几乎把腐臭、昏暗的小屋抬起来了。女看守跑过来一阵臭骂，才使屋里渐渐安静下来。道静心里好腻味。这些乌七八糟的都是些什么人呀？她希望把她放在政治犯一块儿，就是枪毙也比这儿好。她一个个把屋里拥塞着的女人都看了一下：有几个乡下打扮的女人都耷拉着脑袋无精打采；可是另一些穿着又脏又旧的绸绸缎缎的女人，却一点也不愁——有的哼着淫荡的小调；有的往嘴里吞着鸦片烟丸；有的仰面朝天躺在木炕上，喷着烟圈翻着白眼。

“啊，这些人好像在哪里见过？”道静站在墙角暗暗思忖着。忽然,父亲的姨太太,母亲凶狠的脸,淫荡的小调,劈啪的麻将牌响……过去许多忘了的情景和人物,此刻全在她脑际清晰地浮动起来了,她厌恶地吐了口唾沫,不愿再想这些。看看炕上没地方,便蹲在墙角抱着脑袋装起睡来。

地上潮湿寒冷。她蹲累了只好坐下来。一夜哪里合得上眼。她反复地想着国民党为什么把她抢到这儿来?他们怎会知道她的呢?如果因为传单,因为革命的朋友,那为什么不把她关到政治犯一块?她想起箱子里的衣服口袋里还装着几张散发剩下的传单,箱子底下还有戴愉给她的秘密刊物,他们会不会搜出来呢?"就为这个,国民党也许会枪毙我吧?"想到这儿,她觉得又烧又冷,瞪着眼睛毫无睡意,直到天快亮的时候,她才打了个盹。

第二天下午,她被提出去过堂。法官刚刚问过她的姓名、年龄、籍贯等等,这时从阴暗的大堂后面走出一个西服革履的瘦长男子。他来到法官耳旁叽咕一阵,法官连连点着头。道静看着那个瘦长个子好面熟,可是一下想不起在哪儿见过。她刚刚觉得有些惊异,法官便对她说道:

"林道静,你的案子转到市党部办理。现在你可以由胡梦安先生担保释放。"

"胡梦安?这胡梦安是谁呢?为什么由他担保释放?……"她带着沉重的心情和深深的疑虑走出了那个森冷的灰墙,回头一看,才知道自己是在警察局的拘留所里待了一夜。她雇车赶快回到公寓,关上门正想查查丢了什么东西,不想屋门一开,那个担保释放了她的胡梦安也跟着走进来了。

"林小姐,受惊了!我特来慰问。"胡梦安摘下精致的灰色呢帽,露着笑脸向道静点头鞠躬。

"呵!……"道静像蝎子蜇了似的惊跳起来。她猛地跳到墙角,盯住那精瘦的闪动着白眼珠的黄脸,许久工夫说不出一句话,

"他,他不是那个曾经买通母亲要讨她的胡局长吗?……原来,原来是市党部的特务……"

"哈哈,林小姐不必害怕,许久不见了,我特来看望。请坐。"他反客为主地用手一摆让道静坐下,道静没坐,他自己欠欠身,先坐下了。

道静怔了一会儿,竭力压住心头的恐慌和厌恶,慢慢走到门边,站在门框上。

"时光真快,我们不见已经两年多了。"胡梦安吸着香烟,慢悠悠地一口口地吐着白烟圈。他带着一种安闲儒雅的风度柔声说着,"你一走,林伯母急坏了;我也急……林小姐,你晓得吗?我是如何地敬慕着你……从此以后,我灰心失意,再也不打算结婚了……"他扔掉烟头,吐了一口唾沫,向面色死白的道静觑了一眼,好像在等待着她的回答。

但是道静既不看他,也不吭声。

等了一会儿,胡梦安见道静没有说话的意思,就用打火机又点着了一根纸烟叼在嘴上,觉得坐着的硬木椅子很不舒服,他把椅子挪得离墙稍远一点,用椅背顶在墙上,就支着腿仰着身子躺在临时凑成的"沙发"上。

"你还不晓得吧?"他眯缝着眼睛露着惋惜的神色,"令堂大人已经去世了,令尊去了南方;至于小风小弟弟我本想留下跟着我在北平读书,后来他愿意跟着父亲,所以也去了南方——他们大概都在南京。嗨,林小姐,听说你已经有了一个如意的丈夫,现在怎么不见他啊?"

道静突地打了一个冷战,想:"他怎么会知道这些?"她把身子稍稍挪动一下,冷冷地说:

"是的,我们很好!……"

"哈哈哈!"一阵尖锐的像哨子样的笑声,弥漫在窄小昏暗的房间里，“不要瞒着我喽，好什么，你们已经分手了。因为思想不同是吗？……好的，林小姐，我猜你的生活一定很困难，我们是老朋友了，不要客气，一切困难全包在我身上。你一定全然不晓得我的消息吧？近两年来，我的事情还过得去，收入也还可观，又是一个单身人……”

道静听到这里再也忍耐不下去了，厌恶与憎恨使她一字一板地从牙齿缝里向外迸着字句：

“你找我有什么事就照直说吧！为什么抓我？为什么你又把我保出来？——关于过去的事我不愿意听，那个家庭和您——全与我毫不相干！”

好容易听到道静讲话了，胡梦安直起身子放下纸烟屏息侧耳地听着。听完了，他不动声色地对道静笑笑又拿起了纸烟。

“你问这个吗？很简单！宪兵三团晓得你参加了共产党的活动，因此逮捕了你。幸而我听到了消息，用党部的名义才把你暂时保释出来……林小姐，不要这样小孩气哟，冷静一点！你晓得吗？我是非常爱护青年的，我做这个工作，也是为着挽救青年不得已而为之的……”他自我欣赏地连连点着头，然后，做出十分娴雅的姿态慢慢说道，“如今被共产党迷惑住走上歧途的年轻人实在不少呦。林小姐，我真没想到，你跑出家庭闯来闯去，也闯到他们的怀抱里。真想不到！真想不到！”他连声慨叹着，为了把自己安置得舒服些，又仰在他自己做成的硬木“沙发”上，慢悠悠地说，“林小姐，你放心好了，有我，一切都不成问题。不管你过去有过多少危害民国的严重问题，有我——可以帮助你，担保你不会……”

“我没有危害国家！我也不需要你的帮助！”道静的心里像有一颗埋藏的炸弹爆炸了，她瞪着眼睛激怒地喊道，“我早看透你是一个什么东西了！我们没有什么好谈的，我不要你的担保，也不要你的怜悯，你们想把我怎样就怎样吧！”

胡梦安的笑容收敛了,他好像挨了耳光的瘦脸歪扭了一下。但是这毕竟是一个非常老练的人,顷刻间他又恢复了非常文雅的姿态。他注视着林道静苍白的然而更加显得俊美的脸,不慌不忙地说:

"请不要误会,林小姐!我们是老朋友,可以无话不谈。你可知道你的案子的严重性吗?北平街道上的许多共产党传单是谁贴的?许多学校里的传单是谁寄的?是谁想参加北平共产党的暴动?是谁的箱子里放着共产党的刊物和文件?……许多严重的事情你自己心里会明白的,不必我来多讲。蒋孝先这家伙是个杀人不眨眼的魔王,这些情形他全侦察到了。他,他要亲自审理你的案件,所以事情非常危急……林小姐,不是我向你表功,确实是我费了好大力气才把你弄到市党部来的。现在嘛,事情很好办,也很难办,一切全看林小姐你自己的意思了。我想,林小姐你是聪明人,你不会硬拿着鸡蛋碰石头,硬拿着宝贵的生命开玩笑吧?"他说得那么委婉、那么诚恳,然而又那么血淋淋地怕人。说完了还无限惋惜似的长叹了一口气。

道静像泥胎般愣住了。"怎么?我的事他们全知道了?"这些秘密的被泄露,更增加了她的痛苦与惶恐。她狠命地咬着自己的嘴唇,也竭力克制着因过于激动而引起的战栗,忽然想:他们从哪里侦察到的呢?……

"好小姐,不要发愁喽,有我……"胡梦安悄悄地站起身来走近道静的身边,一边轻轻说着,一边用手向她的肩上搭去。

"滚开!"道静激怒地喊了一声,一跳跳到了桌子边。喘息一下,盯着胡梦安喊道,"说传单——说暴动——说共产党——血口喷人!你们有什么证据?"

胡梦安没有回答道静的话,他看了她一眼,拿起放在桌上的大皮包。他把皮包慢慢打开,从里面掏出几张红绿纸片和几本刊物,像亮宝一样向她眼前一亮，微微一笑："这是什么？好小姐！"

望着那些熟悉的纸片——"中国共产党"几个字赫然映到她的眼里，戴愉给她的《北方红旗》也落入强盗们的手中……看见这些，她心里一阵发热，几乎要哭了。有生以来，她第一次尝到了仇恨的滋味。所有以前对家庭的、对社会的、对一切迫害她和妈妈、侮辱她和妈妈的仇恨，一下子全都集中到这个盗窃她的传单的人身上来。她盯着他，目不转睛地盯着，脸色由惨白变成了深红。愤怒使她忘掉了怎样对付狡猾的敌人，她竟天真地轻率地喊道，"传单是我的！各个学校的传单也是我寄的！……我恨你们！恨你！你们爱怎么办就怎么办吧。"

胡梦安的脸孔又狼狈地歪扭一下，接着仍然毫不在意地干笑起来：

"哈哈，林小姐，我真替你可惜，聪明人为什么一时糊涂起来？不要执迷不悟呀！今天，你一定很累了，好好休息一下。我走了，改日再来看你。"

他收拾好大皮包，戴上帽子。临出门时，又回过头来对愣在窗边的道静点头笑道：

"好好想一想，想一想，聪明的小姐。对不起，打扰了。"

第二十七章

早晨,道静带着一夜不眠的倦怠,刚刚起来洗过了脸,胡梦安又走了进来。他穿着漂亮的咖啡色西装,一只手提着大皮包,一只手拿着一束鲜艳的玫瑰花。

“早安！林小姐,您起来啦?”他深深地鞠了一躬,把鲜花插在一只玻璃瓶子里,就站在门边点着香烟斜瞅着她。

道静看着那束鲜花,涨得满脸通红。她恨不得一下子把这丑东西扔出门外去。可是她克制着自己。她把手弯到背后,紧紧地捏成了拳头。

对峙着,有一会儿谁也没有说话。

“昨天,我看你心绪不大好,”胡梦安好像站累了,自己搬了把椅子又做成了“沙发”。他斜躺在“沙发”上,瞅着道静慢条斯理地说,“所以没有谈完话我就走了。今天你该冷静下来了,我们好好地谈一谈,谈一谈。”他又燃着了一支香烟,仰着头翻着眼皮沉思了一会儿,然后扭过头来,盯着仍然站在地上屹然不动的道静笑道,“林道静呵,我和你家里是老世交喽,实在,我是非常关心你的。姑且不论我俩之间的事情——恋爱自由嘛,我绝不能强迫你。不过我需要声明一下:我是非常、非常爱慕你的哟,这两年多我没有一天不想着你。这些,你也许不爱听,那就先不说这些。我相信精诚所至,金石为开,你慢慢会感到我的忠诚,我的痴情的。现在,还是先说说迫在眉睫的紧急的事情。昨晚,蒋孝先又打了电话来催问我关于你的情形,他很注意,抓得很紧,所以我只好一早就来关照你。”他猛吸了两口就用力扔掉了还剩多半截的烟卷，又闭上眼睛默然思索了一会儿，然后睁开眼睛笑道，“林道静，情况实在紧急得很呵！你要相信我，相信我是一片好心。你还是个孩子，很年轻，不懂得社会的复杂黑暗。共产党打着救国救民救世界的招牌迷惑了多少年轻的人，也坑害了多少年轻的人啊！世界能凭一点点盲目的热情救得了吗？中国这腐烂透顶的社会，能凭像你这样一些热情的孩子救得了吗？林小姐呵，我劝你醒一醒，放明白一些，赶快从迷途中转回头来……”

“胡说！没有人听你这个！”道静再也忍不住了，她觉得耳朵里嗡嗡地响着一些刺耳的声音，心头感到难忍的绞痛。她喊着，但她不知道自己喊的是什么。

胡梦安仰在椅子上若无其事地微笑着：

“林道静呵，不要逞英雄喽！那有什么好玩的呢，许多的娃娃子刚被捕的时候都要要要这套坚不屈服的玩意儿，似乎是时髦，其实呢，是傻瓜，大傻瓜！”他无限惋惜地摇着头，跷着的脚也轻轻地甩动着，似乎也在表示他的惋惜之情。沉了沉，他看道静没有动静，又进一步开言了，“蒋孝先这小子手狠得很，昨晚上又枪毙了十五个共产党，都是蛮好的青年嘛，正像一朵花一样的年纪，其中还有三个女的。林道静啊，你想一想，这值得吗？为什么要拿自己宝贵的生命去做无谓的牺牲？这个世界难道为你几个人一死就当真变成了天下大同？”

“卑贱的灵魂永远不能理解什么叫崇高的事业！胡先生，有事请你直说吧。如果蒋孝先叫你来逮捕我，那，我就跟你走！”道静的眼睛一直看着窗户和门外，这时，她比较冷静地说话了。

“哈哈，林小姐不要开玩笑了，我哪有一点这个意思。如果是我处理的问题，那什么都好说，可惜你落到蒋孝先的手里，是我硬作担保才保了你出来。不过，我要想办法，一定想办法救你。”说到这里,他站起身来拿起桌子上的皮包,从里面抽出一卷钞票捏在手里,然后慢慢踱到道静跟前,伸出拿钱的手连连点着头,“留下这点钱,做几件漂亮衣服。林小姐,人生一世,草木一秋,我见过多少漂亮女人可都不如你……啊,不要见笑,一点点小意思嘛。”

道静的脸色煞白,像座石像一动不动地呆立着。

“接着啊,我要你的玉手亲自接着……”胡梦安乜斜着眼睛,拿起了道静的手。

啪的一声,那卷钞票打到了胡梦安得意的瘦脸上。钞票飞了一地,胡梦安一霎间惊呆住了。

道静甩手抛出了钞票;同时那束美丽的玫瑰也飞到了院子里。接着她猛地蹿到院子里去。可是当她刚刚要跑出大门口,一个立在门外的彪形大汉拦住了她:

“不许出去!”

另一个带枪的便衣特务把在大门口,她是跑不出去了。她下意识地后退了几步,颓然靠在二门的影壁上。喘息一下,又退了几步站在院里一棵丁香树下。她茫然地向各个住屋的门口望着,她多么渴望这时能有个地方藏起来呀,但是各个屋门都紧闭着——人们显然知道院子里出了事,都关上屋门没有声息。

知道没有逃脱的可能,她反而镇静了,于是站在院里,静静地等待着将要发生的事。

“站住!不许动!”胡梦安拾起了钞票,跳到院子里来。刚才那种温文尔雅的姿态不见了,他举着勃朗宁手枪像个拦路的强盗向道静瞄准着,同时两只眼睛闪着可怕的凶焰,嘴里发出尖锐的像豺狼一样嗥叫的声音,“好啊——好啊——好啊!……”他用打战的声音连声喊着。沉了沉,又狠狠地咬着牙齿、晃着手枪说,“你这臭女人!你知道你是共产党的重要罪犯吗?你这个臭女人!挽救你,我好心挽救你……你,你死不觉悟,你——死不要脸!”

道静依旧站在丁香树下。朝霞映照着她苍白的没有表情的脸。她既不惊慌,也不愤怒。她什么也没想,也没感觉。如果刽子手这时开了枪,她也就会像这样倒了下去。但是并没有。胡梦安的勃朗宁只冲着她比了两比,看着她那倔强而麻木的神情,他气得连声冷笑道:"好大的胆子! 打人! 胆敢打人! ……今天,看你是个年轻的女人先饶过你。限你三天——三天之后如果还没有悔悟表示……"他向道静斜了一眼,狠狠吐了一口唾沫,"小姐,那就怪不得我胡某了!"说完,一阵大皮鞋响,他挟着皮包走了。

看着那条缠人的毒蛇走了,过了一会儿,道静才怔怔地走回屋里来,颓然坐在一把椅子上。这时,她突然感到了从未有过的孤独和软弱,屋子虽然小,但却变得这样空旷、这样冷清。看看凌乱的屋子,看看胡梦安吸剩的满地香烟头,她忍不住伏在桌上哭了。

"不要难过啦,那是个什么东西这样欺负人?"突然一只温暖的小手在她身上轻轻抚摩着。道静惊异地抬起头来,只见在她的屋子里站着四五个人——有男有女,全是同院的房客,多半都是北大的学生。抚摩她的是个美丽、苗条的女学生,但不知道她叫什么名字。其他的人看着她,也都露着关切的神情。

"那是个什么人呀? 他为什么? ……"还是那个女学生焦急地问着;其他四个男学生也用同样热切的探询的眼光看着她。

一霎间道静觉得欣慰而胆壮了。她站起来让他们坐,擦干眼泪把这两天的经过告给了同院的邻居。那女学生听了,首先激愤地喊了起来:"狗东西! 这样卑鄙无耻!"

一个三十来岁、穿着长袍戴着眼镜的男学生,摇着头鼓着嘴愤愤不平地说:"岂有此理! 拿枪威胁人,你可以到法院去告他!"

"得啦,你邓老兄成天和古人打交道,哪里知道现在的事。"另一个青年学生对刚才讲话的微微一笑,"别说到法院告他,就是到国民政府那里,他们还不是一鼻孔出气。现在的社会真是黑暗透啦。”

屋里这几个青年全面面相觑起来了。他们同情这不幸的邻居，但是谁也想不出什么好办法来。

“谢谢你们，”道静低声说着，“不是我一个人有这样的遭遇……”

“是的！……”不知哪个人轻轻慨叹了一声，接着几个学生全叹着气走了出去。只有那个女学生还留在屋里，她热情地拉着道静的手说：

“要不要我去给你找王晓燕来商量商量？——我知道你跟她很好。你不知道，我叫李槐英，跟王晓燕是同学。”

“我自己去吧。”

“不要紧，还是我去好，恐怕外面还有人。那一会儿咱们大门口外有好几个人站着呢。”李槐英摆着手对道静轻轻一笑，像燕子似的飞走了。

道静午饭也没吃，晚饭也没吃。天黑了，灯也没开，一直倒在床上像热锅上的蚂蚁，脑子里充满了可怕的幻象。她觉得这会儿问题严重了，不像她在拘留所里那一夜所想的简单了。那时，她简单地只想到死，一死不是什么都完了么？但是现在——现在复杂得多了。她不再愿意死，她恨那只狗，那条毒蛇，她想扼死他，她要斗争。但是，但是她又是多么软弱无力呀！一个人，孤身一人，没有同志，没有亲人。卢嘉川、许宁被捕了；戴愉来去飘忽，无处寻踪，她将怎样是好呢？

门开了，一阵轻轻的脚步声，接着传来李槐英柔和的低声：

“怎么不开灯？你等急啦？”

道静开了灯，握住李槐英冰凉的小手。

“找到王晓燕啦，”李槐英小声说，“她干着急也没办法。后来我和她一同去找了从前我们学生会的一个干事徐辉，这才有了主意。徐辉说明天下午到我屋里来找你。你看,这是晓燕给你的信。”

“徐辉? 我认识! ……”道静听说徐辉要来找她,高兴极了。她谢了李槐英,想详细打听徐辉的情况,可是李槐英却说:

“我回去啦。外面总像有侦探。徐辉告诉咱俩,说话要留神,也别常在一起。最好你哪儿也别去——晓燕的家也别去了。”

第二天下午五点钟,正是学生们下课之后公寓里人们出出进进的时候,李槐英屋里来了一个打扮得挺漂亮的瘦小而活泼的女学生。道静隔着门缝望见了,这正是纪念“三一八”时打阎庚的徐辉。她急忙走进李槐英的屋子里。徐辉跳起来握住道静的双手,笑着说:

“林道静,好久不见啦,想不到在这儿碰见你……”

这时李槐英把屋门一关,跳到大门外买糖果去了。

道静拉住徐辉的手,激动得说不出一句话。

徐辉看着她笑笑,说:

“林道静,你拿传单叫王晓燕帮你散发过对不对?”

道静的眼睛亮了。愁郁的脸上焕发出红晕来。她轻轻地点着头:“是我——你帮忙散发了么?”

“不! 先别说这些。请你说说你这次被捕的经过吧。”徐辉的眼睛忽然变得像锥子一样锐利而明亮。

接着道静就把被捕经过和碰见胡梦安的情况向徐辉说了一遍。徐辉侧着头全神贯注地听着。时而摇头笑笑,时而拍拍道静的肩膀皱皱眉头。听道静说完了,她就好像熟朋友一样地批评起道静来:

“林道静,不要嫌我说你,你的斗争勇气还不错,性格也直爽可爱,可就是策略太差了。对于刽子手,你干吗那么诚实? 简直可以说是傻。你不该承认传单是你散发的。还问你,你究竟是什么原因才被捕的？你自己闹清楚了吗？”

道静紧紧拉住徐辉的手，望着她的好像两盏小灯一样精明的眼睛，红着脸说：

“徐大姐，我真是傻——傻极啦。被捕的原因吗？我真也闹不清。糊糊涂涂的。现在你说我该怎么办好呢？”

“嗯……”徐辉沉思起来了，“你自己打算怎么办呢？”

“想逃脱。但是不知道怎么逃。”

徐辉笑了。

“对啦，该这么办！要坚决这样做。我们一定帮助你。”说到这儿，李槐英抱着一包花生、瓜子和沙果回来了，一进门，她悄悄地对道静说：

“小林，外面有人找你。”

“谁？”道静吓了一跳。

“不认识。”李槐英摇摇头。

道静赶快站起身，用焦灼的眼睛看着徐辉，好像问她：“怎么办？”可是徐辉不慌不忙地伏在她耳边说了几句，道静笑了。

第二十八章

道静听说有人找她,赶快走到院里去。只见自己屋门口站着一个面孔白白的西装青年,可是并不认识。这个人一见道静,就向她走来,望望她,并且一下拉住她的手喊道:“姐姐,你不认识我了吗?”

“弟弟,小弟!”道静看出是弟弟小风时,高兴得喊了出来。三年不见,弟弟已经长成了高大的小伙子。她拉着他的手走进屋里,忘掉了一切苦恼笑着问他,“小弟,坐下。这几年你和家里的情况都怎么样?”

林道风并不坐下,站在屋子当中东张西望地端详起来。他在端详屋子的装饰,端详姐姐的打扮。渐渐,他露出了失望的神色。

“姐姐,听说你结婚啦!怎么,怎么一个人住在这样的地方?”

“嗯,一个人住在这地方。小弟,坐下呀。”

道风掏出手绢拂去椅子上的尘土,才坐下来问:“那么,姐夫呢?”他把眼球一转笑着看着姐姐,“他是做什么的?很有钱吗?”

“提这些干吗!”道静有些不耐烦了,“跟他早离开了。我问你,家里人现在都在什么地方?你从哪儿来的?”道静虽然恨这个家庭,从离开它之后,再也没有理过它,可是在这一霎间,还是流露了对它的怀恋和关切。

“妈妈病死了。”道风若无其事地说,“去年死的。这两年我一直跟着爸爸……嘿,你不知道,他又做了官啦。我们住在南京——不对,他在南京,我在上海。他还不知道我现在已经是上海震旦大学的学生啦。”

“那么，你现在到北平干吗来了？父亲呢？”

“父亲吗？”林道风掏出精美的手绢一边挖着鼻孔一边说，“他老人家缺钱花，想起口外的地虽然都卖掉了，可是卖的价钱太便宜了，就叫我帮他再去向佃户找找地价。他先到热河去了；现在，我留在北平去运动热河省政府秘书长的姨太太。不然，不用武力压迫那些穷佃户，钱可不大好弄。”

这时她才看出道风穿着笔挺的西装，梳着油光的头发，眼睛虽然很大，却流露着浮夸和轻率。“啾，他原来变成这样了……”她皱起眉头来了。

“小弟，你可别帮父亲做这些缺德事！”她忍不住地劝起弟弟来，“那些佃户没吃没穿够多么苦。那些地不是已经卖掉了吗，卖过的怎么还能再卖钱？扒了人家的皮不算，还要抽骨吸髓！”说得激动了，她忘情地高谈起来，“小弟，我现在才明白，父母——加上你我全是罪人。咱俩都是喝佃户的血长大的。父亲就等走母亲的死路了，可是咱们还年轻，还可以跳出来……”

道风听着这奇怪的议论，吐吐舌头，打断了她的话：

“姐姐，你不知道我已经有了爱人啦，她叫高玲玲，嘿，可漂亮呢。校花，又是有钱人家的小姐。我们订婚了，父亲说：只要我们能到口外弄回一笔钱，他就拿这钱给我结婚。‘人不为己，天诛地灭’，我一个人也没法子叫那些穷佃户全阔起来；还是叫他们一人拿出一点钱来帮帮我吧。”

听到这种极端自私的话，道静好像受了侮辱似的火起来了：

“小弟，我真想不到你变得这么庸俗、丑恶！你说的什么话呀？完全是地主、资本家的言论！知道吗，这个阶级是没有出路的！它注定必然要灭亡的！……”她激动得忘了自己处在怎样险恶的境地，竟向弟弟滔滔地讲起阶级斗争，讲起人类社会的发展前途来了。

道风挖着鼻孔，越听越厌烦。听到后来可真忍不住了，他霍地站起来抓住自己的呢帽，嘻嘻地笑道：

“姐姐，别啰嗦啦！你一定是个共产党吧？欧，这可不是闹着玩的！”他用手轻浮地向道静的脖子上一抹，放低了声音，“啊，可留神你的脑袋呀！”

道风走了半晌，道静还站在地上。“傻透了，我都说了些什么话呀？”她愣愣地想，“以为是弟弟就可以随心所欲地谈吗？‘对那般人，你干吗那么诚实？’”她突然想起徐辉的话，好像重重地挨了一鞭子。渐渐，她从亢奋中冷静下来了，想起徐辉在她耳边所说的话：“明天傍晚在家等着，会有人把你带走。千万机密！任何人也不要叫知道。”她笑了。她摸着自己发热的脸轻轻地嘟囔着：“比起她来我真是一个大傻蛋！”孤独的感觉消失了。她被随处都能遇到的人类最珍贵的同情与正义的支援鼓舞着。她想：生活的海洋，只要你浮动、你挣扎、你肯咬紧牙关，那么，总不会把你沉没。她开始整理自己的东西，幻想着即将到来的新的生活。忽然徐辉的话又锐利地刺到她的心里：“你究竟是什么原因才被捕的？”

“究竟是什么原因呢？……”她撂下手里的几本《世界知识》，坐在床边沉思起来。她想，除了余永泽和王晓燕知道一点她的情况，而最近最清楚她的情况的只有戴愉一个人了。余永泽还不致告密她；而纯洁正直的王晓燕更不会；可是戴愉又怎么可能呢？他是革命同志呀？她茫然了，想不出个究竟来。

“你干吗那么诚实？简直可以说是傻！”她又想起了徐辉的话，自己嘲弄着自己。“叛徒——难道革命阵营中就没有一个叛徒吗？”卢嘉川在最后一次见面时就告诉过她，因为出了叛徒，许多同志才被捕的，这样一想，她觉得戴愉有许多形迹可疑。可是，才一这样想，她又立刻责备起自己来：“不，不，绝不可能！”她又推翻了对戴愉的怀疑,觉得这是无稽的想法。黑夜,她灯也没开,一直躺在床上七上八下地想着,不知应当如何去认识这些问题。这时,她的心头忽然拥塞了许多言语,她要把这些言语告诉什么人。她渴望、她窒闷。卢嘉川——她最敬爱的人如果这时在这里,那,一切该是多么不同啊!一想到他,她就霍地跳下床来扭开了电灯。她有许多话要对他说,她要写。

“卢兄:”她坐在桌前写了这两个字又把它抹去,接着再写下去就不提名道姓了。

> 我最亲爱的导师和朋友:在北平,在一九三三年的十月十九日我写这封信给你。可是,此时我不知你在何处,在什么监狱,甚至遭受了什么样的命运,我全不知道。然而,朋友,我不能不写呵,我要告诉你,有许多话要告诉你。首先告诉你最重要的一点,你听了是会高兴的,这就是:我已经从过去的彷徨、犹豫,坚决地和你走到一条道路上了。我已经战胜我身上那种可怕的小资产阶级的毒素——留恋旧的情感、无原则无立场的怜悯,而投身到新的生活中了。具体地说,我已经离开余永泽了。想起过去一年多的日子,朋友,我是多么沉痛、悔恨、羞愧难当呵!我去找李大嫂的那个夜晚,回来之后,你已经走了,接着你就被捕了。在你遭遇危险的时候,我没有能够及时帮助你,这是我终生难赎的罪恶,是我永不能饶恕自己的过失。但是,我没有被这种悔恨的心情压倒和吞没,所以,我不请求你的宽恕,我只想告诉你:你被捕了,但是,我又起来了。而且,我相信会有千千万万像我这样的青年也站了起来。虽然,我很幼稚,绝不能和你相比。

写到这里,她思索了好久。窗外西风卷着落叶敲打着窗纸。深秋了,她穿得不多,从窗隙透进来的冷风,使她感到了微微的寒意。但是一种从未有过的激情,在她的心里汹涌着,使她忘掉了冷，忘掉了迫在眉睫的险境，一泻而下地写下去：

最敬爱的朋友，我还要告诉你：我也经受了一点考验。最近的遭遇，几乎叫反动派把我毁灭了。然而，正当我危急万分、走投无路的时候，还是党——咱们伟大的母亲向我伸出了援助的手。朋友，我虽然焦急、苦恼，然而我又是多么幸福和高兴呵！是你——是党在迷途中指给我前进的方向；而当我在行进途中发生了危险，碰到了暗礁的时候，想不到党又来援救我了……现在，我还没有脱离险境，可是，我有信心会离开。一想到我的生活也像你们一样，充满了传奇、神话一样的故事，我是多么快活呵！

最后，我最敬爱的朋友，我还要向你说两句心里的话，从来不好意思出口的话……不要笑我，如果你能够见到这封信，那么，同时你会见到一颗真诚的心……不要笑呵，朋友！她不会忘掉你的，永远不会。不管天涯海角，不管生与死，不管今后情况如何险恶、如何变化，你，都将永远生活在我的心里。什么时候能够和你再见呢？我们还能够再见吗？……可是，我期待着。我要等着这一天的到来。如果真能有这一天，出现在我的生命的进程中，那，我该是多么幸福呵！……朋友，但愿我们能够再见吧！保重，你坚强的斗志永远是我学习的榜样。

信写好了，道静读了又读。此刻，她捧着的信，仿佛不是她写给卢嘉川的，而是卢嘉川冲破万重困难寄到她手里的信。她贪婪地读着自己所写的信，沉醉在一种异常激越的情绪中，忘掉了包围着她的阴云和苦恼。

“怎么交给他呢？”在天将破晓的黎明中，她捏着信微微地笑了。确实，这是一封无法投递的信。

第二十九章

王晓燕走进父亲的屋里，耷拉着脑袋一言不发，好像有多大心事。母亲急了，忙着问女儿：

“燕，你怎么啦？又是为功课着急啦？”

“不！”晓燕摇摇头，皱着眉，比平日更大人气。

“哎，怎么啦？跟我们说说呀。”

晓燕把头放在桌上还是不言语。

王教授走过去，扳起女儿的脑袋，慈爱地点着头：

“晓燕什么事都不瞒着爸爸——好孩子，有什么难事对爸爸说吧！”

“爸爸，你们一定要帮助我！”晓燕看看父亲，又瞅瞅母亲，满脸带着忧郁。

“说吧，孩子，什么事叫你这么为难？”

“林道静叫国民党坏蛋逼得非常急，她一个亲人也没有，我为她难过。爸爸，咱们一定要救她……”晓燕说着掉下泪来。

教授和夫人同时惊疑地望着女儿，使劲分辨自己的耳朵里都听到些什么话。

“爸爸，我已经答应她了，我们一定要帮助她。你看她遇到的事是多么叫人气愤呀！”于是她把道静的遭遇从头向父母说了一遍。听完了，王鸿宾教授把眼镜摘下向空中一甩，拳头击在桌上喊道：

“岂有此理，真正岂有此理！”说到这里，好像觉得自己太冲动了，他把话闸住，想了想，这才平静地说，“好吧，晓燕，别着急！叫林道静也别着急，我们来想个好办法。”

王晓燕笑了。她和徐辉所定的一切计划实现了。她知道在定县当小学校长的她的姑姑那儿正缺教员，怕和父亲直说不成，她故意绕了个圈子，激起父亲的同情和义愤。果然不等晓燕要求，王教授就提议把道静介绍到他妹妹那儿去。后来经晓燕要求，他还同意护送道静逃出北平。不过当他们父女一切商量好了之后，王教授却忧虑地、稍稍迟疑地告诫着女儿：

“燕，这是林道静，我们义不容辞。可是，以后，你可再不要多管这些闲事了。这些有关政治方面的事，我们还是少管好。读书——只有读书是你的天职。”

晓燕连连点头说：“爸爸，你说得对！我不懂什么政治，只是可怜林道静。”

第二天上午，王晓燕拿着一大篮子水果来看道静。改变了她平日沉静的风度，还没进屋就喊道：

“小林！怎么两天不去我家上课啦？病啦？妈妈叫我来看你。”

道静一见她，眼圈就红了。两个人紧紧地抱着，半天不能说话。过一会儿，晓燕擦干眼泪，伏在道静耳边小声说：

“今天晚上七点钟，你准备好离开北平。你可以到定县我姑姑那儿去教书。你看这水果篮子里是一套男孩子的服装，六点多钟一定有些同学到李槐英和其他同学屋里串门玩，约着一起出去看电影。趁他们一窝蜂走出大门时，你换好衣服戴上帽子也混在里面走出去。”晓燕一气说了这许多话。恐怕说不清，她喘喘气，向窗外望望，又接着低声说，“七点钟天刚刚黑，人又多又乱，你很容易混出去。注意！要化好装，要挺着胸脯装男孩子。咱们看不出，徐辉可知道，这个公寓的门外有侦探，她叫咱们要小心。”说到这儿，她看着道静笑笑，长长地喘了一口气，接着又提高了声音，“小林，妈妈非常关心你，今天她很忙，不能来看你。”

“我没有什么，过一两天就好啦。”道静蹙着眉头说罢，也放低了声音，“叫你们这多人来帮助，还有徐辉……要是走不脱，连累了你们怎么办？”

“不要顾虑这些了。徐辉说，‘舍不了孩子打不了狼’。”从来没有这样兴奋过的王晓燕摸着道静冰冷的手，看着她憔悴的脸，担忧地说，“看你的样子多难看，准是好几天不吃东西了。到门口小饭铺去吃点饭吧！不吃？”她又放低了声音，“徐辉叫你吃！不吃饭要真生病的。……糟糕，差点忘了最重要的事：你走出大门外就到沙滩靠近红楼的拐角处，那儿停着一辆汽车，我爸爸妈妈全坐在车里等你——他们立刻送你上火车站。”

说完晓燕就要走。道静一把拉住她，从衣袋里掏出夜间给卢嘉川写的信来，说：“你把它交给徐辉，请徐辉想法再把它交给卢嘉川。”

“卢嘉川？”晓燕稍稍惊异地重复了一句。

“对！别忘了，也别丢了。”

晓燕看看道静微微一笑，不再说话就走了。

晓燕走后，困惑人的问题仍在困惑着林道静。帮助她逃脱的水果篮子就放在凳子上，但是她能否逃得脱呢？……三天，胡梦安限定的三天就要到了。明天，那将是个不能想象的日子，一切一切都决定在今天晚上的七点钟……

“小林，在想什么？”一个低沉的声音把她从幻想中惊醒过来。她抬头一看：戴愉穿着一套半旧的自由布的学生装，手里拿着一个报纸包站在她面前。她赶快从桌旁的椅子上站起身来，顺便把水果篮子往桌子底下一放，让他坐在凳子上。

“老戴，你来啦，真希望你来。”由于昨天的猜想，道静对这个人开始有了一点儿警戒。但是这警戒究竟抵不过她对于朋友的热情和信赖，因此，她仍然亲切地和他握了手，并且热情地让他坐下。

戴愉坐下后点着烟卷，盯住道静看了一会儿，才开口。——因为他一向是这样，所以道静也没有理会。

“这几天生活怎样？还在教书吗？”

“嗯。”道静心里不安起来了，告诉不告诉他最近的遭遇呢？还没容她仔细思考，戴愉点着烟卷又在讲话了：

“我看你气色很不好，是病了吗？”

“不，我碰到了非常倒霉的事情。”道静觉得发生了这样的变故，而对一个关心自己的革命同志隐瞒是不对的，尽管他的行为有点儿特别。

“什么事情？”戴愉的近视眼盯着道静，样子非常关心。

她把被捕经过和胡梦安的纠缠简单地说了一下，因为惦记着晚上的七点钟，所以她没有心绪和他多谈。

“啊！有这样的事吗？”戴愉盯着道静惊疑地说，“岂有此理！反动派真太无耻了！”

“老戴，你说我怎么办好呢？只有三天——现在已经过了两天了。”

戴愉低头沉思着。半天，他慢慢地敲着桌子，忧虑地探询道：

“小林，你自己打算怎么办？事情确是很严重啊。”

“老戴，……”道静几乎想告诉他关于徐辉的计划。但是“任何人也不要叫知道”这句话发生了效力。她想了想下了决心，于是改变了口气。“老戴，一点办法也没有。我已经愁得三天没有吃饭了。”

“是这样的吗？”戴愉抬起头来，口气变得很沉重，“那么，要想办法——你想过逃跑的办法没有？”

“没有。没有地方，也没有办法。你不知道，我们的门外就有侦探,我简直连大门也不敢出,好几天没有去教课了。”

戴愉对道静的话并没有引起什么兴趣,只是低头吸着烟,好像在思索什么,半天没说话。

道静摆弄着桌上的铅笔,心里烦躁而失望——为什么他就不像徐辉那样热情地帮助自己呢?为什么他这样的冷淡呢?她不说话,只拿眼瞅着他。半天,他站起身,拍拍身上的土,对道静低声说:

“小林,别急。先对姓胡的应付一下,我回去替你想想办法看。想到了,就来告诉你。”

“谢谢你。”道静轻轻地说,心里忽然非常难过。

戴愉握握道静冰冷的手,便转身走出大门去。

“也许,他也能替我想出办法来?——不过,也许太晚了。”道静坐在床边又胡思乱想起来,竟忘掉就要逃走的事。突然,她看见了放在地下的水果篮,这才想起了应该准备逃走的事。于是她不再想下去了,赶快把那一套男孩子的西装拿了出来。这时已经下午四点多,离晓燕交代她脱逃的时间只有两个多钟点了。道静正拿着那套西装忐忑不安地向身上比试着,林道风忽然又走了进来。他神色惊慌、颓丧,头发蓬乱,衣服满是皱褶,西服领带也不见了。他不再看椅子干净不干净,也没看姐姐往箱子里放什么东西,一屁股坐在椅子上,红着两眼看着道静说:

“姐姐,我被捕啦!你救救我!”

道静吃了一惊:“什么?你也会被捕?”

“真的。我从你这儿出去不久——只有两个钟头就叫警察捉去了。他们打我,说我和你都是共产党,都煽动暴动,真冤枉!”道风掏出手绢,这回不挖鼻孔,却擦着泪,“姐姐,救救我吧!只有你能救我。……”

“什么?我能救你?”

道风低头抹了一阵泪,半吞半吐地说:

"我当我要被打死呢,谁知后来来了位胡先生救了我。他说他认识你,他和气地对我说,你能救我……他说你知道怎样救我,他就叫我上你这儿来了。"

道静低头想了一阵。经过徐辉的教育,也经过和弟弟第一次碰面的教训之后,她变得机警一些了。她没有再向弟弟说教,也没有大骂胡梦安。沉默一会儿,她抬起头来,和颜悦色地对弟弟说:

"小弟,别难过。胡先生叫我救你?对啦,你是我的兄弟,我怎么能不救。不过……"

"不过什么?"道风惊喜地紧追问。

"不过那个姓胡的太性急,太粗野。前天拿枪吓唬我;这两天又放侦探跟着我。吓得我饭也不敢吃,觉也不敢睡。如果他态度好一点,我,我也许……"道静冲着弟弟微微一笑,不说了。

道风脸上的忧虑登时消失了。他拉起道静的胳膊,欣喜地摇晃着:"姐姐,谢谢你!我也代表玲玲谢谢你!你多好,你说胡先生粗野?可是,我看他挺和气呢。"道风狡猾地笑了笑,附在姐姐耳朵边,"看样子,他很爱你呢。他也很有钱。"

道静的脸霎时涨红了。她竭力按捺着怒火,摇摇头:"你不要胡说!那家伙不是好东西——呃,我问你:姓胡的叫我怎么救你呢?"

"他、他说,只要你答应、答应……他说和你说过,你会明白的。我想,反正你和他接近点,好一点,他就会高兴了。"

"我答应吗?"道静带着困惑的神色低声说,"他限我三整天,还有一天多呢,我还得好好想想。你现在就去告诉他,他要再压迫我,总叫侦探跟着我,我干脆拒绝;如果他对我尊敬点,好一点,那么,后天我一定答复他。"

"答复他什么?"道风又有些着急了,"姐姐,为了我,为了父母只有我这一个儿子,也为你自己,你一定要答应呀!”

“别着急。”道静推着道风走,“反正我不会让你受苦,我也得救自己。……你去告诉他吧。”

“我谢谢你,姐姐,玲玲也谢谢你。那我就去告诉胡先生后天答复他。”道风露着乞怜的惨笑,一边走一边向姐姐鞠躬。

“嗯,放心吧。”道静送道风到大门口,看见两个便衣人挟持着他上了洋车。他们把道风坐的车夹在当中间,洋车就迅疾地拉走了。道静站在大门口正在望着坐在车上的弟弟的背影,忽然他回过头来,用垂死的羊羔一样的眼色向道静一瞥,道静的心立刻软下来了,她忽然可怜起无辜的弟弟。走回屋里,她坐在桌子前心情沉甸甸的。“斗争下去! 不要前瞻后顾!”她突然站起来,脸上露出了坚毅的神色。她的决心刚刚下定,院子里纷乱的脚步声、喧笑声就响起来了。陆陆续续几个邻居的屋里全来了客人。学生们高声笑着、嚷着。小小的公寓在黄昏的暮色中骤然热闹起来。

道静上好屋门,赶快换着衣服。她里面穿着自己的衣服,尽量多穿了两件,外面罩上西装衬衫、西装裤子,把头发使劲往上梳着、梳着……七点钟,看看七点钟就要到了,她的心跳着,剧烈地跳起来了。

第二部

第一章

在王教授夫妇的掩护下，道静终于坐上平汉线火车到了定县，并且在东关外的完全小学校里又当起小学教员来。由于她的热心和努力，学生们喜欢她；连严格的校长——晓燕的姑姑王彦文也很赞赏哥哥介绍来的这个年轻女教员。

尽管如此，但是空虚、怀念过去和向往未来的焦灼之感，仍与日俱增地烦扰着她。她常常幻想着，有一天卢嘉川或者其他的革命同志会突然来找她——那该是个多么幸福的日子啊。但是一天天过去了，这些可敬的朋友都音讯杳然，她也无从打听他们的下落。她虽然和徐辉通着信，并从她那儿得到不少的启发和鼓励，但是，她仍是感觉不满足，感觉生活里还缺少着什么重要的东西。

这样几个月过去了。

春天，有一天，她接到徐辉的一封信，信里介绍一位名叫江华的人将去找她，并嘱咐她替他介绍职业。道静接到这信后的高兴，真是没法形容。她把信看一遍，放在桌上，一个人笑笑，一会儿又拿起来再看一遍，又笑笑。再看再笑——再笑再看。这将要找她来的虽然不是卢嘉川，不是她熟悉的人，但是她下意识地觉得是和他们有关系的——是革命的。她捏着信坐在椅子上胡思乱想："他是什么样儿？像卢嘉川？像许宁？还是……"她觉得自己想入非非，不觉脸红起来。整个心灵被年轻人的狂热的幻想陶醉了。

一阵兴奋过去，她又着急起来。徐辉还叫她替江华介绍职业，可怎么介绍呢？到哪儿去找门路呢？为这个，她翻来覆去急得一夜没睡好。第二天清早她爬起床来就去找校长王彦文。

“校长,我有个表兄失学了,他就要来找我找事情。您给帮帮忙吧!”道静事先就编好了一套话。

王彦文校长有点惊奇,她迟疑地摆着脑袋笑道:

“学校早就开学了,你知道没空位置……没听说过你有表兄啊。啊,是表兄吗?”

王彦文是个四十岁的老姑娘,从来还没有结过婚,因此对于别人的婚事就带着特别的敏感和关心。

道静不好意思地笑了笑:

“校长,您别开玩笑。还是请您给我想办法。他叫江华,北大学生。最近因为婚姻问题——他父母强迫他和一个不认识的女人结婚,他不肯,和家里闹翻了,没法再求学,只好找事情维持生活。校长,您对人热心,定县城里熟人又多,一定请您替我帮忙!”她顺嘴按编好的故事说着,不觉满脸通红,心里乱跳。

王彦文耳里听见了“婚姻”二字,眼见道静这么热情横溢,便把江华真当成了道静的爱人。她想了一下,点点头说:“道静,别着急,等他来了再想办法。他什么时候来找你?”

“大概快了。他来了,您一定要帮忙呀!”道静高兴地握住校长的手笑起来,“姑姑,您真是个好人呀!”

“唉,好、好,还是你们年轻人……”谨慎而胆小的王校长端详着道静细嫩的脸庞,轻轻赞叹着。迟迟疑疑地也没说完她要说的话。

当天下午,完了功课,道静在屋里待不下去了,她一个人竟跑到很远的西关车站去接江华。等到走到那儿,她才发觉自己的荒唐——就是那位江华真的来了,她也并不认得呀。于是她又怏怏地跑了回来。

一个星期后的一个傍晚,伕役走来告诉道静,外面有位姓江的来找。她三步并做两步跑了出去。远远就看见在大门口立着一个高高的、身躯魁伟、面色黧黑的青年，他穿着一身灰布中山装，戴着半旧的灰呢帽，像个朴素的大学生，也像个机关的小职员。道静跑到这人跟前，看见左右无人，红着脸说：

"贵姓？从哪儿来？"

"江华。从徐辉那里来。"那人点点头，小声说了上面的话。于是道静抢过他手里的小提包就把他领到自己的房间里。一进屋她立刻带上屋门，转过身附在江华的耳边像对熟朋友一样亲切地小声说：

"我叫你表兄，我说你是北大的……别忘了，有人问，咱俩好说得一样。你说是吗？"

江华随便地看了道静一眼，似笑非笑地点点头，就在椅子上坐下了。道静倚在桌旁望着这陌生人，希望他能告诉自己一些什么，可是这人很奇怪：他沉稳地坐着，只用锐利而和善的眼光看着道静，好大工夫并不开口。一时倒闹得道静怪不好意思。也不知说什么好。两人沉默一大会儿，江华这才开始说话。只听他的声音低沉，带着北方男子的重浊音：

"你怎么认识徐辉的？到定县多少日子了？"

道静知道江华要了解她，她就把她来定县的经过仔细地说了。她说得很快，有时竟忘情地提高了尖嗓门，这时江华就向她摆摆手，她领悟地笑笑才又放低了声音。接着，道静又说到她怎样急着等他来，又怎样向王校长要求替他介绍职业。最后，当她问到江华临来是否见到徐辉时，江华才向她微微一笑，说：

"真谢谢你。我还替你带来一封信呢。"江华从口袋里掏出一封信交给道静，"这是徐辉给你的。那上面替我介绍了。"江华说话简单、干脆，神情淳厚而又质朴。

"真是！为什么不早点给我？"道静一边接信一边心里嘀咕。

看过了信，她笑了。不由得喜形于色地说：

“你来了可真好！你不知道，我早就盼着——做梦还想着有人来找我呢……想不到徐辉真的把你送来了。”

江华仰起头来望望林道静那张热情、兴奋的脸，不禁稍稍感到了惊异。但他没让它显露出来，却也像熟朋友一般毫不拘束地问道静：“你吃过饭没有？我可还没吃饭呢。”

道静哎呀了一声：“糟糕！高兴得什么都忘了。我们吃过了，可忘了给你弄水弄饭。好吧，我去给你打水；叫伕役给你买点东西回来吃吧。”

她跑出去沏了一壶茶回来，给江华倒了满满一杯：“喝吧，你一定也渴了。”

江华三口两口把茶喝了，道静忙着又给他倒了第二杯，这才坐在桌旁，歪着头问他：

“你怎么想着来定县的呢？原来在哪儿工作？”

江华还没有回答，伕役送来一大包吃的东西——有火烧，有熏鸡，有灌肠、熟肉等等，摆了半桌子。

“为什么买这么多？”江华等伕役出去了才问。

“你饿了，多吃点吧。火烧、熏鸡是定县的名产，不过它跟有些名牌货一样，有名也不见得好。”道静张罗着给江华弄这弄那，手脚不闲，比多年不见的老朋友还亲热。

“老江，你是什么时候离开北平的？……”

“老江，徐辉的情况怎么样？……”

道静兴奋得一个劲地问江华这个、那个，可是江华却摇摇头笑着说：

“表哥——不是老江！”别的他没有回答她。

“啊，我真糊涂！”道静不好意思地笑了。

吃过饭天黑下来，道静住的小南屋点上了煤油灯，江华和她两个人就围着桌子谈了起来。

“学校的情况怎么样？可以谈谈吧？”江华问道。

道静歪着头想了想，说：“我不知道都告诉你些什么——校长王彦文是我的朋友王晓燕的姑姑。是个基督教徒。四十多岁了，还没结婚。教员一共有九个，其中女教员连我是三个。”

“这些教员的思想、生活情况怎么样？——好的、坏的、一般的？”

江华这种突如其来的发问，使得道静感到很奇怪。他问这些干什么呢？……

“好！”道静还是很高兴地告诉他，“我看一般教员，包括两个职员全是这样的：有忧国思想，对腐败的政府不满意，可是只是说说而已；另外也有两三个糊糊涂涂什么也不想、瞎混日子——吃饭、教书、睡觉、打牌，他们的全部生活就是这样。至于两个女教员呢，一个只想挣钱养活有病失业的丈夫；一个又只想找个有钱的丈夫能够养活她。”

“那么说，你看不出一个好人来了？”江华歪着脑袋微微一笑。

“当然也有比较好的，”道静微眯着眼睛，充满了一团稚气，“另外还有一个讨厌鬼呢。”

“说说好的和讨厌的！”江华笑着说。

“我说，”道静也笑了，“讨厌的是个名叫伍雨田的大胖子。两道浓眉拧在一起好像鼻梁上爬着一大窝蚂蚁，说起话来摇头晃脑。最可气的地方是见了女教员好像苍蝇见了屎……”她见江华扑哧笑了，自己也忍不住笑起来，“这家伙不是好东西，国民党员，常往城里县党部跑。”

“你注意过没有？”江华很注意这个情况，他立即问道静，“他在学校有活动吗？”

道静摇摇头：“没觉出来。”

“那么,好的是谁?请说说吧。”

“他名叫赵毓青,原来是保定二师的学生,年轻、热情,我们俩还谈得来。他告诉我他参加过二师的学潮,没人的时候他还说他想共产党……”

“你也谈了你也想……对么?”江华笑道。

“嗯。”道静窘了,红着脸说,“你真会猜!我们时常在一起谈我们的苦闷,谈革命,当然是很机密的。”

江华没有出声。他看了道静一眼,就拿起桌子上的学生作业翻看起来。沉了沉,他用玩笑的口吻问道静:

“林道静,你也很相信我吗?”

“怎么不相信!当然相信。”道静冲口说道。

江华点点头。把学生作业放回原处,又说起别的来,“再谈谈你们学生们的情况好吧?”

“真是!这个人怎么这么仔细得怪?”道静见他又打听起学生的情况,什么多少数目,家庭成分——什么农民多少,工人多少,有没有做官的……学生家庭的生活状况又是怎样……她就在心里嘀咕起来:“他打听这些有什么用呀?”但是,她还是把她所知道的全对江华说了。当然她知道得很不具体。说到最后,她好容易找了个空子回问江华道:

“你为什么想到定县来找工作?以前都在什么地方呢?”

“没有准地方……”江华脸上纯朴的微笑,使人并不觉得他狡猾。他随便一带,又把话题带到道静身上来,“把你的过去,还有你的希望什么的,也对我这个新朋友谈谈行吗?”

“我很愿意告诉你。”道静的神情变得严肃了,她带着沉思的姿态慢慢地说,“我是地主的女儿,也是佃农的女儿,所以我身上有白骨头也有黑骨头。[1]”说到这里,她偷偷看了江华一眼,看他并没有

① 出自俄罗斯民间传说。白骨头代表贵族,黑骨头代表奴隶和劳动人民。

笑她，她就继续说下去，“过去，我多愁善感，看什么都没有意思；父母对我不好，引起我对世界上的一切都憎恨。可是那时只知道憎恨，而不知怎么去反抗。直到我认识了一个最好的人，这个人才告诉我应当走什么样的道路，怎么去反抗这不合理的社会，怎样用阶级观点去看人看事。我这才……可以这样说吧，我的白骨头的成分这才减少了。我找到了一个人应当走的道路。可是这道路也够难走的，总找不着门……”道静说到这里把话打住了。她的两眼焦灼地看着江华，似乎还有好多话没有说出来。

许久，江华没有出声。他用深沉的目光看着道静，似乎在说：“年轻的姑娘，你说的倒是实话。”

第 二 章

五月的鲜花
开遍了原野，
鲜花掩盖着志士的鲜血，
为了挽救这垂危的民族，
他们曾顽强地抗战不息！
…………

虽然夜里睡得很晚，但天刚亮道静就起来了。估计江华还在睡觉，她就一个人走到学校附近的旷野里，一边散步一边唱起歌来。走到一座孤坟前，她低声地唱起了《五月的鲜花》。因为这时她想起了卢嘉川——自从江华来到后，不知怎的，她总是把他们两个人放在一起来相比。为这个，她那久久埋藏在心底的忧念又被掀动了。为了驱走心上的忧伤，她伸手在道边摘起野花来。在春天的原野上，清晨刮着带有寒意的小风，空气清新、凉爽，仿佛还有一股沁人心脾的香气在飘荡。她一边采着一丛丛的二月兰，一边想着江华的到来会给她的生活带来许多新的可贵的东西，渐渐她的心情又快活了。

她采了一大把二月兰和几枝丁香花向学校跑着。她穿着天蓝色阴丹士林的短旗袍，外面套着浅蓝色的毛背心，白鞋白袜，颈上围着一条白绸巾，衬着她白白的秀丽的脸，这时，无论她的外形和内心全洋溢着一种美丽的青春的气息，正像这春天的早晨一样。回到学校，她把花儿分放在两只玻璃瓶子里，灌满清水，才拿着一只瓶子到江华住的西屋里去找江华。她开头蹑手蹑脚地怕吵醒了他,可是隔着门缝一望:江华已经起来了,正在低着头看书。他一回头看见道静背着手站在门外不进来,就站起身问道:

"为什么不进屋来?手里拿着什么呀?"

"这东西你一定不喜欢。可是……"道静不好意思地把花瓶放在小桌上,有些羞涩地说,"你一定笑话我,可是我很喜欢花,刚才摘来的。"

想不到江华连瓶子带花抱起来闻了闻,连连点头笑道:"真香!真香!美好的东西人人喜欢,为什么我就一定不喜欢呢!"他把瓶子放在桌上,回身向着道静,"你定县城里熟不熟?我想出去找个朋友。"

"你要出去吗?现在就要吃早饭了,吃过饭我领你去。"

"不用。你要上课,我自己去找吧。"江华说罢,沉吟一下,微微一笑道,"我想到一个问题,你必须要做精神准备——这就是别人会怎样看咱们的关系。"

道静脸孔微微一红,立刻想也不想地说道:

"那有什么关系!别人怎么看全没关系。你放心吧!"

"那很好。"江华认真地说,"这样我们更便于谈话。我想在你这儿多住几天,你看怎么样?"

"那好极啦!我就催校长赶快给你找工作。"

"好。"

这个学校的教员们,看见一个年轻男子来找道静,两个人的样子又很亲密,果真都以为江华就是道静的爱人,便三三两两交头接耳地谈论起来了。吃饭时候,肥胖的男教员伍雨田睁着两只圆眼问林道静:

"林先生,问您点事:为什么咱中国有好些情人不承认是情人,偏要说是表兄表妹呢?"哄的一声,七八个男女教员全笑了。只有那个问话的伍雨田，绷着油光的肥脸，拧着像道静说的蚂蚁爬的黑眉毛，煞有介事地立等着道静的回答。

道静并没有被这突然的袭击吓倒。有了江华给她做的精神准备，她采取了沉稳的对策，一边吃着馒头，一边不慌不忙地答道：

“您连这点事都不明白吗？这是因为中国的封建势力太大了，自由恋爱受到阻碍，说是情人行不通，那就说成表兄表妹呗。”

伍雨田的圆眼瞪得更大了，对这答案似乎不满足，紧跟着又来了一炮：

“那么你们二位呢？”他摇头晃脑地看看江华，又看看道静，“表兄妹乎？情人乎？还是二者兼而有之呢？……”

一阵大笑在饭厅里爆发了。

“就是兼而有之！”道静听得笑声小了，不耐烦地冲了一句。

道静旁若无人的倔强劲，江华微笑不语的沉稳劲，和伍雨田那个探头探脑煞有介事的滑稽劲，引起了全屋子人更大的笑声。两个女教员扔掉了筷子笑得前仰后合。只有校长王彦文觉得教员们对于新来的客人太不礼貌了，便调解似的晃着筷子细声细气地喊道：

“诸位，诸位别这么笑啦！江先生是远道的客人，这样取笑，对待客人多不恭敬呀！……江先生，别见怪，我们大伙跟道静可都像兄弟姐妹一样呢。”

“对啦，对啦，伍先生别开玩笑啦！”“伍先生别当法海和尚啦！”教员们七嘴八舌地乱哄一阵，这才把一场取闹结束了。

离开饭厅，江华跟着道静仍回到她的屋子里。一进屋，道静向江华愤愤地说：

“你生气了吧？……你看那些人对你多不客气呀！”

“生什么气！”江华温厚地笑着，“这些小市民就是这样嘛。道静，你还不错，能沉着应付。咱们以后顺坡骑驴就这样做下去吧。”

江华突然大笑了。道静也大笑了。她笑得捧着肚子,眼泪几乎流了出来。

这天,江华出去了,晚上八九点钟,天气不早了,他才回来。灯下,道静正想问问江华的情况,不想江华才在桌边坐稳了,他又考问起道静来。这次他问的不是学校情况和一般的生活而是革命的道理。

“道静,咱们来谈点别的问题——你知道现在中国革命的基本问题是什么吗?”

道静睁着两只大眼睛,一下回答不上来。

“那么,再谈点别的。”等了一下江华又说,“察北抗日同盟军虽然失败了,但它对于全国抗日救亡运动都起了什么作用?你认为中国的革命将要沿着什么样的道路发展下去呢?”

道静抿着嘴来回摆弄着一条白手绢,半天还是回答不上来。

平日,道静自以为读的大部头书并不少。辩证法三原则,资本主义的范畴和阶段,以及帝国主义必然灭亡、共产主义必然胜利的理论,她全读得不少。可是当江华突然问到这些中国革命的具体问题,问到一些最平常的斗争知识的时候,她却蒙住了。她歪着脑袋使劲思索着,很想叫自己的答案圆满、漂亮。但可惜她平日并不大关心报纸,又很少学习关于中国革命实际问题的文章,因此这时越想就越心乱,想勉强说几句,又觉得残缺不全,还不如不说好。沉了半天,她才真像个答不上老师提问的小学生,两只大眼睛滴溜滴溜在江华的脸上转一阵,最后无可奈何地说:

“想半天也想不出来。你这一问可把我的老底子抖搂出来了……真糟糕!过去我怎么就不注意这些问题呢?”

看见道静那种狼狈而又天真的样子,江华忍不住笑了:

“那么,我再问你个问题——你说中国能够战胜日本吗?”

“当然能够!”这回道静回答得很快,她有条有理地说,“第一,因为中国四万万同胞都不愿当亡国奴;第二,中国地大物博人多,而日本国小人少,光凭武器也不能取胜;第三……”她咬着嘴唇想了想:“第三、有共产党和进步人民坚决抗日,抗日阵线有共产党参加。老江,你说对吗?”

江华坐在桌旁,有一会子默不出声。看出道静站在旁边等急了,他才慢慢说道:

“前面说得还差不多。可是第三个答案有大毛病。中国革命没有共产党领导是不会成功的。抗日战争也一样。共产党不仅是参加,而且要领导,要绝对地领导,抗日这才有胜利的保障。”江华说到这儿,深沉的眼睛闪闪发光,显得热情而又激昂。道静全神贯注地听着江华的话,一种油然而生的崇敬的感情,使得她突然异常地快活起来。她又给江华倒了一杯水,自己也喝了几口,然后靠在桌边闪着发亮的大眼睛,说:

“老江,这回碰到你多高兴!我知道的事真太少啦,许多问题了解得似是而非……你以后可真要多帮助我。你是哪个大学毕业的?参加革命好多年了吧?”

“不算是大学生。说是个工人,还更合适。”

“啊,你是工人?”江华的回答,使道静大吃一惊。

“是呀。”江华笑笑说,“不久以前我还在煤矿上呢。”

道静半信半疑地摇着头:

“我看你一点也不像工人呀,那么丰富的知识……我一直还以为你是大学生呢。”

江华笑道:

“怎么样?你以为工人都是粗胳膊笨腿、浑浑蒙蒙的吗?不见得都是这样吧?”

一句话好像响雷般落在道静的心上。刚才江华问她问题她回答不上,但她并不觉得难堪;现在当江华说了这句话,不知怎的却

使她忽然感到了羞愧。她摆弄着衣角,小声说:

“口头上我也知道工人阶级能干、有力量,可是,心里……老江,我对你说真话:我还是觉得‘万般皆下品,唯有读书高’……今天,我才明白了我自己——空空洞洞的绣花枕头——对吧?”

听罢她的话,江华笑起来了。他不说话只是微笑,闹得正懊丧着的道静也只好笑了。

“道静,请你告诉我,”沉了沉,江华又向她提问题了,“你和学生们的家长,比如像那些做工的、种庄稼的学生家长有来往吗?”

“没有。”道静不安地回答,“我真的没有想到这上头。有了时间,我只是读些书。”

江华手里玩弄着一把小米突尺,沉思的目光紧对着道静说:

“以后,我看通过学生关系,你多跟一些工人农民的家庭来往来往,交交朋友吧,这对你是有好处的。这些人跟你过去来往的人可不一样,有意思得很。”他的话说得很自然,很随便,令人没有感到一点教训的意味。

“对!”道静说,“我有时也想跟这些人谈话,可就是不知谈什么好——好像没什么可说的。”

江华在屋子里转悠起来。他开门看看黑漆漆的院子,关上门,又对着墙上挂着的白胡子托尔斯泰的照片看了一会儿,然后,才回过身对道静笑道:

“道静,我看你还是把革命想得太美妙啦,太高超啦。倒挺像一个浪漫派的诗人……所以我很希望你以后能够多和劳动者接触接触,他们柴米油盐、带孩子、过日子的事知道得很多,实际得很。你也很需要这种实际精神呢。”

道静仰脸看着江华没有回答。不知道她是接受了呢,还是没有接受他的这种劝告,当晚他们就这样分散了。

江华在定县小学暂时住下来了。道静上课的时候他就出去,晚上掌灯以后才回来。回来后,他还继续向道静提出各样问题叫她解答,同时也和她一同分析各种问题。有时,他们正在低声谈着话,会有好奇的同事突然推门进来。这时,江华就含着微笑,默默地站起身来;道静就安静地立在他身边,也不掩饰脸上的幸福和欢乐。

"热恋中的情人……"同事们满足地出去了,他们依旧又严肃地谈起问题来。

有一次,道静忍不住插嘴问江华:

"老江,你过去的生活,你到定县来的原因,我问了你多少次,你怎么老是不谈呀?"

江华说:"我到定县找你,就是为的找点工作,没别的。至于我过去的生活,有什么可说的呢?平常得很。以后有机会再谈吧。"

道静无可奈何地笑了。她看出了江华是一个踏实、有魄力、坚毅、果决的人,而且她暗暗看出他也是一个负有重要革命任务的人。但是,他究竟是做什么的呢?他的来龙去脉是怎么回事呢?她忍不住好奇心总想问。可是她问了多少次也没问出一点名堂来。虽然江华对她是那样亲切而和善。

每天江华都是早出晚归。这晚,江华没回来,道静等到半夜了,还不见他回来,心里焦虑不安,睡也睡不着。江华虽然不讲,道静是知道他出去做什么的,因此,她总担着心。一直挨到后半夜过了,才听见窗纸轻轻响了几下,接着一个沙哑的低声在窗外喊着:

"道静,道静……"

道静迅速跳起来,把灯捻亮,开了屋门。

这是江华。他穿着破烂的农民服装,浑身沾满了泥水,闪身走进屋来。

微弱的灯光下,只见他的脸色惨白,高大的身躯沉重地站在屋地上有几秒钟不动也不说话,仿佛一棵矗立的老树干。

道静惊悸地望着他,心里禁不住怦怦乱跳。

“道静,发生了一点麻烦事,我就要离开你这儿。”江华的脸孔忽然抽搐起来,好像每吐一个字都使他感到极大的痛苦。他轻轻坐在椅子上,喘息了一阵又说,“我原打算我们在一起多待些天,可惜我的打算落空了……请把灯捻小点——越小越好。”

道静屏住呼吸捻小了灯。随后轻轻走到江华身边,仔细地向他望着。就着窗外透进来的薄明的月光一看——她惊呆了。只见江华的右肩膀和右臂上有湿漉漉的红红的一大片——这不是鲜血吗?

“你,你受伤啦?”道静的声音又低又慌悚,“怎么啦? 叫谁打的?”

“你想,还有什么人!”江华斜着身子靠着一把椅子休息了一会儿,渐渐他又恢复了从容的常态说,“请你给我一块布捆一下。”

道静急忙找了一块布要替他捆扎,但他没要她包扎,而用自己的牙齿和左手几下子就包上了右臂的伤口。当他包扎完了,这才叫道静找条布条替他扎紧。立时鲜血又浸湿出来了。

“道静,我很遗憾,没有来得及多和你谈谈工作。”他的声音很低、很弱,“这几天都是谈些闲话,没想到事情变化得这么快。怎么样,你愿做些实际工作吗?”

“当然。可是老江,请你告诉我……”想到一个久已压在心头的问题,道静的心跳得更快了,她抑制住自己,低声地问,“请你告诉我——你是共产党员吗?”

“怎么样?”

“我,我——你可以介绍我参加党吗?”

江华坐在椅子上,头紧紧靠在墙上。他闭着眼睛忍过一阵剧烈的痛楚,然后睁开眼盯着道静,苍白的脸上露着微微的笑容:

“你会懂得考验这两个字的意思。你从生活里考验了党,考验了革命；可是，革命也要考验你……道静，你要经得起考验，党是会给你打开大门的。”他轻轻地咳嗽两声，头无力地垂在桌边上。过一会儿他又抬起头来看着愣在身边的道静，声音里忽然充满了关切和兄长般的慈爱，“别难过！以后你会有机会参加的。现在，要做点实际的工作。你在学生和同事当中还没有进行过工作，学生家长的工作也还没做，我走后要开始做……现在咱们就来讨论一下怎么做法吧。”

黎明前，江华和道静的谈话结束了。他扶着桌沿站起身来望了望窗户纸——东方已经发白。他最后一次低声嘱咐着她：“要大胆，又要细心，要尽量团结教职员。我相信你会做出成绩来的。好，趁着天不亮，我要走了。你把我的提包拿过来，我换件衣裳。”

看见他把血衣脱下来，卷了个卷；看见他镇静地用一只手洗了脸，从容不迫地收拾着东西；道静的心却又慌又乱像滚开的水。

“你真要走？伤口还在流血。”

“不要紧。”江华微笑的嘴唇白得没有血色，“昨夜我们正开着会被县里派来的保卫团包围了。我冲出来时挨了一枪……不过不要紧。现在情况很严重，我要赶快到别处去。”

“你还回来吗？”道静的嘴角浮上希望的苦笑。

“不一定。不过以后我们会有办法联系上的。也会有人来找你的。我有个姑母，她很好，就住在这一带，也许她会找你来……好吧，你送送我，咱们从大门口走，就说赶火车。”江华又装扮成一个职员模样，拿起帽子。道静替他提着小提包就往外走。

拂晓，寂寥的晨星还在西方的天边闪着最后的微弱的光，城外是一片静寂。他们踏着沾满露珠的青草，在晨曦中走着。路上，江华不再出声，道静的心也沉甸甸的。她有好多好多的问题，但是没法向他再发问。

“这是个多么坚强、勇敢、诲人不倦的人啊！”道静扭头望望她身边的江华,只见他的脸色虽然苍白,但神态却非常从容镇定,仿佛任何痛苦也没有。"他不痛?……"道静的心却痛着,忍不住低声问他:"痛吗?你该在我这儿休养几天。"

江华摇摇头没有出声。只是大步走着。走到一个三岔路口,他站住了脚:

"道静,不必这样心肠软——斗争就是残酷的嘛……你回去吧。"

"老江,"道静忽然问道,"你的真名是什么?这一点可以告诉我吗?"

"李孟瑜。你回去吧,我该走了。再见!"江华不容道静再问下去,说罢,就向大路上走去了。

"他是不是就是北大南下示威时那个总指挥李孟瑜呢?"她呆呆地站在一棵大柳树下思索着。望着那高大的身影一点点消失在迷蒙的晨雾中了,她慢慢低下头去,好像祷告似的在心里默默祝念:

"同志,平安……希望你还回来。……"

第 三 章

江华果然就是北大的李孟瑜。

他是大学生,为什么又自称为工人呢?

李孟瑜是河南省人。十三岁高小刚毕业,就跟着父亲在上海当了印刷工厂的学徒。可是他一边做工一边还上了工人夜校。在这里他受到了共产党员的教育和培养,并参加了共产主义青年团。以后还入了党。这时他在上海大学的附中一边半工半读,一边还在领导着基层的工人斗争。大革命失败后,国民党在上海残酷地屠杀工人和革命分子,在一次大逮捕中他脱逃出来,党的关系找不到了,上海不能存身,他就跑到北平来找他的也做印刷工人的叔叔。他本想在这里找党的关系,同时找个职业来维持生活;可是党的关系不好找,找职业更困难。在苦闷中他忽然想到了去投考学校。于是白天他跑到前门外小市上去当小工,挣几毛钱来贴补叔叔的家用;夜晚,他就伏在叔叔家里狭窄的屋子的一角,点着灯复习功课。他很用功,不过四五个月的时间,他便自修完了投考大学哲学系的各门功课。托人买了一张假文凭,就考取了北京大学的哲学系。

在入北大前,他已经找到了党的关系。在他考入北大后,党即分配他领导北大的学生运动。这就是他工人而兼大学生的来由。

南下示威回来,在北大不能存身了,党分配他到唐山去。他就钻到煤窑里做了一年多的煤矿工人,参加领导了唐山五矿的大罢工。察北抗日同盟军一起来,他又赶到张家口做了营的军事指挥员。察北同盟军失败,他回到北平找到河北省委的关系,于是他又转到保定一带来搞农民运动。当时高阳、博野、蠡县、完县、深泽、饶阳、定县、安国一带的广大农民,因为忍受不了地主高利贷者和苛捐杂税的压榨,以及农村经济的急剧破产,在党的领导下,正连续不断地秘密酝酿着反抗和暴动。在林道静到定县教书前,江华已经作为定县附近几个县的中心县委的县委书记在这一带秘密活动。为了迷惑敌人,他通过徐辉的关系,找到林道静,这才隐蔽在小学校中。这时,他正在组织定县二区保卫团区分队的武装哗变。因此,沿着唐河两岸的一些村庄,时常可以见到一个骑着自行车的小商人带着些纸笔文具在串村,这就是江华。有时他也扮做过路的庄稼人,和农民们在一起谈着日子的艰难和苛捐杂税的繁重。他不断化装,不断地变化着职业,因此,他来到定县虽然半年多了,可是敌人并没有发觉他,而定县农村中的革命组织却一天天地恢复并发展了。

就在林道静等他、而他回来得很晚的这个夜晚,月亮迷蒙地照在小唐河上,河水沿着高低不平的曲折的河堤缓缓流着。紧挨河堤的一片低凹的洼地里,泥泞的发着水亮的湿地上,有一片芦苇在随风摇动。春末夏初的夜晚,微寒的风刮着苇叶发出沙沙的响声,多么静寂的夜晚呵。就在这样的夜晚,二十来个穿着褴褛的军衣和破旧的农民服装的男人们凑到了这片苇地里。他们都是这个区各个村庄里的共产党员和共青团员——也是打入保卫团里的队员们。他们有的靠着堤身站着,手里抱着大枪;有的蹲在冰冷的泥水里,手里也拿着枪。月光覆照着的土堤上,有两个年轻的"保卫队员"端着大枪在巡逻放哨。

江华和戴愉——后者作为保定特委的特派员两天前刚刚来到这里。他们一同领导这一群人开会讨论怎样进一步扩大党的力量、组织地主武装——保卫团的武装哗变。他们两个都是农民打扮，江华穿着黑粗布小夹袄，戴着一顶破旧的草帽。戴愉也穿着一身黑色的对襟短裤褂，眼镜可依旧戴在眼睛上。他们俩蹲在人群中，脚底下踹在泥水里。

江华先发言，他要求人们谈谈群众的情绪和同志们的意见。

开始，人们谁也没开口。可是月光透过稀疏的苇子却照出这些人的脸色是紧张的，也是兴奋的。许多人的额上都堆集着被生活压榨出来的皱纹，眼睛却在黑夜里闪烁着愤怒的仇恨的火焰。

沉默。虽然是沉默了很短的时间，却仿佛过了很长的一世纪，才有一个三十多岁的人，发出缓慢的、悲愤的低声：

"快商量商量怎么动手吧！咱这一带的农民，可实在受不了啦——大水冲得籽粒没收，可是还得替财主们交租、出佚，干这干那……高利贷乘这空子，把穷人的骨髓都吸干啦，现在借一斗棒子，过麦收还二斗麦子，收不收全是一样。家里老婆孩子只好张着口挨饿……"

"咱们党团员的情绪都很高。"保卫团分队长兼区委书记李洛贵发言了，"打，计划一下，把各村保卫团联合好一齐动手打狗日的！打完往山里一拉——北方苏维埃一成立，咱们农民就像江西的苏区一样，斗地主分粮食……那就大翻身！"李洛贵粗壮个子，说完话用精明的小眼睛睨着几个拿枪的小伙子，同时把自己的手枪从腰里抽下用力一抡，表示了他坚定不移的决心。

"你们还有什么意见？——对这次斗争大家有信心吗？"江华的神色使人一望而知这是一个刚强的富有斗争经验的同志。

"没问题！"说话的是个粗眉大眼、膀大腰圆的小伙子。他说话很干脆，样子很激动，"上级怎领导咱怎干。只要干出结果来，为咱广大农民求了解放，咱们不怕什么牺牲……"

江华对这粗眉大眼的小伙子点点头：

"李永光，不要着急。"他又扭头低声对大家说，"我们的红军正在粉碎敌人的‘围剿’,进行着艰苦的斗争;咱们这里就必须加紧白区的斗争来牵制敌人的力量。现在大家就来商量一下怎么办……”

江华的话还没完,那个粗眉大眼的小伙子李永光忍耐不住地急忙说道:

“我们和李洛贵叔都准备好啦,只要县委一下命令,我们全区的保卫团就立刻拉出来。先包围恶霸地主邢子才家,由我跳进屋去把邢子才打死。然后拉出来……同志,你们说这个办法还有什么不够的地方?”

一直沉默着的戴愉,听完了李永光的话,轻轻地在李永光的肩膀上拍了一下,忽然连着咳嗽了几声,咳嗽完了,这才说道:

“好小伙!你是个共产党员还是共青团员?真勇敢!现在咱们就为杀土豪、打恶霸,建立北方苏维埃而斗争吧!”

他的话刚完,砰、砰、砰,连着三声清脆的枪声划过寂静的夜空——这是发现敌人的信号。蹲在泥水中的人们都霍地站起身来,拉开了枪栓。江华低声命令道:

“不许动!听听再说!”

“小子们,别做梦啦!你们这伙子共产党全被包围啦!”在密集的枪声中,突然有一个粗野的高声传了过来。

“狗日的,邢子才带着人包围上来啦!”李洛贵对江华和戴愉紧张地低声喊道,“怎么办?八成是县保卫团来了——咱们怎么会暴露了?……”

江华听了听,不慌不忙地挥着手:

“沉住气!同志们,现在不抵抗是死,抵抗就能活。必须坚决抵抗。我们一共二十个人又全有枪。”说到这里,他对堤上的岗哨喊道,“卧倒!有上来的就打!”然后在月光下他环视着踏在泥水中拥在他周围的农民同志,说,“我看不能和他们对峙。必须掩护着撤退,然后分散隐蔽起来……老郑,你说怎样?”他扭过头看看改名郑君才的戴愉,希望他支持他的意见,给他以帮助。

戴愉面孔苍白得没有一点人色。他用刚刚听得出的低声,急促地说:

“真想不到! 想不到……不抵抗是……不行……的!”

四围发出了急促的枪声,堤上的岗哨射击着。两个年轻的农民一边抵抗一边高喊:

“上来啦! 上来啦! ——县保卫团攻上来啦!”

江华不再理会戴愉,他对李洛贵和十几个农民同志发出了命令:

“李永光你留下跟着我掩护。其余的人,李洛贵领着他们赶快转移——一边打一边走。天亮以前咱们在‘二亩地’联系,再商量以后办法。”

李洛贵用手拉住江华的胳膊,喘喘地说:“这怎么行! 我是本地人,你撤退,让我掩护!”其他的人在紧张中也都用着崇敬的激动的目光望着江华。

“听见没有? 敌人快上来了,快走! 这不是推让的时候!”江华在抗日同盟军里锻炼出了指挥战斗的本领,因此,他沉着地严厉地命令着这一伙没有战斗经验的农民们。

人们服从着他。李洛贵拿过一条最好的枪给了他。接着几个手榴弹一扔,县保卫团的人吓得趴在地上连头都不敢抬,李洛贵乘这空隙领着一小群同志突围了。江华和李永光伏在冰冷潮湿的堤沿上,他们不慌不忙一枪一枪地射击着。地主邢子才和县保卫团总团长带领的五六十个人只远远地盯着他们,却不敢靠前。

“冲呵! 向前冲呵。反叛们都跑啦,还发什么愣呵!”邢子才和肥猪一样的总团长喊叫着,命令着。可是谁刚向前一探头,李永光叭地一枪,江华接着又一枪——一连打倒两个之后,就谁也不敢向前了。估计李洛贵领着的人们已经走远,江华拉着李永光跳起来就向堤下的高粱地里跑。就在这时,李永光中了一枪倒下了。江华把他的枪挂在自己的脖子上,头也没回抱起这年轻人就跑。他的脸紧挨着李永光粗眉大眼的脸。跑出不远,忽然李永光沉重的身体在他的胸前蠕动了一下,江华的脚步放慢了,李永光睁开眼睛微笑地看着他,在他的怀里说了句:“告诉妈……别难受……继续斗争……”呼吸就停止了。在一片洼地上,江华慢慢放下这个渐渐冷下来的健壮的躯体,默默地看了他一会儿。但是,急促的枪声在催促他,他不得不忍心离开了这年轻的可敬的战士。

臂上什么时候受的伤他并不知道,但他终于跑出重围,跑到“姑母”,也就是李永光的妈妈那儿坚壁好两支大枪,然后回到林道静这里。接着,他迅速地离开林道静,又赶到别处去了。

第四章

初夏,北方乡村的原野是活跃而美丽的。天上白云缓缓地飘着,广阔的大地上三三两两的农民辛勤地劳动着。柔嫩的柳丝低垂在静谧的小河边上。河边的顽童,破坏了小河的安静,“看呀!看呀!”“泥鳅!这个小蛤蟆!”的叫声笑声,飘散在鲜花盛开的早晨,使人不禁深深感到了春天的欢乐。

“林老师,您看!这块石头是不是水成岩呀?”

“赵老师,看!看!这小花儿多好看呀!”

十来个十二三岁的孩子——有男有女,先后簇拥着林道静和另一个男教员在乡村的大道上走着。孩子们的小脑袋歪着、仰着、探着,做出各种不同的姿势一边走一边呼喊着。两个女孩子剪着短短的妹妹头走在最后面。她们一边走一边低声谈着话。

“刘秀英,你看同学们都多么喜欢林老师呀!不错,赵老师也不错……”那个胖胖的鼓着两只金鱼眼睛的女孩子摘下一支路旁的野花,闻了闻,“你知道吗?咱们好些同学都可愿意革命去啦。刘秀英,我也想去参加红军,可就不知道在哪儿……”

“不行,不行!”瘦瘦的刘秀英不同意,“李国华,林老师和赵老师全说过:咱们年纪都还小,现在还是应当好好用功读书,准备将来——到那时候共产党和红军也许都到咱们这地方来啦。”

“不行,我不听你那套。要革命就参加红军,拿起大枪干它一气!”

“李国华,刘秀英,”道静回过身来喊道,“你们两个争论什么哪？快走吧！到地方再开辩论会。”

星期天的早晨，被柳树包围的五里庄的小河边，来了十几个旅行的小学生，就顿时异常热闹起来了。孩子们分散在弯曲的河床边，有的还脱了鞋光着脚丫跳到冷水里。一时间，“捉王八呀”、“摸泥鳅呀”、“钓小鱼呀”的喊声以及女孩子们靠在柳树下唱的美妙的歌声，使恬静的旷野和小河更加弥漫了春天的气息。

道静坐在岸边的沙地上，颈上仍然围着那条白绸巾。她一边看着孩子们尽情地玩耍，一边和那个年轻的男教员低声谈着话：

“老赵，你看看你的成绩，”她指指那些正在摸鱼的男孩子们，“这些孩子过去光知道调皮。可是现在，你看他们……”她微笑的脸上漾着快乐的红晕。

“这点点成绩算什么！”赵毓青说。他约莫二十二三岁，瘦瘦的清秀的面庞，有一对灵活而热情的眼睛。他正低头用手指在沙地上划着字，这时抬起头来沉思着说：“没有人领导，好像断线的风筝飘在半空中，咱们不能老是这样呀。”

“我也是这样想。”道静想起了江华，不觉叹了口气，“你见过我的表哥。如果他在这儿，我们的工作会更好……他临走时说会有人来的，可是这多日子也没见人。”道静扯下一根柳条慢慢拂弄着，怅惘地看了看赵毓青。

“不过话又说回来，”赵毓青说，“没有领导，咱们现在的情况也还不算坏。这多的学生都倾向着革命；有些教员也同情咱们。咱们还可以大干一气。”

道静摇摇头：

“可是，老赵，我觉得还是赶快请组织派人来跟我们联系才好。我已经写过信要求来人，可不知结果怎么样。”她沉思了一会儿，说，“现在学生们玩得差不多啦，咱们就领着他们开讨论会吧。”

赵毓青把哨子一吹，孩子们放下手里的小桶、小铲、钓竿，迅速地集合到一起。除了李国华、刘秀英等几个稍大的女孩子还穿得干干净净,其他的孩子泥呀水呀弄得满头满脸。他们互相看着吐吐舌头,就拿袖子使劲抹擦起脸上的泥水。可是越抹越脏、越黑。道静扑哧笑了:

“同学们,到河边把手脸洗干净再集合。”

孩子们一窝蜂似的跑到河边洗干净手脸,又迅速跑了回来,把两位老师团团围在当中。

顽童们的张张调皮的面孔顿时不见了,一个个睁大眼睛严肃地凝视着两位老师。沉了沉,道静那温厚热情的声音,好像骤雨一样落在孩子们的心上:

“同学们,你们都是咱中国最有出息的好孩子。你们都明白了爱祖国的道理,都为自己的国家这样担心。而且你们也明白了中国将要往何处走去。同学们,咱们将来都会生活在一个非常非常幸福的社会里,好像现在的苏联一样。你们都传着看了《苏联儿童过着幸福生活》的这本书了吗?好,都看了。那么,咱们现在就来讨论讨论苏联孩子为什么那么幸福,可是咱们中国的孩子为什么生活得这样悲惨的原因吧。”

温暖的太阳透过稀疏的柳枝,照着团团围坐在河边沙地的小学生们。他们一个个兴奋得红涨着脸,抢先热烈地发着言。

“我说,在苏联,儿童们吃得好穿得好,爸爸妈妈都有工作……”李国华闪烁着大眼睛急急地说。

“可是我说,我说,最要紧的还是念书。”一个挂着清鼻涕留着学生头的男孩打断了李国华的话,“咱们中国的儿童念书多难啊,像我——我爸爸养活五个孩子,一个月才挣十五块钱,家里哪儿有钱让我上学呢。苏联孩子上小学、中学、大学,只要你努力上进就能够多,多……上学,老,老……上学,有,有学问、问。可是咱们,看,看我……我上学,多……多……难呀!”他越着急越结巴起来了。小脸红涨着,眼睛瞪得大大的,好像还有许多话没说完似的。

这时另一个学生瞪着他说:

“皮得瑞,别说啦,眼珠子都要急出来啦!”

“不,不! 人家,心、心里难——难受,…… 你,你还、还革命——命哩!”皮得瑞生了气,他扭过脸,红着眼要哭了。

“同学们,”道静站起来,严肃地看着那个讥笑了皮得瑞的学生说,“皮得瑞的发言是对的。他联系了实际。他功课很好,可是家里穷,想上学,上不起。他下了课,还要上车站去捡煤渣和破烂,时常饿着肚子来上课。……同学们,咱们想想,中国儿童这样受苦倒是什么原因呢?”

没有回答老师的问题,孩子们一个个都睁大眼睛看起皮得瑞来。那个笑话了皮得瑞的孩子低着头走到皮得瑞身边,羞惭地拉住了他的手。

“好,吴学章,这才叫阶级友爱。”赵毓青对吴学章笑笑,又对其他孩子说,“都回去坐好,继续开会。”

正在这时,一个学生喊了一声:“有人来啦!”说话间,那个黑胖粗大的伍雨田骑着一辆自行车,已经来到了河边的柳趟子外边。

道静赶快迎了上去,笑着对伍雨田说:

“您也到这个地方玩来啦? 我们领着文学会的学生正在这儿一边玩,一边念诗呢。郭沫若的《女神》可挺不错啊,您也参加吧!”

伍雨田推着车子讪讪地摇头答道:

“星期天串个亲,路过这五里庄,想不到碰见你们……你们念吧,念吧,将来都是大文学家。哈哈!”

伍雨田愣了一会子。学生们也瞪着他愣了一会子。他这才推上车子慢吞吞地走了。他刚走出几步,立即从他背后传出一阵朗朗的读诗声。孩子们读着《女神》中的《晨兴》,清脆的童音悦耳地飘散在恬静的原野上。

月光一样的朝暾，
照透了这蓊郁着的森林，
银白色的沙中交横着迷离的疏影。

松林外海水清澄，
远远的海中岛影昏昏，
好像是，还在恋着他昨宵的梦境。
…………

自从江华来到定县撒下了革命的种子，一个多月之后，定县高小的情况就变了。道静遵从着江华的指示，尽力团结了一切能够团结的人。首先她接近了赵毓青，这是个有革命意识的青年。由于思想的接近，他们互相依靠着、商量着来进行学校里的秘密工作。渐渐抗日救国的言论在学生们和一部分教员当中传播起来了；各种合法的——学生自治会、文学会、音乐会、话剧团等等小团体组织起来了；多数教职员和道静的关系也处得很好。她照着江华所说的，首先在感情上和他们接近，然后在政治上影响他们。尤其对于王校长，她更想法叫这位守旧谨慎的老处女喜欢她、相信她、对他们的活动不加干涉。关于道静他们的许多活动，王校长只是有时这样随便地问问她：

“道静，你常带着学生跑到野外干吗去呀？来了半年，你倒越变越像个小姑娘啦。”

“姑姑，这都是文学会的会员呀。我喜欢文学，学生们也喜欢文学，到风景好的地方念念诗、背背文，您说可不怪有意思。赶明儿您也参加去吧。”

校长用手帕抹抹嘴唇轻轻一笑：

“老啦，老啦，可没你们这些年轻人风雅……”她忽然收敛了笑容，伏在道静耳边小声说，“伍先生总说你有嫌疑，还说赵毓青也……说你们到城外是开什么会。小心点吧,别叫外边说闲话,给咱学校破坏名誉。”她爱抚地摸摸道静的头发,望望道静的脸庞,“怎么?我看你这些天又瘦啦。江先生有信来吗?……我哥哥和晓燕还常来信嘱咐我关照你。好姑娘,注点意,可别叫人们说闲话呀!”

“姑姑,您相信伍先生的话吗?”道静盯着王校长,静静地等着她回答。

迟疑了一下,王校长又用手帕抹抹嘴唇,摇摇头:

“不相信。可是我是校长,我负着责任。一听见说什么共产党……我就胆小。”

道静忽然大笑起来。她用力拉着王彦文瘦削的手指亲昵地说:

“好姑姑!别神经过敏,没那回事!国民党总是把所有爱国的人都叫共产党。我对学生只讲过点爱国的道理,讲怎么好好用功。您说,是个有良心的中国人谁不爱国呀!再说,咱中国现在这样危急……”

王彦文点点头。小眼睛里亮亮的似乎还有泪珠在发光。

工作依旧秘密地进行着。

暑假快到了,一天傍晚,伕役走来告诉道静,外面有位先生找她。道静的心跳起来了,她想:“谁?江华?……”

她急急跑到大门口去。

“戴愉!”她心里偷偷喊了一声,很快地伸出手去。

“好久不见了,路过此地,特来看看你。”戴愉温和地说着,并且握住了道静的手。

“真的好久不见啦,请进来吧。”道静把他领到房间里。又像对多年不见的老朋友一样亲切地说:

“你看江华走了一直没信,我们这里从来没人领导——你来了真好。”她对他完全信任不疑。

“定县这里没人找过你?”戴愉吸着纸烟问。

“没有。”道静努着嘴,在革命同志的面前她又变成了小孩子,“我们这儿只有我和一个姓赵的——他年轻、热情,是个很好的人。我们两个团结了一些教员、学生,做了一些宣传教育工作。最好的、最接近的教员和学生一共有了十多个……”

“他们都叫什么? 工作表现怎样?”戴愉插了一句。

“你先不必知道这个吧。”道静忽然多了个心。她没有把人名告给戴愉——这也是江华叮嘱她的。

“对,”戴愉一边喝着茶,一边摇手制止了道静的报告,“好,你再谈谈以后的计划。光是这样宣传宣传就满足了吗?”

道静说:

“江华说过,不要性急——要长期准备力量……星星之火,可以燎原。”

“这是一种错误的右倾理论!”戴愉坚决的声音使得道静吃了一惊。但她还是用心地听他说下去。她听见了一大篇关于中国革命的大道理,但是她分辨不出他说的究竟是对呢,还是不对。最后她只听明白他的一句话:“你把那个姓赵的同志找来,我和你们一块儿谈谈以后的做法。”

赵毓青进来了。道静的小屋里点上了煤油灯。围着一只小小的三屉桌,戴愉对他们低声地指示着今后的工作。谈到九点多钟,他起身走了。剩下道静和赵毓青却激烈地争辩起来。道静红着脸激动地说:

“这么一来,看吧,准得糟糕! 我们因为团结了校长和其他教职员,孤立了伍雨田,这才能够站住脚,工作才有了开展。要是打倒校长,那、那咱们怎么能够再待下去呢?”

“不,不对!”赵毓青的声音也是激动的,他瞪着眼睛瞅着道静,

"林道静,别着急,我们不能顾忌这么多——这是上级的指示呀!就是闹糟了咱们也得服从。再说,再说,"他看看道静红涨的着急的面孔,把拳头在桌上轻轻擂着说,"王彦文巴结教育局长,勾结伍雨田暗中拿学生的伙食费做买卖谁不知道!她听伍雨田的话,监视别的教员和学生,许多人都对她不满。姓戴的同志说得好,这些人都是国民党的走狗。咱们该趁这机会让没有经过斗争考验的学生和教员们经受一次战斗的洗礼。"

道静把头埋在手里,紧紧靠在桌子上,半天动也不动。

"怎么样?有意见说呀!"赵毓青的声音亲切而又倔强。

"有什么说的!打倒伍雨田,又打倒校长……"道静抬起头来,睁大迷惑不安的眼睛,"既然是上级的指示,我们就服从吧。不过我真有点儿糊涂——校长,她能算咱们的敌人吗?"

"革命能够徇私情吗?"赵毓青突然严厉起来,他目不转睛地盯着道静,并且皱着眉头,"平常你跟她拉拉扯扯,姑姑长,姑姑短……我就看不惯!可是——那是过去的事了;现在嘛,现在既然上级来了指示,咱们就必须坚决执行……革命嘛,就应当像狂风、像闪电、像多少地区那样的轰轰烈烈……"他太兴奋了,赶快把声音放低下来,"同志,我在保定二师参加过学潮,多少有点经验。不必犹豫了,咱们就商量商量怎么进行吧。"因为他讨厌王彦文一套庸俗的、拉拉扯扯的作风,又看到了她一些毛病,于是坚决主张打倒她和伍雨田两个人。道静不敢坚持自己的意见,就迷迷糊糊地同意了赵毓青的做法。

三天之后。

早晨,初级班的小学生依然背着书包蹦蹦跳跳去到学校上课的时候,高小的情况突然发生了变化:学生们在院子里、操场上三三两两交头接耳地谈着什么,紧张地商量着什么。自习钟响了,没有人上自习;上课钟响了,两个课堂里都是空无一人。

高二级任教员伍雨田走到课堂门外,不由得把两条浓眉毛挤到了一块儿,怒冲冲转身走到校长室里去。高一级任教员赵毓青到课堂里看了看也同样转身走了。

伍雨田正和校长小声唧唧喳喳谈着什么,突然大群学生呼喊着跑到校长室外。王校长吃了一惊,瘦脸立时变得黄蜡般,两腿站在地上也忍不住簌簌地抖了起来。

吴学章、李国华和另外三个学生代表闯进校长室里,歪着脑袋盯着校长和伍雨田:

“校长,为什么光叫住宿的学生吃窝头?——你拿我们大伙的伙食费发了多少洋财呀?”

“嘿!伍雨田,国民党走狗!你为什么侦察我们?你为什么打击抗日爱国的学生?”

一霎间,“打倒走狗伍雨田”、“打倒校长王彦文”的口号声激奋、嘹亮、参差不齐地在院落里响起来了。包围在校长室外的孩子们红着脸挥着胳膊,有的跳着脚蹦起来多高。

“回去!回去!”口号声刚一停,伍雨田板着铁青的脸,不慌不忙地站在屋门口冲着五六十个学生大喊道,“回课堂去!你们受了共产党的鼓动要找死呀!真要捣乱,可没你们的好!”

“同学们!……”王校长的嘴唇煞白,小眼睛里含着泪珠。她颤巍巍地竭力提高了声音,“别胡闹呀同学们!别,别……回课堂去吧!”她的眼泪掉下来了。

一部分学生受了伍雨田的威吓,又被王校长的眼泪所感动,立刻就像打架打输了的孩子,噘着嘴悄悄地溜回课堂去了;剩下三十来个小学生在吴学章和李国华的带领下,还站在校长室外大声呼叫着、跳跃着。——那些进步学生平时总被林老师劝阻着,禁止他们暴露自己的真面目,这回,赵老师给他们布置放手大干,这些毫没受过人生折磨、满脑子革命幻想的孩子果真立刻兴高采烈地干起来了。鼓眼睛、胆大而又爱幻想的女孩子李国华竟成了活跃的学生领袖之一。

“打倒国民党走狗伍雨田!”

“打倒糊涂自私的校长王彦文!”

“打倒胆小妥协,不能坚持到底的……”

他们分成了两组,此起彼落地围在校长室外声嘶力竭地喊着叫着,甚至骂起那些溜回课堂的学生。

空气越来越紧张,小小的平静的小学校,充满了骚动不安的战斗气氛。高小无形中罢了课,那些胆小的有钱人家的孩子甚至逃跑回了家。初小呢,学生们虽然依旧听着钟声排队上了课,可是多数教员,人站在课堂上,眼睛却瞟着院子里,人人惊慌不安地想道:“出事了,出事了。……”

大院子里男孩子和女孩子们一齐伸着脖子红着面孔用力地大声喊着、叫着,好像打架助威一般,有的甚至被好奇的冲动鼓舞着,激愤昂扬地狂叫起来:

“打倒……”

“打倒……”

有的孩子连打倒谁还闹不清,可还是跟在人群里大声呼喊着。

第 五 章

王彦文和伍雨田都坐在屋子里半天不做声。后来,看出一个空隙,高大胖壮的伍雨田猛然一蹿——冲出了学生们的包围圈,急步跑到学校外面去了。

“追呀！追呀！追走狗呀!”

“赶呀！赶到教育局请愿去呀!”李国华领头一喊,请愿的呼声又响成了一片。

伍雨田一跑,学生们有一部分也呼啦一声跟着跑了出去。

“皮得瑞,你干吗不跑了呀？走！到教育局请愿去!”

李国华和另一个大个子麻子脸的男学生李占鳌,拉住皮得瑞的胳膊叫他同走。

“我,我不去！……”瘦小的皮得瑞,使劲吸溜一下鼻子下面的两条清鼻涕讷讷地说,“这顶什么事？有那工夫我还捡煤渣去呢。”说着他低头走进了校门。

“呸！妥协分子!”李占鳌狠狠地朝皮得瑞的背影骂了一句就疾步跑走了。

追赶伍雨田的学生走后不久,道静迅速布置学生在学校的里里外外,甚至厕所饭厅全贴上了红红绿绿的大条标语。这些标语除了写着“打倒校长”、“打倒伍雨田”等等之外,最惹人注意、最使人大吃一惊的是忽然出现了“拥护中华苏维埃政府”、“拥护中国共产党”的口号。于是在这些标语下面围着大群的小学生,欢喜的、好奇的、惊慌的,各种不同的眼睛互相探询着。

“看！看！共产党……”

教员们看见了这些标语，有的压抑住惊慌不安的心情把学生赶回课堂去；有的却又惊又喜好像发现宝物般地审视起来。

道静是三年级的级任教员。开始她和别的初小教员一样，停在课堂上，可是却时时拿眼瞟着院子里，竖着耳朵听着一切的声音。当学生们去追伍雨田，所有的教员也都走出课堂的时候，她就跑出来去找赵毓青。但是这个热情冒失的青年已经不见了，他怕学生请愿不成，竟随后追赶着学生去了。

“要尽力隐蔽自己的真面目，把自己隐蔽在群众当中；要尽量争取同情者……”道静想起江华在负伤之后还谆谆嘱咐她，叫她记住这些白区秘密工作的原则和方法。想到这，她心里突然充满了疑虑和焦灼。请愿的结果会怎么样呢？赵毓青、她，以及那些进步的学生突出地暴露在人们的面前之后结果会怎么样呢？下课钟响了，学生们下学回了家。道静沉思着走回自己的寝室。当她刚坐下来想整理一下思绪，考虑考虑以后的做法时，王彦文校长忽然走进来了。她头发蓬乱，眼睛红肿，一进门看了道静两眼，生硬地像块木头似的坐在一把椅子上，头也不抬地说：

“林先生，人要凭良心！您说说，自从您来到敝校，我对待您怎么样？”

“姑姑，您有什么意见照直说吧！”道静已经料到校长会有这样一手。——虽然她还没有完全公开地暴露自己的面目，但是学生们这样公开一闹，毫无疑问校长会猜到有她在领导。

“没有意见！”她抬起头来，窄窄的瘦脸更加黄得可怕，“您是家兄介绍来的，说实话，我真是另眼看待。就说您刚来时候就犯着嫌疑……不过我不相信。我想一个年轻女子哪能参加什么党做那些危险犯法的事？……后来伍先生常跟我说您跟赵毓青领导学生开共产党的会，宣传什么……我还是不大相信——我还替你们辩护呢！”她叹了口气，沉一沉，狠狠地皱着眉头盯着道静，“知人知面难知心呀！想不到你们竟煽动学生来反对我，反对伍先生，反对我们两个人。共产党的标语又公开贴在我这个学校的墙壁上。……那还有什么说的？林先生，事实摆在眼前，您看着办吧！有地方会替咱们说理的！”

没等说完，她站起身来悻悻地走了。道静想向她解释，又想回击她几句，都没来得及，她就走了。有好半天，道静呆呆地愣在屋子里，脑子乱哄哄的……

午后学生来上课的很少。家长们听说学校闹了学潮，都不敢叫孩子来上学了，整个学校停了课。道静像热锅上的蚂蚁，坐不是立不是。幸而刘秀英这女孩是临时交通，她领着三个学生来来回回地向道静报告着消息：

“赵老师领着同学站在教育局门口，喊口号要求撤换校长和伍老师。后来他们都到县政府去了，还在喊口号。”

“伍老师在县党部里呢，校长在教育局里。”

道静悬心、忧虑，一刻刻挨着时间。

午后三点钟还不见赵毓青和学生们回来，道静实在忍不住了，她领着十几个学生也向县政府跑去了。小城狭窄的土道上灰尘滚滚，太阳火辣辣地晒在人们的头上、身上。道静和学生们正跑得红头涨脸喘喘吁吁的，忽然看见赵毓青领着一大群学生迎头走来，两边的学生顿时兴奋得跳着脚高呼起来。

“回来啦！回来啦！”

“胜利啦！同学们！咱们胜利啦！”

同学们手舞足蹈地几乎要互相拥抱了。两个教员也互相握着手。赵毓青满面灰尘，扬着眉毛兴奋地说：

“林，咱们的斗争胜利啦！开头教育局不理我们，到县政府也不理我们，我们不停地喊口号，甚至要砸县政府，他们这才屈服啦。

县长和教育局长亲自出来接见我们,答应撤换校长和伍雨田。”小赵清瘦的白脸晒黑了,他吐了一口唾沫,拍拍道静的肩膀,微微一笑。“嘿,怎么样?”那意思好像是说,“还是我对了吧?”

道静也高兴起来。但她的高兴与其说是因为斗争的胜利,还不如说是因为看见他们平安回来了更合适。不过,她没有把她心里的话说出来。她拉着两个学生的手,兴奋地笑着:

“好,好,你们可回来啦,可回来啦……”

夜晚,下起雨来,道静躺在床上却怎么也睡不着觉。这突然爆发的急转直下的形势,把她搅扰得糊里糊涂。目前即将要到来的是喜是忧呢?她说不上来。她对于赵毓青那种轻率的乐观和自信是不大相信的;但是,她对自己也并不相信。这时,她又想起了江华,想起了卢嘉川,想起这些富有经验的老同志。当她蒙眬入睡时,这些同志的面影还在她眼前晃动,仿佛在对她说:“小林,小林,清醒一些!清醒……”

她果然听到一个声音在喊她。她猛地醒来了。不是做梦,真的有人在轻轻敲着窗户。

“林老师!林老师!”声音急促惊慌,微细得刚刚可以听到。

道静赶快跳下床来开了门。黑夜里,外面落着雨,只见皮得瑞淋得小水鸡一样哆嗦着站在房门外。他见了道静,一把拉住她的胳膊急促地喘着气,说:

“林老师,不好!不好!……”他喘气、瞪眼,惊慌地看着道静不知说什么好。

道静吓了一跳。按住心里的悸动,却轻声抚慰着皮得瑞说:“别慌!皮得瑞。你说——发生了什么事?”

“老师——老师——我爹、爹,叫我告诉你,你,不好!不好!……”

“皮得瑞,说明白点！怎么不好呀?”道静又急又好笑。这总挂着清鼻涕的孩子,半夜三更冒着大雨跑到学校来,一定有非常严重的事情,但是他……

“老师,快、快跑吧！他们一会儿就要来抓你和赵、赵老师啦!”

“什么?……”道静紧抱住皮得瑞的小脑瓜,一下子把他拖到屋子里。

“我爹在县政府给他们倒水的时候听见啦。他,他说今晚上县、县、县长和党、党部开了会。”在黑黑的屋里,皮得瑞仰头瞅着道静结巴着说,“我爹听见啦:今夜里十二点,他们要到学校里来抓你跟赵、赵……赵……我爹叫你们快跑。”

道静看看表已经快十一点了,她拍拍皮得瑞说:“好孩子,谢谢你,谢谢你父亲。你快回家吧,雨这么大。站住！你听说还抓别的人吗?”

“没、没有别的人。老师,你、你快去告诉赵老师,快……快……快跑吧!”皮得瑞一边小声喊着,一边跑走了。道静站在屋门口目送这瘦小的影子消失在雨夜的漆黑的矮墙后面,就赶快去敲赵毓青的房门。

他们俩急促地商议着。赵毓青先是还不相信,不想走。急得道静说:

“情况这样紧,你为什么还这样自以为是?你既然不走,我也不走!”

“走！既然你这么……”赵毓青一边扣着衣扣一边说,“可是到哪儿去呢?咱们不能立刻丢下学校和这些学生。”

“对！当然不能走远。咱们还要和学生们交代工作。”道静想了想说,“老赵,这样吧,我到刘秀英家里去。她家住在王村,父亲是木匠,通过她还可以和学校联系。你呢,你到王丕富家去好不好?还有,接近咱们的教员老靳、老王、老何,通知他们不呢?”

“我自有办法。全包在我身上。”赵毓青的眼睛闪着光，“你先走，我办完这些事随后就走。明天上午我叫人和你联系，那时看情况咱们再商量以后的办法。”

“好。可是你一定要走呀！现在我去收拾一下东西，十分钟后，咱们一块儿从矮墙那儿走吧。”

“一块儿走不好。你先走，我随后就走。这种情况，我早经验过，算不了什么。”

道静没的说了。她觉得自己也太过于激动了。于是竭力使自己冷静下来，然后用力握住赵毓青的手，用那双激动的眼睛静静地注视着这年轻的战友。

“老赵，希望你小心！平安！再见吧！”她的声音有点儿颤抖。

赵毓青的脸霎时红了。他感激地望着林道静，平日，除了谈工作，他们私人间很少来往，但是当这紧张的临分别的一霎间，林道静是怎样热情地关切着他呀！他不由得深深地被感动了。

第六章

夜间，林道静冒着雨逃到了她的学生刘秀英的家里。

道静听了江华的话，她不仅在学校教员和学生当中进行了工作，而且也和几家学生的家长交了朋友。其中和她关系最好的就是刘秀英的母亲。这是个健壮的中年农妇，有六个孩子，生活虽然困苦，可是她却那么乐观、愉快，干起活来像一阵风。尤其她的生活经历和对于生活的见解，可给了道静不少帮助。像她这样生长在大城市里的知识分子，尽管她和农村、农民也有过一些联系，但是在她的心目中总有那么一种近乎成见的见解：农民是贫苦的，是缺乏文化和思想的，除了地头炕头他们还能知道什么事情呢？可是自从和刘秀英的母亲接近之后，就把她的一些看法改变过来了。这个农妇不仅知道各种庄稼上的知识，知道农民生活如何的困苦，庄稼人一颗汗珠掉八瓣，知道丈夫到各处做木匠活时听来的许许多多农村中的趣事和奇闻；而且她还懂得生活中的许多道理，懂得农村中阶级斗争是怎样的尖锐，懂得地主、高利贷者盘剥农民的多少花样和残酷的事实。从这个多子女的普通农妇的身上，道静才深切体会农民并不愚蠢，并不落后，只是生活的困苦艰难使他们喘不过气来罢了。因为和刘秀英的母亲谈得来，觉得这个女人一定会慷慨地帮助她，所以在这个紧急的夜晚，她逃到了刘家。而这个聪慧能干的女人也果真留下了她。

刘家小院很清雅。挂满丝瓜、豆荚的篱笆上，绿油油的叶子沐浴在温煦的阳光下，给人一种幽美、恬静的感觉。三间明亮的北屋，炊烟慢慢从屋顶上轻袅地飘起。将近中午，刘秀英的母亲一边坐在灶前烧着火，一边跟蹲在她旁边的道静谈着话。

“姑娘，别着急。”刘秀英的母亲含着温存的微笑说，“在咱家歇两天，听听风声。咱庄户人常说：‘没有过不去的河。’”

“可是，大嫂，我怎么待得下去呢？学校……”道静正愁闷地说着，她的学生刘秀英回来了。

一早，刘秀英就到学校去探听消息去了，可是直到中午她才急急忙忙地跑回来，一进门就耷拉着脑袋哭着对道静说：

“赵老师叫他们抓去啦！”

“刘秀英，你把详细情形说说！”道静屡经忧患，对于突然的事变已经比较沉着了，“他怎么被捕的？”

“夜里警察局跟保卫团来了几十个人包围了学校。可是，赵老师还没走，他还在学校干什么……就这么把他抓走了。”刘秀英噘着嘴抹着眼泪。

“同学们呢？还有人被抓走没有？”

刘秀英哭着说：

“李国华、吴学章叫他们抓走了……我们一到学校，所有昨天参加请愿的同学，全叫校长和伍老师赶着到县党部礼堂听了一顿训话。一个瘦猴样的官说，我们要再敢造反，他们就全枪毙我们……他们说、说要枪毙赵老师和你呢。”

“刘秀英，别哭！”道静凝视着篱笆上面翠绿的小丝瓜，低声地说，“他们不会有危险的。还有别的消息吗？”

“没有！没有！”刘秀英抽咽着，“老师！老师！你、你怎么办呀？他们，他们也正在打听你、想抓你呢。”

“刘秀英，别着急，我不会……你去告诉皮得瑞、李菊英、朱有光、王光祖，还有李占鳌，今晚上都到你们村边的大苇坑里，咱们谈谈。”

"李占鳌那臭麻子变啦!"刘秀英噘着小嘴抹着眼泪,"他在党部还帮着党官训我们、笑话我们。那丑小子真不是好东西!"

道静的脸更加苍白了,静了静,她拉着小姑娘的手,苦笑笑:

"缺他一个人没有关系。你还是去通知吧。"

就在这天下午,在道静还没有和她的学生们会面之前,刘秀英家来了一个串门的老太太。她五十多岁,挎着一个卖花样子和鞋面布的小篮子。消瘦、黧黑,但样子很温和,还似乎有些腼腆。她和刘秀英的母亲好像很熟,见了面笑着招呼了一下,就悄悄地走进里间屋里来了。道静正坐在里间屋的炕上写东西,一见这个陌生的老太太进来了,她心里有些不舒服,因为她是偷偷藏在刘家的。但是客人既然进来了,她只好下地打招呼,让老太太炕上坐。

"你忙吧,我地下坐是一样。"老太太含着微笑,说话慢吞吞的。她把篮子向板柜上一撂,自己在板凳上坐下了。

刘秀英和她的母亲也跟着走进来,她们也看着道静微笑,好像有些神秘似的。

道静莫名其妙地看着她们,她显得有些局促,不知说什么好。

还是老太太先说话:

"姑娘,你买花样子吗?我卖的这花样子可特别新鲜好看。"

"不!不用……"道静摇摇头,"我不穿花鞋。"

"年轻的姑娘穿双花鞋才好看啊!"老太太上下打量完了道静,对刘秀英的母亲笑笑说,"这位大闺女长得可真俊,多叫人喜爱。我要是有这么个闺女那才福气呢。"

道静不好意思地笑笑。她坐在炕沿上看着老太太慈祥而又苍老的面孔,轻轻地问:

"老太太是这村的吗?您没有女儿?"

"她什么人也没有了!"刘秀英的母亲替老太太回答着,"老当家的早去世了,只有一个儿子最近也、也死啦。"她看看老太太轻轻叹了口气,就走出去了。

道静觉得有些奇怪。刘秀英的母亲领着这老太太干什么来了呢?她不是答应替她保守秘密的吗?可是道静还是和老太太聊起天来。虽然她心乱如麻。

"老太太您很苦呀,只剩下您一个人怎么生活呢?"

"有办法啊!"老太太安详的声音使得道静有点吃惊,"我的干儿干闺女可多哩。我挎着小篮各村里串,到哪儿也饿不着。闺女,我问问你,你是哪的人?怎么到刘秀英家里来啦?"

道静的心动了一下。怎么回事?她怎么会盘问起我来?难道刘家把我的情况向什么人告密了吗?……

"老太太,我来串个门。"道静也不慌不忙地回答着,"昨天的雨可好啦,看样子今年庄稼一定长得好吧?"

"好?"老太太瞅着道静叹口气说,"好几年啦,不是旱就是涝,再加上兵荒马乱,遍地土匪,咱老百姓可是没法子过啦。闺女,你不是本地的人吧?在这附近教书吗?"

"嗯,教书。"道静竭力镇静地说,"我是刘秀英的老师,来找刘大嫂做点活,她不叫我走就待住了。老太太,您是这村的人吗?想找我替您写封信是怎么的?"

"不是。"老太太笑笑说,"我来向你打听个人:有位江华江先生你认识吗?"

听了这句话,道静的心狠狠地翻腾了一下子。这究竟是个什么人?她为什么竟来打听江华?但是她一见刚刚进屋来的刘秀英的笑脸和她母亲那种神秘的微笑的样子,她一下子恍然了!莫非她就是江华说的那位姑母吗?

"认识。您认识他?"道静坦然地说。

老太太看了看刘秀英,站起身走到道静身边拉住她的手,笑道:"闺女,他对你说过他的姑姑吗?"

“啊！您就是姑母！”道静一下子扑到老太太的怀里，紧紧握住了她的双手。这双手很瘦，很粗糙，但是却那么温暖有力。

“闺女，对不起你。”老太太拉着道静坐在炕边说，“我那侄儿告诉我说，”这时刘秀英也出去了，屋里只剩下道静和她两个人，“告诉我你在学校里。本来早该去找你联系，可是咱这区这一阵子情况很紧，我到远处去了些天，所以没顾得去找你。可是你的情况我也知道一点。……”

道静这才明白刘秀英的母亲思想进步的原因。一定是经过她和姑母联系了，所以姑母才了解自己的情况。可是她没有说话，只静静地、微带惊奇地听着老太太继续说道：

“你在学堂的工作做得还不错，怎么一下子坏事了？”

道静小声回答：

“那位名叫戴愉的同志来了，指示我们攻击校长和姓伍的教员，就那么一下子暴露，而且被破坏了。”

“怎么？有人找过你？”姑母的神气有些紧张，但说话仍然是不慌不忙的，“那可是有点儿奇怪啊！”

道静也愣住了。

姑母沉思着，有一阵子没有说话。

道静看着姑母那张黧黑的布满皱纹的平凡的脸，忽然颖悟似的想道：“她，就是她和可敬的江华在并肩战斗？……”

“闺女，”姑母的声音是温柔、慈爱的，她拿过自己的花样篮子，小声说道，“好闺女，我真是对不起你们，没有早跟你们联系，可后悔也晚了。现在，咱们说眼前的吧——眼下敌人很疯狂，你该躲一躲才是。”

“姑母，”道静不由自主地也这样称呼起来了，“我哪里也不去，我有这些学生——我不能走啊！”

姑母的脸上浮上了一丝苦笑。她轻轻抚摸着道静柔软的小手:“孩子,革命可不能任性呵。你在这里掩藏不住,我不能留下你白白往虎口里送……我知道我们早晚得胜利,可是目前,站在矮房檐下,你就低低头吧!”姑母没有讲革命有进攻,也有退守,要保存有生力量等等;她只是根据事实,说服道静赶快离开这儿。

“姑母,我没有地方可去呀!您给我找个地方吧。”

“那么,”姑母想了一会儿,轻轻说,“闺女,既然没处去,那你就跟着我吧,我想法子安置你。”

“您要带我走?”道静笑了。可是接着她又忧虑地说,“姑母,可是您别忘了我那些学生呵,还有赵毓青——这是个很好的青年同志,也叫他们捉去了。”

姑母点点头。她总是微眯着的眼睛张开了——这双憔悴的暗淡的眼神突然变得年轻人似的热情激动:

“闺女,别难受。咱们到胜利那天再跟反动派算账……你知道,我那小子——你听说过李永光吗?他、他最近才死啦,为革命牺牲啦……做娘的,心上的肉,够多痛呵……可是这不算什么,不算什么,孩子呵,不算什么……”

姑母摇着头喃喃重复着“不算什么”,可是眼泪却顺着她多皱的面颊像泉水般涌流出来了。

“姑母,”道静凝视着这张悲痛的脸,情不自禁地说道,“姑母,别难过!您失掉了一个孩子,可是,还有好多好多……”好多什么她说不下去了。

姑母和道静约好了过两天来接她,就挎着篮子蹒跚地走了。她刚一走,道静拉住刘秀英的母亲赶紧问:

“大嫂,告诉我,把这个老太太的事情多告诉我点!”

“我也说不太清。”刘大嫂说,“就知道她和她男人全是好庄户主,住在离这二十五里地的大王庄。日子穷,一亩地也没有,他们两口子全给财主家做活。后来高阳、蠡县暴动时,她男人去参加,就牺牲在那边。剩下个小子李永光，也是个好小伙，他还偷着领导过咱这一带的许多斗争呢……这老太太可是个少见的人物，周围附近的农民们没有不认识她的，没有不喜爱她的。不管谁家有了遭难的事，她全有法子帮忙，有法子管。她就是这样风里来雨里去、成年累月地在咱农民当中工作着。”刘大嫂说到这里用衣角抹抹头上的汗水，拿起一只鞋底纳着说，“这老太太本事可大啦，白天出入地主老财家的高门大户，有时给他们帮忙做活；也有时贩卖些好东西给那些地主的老婆闺女；可一到夜晚，她就做起咱这边的工作来。”刘大嫂笑了。道静却还不满足似的瞅着刘大嫂，仿佛在催她，“再多告诉我一点吧！”

第 七 章

第三天的傍晚，姑母叫道静换了一身农村姑娘的衣服，就把她领到西边二十五里她的家里。走到这孤零的村旁小屋时，夜色已深了。姑母开了门锁，点上小煤油灯，昏昏的灯光立刻照出这间空空的小屋里，除了炕上一张破炕席，一条旧得褪了色的棉被和一个像小孩子似的大长枕头以外，什么也没有。道静正用惊异、好奇的心情观看这个简陋的小屋时，姑母似乎看出了她的心情，说话了。

“闺女，”姑母说，“你还没有见过这样的穷地方吧？没法子啊，箱箱柜柜的原是有一点，可是后来——全变卖啦。这倒好，变成个彻底的无产阶级，什么也就用不着惦记啦。”姑母说到这里笑起来了。她忙着用笤帚打扫炕上的尘土，让道静上炕去坐。

道静坐在炕上，小煤油灯放在钉在墙上的小木板上，昏沉的摇曳的灯影和破窗纸外射进来的月光混淆在一起，突然给这间小屋笼罩上一层奇妙的色彩——仿佛神话中的森林小屋。道静端坐在炕上，望着朦胧的月光和灯光混合而成的奇异的光圈，她那富于浪漫幻想的热情性格，使她突然沉入一种梦幻似的境界中。她很高兴，也很激动。姑母在外间屋里的灶上引火烧水，道静就坐在炕上呆呆地想着——她也不知自己想的是什么。她只是觉得姑母的这个小屋那么新奇，与她过去见过的屋子那么不同。也许使她真正惊奇的还是姑母这个人吧，那么衰老、那么平凡，然而却又那么年轻、那么伟大。……她想得出神了，等姑母端进水来放在炕上喊她喝水时，她才猛地跳下炕来，羞惭地拉着姑母的手，慌促地说：

“姑母,您干么?我不渴……”

“闺女,你不渴,我可渴呀。”姑母轻轻地笑着说,“今天给老财家锄了一天小苗,我这老骨头可是又累又渴。”水很烫,姑母端起一大粗碗水一边吹着一边喝着。道静望着她,不禁又呆住了。她从来还没有下地劳动过,不知“累”是个啥滋味。看见姑母那个疲惫劲,她的心里开始感到惭愧不安。她——姑母,白天给财主干了一天活,晚上还去接她,为她奔走好几十里,而且这么大年纪,走在黑夜的乡村小道上。……不知怎的,道静的眼睛潮湿了,望着那张慈祥的黧黑的脸,她许久说不出一句话。

这个晚上,道静和姑母合盖着那床惟一的被,合枕着那个惟一的大枕头,姑母头一沾枕头就呼呼睡着了;可是林道静却睡不着。她将要在哪里安身?姑母把她带到这里来,可什么也没对她说。她今后怎样生活下去?将要做些什么事?她什么也不知道。灯早熄了,月光也西移了,小屋里除了姑母轻轻的鼾声和远远的几声狗叫,什么声息也没有,可是林道静却听见了自己怦怦的心跳声。她几次想翻身,却又怕吵醒姑母。她忍耐着、再忍耐着,就这么失眠了一夜。

天亮,等姑母醒来时,林道静已经烧好了开水和洗脸水。她把一个小铜脸盆放在又当床铺、又当桌子、又当椅子的炕沿上,高兴地对姑母说:

“您睡得真香。您还渴么?开水已经烧好了。”

“闺女,你真是个好闺女呀!”姑母拉起道静的手,乐得眉开眼笑,“哎呀,我这苦老婆子也享起福来啦。”

“姑母,咱们将来都会享福的——到了咱们那个社会。您说对么?”

“是呀!是呀!”姑母连连点头,“不过眼前有人给我烧口水喝,我也就够乐的啦。”

姑母做饭，道静烧火，吃了一顿棒子面饼子、小米粥之后，姑母才告诉道静说：

“我给你找了个老财家里去教学。你愿意去么？”

“什么？到老财家里去教学？……”道静吓了一跳，惊奇地瞅着姑母。

姑母眯缝着眼笑笑：“对呀，高门大院、青梁瓦舍的地方不好么？”

“不，姑母，我不愿到这种地方去！”道静第一次噘起嘴巴来了。

姑母拍着道静的手背笑着说：“闺女，你闹拧啦。我叫你到这个地方，不是叫你去享福，是叫你去工作呀。这个老财是这一带的大地主、大劣绅，有二十多顷地。他家有两个孙子、孙女，要找个女先生去教书，我就托人给你介绍去啦。这是个好机会，你就去吧。”

“我去了能做什么工作呢？我不去侍候地主们。”

“去吧，好闺女。”姑母像哄小孩似的，声音充满了慈爱，“你到他家里去是有用处的。回头我送你去，在半道上，会遇到一位王知礼先生，他是县里的督学。他再把你领到财主家去。你就说从天津来的，高中毕业生。别的，王先生会跟你说的。咱们这就走吧。”

道静睁大乌黑的眼睛瞅着姑母的脸。从姑母那慈祥而又坚定的声音里，她感到一种力量，一种非听从不可的力量。于是二话没说，又换上她自己的衣服就和姑母站起身来走了。

这个老财名叫宋贵堂。他所在的村庄已经是定县的邻县深泽县边境地方。道静果然在走过十几里的半路上碰见了一位穿着绸大褂的“先生”，（姑母管他叫“先生”，道静心里明白，可能是同志。）道静见了“先生”，姑母就要向回走了。这时，道静一把拉着姑母的胳膊，充满孩子气地说：

“姑母，常看看我来！您别忘了我……”

姑母拉着道静的手，安详地笑道：

“这个傻闺女,难受什么呀?要明白,我那侄儿留下话,要叫你这个城市姑娘多受点锻炼。所以你要鼓起勇气,好好地在乡下锻炼锻炼。别怕受苦,别嫌脏,到你实在困难的时候,自会有人来帮助你。我也断不了来看你。这会儿跟这位王先生走吧。他跟宋贵堂已经说好了。”

“我那侄儿留下话,要叫你这个城市姑娘多受点锻炼。”姑母的这句话那么有力地响在道静的心上。啊,江华留下了话。这么说他那句“要经受得起考验”的话是在这里应验了。听到了这句话,道静一度低沉下去的勇气陡然增加了,心情也开朗起来了。她望着姑母和那位王先生,不好意思地说:“姑母,您的话我都记住了,王先生,咱们走吧。”

他们和姑母分开,在乡村的土道上走起来了。

道静不时偷眼望望王先生。

这位王先生样子有点儿奇怪:三十多岁,白净面皮却留下两撇小胡子。加上穿着半旧的灰绸夹袍,戴着礼帽、眼镜,他那样子十分像个绅士。这样模样的一个人,这个人要带她去的地方又是大地主、大劣绅的家里,道静跟在他后面走着,心里总有些忐忑不安。但是对于姑母的信赖,使她终于把心思安定了下来。

他们默默地沿着一条曲折的河堤走下去。太阳当头晒着,林道静的汗水顺着头发向下流,可是那位王先生还是悠然地走在她的前面。约莫又走出二十多里路了,大概快到这个老财的村庄了,这位王先生才和道静靠近走着说起话来。

“你得改个名字,叫张秀兰吧。”王先生说话不慌不忙、斯斯文文的。

道静点了点头,有点儿不好意思似的笑着说:“叫张秀兰?”

“对了。”王先生说,“你在定县学校的事可一点不能露,露了一点就麻烦了。你就说刚从天津来,是我表妹李珍的同学。”

道静点头，用心记住李珍的名字。然后，扭过头去十分严肃地问道：

“王先生，人家不会问我为什么跑到乡下来么？”

“是呀，”王先生笑着点头，“对，那么你怎么回答？”

“毕了业，在天津找不到职业，就到乡下姑母家来了。您说，这么说行么？”

王先生说：“那就这样说吧。不过我要嘱咐你，那老财宋贵堂，坏在外面，还好斗；就是他那中国大学毕业的儿子宋郁彬，看起来，你还不是他的对手，可要小心。”

道静毛骨悚然地盯住王先生，脚步立刻不动了：“那您说，他比他父亲还厉害？……我，我……”道静想说为什么叫我到这样地方去，可是她没有说出嘴。她想起江华叫她经受考验的话，就咬紧牙关又跟着王先生顺着堤坡走下去。

王先生似乎了解道静的心情，这么一个城市长大的女孩子，第一次到陌生的农村财主家去生活，况且还处在险恶的敌人包围中。于是就微笑着安慰道静：

“你住在他家不会没人管。我和你姑母都会常常看你来。你现在首先和他家把关系弄好，叫学生和他一家人都喜欢你。然后，你再找空子在他家的长工当中做点工作，锻炼锻炼。”

“叫他们喜欢我？……”道静惊奇地说，“我愿意接近长工，可是，地主……”

王先生笑笑，打断道静的话：“别的事以后再说。你一定要先同这家人把关系弄好。在他们面前，你得装得越糊涂越好。”

道静没的说了，王先生也沉默起来。看得出，这是一个老练、持重而又斯文的同志——道静在心里这样评判她的同行者。

走进宋村，立刻有一座高大的、几乎占了一条大街的房屋呈现在道静的面前。当她走进它的大黑梢门的时候，她的心忍不住怦怦跳了起来。这时候,她忽然想起了她的父亲林伯唐和泼妇徐凤英,他们都是那么残酷、狠毒的大地主,而这个宋贵堂父子恐怕比她的父母还要凶恶……想到这儿,她心里真有一种走进虎穴、魔窟的感觉。她用了最大的勇气,忍住说不上来的嫌恶,才走进了这个人家的厅堂里。

这厅堂有中式的硬木家具,也有西式的玻璃门窗和写字台等等,一个留着分头、穿着竹布长衫、三十五六岁的白胖男人迎接了他们。这就是宋贵堂的儿子宋郁彬。他见了道静十分文雅地说:

“非常谢谢您。我那两个孩子,他祖父喜欢得不得了,不叫他们上学校,所以王先生介绍您来我家,我们全家都很高兴。”

“我教书经验不多,恐怕教不好您的孩子。”道静有些惊异地看着宋郁彬说。

一直沉默的王先生,这时插了话:“宋先生,张先生人很老实,又阅历不多,您多照看她吧。”

“当然! 当然!”宋郁彬说到这儿,从里面出来两个孩子:大的是女孩,约莫十一二岁,小的是男孩,有七八岁。这两个孩子都站在门口不进来。女孩子用惊奇而喜悦的神情不眨眼地望着道静;男孩却小声自言自语地嘟囔着:“女的,来了个女的!”说罢,不等他父亲说话,转眼又跑到院子里大喊道:“爷爷! 爷爷! 俺不要女的教!”

“爷爷把这孩子惯坏了。”宋郁彬不好意思地叹口气说,“张先生,请您以后多费心吧,我算把这两个孩子交给您啦。”

道静点点头:“宋先生,您放心吧。”

王先生辞别要走了。道静不安地望着他,心里不知是喜还是忧。王先生轻轻对道静说:“安心教书,您姑母过几天会看您来的。”

道静点点头,微笑着说:“您见了我姑母,就说我在这里会好好地教书的。叫她放心。”

王先生走了，宋郁彬和道静又谈了几句话，忽然门帘一掀，一个三十多岁瘦削、苍白的女人拉着道静的男女学生走了进来。

宋郁彬见这女人进来，站起身向道静介绍：“这是内人。她身体不太好。”他又替这女人介绍道静，“这就是县里督学王先生介绍来的张先生。以后你要多照顾她。”

那女人并不答话，却用了一种奇怪的、好像窥探什么似的锐利的眼睛上上下下地打量着林道静。这使得道静有些气恼。幸亏那男孩子缠着那女人喊：“娘，娘，俺要上庙看戏去！看戏去！”那女人的眼光才转了过来，对道静笑笑说：“张先生，您往后多费心，孩子小，不懂事。”

道静忍住气，点点头拉住两个孩子的手，问：“你俩叫什么？”

“男的叫文台。”孩子没有回答，是他娘，那眼睛好像刀子样的女人回答说，“女的叫小素。”

“文台、小素，怪好听的名字。”道静笑着抚摸着两个孩子的脑袋说，“你们爱听故事吗？”

“爱听！”文台一下子拉着道静的胳膊，“老师，你会说五鼠闹东京吗？”

道静笑着：“我知道的故事倒是不少，可就是要给听话的孩子说。文台，你还爱听什么故事？”

没等文台想好，小素替他说了：“他就爱听打仗的。一听说赵子龙大战长坂坡，他就连饭都不吃啦。”

“去你的，黄毛丫头！”看样子，文台比小素厉害得多，他向姐姐一努嘴，小素就不言声了。

把这些看在眼里的宋郁彬望着妻子笑道：“这位张先生很好，我看准能教好他姐俩。张先生的屋子收拾好了吗？”他又转脸对道静，“张先生，请安置一下。我父亲这两天身体不大好，过两天再替您引见。"

刚说到这里,却见一个穿一身深灰粗布衣裳、高而瘦的老头,拄着拐杖走进屋里来。他一进门就冲着道静高声喊道:"我干吗用引见!这位是张先生?辛苦辛苦啦!"说完,不等道静答话,他就转向儿子皱着眉头——这使得他的瘦脸更像一块风干了的豆腐干,"快麦收啦,里里外外,进进出出的事,郁彬,你要多想着点啊。西头王老增那三亩青苗地,你到时想着叫长工们割了它。还有宋文刚的二亩也卖给咱们了。这些事你也替我想着点!早晚这家业还不都是你的!"

"爹,您上了年纪,少操点心吧。"宋郁彬满不在乎地笑着说,"我外边的事还忙不过来。保定律师公会来信叫我,我还想去一趟。家里的事,少跟那些穷乡亲要点,又算得了什么……"

不等儿子说完,老头宋贵堂喊了起来:"郁彬,你呀你呀,祖宗留下的这份家业是容易得来的吗?早晚得叫你给我暴了骨[①]!"说着,他又指着揪着他的拐杖要去看戏的孙子说:"小文台,小文台,你呀,你呀,又是一个败家子!"

宋郁彬夫妇看着老头,并不搭腔只是笑。老头子就气昂昂地拄着拐杖走了出去。可是走到门边他又转过头来对站在窗前默默地看着这一家人的林道静打量起来——眼睛死死地盯着她,好像看她会不会偷东西似的。同时嘴里却对两个孩子喊道:"文台,小素,好好跟着先生念书啊!十块钱一个月的工钱,还要管吃住,你们就要把爷爷坑死啦!"

这个夜晚,道静睡在那间陌生的糊得雪白的小房里,眼前总晃动着两个人影,一个是宋郁彬的老婆,这个长得正好和她丈夫相反的黄瘦女人,那两只大眼睛像刀子一样闪着锐利的光,当它在道静眼前一闪时,她的身上不禁起了一阵寒战——她说不上是由于厌

① 暴骨,倾家荡产之意。

恶还是因为恐怖。另一个人影，就是那个拄着拐杖的大地主宋贵堂。他盯着道静，好像用粗嗄的高声在喊："别偷我啊！我十块钱一个月把你雇来，还得管吃住……"

道静躺在炕上，一个人对着窗外皎洁的月光，长长地叹了一口气："我干么要受这种污辱？"她自己问着自己，"这日子怎么过呵？侍候少爷小姐，还得挨太太和老太爷轻蔑的、仿佛看小偷、妓女的那种眼光……"

"我那侄儿留下话，要叫你这城市姑娘多受点锻炼。"姑母这句话像灵芝草一样立刻医治了道静的心病。她翻个身，给自己打着气，"道静，这是党派你来的，你要听话。鲁迅说过，'革命是痛苦，其中也必然混有污秽和血'。"这一夜，她就在不安和自我斗争当中过去了。

过了两天，用讲故事的办法，道静已经征服了小少爷宋文台。这使得她心上稍稍高兴一些。而宋郁彬也并不像王先生说的那么怕人。她反而觉得他是他们一家人中比较通达情理，也是对人最好的一个。他在第二天还对道静说过这样的话："张先生，我真不愿在家里帮助老人过这些收租讨债的日子。可是没办法呵，父亲老了，这几亩地算把我的前途都断送了——我原是喜欢研究学问的人呵。"

道静听他说得恳切，竟有些同情他的遭遇。她想，一个大学毕业生就这样碌碌无为地住在家里，未免有些可惜。这高大的院墙多么像囚人的牢笼呵。

道静感觉宋家大院像个囚笼，房屋的构造也真像个囚笼。

宋家的大黑梢门里，一共有三个正院，三个跨院。一进大门的正院里，一排南屋是账房先生收粮、放账、过秤和十来个护院打手住宿的地方。北屋五间两跨，那五间就是道静刚来时和宋郁彬谈话的客厅,两边跨屋是作为男客的客屋。前院东跨院有一大排牲口棚,此外,就是长工们的低矮的住屋。中间正院是一个大四合院,老头子宋贵堂住在北屋,东、西、南十几间屋子都是他的铁门仓库。最后面是一个大三合院,五间明亮宽敞的大北房住着宋郁彬夫妇和他们的孩子,西屋是宋郁彬的书房,东屋是他两个孩子念书的地方。这第三层院子的东跨院,北屋三间是女亲戚们的客房(道静就住在其中一明两暗的西头一间里),其余后跨院的东西厢房是厨房和女做饭的、做活的住屋。中间跨院是碾棚和堆着各种农具、家具的屋子。这一家老少不过五口人(宋贵堂的老婆已死),前后占了总有六七十间房子。而这些屋子的四周还有一堵高高的仿佛城墙一样的墙壁把它们围绕起来,这也就是道静叫它是牢笼的一个原因。另外宋家规矩森严,男做活的不许到中间的正院去,更不用说后院了。女客人呢,即使是宋贵堂的女儿,出了嫁的姑奶奶也不许住在他的正院,而只能住跨院的女客房。正院和跨院虽有角门相通,但中间也隔着一堵坚实而高大的砖墙,门还是铁的,晚上一上锁,跨院和正院便成了两个世界。

道静住在这个牢笼里,而且两天之后,还发觉自己真的被人监视了。和她住对面屋的陈大娘,是给宋家地主缝缝洗洗的老女工。白天道静去给孩子们上课,她也去正院做活。可是,等道静下了课一回到自己的屋里时,她也立刻跟着走回来。这还不算奇怪,这两个晚上,道静有两次都看见这个女人站在外间屋的小窗前向道静屋里偷偷地望着。道静心里怪腻烦,这是怎么回事?为什么刚一来就叫他们监视起来了?……道静痛苦地寻思着,可是闹不清是怎么回事。她忽然想陈大娘并不像一个奸诈、诡谲的女人,为什么不可以……王先生不是还嘱咐她,叫她在长工当中做些工作吗,这老女人也是个受苦人呀。这样打好了主意,于是,第三天的晚上,道静就轻轻走到陈大娘屋里和她聊起天来。她们谈了一会儿家常，道静忽然单刀直入地开了腔：

“大娘，您干么老是那么关心我——好像我是淘气的小娃娃？……这是咱们哪位东家叫您这么做的呀？”

陈大娘那张布满皱纹并且还有几颗白麻子的脸涨红了。她看着道静，待了一会儿才讪讪地说：

“先生，您别多心，没有人叫我……我看您一个大姑娘孤身一人来到这里，怪可怜的……”陈大娘说的不像假话，道静的心立刻软下来。她看着大娘笑笑，就转了话题：

“大娘，您家里都有什么人呀？您就是这村子的人吗？”

“先生，您问我的家吗？”大娘摇摇头，长叹了一口气，“没有家啦，老宋家就算我的家啦。”

“那，您家里的人呢？”道静忍不住追问下去。

大娘用衣襟擦擦眼睛说：“老头子上井陉煤窑去背煤，砸死在煤窑里；有个小子也早死啦；还有个闺女，婆家把她带到外省去也好几年没有音信。”

“噢，大娘，您是个苦人啊！”道静的同情代替了憎恶，她看着大娘，大娘也看着她，两个人都心照不宣地互相望着。

也奇怪，从此以后，宋郁彬的老婆对道静的态度有了好转，她那刀子样锐利的双眼变得温和了。陈大娘呢，虽然仍然住在道静的对面屋里，却不再跟踪着她。而且，她倒照顾起道静的生活来——常常替她带回一壶白开水；或者替她屋里的煤油灯灌满煤油。不过道静还是不敢和她多接近。

第八章

白天，道静到正院书房去教两个孩子念书，功课完了，有时也领着他们到外面转转——她是家庭教师也是保姆。有一天，道静领着文台偶然转到和跨院相连的一个大院里。这里是宋家打场的大场院。方圆足有二亩地。靠南头几棵枣树旁边是一排低矮简陋的小房，这里是宋家储放牲口用草的地方。宋贵堂可有算计，穷人恨财主恨极了，放火烧财主家时，最爱先点草棚子。于是他把草棚盖得离他住宅远远的地方。即使有人放火，也烧不到他的仓库和住宅。

道静和文台闲遛着走近草房。在这房前有个衣衫褴褛、花白头发留得很长的男人在铡草。他低头铡着，旁边一个十二三岁的男孩替他送草。道静和文台走到他们旁边，那男孩摸一摸几乎盖不住屁股的破裤子向文台一咧嘴，算是招呼；可是，那个铡草的男人却连头也不抬，只是一上一下在铡刀旁边摇动着他的膀子。

“老师，咱们走吧，这儿没意思。”文台拉着道静要走，道静也刚要转身向回走的时候，那个铡草的男人忽然向道静扭过了头，道静也正怀着沉重的心情回头向这两个铡草的人看着。于是他们的目光相遇了。就在这时，道静不禁大吃一惊，那黧黑的苍老的脸上，有一双奇异的白眼仁正死死地盯着她。而除了这白眼仁，她还看到一张熟悉的好像在哪里见过的脸……

“在哪里见过呢？……”道静正在心里惊奇地问自己，那双白眼仁不见了，这个苍老的男人又低头铡起草来。

道静拉着文台走出了这个场院的小门外,他们来在一排小树林里。道静忍不住问文台:

"小台,刚才那个铡草的老头是什么人呀?"

"长工——郑傻子。"文台一边爬上一棵小杏树去摘青杏儿,一边回答老师的问话。

"郑傻子?"道静惊奇地又问,"他没有名字吗?"

"那个傻东西就是没有名字呀。老师,给你。"文台把几个青杏向道静身上一扔,自己就趴在树上得意地吃起杏儿来。

"长工郑傻子"这几个字整个下午都在道静的心里来回转悠。他那褴褛的遮不住身体的破衣服,他那黧黑的布满被生活折磨的皱纹的脸,他那没有表情的好像鱼眼一样的白眼仁,尤其当他盯住自己时,那张又熟悉又忠厚的宽脸膛使得道静的心里又纳闷又不安。

"究竟在哪里见过呢?……"道静奇怪这个人是这样熟悉,可是,就是想不起在什么地方见过他。

过了两天,傍晚,道静从前跨院经过时,在井台上,她又碰见了郑傻子。他正摇着辘轳在打水。院子空旷旷的只有他一个人。道静走近井台,想跟他说句话。可是没容她张嘴,郑傻子又朝着道静看起来了。他那奇异的白眼仁又死死地盯着林道静。那黯淡的眼神在黯淡的黄昏中显得多么可怕——那是愤怒?还是悲伤?还是道静曾经把他的孩子推到井里?……而且,这可怕的眼光竟一步步地向她逼近了。郑傻子放下辘轳把,跳下井台,竟朝着道静走过来了。道静吓得心里突突直跳。她想扭身逃跑,可是她不是懦弱胆小的人。于是,她朝着郑傻子迎去,并且轻轻喊了一声"郑……"郑什么呢?她没法说了。她只红着脸向这个可怕的人微微一笑,算是招呼。

郑傻子用一条污脏的手巾擦擦脸上的汗,然后朝着道静发出了一个奇怪的声音:“你不姓张你姓林!”

只有几个字,可是把道静震动得耳朵嗡嗡直响。怎么?他会知道自己姓林?他怎么会知道的呢?如果叫宋家知道了,那如何得了……结果她还是从郑傻子那里逃走了。回到屋里,道静苦苦地思索,“在哪里见过?在哪里见过?”终于让她想起来了。

九年前,在十二岁那年,道静跟随她的地主父母来到古北口外去收租。在一个山明水秀的村庄里,她认识了一个佃户的女儿名叫黑妮,接着她们成了好朋友。黑妮长得又漂亮又温柔,而且手儿也巧。她会绣荷包,会描花朵,会缝布娃娃,还会说故事、扑蝴蝶。道静爱上了和她同年的小姑娘,每天每天都要背着徐凤英和弟弟小风到黑妮家里去。因为徐凤英不准道静和佃户的孩子一起玩,她说这些人都是蠢人、穷种。但是道静不管这些,她还是要去找黑妮。在那个低矮的茅屋里,不光是黑妮可爱,连黑妮的爸妈也全都那么可爱。黑妮的父亲郑德富,又结实又厚道,不爱说话,一说话就笑。他常常从山上捉一些好看的鸟儿送给道静玩。黑妮的母亲呢,又安稳又温柔,长得也好看。她比徐凤英对道静可好多啦。好像道静什么好东西也没吃过,她常常把藏着的几个核桃、红枣从口袋里拿出来,珍重地递到道静手里说:

“妮,吃吧,吃吧,穷人家没好东西呀。”

道静吃她家的东西觉得分外香甜。

两个小姑娘越来越亲,道静甚至为黑妮挨了徐凤英的打骂,她也绝不丢舍黑妮。可是有一天,终于发生了这样一件事——一件深深镂刻在道静心里使她永不能忘的事。

一个上午,道静又去找黑妮。一进门黑妮正坐在门槛上抽抽噎噎伤心地哭,她娘坐在炕上也在哭。她爹就站在她身边拉她,好像要把她拉到什么地方去。

道静站在门外呆呆地看着。只听黑妮哭着说：

“爹呀，娘呀，你们行行好！……俺可不上婆家去啦，饿不死你们，也饿不死俺……”

黑妮娘盘腿坐在炕上，大把抓着眼泪。她呆呆地看着惟一的女儿，半天，才扭过头去说：

“孩子，你再在家里待下去，咱，咱一家三口，可，可就全要饿死啦。丫头，好妮子，你是懂事的孩子，上你婆家去吧！咱们打下的那点粮食全给地东交了租子，早就没的吃了。前些天吃点糠糠菜菜，这些天连树叶树皮也都吃净了……”

黑妮娘哭得说不下去了，黑妮爹接着拉住黑妮的小胳膊说：“上婆家去吧！再跟着你爹娘，孩子，咱，咱一家子可就都活不成了。”

家里没有的吃，黑妮七岁上就给一个小商人家里做童养媳。婆家拿她当牛马支使，还不断挨打受骂。所以，每次回到娘家，她都不肯再回去。可是爹娘没的吃，又每次都不得不狠心把她赶了走。

黑妮一个劲哭，精瘦的小肩膀抽动着，在稀烂的破衣服里面鼓起老高。那两只悲哀的大眼睛就像要挨宰的牝牛，谁见了都要掉泪。十二岁的女孩子仿佛是个成熟的大女人，她哭着哀求着爹娘：

“爹，好爹好娘，行行好！别送你亲闺女上火坑去呀。到他家——饿不死也是个打死呀！……”

黑妮娘忍不住大声哭起来了。她看了闺女一眼，又扭过头看着墙哭着说：“闺女，亲妮，你走吧。等、等春天来了，树木发了芽，地、地里有了青草、野菜，咱、咱就有的吃啦。那时，娘、爹娘就接你回家来……”

这时，郑德富这个四十多岁的庄稼汉都忍不住哭了。那娘俩更哭得上气不接下气。可是饥饿的煎熬，怕女儿一同饿死的忧虑，使这做父亲的狠了心。他猛可地把瘦小的黑妮像扛布袋一样,一下子扛到肩膀上,就头也不回,泪也不擦,径直大步走出门外去。黑妮像一根柴火棍无力地在父亲的肩上挣扎、哭喊。郑德富背着女儿走上山岗,道静也追到山岗上。她眼巴巴地看着她的好朋友和那父亲的身影一同消失在凄凉的山上,她也泣不成声了。

从此,道静再也没有见过黑妮,也没有听到过关于她的任何消息。可是,想不到却在这里,在这个河北省中部的小县份里,她竟会又碰见了黑妮的父亲——就是文台说的那个没有名字的郑傻子。他怎么会跑到这里来了?黑妮母女呢?……

道静回想着当年的情况,心里火辣辣地好久都不能入睡。尤其郑德富为什么不像当年那样对她亲热了,反而像对仇人似的拿那奇怪的白眼仁盯着看她?……她思前想后,忧虑重重。这时她又想起了江华,也想起了姑母。她多么盼望他们来看看她,给她出个主意,或者带她赶快离开这个讨厌的地主家庭呀。

不过过了四五天,姑母果然来了。她是傍晚到这个财主家里来找道静的。她打扮得干干净净——花白头发梳得挺明净,毛蓝布褂青市布裤连个土星油点也没有。道静见了她,打心眼里感到高兴。这个晚上姑母就住在道静的房里。她们睡在炕上,才轻声地谈起工作的事来。

姑母问:"闺女,宋家的人都喜欢你了么?"

道静说:"只有宋郁彬的太太和宋贵堂还差点。"

"为什么会这样?"姑母笑着问,"你要想法子叫他们都喜欢你呀。"

道静说:"现在还好多了呢。刚来那两天,文台的母亲那两只眼,好家伙,好像要吃了我。而且那个陈大娘……"她把陈大娘监视过她的事也向姑母说了。

"噢,我明白啦。"姑母笑了,"你这个傻妞,也难怪叫她多心呀。

你以后多找她说闲话，告诉她，你已经有了——就叫爱人吧，那她就许放心点了。还有，宋老头为什么不喜欢你？”

“他恨不得把钱都穿在肋条骨上。一个月十块，当然把他心痛坏了。不过，他不能不叫孙子念书，村里的学堂他都瞧不起，不放心。所以，他请了我，又讨厌我。”

“这个么，”姑母想了想，又说，“闺女，这么办吧，你就少要他两块钱。”

道静咯咯地笑了。她想起了莫里哀的喜剧《悭吝人》。一个铜板，对于这拥有几十顷土地的大地主都是一件大事，更何况少要他两块大洋，那他一定会高兴了。于是道静又对姑母说：“姑母，您一来，我心里可痛快多啦。我照着您的意见，做什么都行。可是，我真不愿意在这个地方待下去——我待在这儿一点用处也没有。”

“谁说没用？”姑母的声音在黑沉沉的小屋里，在道静的耳边又低沉、又响亮，“叫你在这儿，就一定有用处。闺女，农民们受地主的剥削、压迫，实在受不住啦，过几天麦收时候就要来一次斗争。宋贵堂、宋郁彬都跟县里的头儿有来往，你尽可能多了解、多探听点他们的情况，这对咱们的工作有用处。不过，这也不简单，你可千万不能叫他们对你有一点点怀疑；也更不能叫他们知道了你的来历……闺女，”姑母的手紧紧握住了道静的手，声音又变温和了，“你的担子也不算轻呵。”

道静也在昏暗中紧握住姑母那双粗糙有力的手，激动地低声说：“姑母，我明白了您的意思，可是，我恐怕——恐怕做不了。”

“为什么？”姑母的声音又严厉了，“你不是愿意听我的话么？”

道静不得不把遇到郑德富的事向姑母全说了。最后，她沉痛地似乎委屈地说：“我不知道他为什么那样仇恨我……小的时候他还疼过我呢。他知道我的真姓名，在定县用的是这个名字。如果他……姑母，您看我怎么办好呵？”

姑母许久不出声。听她匀净的呼吸，还以为她睡着了。道静的心却纷乱如麻。处在这样复杂的环境里，她感到好像堕到浓雾中，并且好像有一股巨大的狂风就要把她吹到什么不可知的地方去。听姑母久不出声，她终于忍耐不住地说了话：

“姑母，……”

“嗯，”姑母清晰地回答，道静知道她并没有睡，“闺女，先问问你，你是怎么看待这件事情的？”

“郑德富的事么？”

“嗯。你谈谈吧。”

“父母剥削了他，但是，我并没有……我和他一样受他们的气。”

半天，姑母才又说话：“但是，这是你这方面的理。要是从他那方面看呢——你是小姐，他是佃户。”

这回是道静半天不出声了。姑母一句话好像当头一棒，使她感到热辣辣地刺痛，可是，也使她清醒过来。她忽然觉得自己身上很脏很臭，同时，又觉得十分委屈。因为这又脏又臭的衣服，并不是她要穿，而是那个地主家庭给她穿上的。于是道静不出声了。

姑母好像体会了道静的心情，她摸摸她的头发，轻轻地说：

“闺女，我给你说个故事你就明白啦。你知道我那小子永光吧，他可真是个刚强的小伙……他在大地主邢子才家当长工的时候，邢子才有个没出阁的大闺女爱上他啦。这闺女二十八岁了，邢子才挑来拣去还没有给她寻上婆家。她看永光长得强壮、利落，唉，我那小子欢眉大眼、口鼻端正的就是叫人喜欢呵，这么着，这地主的闺女给永光做鞋做袜问冷问热，对他可好哩。她时常偷偷地在永光的小屋炕上放上好酒好肉，好像小说里的狐仙女，永光夜里回到屋里见到这些东西好生纳闷。先前，管它三七二十一，他还吃。后来，他知道是邢子才的大闺女给他的，他就把这些东西扔到猪圈去了。他说，她是地主家的小姐，他们不是一个阶级。她对他天好，他也不能爱见她。其实呢，这大闺女为人也不坏，比起她爹，她对长工佃户可好多哩。可是不管怎么着，永光就是不爱她，见了她就躲得远远的。”

“姑母，您也把我看成地主阶级的小姐？”道静的声音有些发抖。

“不，”姑母又紧握住道静的手，柔声说，“我那侄儿把你交代给我的时候，说你已经叛变了你原来的阶级，愿意革命，所以，我才把你当成我自己的闺女一般看待……好闺女，别多心，我说永光的故事不是说你还是小姐，我说的是，受压迫的人，对压迫他的人和那个阶级，他不能不仇恨。这不能怪郑德富仇恨你，他并不知道你已经和他站在一条线上了呵。”

这是一个少有的夜晚，也是道静有生以来内心斗争最激烈、最痛苦的夜晚。她自从受了卢嘉川等同志的教诲，又读了一些马列主义讲阶级斗争的书籍以后，她便自以为站到了被压迫的无产阶级一边；便以为自己已经彻底地变成了无产阶级。谁知，当她又住在一个地主阶级的家庭里，而且，无意中碰到了家中的佃户郑德富以后，这才暴露了她身上致命的缺点——原来，她的阶级意识是模糊的，她所理解的阶级斗争、阶级仇恨只是书本上的。郑德富为什么一个人流落到这遥远的异乡？为什么这样穷苦、凄凉？无疑地，是和林伯唐、徐凤英对他残酷的剥削有密切关系。而她自己呢？她是站在什么地位上的呢？道静躺在枕头上，听着姑母轻微的鼾声，沉痛地想道：“呵，我原来竟是一个小资产阶级的革命幻想家，我所理解的阶级斗争竟是粉红色的或者是灰色的，而它在残酷的现实面前，却是血淋淋的鲜红的呵！……原来，我的身上已经被那个地主阶级、那个剥削阶级打下了白色的印记，而且打得这样深——深入到我的灵魂里。所以我受不了郑德富的白眼仁，所以我讨厌他……林道静呵,你这是什么样的阶级感情呵?……”

道静从来还没有进行过这样深刻、沉痛的自省。她痛苦地想着自己身上还有许多剥削阶级的意识,就咬着牙不转眼地看着身边的姑母。她看出了,她是那样干净、那样清白,立场又是那样鲜明而坚定。她为什么能够这样?她并不认得多少字,也没有读过马克思的理论……原来,又是阶级的原因!她的受尽迫害的阶级,使得她能够正视现实,使得她能够洞若观火地了解阶级的意义。而她林道静呢,温情、软弱、害怕严酷的阶级斗争。她还没有撕去地主小姐的尊严,向被压迫的佃户低头……这时,在黑洞洞的屋子里,她幼年时候的好朋友黑妮,忽然站到了她的面前。她还像当年那样纤瘦、那样俊美,还用那温柔的眼睛热情地看着她。童年时代的友谊立刻给了道静心上一丝温馨的感觉。可是她又陡然一惊!黑妮那温柔的大眼睛变了,它变成了可怕的没有一点黑色的白眼仁,它狠狠地盯着她,向她投射着仇恨的光……道静赶快睁开眼来,心里突然感到一阵难忍的疼痛。

“她在哪儿?还活在世界上吗?”道静又想起最后见黑妮时那一场悲惨的景象。她为什么那么悲伤地哭?她的父母为什么那么狠心地把她赶到婆家去?为什么小小的只有七岁的孩子就当了可怜的童养媳?……这时,平生第一次,道静为了别人而仇恨起自己的父母来了。过去她恨林伯唐、恨徐凤英,那是因为他们对她不好;对她的生母秀妮不好。可是,和姑母谈话以后的这个夜晚,她才真正地感受了阶级仇恨的滋味,也真正地、深深地恨起地主阶级和一切压迫阶级。同时,也恨起自己身上被这个阶级所沾染上的污点。

第九章

清早，起床之后，姑母忽然发现道静灰暗的脸上有了一双陷下去的深眼窝。她惊奇地审视着道静，说：

“闺女，你怎么啦？身上不痛快？”

道静摇摇头，不好意思地看着姑母低声说：

“姑母，我一夜没睡着——我、我……”她低下头来，两颗大泪珠滚到衣襟上。沉了沉才说，“您要相信我。我、我会彻底地把自己交给无产阶级的。……”

姑母多皱的脸上，欣慰地笑了。她从来还没有对道静这样高兴地笑过。她拉住道静的手，看了看窗外和静悄的四周说：“闺女，难为你，你不恼我，反而……这就好啦。我那侄儿的话没有说错，咱们干革命就需要像你这样认真学好的青年人呵。可是，我还要问你，”姑母向窗外、门外望了望更加放低了声音，“王先生不是还叫你做点长工们的工作么，你做得可不算好。以后你打算怎么办？”

道静不好意思地看着姑母，说：“自从碰见郑德富，我心里挺不踏实。本来想在陈……”她向对面屋里努努嘴，“在她身上下点功夫，可是，看她靠近东家，我又不敢了。”

“闺女，”姑母轻声说，“就算靠近，她终究还是个做活的。看样子，她对你还算不错，也不是那么死心塌地地帮助他们。你可以先在感情上多和她接近，得机会慢慢启发她的觉悟。要能把这个人团结好，我看对你在宋家的工作有很大好处。不过，可不能性急，还要多加小心,这可是你锻炼的好机会。”

道静连连点头。看着姑母在收拾她的小包,就着急地说:

“姑母,您要走?那,有了什么事情,我怎么和您联系?”

姑母想了想,问道静:“闺女,你认识许满屯?”

“认识。”道静有些惊奇,“您说的是那个浓眉大眼的赶车的?”

姑母点点头:“是他。那好,你已经认识了他……”说到这里,姑母又警惕地看看窗外和听听四周——幸好对面屋里的陈大娘这两天因为文台的母亲生了病,天还不亮就进正院去了,所以道静和姑母说话很方便。姑母说,“以后,你有什么事就找他联系。听他的话。不过,可别露出你们有什么特别的关系来。就这样吧,我要走了。你第一件事就是跟宋家把关系弄好,多留心他家的动静;第二件事就是跟陈大娘多接近点,要想法子争取教育她;第三件事呢,对郑德富要彻底改变你那阶级立场,不能叫他再恨你。虽说许满屯也许能帮助你解释解释,可是主要还得看你自己。”

“姑母,您真好……”道静看姑母把工作交代得那么一清二楚,忍不住用感激的目光看着她,心里想,她是多么精明能干啊。

姑母走了,道静独自坐在屋里,立刻极力回想和许满屯——这个新认识的、将要领导她的同志的认识经过。这是一个非常有趣的人,道静刚到宋家的第二天午后,她领着文台转到前跨院时,就在井台边看见了一个浓眉大眼三十来岁的健壮小伙正在打水。文台和她刚走到这里,他就招呼文台:“小当家的,千顷地一棵苗,你可别上井台上来!”这就是许满屯。他一说别来,调皮的文台一下子就蹿上井台。借此,满屯不打水了,他胳膊肘挟着文台,就和他打逗起来。道静看这个长工蛮有趣味,说的话又风趣又有点说不上来的讥讽意味。他逗文台说,“小少爷,赶明儿,你爷爷要给你娶几个媳妇儿呵?还不三宫六院——行,你们这院也够上六院啦,明儿你自己再盖个三宫吧。”

"我不要媳妇！不要媳妇！……"文台笑着、跳着去和满屯比拳——这长工还会几手拳脚。他们玩得高兴了，早把道静忘在一边。可是当满屯偶然用那双清澈的眼睛向道静一瞥时，道静感觉到在他和善的眼色中又有一种怀疑的眼色。她想和他说话，可是又不知怎么说好。而且他的怀疑的眼色也使道静不大高兴。在这个陌生的环境中，她没有一个熟人，一个可以说话的人，她心里正一阵阵地感到苦闷和不安……这下好了，他是同志，姑母把她介绍给他，在这陌生的可怕的环境中，有了自己的同志，这是多么可喜的事！所以道静送姑母走后，竟说不出来有一股愉快的感觉——自从来到宋家后，她还没有这么高兴过。经过这痛苦的一夜，她觉得身上好像去了一层疮疤似的，轻快了，脚步也矫健起来了。教完了学，她又领着文台到各处转悠起来。她想找许满屯，可是许满屯不在。这些天他不是出车就是在外面忙着什么，很少见他在宋家待着。于是，她便去找郑德富。她想这个穷苦的人，无论再给她多少难看的脸色，无论怎样瞧不起她，她都要忍耐，她要叫自己从心眼里爱他。于是，做好了一切精神准备，就出发了。

道静的教师兼保姆的工作，使得她出来活动很方便。文台小，不懂事，每天教完了课，道静就领着他溜达，文台高兴，宋郁彬夫妇和老地主宋贵堂也高兴。他们最常活动的地区就是郑德富住的场院外面的树林里。这里有各种果树、小白杨树，不远处还有一条小河沟。文台一出场院的小门就欢快地跑去捉虫子，要不就上树摘杏儿。道静看他上了树，就悄悄地走回场院，走进郑德富的小土屋里——事先，道静已经看好，他正一个人坐在那间黑洞洞的小屋的炕上吸烟呢。

好像有人追赶似的，道静一脚踏进小屋的门限，就急急地喘着气说：

"郑大叔，您还认识我么？"

“什么?”郑德富把烟袋从嘴里拿出来,磕打了几下;然后,扭过头瞧着道静慢吞吞地说,“你到这儿干什么?”那声音是那么枯燥、冷淡,真噎得人好像喉咙里插上了棒槌。一盆冷水突然泼到林道静的头上,还有一股难闻的气味也同时冲到道静的鼻孔里。这是汗臭、长年不见阳光的小屋的霉臭和没人照顾的单身汉几年不拆洗棉被的油污的恶臭。听到这无情的声音和闻到这样一股难闻的气味,道静刚来时的勇气几乎全部消失了,她真想立刻扭身跑出去。可是,她没有这样做,她克制着自己,又亲切地对这个长工说:

“您是黑妮的父亲吧?她现在好吧?”

听见“黑妮”两个字,郑德富突然像蝎子蜇了似的痉挛起来了。在昏暗的小屋里,从一尺见方的小窗户透进的稀疏的光线,照见他的脸变得焦黄、煞白,两只白眼仁又麻木又怕人地紧盯着道静,好像她惊吓了他一般。道静怕起来了,心里吓得突突地跳。这是怎么回事?为什么一提黑妮,他变得这么个样子?……

“您倒是说话呀!”道静忍耐着,极力使自己冷静下来,并且鼓着最大的勇气又对郑德富说,“您说说您的女儿——我那朋友黑妮,她好么?”

还是没有回答。又过了一会儿,郑德富才举起哆哆嗦嗦的手,指着门外,用带着热河口音的低沉的粗声说:

“大小姐,别提啦,出去吧!这个臭地方,别把你熏坏了。”

这些犀利的像子弹样的话,无情地穿透了道静的心。像做梦一样,她昏昏沉沉地离开那间小土屋时,眼里不知不觉地流下了眼泪。

这一天道静又经受了从来没有过的烦恼与矛盾。和家庭斗争、和余永泽斗争、和胡梦安斗争,她从来没有气馁过,也没有害怕过,可是现在在这个平原的乡镇上碰到一个过去家里的佃户——一个小时候要好朋友的父亲——一个现在这般穷苦、衰老的老长工,却使她受到了平生从未受过的污辱,也引起了她从未有过的内心痛苦与斗争。她向姑母说得很好,她要彻底站到无产阶级一边来,可是,一碰到挫折,她又觉得十分委屈,她又有些灰心丧气了。

夜晚,陈大娘完了事回到屋里来,道静尽管心情十分沉重、烦恼,但她还是找到大娘屋里并和她聊起天来。

"大娘,您每天起早睡晚的,累得慌吧?"道静坐在炕沿,并拿出一盒联珠牌香烟递给大娘。

大娘高兴地接过香烟笑着说:"张先生,瞧你,干么费这个心。我抽袋旱烟就行啦。"她点燃一支纸烟吸着,然后又说,"张先生,你问我累不累?给人做活哪有不累的呀!文台他娘是阔家小姐出身,见天给她梳头打洗脸水不算,洗洗缝缝的事总也没个完。"

道静接着问:"文台他娘脾气不坏吧?我看她对您挺好。"

大娘看着道静长长地叹了一口气:"她这个人好起来倒也不错,像她那些穿不了的衣裳还不断给我个三件两件的;可是一犯起脾气……"大娘说到这里把话打住了,她像思索什么似的,两只深陷的眼睛呆呆地对着窗外。半天,才像从梦中惊醒般扭头对道静喃喃地说:

"老头子要活着,我那小子狗儿要都活着……我、我怎么也不会落到这样地步啊……"

道静轻轻地问:"大娘,您那儿子要活着挺大了吧?"

大娘听到这句问话,苍白瘦削而且满是细碎皱纹的脸上,忽然闪过一丝喜悦的光辉,仿佛昏黑的天空中猛然打过的闪电。这是一个人消逝了的幸福一瞬间又在心上闪过的征兆;也是一个母亲长久埋藏在心底的爱情的再现。大娘脸上这种喜悦的光辉只是一闪就消失了,接着却是深深的悲哀——绝望的悲哀使得她的声音颤抖起来:"先生,提起我那儿子,这孩子长的圆头虎脑,别提多听话啦。家里穷,他爹给人拉长工,我也给财主家缝缝洗洗的成天不在家,他就在家看着小妹妹,拾柴、做饭,十岁的孩子像个大人似的什么都干。后来,有这么一天——这一天……”眼泪像倾盆的雨,刷刷地往下流,大娘哭着说完了她儿子的故事。“这一天,天下大雪,缸里没有水,孩子肚里饿要做饭,就上井台上去打水,十岁的孩子呵,一个人上井台去打水。谁知井台上的冰一滑,孩子就、就掉到井里啦。天寒地冻谁也没见,孩子,我那小狗子就、就……”

大娘的声音和眼泪,使得道静有点不知所措。她的手不知什么时候已经紧紧握住大娘的手。而且本来准备向大娘讲的一些阶级压迫、阶级剥削的道理,现在一句也讲不出来,她只是慌促地说:“大娘别难过——大娘,您想开一点……”

大娘用衣襟擦干眼泪,压抑不住的痛苦发泄过去了,她立刻又安静下来,呆呆地用红肿的眼睛,看着道静说:

“张先生,咱们有缘。我一见你就想把心里的话跟你说。你看,我在他老宋家待了十年啦,这狗子的事,我一回也没跟东家学说过。”

道静趁机说:

“我跟您一样,也受过点苦。我是后娘养大的,她待我不好……可是,东家都是富贵人家的人,他们哪知道咱们穷人的苦。”

“你也受过苦?”大娘惊奇地说,“看你细皮嫩肉的,又是念洋学的,可不像呵。”

道静站起身把煤油灯捻小了,回到炕边,拉住大娘的胳膊说:“大娘,您累了一天,躺下歇着吧,我的事,有了空再跟您说。”

大娘也一把拉住道静的胳膊:“闺女,说说吧。有了难受的事,说了心里就痛快。我要是碰着一个知心人,说说心里的话,我就觉得痛快多啦。”

“大娘,您叫我闺女啦?那可太好啦!”道静坐在炕沿上高兴地说,“我没有亲娘,从小没人疼。您要听我的事,那您躺下咱们躺着说。”

于是,道静就和陈大娘脸对脸躺在炕上说起来。

“我一岁时我亲妈就死啦。我跟着后妈——她是个非常狠毒的女人。家里虽然挺有钱,她穿着绫罗绸缎,她亲生的儿子也是呢子缎子穿着;可是,我却像个要饭的小叫花子,身上破破烂烂。一到冬天我可受罪啦。天寒地冻的日子,她连双棉鞋都不给我穿,袜子也破成大窟窿。我才是个六七岁的孩子,她成天打发我上街给她买这个做那个。买回来一不如意,伸手就打,张嘴就骂。我的脚后跟冻烂了,烂成一个个的大窟窿,痛得要命,她连问都不问,一拐一拐地还得给她去买……大娘,我一想起我小时候那个样儿就心酸——一件破棉袄,里面的虱子滚成蛋;头上几根干柴一样的头发也长满了虱子;小手冻得像个紫萝卜;两只脚烂得提不上鞋……”

陈大娘一把拉住林道静的手,含着眼泪说:“闺女,可苦了你啦。我那闺女小子们家里虽然穷,可也没叫他们这么样苦过……你,你那后娘可实在太狠啦。”

“大娘,谢谢您关心我。我还要告诉您一件我永远也忘不了的事。我八岁那年冬天,有一天天都黑了,还下着大雪,我后妈拿着一封信,叫我给她去找一个人,取回一杆大烟枪。说是取不回来不要回家。我就去啦。找到这个人家里,他不在家,我又上别处去找。找来找去,找到快半夜了,才找回这杆大烟枪。我拿着这杆烟枪,一个人往家里走。半夜三更,下着大雪,还刮着风,路上一个行人也没有。我又冷、又怕、又困,心里真难过,想大声哭,可是也哭不出来。不知怎的,就迷失了方向,再也找不着家啦。越急越找不着,越走越糊涂。那时,我们家住在北平的西城,取烟枪也在西城,可是我转来转去转到北城去了。困得我想倒在人家门洞里就睡,可是,那呼呼的北风,那么大的雪,我知道我一睡下就得冻死,所以我还是顺着胡同和大街跑。开始,我不愿出声,也不愿问人;后来,实在受不住了,我就像小狗一样哭号起来。哭着、跑着,直到后半夜,才碰到一个好心眼的洋车夫把我拉回家里来。可是回到家,我后妈又给我一顿臭骂——她骂我回来晚了,耽误了她抽大烟。她连洋车钱都不肯给……”

说到这里,幼年惨痛生活的回忆,使得道静的眼泪止不住地流了下来。陈大娘在昏暗的小屋中死死地盯住她,而且嘴里不住连连地说:

“闺女,好苦命的闺女呀!……”大娘也哭了。

第十章

过了两天。傍晚，道静领着文台在前跨院看见了许满屯。他正在井台上打水饮牲口，宋郁彬站在井台边和他说着话。

道静好像闲溜达，站在旁边听起来。

“满屯，我问你，”宋郁彬白胖的没有一点皱纹的脸上露着和蔼的笑容，“满屯，你们长工的生活是不是比过去好多了？”

满屯摇着辘轳扭过头来：“您说的是比什么时候？过去，那太长啦。”

宋郁彬沉思地点点头：“对，就说比前清吧。民国以来赋税制度变了，民权也平等了，雇工生活自不相同。”

许满屯懒洋洋地把水倒在一只煤油桶里，看看宋郁彬，露出一种微妙的笑容：“那个呀，您问我爷爷吧。我可说不上来。”

“你自己总该有所感觉。”宋郁彬摆摆那白胖的手又问下去，“比方现在，我对你的态度，比起我祖父对你爷爷的态度，我想，你该觉得出来它们是绝不相同的。”

“对，少东家对我们当长工的挺和气。”许满屯那微妙的笑容，使得站在旁边的林道静，有些担心害怕，——生怕宋郁彬发觉它们的讥讽意味。可是宋郁彬并没注意这些，在黑框的玳瑁眼镜后面，他非常得意地眯缝着小眼看着满屯笑道：“你说说。”

满屯说：“您常讲平权平等，也说过什么——劳工神——圣，我们做活的有了遭难的事您也常帮补我们。您真是……我可比我爷爷在老当家的手里做活沾光多啦。”

宋郁彬连连点头，并且从口袋里掏出一张纸片用铅笔记了下来。一回头，发现道静和文台站在旁边，就笑道：

“张先生，我刚才和满屯的谈话，想必您已经听见了。我正在写一篇文章——《今日农村田赋之研究》，也想研究一下雇工、佃户的生活与过去不同之处。大概我和满屯的谈话，您不大感兴趣吧？”宋郁彬虽然是地主，但不大管家里的事。听说他最有兴趣的事是到县里或保定天津去参加些“学术活动”。所以老头子常骂他是败家子、不会过日子。

道静对那个干净、白胖的脸看了一眼，那脸上的黑眼镜可真有点念书人的味道。她想起了送她来时王先生对她讲过的话，心里说，“他并不像他说的那么厉害呀！”不过她嘴里却说：

“宋先生，你们谈的我不懂。说不上对这些问题有没有兴趣。不过我对教文台、小素倒是有了兴趣。您看文台他们比过去怎么样？”

“谢谢！谢谢！那是好多啦。”接着，宋郁彬笑容可掬地又转向满屯说，“咱们请的这位女先生真是请着啦。难得连咱们的老当家的都说了好。哈哈！”

满屯看了道静一眼，没有说话。

“张先生，”宋郁彬又和蔼地对道静说，“说到这里，有点事想求您帮帮忙，不知可以不？”

“什么事？”道静有点吃惊。

“有些文稿，我想求您帮我整理抄写一下。说在前头，我绝不敢妨碍您的教课。”

道静心里一动。帮他整理稿子？这倒是接近他的好机会。可是他老婆那双多疑的嫉妒的眼睛，使得道静仍然一想就厌烦。答应不答应？她想了一下，终于还是答应下来。因为她想出了一个妙法，决定先去找他老婆，征求她的意见。她不同意就叫她和她丈夫去说；她要同意了呢，也自然会找机会守在旁边。这对于道静来说，也很有利。宋郁彬虽然一直表现很正经，据说他也不乱搞女人，但道静却自然地对他提高了警惕。

原来宋太太也是个精明、能干的人，她一口答应道静帮她丈夫去抄写文稿。正如道静所料，每晚当道静来到宋郁彬书房的时候，这位苍白、瘦削但也有几分姿色的女人，就手里拿着一点活计守在旁边。直到完了事，道静回自己的屋里去睡觉时，她才和丈夫一同回到上房去。

终于，道静还是找到机会和满屯接上了头。满屯对她的态度确是不同了，他关切地问了一些道静来宋家以后的生活，忽然说：

"老郑惹你不高兴啦？"

道静稍稍惊奇地问他："怎么？你已经知道……"

"我听说啦。"满屯正用手接着一根粗大的麻绳，他用铁丝一边把它们连接在一起，一边不时抬头看看道静，说，"老头可是好人。又老实、又忠厚，可就是认死理，有点倔。你还是想法子替你那父母赎点罪吧！"

"赎罪？……"道静听到这句话是这样不舒服，甚至刺耳。她面红耳赤地问满屯，"我不明白我有什么罪……"过去，她也曾说过自己是喝农民的血长大的，可是，现在听到别人这样说自己时，她却受不住了。

满屯看看前跨院里静悄无人，忍不住轻声笑了起来。仿佛林道静是他的小妹妹，他带着一种友爱的声音，说："别生气。老郑够苦的啦。这样说你，别见怪。耐心点，情况会好起来的。"说到这里，满屯忽然又含着他那微妙的笑容问道静，"你看咱们的少东家怎么样？"

"宋郁彬？"道静说，"我看比老头子好得多。"

满屯的大眼睛里，忽然像对宋郁彬那样，也对林道静闪过一丝讥讽的笑容,“你说他好?记住,一个茅厕里的蛆——没有两样货!姑娘,你们都是念书人,我不能不嘱咐你两句:什么时候也别忘了咱们姑姑的话;什么时候也别忘了你是来给他家教书的——跟做活的一样的教书的。他可是咱们的阔东家!”

道静想了想,点头说:“对,我要记住你的话。”她又沉思了一下,说,“这几天你总不在,听姑姑说要闹斗争,有什么工作请你告诉我,我一定努力去做。”

满屯已经把绳套整理好,他一边收拾一边说:“最近倒是要闹斗争,不过外边没有你可做的事。你还是多接近宋家的人,也别忘了陈大娘。要是里边有了什么重要消息,你快点告诉我。我要不在,你就到离这儿十八里地的大陈庄去找王先生——你那同学的表兄。不过没紧急的事情,你可别去。”

道静看着满屯,用心记住他的话,当她转身去找文台的时候,满屯赶上去大声说:“您告诉少东家,俺们长工的生活是比过去好多啦!”接着又放低了声音,“斗争起来,不管怎么着,你千万别露一点知道的样子……咱庄稼人可实在受不了啦,谁说他妈的比过去生活好?见鬼!”

和满屯简短的交谈,立刻在道静心上又烙上一个深深的印象:看,这长工立场多么坚定,见解又是多么尖锐。她感觉出来他和姑母有许多共同的、而又是她身上所没有的东西,可是究竟是什么,她也说不大清楚。也许就是他们的阶级出身、他们劳动者的气质和她不同之故吧?认识这些人,向这些人学到许多她以前从没体会过的东西,她觉得高兴;可是和这些人来往,又使她觉得不大自在,使得她身上隐隐发痛。仿佛自己身上有许多丑陋的疮疤被人揭开了,她从内心里感到不好意思、丢人。赎罪?……她要赎罪?一想到这两个字,她毛骨悚然,心里一阵阵地疼痛。不过,后来她又想到,可能满屯不了解她过去的真实生活,所以才这样说她。她又好受一点了。

第二天，道静又经过一场激烈的内心斗争。尽管心情十分沉重，她还是抽空子又去找了郑德富。这是睡午觉的工夫，场院里外都不见人影，她走到郑德富的屋门外，喊了两声“郑大叔”，没有人回答，她就推开虚掩着的门，走进这黑洞洞的小屋里。尽管又是一阵恶臭熏鼻，道静却不再觉得恶心，只是一心想找老郑谈谈。可是，看了一阵，炕上除了一条破棉被，什么也没有。原来老郑没在屋里。她失望地刚要转身走出来，老郑却迈着沉重的步子走进屋里来了。他一见道静就愣住了，道静的嘴也张不开来，心里一个劲地敲小鼓。这样两个人相对无言地愣了一阵，还是道静先开了口：

“大叔，我来看您……”

“我吃得饱睡的足，看我干么?”郑德富一张嘴又噎得道静够呛。

“大叔，别生气，我跟林伯唐可不是一样的人，我也恨他们……”

“恨不恨那是你的事。”郑德富一屁股坐在炕沿上，用哆哆嗦嗦的手装着旱烟袋。好像没有林道静在场一样，他弯下腰低着头吸起烟来了。

道静心里好难受，想说什么却说不出来。她站在门槛上愣了好大一阵子。忽然“赎罪”两个字又清晰地浮上了脑际；姑母的话，“这不能怪郑德富仇恨你，他并不知道你已经和他站在一条线上了啊”也同时来到她心里。终于，它们给了她力量，使她安静下来。不管郑德富听与不听，她就坐在老郑对面的一条小板凳上和他讲起自己过去的生活来。她讲了她的生母秀妮，讲了秀妮死后她在徐凤英手里所受的痛苦，讲着讲着，也不知老郑听了没有，却见他忽然拿着烟袋站起脚走出屋外去。这一下子给道静的刺激更大了，她含着眼泪走回自己的屋里，难过得晚饭都没吃就睡了。她真不知以后再如何去团结这个奇怪的老人了。

第 十 一 章

过了两天,当道静领着文台转悠着玩的时候,又碰到一件意外事。事情的经过是这样的:

他们先走到一片低矮的茅屋附近——这里都是宋家佃户和村里贫农聚居的地方。道静有意地走到这里,想看看他们的生活。可是当她东瞧西看时,她只能看到低矮的茅屋和嵌在墙上好像豆腐块一样的小窗洞。在一些小院里,小猪小鸡就在堆集的粪便上,和嗡嗡的苍蝇一起追食。道静想进屋里找人谈谈,可是,她不敢,文台也不答应。于是,她就领着文台绕到这片屋后的一片水塘旁边。水塘里长着芦苇和碧绿的莲叶,各色小虫就在水塘边飞着爬着。一到这块地方,文台就高兴得叫起来忙去捉小虫,道静闲着没事就在水塘边溜达起来。她发现离水塘不远处有两间小茅屋孤零零地依傍在一棵白杨树下,她想走过去看看,就回头对文台说:

"小台,别掉到水里。我在这儿……"她指指小屋就走过去了。

小屋里似乎有人声,道静站在敞着的门外不好意思走进去,就转到破窗户边向昏暗的屋里望去。只见屋里有一张连锅的小炕,小炕上躺着一个看不清模样的老头,老头旁边一个五六岁的小女孩,蓬乱着头发,穿着一件破烂露肉的小褂子正偎在老头的身边。

"爷爷,爷爷,"小女孩用手摸着老头的胡子喊,"爷爷,你的病好了吧?"

老头昏昏迷迷好像刚被惊醒般,用手抚摸着女孩的头发轻轻说:"丫头,爷爷不好……"老头说不下去了,他昏昏迷迷地又闭上了眼睛。

小女孩两只大眼——精瘦污脏的小脸上那两只眼睛显得特别大,它呆呆地看着老头,眏也不眏,使得她整个身体都像一具雕像待在昏暗的小炕上。那神情是悲哀?还是期望?那小嘴哆嗦起来了,它哆嗦了一阵,小女孩忽然抱着老头的脖子哭了起来:

"爷爷,爷爷,我肚里饿呵!……"

听到这衰弱而哀伤的声音,道静站在窗外全身都震动了一下。回头看了一下文台还在水塘边高兴地玩着,她就扭过头,又向屋里看去——

老头这时已经完全清醒了。道静清清楚楚地看见,那衰老憔悴的脸上有两颗大的亮亮的泪珠滚了下来。老头抹去泪水,用哆哆嗦嗦的手把孩子向自己的身边拉着,紧紧搂着孩子的脑袋,然后无力地说:"丫头,别哭——哥哥一会儿回来就有吃的啦。"

正说到这里,一个十一二岁的男孩子,光着污脏的上身,下身只有一条破裤片遮体,扛着一捆柴火走进屋里来。道静只顾在窗外看,也不知男孩子是否发现了自己。只见男孩走进屋里把柴火放在外屋地上,喊了一声"爷爷!"就走进了里间屋。

"你回来啦?虎子,有、有——找着点吃的东西么?"老头抬起头来露出了笑容。

小女孩不哭了,她也抬起头用两只大眼死死地盯着男孩手上的小口袋。她那木然的、一动不动的神情,使得她又变成了一座悲伤的雕塑品。

男孩子没有出声,他低着头站在炕沿边,慢慢地把手上的口袋向炕上一倒——咕噜噜——一些半红不青的杏儿和一些不大的毛桃子滚到了炕上。

看见这些,女孩子哇的一声又哭了。她紧紧拉住爷爷的胳膊哭着说:"爷爷,饿呀!我要吃馍馍,杏儿不顶饿呀!"

男孩子带着负罪的神情呆呆地看着小女孩。忽然他从口袋里掏出了一只小麻雀，他把麻雀拿到女孩面前，小声地说：“小马儿，别哭。哥哥给你烧家雀吃。”

女孩子看了麻雀一眼，仍又抱着爷爷哭起来。

老头子坐在炕上看着两个孩子，眼泪直在眼里打转。他也像一座雕塑品似的待着不动了。……

林道静看到这里，心里说不上来的一阵发慌。说真的，有生以来，她还没有看过这样悲惨的情景，除了黑妮——她突然又想起郑德富来。……她正怔怔地想着什么，这时听见了文台的声音：

“老师，咱们家去吃饭吧——今晚上娘说给我做烙饼炖肉吃。”

道静定了定神，正向文台那边走去，忽然看见屋里的病老头拿着一把镰刀直冲冲地走了出来；同时小女孩和她哥哥虎子也跟在后面追了出来。只听他们嘴里都高声喊着：

“爷爷！爷爷！……”

老头好像一具僵直的尸体，直挺挺地头也不回，一股风似的向一条小道奔去，两个小孩在后面哭着也追了过去。

道静有些吃惊，她不知老头要做出什么事情来。文台也望着老头和他的孙子们奇怪地问道静：

“老师，这老家伙要干么呀？”

道静顾不得回答。她的好奇心和怜悯心混淆在一起，使她拉住文台就照着老头奔去的方向急急地跑去。

并不太远，走过两块麦地，到了一块就要熟透的麦子地里。麦穗儿迎风摇曳在田野。道静追到这里时，只见老头正手把镰刀割着这片地里的麦子，他一边割一边对愣在旁边的两个孩子说：“拿家去吃吧！有财主们吃的，就有咱们吃的！”

孩子们不动。哥哥拉着妹妹只是发愣。

正在这时，宋贵堂晃着高大的身子，捏着一根大手杖走过来了。他一见老头在割麦，勃然大怒，挥着手杖赶到老头的跟前大吼道：

“王老增，你要造反啦？……这是你死了儿媳妇没钱买棺材，去给我的三亩青苗地。你，你怎么敢跑到我的地里来割麦子？……”

“你的？……”王老增停止了割麦的动作，红肿的眼睛狠狠地盯住宋贵堂，“你的？……你的？……”说罢，老头子扭过头，仍然又去割麦。

宋贵堂可气坏了，他举起手杖劈头盖脸就要朝王老增打去。吓得虎子和小马两个孩子直哆嗦；文台却高兴地在旁边喊道：“瞧，爷爷又打人啦！又打人啦！”

道静狠狠地瞪了文台一眼，撇开他就笔直地朝宋贵堂跑过去。这时她忘掉了姑母再三叮嘱她和宋家搞好关系的话，一阵怒火上升，她跑到宋贵堂身边猛地夺过了他的手杖，颤抖地说：“宋老先生，您干么打人？……”

大概，她雪白的、冷冷的脸色把宋贵堂吓了一跳。他停下手来，把怒视着王老增的眼睛转到林道静的身上来了。仿佛不认识她似的，他上上下下打量着这个家庭女教师，然后，突然冷笑一声，那笑声从老头子高大的嗓门冒出来，就像从冰窟窿里冒出来那么阴森怕人：“啊，女先生呵！怎么？您怎么今天三个鼻子眼——多出一口气；跟您有什么相干？——怎么胳膊肘朝外拧啊？……”他的声音突然严厉起来，那高颧骨上两只深陷的、贪婪的眼睛盯着道静，仿佛就要一口吃掉她。

道静看看王老增——那爷儿三个都愣在一起看着她；连小公子文台也吓愣了。她又歪着脑袋看看宋贵堂，然后不慌不忙地说：“老先生，您看看这爷孙三个过的是人的日子吗？他们太苦啦！您就叫他们割点麦子活命吧！”

“叫他们割我的麦子？……好啊！……”猛地，宋贵堂又从道静手中夺过自己的手杖，又劈头盖脸朝王老增打去。他一边打着一边高喊：“去给我的青苗还敢来割——反了你啦！”

“你不能打！”道静跳过去用自己的身子一下子遮住了王老增的身子，喘吁吁地喊道，“你不能这样欺负穷人！”

宋贵堂气得正要把手杖向道静身上抡去，突然，王老增扑通一声脸朝天跪下了。他跪得直橛子似的，双手合在一起，冲天喊了起来。那哆哆嗦嗦的声音虽然不高，却把周围一切的声音全压了下去。连宋贵堂打人的手也放下来了。

“老天爷呀，你睁睁眼吧！睁眼看看这穷人们过的是什么日子啊！这黑了心的老地主，说的是使他三十块钱埋葬我那苦命的儿媳妇，可是他那驴打滚的高利贷，扣来扣去只给了我二十块。我、我说的是去给他二亩青苗地，他、他愣说我那活命的三亩地全是他的……老天爷呀，你睁睁眼吧！你睁眼看看我这老老小小还怎么活下去呵！……”老人喊着喊着，号啕痛哭起来了。虎子和小马一边一个也抱着爷爷哭起来。

林道静的眼泪又忍不住流了下来。

煞神一般的宋贵堂也吓呆了。等他醒过劲来，这才扭扭高大的身躯向旁边不知什么时候围拢上来的农民们使劲呸了一口唾沫说：“这是穷疯啦！耍穷疯、耍无赖！王老增，我不吃你那一套！割了我多少麦苗，赔我多少麦子！”

他又瞪瞪愣在旁边的林道静，扫兴地蹾打着手杖走了。人们刚要拉起还在跪着的王老增，突然，这块地上又出现了文雅而和蔼的宋郁彬。他的态度和他父亲可大不相同。他首先拉起王老增，带着抱歉的笑容说：“老增大伯，这是为什么？我父亲脾气不好，您别见怪。要是缺了吃的，回头我叫做活的给您送上二斗。”似乎为了缓和和道静的冲突，他又转向道静笑着说，“张先生，没想到您倒是个见义勇为的女英雄。我父亲老了,您别和他一样……好,天不早了,咱们回去吧。乡亲们也乘凉快做点活去吧。”

一场冲突过去了,道静并没有立刻跟着宋郁彬回去。直到天黑下来,她还站在田野里的一棵小槐树下,默默地思索这个午后所看见的一切,所发生的一切。她的心情更加懊丧,更加痛苦。她发觉由于自己易冲动不冷静的性格,给她继续留在宋家造成很大的困难。而这也就有负于姑母——党对她的委托。怎么办呢?郑德富那一关还没有过好,又加上了这一关。同时王老增那祖孙三个的影子,又在她心上不住地翻扰。那是什么样的生活呀,中国的农民真的是这样在饥饿的死亡线上挣扎?……天黑了,她才心绪不宁地走回宋家的大门,烦恼得一夜没有睡觉。

奇怪,顶撞宋贵堂的事很平静地就过去了;更奇怪的是,宋家的人谁也不再提这件事。老头子见了林道静噘着嘴点点头就过去了。宋郁彬见了她也还是那么和气,而且似乎对她更加器重了。为什么这样呢?她猜来猜去猜到这可能是宋郁彬从中缓冲的缘故,于是她对宋郁彬的印象就更好了。她觉得这个人还善良,有良心,而且肯钻研学问。虽然是一套莫名其妙的理论,但总比宋贵堂那样成天算计农民的血汗要好得多。

那件打抱不平的事发生之后,满屯曾立刻找机会说了道静两句,叫她以后小心,别再暴露自己。道静明白自己的毛病。也加了小心。有一阵子除了教书就是抄稿子。连领着文台出去转悠的时间也少了,跟满屯和郑德富都很少见面。只有一次郑德富到后跨院来做什么,正好和道静走了个对面。道静想向他招呼,可是,她没有张嘴;郑德富也没有理她。一见到他,道静心里就怪不舒服。这里有惭愧和负疚,也有克制不住的自尊和委屈。他是不是还那么仇视自己?从那凄凉的眼色中,她没有找到答案。

不过道静和陈大娘的关系却逐渐好起来。她相信陈大娘不会出卖她,也看出了这个老女人并不是真正忠实于宋家地主。于是她就在晚上常常讲一些阶级压迫的道理给她听。虽然,道静讲得有点文绉绉她听不太懂,但她还是挺高兴地听她讲。并且不住地说:“闺女,我看出来,你是个好心眼的姑娘。人又好,心又好……”

第 十 二 章

再有几天就要开始动镰割麦了，种着十来顷麦地的宋郁彬家，这几天从上到下都分外忙碌起来。东家、长工都是早出晚归很少有人在家。因此道静替宋郁彬抄稿子的事也暂时停止了。

自从听姑母和许满屯说了麦收时农民要对地主们展开一次斗争，道静的心里就常常惦记着这件事。她明白所有正义的斗争都有党在领导。可是农村的革命斗争是什么样？党是怎样领导农民向地主斗争？她脑子里对这些却只有一些抽象的模模糊糊的印象。因此，她很想找到满屯向他问点情况，可是满屯这几天特别忙，道静故意绕到前跨院看了他许多次，这才有一次得机会谈了几句话。他们谈话时，周围没有人，满屯见了她，正正自己头上的白羊肚手巾，笑了笑说：

"张先生好忙呵！"

道静看他那微笑的眼色，知道他还在责备她那次不该挺身而出。道静心里又感激、又惭愧，她不安地看着满屯，低声说：

"我知道那天我不该那样……不过，我和他家的关系并没闹坏……问你，麦收斗争的事怎么样了？我什么也不知道，心里怪着急。"

满屯点头笑笑："着急没有用。等着吧。不管遇见什么事，你可千万小心，再别叫人看着你特别了。还有，可别忘了你自己的责任。"

关于斗争的具体情况，满屯还是一字不漏。可是从他那双精明的眼睛中，道静却感到了暴风雨前一刹那的平静。

宋家十几顷麦子像黄色的海洋随风荡漾在辽阔的田野里。天气炎热，麦浪此起彼伏地也像在骄阳下喘息着。可是宋老头却不怕热，他几乎成天领着几个护院的打手在地里转悠查看。哪儿短了几个穗头，他也要大喊大叫，大骂那些偷了他庄稼的“饿死鬼”。至于捉住偷他庄稼的饿极了的农民，他更是毫不留情地毒打一顿。他的长工们呢，这几天都不在家，他们都奉了主人的命令到远处雇短工去了。原来往年麦熟时宋家在集上雇短工，他家说多少工钱就算多少。可是今年情况变了，各个集镇上打短工的雇工们全一口咬定割麦子四块洋钱一天，少一个也不干。这可惹怒了宋贵堂，他只出两块钱一天，多一个也不给。麦子眼看熟透了，再不割就要大批糟蹋在地里了，于是宋贵堂就派了许满屯等几个长工到远处去找短工。这两天老头子坐立不安，拄着手杖到处骂骂咧咧。这回也不知道是他不放松宋郁彬，还是宋郁彬也着起急来，他也戴着草帽成天跟着父亲到各处转悠起来。他白胖的脸晒黑了，和蔼的笑容也不见了。就在这时候——满屯他们去找短工还没有回来的时候，一个黑夜，宋家大院突然当、当、当、当地敲起锣来。锣声短促、慌张，好像发生了什么紧急大事，整个宋家大院都沸腾起来。刚刚要睡觉的林道静，也急忙跑到院里碰见人就问：

“怎么啦？出了什么事？”

来人是个护院的，他一边从跨院的梯子跑上高大的院墙垛口，一边回答：

“有人抢麦子啦！……”

道静心里一阵激跳。她高兴得几乎要大喊、要大笑。可是她马上使自己镇静下来。党领导的农民斗争毕竟爆发了！王老增和虎子、小马就可以吃几顿饱饭了！她怎么能够不高兴呵！……可是斗争究竟是什么样？农民用什么办法来夺回自己的麦子？她却是茫然无知。当她站在跨院里兴奋得不知如何是好的时候，只见宋郁彬、宋贵堂、宋家的账房先生和十多名护院的打手全都拿着枪支急急忙忙地经过跨院从梯子走上房，站在好像小城墙一样的垛口上。这些人在闪闪的星光下，黑影幢幢，道静只见他们都拿枪向墙外瞄着准，可是谁的脸就再也分辨不清。

锣声已经停止了，而墙外也听不见任何声响。站在高房上来回走动的宋家的人呢，也是默不作声。并没有交锋的枪声和呐喊声，道静和几个女做活的都站在跨院的屋檐下，谁也是大气不出。一霎间，大地反而好像静止不动了。

道静眼睛眨也不眨地望着高墙上，她希望通过上面这些人的动作，来看出农民群众的斗争情况。可是，房上的人渐渐都把枪放了下来，渐渐地还有人吸起烟来。一闪一闪的火光，使得道静好厌烦。正当这时她心里忽然一动。她想，为什么不想法子上房去看看，也许上面可以看到外面的情况。于是看看身旁的陈大娘，轻轻说："大娘，咱们也上去看看吧。"

"不行，老当家的不叫老娘们上房。"陈大娘低声说罢，叹了口气，"财主家就是这样——穷有穷的苦，富有富的愁。"陈大娘说罢就和另外两个女做活的进屋去了。剩下道静一人想着怎么能上房去看看，想着想着，忽然灵机一动，她急忙走进角门，来到正房宋郁彬屋子的窗外，见屋内有灯光，就轻轻喊道：

"宋太太，宋太太……睡了么？"

"谁？"里面人的声音惊慌、粗暴。

"我。"道静说，"张秀兰。"

宋太太把门打开一条缝，灯光下只见她抱着一个非常华丽的绸子大包袱，苍白的脸更加没了人色。见了道静哆哆嗦嗦地说："怎么着？事儿不好？……"

“不是。”道静摇摇头，“我是想问问您，这是怎么回事呀？”

“还不是那些穷棒子们在抢割俺家的麦子……老当家的怕那些人再来家里抢，所以他们都上了房。”

“宋太太，咱们上去看看！”道静拉着那瘦削的胳膊就要走。

“不行，这可不行！”宋太太缩回自己的胳膊说，“我要收拾东西，万一……”她看道静硬拉住不放，就又说，“你愿意去，你去看看吧。反正你又不怕老头子。”

得了这句话，道静一溜烟就溜到了跨院的梯子下面，然后悄悄地蹬着梯子上了房。

当她站在房上向四外望去时，啊，一种美妙的好像海市蜃楼的奇异景象立刻使得道静眼花缭乱了！那是什么？在黑黝黝的原野里，四面八方全闪起了万点灯火，正像美丽的星星在灰色的天幕上眨动着她们动人的大眼睛。在不甚明亮的闪闪灯光中，有无数黑点在浮动。这不是幽灵，也不是萤火虫在夜风草莽中飞舞，而是觉醒了的农民像海燕一样正在暴风雨的海上搏斗……她太高兴了，她激动得几乎想大喊：“啊，党，你是多么伟大啊！……”

道静的心里激跳，脸上发烧。她已经明白了全部真相：这是党正在领导农民乘着黑夜把所谓地主们的麦子割回到自己家中去。那些只有财主老爷们才能充分享受的白面馒头，现在也可以让穷苦的农民们吃上几顿了。……

因为明白了真相，道静的心立刻安静下来。歇口气她就扭转头向前走了几步。就站在附近的宋郁彬，听见脚步声，猛地回头问道：“谁？”

“我，张秀兰。”道静的声音又安静又清脆，丝毫也没有慌张和恐惧，“宋先生，出了什么事？我怪不放心。问宋太太，她也说不清，她叫我上来看看。”

“啊，”宋郁彬放下手中的驳壳枪轻轻吁了一口气，“没什么，大概有人在割麦子……张先生,您不害怕?回屋睡觉去吧。”

“不,我从小就像个男孩子,从来不知道什么叫害怕。真的,那些割麦子的人是没有得到你们的同意吧?这到底是怎么回事呀?”

宋郁彬把身子靠在垛口上,看看站在他左右两个全身黑衣的护院打手,摇摇头说:“物极必反。我父亲对待农民也太厉害了。”

一句话没完,宋贵堂那虽然压着气也是高大洪亮的嗓门,把道静和宋郁彬都吓了一跳:

“你说我厉害?你这吃里扒外的狗杂种!全是你把这些穷棒子们惯坏啦!”宋贵堂一肚子恼火好容易找到机会发泄起来,“‘杀人偿命,欠债还钱’,这是盘古老爷开天辟地的老规矩。种我的地就要交租,该我的钱就得还账,这是我厉害么?哪个有地的主不是这样呀?!……小子,你那套背着我让穷棒子沾光的法子,也没有止住他们来抢你、夺你啊……看!看!”老头子浑身筛糠一样哆嗦起来了,他那在黑夜中像熊掌一样的大黑手,指着西面的田野,声音里充满了仇恨——道静从来没有听到过这样毒蛇一样可怕的啸声:“那,那,推走啦!挑走啦!那,那,把我的麦子——我的麦子呀,狗日的把我的麦子推走啦!拉走啦!……”

随着老头子的声音,道静和宋郁彬同时朝他指的方向望去——只见广漠昏黑的田野里,在闪闪的光亮中,有无数像皮影戏里的人影迅速地移动着。那是割麦子的群众在边割边拉走、挑走了他们胜利的果实。看到了这些景象,道静心里又有一种说不上来的、甜丝丝的、自豪的幸福感觉;可是,看到了这些景象的宋郁彬的脸却苍白得失掉了人色。他那双平日倒还精神的眼睛,一霎间也变得那么黯淡、那么悲伤。沉默了一下,他看看他父亲,也看看林道静,这才有气无力地苦笑着说:“这与我什么相干?共产党在活动,我有什么办法?……”

“呵,共产党!”道静奇怪他怎么会晓得这是党在活动。看不出这个有点书呆子气的人，在政治上竟还这么锐敏。

不等宋郁彬说完，老头子用他那支多少年来不大离身的、系着大红绸子的盒子枪，狠狠地击着墙上的砖块说："你呀，你呀，小子，你白学了法律啦！老子白花钱供你上大学啦！你怎么就叫共产党在你的眼皮子底下——在你的眼睛里头插棒槌啊！我、我宋贵堂算是白养了个废物小子啦！"

在高高的房顶上，在昏黑的没有月色的夜空下，这话是那么犀利地刺着道静的心。说实话，一个月以来，道静对于姑母叫她到宋家教书的意义实在是并不十分清楚的；对于叫她和宋家搞好关系，有了什么消息经过满屯告诉他们，她也是模模糊糊不甚理解的。可是刚才宋家父子在阶级矛盾突然白热化的紧张状况下的一席谈话，却使得道静猛然间明白了她来这个地主家庭的意义；也猛然明白了自己也是生活在尖锐的阶级斗争的战线上。直到这个时候，她也才从观战的状态中进入了战斗的状态。表面上，她还是若无其事地露着青年人稍稍好奇的神情各处观望，可是心里却立刻提高了警惕，仔细地听着这父子俩还要说些什么。可是，他们不再说这些了。老头子扭过头严厉地问儿子：

"各个仓房都上了双锁？——那英国锁？"

宋郁彬点点头："您放心吧，都锁好了。"

道静故意走得离他们远一些，好像看把戏般她又看起田野里的景象。

"好呵，这比土匪还恶呵！"老头子沙哑着嗓子又喊起来。他向还在房上巡逻着的护院的头子喊道，"胡把式，这伙子庄稼土匪这会儿只顾抢我地里的庄稼，可是，说不定待会儿就冲到我院宅跟前……小心呵！来了，别客气，你就冲这些土匪开枪！……"说到这里，他突然转过头来狠狠地看了道静一眼，喊道，"张先生，我请您来是教书的，又不是请您来护院的。您老站在房上不累得慌吗?”

道静正不知如何回答好,宋郁彬却替她解了围:

“爹,张先生是咱家的先生,又不是外人。她来上头也是关心咱们呵。”

老头子又狠狠地瞪了儿子一眼,好像是说:“你总是向着她。”就疲惫得一下子坐在一块大石头上不言声了。

看宋郁彬没有赶她下去的意思,道静就继续留在房上看下去。

多么美妙的夜晚,多么凉爽的天气,多么迷人的繁星呵!道静站在高高的砖房上,倚在垛口当中,表面上,她非常安静,好像是个不大懂事的女孩子,似乎带点诗意地欣赏着这些与自己毫不相干的夜景。可是她心里却沸腾着、激动着,她的眼睛瞬也不瞬地望着西边的田野——这是灯光最繁密的所在,也是奋起的农民集聚最多的所在。她的眼睛似乎想要透过这黑暗的夜的幕布,一直看到那些被压榨得透不过气来的农民们的兴奋的脸……然而,她什么也没有看见。她多么想飞出这个牢笼去和他们一起挥舞起镰刀,然而,她却不能动,更不能去参加。想到这里,她不由得气愤地向宋家父子看了一眼,——老头子不知什么时候早又转到别处去了;只有宋郁彬愁闷地瞪着眼睛呆呆地望着西边的田野。

“怎么这么安静?连狗都不叫了?”道静望望已经有些发白的东方天空,疲倦地打着哈欠,她倚在垛口上几乎要睡着了。可是突然一声喊叫,把房上所有的人都惊得乱跑起来,道静也吃了一惊,急忙扭过头望去。只见老头子的双手伸得远远的,它又在微明的晨光中筛糠似的颤抖起来了。这次,它颤抖得那么厉害,以致连他粗嗄的声音也合着手的拍子颤抖起来:

“完、完啦!……我、我、我的麦子呀!我的几百担麦子——麦子,全、全完啦!……”

随着宋贵堂手指的方向,在渐渐发白的晨曦中已经可以清晰地看出来:灯光消失了,大地呈现了一片灰蒙蒙、光秃秃的景象,好像一个疲劳的巨人在劳动之后已经舒适地熟睡去。而那些麦子和割麦子的人们呢,也好像神话里的地仙,不知什么时候都已消失得无影无踪。

“完啦!完啦!……全、全……完啦!”宋贵堂喊着的声音,从惊人的高亢渐渐变得微弱下来,宋郁彬和几个护院的都围住他、扶着他,惊慌地望着那张变成纸样煞白的老脸。接着老头子又喊了一声“我的麦子!”就一头倒下,昏死在他儿子的怀抱里。

立刻宋郁彬跪在地上,抱着老头子的脑袋,流着眼泪喊起来:

“爹!爹!醒醒!你醒醒呀!……”接着,他号啕痛哭地喊道,“爹,你放心吧,我——你不孝的儿子,你、你……儿子一定要替你报仇呀!……”

“报仇?”听到这句话,道静忍不住浑身打了个冷战。她不由得看了还在哭着的宋郁彬一眼,“他要报仇?……”她似乎还不相信自己的耳朵,又自己问了自己一句。当她知道自己真的确实地听到了这句血淋淋的话是从宋郁彬的嘴里说出时,她一下子被悔恨的自责的心情弄得腿都发软了。似乎做了什么见不得人的事,她飞似的跑回了自己的房间里,赶快用被子蒙上了头。

第 十 三 章

第二天早晨，老头子还病倒在炕上，宋郁彬就叫郑德富赶着车到城里去了。因为其他的长工去雇人割麦都还没有回来，只有郑德富，宋郁彬看他傻傻愣愣的没有叫他去。所以当宋郁彬急于要去城里“为父报仇”的时候，郑德富便升上了赶车的把式，随着宋郁彬出了门。老头子看见儿子到官面上去活动，去为他宋家报仇，就分外高兴，病很快好起来。而道静呢，却一个人陷到焦急、紧张、几乎不知所措的景况中。她不断地想：“他们怎么报仇？农民都把麦子收到家里，他们当场没有捉到一个人——领导割麦子的人，做得多漂亮，宋贵堂一点也没看出来这个村子的农民谁割了他的麦子。他们怎么来报仇呢？……”她猜度着，忧虑着，也深深地对自己恼恨着——她不相信满屯的话，还以为宋郁彬和他的父亲不同，还以为他善良、仁慈、被家庭所累。多么天真，多么无知，又是多么糊涂呵！宋郁彬走了三天，道静有两个夜晚都不能入睡。她为自己的错误感到从没有过地痛心和羞耻。直到这时她才明白自己比起许多人——甚至比许满屯、郑德富都差得很远。同时也为即将到来的风暴担惊、不安。她忽然想到他们会不会把王老增抓了去？没有爷爷，那可怜的孤儿虎子和小马怎么生活下去呢？这时，她想起了这样一幅情景：割麦斗争完了的第二天午后，她领着文台到田野里去看时，金黄色的麦子都不见了，——当然都收到农民家里去了。道静心里正暗自高兴，忽然，小虎子背着柴筐走了过来。他那么高兴地看着道静，道静也看着他。接着，乘着文台跑去捉蝴蝶的当儿，小虎子忽然从柴筐里拿出一个大大的白面馒头，一下子塞到道静手中。这孩子一句话也没说，可是那快活的小眼睛呵，道静看见它感动得浑身都发起热来……她想，为了虎子和小马，她也不应当气馁，她也应当坚持斗争下去。于是，尽管心情不安，她也立刻想法子去接近宋家的人。她不时去看望老头子的病；帮助宋太太请医生、熬药，做这做那；而且和热情的陈大娘更加要好起来。同时她也焦急地常去看满屯回来没有。因为满屯和另外几个长工刚一回来就被宋贵堂支使着到远处的地里收割麦子去了，这不免使道静有点发慌，但她还是沉住气耐心地等他回来。许满屯还没有回来，麦收斗争过了四天的午后，郑德富却赶着小骡车把少东家宋郁彬送回家来了。道静听说他回来了，心里一阵紧张，可是还是硬着头皮赶快到他的屋里去问询。宋郁彬见了她，还和过去一样地和蔼、亲切，他笑着向道静道起谢来：

"张先生，您辛苦啦。听说我不在家时，您对老人照顾得非常周到，我真不知怎么感激您好……"他那白胖的脸被太阳、风尘弄得黑多了，但是那眼角的笑容还像过去一样使人感到他和蔼可亲。一霎间，道静的心上又浮起了一个大问号——他真的向农民报仇去了么？也许，他根本什么事也没有做？

"宋先生，您出去这几天是为抢麦子的事么？"道静不能不把最担心的事，装做若无其事的样子问宋郁彬。

宋郁彬吸了几口香烟，看看站在旁边的妻子和女儿，又看看道静，叹口气说：

"为了安慰老人，没办法装样子跑了一趟。其实呢，割就割了，那又算得什么。说实话，我看这些佃户们也实在够苦的。"

道静受过骗，现在对宋郁彬这些漂亮的言辞已经不相信，但又不能露出不相信的样子。于是淡淡地问道："宋先生，您的材料好几天不抄了，您回来了，还抄么？"

“麻烦您。还是抄。”宋郁彬站起身来非常恭敬地点着头，“张先生，家里这几天没什么事吧？您看，村里的农民这几天生活好些了吧？”

听宋郁彬这么一问，道静立刻想起虎子扔给她的白面馒头。她心里想，“好？不彻底消灭你们这个阶级，农民生活怎么好得了？”不过她嘴里却说：“这几天不大出门，外面的事我什么也不知道。”

宋郁彬笑着点头。把道静领到他的书房，交代她一些要抄的东西，他就出去了。道静尽最大的毅力埋头替他抄了两个钟头。

晚饭后，道静赶快抽空绕到前跨院去，一方面希望能够找到满屯和他谈谈这几天的情况；一方面也想要是能够从郑德富那里了解一下宋郁彬这几天的活动情形也很好。正好，她一到前跨院就看见郑德富一个人在井台上打水。满屯不在家，郑德富代替了他的工作——打水饮牲口。奇怪，见了道静，老郑的样子变了，那可怕的白眼仁不见了，一双浑浊的眼睛在黄昏中却闪出焦灼的光芒紧紧地盯着道静。他一会儿看道静，一会儿又左右看看，像有许多话要说。连那摇辘轳的大手也一会儿动弹一会儿停。

道静看出郑德富像有话要对她说，她就故意喊了两声文台，然后迅速地走到井台边轻轻对郑德富说：“大叔，您有话要对我说么？”

郑德富点点头，又向周围看了一眼，就摇着辘轳急忙说道：

“闺女，快逃走！宋郁彬要害你！他手里有了你的人名单还有你的相片，他说你是共产党。快点，今夜里就逃吧！”

“大叔……”道静并没有理会迫在眉睫的凶险处境，却被郑德富这真挚的情谊感动了。她跳上井台紧紧拉住郑德富的胳膊，盯着他半天，才喘吁吁地说，“大叔，您、您不恨我啦？”

“算啦，”老郑推着道静，“……逃命要紧！”

道静离开郑德富回到自己屋里静坐了几分钟,她这时已经顾不得思考郑德富对她态度突然变化的原因了,她完全相信他的话,心里不住地想:怎么办?赶快逃走吗?不,她到这个地主家庭不是专为保卫自己而来的。姑母交给她的任务还没有完成。可是,她该做点什么呢?她苦苦地思考起来了,却想不出什么好办法。半个钟头过去了,一个钟头过去了,她还是什么也没想出来。天已黑了,她心绪不安地倒在炕上。忽然想到:宋郁彬既然侦察清楚她的情况,也许同时把其他一些同志的活动材料也弄到了手里。郑德富不是说了有人名单么……“如果能够弄到这个恶地主手里所有的材料交给党……”这么一想,道静的心立刻沸腾起来了。忧郁消失了,同时,恐惧也消失了。她高兴得又像去年决定去贴卢嘉川留下的传单一样,浑身是劲、跃跃欲试。可是当她兴冲冲正要走出屋门去的时候,她又立刻把腿缩回屋里来。她又一下子倒在炕上,嘴角浮上一个自嘲的冷笑:

“这能像贴标语——粘上胶水把它们往墙上一贴那么简单么?你要寻找的东西连影子还没有见到呢……”

就这么着,道静又沉闷地倒在炕上不动了。她想着各种去寻找名单的办法,但都觉得不妥当。叫小素去偷,——不行;叫陈大娘帮她做这种危险的事,陈大娘准不肯。别的还有什么好办法呢?……她正在焦灼地想着,陈大娘回到屋里来了。她没有回自己的屋,却一掀门帘走进道静的屋里来。

“闺女,还没睡?”大娘走近床沿低声说,“怎么灯也不点?”说着,她就划着一根火柴替道静点上了灯。

道静坐起来,看着大娘想说什么,却愣在那儿。她满腹心事,实在没心思在这时和大娘多说什么。但是,她还是勉强和大娘搭起话来:

“大娘,今个怎么这早就回屋来了,少东家和太太呢?”

大娘说：

“两口子都到老东家屋里去啦。也不知有什么事，商量起没个完。小素在扎花儿；小台不知跑到哪个屋去了。趁这工夫，我回来看看你。你怎么今天就吃半碗饭？身上不痛快啦？”

听说宋郁彬夫妇都不在屋，道静心里一动。她原来就估计，如果有名单一定在他们的卧室里。道静一直发愁的是没办法进这个屋。听说两口子都不在屋，这岂不是进去的好机会？事不宜迟，于是她立即对大娘说：

“大娘，我屋里有了蚊子，您帮我熏一熏。我找小素有点事，一会儿就回来。”

道静说罢，就急忙走出门外去。

她径直走到北屋宋郁彬的屋门外轻轻喊了两声，不见有人答应，就掀开门帘走进屋里去。她经过外屋走进里屋，屋里果然没有人。这个时候她可比贴标语时又紧张得多了。她也不知自己的心脏是否还在跳动，她只觉得放在桌上捻小了的煤油灯，好像一只巨大的锐利的眼睛紧紧地盯视着她；屋里明镜般发亮的红漆大柜、硬木桌椅也全像探照灯般向她身上扫射着可怕的光芒。她的腿不知不觉地有点哆嗦起来。但是，她心头的光芒，——为了真理，为了被压迫人民的幸福而奋斗的信念，却压过这一切光芒，像一团烈火在她心头燃烧。于是进屋不过几秒钟，她立即镇静下来，立即像一个侦察兵一样，先从玻璃窗向院里屋里各处看看、听听，然后把灯捻亮一点，就向桌上、床上各处寻觅起来。桌上有些字纸，她急忙打开，不是什么人名单，而是几张借据，几张去地的文书和几张押给宋家的地契。道静压住憎恶的心情，轻轻地把它们放回原处。接着，她就去拉抽屉……正在这时，忽听门外有了脚步声，道静一下子吓愣了。接着却是陈大娘把门帘一掀，走进里间屋来。

道静这时站在里间屋的门口，她竭力使自己镇静，但是毕竟还

是引起了陈大娘的疑心。她看着道静,倒比道静更加惊慌地说:

“闺女,怎么啦?你怎么?……”她没有说出底下的话,但是道静却猜到了她的意思。她想了想,觉得现在只有破釜沉舟背水一战了。于是她拉着大娘干脆地说:

“大娘,宋郁彬要害死我,您能救救我么?”

“怎么?——谁要害死你?……”大娘一把抱住道静纤细的胳膊,脸色都变白了。

道静刚要张嘴,大娘把她向外一拉,说:“咱们回屋说去!”

回到道静的屋里,两个人都像从大火里刚逃出来似的,喘了一阵气,道静这才按着自己想好的话对大娘说:

“今天午后少东家回来了,我到他屋里去看他,看见他桌上放着一张相片,——大娘,您猜这照片是谁?正是我!相片旁边还有一张纸,上面也写着我的名字。原来他要诬赖我是什么共产党……”

“啊,说你是共产党?他这人就是爱……”陈大娘把话说了一半又咽回去了,接着又问,“这样字纸怎么会叫你看见了?”

道静说:“我也不知道呀。我一进屋门,文台娘不在屋,少东家正在一心一意看什么书,我进门他并没看见。所以我才看见了那张说我是共产党、要送我上大狱的字纸。不过还没看清,少东家就扭过头来,我就没法再看了。刚才我到他屋里,就是想找着那张字纸看个清楚。真要害我,大娘您看咱们少东家干么这么狠毒呵!”

大娘不出声,她垂直两手低下头来,半天才抬头看看坐在身边的道静说:

“闺女,我对你说实话吧。你刚来时,不是嫌我偷着看着你么?我这是听了两个人的命令才这么做的。少奶奶叫我看着你,是怕少东家偷着来找你;少东家叫我看着你,是为的看你的脾气禀性、看你一个人在屋的时候都喜欢干些什么。少奶奶那边倒好办,我一说你是个规矩的好姑娘,她也就放心了。可就是少东家,——你看他表面上挺和气挺规矩,可是,他专门在外头找年轻漂亮的大姑娘,弄上手玩些日子就不要了。他有钱,又有心计,所以连少奶奶、老东家都不知道他那些缺德事。这一回,你一来,他准是看上你啦,老是跟我打听你的长短。这回要害你?那、那……”陈大娘沉思半晌,忽然笑了。她摸摸道静冰冷雪白的面颊,说,“准是看你不上钩,他、他着了急啦?……也不准,也许是你看花了眼吧?”

道静一边听大娘叙说,一边心里又忙着打好了主意。这时她就轻轻地说:

“大娘,我也是怕看错了。可是,他要真想害我,那可只有您能救我了。大娘,您舍得叫他把我送进大狱吗?听人说,国民党一听说谁是共产党就要枪毙呀。”

“闺女,这么着吧,你说说是什么样的东西,我去找找看。”大娘的这句话在林道静此刻看来,是这样意外,可是,又似乎是在意料之中。她看着大娘那张又惊慌又慈祥的脸,心里忽然想:“到底是劳苦的大众呵!”

道静在屋里坐了不过一刻钟,大娘就把一张照片和一张字纸拿回来了。这果然是道静的相片,也果然是一张开列着共产党员和所谓赤化分子的人名单。这名单上一共有十几个人名,但道静认识的只有江华、满屯和她自己。

“大娘,”道静又在编着不得已的诳话:“这上面净是骂我害我的话,我要仔细把它念一下,以后好跟他打官司。您到角门上站一下,我立刻就看好还给您。”

大娘不走,慌张地说:“闺女,趁着两口子还没回来,我赶快送回去吧。叫他们知道我偷这个可不得了。”

道静不管大娘肯与不肯,急忙拿起预备好的纸笔立即抄下那十几个人名来。不过两三分钟就抄好了,她又仔细对了一遍,这才如释重负地把名单和自己的相片交还给大娘。

大娘接过名单并不立刻就走，却像道静就要被抓走似的，她忽然一下子拉住她的胳膊流着眼泪说：

“闺女，这么说，你真要？……宋郁彬这小子真要害你啊？……怨不得你说地主们都是狠毒的狼羔子……”

道静点点头，没说什么；大娘擦干眼泪急忙走了。

一场奋战完了，道静坐在自己的屋里沉思起来。名单是有了——这时，她简直顾不得想这个名单的来处，却只是想：下一步怎么办？这名单是重要的，她应当赶快交给组织。满屯不在，那么，她应当把名单赶快给王先生送去。满屯是这样交代的，他不在时，有重要事情就去找王先生。于是，道静毫不迟疑地决定立刻动身去送名单。“快逃吧，宋郁彬要害你……”直到这时，她想起了郑德富的话，似乎才明确地意识到自己已经处在十分危险的境地中，随时有遭受逮捕的可能。同时，她望望对面陈大娘的屋里，似乎有一种惜别而又担忧的感觉，使得她很想等陈大娘回来，向这位慈祥的老妈妈说出自己必须逃跑的计划；但是，她想，与其让她知道还是不如不告诉她好。

就这样，陈大娘回来又安慰了道静一阵子，就去睡觉了。道静在自己屋里收拾了一下东西，看着通正院的角门已经上锁，她就在前后跨院各处看了看，听了听，然后悄悄来到郑德富的住屋门外（满屯不在家，郑德富就一个人住在他的小屋里），轻轻喊了声：

“大叔！”

郑德富在黑影里走出来，瓮声瓮气地说：

“怎么还不走啊？趁着还没打二回梆子，快走吧！”

“我这就走。大叔，真谢谢您，宋郁彬果然弄了我的相片。……您告诉我，奔大陈庄怎么走？我要先奔那儿看个人。”

郑德富不告诉道静怎么走，却催促她说：

“快走吧！还有东西么？咱们这就走。”

“大叔，您送我？”道静高兴地说，“我进去拿点东西就走。”

道静拿了一个小包，把名单藏在贴身内衣的口袋里，就走出自己的屋门，站在陈大娘的屋门外。大娘屋里静悄无声，道静心里却有一种微微哀伤的感觉。这孤零零的老人，这一同住了将近一个月、最后又给了自己莫大帮助的老人，今生，也许再也见不到了。……不过情况紧急，她只是微微一踌躇，立刻返身就向外走。可是，她刚匆匆开了外屋门，却和一个人撞了个满怀。这正是陈大娘。

道静大吃一惊，愣住了。大娘却拉住道静的手，好像什么全知道了似的，轻声说：

“闺女，你要逃命？……为什么不明说呀？快逃吧！趁着这会儿都睡得正香。”

道静一下子抱住大娘的肩膀，她抱得那样紧，眼泪就落在大娘的衣襟上。

第十四章

道静跟着老郑走出宋家的跨院、场院，从场院的小门出去后就走上一条通向大路的小道。他们谁也不出声，急急地走着。走出约莫四五里路看见一条有着车辙的大路时，道静这才站住说：

“大叔，您回去吧。我自己能找了去。”

郑德富忽然变得年轻起来。他迈着大步拉着道静跳过一个小水坑，才说：“我送你去。你一走，我在宋家还能待得下去？”

“呕！”这时道静才恍然大悟。郑德富送出消息让她逃走，他在宋家已经不能待了，为了她，他和她一样已经成了“逃犯”了。于是，道静紧紧靠近老人的身体——这时再也闻不见他身上的汗臭。

“大叔，真谢谢您……您、您真好……”

“用不着这些！”郑德富说话仍是干巴倔。他那简短的字句缓缓地说出来，仿佛特别沉重有力地响在林道静的心上。

两个人疾速地走在沉睡的田野里，谁也不再出声。夜，挟着凉爽的微风，吹过滴着露珠的高粱叶，吹过哗哗作响的白杨树，吹过闪着光亮的河水，也吹过浑身发热的林道静俊美的面颊……多么美丽的夏夜呵，晶莹的星星在无际的灰蒙蒙的天宇上闪烁着动人的光芒；蝈蝈、蟋蟀和没有睡觉的青蛙、知了，在草丛中、池塘边、树隙上轻轻唱出抒情的歌曲。而辽阔的田野在静穆的沉睡中，那碧绿的庄稼，那潺潺流动的小河，那弯曲的伸展在黑夜中的土道，那散发着馨香气味的野花和树叶，那浓郁而又清新醉人的空气，再加上这传奇式的革命斗争的生活，都在这不寻常的夜里显得分外迷人,分外给人一种美的感受。看到了并且感到了这些的林道静,一霎间老毛病又犯了。忘掉了危险的处境,她长长地吸了一口沁人心脾的新鲜空气,几乎想对身边的郑德富喊道:“大叔,你看这大自然多美呀!你看咱们的生活多有意思呀!”可是,不知怎的,她忽然想起了三年前刚刚逃到北戴河时的一幕情景,她喊不出来了。那时她第一次看见了大海,就向身边的脚夫惊奇地喊道:“看,这大海多美呀!”可是回答她的却是这样一句含意深刻的话:“打不上鱼来吃不上饭——我们可没觉着美不美。”……想到这里,道静看看身边那衣衫破烂、污脏,迈着沉重大步的老长工,忍不住自嘲地笑了:“典型的小资产阶级感情!你那浪漫的诗人情感要到什么时候才变得和工农一样健康呢?……”想到这里,道静的脚步加快了,浪漫的幻想一消失,她立刻想到的是迫在眉睫的重要问题:她能不能找到王先生?那些上了名单的同志能不能够及时逃避被逮捕的危险?而她自己又将如何呢?……一想这些她就不再注意那些夜景了,只是迈开大步尽快追赶着郑德富。

老郑迈着沉重的大步在前走着,始终不发一言。走出约莫十多里了,还是道静先问起老郑:

“大叔,您怎么知道宋郁彬有了我的相片,怎么又知道他要害我呢?”

老郑走了几步,才用重浊的鼻音回答说:

“我给他赶着车,先到深泽县政府,又到县党部以后,他又叫我给他赶车到定县。也是先到县政府,后到县党部。最后他还上了定县的东关小学。……”

“他上了东关小学?”道静稍稍惊奇地重复了一句。

“是呀。我赶车到了这个小学,一个胖子好像是姓伍,又跟他一起坐车回城里党部。他们在车上说话我都听见了。姓伍的说,‘您那位家庭教师准是我学校的林道静。’——一听说你的名字……”郑德富回过头来盯着道静看了一下，好像看她真是林道静不是。然后又接着说，“我就留了神。宋郁彬好像还不相信，以后姓伍的胖子就拿出你一张相片给了他。我装着跟他们借火，就把你的相片看清了。就是你……”话还没说完，老郑冷丁把道静向路旁的庄稼棵里一拉，一下子两个人都蹲到潮湿的庄稼地里。

“有人？……”道静吓得心里突突直跳。

郑德富摆摆手。他好像一个富有经验的猎人，锐敏地歪着脑袋点了点头；他又像一个深爱自己小雏的老母鸡，抱着道静的脖子使劲把她向地下按。

道静看了看老郑那副慈祥而又机警的脸，就顺从地伏在地上不再出声。心里想：“地主叫他郑傻子，可是，他是多么精明呵！”

“初一呵十五——庙门开，那牛头呵马面——两呀两边排……”迎面大道上传来了轻捷而又急促的脚步声，一阵幽默的小曲声也一同飘散在这深夜的野地里。听到了这些声音，伏在地上的郑德富，像拉着道静跳到庄稼地里一样突兀，他又拉住道静从庄稼地里跳了出来，并且高兴地喊道：

“满屯，好小子满屯呵！”

走来的满屯意外地和这一老一少相遇了。他高兴得忘了男女的嫌忌竟双手拉着郑德富和道静的手惊奇地问：

“出了事？你们怎么？……没想到这么快呀！”

道静把经过情形向满屯简单地说了一下，接着就从身上把名单掏出，郑重地交到满屯的手里，说：“多亏陈大娘。不是她，我可没办法弄来这个东西。”

满屯接过名单看了一下说：“宋郁彬这小子一走，我们都估计到他可能要出坏主意。可是，没想到这么快他就打通了两个县的反动派，搞了这个名单。今晚上我不放心正想赶回去，没想到碰见你们。走吧，咱们一块儿去找王先生。”

“你刚从王先生那儿来?”道静稍稍惊奇地问。

“对。”满屯点点头,用他那机灵的大眼睛向道静笑了笑,“去吧,王先生那儿还有你的熟人,刚才他还在打听你呢。”

“谁呀?”道静又高兴又不安地急忙问满屯。

“咱们走着说。”满屯迈开大步就向回走。

三个人一起向西面的大陈庄奔去。跟在两个男子的身后,道静用力追赶才能跟上,因此,她不好意思,也顾不得再问满屯那熟人是谁。可是在心里,却激动地再三问自己:“他是谁? ——江华?不,也许是卢嘉川。也许他已经出了监狱来到这里领导工作……”一霎间,卢嘉川那坚强而又活泼的影子又闪现在道静的面前。人生往往这样,越是在紧张、复杂而又激越的生活中,人的思绪越是活泼、宽敞而汹涌。许多平时想不到的事情反而在这种情况下想了起来。多少次道静思念卢嘉川都是在紧张险恶的环境中也就是这个道理。此刻,她又想起他来,心里涌塞着一种辛酸、期待而又混淆着某种幸福的复杂感情。

后半夜了,道静和许满屯、郑德富三人终于来到了王先生的家里。这是一个怪不错的富裕中农的家庭。不过王先生的一家,从祖父到他的孩子都是热爱共产党的可靠群众。在后院一间还点着灯的小屋里,道静大出意外地看见了江华和她亲爱的姑母,另外还有两个她不认识的人。道静心里想,他们大概都是同志。

道静拉住姑母的手,目不转睛地看着江华。其实他们分别不过才两个多月,然而在战斗的岁月里,却使得人们好像多少年不见似的分外亲切。道静见了江华高兴得竟说不出话来了,还是江华微笑着对道静说:

“你倒有福气,又逃出命来啦?”

道静指指坐在门外凳子上闷头吸烟的郑德富,说:“他,还有宋家的女做活的陈大娘都是我的救命恩人。咱们总是能遇见好人,逢凶化吉,这是怎么回事?”

屋里的同志都哈哈大笑起来,连不苟言笑的王先生也笑了。大家笑够了,满屯说:“名单在这儿,情况挺紧张,诸位快商量一下怎么办吧。”

江华看看一屋子的人,沉思了一下:“紧张倒是紧张,可是咱们这些红字号的人处在白色恐怖中,什么时候能不紧张呢?好吧,别的人的问题等一下再说,现在先把这一老一小,”他指指道静和郑德富继续说下去,“先把他们的问题解决再说。林道静在这一带绝对不能待下去了,我主张她马上回北平。郑大伯呢,我们另给他找地方去扛活。”

郑德富没吭声,道静却吃惊地喊起来:“回北平?”

“对,回北平。”江华坚决地说,“你在北平还比较容易掩护。留得青山在,不怕没柴烧。”

刚才还在万分兴奋的林道静,一下子像泄了气的皮球,半天才抬起头来,“我愿意留在农村和你们一起斗争——让我留在这儿吧!”

大家都没出声,还是姑母拉起道静的手,又像哄小孩似的拍打着它说:“闺女,情况多紧,老江叫你回去,你就回去吧。”

看看一屋子同志那种严峻而沉静的面容,道静想了想,就慢慢地点了头。

江华悄悄走到道静身边,低声在她耳边说:“到了北平,你可以去找徐辉。我还有一封信,请你带给她。如果找不到她,你就把它毁掉……”沉了沉他又说,“最近两个月,我看你进步很快。你想法拿到这个名单就做得很对。以后还要继续努力。一个真正的革命者是千锤百炼才炼得出来的。”

听到给自己的委托和鼓励自己的话,道静的脸上有了一种天真的掩饰不住的笑容。但是,她的欢喜立即被忧虑盖过。脸上的笑容消失了,她担心地问江华:“老江,这两个月你一直没有离开这一带吗?”

江华点了点头,却笑而不答。

“老江,那以后你们怎么办?”道静又不放心地问了一句。

“女先生,您不用操心,咱们的老江神通广大。”这是满屯的声音。他说得一屋子人又都笑了。

天快亮了,王先生把自己家里的小骡车套好了,叫赶车的马上送道静到正定去上火车。这时,道静却拉着也要起身的郑德富在王家院里一棵槐树下说起话来:

“大叔,我一辈子忘不了您……我现在就要走啦,咱们不知哪年才能见面。所以我还是要问您一句,您还恨我么?”

郑德富磕打着旱烟袋,黧黑多皱的脸上,闪过一丝隐约的笑容:

“你不是林伯唐的闺女,你是闹革命的闺女,咱还能再恨你?这是共产党叫我不再恨你啦。过去咱也有不好,你别见怪。”

道静明明知道郑德富已经改变了对她的看法,不再仇视她了,可是当从他嘴里听到了这句确切的回答,她还是非常地高兴。

“闺女,”郑德富看着道静又加了一句,“我跟你老爷(外祖父)、你娘都是乡亲,我看见过他们。我哪能不疼你啊。”

“大叔您真是个好人,过去,我也错怪您啦。”道静笑着说罢,接着又问起她一直关心的事,“黑妮现在在哪儿?她的生活怎么样?您告诉我吧。”

听到这句话,突然间,郑德富和悦的脸变色了。它变成了一块冰冷的石块,呆呆地瞪着道静,手里的旱烟袋不知不觉落在砖地上。

“大叔,您怎么啦?……”道静急忙拉住几乎要瘫倒下去的老郑,心里吓得直扑通。

没有回声,清晨薄明的微光,照在郑德富苍老憔悴的脸上,显得又黧黑又苍白。就在这时,道静看见两颗泪珠慢慢滚到他的衣襟上。他忽然紧紧拉住道静的手颤声说道：

“闺女，她没啦！咱那黑妮早就死在她婆婆手里啦。”

“啊？……她？……”道静一下子拉住郑德富的胳膊哭了。

那美丽、活泼、温柔而又懂事的幼年朋友的影子从来没有像现在——在听到她死的消息以后，这样打动道静的心弦。道静擦着眼泪低声说：“大叔，别难过——将来，安生了，我接您……”她说不下去了，可是她还极力按捺住自己的悲伤，擦擦眼泪又问道，“大叔，我大婶呢？她，她在哪儿？……”

听了这句问话，郑德富那种痛苦的神情——所有脸上的肌肉都在颤抖的悲绝神情，又使得道静吓了一跳。这次，他没有流眼泪，却发出好像从冰窟里吹出来的冷森森的声音：

“她也死啦。你那老爹林伯唐趁着我出去做活的工夫糟蹋了她。我那女人就、就、就吊死啦。”

又是一声轰雷打在道静的头顶，她的头脑有一阵是这样眩晕，迷迷糊糊地她只听见满屯在喊：“女先生，该上车啦。”她也感到了江华亲切的目光仿佛在督促她快走，在鼓励她要更加坚强起来；她也知道姑母拉着她的手把她送上了小骡车，王先生又塞在她手里一卷钞票。这些她全知道。但是，她只是说不出话来。她感到身上有千万根针在刺痛，也像有多少忏悔的言语要说出来。坐在车上了，车帘放下来了，车夫已经扬鞭吆喝起牲口，她的眼睛还是迷迷糊糊的。车在土道上颠簸着前进，她的眼前总是晃动着黑妮可爱的笑脸；晃动着黑妮娘那慈祥温和的笑容；也晃动着郑德富那悲伤的沉重的身影。“赎罪，赎罪……”这时，她又想到了这两个字，可是，仿佛它们有了另外的一种意义。

“大叔，你该仇恨我！该恨我！……林伯唐、宋郁彬、宋贵堂、伍雨田，你们这些喝人血、吃人肉的野兽，早点——尽早地在人间消灭吧！”道静终于还是喊出来了。不过她喊出的声音并没有谁听得见。

第十五章

黎明前的黑夜。驰行在辽阔的原野上的火车发出轰隆而沉重的声音,使人感到寂寞而单调。平汉路上三等车的车厢里,车灯发着暗淡的微光,稀稀落落的旅客都歪歪倒倒地睡着了,只有坐在黑暗角落里的林道静,倚在车厢的板壁上,她时而闭着眼睛沉思,时而又睁开眼睛向全车厢一扫——警惕着是不是有人钉她的梢。可是,不久她又陷在沉重的思虑中。

她望着车窗外面黑暗的原野,缀在天边的闪烁着的群星,渐渐在她面前变成了许多亲切的小脑瓜。她忽然想起定县那些勇敢热情的小学生,也想起了她在宋郁彬家时的许多惊心动魄的遭遇……郑德富,这可敬的老人哪儿去了?王老增和虎子、小马他们不会遭到毒手吧?虽然道静和他们爷孙三个只是一面之识,可是他们的生活却在她心上留下了不可磨灭的深刻印象。而那可怜的黑妮、黑妮娘也在这时和她的生身母亲——秀妮的影子一起出现在她的眼前……她看着车窗外面疾驰而过的原野,像要把胸中的热火向外喷出似的,不自觉地时时出着长气。她摸摸怀里江华交给她带给徐辉的信,暗暗地想:“万一找不到她怎么办呢?……”

她茫乱地思索着,接着又想到了许多实际问题。

“到北平先找谁呢?在什么地方落脚呢?江华说,不能先找徐辉。对!……可是,要碰到胡梦安怎么办?怎么好意思再见晓燕?徐辉的情况又怎样?……”胡梦安那条毒蛇的丑恶形象,从道静上了火车就不断搅扰着她。她知道,这次回北平,同第一次从北戴河回来时大不同了，这个特务绝不会同她善罢甘休。但是，她要找徐辉，只有到北平去。危险也得去……想着想着，她轻轻吐了一口唾沫，慢慢闭上了眼睛。

火车的轰隆声，沉重地有节奏地震响着，三四天来的紧张、疲乏，渐渐使她陷入沉睡中。

过午，火车到了北平。道静在嘈乱的人群中，提着简单的行李走出了车厢。没走出几步，"小林！林道静！"一个女人的细嗓在喊她，同时一只香软的手臂也放到了她的肩上。她回头一看，一个浓妆艳抹戴着珠子耳环的贵妇人，正向她亲切地笑着点头：

"小林，不认得啦？"

道静愣了一下：

"白莉苹！是你？我简直都快不认识你啦！……"

"小丫头，该死！"白莉苹脸上微微一红，笑谑道，"穿件漂亮衣裳你就不认得了？小林，我可认识你呢，老远就看出是你。"她仔细向道静脸上、身上打量了一番，就拉着她一边走一边说，"刚送走一个朋友，想不到会碰见你。我有时候真怪想念咱们早先的朋友——那时候的生活可另有一种罗曼蒂克味……嘿！小林，忘了问你：你从哪儿来？这几年都干什么哪？"

道静好奇地观察着白莉苹：只见她嘴唇涂得鲜红，眉毛画得又细又弯，轻纱旗袍裹在身上，漾出阵阵浓郁的香水气味。两颗白珠子耳环在粉脸上一摇一摆，轻俏俏卖弄风情的姿态，可和学生时代的白莉苹大不相同了。她不知怎的，感觉很不舒服，只好顺口搭音地回答她：

"你问我干什么吗？教书。在乡村教小学。"

白莉苹惊讶地耸起了弯眉毛：

"在乡村里教书？那不太苦吗？你那老夫子情形怎样了？"

"早就断绝了。"

“呀！”白莉苹又惊讶地喊了一声，“那可好！跟那样人在一块有什么意思！”

说着话，走出车站了，道静雇车要走；白莉苹拉住她的胳膊说：“小林，咱们好几年不见，今天可得好好谈谈！我来请你吃点东西好吗？刚下车，你一定还没吃饭。”

“白……”道静说不上叫白莉苹什么好。这时她已经不愿意再叫她白姐姐。“我不饿。还有事情，以后再去看你。”

“那可不行！”白莉苹轻轻打了她一下，“离开了你那老夫子，还这么孤僻干吗！”说着她喊过两辆洋车，不容道静分说，让她上了车，一直拉到北平最大的西餐馆——撷英番菜馆。

白莉苹叫了两份西餐、几样茶点，两人一边吃着一边谈话。从谈话里道静知道白莉苹参加了上海一个影片公司做演员，演过两部片子，就嫁给了影片公司的经理做第二个太太，过着阔绰生活。不过，对于这种生活，她似乎也感到了厌倦无聊，倒时常回忆起过去的生活和朋友。

趁她说到这儿，道静问她：“于一民和王健夫做什么哪？”

白莉苹款款一笑：“于一民这孩子真糟糕！像只绿头苍蝇盯住我没完啦，我到上海他跟到上海；我到南京，他跟到南京。成天价喝醉酒就来向我读他做的歪诗——什么爱呀，恨呀，眼泪呀，灵魂呀……真肉麻！他住在亭子间里，没了钱就来向我借。我又讨厌他，又可怜他……王健夫吗，这小子做了官，而且官派十足！无政府主义者变成了捧政府主义者啦。有一回我在南京马路上碰到他，他挎着一位摩登太太，大模大样连招呼都不招呼就过去了。我也懒得答理这丑东西。只有许宁，你知道吗？他被捕啦，判了徒刑。糟糕！前几天我去看了他一趟，剃着光头，穿着和尚样的囚衣，把个漂亮小伙糟蹋得不像样子。”她向道静妩媚地一笑，“小林，你知道吗？我爱过他，现在也还有点喜欢他。为他，把罗大方还气坏了。可惜现在没法子再和他玩玩。喂,卢嘉川呢?你们好起来没有?”

道静的脸绯红了。多少令人难忘的往事,长久埋藏在心底的隐秘的思念,被白莉苹轻轻地一提,一霎间竟全在她心里复活了。她轻轻说道:

“他被捕一年多啦……”

“呵!他也被捕啦?好家伙!闹革命真是……”她惊讶着,但没有说完她要说的话就转过脸对帘外用英语喊茶房道:“博外!两杯蔻蔻!”她用纱帕抹抹红唇,眯着眼睛一笑,“小林,我问你,你结婚了吗?”

“没有。”

“有爱人吗?”

“没有。”道静虽然因为提起了往事,恢复了一些对白莉苹的感情,但总是觉着别扭,对她总不能再像过去那样的亲切自然。

白莉苹拍拍道静的肩膀,咯咯笑着:“小林,你真是怪。要是我呀,一天没有男人也不行!……来,让我给你介绍个好丈夫,好好的快活快活。”

道静笑笑,没有答腔。喝完蔻蔻她站起身就要走。白莉苹一把按她坐下:“傻孩子,咱们难得见面,过几天我就回上海啦。到我那儿去玩玩吧。明天,咱们一起去看许宁。——又没有爱人等着你,着急到哪儿去呀?”

“你住在什么地方?”道静随便问了一句。

“利通饭店。我丈夫没有一同来。到我那儿去吧,咱们可得痛痛快快地聊聊!”

“不,我有点要紧事,要赶快到一个亲戚家去。改日再来看你。”道静坚决地拒绝到白莉苹住的地方去。她提起了放在椅子上的小提包就要走。

“哪儿也不许去!”白莉苹不由分说,抢过她手里的提包,拉着她的手就走。走出番菜馆的大门,喊过两辆车子,价钱也不讲,就叫道静上车。直到看到她噘着嘴坐上了车、车夫拉车跑起来了,她这才笑嘻嘻地对坐在前面的道静说道:

“小林,咱们患难之交,过去多么亲密……现在你难道还不相信我呀?得啦,跟我走,管保你一会儿就笑起来了。”

道静懊丧得一言不发。她真想发起脾气跳下车去,但又压制住自己:毕竟这是过去的朋友,而且她也革过命。和许多革命的朋友有过联系;再说人家那么热情……想到这里,她的气渐渐消了。

白莉苹住在利通饭店二楼一套阔气而舒适的大房间里。道静刚刚坐在凉爽而豪华的大皮沙发上,心里又觉得不是滋味起来:“做梦一样,我怎么会跑到这种地方来了?”她迷惘地自个儿问着自个儿,忽听白莉苹在梳洗间里喊她:

“小林,过来洗洗脸,打扮打扮!”

道静站起身说:“不用。我现在先出去一下,一会儿再回来看你。”

“不行!”白莉苹在梳洗间俏声喊着,一下子冲了出来又拦住了道静。她这时换了一身华丽的白绸子睡衣,拉着道静,把她推坐在沙发上,然后向道静的脸蛋轻轻捏了一把,俏皮地笑道:“你呀,小林,真是傻孩子,哪儿我也不许你去!”她又把道静端详了一会儿,说,“这么漂亮的脸子,什么样的男人不叫它迷住呀!偏偏你这么死心眼,我猜你一定还是被革命迷住啦,要不,个人的生活哪能这么狼狈呢!”

“瞎说!”道静急忙分辩,“我早和那些革命朋友没有来往了。现在除了混饭吃,什么也不想。真的,我有事,叫我出去一下吧!”说着她又站了起来。

白莉苹仍按住道静坐在她身旁的沙发上,紧盯着道静的眼睛微笑道:“得啦,傻孩子,你这两套可蒙不了我这两只眼睛。阿拉什么没经过,什么不明白?像你这样年轻、热情、醉心无产阶级革命的时候我也经过。小布尔乔亚出身的知识分子,哪个没经过这个幻想革命的时期呀!可是后来,在事实面前我渐渐明白啦,渐渐清醒啦——那好是好,可是离得太远,太渺茫啦。共产主义,要哪辈子才能实现呢?革命什么时候才能成功呢?……而且要坐牢、要杀头,幸而不被捕,也是什么铁的纪律呀,个人无条件的服从呀,……于是我回过了头。”她轻轻叹口气,停了停,又说,“想起来人生不过如此,过眼云烟,得乐且乐吧。现在我什么也不想了,什么雄心也没有了。趁着年轻,舒舒服服过它几年算啦。你呀,小林,看你的服装、风度、谈话,我就知道你还在迷着那个……我,我真替你可惜,替你担心……”白莉苹说得兴奋了,用胳膊抱住道静的肩膀,亲切地在她耳边放轻了声音,“算了,小林,我虽不革命,也不是反革命。我劝你趁着年轻找个好丈夫,快快乐乐享几年福。何必奔波劳碌?结果还不是白闹一场!怎么样?还听不入耳吧?——以后你会明白的!”

道静竭力忍耐着听完了白莉苹的一番人生大道理。一边听,她一边在想:“这些话在哪里听过来?”想了一阵,猛地想起来了:她中学时的好朋友陈蔚如不是也曾这样劝过她吗?不过陈蔚如没参加过革命就当了少奶奶;而白莉苹是傍过革命的门又退缩了——仍又当阔太太去了。这时她心里又好气又好笑,“难道中国妇女的出路就只是当太太吗?”她稍稍叫自己冷静一点,看着白莉苹,严肃地说道:

“莉苹,你的好意倒挺叫人感激。不过我看,倚靠丈夫来享福,真能够很舒服吗?物质享受能够填补精神的空虚吗?我倒希望你去掉这种倚赖别人的享福思想,自食其力,演一点有意义的片子,做一点有益社会的事情。”这时的林道静比起对待陈蔚如的时候,已经懂得许多道理了，她不再激怒，而是在诚恳地委婉地劝说着白莉苹。

白莉苹是个非常乖巧灵活的女人，一见道静这样说她，赶快改了口：

“小林，你说的对！现在中国影片也追随着好莱坞，净是一些色情无聊的黄色玩意儿。我也常想搞些进步的片子，演点有意义的戏，可就是好的剧本太少啦！”她叹了口气，好像她沉入了纸醉金迷的场所都是由于好剧本太少的缘故。

她们俩沉默了一会儿，道静看一下子走不脱，只好向白莉苹打听起许宁的情况来。对于这个曾做过她的“哥哥”的许宁，自从她遭遇了被捕、逃跑、教书这一系列的变故之后，他们就再也没有一点联系了。

“小许吗，”白莉苹握住道静的手，轻轻抚摸着说，“好孩子，可惜他跟你一样对我也不信任啦。我去看他，还特地化装穿了件阴丹士林布的旗袍。但是这小子……怎么说呢？变了心！我也不怪他，怪可怜的。他还打听你呢，我看你们两个也可以……”她温柔地对道静斜了一眼，底下的话咽住了。

道静打了她一下笑笑说：

“你这个恋爱专家，光想这个！”

正说到这里，房门大开，有一个年轻的太太和三个西服革履的绅士翩翩地走了进来。白莉苹拉着道静站起身，好像她真是她的亲妹妹一般，向客人们轻盈而熟练地介绍道：

“这是我妹妹，你们看：我们长的像不像？”

客人们有的哈哈笑了；有的说了些什么，道静一句也没有听见。这时她心里忽然动了一下：万一那个胡梦安在这里出现了怎么办呢？想到这里，她勉强向客人点点头就拿了自己的衣包到洗澡间去。连日紧张疲劳、浑身汗水，她想洗个澡，换件衣服再想法溜走，可是她刚刚洗完，刚刚在白莉苹的卧房里收拾停当，白莉苹却走来拉她说：

“小林，走！带你上一个好地方玩去。”

“不，我不能去。我实在有事，就要走。”

“不行！你想逃走可不行！人生及时行乐，你干吗这么呆呀！”白莉苹笑着，不急也不恼地拉着道静说，“告诉你，革命也要有丰富的社会经历呀，你不是反对布尔乔亚吗，那今晚上你就去看看布尔乔亚的生活！走，咱们上北京饭店跳舞去。”

道静不耐烦地皱着眉头：“莉苹，我实在不能去。我又不会跳舞，你不要这样拉我了。”

“不会跳有什么关系！看看热闹。走吧，外面的朋友都在等——他们一位是盐业银行的行长和他的太太；一位是市政府的秘书长；还有一位是报馆总编辑。都是有地位的人，人家都在等着你。玩玩去吧，一个人孤孤零零有什么意思？”

道静红着脸喘着气，她提高了嗓音，气恼地喊道：

“白莉苹，你这是怎么啦？难道我是失掉自由的人了吗？”

但是老练狡猾的白莉苹真有办法，她不气也不恼，反而把自己细嫩的脸庞亲热地贴在道静的脸上，小声温存地说：

“别生气！我真是舍不得你！咱们去去一会儿就回来不行么？”她一边说着一边搂着道静的脖子走了出来。道静气得无可奈何，当着许多人又不好再同白莉苹争吵。于是，好像俘虏般，她被架到了一辆福特牌漂亮的汽车上。

走进北京饭店的大跳舞厅，白莉苹又再次替道静介绍了她的四位客人，她就和那位姓潘的市政府秘书长跳起舞来。银行行长和他的太太也去跳了；只剩下道静和那位总编辑坐在茶桌旁。

堂皇富丽的大厅上，吊着蓝色的精巧的大宫灯，灯上微微颤动的流苏，配合着发着闪光的地板和低低垂下的天鹅绒的蓝色帷幔，一到这里,就给人一种迷离恍惚的感觉。当爵士音乐抑扬地疾缓不同地响起来时,一群珠光宝气的艳装妇人,在暗淡温柔的光线中,开始被搂在一群绅士老爷们的胳膊上。酣歌妙舞,香风弥漫。道静虽出身在地主家庭,却还没有见过这般豪华景象。她低着头盯住那些五颜六色的高跟鞋、那些涂着蔻丹的好像妖魔一般的红色大脚趾,忍不住一阵心血上升,王老增和小马、虎子的形象却在这时蓦地闪过心头……

"林小姐,请喝汽水!"道静似乎听得有人喊她,回头一看,原来坐在旁边的那位总编辑凌汝才在向她招呼。

"谢谢,不喝。"道静回过头,仍又去看跳舞。

"林小姐不要客气。这些玩意无聊得很,我就不喜欢。您喝点什么?咱们谈谈——今天能够认识您,荣幸得很!……"

道静只好又回过头来。这时她才看清对她讲话的凌汝才是个三十多岁白皙、清秀的男人。他穿着考究的西装,系着一条玫瑰色的领带。他对道静显得谦卑而又微带羞涩。不等道静开口,他又用南腔北调的口音小声说道:

"我和白小姐是老朋友。听她介绍您是个很前进的青年。是的,现在的社会确实使人看不下去!怎么好呢,我们要笔杆子的人,迫于形势和生活也是无可如何……"

道静根本没听见他说的是什么,她心里仍然想着小马和虎子,想起郑德富的一家人。呵,这是何等鲜明的两个世界呵!……

忽然,音乐戛然停止了,白莉苹带着兴奋的红晕,跳到座位前笑道:

"你们俩谈得挺热闹呀!"她转向道静,"凌汝才是个多情的才子,他的夫人刚刚去世,他很难过……你们俩好好谈谈吧。我不打扰你们。"说完,她对凌汝才轻俏地一笑,把细腰一扭跑开了。

这一下子道静完全明白了。她恍然明白已经走上另外途径的白莉苹还对她这么“热情”、这么“关切”的原因了。原来她是要拿她做人情来送礼讨好呀！一霎间，对于白莉苹残余的友情全部消失了。道静的心由懊悔而愤懑、而抑郁。她坐在椅子上看着白莉苹向银行家献着殷勤、向秘书长卖弄着风情、还不时回过头来看看她和凌汝才的那股妖娆的神气，她想：“这就是那个和崔秀玉一起为怀念东北故乡而流泪的人吗？……”二年前的年夜，一群流浪学生聚在白莉苹房间里的情景，冲破了靡靡的音乐，又出现在道静的脑海里。

音乐又起，白莉苹几个人又去跳舞。凌汝才伸着苍白的手指殷勤地把一杯可口可乐送到道静的面前，道静好像没有看见，推开椅子向凌汝才点点头说：

“对不起，我要出去一下。”

第十六章

道静走出北京饭店的大门，银灰色的天空缀着满天星斗，一阵凉风迎面吹来，她陡地觉得世界变大了，心里豁亮了。外面的空气是多么清新、凉爽而自由呀！她用力呼吸了几下，看着晶莹的星星，仰头想道："已经深夜一两点了，我到哪儿去好呢？"

为了怕人追她，她顺着霞公府的街道迅速穿过一条小胡同向北走去。她像越狱的犯人似的紧走了一阵，然后才渐渐放慢了脚步，开始考虑今夜的投奔处。

"已经这么晚，到哪儿去好呢？"她不知不觉地向北河沿的路上走去。这儿离北大很近，在这儿她曾经住过好几年；在这儿，曾经有过最亲密的人和朋友和她一起；在这儿……这时，她忽然遏制不住地思念起王晓燕。她那温厚善良的眼睛是这般有力地吸引着她。"不，不管她是恼我、恨我，我还是去找她。她不会因为她姑姑恨我的，一定去找她！"决心下了，她的脚步就加快了。将要和王晓燕相见的喜悦促使她忘掉了几天来的疲劳，疾行在深夜空寥的街道上。

走着走着，走过了许多熟悉的街道，不知怎地竟又走到沙滩那座她曾经和余永泽一起住过的房子前。这时，她不由自主地站住了。她望着那两扇黑黑的紧闭着的街门，心里突然产生了一种憎恶、懊恼与悔恨交织在一起的情感。一想到他，使她立刻想到了囚在铁窗里的卢嘉川。要不是他，卢嘉川也许不会被捕的……想到这里，她的眼里不禁涌出泪珠。于是急忙掉头离开了这个小门。

走到北大女生宿舍已经深夜两点多了。她用手敲打门环，又按电铃。她喘息着，站在冷清的寂无一人的街上。按了半天才有一个老头从门缝里慢吞吞地问道：

“半夜三更的，找谁呀？”

“我找王晓燕。劳驾，请开开门！”道静由于过度疲乏，嗓子都嘶哑了。恨不得立刻有人给她打开大门，躺在晓燕或什么人的床上睡它一觉。可是看门老头却隔着门慢吞吞地回答道：

“找人的不行。不能开。学校章程：五点半开门，您等天亮了再来吧！”

“我有要紧事，劳驾开一下吧！”

“不行，不行！……”说着“不行”，老头已经走进去了。只听房门砰地响了一声。

“我不能在这儿站到天亮呀！”道静靠在油漆剥落的暗红的大木门上，望着寂静的夜空，无力地歪着头打着主意。“到哪儿去呢？住旅馆？不！去找徐辉么，也不行。……天不久就亮了，还是散散步，等亮了再回来吧。”于是她拖着疲乏的步子慢慢向西走去。离开宋郁彬家两天以来，她没有休息，也没有睡觉。紧张的斗争过去了，神经松弛下来，在这寂静的夏夜，一个人无目的地漫步，就更加引起了疲倦和瞌睡。她顺着熟悉的街道走到了故宫河沿，倚靠在护城河的栏杆旁，勉强睁开眼皮望着闪着鱼鳞似的光亮的河水，心里空旷旷的。

忽然，她在心里狠狠地责备起自己来——叫白莉苹拉了走，和她——和这一群资产阶级寄生虫去周旋，这、这是不是一种软弱？是不是温情？难道你忘了你身上还带着给徐辉的信——虽然这信也许不是十分重要的，但总是一个党员交给你的呀！……想到这里她望望故宫角楼，它仿佛一个庞大的怪物蹲在深灰色的云雾中。接着一双苍白的手在她面前一闪，她想起了凌汝才，不由得厌恶地唾了一口,把头发向后一掠,轻轻喊道:“去他妈的!”由于过度疲乏,她把头靠在冰冷的栏杆上睡着了。

当她打了一个盹醒过来时,东方已经现出了鱼肚白。这时,她长长地出了一口气,高兴得转身就走。她小跑似的走到北大女生宿舍门口,一看时间不过四点多,天色仍是灰蒙蒙的。她没有再去打门,只好坐在门槛上打起盹来,忽然,一个微弱的好像雨点落下来的声音,轻轻地传向了她的耳边:

“妈!妈妈……”

她惊醒了,以为是做梦。可是揉揉眼睛,那微弱的声音又低低地响了起来:

“妈妈,妈妈!我找妈妈!……”接着,有人喃喃地哭起来了。

她清醒地感觉到:这不是梦,那微弱的声音就在她的近旁。于是她站起身寻找起来。她终于发现:在女生宿舍的对面,在一座铺子的屋檐下有两个小孩互相偎依着睡在冰冷的石阶上。就着微亮的曙光,道静俯下身去仔细地看他们:两个都是男孩子,大的大约八九岁;小的只有五六岁,他们的小脸污脏、枯瘦,身上一丝不挂。两个似乎都熟睡着,不过那个小的孩子咧着小嘴、挂着泪珠,断断续续地喊着妈妈。

一见这两个孩子,道静的瞌睡一下子消失了。他们的家呢?妈妈呢?……虽然是夏天,拂晓前还是有些寒冷的,道静穿着衣服还觉得有些冷,可是这两个孩子的身上却一丝不挂,并且躺在冰冷的石头上。她的心被怜悯激动着,不由自主地又俯下身来,摸摸他们的小脸,摸摸孩子们的脊背。这时她吓了一跳:那个小孩子的身上不但不凉,而且火炭似的发着烧——原来是个病孩子。她想叫醒他们,问问他们。可是,这有什么用呢?她又情不自禁地想到了她才从那儿逃出来的北京饭店——那豪华的大楼,那蓝色的天鹅绒帷幔,那些珠光宝气的太太和绅士……她痛苦地摇着头,掏出了自己的全部财产——五块钱，从里面抽出了两块，轻轻地放在小孩子的脑袋底下，就急忙去敲女生宿舍的大门。

王晓燕从睡梦里惊醒来，看见道静站在床头，她懒懒地坐起来招呼道：

“你来啦？……坐下吧。”

晓燕冷淡而客气的样子，蓦然给道静的头上泼了一盆凉水。她估计晓燕会恼她，但没想到她竟会变得这样。她站在床前笔直地瞅着她，沉了沉，说：

“晓燕，是为姑姑的事恼我啦？……这怪我幼稚，但我并不想……”

“我不知你想的是什么！”晓燕打了个哈欠，开开电灯戴上眼镜，慢吞吞地打断了道静的话，“林道静，打狗也要看主人呵！”

她坐在床边的凳子上，两眼望着窗外；道静坐在桌子旁，两个人都不出声。

“晓燕，你是宽厚的人，你要明白，这并不是私人攻击……”半天，还是道静先开口，“姑姑对我很好，但是，她的思想落后……”

“别说啦，我姑姑来信把一切经过全告诉了我。”王晓燕站起身来，皱着两条修长而浓黑的眉毛，声音颤抖地打断了她的话，“我、我难过极啦……怨不得人家说你们这样的人，全是铁石心肠、没有感情的人。革命，难道就不要亲戚朋友吗？”

道静看着王晓燕红涨的面孔和圆圆的愁闷的眼睛，看得足有一两秒钟。然后站起来，拖着疲惫不堪的甚至全身都在发抖的身子，沉痛地说：

“晓燕，我很对不起你！但是我又一下没法和你说明白……现在，我只好走了。再见！”

她的面色苍白，眼里含满了泪，慢慢地向门外走去。

王晓燕盯着道静的背影发怔，她的心激烈地跳着，看看道静就

要走到走廊里,就要走出去了,她突然跳起来,紧走了两步,一把拉住道静的胳膊,含着眼泪喘着气,说:

"小林!别生我的气,回来吧!"

道静站住脚,回过身来看着晓燕苍白而激动的脸庞,眼泪忍不住滚了出来。

"小林,有些事情我真一点也不懂……不要怪我,回到屋里咱们细细地谈。"

道静跟着她走回屋里来。她一下子倒在晓燕的小铁床上,好像瘫了似的不能动了。

晓燕坐在床边陪伴着她。她拉住道静的手,真像个大姐姐,脸上浮着温柔而和善的笑容,眼里却流着泪。

"你怎么回来的?什么时候到的北平?昨夜住在哪儿啦……"看见道静苍白的脸上一双深陷的眼窝,疲惫得好像失掉了知觉的样子,她惊愕地把手放在她的额头上。"怎么啦?你生病了吗?"

道静摇摇头,直挺挺地躺着,闭着眼睛笑道:"没什么。有两天没睡什么觉。我想在你床上睡一觉。"

"睡吧!等你睡醒我们再谈。"晓燕说罢刚要出屋去洗脸,道静急忙喊道:

"回来!回来!先问问你再睡。徐辉在学校么?我要找她。"

"徐辉?……"晓燕两只圆圆的亮眼睛,意味深长地看着道静,"她说她母亲得了急病,没等大考就回家去了。可是我听有的同学说,不是那回事。大概是为革命工作到别处去了。"道静霍地从床上跳了起来,睡意全部消失了:

"啊,我要找她怎么办呀?"

晓燕把道静按回到床上,温柔而又有些惊奇地说:

"干吗这么着急?她会回来的!"

道静倒在床上,睁大两只深陷的眼睛,死死地盯着晓燕,好像呓语一样喃喃着：

“是呀，她会回来的！会回来的！我一定会找到她们的……”

晓燕看她那个疲惫样儿，明明已经睡着了，却还在一心想着找徐辉。不由盯着道静，在心里说道：

“莫非这就是信仰的力量？……”

白莉苹中午起了床，吃过点心后，就拿过几本时装画报斜靠在沙发上懒懒地翻着。一抬头看到墙角的一个小提包，不由得一阵恼火攻上心头。便扭头对挨在她身边的潘秘书长撒娇似的斜着眼睛说道：

“这样的朋友，给脸不要脸！我好心想替她介绍凌汝才，可是——叫马克思的鬼魂把她迷住啦！她，这样的人物都瞧不上，拆我的台——偷着跑啦。好哇，我要碰见她，一定饶不了她！”

“你唠叨半天，说的是什么人呀？”秘书长扶着眼镜温文尔雅、漫不经意地问。

“谁？昨晚上那个臭女人呗。从前在学校时候认识她，觉得她人挺不错，脸子长的也还漂亮。凌汝才死了太太，我想就替他介绍介绍——咱们那桩买卖正用得着老凌。谁知道这个臭婊子……”她喘了口气，对她的情夫妩媚地一笑，“世上什么人都有。我以为谈谈革命的人是有的，可是拼着命真干、不怕受苦、不怕杀头的人也真有。这可真是不可思议！”

潘秘书长点燃一支香烟，倒在白莉苹的脚边，翻着眼皮悠然望着淡绿色的天花板，又漫不经意地问道：

“你说，你的朋友革命？恐怕不是真实的吧。她不喜欢汝才，当然可以不辞而别。”

白莉苹跳起来，用娇嫩的涂着蔻丹的红指甲指着自己的鼻尖，激奋地喊道：

“你当我没经验过哪？我知道她，了解她！她要不是因为迷着共产党才拒绝了我的友情，我就挖掉这两只眼睛！”说到这儿，茶房进来了，微微鞠了一躬：

“太太，外面有个送信的女学生，要取东西。”

“把信先拿来！”白莉苹猜到是林道静来取行李的，她不耐烦地把头一摆，命令着茶房。

信送来了，她懒懒地拆开，倒在沙发上读着：

莉苹：你一定生了我的气。但是对不起，我受不了你给我安排的那个环境，只好逃走了。你对那种灯红酒绿、纸醉金迷的生活很有兴趣吗？但是在我看来，这只是消磨人的意志、使人堕落的魔窟。莉苹，你曾经指导过我，你曾经有过前进的思想，但是为什么和那样一些人，走上那样一种可怕的道路呢？难道你不应当过另一种有意义的生活吗？……

“屁！”没有读完，白莉苹使劲一扯，把薄薄的信纸扯得粉碎，“会说两句普罗列塔利亚，自以为了不得啦！喊喊空口号的时候谁没经过！他妈的！”

“太太，外面那个女学生还等着拿行李哪。”茶房站在地毯上，看见白莉苹扯了信，生气地自言自语，就提醒了一句。白莉苹发现茶房看见了她刚才的形状，就更加发了火，指着道静的东西吼道：

“混蛋！给她把这臭东西拿下去算了，还问什么！”

茶房对于阔绰的老爷太太们的脾气早就摸透了：当他们升官发财不如意，或者争风吃醋不高兴的时候，他们就要拍桌子大骂你这下人混蛋、该死；但是他们要是高了兴，要是酒色财气顺了心，你只要向他们谦卑地鞠个躬，或者给小姐太太脱脱大衣、献朵鲜花，那么，立刻十块、八块大洋赏给你。为了生活，茶房只好拿起道静的东西，默默地退了出去。他把提包交给站在门外的王晓燕，笑笑说：

"您是替昨天上这儿来的那位小姐取的东西吧？我说呢，这位太太来往的净是些阔人，怎么忽然交了个女学生，还要叫她住在这儿？……您可别告诉那位小姐，这位太太看见她的信生了气……嘻嘻，'武大郎玩夜猫子，什么人玩什么鸟。'趁早绝交，还是不巴结这号有钱人。"

王晓燕看见这饶舌的茶房叨唠个没完，拦住他说：

"别说啦，她们已经算完了。再见！"她把东西放在洋车上，又像欢喜又像懊恼地坐上了洋车。

这里秘书长对白莉苹斜着眼睛送情地笑了笑："乖乖，我去打个电话。"他走到走廊的一个黑暗转角处，这儿的墙上挂着一架电话机。他喊了号数急忙对接电话的人小声说道："老胡吗？快点！利通饭店大门外刚走了一个女学生——北大的。跟着她，快派人来跟着她！……不是她，要跟着她找另一个人——林—道—静。……对了！呵？你说什么？"潘秘书长使劲歪着脑袋对准话筒惊异地动着眉毛。"什么？你正要找她？找了好些日子？那可巧极了！嘿，老胡，可要请客谢谢我哟！……小白？别瞎扯了，随便玩玩。她不错，会迷人。有时间到我们这儿来喝两杯香槟。好，就这样办！"

挂上电话，潘秘书长悠然自得地伸了个懒腰，把淡湖色的绸子睡衣理了理，走进了他临时的行馆——白莉苹的房间里。白莉苹不在，他赶快点燃一支香烟，从皮包里拿出一小瓶海洛因，轻轻倒了一点白粉在纸烟上，立刻急急地贪婪地狂吸了几口。然后眯缝着浮肿的眼皮，点了点头得意地喃喃道：

"嘿！时来运转——万事亨通……"

第十七章

道静在北大附近的中老胡同找个小公寓住下了。她在这儿住下来的目的是找徐辉，并想法打听江华的去向。她觉得这些人不论是谁也好，都是她再也不能离开的人。而她也比较过去更有了能够找到他们的信心。白天她一个人自修、学习，不大敢出门。夜晚，有时才和住在附近的晓燕一同出去散散步。在生活上，晓燕比她谨慎细心，每当她们出去散步前，晓燕时常要担心地说一下：

“你还是小心那个国民党好。”她指的是胡梦安。

“不要紧。这么黑，谁也看不出我来。”道静笑笑，并不大理会。

沙滩通故宫的马路两旁，整齐地排列着一行行翠绿的洋槐树。夜晚，盛开的洋槐花在行人的头上散发着清爽的迷人的香气。穿过这些沁人心脾的洋槐树，道静和晓燕就时常悄悄地出现在故宫河沿的栏杆旁。有时在朦胧的月光下，她们一同眺望着那庄严美丽的故宫景色——那高大的黄色的琉璃瓦屋脊多么富于东方的艺术色彩；那奇伟庞大的角楼，更仿佛一尊尊古老的神像，庄严而又神秘地矗立在护城河上的夜空中，又是多么令人神往呵。每当她们这样静静欣赏的时候，她们都会被祖国的悠久文化和伟大艺术深深感动着，于是各人浸沉在各人的想象中，两个人许久工夫都不出声。

可是在这种时候有时她们也会兴奋起来，两人紧挨在一起说古道今。谈着谈着，道静时常就要扯到革命、扯到阶级斗争上去。而这时晓燕就要借故拦住她，不愿让她讲。

“你真是落后——顽固!”道静希望她的好友和她有同样的人生观、走同样的道路而不可得时,就会这样骂起她来。晓燕呢,虽然她爱道静,虽然她尊重她们之间的友情,甚至道静得罪了她的姑姑王彦文,她也原谅了她。然而,思想——各人的信仰和思想,这却是勉强不得的。她希望道静尊重她的思想,正像她尊重道静的一样。因此,她不爱听道静的劝说。道静的大道理对于她已经变成了怪不舒服的、厌烦的刑罚。

有一次,在故宫河沿她们又谈起来了,道静忽然提起江华来。

“晓燕,你不知道我在定县认识的那个江华,可真是个典型的革命家——他给我讲苏联十月革命的经过;讲中国的共产主义运动;讲南昌‘八一’起义;讲毛泽东同志领导湖南农民运动和秋收起义;讲红军在井冈山会师;讲党在江西等地建立革命根据地和武装斗争;讲党领导白区的群众运动。……他还讲中国革命的主要问题是土地问题。……嘿,你别把脸总冲着天,你听我说了吗?”

“你说的我一点也不懂。一来苏联,两来井冈山,那离着咱们这里够多远!”晓燕停住了脚步,轻轻地拉着林道静一起靠在故宫河沿上,她温和地对道静笑着,替她把一绺被风吹乱的头发理好了,“还是说说现实的事吧! 你从离开余永泽之后,见过他没有?”

“还提他呢。”道静蹙起眉头用力向河里丢了一块小石头笑道,“昨天,我在街上遇见了这个家伙,可把我气了一下子。我正走在鼓楼前的人行道上,忽然迎面走来一个长袍大褂、头戴礼帽的男人,胳膊上还挎着一个烫着头发、涂着口红的女人。走近一看,这不是余永泽么? 我本来不想理他。谁知,他却站住脚向我点头招呼说,‘呵,这不是林小姐么?!’我只好向他们点点头。不想这家伙又接口说,‘林小姐,您革命成功回来啦?’……随后,他又掉头把那个女人拉到跟前来,阴阳怪气地向我介绍那个女人:‘这位是我的新夫人李梦兰女士……这位就是马克思先生的大弟子林……’‘住口！余永泽！我想不到你竟是这样的无耻、恶毒！……’话没说完，我扭头就走。跟这样的人，还有什么话可说？！”

晓燕听她说完，庄重地摇摆着头：

“听说他在北京图书馆当个什么大职员，还自己租了一所小房子。我常碰见他洋洋自得地在街上走，我就不答理他。这个人自私得很！”

道静紧接着说：“他只想向上爬，现在一定抱稳了胡适的大粗腿，有阔差事了。胡适见了宣统后向人夸耀：‘他叫我先生，我叫他皇上。’余永泽如果见了宣统，一定还要向人夸耀他叫了吾皇万岁、万岁、万万岁呢！……哼，奴才的奴才！”她又豪爽地笑了。微风吹着她柔软的黑发，这时，她非常像一个调皮的男孩子。

“行啦，”晓燕说，“你又快谈阶级斗争啦……不许说这些。你到过的地方多，给我说点各地方有意思的事听听。”

“什么有意思的事？我不会说！”可是待一会儿，道静还是说起来了。这回她说的是小时候的事。她小时候常跟着那个地主“母亲”到古北口外去收租。别看多少年过去了，可是在那些地方经过的一些事，却叫她一辈子忘不了。徐凤英跟林伯唐常常把不交租的佃户吊到房梁上用皮鞭子抽；逼得孙寡妇跳了河；也逼得她外祖父跳了白河川……“不说这个！”道静沉思着，她的声音突然变得低沉了，“现在我给你讲我的小朋友黑妮的事。你知道，我永远忘不了我这可怜的朋友……”

于是，道静开始讲起黑妮的故事。她讲她们两个怎么要好；讲黑妮如何聪明、灵巧；讲郑德富和黑妮娘两口子怎么对她好；讲他们家的生活，常常掀不开锅盖……开始时，道静望着闪着粼光的河水小声说着，以后她抑制不住自己激动的情感，盯着晓燕提高了声音。晓燕呢，开始是靠着矮矮的砖砌栏杆静静听着，神色自若，毫没改变她那庄重的学者姿态。但是，听到后来，听到郑德富背起黑妮走上了山岗……她忽然转过头去用手绢擦起泪来了。

"这样悲惨的事,我还是第一次听见。"她抬起头来,眼睛已经红了。

道静的心像被什么东西焚烧着,隐隐地痛起来。这时她不由得又想到她可怜的母亲,想起被林伯唐糟蹋死了的黑妮娘,想起郑德富和王老增祖孙们。这些地狱里的人这时全一齐跑到道静的眼前来。

"可是还有比这更惨的,我还没有向任何人讲过——我的妈妈……"道静又沉重地说。

于是她又讲了秀妮——她的妈妈的遭遇和黑妮娘的遭遇。最后她这样结束了她的话:"晓燕,别看我是在剥削阶级的家庭里长大的,可是当我知道了我和妈妈怎样受尽封建地主的蹂躏迫害,当我一明白这蹂躏迫害的原因,当我亲眼看到郑德富那种悲伤绝望的眼色,我就不仅痛恨我的所谓'父母亲'几个人,而且恨死了一切的剥削阶级！我亲眼看到了这些阶级的残暴无耻;亲眼看到过他们的卑鄙丑恶的嘴脸;而且只要一看见这些人,我就要想起黑妮、想起我妈妈来。"她喘口气,更加用力地拉住了她朋友的手。"晓燕,你睁开眼睛看看吧！看看世界是这样悲惨,看看祖国是这样危急,难道你还能够再冷眼旁观、视若无睹地生活下去吗?"

晓燕慢慢抬起头来凝视着道静的眼睛。在薄暗的微明的光线中,只见两只又黑又大的眼睛,正像火球一样闪动着灼热炙人的光焰。

晓燕慢慢地小声说:

"嗯,小林,你是对的。今天我才明白人间还有、还有另一个世界。"她的低声中混杂着某些惭愧、痛苦和渴望。停了停她又说,"你介绍我读些书吧！先读什么好?真可笑,你摆在我屋子里那么多书,过去我竟没有看过一眼。"

大大出乎道静的意料：平日她常常想用革命的道理来说服她的朋友、帮助她的朋友提高觉悟，然而保守的自信的王晓燕竟是那样难于说服；而无意中随便谈起黑妮、谈起可怜的妈妈，晓燕竟变了，竟肯和她走上一条道路了，这是多么叫人高兴呵！于是她扬着眉毛，天真而快活地说道：

“你也先看《怎样研究新兴社会科学》吧！我第一次就是看的这本小书。现在它还存在你那儿。看完了，你就可以看毛泽东同志的一些著作，列宁的《国家与革命》《共产主义运动中的‘左派’幼稚病》，还有《政治经济学大纲》……书多得很呢，你看吧，保你越看越爱看！”

“好。有你帮助，我一定进步得快。”

“晓燕，可别把问题看得太容易呀。从理论的学习，到真正走上革命的道路——革命的实践，这还要有一段距离呢，我就是……”

“好家伙！现在你真成了我的老师了。还没迈进学校的门槛，你倒先教训起学生来！”晓燕打断了道静的话，她笑着，两个朋友快活地笑着。多年以来她们第一次享受了互相了解的真正的友谊的快乐。

回去的路上，道静指着街灯下一个匆匆走过的青年男子小声说：

“燕，看！那个人也许是个共产党员吧？”

晓燕看了那人一眼，轻轻笑道：

“真是入迷啦！你有什么根据？”

“正直、朴素、刚强、严肃……我觉得所有的共产党员虽然他们的面孔不同，个性不同，但是在他们身上都有许多共同的东西。刚才那个人我看他的面色庄严，不同寻常。”

晓燕活泼地大笑起来：

“你倒成了个相面先生啦！什么时候学的这套本事？”

“不，真的！”道静蹙着眉头严肃地说，“别开玩笑。这几天我又和一切革命同志断了关系，谁也找不到、看不见，心里烦闷极了，做梦都在想着他们。看见个过往行人，我都猜想：他也许是个党员吧？……燕，你说我怎么办好呢？而且生活也成问题。”

“不必为生活发愁，尽量找职业。找不到之前我还可以帮助你。倒是革命——我不明白你怎么会一阵子有关系，一阵子又没关系……你是个……”她警觉地望望左右行人，放低了声音，“你是个共产党员吗？”

“不是。”道静的声音更低了。她倒不是因为害怕，而是因为痛苦，“如果我能是个、是个这样的人，我想，我会立刻变成世界上最幸福、最快乐的人。可是，我不是……”

“你会是的！”晓燕回过头来严肃地望着道静愁闷的脸色，“你会是的！我觉得你将来一定会是的！”

快走近道静所住的公寓时，远远地望见门口站着一个戴礼帽的男人，不住盯着道静她们走来的方向看。道静心里一动。她立刻想起江华交给她带给徐辉的信。因为总想可以找到徐辉，她仍然没有把它烧毁，只是随身带在身上。现在一看情形似乎有点不对头，她立刻从口袋里把薄薄的信封掏出来，迅速地往嘴里一塞——她准备如果情形不对，立刻吞到肚里去。如果没有事，她再掏出来。

晓燕惊奇地看着她的嘴巴：“你干吗呀？”

道静碰碰晓燕，没有出声。

走到公寓门口，果然从大门口里奔出了几个武装宪兵，其中一个军官模样的中年人对道静翻着眼皮上下看了看，然后皱着眉头嘎声说：

“林道静就是你吗？走吧！”

道静已经把她藏在嘴里的信使劲一口吞了下去。这时她不慌不忙地冲着晓燕点点头：

“你回学校去吧。好好用功，再见！”她又回头看着军官，翻着眼睛问道，“现在就走吗？……”

“走吧！”

一辆黑色汽车开过来，四五个宪兵推着她进了汽车。

汽车要开动了，道静忍不住向车门外的马路上望去：只见晓燕呆呆地站在一根电线杆子下，昏暗的街灯照着她的脸像纸样的惨白。

“他妈的，还看什么！进去！”一个宪兵猛力把她向车里一推，砰然一声关上了车门。

“小林！小林！”汽车开动了，从外面，又似乎从遥远的地方传来了王晓燕追着汽车发出的悲痛的呼声。

但是道静此刻是沉着的。她好像早有准备似的，镇静地、毫无所惧地坐在汽车上。

第十八章

故宫的傍晚,浮云缓缓地飘动在暗蓝的天上。瑰丽堂皇的角楼巍峨地矗立在这傍晚的浮云下面。河水,那暗灰色的闪着粼光的护城河水,那河边灰色的矮矮的砖石栏杆,那热烈快活的谈话,那激动的珍贵的泪珠呵……

"今天我才明白人间还有、还有另一个世界!"

这一切不过是刚刚在眼前、刚刚过去的事情,然而,然而却好像遥远的多少年前的事了!这是不是做梦呢?刚才她还在和她的好朋友王晓燕一起自由地谈话;还在一起向往着那无限美好的未来;还在一起商量怎样读书、前进。可是现在呢,道静睁开疲惫的眼睛打量了她的周围一下:漆黑的发着霉臭好像地窖一样的地方,阴森、寒冷。她已经和那个人间世界隔得好远好远了呵!这是来到什么地方了呢?她微微打了个冷战,眼前浮动的幻象消逝了,她想到了迫在眉睫的现实——国民党刽子手立刻会审讯她的。肉刑,还有死——她脑子里突然又浮起了"死"这个念头。

她一个人坐在漆黑潮湿的土地上,茫然地想起了秋瑾,想起了她就义以前的"秋风秋雨愁煞人"的诗句;想起了卢嘉川,想起他那热情的爽朗的笑容;她也想起了江华,想起了徐辉。当她不知怎的又想到了可敬的卢嘉川时,她闭着眼睛微笑了一下。"同志,我恐怕就要和你一样了!"因为她认为他已经牺牲了。

死,从小时候,她就多么羡慕像个英雄一样地死去呵,现在,这个日子就要来到了。

她陷入纷乱的热烈的回忆中。也许过不多久她就要离开人间，在这最后的时刻中，她要把她短短一生的快乐、痛苦，和一切值得记忆的事情全好好地想一想、回味一下。她没有第一次被捕时那种胆怯和孤单可怕的感觉了，她的心比较平静地思索着这战斗的人生是多么值得留恋呵！

“出来！”门锁在手电筒一闪之下哗啦开开了。道静被一只大手抓住，连推带拉地走出了这间漆黑的地窖似的屋子。

在一间不大的屋子里，一张写字台后面，坐着一个苍白的穿着西服的中年男人。两个拿枪的士兵站在稍远的屋角，一个当记录的书记埋头坐在另一张小桌上。

道静直直地站在桌子跟前，把脸侧向旁边。

“你就是林道静吗？今年多大年岁啦？”西服男子的声音是枯燥的、慢腾腾的，好像还没有睡醒的样子。

半晌，没有回答。道静的头依然歪在一边动也不动。

“说呀！我们在问你。你知道你是犯人吗？”慢腾腾的声音变快了。显然有些不耐烦了。

“我不是犯人！”道静依然动也不动，“你们才是真正的罪犯！”

桌子通地响了一声，西服男子恼怒地瞪圆了眼睛：“好呀！你这凶恶的女人！不用问你，毫无问题，一定是个共产党！说！什么时候参加的？领导人是谁？在哪个支部？说了实话，有了悔悟，还可以从轻处理。”

道静慢慢回过头来，笔直地盯着问者的瘪瘪的嚅动的嘴巴。多么奇怪！那苍白的瘦脸，那狼样发亮的眼睛，那没有血色的乌黑的瘪嘴唇，都和曾经缠绕过她的那条毒蛇多么相像呵！天下的共产党员都有许多相像的地方；天下的特务、天下的法西斯匪徒，他们却也都这样相像呵。

“我要真是个共产党员那倒幸福了！可惜我还够不上它！”道

静的声音虽然很低,然而一字一句却异常铿锵有力。

“你还狡辩什么！抓了你来是有证据的。你不但是个共产党,而且还做过许多重要工作。说!”那个家伙又拍了一下桌子,好像替他酒色过度的虚弱的仪容来壮威。

“我已经说过了。”道静又侧过了头,望着灰色的映着她自己影子的墙壁,“我总想参加共产党,可惜——我还没有能够参加!”

桌子连连的震响起来了。那个问案的家伙气得抓住头发跳了起来:

“好狡猾的东西！还没有见过你这样顽恶狡猾的女人！不说,不说实话要枪毙！你知道吗?”

“知道。我早准备好了。”道静的声音更低了。她突然感觉到异常的疲乏。

“啊！啊！……”那个瘪嘴瘦家伙刚刚又要说什么,同样的一个西服瘦子从旁边的门里走了进来。他走到道静面前挥着手臂晃了两晃,好像见面礼似的。然后,眯着一只眼睛冷笑道:

“林小姐,还认得鄙人吗?”

“啊,毒蛇!”道静惊悸地不自觉地后退了一步,疲乏感突然完全消失了。她的心因为愤怒、因为憎恶、因为怕受侮辱的恐惧而激烈地狂跳起来。浑身忍不住一阵颤抖。

“想不到吧？我们又见面了!”胡梦安和道静面对面地站着,狼样闪着白光的眼睛紧盯着她,似笑不笑地露着雪白的牙齿。白兰地或其他什么上等好酒的气味浓浓地冲向了道静的鼻孔。“孙猴子跳不出如来佛的掌心,你这个小小的共产分子,今天怎么样？今天,该在我们的三民主义面前低头了吧?”

“滚开!”道静猛地把那个骷髅样的酒鬼推了一下子,急急地喊了一声,“浑身的血腥气！滚开!”

坐在写字台后面的瘦子又连声地击起了桌子。桌上的茶杯哗啦啦地翻到了地上。胡梦安当着卫兵、当着他市党部的同事面前，没好意思像猴子样的蹿跳起来，他反而挺着胸膛，直着颈脖，静静地看了道静几秒钟，然后连声狞笑道：

“林道静小姐，我说，你、你到底有几个脑袋几条命呀？共产党给了你什么好处，你这样——这样赤胆忠心死不悔悟！我救你，总好心想救你——你要放明白，第二次落到我手里，要是……”他从牙齿缝里一字一板地说，“要是再不—悔—过—自—新，再不—从—实—坦白，那么，你可不要后悔，你们的马克思在天之灵也不能救你的！”

桌子后面的瘦子乘机接着来帮腔：

“你的全部材料，你在定县以及其他地方的一切行为，我们全清楚得很。快说出你的组织关系，只要你说出一个同党，我们可以立刻释放你。”

道静猛地打了一个冷战。“定县？他们知道了定县？……”她突然被激怒了，猛地，一个嘴巴狠狠地打到站在身旁的胡梦安的瘦脸上。她怒喊道：“你们枪毙我吧！”

啪，啪，啪，一个嘴巴，两个嘴巴，一连几个嘴巴也重重地打到道静苍白的脸颊上。胡梦安摸着被打的面颊，暴跳如雷地大喊道：

“好呵，你好大的胆子呵！以牙还牙，以眼还眼，这是你们常说的话。现在先奉还你几个嘴巴。把她带下去！”他那凶恶的目光转向了门口的卫兵，同时把手一挥，“刑——重重的！”

“是不是做梦呢？……”一间阴森森的大屋子里，地下、墙上全摆列着各式各样她从来没有见过的奇怪的东西——刑具。几个穿黑衣服的彪形大汉凶恶地盯着她，好像怕这个犯人逃遁似的。道静被卫兵推搡着，来到这间屋子里。她站在地上，觉得浑身疲乏，软绵绵的没有一点力气。可是她又茫然地想起来了：深夜，这已经是沉沉的深夜了，多少妈妈正在抱着自己的孩子熟睡；多少年轻的爱人正在缠绵地喁喁私语；可是她呢？……她的朋友晓燕此刻能否熟睡？卢嘉川、江华、许宁、罗大方、徐辉、许满屯，还有坚强的“姑母”……这些光辉的革命同志，他们都在哪里？还有她那些可爱的学生们，他们谁也不知道她已经来到这个可怕的地狱……

她站在那里闭着眼睛不声也不响。

彪形大汉们以为她胆怯了，一边大声地响动着什么刑具，一边得意地吹起风来：

“什么英雄好汉也架不住一顿杠子两壶辣椒水！”

“这还是轻的呢——要是通红的烙铁一上来，吱吱的红肉冒白油，生猪肉也烧熟了，别说人……”

“我说呢，要是识好歹的，既然到了这个地方就趁早回头，少吃苦头——好汉不吃眼前亏。”

闭着眼睛，道静依然站在地上，不声不响地好像睡着了。她能够说什么呢？她咬着嘴唇，只剩下一个意念：

“挺住，咬牙挺住！共产党员都是这样的！”

“好哇，跑到这儿装洋蒜来啦！”刽子手等急了，恼怒了，动手了……

就这么着：她挺着，挺着，挺着。杠子，一壶、两壶的辣椒水……她的嘴唇都咬得出血了，昏过去又醒过来了，但她仍然不声不响。最后一条红红的火箸真的向她的大腿吱的一下烫来时，她才大叫一声，就什么也不知道了。

天色破晓了，阴森森的昏暗的刑房里，从高高的窗隙透进了淡淡的青色的微光。两个肥胖的行刑的刽子手用手巾频频擦着汗水，同时望望躺在地上浑身凝结着紫血、面色死白不省人事的林道静。一个家伙先长吁了一口气：

“这小娘们倒真行！我真纳闷：怎么中国的男男女女只要一沾上共产党的边，就都好像吃了他妈的迷魂药——为他们的共产主义就连命都不要啦？说实在的，还有什么比命值钱的呀？”

另一个大声打着喷嚏，他用正在揩拭着流在板凳上的鲜血的手，突然向自己的脖子上一砍，粗暴地大声说：

“没别的法子，只有照着蒋委员长说的主意办——宁错杀一千，不放过一个。杀！杀！杀！斩草除根，杀绝这些赤色的杂种！”

说到“蒋委员长”，他跳起来立了一个正。顺便把大皮靴向道静的身上用力一踢，突然爆发了一阵歇斯底里的狂笑。

第十九章

三天以后。

道静从严重的创伤中苏醒过来了。她微微睁开眼睛呻吟一下,脑子里朦胧地、混沌地浮现出各种梦幻似的景象。

“我还活着吗? ……”她这样想了一下,就又昏迷过去了。

当她真的清醒过来时,努力思考一下、观察一下,她才明白她是被捕了、受刑了,这是在监狱的一间囚房里。

一个温柔亲切的声音轻轻地飘到她耳边:

“醒过来啦? 真叫人急坏啦。”

道静向送过声音的那面侧过头去,在黯黑的发着霉臭的囚房里,就着铁窗外透过来的薄暗的微光,她看见她旁边的床上躺着一个苍白而消瘦的女人。

道静拼着肺腑里的力气,微弱地说道:

“我还活着吗? 你是……”

那个女人一见道静能够讲话了,且不答应她,却冲着窗外用力喊道:

“来人! 来人啊! 这屋里受伤的人醒过来啦!”她冲着窗外喊罢了,这才回过头来对道静带着鼓动的热情低声说,“叫他们来给你治疗——我们要争取活下去!”

道静目不转睛地凝视着那张苍白热情的脸。这时,她才看出,这是个非常美丽的女人。年纪约莫二十六七岁。她的脸色苍白而带光泽,仿佛大理石似的;一双眼睛又黑又大,在暗淡的囚房中,宝石似的闪着晶莹的光。

“希腊女神……”一霎间，道静的脑子里竟闪过这个与现实非常不调和的字眼。她衰弱、疼痛得动也不能动，只能勉强对这个同屋难友轻轻说道：“谢谢！不要治啦——反正活不了……”

看守打开门上的铁锁进来了。后面跟着一个长头发也像犯人似的狱医。他走近道静身边，脱下她的粘满污血、打得破烂了的衣服。那痛，奇痛呵！一下子使得道静又失掉了知觉。

当她再度醒来时，那同屋的女人躺在她旁边的床上还在热情地注视着她；长头发的狱医拿着一个小药箱也还站在她床前。他看着道静，对那个女人说：

“这次也许不至于再昏迷了。放心！她的身体还挺不错……”他回过头又对道静笑了笑，“他们叫我给你治，我就治吧。没有伤到骨头，你会很快好起来的。”

又过了半天，喝了一点稀米汤，道静年轻的生命真的复活了。可是痛，浑身上下全痛得像要粉碎了似的，针刺似的，火烧似的。可是，她不喊叫。她望着她床边的年轻女人，凝视着她美丽的脸庞，忽然好奇地想到：“她是个什么人呢？共产党员吗？”

“好，不要紧啦！多吃点东西很快就会好起来的。”年轻女人对她轻轻笑道，“等你的精神好点的时候，告诉我你被捕的经过，告诉我外面的情况。多么闷人啊，在这里知道的事情真太少啦。不行，不行，我的要求还太早。过两天吧，过两天等你身体好一点再说。”屋里另外还有一个也受了刑伤的女学生，这个女人就对她们两个絮絮地说着。她似乎有病，躺在冰硬的木板床上，动也不能动，但她却用眼睛和嘴巴不停地照顾着道静和那个小女学生。囚室外的小走廊里，时常可以听到她低微的喊声：

“看守，来呀！她们要喝水！”

“来呀！看守！看守！”

“看守，”她对走进来的女看守说，“你们该给这位受重刑的弄点东西吃。”看见端进来的是一块发黑的窝头、一碗漂着几片黄菜叶的臭菜汤，她皱着眉说，“这怎么能吃呢，你想法弄点好些的——我们以后不会忘记你的！”

那位瘦瘦的女看守说来也奇怪，她似乎很听这位女人的话，她支使她，她差不多都能瞒过其他警卫和看守照着去办。

小女学生，约莫有十五六岁，细长脸，长得机灵而清秀。她受刑不太重，还能勉强下地走几步。但是她被恐怖吓住了，一句话不说，成天躺在木板床上哭。夜间，道静听见她在睡梦里惊悸地喊道：

“妈妈！妈妈！我怕，怕呀！……”

在黑沉沉像坠到无底洞里的深夜里，她悲伤地哭着。这个女孩子似乎从来没有离开过妈妈。

这时候，那个女人还没有睡觉，她伸出手拉住女孩子的手，在黑夜中轻声说道：

“疼吗？……不太疼？那为什么老哭呢？我猜你一定是想家、想妈妈，对吗？……不要哭啦！小妹妹，哭，一点用也没有的。”她喘口气，歇歇，听见小姑娘不哭了，又接着说下去，“我十五岁的时候，那是在上海，也被捕过一次。那时我吓得哭呀，哭呀，哭起没完。可是我越哭反动派就越打我，越吓唬我；后来我一赌气，就一声也不哭了。我就向我同牢的大姐姐们学——跟反动派斗争，跟他们讲理。这些反动家伙们都是雷公打豆腐，专捡软的欺。等我一厉害起来，他们反倒不打我了……”说到这里，她轻声地笑了，道静和那个女孩子也笑了。

“郑瑾大姐，”那女孩子有气无力地说，“我哭——因为我冤枉呀！”

这名叫郑瑾的女人又安慰起女孩子，虽然她自己喘吁吁地看起来也是异常衰弱。

“小俞，俞淑秀小妹妹！”她说话的声音很低，但却充满了热情，“你说冤枉吗？不！不！在这个暴君统治的社会里，哪个好人能够活得下去呢？坏人升官发财，好人吃官司受苦，这是最普通、最常见的事。”

小姑娘似乎受到了鼓励与启发，不哭了，渐渐安静下来了。

道静从旁边听见了这些话，她带着惊异的心情，很快地爱上了这个难友。

郑瑾比她们到这个地方早，一切情况她似乎都摸得很熟。可是那位姓刘的女看守竟听她的支配，道静又觉得惊异而惶惑了。“她究竟是个什么人呢？……”

“你是做什么的，为什么被捕？”第二天晚上，卫兵查过夜之后，郑瑾这样低声问道静。

“我不知道为什么。”道静衰弱地低声回答，“我是个失学的学生，我相信共产主义，相信共产党——也许就为这个把我捕来的吧。我还不是个党员，可是我希望为党、为人类最崇高的事业献出我的生命。——我想这个日子是到了。我什么也不想，就准备这最后的时刻。”

郑瑾静静地听着道静的话，神情变得冷峻而严肃。半晌，她才慢慢地仰起头，在昏暗的灯光下凝视着道静说：

“不要以为被捕就是你生命的终点，就一定是死。不是的！共产主义者到任何地方——包括在监狱里都要做工作，也都可以工作的。我们要工作到最后一分钟，最后一口气。我们要亲眼看到共产主义在中国的实现，快乐地迎接这个日子……”说到这里，她看看道静又侧过头去看看俞淑秀，黑眼睛里突然闪耀着幸福的光彩。接着她就轻轻地描绘起共产主义幸福的远景；描绘起中国将要成为一个独立、自由、平等而繁荣的国家时的情形。

道静听着，吃惊地望着她。啊，多么美丽的大眼睛呵，那里面荡漾着多么深邃的智慧和摄人灵魂的美呵！完全可以相信她是革命的同志了。而她给予自己的鼓励——也可以说是批评，又是多么深刻而真诚！道静忽然觉得心里是这样温暖、这样舒畅，好像一下子飞到了自由的世界。这样一个坚强的热情的革命同志就在自己的身边，够多么幸福呵。——她渴望着、到处寻觅着而找不到的革命同志，却意外地被敌人的魔掌把她们撮合在一起了。

第三天吃过晚饭，监狱里查过第一次夜之后，郑瑾又和道静、俞淑秀两个人谈起天来。她真是爱讲话，不断地说着，好像一下子要把她所知道的事情全告诉她们似的。

“小妹妹们，我给你们讲点监狱的生活。那是四年前，在苏州监狱里……”

“这儿是什么地方？到现在我都不知道。”道静插了一句。

“这是属于宪兵司令部的秘密监狱。宪兵三团和市党部有矛盾，可是有时他们也要合作。”郑瑾回答了道静的问话，就又继续讲起她的故事来，“在苏州监狱里，在那里面我上了三年马列主义大学，学了很多东西……”

“在监狱里怎能上大学呢？”俞淑秀惊奇地把头探向郑瑾。

“听我说啊，这就是奇迹。”郑瑾闭着眼睛疲乏得鼓着劲儿说，“每天早晨监狱附近的工厂汽笛一响，嘿，你看吧！我们男监、女监一两千个政治犯——也有少数其他犯人，就全同时起床啦。原地踏步锻炼身体以后，就每人捧着一本书坐到各人的床位上读起来。这里面有判死刑的，有判无期徒刑的，也有判十五年、十年、八年的，可是他们舍不得浪费一点点时间，一个个都是全神贯注地读起书来。我们有学英文的，有学俄文的，也有学德文和日文的。政治理论更是每个人必学的课程。我学会了德文以后还当了教员教别人。”

“你说的这些人真奇怪，判了死刑还学外国文？那、那还有什么用呢？”俞淑秀和郑瑾、道静熟识起来了，情绪也稍微好了一点。她听了郑瑾的话半信半疑，睁大了圆溜溜的好奇的眼睛。

郑瑾仰起头来，微弱的灯光照着她的脸，那样明净，那样俊秀，虽然苍白得没有血色，但丝毫不减少她惊人的美丽。道静又一次在心里想：“她真像块大理石的浮雕——我要能把这样的人雕刻出来够多好！”

道静刚要说什么。

“停一下。”郑瑾小声制止了她。因为走廊里传来了卫兵沉重的大皮靴响声。等皮靴响声远了，郑瑾不等道静说，自己抢先说道：

“小妹妹，你奇怪他们吗？不，一点也不奇怪！你要明白这些人，不是平常人，他们是共产党员或者是共产主义者啊！一个人要是有了共产主义的信仰，要是愿意为真理、为大多数人的幸福去斗争，甚至不怕牺牲自己生命的时候，那么，他一个人的生命立刻就会变成几十个、几百个，甚至全体人类的生命那样巨大。小妹妹，你们明白吗？这样巨大的生命是不会死的，永远不死的！所以我在监狱里看见了好多好多的共产党员，几分钟以后他们就要被拉出去枪毙了，但是在这几分钟以内，他们还要愉快地生活，还要努力地工作——因为他们是不死的！”

道静贪婪地听着郑瑾的每一句话、每一个字，周身的血液突然在血管里奔流起来、沸腾起来了。她没有想到在这个地方还会碰到这样坚强的老布尔塞维克，——像卢嘉川、像江华、像她梦想中的伟大英雄人物。看，她受刑多重，而且有病，可是她却这样愉快、这样充满了生活的信心，这样用尽她所有生命的力量在启发她们、教育她们。

“还没有去斗争就先想到死，这是不对的！”老早以前，卢嘉川曾经对她说过的话蓦地又闪过心头。可是,这种幼稚的幻想她并没有完全放弃。道静开始发现在自己的灵魂深处还有这么多不健康、这么多脆弱的地方——没有勇气斗争到最后一口气,却幻想能够很快杀身成仁完成英雄的梦想。可是,这是英雄的行为吗?……她回过头去看着郑瑾,不禁深深地惭愧起来。

俞淑秀呢,她那孩子气的想念妈妈,想念家,害怕受苦的哭泣渐渐减少了,终于一点也不哭了。她窥探卫兵不在门外走动的时候,就悄悄溜下床来坐在道静的床上,目不转睛地望着郑瑾,听她说那传奇式的富有魅力的狱中斗争故事。

第四天晚上,郑瑾又继续叙说她的故事。

"在监狱里我们还开了报馆和杂志社呢。"郑瑾微笑着闭着眼睛说,"我坐狱的那时候,有两三种刊物,还有一种为了难友们互相通讯联络交流消息的小快报。有人写稿,有人负责编辑,有些人就分头去缮写。我就是缮写员。白天不能写,深夜里我的同屋难友就分班替我守夜,我用棉被蒙住全身——一个人的被子蒙不严,就用两三条棉被。被子里面点上小豆油灯,或者用手电筒,我就一夜夜地趴在地上用墨水写,写……"

"你们这屋里怎么老讲话?少说一点吧!哨兵过来,不是耍的!"瘦瘦的刘看守趴在铁锁上冲着屋里轻声劝说着。

"大娘,帮忙帮到底!你是好人,让我们谈谈吧!"郑瑾对女看守说,"人吃了官司够多苦啊,我们都在想念妈妈。"

女看守不做声了。郑瑾对道静她们笑笑说:"这个女人是个受苦人出身,碰到她还算同情我们……不行,今晚上我不能再讲了。我受刑闹得身体很坏,又有心脏病……"她喘息着不做声了,似乎睡着了。道静和小俞都怜惜她,也都不再开口。但是刚歇了一歇,郑瑾却又伸出一只手握着俞淑秀的手,轻轻地温存地说,"小妹妹,和你们一样,我是多么想活下去啊!我有爸爸、妈妈,还有一个姐姐一个弟弟,还有许多要好的朋友、同志……我爱他们,真想跑出这黑暗的监牢到外面的阳光底下和他们一起唱歌、一起玩耍呀!"

小姑娘天真地问道:

"你有丈夫吗?我想他一定也是个挺漂亮的人。"

郑瑾蛮有兴致地回答:

"我的丈夫吗?你说对了,倒真是个很漂亮的人。高高大大的,懂音乐、爱艺术,又写得一手好文章,精神总是很饱满。我们俩一起在苏联同过学。他,他是非常爱我的。"

"他现在在哪儿?"道静插口问道,"郑姐姐,如果有机会,我真想见见他!"

"他现在吗,离咱们这儿很远很远,我已经四年不见他啦。哦,林道静,小俞妹妹,我们不说他了。我来给你们讲另一个人的故事,也是我在狱里亲眼看见的。你们喜欢听吗?我失眠,反正睡不着,如果你们不困,趁着深夜卫兵查得松,咱们就谈谈。"她的话像潮水样又滔滔地奔腾起来了。她鼓着全副的生命力,轻轻地喘息一阵,歇息一阵,又继续地向两个年轻的伙伴讲到深夜。

"李伟是个精明干练而又刻苦好学的青年。他在大革命以前就参加了共产党。党派他到苏联去学习,在那儿他和他的妻子认识了,而且相爱了。她是他的同志,他们就结婚了。一九二八年,大革命失败后的第二年,他们俩一起回到了祖国。李伟在上海做党的地下机关工作;他的爱人就在上海纱厂里做女工工作。李伟住在装做阔公馆的机关里,他的爱人去看他时才有意思哩——她在工厂里做工总是短打扮,去看他就必须换上旗袍才能进门。但是匆忙中她又没处去换。她只好把旗袍包个小包挟着,等走到李伟机关附近人少的小弄堂里,才急忙换上再进阔公馆。"

"哎呀,那要是撞上来了人,再是男人,多不好意思呀!"小俞忍不住又替这个女同志担心了,她瞪大眼睛的神气怪可爱的。

“小俞,你不要总打岔。她爱她的爱人,当然用什么办法也要去看他。”道静说了小俞,又催郑瑾,“请你快说,他们后来怎样了?”

郑瑾笑笑:

“小妹妹们,别催我。等我想一想,哦,事情是这样的:

“一九三〇年,他们夫妇俩都先后被捕了。两个人最后都被押到苏州监狱。敌人捕到李伟非常高兴。他们知道他是共产党的重要人物,他所知道的关系必然多。于是就想尽各种办法威胁利诱逼他说出组织秘密。可是李伟任凭敌人使了千条妙计,任凭敌人用尽各种酷刑——不是人能够忍受的肉体折磨,他依然是丝毫不为所动。甚至他明知他的爱人也同在一个监狱里,但为了不连累她,他竟忍住自己的感情,装做不认识她。他顽强地和敌人斗争着,并且领导着狱中同志们的斗争。敌人知道了气得发昏,最后想出了一条非常毒辣的阴谋——他们把李伟弄到上海,替他换上漂亮的西装,叫他坐上汽车,带他一同出去捕捉我们的同志。到了地方,他们拉李伟下车,他却躺在车上装傻,死也不肯下来。敌人打他、揪他,他躺在车上对围观的群众大声喊道:‘我是个犯人,他们却叫我换上漂亮的西装,坐漂亮的汽车,我身上伤痛不愿下车,他们却又拼命打我——不知道国民党生的是啥样的狼心狗肺!……’

“国民党特务窘得下不了台,愤愤地把李伟仍又弄回了苏州监狱。他一回来,就对同志们讲:‘敌人不会再叫我活下去了,我就要和你们分别了。’同志们听了很难过,可是他每天依旧高高兴兴地学习、工作、做早操。他非常喜欢清洁,弄到一点点水,也要把全身洗一洗。他的眼睛大大的,头发黑黑的,身材高大而英俊。同志们,甚至有些狱卒全很敬爱他。他的嘴巴很会讲,随时随地都在做宣传。有时还唱着非常好听的男高音。狱里有点良心的看守都被他感动得改变了穷凶极恶的态度。

“这最后的一天来到了。敌人提他出了笼子。他临走出去时，抖抖身上的土，对同监的同志们像平常一样安静地说道：‘同志们，就要分别啦，不屈不挠地斗争下去吧！共产主义是一定会胜利的！’他和每个同志全在笼子门口亲切地握了手，连说：‘祝你们胜利！’然后就昂然大步地走向刑场去……同志们站在监视孔内悲痛地望着他，一个个心如刀割。接着，传来了《国际歌》声——他高声唱着，他唱得多么雄壮有力呵！接着又传来了昂扬的口号声——他高呼着：‘中国共产党万岁！’接着砰、砰、砰枪声响了，他的声音在枪声中消失了……可是这时，全体狱里的囚犯，包括普通犯在内——他的妻子也在内，同声悲壮地唱起了《国际歌》。许多同志声泪俱下……”

郑瑾说到这儿，声音嘶哑了。显然，她是在流着眼泪叙说的。

“郑姐姐，请你不要再说下去了，我明白了……”道静摸着郑瑾的脸，在黑暗中替她擦拭着涌流下来的泪水，自己也流着眼泪。

可是小俞却还不满足，她追问道：

“郑姐姐，那个李伟的爱人以后怎样了呢？她知道他死了该多难受呀！”

“不要问啦，小俞。你还不明白吗？”道静怕郑瑾再伤心，提醒了一句。可是小俞依旧固执地说道：

“你们说的是什么呀？我不明白！”

郑瑾沉默着。半晌，她用低沉的刚刚听得出的细声说：

“小妹妹，你还不明白？林姐姐倒是比你有经验……那个李伟就是我的丈夫！——我们分别已经整整四年了。”

沉默。监房突然像沉入无底的黑暗的深渊中，就是落下一根针也仿佛可以听见。三个人都好像睡着了。但是在这样的寂静中忽然爆发了强烈的哭泣声——俞淑秀像道静刚醒来那天一样呜呜地哭了起来。但是这次，她哭的不是妈妈。她断断续续地啜泣着说：

“郑姐姐，郑——姐姐！感——激你，你教给我认识——认识了真正的生活，认识了真理……”

卫兵荷着枪跑过来了。这是个凶恶的家伙，他用枪把敲着铁门，发出沉重的响声，狠狠地骂道：

“你们这几个臭娘们要造反呀！半夜三更吵吵闹闹，想他妈找死哪！”

这凶煞的声音刚消失，道静立刻拉住小俞的手，说：

“小俞，你感觉到了吗？咱们现在不是关在监狱里——咱们是在上马列主义大学。”

第二十章

道静这一夜再也不能睡着觉。她的伤处使她痛苦:腿上铁箸烧伤的地方已经溃烂化脓,浑身的骨头像捣碎了似的。而最叫她不能入睡的还是郑瑾对她们讲的那个故事,那些话。李伟,这坚强的布尔塞维克同志,直到最后一息还在战斗。她想到敌人虽然没有再审问她,可是她应当准备着——准备在法庭上和敌人斗争。这时她不再想到死了。“我们要争取活下去,活到共产主义在中国实现。”郑瑾的话这样有力地鼓舞着她,她欢喜,又痛苦。

“小林,你还没有睡着觉?”后半夜了,窗外透进朦胧的月光,郑瑾听见了道静沉重的呼吸,知道她还没有睡觉。

“郑姐姐,我在想,如果反动派再审问我,我该怎么回答?你告诉我,我没有经验。”

“有什么证据落在他们手里吗?你和组织上的人有什么关系吗?——如果相信我,就说实话。”

在这个全身都充满了党性的老同志面前,道静坚决相信了自己的观察,坦率地说:

“我和别的党员没有关系,也没有证据落在他们手里。”

“那很好,小林同志,如果我能够多活几天,我要尽力帮助你。看样子他们对你和小俞并不怎么太注意。以后也许能够被放出去。所以你,你必须一口咬住是群众,是一个普通的失业青年。如果再受刑那就还要咬牙忍住……你的伤很重,他们大概不会再动刑的。不过,无论如何,我们不能向敌人屈服,无论如何我们要坚持斗争到最后——你要相信最后胜利一定是我们的。你不是希望做一个共产党员吗？那么，这样，你就能够成为很好的共产党员，成为为人类和平幸福战斗在最前列的光荣战士了。”郑瑾一口气讲了这些话，她虚弱的身体累得喘息起来，一阵窒息似的咳嗽，使她痛苦得许久讲不出话。

“郑瑾同志，”道静拉住她瘦削柔软的小手，声音颤抖着，“我永远忘不了今夜，永远忘不了你的鼓励。我一定向你学习，学习做一个共产党员，斗争到最后一口气。我永远用我全副的生命去追求这个光荣的日子，如果我死了我也要求党——追认我……”

“我真高兴，亲爱的同志！”黑沉沉的深夜里，当郑瑾的双手那样热烈地紧握住道静的双手时，道静的心突然被这种崇高而真挚的友谊激动了，以致不能自抑地流下了眼泪！

“小林，我应当告诉你，”沉了沉，郑瑾又说话了，她的声音仍然是又温柔又平静，“从上次过了堂，我就明白，他们不会再让我活多久了……他们认为我是从中央调来的党员，所以我准备着……”

道静惊呆了。猛然像叫人把心摘去似的，她用力抓住郑瑾的手，呼吸急促地说：“郑姐姐，你说什么？……”

俞淑秀也醒来了。她迷迷糊糊地似乎听到了郑瑾后面的话，吃惊地喊道：

“郑姐姐，你说的是什么？”

“没什么。”郑瑾小心地说，“我和林道静都睡不着，正闲聊。小林，你为什么起了这么个名字？好像尼姑的法号。”

“我父亲信佛，他想出家又舍不得姨太太。所以……”道静一边擦着眼泪一边说，“所以给我取了这么个讨厌的名字。”

小俞高兴了，她嘻嘻笑着：

“嘿，告诉你们，我又梦见我妈妈啦！”她带着梦中的欢喜喃喃着，“小弟弟也看见了。他们看见我从狱里回了家，都高兴地围住我……”

郑瑾替左边的道静擦拭着眼泪;又替右边的小俞拉拉被角,然后静静地说:

“天不早了,咱们都睡觉吧。回头卫兵听见又该麻烦了。”

第二天上午,卫兵来提郑瑾去过堂。郑瑾躺在床上说:

“等我梳一梳头。”

她慢慢理好了柔长的头发,被抬走了。

时间不大,她又被抬回来。她像疲倦了,躺在板床上有一会子没有出声。当她能够再讲话的时候,两个同屋的难友都同时关切地问她:

“郑姐姐,他们问你些什么? 官司怎么样?”

“没什么。他们问我的病好些没有,不好,也许要替我另换个地方。”

小俞放心了。道静却沉重地忧虑着。但她不能说出来。

整个上午,郑瑾低低地教给她们唱一首监狱的歌子。这个歌子在一九三〇年以后,曾流行在上海、杭州和苏州的监狱里。

囚徒,时代的囚徒!
我们并不犯罪!
我们都从火线上捕来,
从那阶级斗争的火线上捕来。
囚徒,不是囚徒是俘虏,
凭它怎么样虐待,
热血依旧在沸腾,
铁窗和镣铐,坚壁和重门,
锁得住自由的身,
锁不住革命精神!

囚徒，时代的囚徒！
死的虽然牺牲了，
活的依旧在战斗。
黄饭和臭菜，蚊蝇和虱蚤，
瘦得了我们的肉，
瘦不了我们的骨。

囚徒，时代的囚徒！
失败是成功之母，
胜利终归我们所有。
努力呵锻炼！
勇敢呵奋斗！
总有一天，
红旗将随着太阳照遍全球！

歌子很长，郑瑾虚弱的身体，只能教给她们这开头和最后的几段，她们三个人整个上午过得很愉快。

午后三个人都疲惫地睡觉了。道静在睡梦中被推醒。郑瑾低声对她说：

"林道静同志，我必须告诉你两句话，我也许活不过今天了。请你以后有机会转告党：我真名是林红，去年十月间从上海调来北平工作。不幸叛徒告密，刚刚工作没有多久就被捕了。我没有辱没党，尽我一切力量斗争到最后……我希望党百倍扩大红军，加紧领导抗日斗争，胜利一定是我们的。亲爱的同志，也希望你坚决斗争到底，争取做个坚强的布尔塞维克党员……"林红美丽的大眼睛在薄暗的囚房里闪着熠熠耀人的光辉，多么明亮、多么热烈呵。她不像在谈死——在谈她生命中的最后时刻，而仿佛是些令人快乐、令人兴奋和最有意思的事使她激动着。她疲惫地闭着眼睛喘了几口气休息了一会儿,忽然又睁开那热情的大眼睛问道静,“林,你保证能够把我的话带给组织吗?”

道静不能再说一句话。她流着泪使劲点着头。然后伸过双手紧握住林红雪白的手指,久久不动地凝视着那个大理石雕塑的绝美的面庞……她的血液好像凝滞不流了,这时只有一个蒙眬的梦幻似的意象浮在她脑际:

“这样的人也会死吗?……”

夜晚,临睡觉时,林红脱下穿在身上的一件玫瑰色的毛背心递给道静:

“小林,你身体很坏,把这件背心穿在身上吧。”她又拿着枕边一把从上海带来的精美的化学梳子对小俞笑笑,“小妹妹,你喜欢这把梳子吗?我想送给你留做纪念。”

小俞已经意识到事情的不妙,她和道静两个同时哭了。夜是这样黑暗、阴沉,似乎要起暴风雨。多么难挨的漫漫长夜呵!

夜半时分,铁门开了。林红被用一扇门板抬了出去。临出门口,她在门板上向两个难友伸出手来,虽然握不到她们的手,却频频热情地说:

“告别啦,小妹妹们!好好保重!”

门板刚刚抬出病囚房,一阵急雨似的声音,猛然激荡在黑暗的监狱的屋顶,激荡在整个监狱的夜空。

“打倒反动的国民党!”

“中国共产党万岁!”

“共产主义是不可战胜的!”

“同志们,为我们报仇呀!”

声音开始是林红一个人的,以后变成几个人的,再以后变成几十个、几百个人的了。这口号声越来越洪大、越壮烈、越激昂,好像整个宇宙全充满了这高亢的英勇的呼声。

道静倒在木板床上呼喊着。她抱住那件玫瑰色的毛背心，拼着全部肺腑的力气，和着监狱的全体囚犯一同呼喊着——虽然她微弱的声音也许谁也听不出来。

小俞没有喊。她像一个被人抢走了妈妈的孩子，看见林红被人用木板向门外一抬，她就跳下床来扑向她去：

“郑姐姐！郑姐姐！你别走！你别走呀！……你不能死，你不该死呀！”

她的后脑碰到墙壁上，她的腰部被卫兵的大皮靴狠狠地踢了一脚。她流着满脸泪水昏了过去。

并没有枪声。自从蒋介石派来了凶恶的警犬——宪兵三团团长蒋孝先来到北平以后，共产党员和爱国青年，每天每天都有大批的人失踪、被捕、被枪杀，更有些人遭秘密处死。这一夜，林红牺牲的这一夜，又有十个不屈的战士同时被活埋了。

囚房里冷清清，只剩下道静和小俞两个人了。她们互相摸索着，紧紧地把瘦削的手指握在一块儿，好像两个失掉了母亲的孤儿互相偎依在一起。

“林姐姐，现在就剩下咱两个啦，我，我，……我只有你一个亲人啦！”

小俞抱住道静的头痛哭着。她哭林红，也哭自己明白这世界上的事太晚了。虽然她才只有十六岁，但是她却惭愧自己过去糊里糊涂什么也不懂。

“小俞，好妹妹，不要哭啦！”道静含着满眶热泪在黑暗中温存地抚摩着她的头发，“记住这一夜，永远记住这一夜！永远记住郑姐姐的血……”

林红一死，不知不觉地，道静竟自动代替了她的任务。对于小俞，她怀着母性的也是同志的感情，把教育她、关怀她的责任担负到自己的肩上来。

但是，道静的身体太坏了。

她成天昏昏迷迷地倒在污脏潮湿的木板上，极度的贫血和恶劣的饮食，以及烙伤的地方化着脓，林红死后，她几乎也要死去了。幸而那个女看守还不错，时常替她弄来点面汤或鸡蛋汤；又找来狱医替她诊治；小俞更是细心热情地照护着她；终于使她青春的生命又活了下来。

林红牺牲后的第五天，道静她们的囚屋里又抬来了一个女病囚。这是个三十岁左右圆脸微胖的女人，脸皮暗黄，肌肉松弛，可是嗓门却很响亮。她刚一睡到床上，就冲着小俞——小俞正用惊异的眼色望着这个新来的难友——亲切地问道：

“小妹妹，你十几了？这点年纪也被捕，真是……”

道静微微睁开眼皮，看见小俞正在热诚地回答她：

“十六岁了。大姐，你为什么到这个地方来的？”

“闹革命呗。你为什么吃的官司？——共产党吗？”她把头转向道静，又和颜悦色地用同样的话问她。

道静心里起了疑问：这个人不像做革命工作的人，如果是普通犯人，为什么把她弄到这个地方来？……道静无力地摇摇脑袋没有答话，小俞却替她答道：

“这位小林姐姐受刑很重。前几天我们屋里有位郑瑾——她太好啦，叫他们处死了。小林姐姐一难过伤更重了！……”小俞天真地还要说下去。道静咳嗽一声轻轻说道：“小俞，给我一口水喝。”小俞住了嘴赶快下床从一个破旧的洋瓷缸里倒了一杯水递给她。道静侧着头用手接杯子的时候，用尽所有力气捏了一下小俞的手，并且使了个眼色。小俞明白了，脸突然一红，轻轻点点头。

那个女人继续问起小俞。因为这个女孩子年纪又轻又好说话。

“小妹妹，这个屋子真好，真安静。”她仰着头点起了一根香烟，看着青烟袅袅飞上黯黑的低矮的屋顶，她扭头对小俞笑着，“我从东头的女监房来的。饿得受不住了。那儿闹绝食已经三天啦，你们早就知道吧？”

道静心里陡地一动，忍不住问道：

“绝食？哪儿绝了食？啊，听说啦！就是！那些人怎么这么傻啊。”

“对啦！那些人真是傻得要命。”女人高兴地侧过头来盯着道静，“就是那些不在共产党的，也跟着共产党闹起绝食来。他们喊什么反对国民党的秘密逮捕啦，秘密处死啦，又反对什么卖国不抗日啦……嘿，还是咱们这屋子里清静——他们闹，叫他们闹去吧。”她又把头转向小俞笑道，“小妹妹，有人给咱们这屋里送过小条吗？听说关在这儿的三四百人一齐绝了食，就是用秘密传条来商议的。”

道静着了急，正想怎么回答这个女奸细，小俞这孩子抢先说了话：

“你问的正对！我们正想打听打听是什么人出主意要绝食的！我们没看见小条——他们为什么不给我们送一个看看？真糟糕！”

“嗷，傻妹子，你们不可靠，所以那些共产党才没有给这屋里送条来。活该咱们吃几天饱饭！陪着她们，她们强迫我也饿饭，可受不了啦。”伪装囚犯的女奸细饿极了，来到这儿再也掩饰不住她那丑恶的真面目。

突然，小俞变了脸。她瞪着眼睛盯住那女人，狠狠地向那虚肿的脸上呸了一口唾沫：“呸，你这臭女人！真正不要脸！真没骨头。这么馋嘴！你怕挨饿，上这屋来也白搭，我们也就要绝食啦！”

那个女人愣住了。

道静望着小俞那机灵、气愤的面孔，脸上浮上了浅浅地看不出的微笑。沉了一下，她对女奸细说道：

“谢谢你来给我们送了消息，不然我们也要变成罪人了。”她把眼睛转向小俞，坚决地用几乎是命令的口气说道，“小俞，咱俩不能再延迟，从现在起咱们不要再吃任何东西啦！”

小俞点点头。忽然扑簌扑簌掉下眼泪。她一边掉泪，一边对道静小声说：“林姐姐，我听你的！郑姐姐死了，我什么都听你的——听你的话好吗？”

那女奸细脸孔转向她俩，盯住她们，好像不认识她们似的，仔细听着她们的每一句话，看着她们的每一个动作。香烟头儿烧着了她细嫩的手指，她才“呀”地喊了一声把它丢掉。然后冷笑了一声，看着顶棚狠狠地说道：

“看守报告说你们是两个好人，两个不愿绝食的人，我这才到你们这儿来。好，原来也是两个共产分子！我还想请求上级开放你们呢——妈的×，混蛋看守！”

原来由林红教育过的那位姓刘的女看守，看见所有的囚犯都绝了食，她怕道静她俩也绝食，身体受不了。因此一边瞒着道静两个，一边报告上级说她俩不愿绝食，依然送饭给她们吃。并且尽可能送了好饭。道静和小俞成天倒在床上毫不知道外面的情况，这才闹了这么个误会。

道静不再开腔。小俞也不再开腔。一会儿午饭送来了，她们静静地躺着不动也不吃。那个女奸细还想再挣扎一下——原来她以为道静、小俞是两个没骨头的人，因此一开头就疏忽地露了马脚。刘看守给她们送来了丰盛的饭菜：有腊肠，有大米饭，有香喷喷的红烧肉。道静她们看也不看；女奸细索性坐在床上大嚼着。一边吃，一边对小俞甜蜜蜜地笑道：

“小妹妹，你才十六岁，干吗也这么傻呀？你妈在家里要知道你挨饿受罪该多难受！嘿，听话！过来吃点。吃饱了，我送你回家。”

小俞抬眼看看道静，道静也看看她。两人都不开腔。女奸细闹个没趣，吃饱了就蒙头大睡起来。晚饭端来了，刘看守劝道静两个人吃，两个人还是不吃。那女奸细又大吃一顿。吃饱了又大睡，呼噜呼噜的鼾声吵得道静更加不能睡着。半夜时她轻轻咳了一声，小俞赶快在黑暗中仰起头来：

“林姐姐，你还没有睡着？肚子饿吗？”

“不饿，小俞。”道静的声音有些发抖，“绝食不是一件容易的事，它是挺难忍受的。小俞，亲爱的小妹妹，你受得住吗？”

半天，小俞才回答：

“我想，我是能够忍受的。现在我一碰到不好忍受的事，我的眼前就站着郑瑾姐姐……林姐姐，我的伤比你轻，不要紧。我就是担心你……”

“我更不要紧。我还年轻，我的身体好多了。”道静轻轻回答。她的血流快了，脸上发着烧，“小俞，咱们会胜利的——不是咱两个人，是几百个人同时绝了食。这是多么无畏的斗争啊！……再说，蒋孝先不敢把咱们全饿死的！”

“林姐姐，我跟着你——你怎么样，我怎么样。饿死也不要紧！”说着说着小俞哭了。她低声抽噎着，好像怕叫道静听见。

“傻孩子，为什么活活的人，生生自己饿死自己呢？”女奸细响亮的声音把两个人全吓了一跳。原来她是装睡呀。这个家伙这时目标照准了小俞，“听人劝、吃饱饭。你这小小年纪干吗也替共产党白白送死？你不想你的爸爸妈妈吗？……你没有男朋友吗？嘿，看那年轻的爱人们成双成对地在公园里玩乐，是多么美呀！”

鸦雀无声。回答这卑鄙的劝诱的是：道静沉默——小俞也沉默。黑洞洞的小屋里发着腐霉的臭气。小俞不哭了，她咬着牙齿，按着肚子，饥饿像火烧一样激怒着她，她恨不得跳过去咬那女人一口。

第二天下午，女奸细看在这儿搞不出什么名堂来，她爬起床拍拍身上的土，向两个衰弱得再也不能动弹的人狠狠地斜白了一眼，撅着屁股走了。她刚走不久，小俞被拉出去审讯。当她再被抬回来的时候，浑身血迹，满脸伤痕，披头散发，她连哭的力气都没有了，被扔到木板上像死人一样。

当她苏醒过来时，没等一直忧虑地盯着她的道静开口，第一句话就说：

"林姐姐，我什么也没说！我本来是个平常的中学生，就是什么也不知道嘛。我——我哪里知道谁的主使呢？……我也没投降。我要和，和大家一起饿……"一滴眼泪都没有，小俞又像睡着一样昏过去了。

道静的眼泪大粒掉着——多么可爱的孩子呀，中华民族应当以有这样的儿女为骄傲！

两个人睡在昏黑的小屋里。一天、两天、三天，伤和饿加在一起，她们几乎时时都处在昏迷状态中了。刘看守因为说了谎话，已被调走。这孤零的女囚房就像坟墓一般空虚、恶臭，悄无人声。当她们稍稍清醒的顷刻间，她们就同时微微睁开眼睛——那彼此热烈的一瞥呵，小俞哆嗦着，伸出枯柴一样的小手，抖动着灰色的薄嘴唇，送出了低微的声音：

"妈妈！你和妈妈一样……"她把道静当成了郑瑾，当成妈妈一样的亲人。当她看见了道静善良、热情的眼睛，看见她像郑姐姐一样顽强不屈的意志，她深刻地感到了革命力量的伟大。这力量无时无刻不在温暖着人们的心，鼓励着人们的灵魂向上。

第四天上——已经是全体绝食的第七天了，道静在昏迷中觉得脸上像被什么东西打了一下，她突然惊醒来，下意识地向脸上一摸：一个小小的纸团滚到她的头旁。她拿起来打开一看，铅笔字潦草地写着：

知道你们在艰苦奋斗——响应了绝食斗争，全体难友异常欣幸。本日全体难友已复食（当局已答应了部分条件）。希即进食，多加保重——开始不要吃得太多。以后当经常联系。

道静推醒了小俞，把条子递给她。她看着，瘦削的小手簌簌地抖了起来。

“林姐姐，这……这是不是做……做梦呢？咱们开开……头，……只吃一点米汤行……行吗？”

道静张嘴笑笑。她的圆脸已瘦得只剩窄窄的一条了。

“小心点，敌人花招很多。咱，咱们再，再听一听吧。”

又过了约莫两个钟头，已到吃晚饭的时候。她们听到走廊里有抬桶子的哗啦声，还有狱中杂工——也许是宪兵之流骂街的声音：

“妈拉个巴子！饿就饿个真死呀！闹半天还得吃饭——还要吃他妈稀饭。‘望乡台上打转悠’，不知死的鬼！”

新换来的女看守又凶又狠地走来问她们吃饭不吃的时候，道静赶快回答她：

“我们和全体一致行动——快拿稀饭给我们吃！”

集体的力量是伟大的，是无穷的。当林道静感受到她和小俞不是孤单的、孤立无援的个人行动的时候，她们的心同时被融化在一个看不见的，隔着多少层铁壁然而却紧紧结合在一起的伟大的整体中。她们看不见那整体，看不见那些坚强的面孔，她们依旧还躺在黑暗的被隔离了的囚房中，但是她们却感受了那无数热情的手臂，那无数热情的面孔——她们是和那些坚强的人，死亡也吓不倒的人呼吸在一起的呵！自从看见了扔进来的小条，好像吃了起死回生的灵药，她们的精神立刻振作了，吃过稀饭，精神更活跃了。夜间，小俞偷偷趴在道静的身旁，伏在她的耳朵边，神秘地小声说：

“林姐姐！林姐姐！你猜怎么着？我今天才明白，才明白咱们斗争的意义。原来像郑瑾姐姐那样的人，这里头有的是啊！”

道静微笑着。深夜里，她的面孔宁静而快活。她做了一个动作，无意中非常像郑瑾——她抚摸着小俞柔软的头发，热烈地然而又异常温柔地说：

“小俞，我真高兴！我觉得我的思想又进了一步，敌人再不能分隔我们——我们永远是革命集体中的一分子了！”

第二十一章

当道静从农村回北平找徐辉的时候，徐辉正是因为市委临时调她做交通工作，离开了学校。当学校放了暑假她回校来的时候，才听说道静已经被捕。她只能暗中打听道静的消息，却没有办法去看她。这一天，天已经黑了，她正要回宿舍去，刚走到女生宿舍的门口，却听见有人在喊她：

"徐先生，徐辉！"

徐辉站住了。四面望望，想找喊话的人。但是在昏暗的街灯下，除了一个躺在大门外树荫底下的男人，附近什么人也没有。她只好凑近这个人。只见他衣服破烂，头发很长，脸上手上全黑黑的沾着煤屑，像个摇煤球的工人。这个人见徐辉走近他，就慢慢站起身来，沙哑着嗓子说：

"徐先生，您老家叫我捎信给您来啦。"

"啾，老李，……是你呀！"徐辉惊讶地低声喊着，同时望望周围的行人，"跟在我后边，咱们到前边小胡同里去。"

"这儿好。"走到一座煤铺门前，江华站住了。他静静地看着徐辉说道："我今天中午才坐专车从外边来。没钱吃饭，也没法换衣裳。你身上有钱吗？"

"给你——这是欠你的煤球钱。"徐辉从身上掏出所有的钱一把交给江华，看着有人从他们身边走过就这样说。等行人过去了，她问他，"好久听不到你的消息了，你在做什么？"

"搞农民革命斗争呗。——好，这儿不便多谈，我走了，一半天再来找你细谈。”刚走出几步，他又回过头来看着身后的徐辉。“最近形势有什么变化吗？有好久，什么消息也听不见了。”

“党在华北发动了广泛的民族武装运动，组织了民族武装自卫会，提出武装保卫华北的口号……”徐辉一口气对江华低声说了这些。然后又机警地望望左右，轻轻地喘了口气，“咱们一边走着一边说……宋庆龄、何香凝……有三千多人共同签名发表了‘中国人民对日作战基本纲领’，你看见过没有？听说党中央还提出了抗日统一战线的主张。啊，你还不知道吧？林道静已经被捕了。”说着，她的神色有些抑郁。

江华站住脚，看着徐辉默默地怔了一下才说：

“她被捕啦？那么你没有见到我给你的信？”

“没有。重要么？”

“密码写的，我也怕有意外。”江华又沉默了一下，说，“再见，我还是赶快走好。过几天再细谈。”说完，他就向相反的方向大步走去了。

江华和林道静在大陈庄分别以后，河北省委不久也调他到北平来。来之前，因为没有活动经费，他常常是饥一顿饱一顿的过日子。要到北平来没有路费，他就偷坐在煤车上，藏在煤堆当中，因此弄得满身满脸甚至耳朵眼里全是煤末。当然，要是顺利地到了目的地那还倒好，不巧车到保定又叫押车的查了出来。如果他有钱给那些人行点贿送包“烟钱”也就过去了；可是他身上一文不名。——要是有一点钱，他也不至于连着两天没有一点东西入肚呀。这么着，铁路稽查把他当成了小偷打了一顿，又放了他。在他说，挨几下打，叫人冲脸上吐几口唾沫，并不算什么——过去他在唐山工作时，常沿着铁路线跑，没钱买车票，也是为偷坐火车常常挨打的。挨过打，看他没有油水，火车上的稽查队也就放走了他。可是一转眼工夫他又上了下一趟火车。他就是这种人：不论多么困难、艰险,可是不达目的是绝不休止的。

他挨过了打,从保定的下一个小站又偷偷坐上了下一趟火车。在他遇见徐辉以前的中午,才从西便门外跳下了火车。他疲乏地倒在郊外的野地里休息了一会儿,站起身来一看:自己的浑身上下黑得太不像样了,于是,他慢慢地走到荒凉的护城河边,渴极了,先用手捧着喝了几口河水,接着就用双手捧着河水洗起脸来。他左洗右洗用力洗,可总是洗不净。因为身上、破衣服上到处全沾满了煤屑,一会儿工夫这些煤屑便又沾到脸上手上了。他皱皱眉,苦笑笑,索性不洗了。把裤腰带扎紧点,便顺步往城里走来。两天多没有一口东西入肚,他浑身软绵绵的,好像病了一样没有一丝力气。但他挣扎着,一边走,一边真像个摇煤球的工人还哼起了《小寡妇上坟》。他先到两个同志处没有找到人,便走到北大来找徐辉。可是他那样子又不能到门房里去找,只好倒在徐辉宿舍门口的大树下,就这样遇到了徐辉。

三天之后。江华已经不是个肮脏的摇煤球的工人了。他穿着整齐的中山装,戴着一顶旧巴拿马草帽,在炎热的太阳下,他正蛮神气地走在东四大街上准备去找徐辉,但是一件意外的遭遇把他绊住了。

“喂! 江大哥,好久不见啦!”

江华回头一看:一个小个子大脑袋的中年男人,穿着破旧的短衣,赶到他身边拉住了他的手。

“啊,老孟,是你啊!”江华笑笑,也拉住了这个人的手。

这个人名叫孟大环,是江华在察北抗日同盟军工作时的一个排长。原来是个店员,干过东北义勇军,以后又转到抗日同盟军。他一见江华,就分外亲热地拉着他说:

“嘿,大哥,可碰见啦! 这多日子不见,怪惦念的!”

看见孟大环穿着破烂的工人衣裳,厚嘴唇上浮着诚恳的笑容,江华和他招呼道：

“老孟，这一两年你都干么来？”

“别提啦，真急死人！”他紧挨着江华耳边小声说，“找关系找不到。我在北平、天津各处当小工，一心想找咱们的人，可没找着。这回碰见你可好啦！到我的住处去，有好些话咱俩可得好好聊聊。”

江华还没有决定跟他去或不去；孟大环仰起头看看江华严肃地说：“嘿，想起那日子真是轰轰烈烈——咱同盟军几天工夫就收复了宝昌、多伦、沽源、张北……把日本小鬼跟王英、李守信打得稀里哗啦！偏他妈蒋介石……你一定明白，咱们共产党的力量又大啦！”他把小眼一挤，露出得意的笑容，“我要去找……你介绍我好不？现在你都跟谁有关系？”

江华是个有地下工作经验的人，对于长久没有听到过消息、在街上偶然相遇的这个孟大环他自然地提高了警惕。他微笑着，漫不经意地摇着头：

“早不干这个了。跟早先什么人也没联系了。我才从乡下家里来，打算在北平找个事混混。”

孟大环脸上闪过一种刚刚可以觉察到的失望情绪，但立即他又咧嘴露出笑容，拉住想走开去的江华，急促地说：

“你横不能……我可不信！……不过，那不要紧。咱们弟兄可难得碰到一块堆。走，到我住处聊聊去！”不管江华愿不愿意，他紧拉着江华的胳膊，顺着大街就往南下来了。

江华只好跟着他。两个人东拉西扯地说着过去的熟人。孟大环虽然文化不高，有些粗鲁，可是言谈中表现得还挺进步。他不断骂着旧社会，想叫江华替他介绍关系参加革命。可是江华却吊儿郎当地不和他谈这些。走着走着，迎面走过一个装扮妖艳的青年妇女，淡红的旗袍，弯曲的鬈发，嘴上涂了厚厚的口红。江华看了她两眼对孟大环笑笑说：

“嘿，看！蒋委员长提倡‘新生活运动’，可是这些小姐们还是奇装异服。老孟，你听说了吗？袁市长亲自在中山公园门口去捉露着胳膊的女人呢。哈哈，真有意思！”

孟大环望着那个女人的雪白的颈脖，望着她白嫩的裸露的双臂，嘻嘻了两声，突然贪馋地张大了嘴巴。江华脸上却掠过一丝看不见的微笑。

他们走着说着，不知不觉到了前门里面的公安街。走到警察局的大门口，孟大环突然站住不走了，他盯住江华愣了一会儿，好像要说什么，江华推着他说：

“老孟，走呀！莫非这就是你的住处？”

“这不是我的，是你的——你的老家到了！”孟大环登时把脸一变，把手一叉，露着得意的蠢笑说道，“老江，明人不说暗话，告诉你实话吧——我当了侦缉队了！”

一片阴云紧压住江华的头顶。他早就有些疑虑的意外，毕竟是真的了。但是江华神色自若，带着毫不相信这是真话的神气，亲昵地拍着孟大环的肩膀说：

“得啦，老孟！谁不知道你爱开玩笑！咱哥俩还用来这一套吗？走吧，前门外找个地方聊聊去。——你不是还有好些话要对我说吗？”顺着孟大环的语气，他的语音也变了腔调。

叛徒一时被情面拘住了，而且他也想立更大的功劳——把这个共产党员争取过来。他迟疑了一下，冲着警察局门口的警察一摆手，立即从里面走出了四个便衣特务，四面围住了江华。孟大环就摇摆着大脑袋到大门里边去了。一会儿他走出来时，换上了一身崭新的凡尔丁料子的中山装，歪戴着一顶平顶草帽，挺着胸脯洋洋自得地冲着江华一咧嘴：

“走吧！依着你找个地方聊聊去！”

孟大环和江华并肩往南城外步行着，四个特务两前两后跟着他们。

“老江，你看咱老孟够义气吧？这还不算，”孟大环叼着烟卷拍着胸脯边走边说，“救人救到底！我打算也给你挂上个名字——你也加入这里头吧！”他扭过大脑袋，瞧着江华龇牙一笑，“一个月百八十块大洋钱的薪水不算，外带听戏不花钱、洗澡不花钱、坐车不花钱，还有——逛窑子也不用花钱。你不是看上刚才那小娘们了吗？窑子里有的是！只要你把脑袋一摆，胳膊一叉，嘴一撇，谁敢惹咱这号的呀！”说着，他真的把脑袋一摆，胳膊一叉，嘴一撇，做出那副卑鄙狰狞的相貌来，“早先，谁知道咱怎么把眼珠子长到屁股蛋上了，参加了他妈义勇军、同盟军，活受了三年洋罪。这会子可好啦，只要破件案子，逮上个共产党，洋钱就哗哗地往身上滚！怎么样，你没意见吧？”

江华颇为认真地听着孟大环的那一套话。听完了，他点头想了一想，摇头笑笑道：

“咱可干不了这个。老孟，你有两套，我心慈面软的，不如另找碗饭吃。”

“嘿，得啦！我看，哪碗饭也没这碗饭香！”孟大环把大拇指向江华面前一伸，又摇摆着大脑袋，“我还是给你写上个名字吧！”

江华笑着，还是说：“咱干不了这个。”

孟大环瞧瞧他咧咧嘴。一会儿，他们走到了前门外一家饭馆门口，江华站住脚，说：

“晌午过了，咱们在这儿吃点喝点，我请客。”

“得！见饭不吃，见酒不醉不是好汉！”孟大环跟着江华上到楼上。两个特务留在门口，另两个也跟上了楼。

吃饭当中，孟大环继续劝诱着江华。这个愚蠢的特务，以为江华也像他自己一样——只要略施威胁再加利诱就可以叛变投降。

“得啦，老江，你不知道洋钱是白的，敲起来当当当的响吗？别犹豫啦！有我老孟保举，准保你升官发财。你不知道，我现在是中队长啦！”

江华仍然微笑着，望着他那由于酒色过度因而充满血丝的小圆眼：

“老孟，你革命时候不算行，想不到反革命时候倒挺行。往后两手沾满鲜血，还得升上大队长哩……可惜，咱对这样的事干不来。”江华吃着、喝着，谈笑自若。可是他心里却在不停地打着算盘。他看清了，如果他不答应去当特务，那么，他立时就会被关进监狱。而入了监狱的后果那就严重了——因为敌人一直在搜捕着他。目前惟一的办法就是逃脱。他一上到饭馆楼上，就发现这儿是没法逃跑的，他就赶快吃完饭，算清了饭钱。跟着孟大环走下楼梯时，他说：

“老孟，轻易不见，好些话也还没谈清，咱们去看看电影吧。‘真光’不错，就上那儿怎么样？”

孟大环歪着大脑袋想了想答应了。可是没上“真光”电影院，却叫江华跟着他上了“大观楼”。因为这里他手下的喽啰多，不怕江华逃脱掉。

孟大环紧挨着江华坐下，那四个特务四面分布好。银幕上映的什么东西，江华并没有看见，他只是在黑暗中偷眼察看身边孟大环的神色。当银幕上出现了许多光着大腿的妖艳女人扭着跳着、靡靡的音乐中一双男女拥抱接吻的时候，他扭头去看孟大环，只见他正咧着大嘴嘻嘻笑着，涎水顺着嘴角滴了下来。一秒钟也不敢延迟，江华立刻悄悄站起身来把帽子往椅子上一放，开步就走。但他没有走脱。黑暗中，两只大手突然把他的胳膊抱住了，孟大环惊慌地喊道：

“你哪儿去？”

“买包烟卷。”江华不慌不忙地说完仍然继续往外走。孟大环抓住他，并且大喊道：

“叫别人买去！谁不知道你是个共产党呀，想逃跑可不行！”他这样一喊，为的是叫他周围的小特务们全注意地监视着他们的“俘虏”。

江华并不沮丧。他回到自己的位子坐下后，知道在这里不会跑得脱，反而把电影的故事看得明白一些了。

还没走出电影院，四面八方的便衣特务已经包围起江华，簇拥着他和孟大环往外走。走到街上，观众散去，人稀少些了，孟大环不耐烦了，立刻对江华瞪起眼睛来：

“咱们不用泡蘑菇啦！干脆，你跟着我到局子里去！”

江华盯着孟大环看了一会儿，也瞪大了眼睛：

“老孟，你真下得去手？咱哥俩过去的交情不错啊！——容我再想想。”

“不行！”孟大环声色俱厉地用力挺着胸脯子，“没空儿跟你泡了，跟我到局子里去！”

“去就去！”江华点头说，“可是老孟，有点事儿你还得帮忙：我前两天从家里出来以前，我们那一带土匪劫道的闹得挺厉害，我把带出来的二百块洋钱只好从邮局寄给北平的一个朋友。上午，我下了火车就去找他，他没在；我留下话叫他下午等我。现在我想找他去要出这笔钱——打官司没钱还能行！”

特务一听说钱，心痒眼馋，立刻答应了江华的要求。孟大环仍旧带着原来的四个腿子，雇上六辆洋车，把江华夹在当中，照着江华所说的地址——黄化门里的一个小胡同飞奔而去。

在一个破旧的大门口，江华喊车子站下了，他走到孟大环跟前小声说：

“老孟，还得跟你商量一下：我这朋友王有德就住在这里头，你们要是跟着我进去，他一看你们这气势，知道我吃了官司，就怕钱不肯给我——你说怎办？”

孟大环把嘴一撇、粗胳膊一挥：

“行，你一个人进去吧！跑得了和尚跑不了寺。可得快点！”

特务们瞪着眼睛等了半个钟头也不见江华出来。等他们不耐烦地闯进这家院里去时，才发现原来这不是个住家，却是个小穿堂门。江华早从另个出口逃跑了。孟大环气得顿脚大骂小特务，恨不得自己打自己几个嘴巴。

江华平时细心，哪条街挨着哪条街，哪个地方地形怎么样、有什么特点，他全记得清清楚楚的。当他怎么也甩不掉特务的包围时，最后终于想起这个穿堂门来。

从罗网里逃脱出来后，江华仍按照计划去找徐辉。

他坐在徐辉窄小而又整洁的单间学生宿舍里，电灯光下，他喝着水含着微笑说：

“徐辉，没想到你的大学生生活过的倒蛮牢靠哩。”

“嗯，是么，好像坐了金銮殿一样的牢固。你不知道我可有一套办法呢……”徐辉笑着又给他倒了一杯白开水。然后关上窗户坐在他身边的凳子上，“李孟瑜，我看你变得更加老练啦。”她笑笑，但是笑中却含着沉重的感情，“白色恐怖越来越严重，老卢解到南京去了，你知道么？恐怕已经完了。其他同志被捕的也很多，连林道静这样一个同情革命的进步分子也被捕了。真是……你知道沈毅的消息么？他已经判了无期徒刑，我恐怕永远也不能再见到他了……”说到这儿，徐辉含着泪水低下了头。

沈毅是徐辉的爱人。也是李孟瑜的朋友。他们在上海时一起搞过工人运动。因此徐辉和李孟瑜的友谊也是深厚的。听到这个不幸的消息，江华背着灯光，仰头望着米色的墙上悬挂着的一张孟德斯鸠的照片，半天才慢慢说道：

“徐辉，我知道你的痛苦，这不是语言能够解脱的。‘四一二’之后的大屠杀不用说，光是这一二年咱们又牺牲了多少好同志呵。可是，不管怎么受挫折，怎么样的困难，只要一想到胜利，我就把一切的痛苦都忘掉了。徐辉，你是不是也这样？”

“对，老李，你说得对！”刹那间的愁郁过去了，徐辉把头发一摆，两只聪慧的眼睛盯着江华笑着，“这么久不见，我该问问你的情况，不该先说这些。老李，说说，你到定县以后的情况怎么样？我没有说错吧，林道静是个可靠的关系吧？”

江华一边翻着桌上的讲义，一边说：

“我的事回头再谈。现在先谈谈你的。徐辉，你的江山坐不稳啦，组织上要调你走。你可以离开吗？”

徐辉惊讶地瞅着江华——他仍然在低头翻着讲义。

“什么？老李，我要离开北大？”

江华放下讲义站起身来，笑道：

“根据需要，你要调去做机关工作——还没有向你介绍，我现在在做东城区委的工作，组织上特别叫我来通知你，安排一下，明天晚上你就去找刘亦丰大姐。”

“还有一年就毕业啦……”徐辉望着江华，脸上稍稍露出了矛盾不安的神色。

江华看着她，神色温和而又严峻。有时无言的暗示比万千有力的语言还更有力。徐辉看着江华的眼睛，不觉羞红了脸。

“没有问题，绝对服从组织的需要。”她说起话来爽利而果决，“刚才那么说，是因为北大党的力量比过去弱多了，我再一走，恐怕受影响。我们不断地和 C. C. 学生争夺北大学生办的平民学校，争夺许多公开的组织，斗争是很尖锐复杂的呢。”

于是她把学生当中的斗争，向江华讲了一些。

江华听她说完了，用一条污旧的手帕擦着脸上的汗水说：

“别犹豫,也别光看局部的利益。你走后,北大会有人接替你的工作。徐辉,就这样决定吧。正事谈过,该随便谈谈了。你这屋里太热,咱们在街上溜达着谈不更好?”

沿着通向北海的大马路,这是北平最幽静最美丽的街道。路是平坦的,行人是寥落的。疏落的洋槐,暗红的景山宫墙,都在夜色中,显出一种静穆的美。在昏暗的街灯下,江华和徐辉在人行道上并肩低声谈着。作为朋友,江华又变得亲切而敦厚了。他们谈着这个时期各人的生活经过,谈着共同认识的人。当江华谈到在定县一带的一段工作情况时,他忽然回过头来问徐辉:

“那个戴愉,你认识吧?”

“怎么样?我认识呀。”

“这个人有些可疑。……我正从各方面搜集他的材料向组织反映。托林道静带给你的信,就是谈这件事,希望你向北平的党组织反映一下。我相信林道静不会把它落到敌人手中。”

“那么,你已经向组织上反映了这个家伙的事?”徐辉问。

“嗯。当然。叛徒实在可恨。我刚才在街上又碰见了一个,几乎坏了事。”

徐辉惊讶地看看江华沉静的面容,笑了笑:

“那么,你在北平工作可够危险的!外面有叛徒注意你;里边——监狱里的……你觉得林道静怎么样?她不会?……”徐辉忽然又提到了林道静,而且担心她挺不住敌人残酷的折磨。不过她没有说出嘴来。

江华没有立刻出声。在昏暗的马路旁,你只能看见一个高大的人影一晃一晃地沉稳地走着,却看不清他的表情是喜欢还是怒。半天,他才用低沉的安详的声音对徐辉说:

“我想不至于。我看,她对革命已经不只是同情、向往,而且是确实想实地去干一干……”江华把林道静在农村地主家里教书,最后设法取出宋郁彬黑名单的事简单地说了一下之后，突然转了话题，"徐辉，你明天晚上就去找刘大姐。形势需要咱们抓紧每一分钟。至于怎么样对你们学校讲，我想你会有办法的。"

徐辉点点头，她的声音里有了一种激动的颤音："老江，一切放心！我会无条件地服从组织的一切决定的。还有别的事吗？我该回去了。"

"没有了，提高警惕。把你走后的工作暂时交给一个可靠的同志，短时期你是不能回学校的。还有，你可以叫王晓燕常去打听一下林道静的消息，叫王晓燕的父亲用合法手段去保释林道静，你看怎么样？"

"好，这个意见好。我就去找王晓燕。再见。"

不知不觉他们已经走到了景山后面。高耸的景山，孤独而稳健地仿佛驼峰般矗立在灰暗的天空中。徐辉走后，江华到一个小烟摊上买了一盒火柴，然后回过身来望着她那瘦小伶俐的后影，直到望不见了，他才一边走着，一边抬头望望黑魆魆的景山上面的铜亭。这时，他忽然想起了林道静，想起她那热情洋溢的脸，他那浓黑的眉毛皱了皱，心里有一种说不上来的担忧和怀念。他又望望铜亭，眼前站着的热情而美丽的影子似乎更加清晰了。

第二十二章

时间又过去了一年。

王晓燕在北大女生宿舍整洁的小房间里忐忑不安地转来转去。她拿起一本《经济学大纲》,但是看不下去。扔下书,她站到一面镜子前凝望着。平常她的面孔是白净而安详的,此刻她看到镜子里的自己两颊漾着红晕,眉峰激动地耸动,而她更清楚地感到自己的心脏好像燃烧似的在跳着。

“呵,就要和他见面啦……”

一想到和戴愉的会面,她忍不住快活得有点儿发抖了。这是少女第一次的恋爱。这爱情不仅唤醒了她青春的美好的愿望,唤醒了她对于生活的喜悦;而且似乎还坚定了她对于革命、对于自己事业的信心。王晓燕对于革命问题是比林道静知道得更少的,但是有一点她却坚信不疑,这就是:罪恶的旧社会不能再叫它维持下去了;人们应当站起来为一个幸福的合理的新社会的诞生去奋斗。因此,当她在房淑玲同学的屋里第一次碰到了戴愉,当她听到了这个沉稳的青年严厉而痛切地诅咒着国民党反动派的罪恶无耻的时候,她就对他有了良好的印象。此后,接着第二次碰到他,第三次又碰到他,他们就渐渐熟识起来了。他介绍她书读,给她讲述书中的意义;他是博学多识的,他可以一段段地背诵《资本论》以及其他名著的原文,这不禁引起青年同学们的惊讶与赞叹。晓燕是好学的女孩子,因此就对这样一个她认为既革命又有学问的人由钦佩而产生了爱情。

戴愉常去找晓燕。他每次到她宿舍房间的门口,必定用手先在门上轻轻扣三下,然后静默而有礼貌地走进屋里来。

“这几天,把《资本论》读了多少啦?”他坐下来扶扶眼镜看着晓燕的面孔镇静地说。

晓燕一见他就脸红起来。她和他每说一句话,都要心跳不安。她只好竭力遏制住自己,脸都不敢朝他看。

“读到第五十一章——分配关系与生产关系这一章。就要读完了,可是并不懂。”

“那很好。马克思主义者应当是这样。——读到第五十一章了?这章里面有这样的内容吧?”他吊起眼睛想了一想,随即背诵道,“‘资本主义生产方式之科学的分析,却相反地证明了它是一种特殊的,有特殊历史决定性的生产方式;并且证明了和别种确定的生产方式一样,它是把社会生产力及其发展形态……’”他忽然不背下去了,看着晓燕微微一笑道,“记忆力很坏,记不清了。”

“你的知识真渊博!记忆力真好!”晓燕低着头,她的声音里充满了真诚的羡慕与敬仰。

渐渐,他们不能继续这样谈话了。戴愉到她屋里一坐总是拿眼瞟着她。他不走,也不说什么。晓燕是自尊心很强的女孩子,她知道自己爱上了戴愉,但是却不愿先把这种感情表现出来。

时常这样相对无言地坐一会子,戴愉拿起帽子就走了。有一次晓燕默默望着他走去的背影,一个人倚在屋门上,含着眼泪低声自语起来:

“他,他像对我有感情……可是,他,他为什么总一点也不表示呢?……”

晓燕瘦了。少女的心受着爱情的折磨。有时她躺在床上也曾冲动地想:“大胆地告诉他——有一颗心,爱着他。如果他不,那么就干脆绝望。”可是一见了他,她就没有这种勇气,她害羞。

戴愉为什么不向晓燕表示爱情呢？原来他还没有得到主子的许可，他不敢。

这天，他下定决心，一定要和主子说了，于是在一张黄铜的双人床上，戴愉愣了一下，推推睡在他身边的一个并不年轻而且十分瘦削的女人，低声说：

“凤娟，醒醒！给你说句话。”

那女人——就是和胡梦安一起诱降他的那个女特务王凤娟，睁开惺忪的睡眼，一把搂着戴愉的脖子，娇声媚气地喃喃道：

“老戴，你干吗？再抱着我睡一会儿吧！”

“不，我该走了。”不过他并没走，迟疑了一下，又说，“告诉你，北大的一个女生爱上我啦——因为还没征求你的意见，我还没有和她多接近……你看怎么办好？”

女人躺在床上点燃一支纸烟狂吸了两口。然后翻着眼皮看着天花板，冷冷地说：

“还没多接近？为什么不赶快接近呢？抓住她！”她扭过头去斜着眼睛又像献媚又像审查似的瞅着戴愉，“北大赤色分子不多了，可是咱们的人也不多，倒是读死书的多。这个女的是个读死书的是不是？那好，你就去大胆恋爱吧。可是，我警告你！别当真掉在迷魂阵里……”女人狠狠地睨了戴愉一眼，突然搂住了他的脖子，“告诉我，你爱她么？”

“不……”戴愉摇摇头。他没有把他对晓燕的真实感情说出来，也没说出晓燕是倾向进步的，可是这女人锐利的眼睛已经看出来了，她瞪着他，又凶又狠地威吓着：

“哼，爱情！你不配有真的爱情！你不配懂得爱情！你也不配享受爱情！”

戴愉吓得不敢出声。慢慢地穿好衣服，抱着一卷文件，走了。

这天晚上，他又坐在晓燕的房间里。有两个星期没有见到他，一见他的出现，晓燕脸一红，突然流下泪来。她赶快扭过头去。

戴愉站起身来，慢慢地似乎胆怯地走到倚着窗台的晓燕身边，把手搭在她的肩膀上，声音低低地说：

“燕，亲爱的同志，我是爱——你——的……”

他摘下眼镜，在晓燕冰凉雪白的脸上狂吻着。

好像在梦幻的境界里，晓燕被意外的幸福陶醉了。她凝视着她向往已久的心爱的人。他那鼓鼓的眼睛里似乎也含着泪水，他的面色带着一种病态的疲倦的灰色。她像才发现似的惊讶地说道：“你怎么啦？身体不好？”她把他扶到床边让他躺下，给他倒了一杯水，然后坐在他身边的凳子上一声不响，脉脉含情地望着他。

戴愉闭目养神歇了一下，就睁开了眼睛。他歉疚似的对晓燕微微一笑：

“燕，你多好！多么温柔、善良。自从第一次见了你，我就总忘不了你——你好像纯洁的圣母，谁见了你都会使良心受到苛责，想一洗他罪恶的灵魂……”他拉过晓燕的手不住地吻着，晓燕感到他干燥的嘴唇好像一盆火似的发热。

“不，”晓燕抽回自己的手，伏在他的脸边小声喃喃着，“君才，自从第一次见了你，我也是……你比我好。除了林道静，在世界上我第一次和你……好。”

“不，我不好。我不是你理想中那样好的人。”戴愉——郑君才把晓燕柔软的身体紧紧搂在怀里，哑着嗓子慢慢地说，“燕，最可爱的，为了你，我也要振作起来，好好努力……爱我，永远地爱我吧！”

这是一个星期以前的事。在热烈的期待中过了一个星期，晓燕和戴愉约定会面的日子又到了。

晓燕对着梳妆台梳理好了头发，又对着自己发烧的脸颊笑了笑。好像她心爱的人就在她身边，她害羞地扭头望了望——屋子里收拾得整洁、明净,但是除了一盆发着馥郁的香气的白色茉莉花,这里并没有人。她又笑了笑,就打开抽屉,从一个红得发亮的雕漆盒子里,拿出了一个装潢华丽的小粉盒来。这是姨母在她去年生日时送给她的。她从来不用这些装饰品,就把它放在抽屉里藏起来。但是今天,不知怎的,她竟想起了这个小粉盒,而且拿了出来。打开粉盒,取出里面的小粉扑,扑了一点粉,对着镜子敷在脸上。当她看到镜子里的自己的脸越发白了,而且白中透红,更加显出青春的姣美时,她又害羞地拿手帕把粉擦掉了。她朴素、用功,从来没有在修饰上费过工夫。今天当要会见爱人时竟把时间消耗在这没有用处的事情上,她羞惭地离开了梳妆台,赶快走到写字台前拿起书本。

三点钟过了,她急不可耐地坐在桌子边,时时拿眼望着院子里。当她听到小妹妹在院里喊了一声"大姐,有人找你!"她立刻放下书本走到院子里。今天郑君才比过去打扮得漂亮而整齐。一身蓝色的哔叽西服,雪白的衬衣领子翻到外面,脸上刮得很干净。过去,晓燕总以为他有三十岁了,但今天看起来他不过二十五六岁。

戴愉这是第一次到晓燕家里来。他东瞧西看地欣赏了一会儿之后,说:

"小王,你的房间收拾得很好,多么舒服。你的家庭经济情况很好吗?"

晓燕替他拿出糖果点心,然后挨在他身边坐下:

"父亲挣得的薪水哪里够用。政府常常欠薪,指着薪水我们都要饿死了。我伯父开钱庄,他很有钱,时常接济我们。所以家里的生活还过得去。"晓燕说到这里,盯着戴愉的脸看了一会儿说,"你的脸色今天好像好了一点,没有生病吧?你为什么总不肯告诉我在什么地方住?你知道——我很想看你去。"

戴愉拉着晓燕的手,又恢复了他过去沉郁的姿态:"燕,我的工作不允许我告诉你这些,原谅我……这一星期你过得还好?"

"好。就是想——你! ……"

戴愉又把晓燕拥抱在怀里。当从梦似的狂热的情景中稍稍清醒后,晓燕梳了梳头发,温柔地看着他:

"你知道吗? 林道静快出监狱啦。因为胡梦安那个坏蛋离开北平了,再说小林本来也不是个共产党,所以我爸爸托人一说,小林就有希望出来啦。再过几天有了准确的日子我就去接她。君才,我有一件事总想问问你,可总没好意思。——她说在定县时候,你找过她。她好像对你不大满意。她说是你把他们的工作领导得不好,我姑姑就是你主张——打倒的。"

戴愉点燃一支纸烟,喝了两口水,慢慢回答王晓燕:

"她完全误会了。对于她和一个姓赵的青年的过激行为,我还劝告过她——叫他们别犯'左'倾幼稚病。我是主张打倒一个姓伍的坏教员而要团结你姑姑的。谁知后来他们怎么搞糟了。因为我在那儿只停留了两小时。"

"是这样的?"晓燕舒畅地长出了一口气。用她真诚的深信不疑的眼睛对戴愉歉疚地笑笑,"你不要在意,也许我把她的话听错了。才,她一出来,听说咱俩好了,该多么高兴! 小林——她早就恋爱过了;我比她大,可是,从来还没有过男朋友。她常笑我太拘谨、老八板呢。"

戴愉斜睨了晓燕一眼,鼓着金鱼眼睛笑着说:

"从今以后你也可以骄傲了——你有了爱人,而且可以成为你的丈夫——对吗?"

晓燕轻轻碰了戴愉一下,红着脸扭过头去:

"我不愿意很快结婚。等大学毕了业再说。"

"我不勉强你。最亲爱的……"

戴愉走后,晓燕走到母亲的房间里去吃晚饭。她的眼睛被幸福燃烧着,沉静的不大爱讲话的大姐,今天变成小姑娘一般的和妹妹们玩笑着。母亲看出女儿的变化来,她对坐在餐桌旁边的丈夫温和地微笑着说:

“鸿宾,咱们晓燕有了男朋友,你知道吗?”

王教授瞧着羞红了脸的晓燕,又对另外两个小女儿看了一下,哈哈大笑道:

“早有耳报神报给我啦。我不反对!不反对!晓燕今年二十二岁了吧?可以交交朋友了。不过……”他夹了一口菜放在嘴里,等咽下去之后,才晃着脑袋说,“不过,必须要是一个正派的有学识的人。燕,他怎么样?——才学怎样?”

晓燕低着头端着饭碗,半天才回答:

“还好。有学问,也有思想。老成、忠实……”

“啾,我明白啦,近一年来晓燕思想大有变化,她这个马克思先生的信徒,也大大地影响了我。那么,我想这个青年人一定也是、也是……好吧,我祝贺你们。看来大势所趋,国民党如此腐败,难怪全国人民不满……”他把大手向小女儿凌燕的头上叭的一拍,又摇头又点头地笑道,“晓燕呵,只要你幸福,爸爸就高兴。不过要小心呵——做父母的总是为儿女操不完的心,其实又何必呢!”

晓燕的脸红了又白,白了又红。她感激地看着慈祥善良的爸爸和妈妈,又看看顽皮地偷偷用手羞着她的小妹妹。沉了沉,小声说:

“你们不要担心……他很好……”她抬起头微微不安地接着说,“爸爸,林道静不是快出来了吗,她没处去,出来后让她暂时住咱们家行吗?”

王教授收敛了笑容。教授夫人不安地看着教授。

“她是个好人。可是——有点幼稚……”教授点燃了纸烟,沉吟着吸了几口,半天才说道,“好吧。咱们人情做到底。我都没有想到,怎么我托你伯父向市政府的一个朋友一说,林道静竟可以很快放出来,叫她来吧。不管怎么样,看来,青年们是无法关在书斋里了。"王教授不胜感慨地停止了说话……

晓燕看见父亲仰在椅子上那种沉思而苦闷的神情,她反倒掩着嘴巴悄悄笑了。

"爸爸,"她用手推了教授的肩膀一下,微笑着说,"爸爸,您还主张我埋头读书不许过问政治吗?您对胡博士的读书救国论还热烈欢迎不呢?"

教授好像不认识似的翻着眼皮看了女儿一阵子,蓦然把拳头向桌子上一击,激动地喊道:

"一切事情都是在发展和变化的!世界上永远没有静止的事物。人的思想也是这样!"

教授夫人坐在丈夫旁边织着小女儿的绿色毛衣,她听教授说完,抬起眼皮冲着大女儿晓燕笑道:

"晓燕,你还不晓得,你爸爸近日来每晚躺在床上都要读两个钟头的哲学——什么《反杜林论》,什么《辩证法唯物论》,什么《哲学之贫困》……我不懂这些,可是他好像是入了迷。"

晓燕眯着眼睛快活地看着父亲。鹅蛋形的白脸上露出了一对深深的小酒窝。

第二十三章

一九三五年五月，国民党何应钦和日寇签订了“何梅协定”之后，华北的军事、政治、经济大权，他们便一股脑儿让给了日本帝国主义者。这时候胡梦安随着国民党市党部以及河北省中国军队的撤退，一同溜到了南方。因此，没有证据、没有任何口供的林道静和俞淑秀终于在一九三五年的七月从被押了一年的监狱中释放出来了。

俞淑秀先出来。临走，她竟舍不得和道静分别。在放风的院子里碰到道静，她含泪对她说：

“林姐姐，到外面也许不能像在狱里和你常在一起啦。”

道静笑笑，拍着她的肩膀：

“傻孩子，你不是常想妈妈？现在能回到家里和妈妈在一起多高兴。”

“不，”俞淑秀噘着乖巧的小嘴巴，“妈妈不是最亲的。你，还有郑瑾姐姐，我永远忘不了你们。妈妈养了我的身体，但是你们——是党给了我灵魂。”

道静被这女孩子的纯真热情深深感动着。于是紧紧握住她的手，爱抚地望着她的眼睛说：

“只要同在一条道路上，咱们会常在一起的。明白吗？小俞，无论天涯海角，只要意志相通，咱们是不会分离的！”

俞淑秀连连点头，清秀的脸浮现着热情的光芒。她把头靠着道静的肩膀激动地说：

"反动家伙们吓唬咱们——想一扣押咱们,咱们就都老实啦。老实个屁！他们送我进了马列主义大学,叫我有机会认识了真理,还得谢谢他们的栽培呢。"她机警地望望左右,见没人注意她,急忙又说,"林姐姐,我出去就干！我找你去,你还领导我好吗?"

道静笑着推开了她,却恋恋不舍地对她频频点头。

十天之后,王晓燕也把林道静接出了监狱,并且领她到自己家里。

正是吃午饭的时候,教授夫人系着漂白的围裙亲自在厨房忙着烧菜。道静随着晓燕一直来到餐桌上。一见道静走进来,守在桌旁等着她们的王教授立刻端着一盏盛得满满的酒杯,高举到头上,说道:

"欢迎！欢迎！欢迎从阶级斗争战线上归来的战士!"他把酒杯向道静面前一伸,亲切地笑起来,"为你们的胜利而干杯!"

"谢谢伯父!"道静感激地望着王教授,接过酒杯喝了一点酒。王教授却豪迈地一饮而尽。然后对愣在桌旁的晓燕和另外两个小女儿笑着,"你们坐下呀！雪燕,凌燕,还不欢迎你姐姐的好朋友……她叫你彦姑不高兴,可是我们欢迎她!"

"欢迎林大姐。"两个十三四岁的女孩,亲切的目光,热烈地盯在道静苍白而瘦削的脸上。许久不见了,她们有点儿害羞,怯怯地站在椅子边上惊奇地看着她。

"谢谢伯父的帮助……"道静刚要说下去,王教授却大声地抢过话来。他端着酒杯皱着眉头,好像有多少郁闷要急着发泄:

"我还要多谢你呢。你教育了我女儿;女儿又教育了我。林道静,你不知道,晓燕这半年多已经成了我的时事先生啦。她常把许多国家大事的真实情况向我透露一二,而且还有分析和判断……果真如此！国民政府是越来越不像话了——'先安内后攘外'的结果是先丢东北,后丧华北,眼看大好河山满目疮痍。……"他摘下眼镜举着,激愤地在女儿们的眼前一晃,摇头喊道,"小小三岛之国。如此欺辱我有五千年文明历史的中华古国,是可忍孰不可忍?因此,我赞成你们起来斗争——过去,我可是一听说这两个字就头痛的呵,哈哈!"

"教授先生,这不是课堂啊!"王夫人不知什么时候已经站在餐桌边。她看着王教授对着几个青年人滔滔不绝地发起议论,大家全忘了吃饭,就笑着提醒丈夫;同时转过身握住道静的手慈爱地端详着她,"道静,你瘦多啦,看他们把一个漂亮姑娘糟蹋成什么样子!……"泪珠浮在眼眶,王夫人立刻擦掉它,又温存地对王教授说道,"青年人比你这老头子什么不知道!吃饭吧,道静一定饿了。监狱里的饭食缺乏营养,今天我烧的菜里,特别富于维他命。吃吧,吃吧!这里面蛋白和脂肪也不少。"

王教授和几个女孩子,同时发出一阵爽朗的大笑,他们一边吃着一边畅谈。道静心里暗暗赞赏着晓燕变了,她的家庭也跟着变得更加进步和欢快了。许久没有吃过的丰盛的午餐,仿佛在自己家里一样的亲切温暖和即将开始的自由的——也可以说恢复了的战斗的生活,使她又产生了突然被捕时那种迷离的幻觉:

"这是不是做梦呢?……"

回到晓燕的房间里,剩下她们单独两个人。午后的阳光投射在窗台上的白色茉莉花上,使整洁的小屋充满了温暖和幽静的感觉。她们两个紧握住手有一阵子都不能开口。最后还是道静先说话:

"晓燕,我被捕的那晚上,你是不是跟着汽车跑来着?"道静凝视着晓燕说,"这一年多,我常想起那天晚上——我们谈得够多么知心和愉快啊!从那天起,我们的友谊是更加深厚了。"

"是的。"晓燕低着头小声说,"那是真的,我忍不住跟着汽车跑了几步——那心眼里真是难受,恨不得追上去把你抓回来……那一夜，我哭了一夜。可是从那天起我真的看清了这黑暗的社会，看清了国民党的狰狞面貌。第一次胡梦安逼你的时候，我还以为是他一个人坏；可是这次，事实教育了我，你的血洗亮了我的眼睛。”晓燕抬起头来，她的脸色是幸福的、欢喜的，然而却滚着大粒泪珠。她用手绢擦掉它，轻轻抚摸着道静瘦削的手指仍又说下去。“我常常想起你说过的话——‘野火烧不尽，春风吹又生。’真是这样！我想你被捕了，不能工作了，我应当代替你继续干。如果我也被捕了，可是另外还会有许多许多人代替我……野火永远是烧不尽的！”

“我从你的信里知道你变得更好了，做了许多工作，学习也有了明确的目的。我真高兴！”道静疲惫地倒在晓燕的床上，眼睛却一刻儿也不离开她的朋友。

“是吗？你知道得很清楚？”晓燕兴奋了，她觉得她的好朋友，她启蒙的老师能够了解她、赞赏她，她真是非常幸福。“具体的情况你还不了解吧！我在学校里跟共产党员、共青团员——当然是我猜想的——还有进步同学都拧在一起了。各种活动我都参加。我已经成了积极分子呢。”停了停，她像才想起似的又告诉道静，“你还记得李槐英吗？她原来同情过你，帮助过咱们。可是现在为了成为女诗人，她却成天读起莎士比亚来啦。而且成了校花——交际花。风头得很！”

晓燕坐在床边，她们两个的手总是握着的。道静凝神听着好朋友的话，微笑着说：

“小资产阶级就是有动摇性嘛。像李槐英这样的人一点不稀奇……嘿，晓燕，我问你，我那些朋友你听到过他们的消息吗？卢嘉川、罗大方、江华、许宁、徐辉……他们的消息你听到过一点没有？虽然在狱里又认识了许多新朋友，可是旧的却也忘不掉。”

“卢嘉川、罗大方的消息不知道。许宁在第一监狱，不知怎么的，他妈妈也知道我了，找过我一次。徐辉还没有回来。只有一个人……”晓燕忽然做了个滑稽的笑脸，使道静感到她比过去反而年轻活泼了。只见她推了道静一下轻轻笑着说，“有一个人，他到学校找过我两次，都是在夜里。他说姓李，来打听你的消息。我怀疑他就是你说的江华。他对你好像很关心啊！”

“不一定……”道静稍稍惊奇地说，“江华什么时候到北平来的呢？……晓燕，你知道，卢嘉川、江华，还有我刚入狱时遇到的林红，这三个人，我今生能够认识他们真是无上的光荣和骄傲。可是，想起来我又怪难受——林红已经牺牲；而卢呢，恐怕也完了……不过如果江华在北平那也是好的。你不知道那个姓李的住在哪儿吧？”

“我怎么会知道！”晓燕摇着头。她盯住道静声音低低地说，“我听说了，林红——就是那个改名郑瑾的女同志吧？”

“你怎么知道的？”

“小俞淑秀说的。她一出狱就找我来了。她滔滔对我讲了半天她在狱里的生活和斗争。她讲到林红和你对她的影响。”晓燕忽然闭起眼睛长叹一口气，“我一闭眼，那个美丽坚强的女同志就好像站在我面前。”

道静躺在铁床上，双手蒙住眼睛用沉重的声音慢慢地说：

“这样的人是不死的。永远不会死的。……”

刚刚说到这儿，俞淑秀蹦蹦跳跳地跑进来了。一进门她猛地抱住躺在床上的林道静，高兴地喊道：

“林姐姐，林姐姐，你出来啦！你回来啦！妈妈把我看管在家里，不叫我到狱里去接你；可是，我知道你在王姐姐这儿，我就想法子偷偷溜出来啦。嘿，嘿，多好哇！多好哇！咱们又可以在一块儿啦，又可以在一块儿革蒋秃子的命啦！”

晓燕站在地上，爱抚地望着这热情活泼的少女。尽管她小小年纪受尽监狱的苦刑和折磨，可是她依旧这样欢快活泼，这样如饥似渴地奔赴着真理的道路。多么可爱的孩子呀，晓燕的眼里不觉又潮湿了。

道静坐起来，紧紧抱住俞淑秀瘦削的肩膀，扳过她的脸孔审视着：

“啊，吃胖了一点。你妈妈都给你做什么好东西吃啦？”

“还说呢。”小俞咕嘟着嘴，愤愤不平地说，“妈妈骂我，爸爸也说我。他们说，原来是吃冤枉官司，算倒霉——谁叫我那天到北京图书馆去，手里拿着一本红书皮的书呢！可是他们想不到我出了监狱，反倒弄假成真——假革命变成了真革命。他们说这样一来可就真要杀头了。这么着，就看管起我来啦！不叫我出门，把所有革命的书，像特务一样全给我没收。我爸爸那老家伙真是个耗子胆，妈妈跟着爸爸屁股后头转，吓得念起阿弥陀佛。她呀！她哪儿还顾得给我做好吃的！”

道静听着这个有趣的叙述大笑起来，晓燕也笑着。可是，小俞自己却不笑。看着道静她们大笑了，她用力推了两个人一下子，皱着眉毛叫道：

“林姐姐，王姐姐，有什么好笑的！人家找你们来是要和你们商量个办法。我要去参加红军，要不就到工厂去做工——变成真正的无产阶级。反正这个家是待不下去啦！”

“好，小俞，别着急。”道静握住俞淑秀的手，恳切地说，“我们一定帮助你。可是你要耐心才行——太急进、太激烈会引起你爸爸妈妈的过度忧虑。革命——不是成天喊在口头上的。当红军、做工人，总要先有了革命关系才能够解决，咱们自己怎么能够乱跑呢。”

小俞冷静下来了。她抬起头睁大眼睛看着道静：

“你找到关系了吗？”

“你不知道我刚刚出来半天吗?”

“找到了,立刻告诉我!我走啦。”小俞又蹦蹦跳跳地跑走了。怕爸爸妈妈反对,她只好赶快离开她恋恋不舍的林姐姐。

道静和晓燕夜晚睡在床上还在聊天。她们不知有多少话,总也说不完。

“燕,问你,这一年多,你该碰到爱人了吧?不能总是这样——人总是人嘛。”

“嗯。”晓燕默默地说,“这个人你认识。可是还没有——没有最后决定。”

“谁?——我认识的?”

“你认识——郑君才。也叫戴愉。”

“他……”道静的心陡地惊了一下。但是,她怎么好向晓燕说出她对他的不满来呢?半天,她只能期期艾艾地说:

“郑君才?祝贺你。你们怎么认识的呢?”

“在北大同学房淑玲那儿。”晓燕兴奋地说,“他们是老乡。他常去找她,我也去,渐渐熟了……他能把《资本论》一章章地背下来呢。”

“晓燕,你对他过去的一切经历都了解么?”

晓燕这才看出道静对戴愉似乎有点不以为然的神气,她不安地回答:“不太了解……我正想更多地了解他。”谈到这里,好像要转换这不愉快的话题似的,晓燕突然问道静,“小林,你的呢?你也该有个……”

“没有。”道静笑着说,“在监狱里除了男看守,哪儿看得见男人的影儿。”

“那你当真没有一个心爱的人吗?”晓燕忘掉了刚才道静不安的神气,仍又温存地诘问着。

道静没出声。两人都沉默着。半响。她俯在枕上缓慢地仿佛喉咙有毛病,每吐一个字都使她感到痛苦似的说:“燕,你不了解,这心、这情感……对他再也改变不了。我愿意永远等着他。”

“谁?你说的这个人是谁?没听见、也没看见过你同谁好过呀!”晓燕的声音是惊讶的,也是激动的。

道静跳下床来,捻亮了桌灯。从她脱下的一件旧衬衣里,撕下一条贴边,找出了一卷细细的纸卷。她把纸卷打开,拿出其中的一张递给晓燕。

“别笑我,这是我在监狱里偶然写下的一点东西。你看,这是关于他的诗。”

晓燕怀着惊奇的忐忑不安的心情急急读下来。在那密密细细的字行里,她看到了她朋友的一颗热烈、沉痛的心。

在漆黑的大风大雨的夜里,
你是驰过长空迅疾的闪电。
啊,多么勇猛!
　　多么神奇!
你高高地照亮了我生命的道路,
我是你催生下来的一滴细雨。
啊,我勇猛的闪电!
　　如今,你奔向何处?你去了哪里?……

我们没有倾谈,
我们没有默许,
然而我相信你,
永远地相信——
我生命中会有这样突然出现的奇迹:
那阴沉的牢狱铁门被打碎了,
啊,朋友,

在那美丽的绿草如茵的花园里，
你对着我微笑，
默默地告诉我：
你那勇敢的、艰苦的战斗事迹。
我是多么幸福啊！
从此我们永远不再分离——永远不再分离！
可是朋友！
如今你在哪里？
也许，我今生并不能再见你……

啊，朋友！
你在哪里？
你在哪里？
能否知道
有一个人正凝眸等待着你。……
她用着美丽的青春，
用着深藏在心底的不变的热爱，
永远、永远地等待着你。……

道静双手抱着头，把头伏在桌子上。晓燕读完了诗，红着脸，含着泪，挨着她身边说道：

“静，我了解你——你的痛苦和希望……我也相信有那么一天，所有监狱的铁门都被我们打碎；所有，所有亲爱的人都在那美丽的花园里尽情欢叙……那一天一定会来的！”

“一定会来的！”道静抬起头来，用坚定的声音望着晓燕重复了一句。

第二十四章

道静站在窗前，望着窗台上的茉莉花，心神不安地思索着：临出监狱，那个时常和她联系的常华英曾对她说，出狱后就会有人再和她联系的。但是出来两天多了，怎么还没有人来找她呢？找她的人将是个什么人呢？……晓燕上课去了，为了等待这个人，她不敢出门，就一个人在屋里这样焦灼地猜度起来。

十点多钟的时候，江华走进来了。多么意外呀，道静高兴得抢上去握着他的手笑道：

"嘿，老江！又看见你啦，快两年不见了。"

"一年多不见，你才出来吧！"江华打扮得像个小职员。蓝绸大褂，黑皮鞋，不过头发梳得有点蓬乱，温和的眼睛仍然带着沉稳、自信的神态。

"是呀，从深泽县分别……"道静望着他，眼睛闪着喜悦的光，一时竟不知说什么好了。江华笑笑，望望道静瘦削苍白的脸颊，说：

"道静，你好像长高了。"

道静扑哧一声笑了："好几十岁了，还长个儿！这是因为太瘦的缘故吧……老江，你坐下，咱们好好谈谈。"

"不行，待不住。只能和你谈几句话。你今天就写个自传行吗？"

道静惊讶地看着江华：

"写自传做什么？"

“常华英没有告诉你吗？根据你在监狱里的表现，道静，你的理想就要实现了。组织上已经同意吸收你入党了！”江华说着，稀有的欢快洋溢在他宽阔的微黑的脸上。

巨大的幸福把道静吸摄在地上。她红涨着脸，睁大眼睛一句话也不能说了。

难道这是真的吗？难道几年来梦寐以求的理想真个要实现了吗？难道这非凡的巨大的幸福真的要降临了吗？……道静的眼睛潮湿了，她羞怯地看着江华笑了笑，嘴角撇了撇，想说什么，终于还是什么也说不出。

“要写真事。对党不能有任何隐瞒。”江华站在地上又低声补充了一句。

“好。我相信我是会对党忠诚的。”道静的声音很低、很慢，她竭力按捺住自己的激动，然后看着江华微微一笑，“常华英介绍来找我的人，原来就是你呀，老江，我们还用找人介绍吗？”

“从组织手续上讲，还是需要介绍的。”江华的声音有点儿事务性的枯燥和冷淡。他是一个不善于表现自己情感的人。与林道静的再度相逢，使他欢快、兴奋，甚至心头隐秘的充塞着幸福的憧憬；然而他所表现的却是这样冷静，甚至是有些冷淡。又站了几秒钟，他轻轻地和道静握了一下手，就匆匆走了。只有当他走出大门，回头向站在门外送他的道静那么深沉地一瞥时，这才使人感到那里面是蕴藏着深深的友谊与热情的。

“老江，等一等。”等到江华站住了，道静赶上去问他，“你了解戴愉是个什么样的人吗？”

“戴愉？你觉得他怎么样？”江华反问道。

“我总感觉这个人和你们不大一样。”

江华听了，半晌没出声。

“噢，他和晓燕恋爱了，老江，你还不知道吧？”

“他们恋爱了?”江华惊奇地说,“要是这样……”他沉思了一下,“道静,你最好赶快离开晓燕这里。……好,明天咱们在北海碰头,具体怎么办再商量。对晓燕,你可再不能多说什么了。”

道静一边吃惊,一边连连点头,不再说什么。

这一天终于来到了。

午后,北平夏天马路上的窒热的灰尘,像雾似的凝滞不动。灰色的街道、灰色的房屋、灰色的车辆、灰色的川流不息的人群——整个城市全笼罩在凝重的使人窒息的灰色中。看起来北平已经显得多么古老、衰朽了啊!除了抬头望上去的翠绿的树盖,高高地挺直地插在蔚蓝色的天空中,给这城市平添了青春的颜色,其他一切全使人感到北平是在衰老、混乱、麻木的状态中。

道静走在街上,她的脚步轻快敏捷,心情是从来没有过的愉快。但是在这愉快中却又混杂着某种沉重和慌悚的感觉。她走着,想着,无意中竟对一个走过眼前的青年男子微微一笑。当她蓦地发觉自己笑了之后,不觉红了脸。对一个陌生人笑,这是多么微妙而不可捉摸的情感啊!

在一条偏僻的小胡同,她找到了要找的门牌号数。这是一个破旧的小门楼,她照着江华所说的,留神看看门扇上果真用粉笔写了两个歪扭的十字,她放心地笑了。可是,心却突突地跳起来。她拍了两下门环,轻轻喊道:

“王太太在家吗?”

一个穿着花布旗袍的年轻瘦小的姑娘跑出来开门,并且一把拉着她的手轻轻说:

“你来了!好!”

道静一霎间愣住了。这年轻姑娘是谁?这不是那精明干练、她寻觅已久的徐辉吗?怎么她忽然在这儿出现了呢?……

“小林,进去呀！刘大姐在等你。”徐辉机警地朝胡同左右望望,看见没有行人,她关上街门就和道静一块儿走了进来。

这是一所北京式的古老的小平房,院子的各个角落,全堆满了破旧的杂物。徐辉把道静领到南房里,开开门,江华和瘦削而安详的刘大姐正坐在屋里,似乎在等她。道静一见刘大姐,抢上去握着她的手,讷讷地说道:

“刘大姐……我见过您——李大嫂对吧？……”

“林道静同志,组织上看了你的自传,审查了你的全部历史,今天正式批准你入党了。”大姐握着道静的手,细眯着眼睛,郑重而热烈地低声说。

道静的心跳得厉害。她看着大姐——看着她那慈祥温和的笑容,紧张得不知说什么好。而其他同志也都默默无言。有点发暗的小屋里,自道静一进来,反倒沉寂无声了。

“姨妈,来了客人,咱们今晚上包饺子吃吧?”徐辉站在屋门口外,听见屋里没声音,她就娇声嫩气地喊了一句,并且开开门,从门缝里探进头来向屋里的三个人一努嘴。江华立刻把放在方桌上的一副牌九一抖擞,哗啦啦几声牌响打破了屋里的沉寂。道静抬头一看,江华正站在桌旁望着她。她第一次看见他那深沉温厚的眼睛里,流露着多么热烈的欢乐和多么殷切的期望呵！一见这眼睛她就更加激动了。她扬起头来,南面灰暗的墙壁上挂着几幅山水画,她望着这些画,神色庄严,呼吸急迫。一霎间,那些迷蒙的山水画变了,它变成一面巨大的红色旗帜——上面有着镰刀铁锤的红色旗帜。这旗帜那么鲜艳,那么火热地出现在她的眼前。……

“从今天起,我将把我整个的生命无条件地交给党,交给世界上最伟大崇高的事业……”她的低低的刚刚可以听到的声音说到这儿再也不能继续下去,眼泪终于掉了下来……世界上还有比这更高贵、更幸福的眼泪吗？每个共产党员,当他回忆他入党宣誓的那一霎间,当他深深地意识到,从这一刻起,他再不是一个普通的人了;当他深深地意识到,他已经高高地举起了共产主义的大旗,他已经在解放人民、解放祖国的战场上成了最英勇最前列的战士时,这是何等的幸福啊;当他深深地意识到,他的命运将和千百万人民的命运紧密地联结在一起,他的生命将贡献给千百万人民的解放和欢乐,这又是何等的幸福呵!

黄昏近了,南屋昏暗而又寂静。

道静终于冷静下来。当她看清站在她身旁的两个同志也和她一样闪着喜悦的泪光时,她微微地笑了。刚要说什么,刘大姐却抢先握住她的手,小声说:

"我祝贺我党从今天起又多了一个好同志。一个倒下了,另一个站起来,我们党是永远不可摧毁的!"她的话刚完,一直沉默不语的江华也走上前来握着道静的手:"我也祝贺林道静同志。我们的事业是艰巨的,道路更是漫长的,我以介绍人的资格,希望林道静同志永远记着共产党员这个光荣称号。"他用力摇摇道静的手就放下了。这时正在院里做饭警戒的徐辉也走了进来,她沾着两手白面粉,紧紧拉住道静的手快乐地笑道:

"祝贺你!"徐辉聪明锐利的眼睛,这时变得多么温柔和善呵!

道静闪动着大眼睛,用力握住每个同志伸出的手。她依然面孔绯红、心头乱跳,但她的神情却表现了从未有过的谨慎、宁静和严肃。

后来刘大姐和徐辉都出去了,江华就和道静谈起话来。

江华坐在桌子边,他又开门见山地问道静:

"最近的形势你清楚吗?狱里的消息恐怕更不灵通吧?"

"就是!知道的非常少。"道静说,"老江,给我讲讲,我现在对于时局、形势等等可比过去关心了。"想起在定县挨考的那一场,她偷偷地看了江华一眼,忍不住笑了。

江华想了一下说：

“许多消息国民党封锁得很严。苏区的情况，中央的指示，共产国际的消息等，我们时常需要从国际和苏联的报刊上才能看到。巴黎《救国时报》办得很好，消息很多，你看过没有？”

“看过。但是很少。老江，把目前形势给我谈一谈吧！”

接着江华就给道静讲起当时的政治情况：

“日寇的武装侵略和国民党的放手卖国，使得整个中国情况是越发危急了。一九三五年五月，日本关东军借口中国当局援助了东北义勇军‘侵入’了非武装区域，是破坏了‘塘沽协定’的行为，因此向北平军分会何应钦提出了罪恶的条件，而中国的反动当局竟屈服接受，结果又签订了出卖华北的‘何梅协定’。这样一来，日寇要求撤退河北省于学忠、宋哲元的军队——这些军队立刻就奉令南下截堵红军去了；日寇要求河北省府迁出天津——省政府就立刻搬到保定去了；日寇要求封禁主张抗日救国的报章杂志，于是无数进步的发表过一些抗日言论的报纸杂志就立刻被封禁了。——例如《新生》杂志登了一篇《闲话皇帝》的文章，日寇说是冒犯了日本天皇的‘威严’，于是主笔杜重远立刻被捕。日寇要求中国实行奴化教育，蒋介石就焚书坑儒——爱国的青年学生、学者教授、新闻记者继续大批地被捕被杀。甚至‘何梅协定’上命令解散国民党党部——北平市党部和河北省党部，他们也就闻风南逃。杀共产党那么‘勇敢’的蒋孝先，到了大敌当前，他首先狼狈逃窜。国民党的‘不抵抗主义’，促使黄郛、杨永泰、王揖唐、张群这些汉奸卖国贼正在高喊什么‘中日亲善’、‘中日合作’、‘中日经济提携’和‘大亚细亚主义’。现在，继东北沦亡之后，华北也一步步走上了危亡的道路。全国人民忍无可忍，救亡图存的呼声正响遍了全国每一个偏僻的角落……

“另一方面，红军北上抗日，已经在毛泽东同志的领导下长征了好几个月。一路经过了江西、湖南、贵州、广西，进入四川。国民党上百万大军四面包围、尾追，想全部消灭红军和革命力量，但是他白费了劲。红军在贵州打下遵义，在松坎大败川军时，重庆富豪吓得纷纷把钱汇往上海。革命形势的进展是很快的……”

“老江，你说我们的红军会不会很快打到华北来?”林道静听到这里喜形于色地说，“我想，也许不会太久，苏区、白区就汇成了一片。全国的每个角落里都挂上了镰刀铁锤的旗帜吧……”

江华微微一笑。他温和的眼睛显得深沉而严峻。他望望道静兴奋的仍然带着某些孩子气的面孔，用低沉的声音回答：

“形势变化是快的。最后胜利属于咱们当然没有问题。但是问题是在时间、在条件、在党的正确领导。斯大林对中国革命问题就曾说过，‘中国革命的敌人无论是国内的或国外的都太多、太强了。’因此，以为革命会轻易、迅速地胜利，道静，这恐怕还是有点儿罗曼蒂克的幻想吧!”

道静的面孔霎地红了。她想起江华在定县和她谈话时，也常这样一针见血地指出她的弱点。

“你说得很对!”道静说，“我知道咱们的事业是艰巨的，胜利——到胜利还要走许多曲折的路。阶级敌人不用说，又从外面来了一个日本帝国主义。内忧外患，国难重重，我是有精神准备的。……可是，有时，我仍耐不住要幻想——我多么盼望我能够亲眼看到咱们胜利的那一天呵!”说到这里，她忽然瞅着江华含着泪说，“我在狱里碰到的林红同志的事还没有告诉你……”于是她把林红最后要她转告给党的话郑重地说给了江华。

显然，江华也被她这种热情的理想以及林红的事迹感动了。他没有看她，只把眼睛望着窗外沉思有顷。

“道静，你的性格当中这一点是好的。”江华回过头来默默地说，“无论谁挨着你都会被你这种热情所感动……林红同志对你的教育,我也明显地感觉到了。比起她来,我很惭愧,我对你的帮助真是差劲。”

“不!”道静迅速地反驳道,“我把你看成我的恩师,看成我的兄长。我一直非常感激你对我的培养……你对我各方面的帮助很大,正像卢嘉川对我一样……”不知怎的她又想起了卢嘉川。而且一提到他,她就禁不住脸红了。

江华没有理会道静这些细致的心理状态,似乎忘掉了刚才的谈话,他把作为一个新党员应当注意的事情对她讲了一会儿,并且说道:

“道静,要你去做机关工作可以吗?”他这突然提出的新问题,使得道静很意外。她赶快问:

“老江,要我做什么?”

“和刘大姐去住机关。搞发行、联络。”

“那好。什么时候去?”

“明天。可是那是一件很艰苦、很困难,甚至很琐碎的工作哩。你精神上也要做充分准备。”说到这儿,他像想起什么似的,补充了一句,“道静,你以后不能再叫这个名字了,北平监狱里你可是挂了号的。而且对王晓燕绝不能说出你做什么去。还要装落后……你明白这里面的意思么?”

道静点点头。她知道是因为戴愉的关系,但因为江华不明说,她也不便多问。

江华接着又问起她关于戴愉在定县找她的经过,道静又说了一遍。江华叫她写一个同戴愉的关系的前前后后的材料,在两天后交给他,便和她同时起身走了出来。

这天晚上,道静回到晓燕家里,晓燕还没有回来,她收拾一下自己的东西,就埋头读起一些报纸杂志来。天黑了,她开了电灯,还在用心地动也不动地凝神读着。

“小林,什么事叫你这么高兴?”不知什么时候,王晓燕已经提着书包走进屋来。她看到道静不时仰头微笑而并未发觉她已经站在门边的情景,忍不住上前拍了她一下。

“呵,你回来啦!”道静站起身把书推开,歪过头好像害羞似的一笑,“今晚上老郑来吗? 我可别妨碍你们。”

“小林,别瞎扯! 他一会儿就来。可是你一点也不妨碍我们。我正想叫你和他接近,多了解他呢。”晓燕拉起道静的手,诚实的眼睛里带着恳求的意味,“要你帮我了解他。可是,我相信他——他是个好人。”

正说着,戴愉走进来了。他和道静握握手,用低沉的嗄声说:

“小林,你可出来了,祝贺你! 以后你就可以多帮助晓燕啦! ……”他向站在旁边的晓燕看看,乌黄的脸上浮着一种勉强的笑意。

他们三个人都找地方坐下了。晓燕又开亮了一盏电灯,照得整洁的小屋里格外明亮。

“老郑,我怎么配帮助晓燕? 我现在落伍啦。一年多的监狱,把我弄得糊糊涂涂什么也不知道了。”道静把头靠在墙壁上,眯缝着眼睛冲着晓燕和戴愉顽皮地一笑。她的神情真像是个无所谓的人了。

但是诚实的晓燕却在砸她的锅。她看看戴愉笑着说:

“老郑,你发现小林变了吗? 自从她出了狱,我细心地观察她,发觉她变了。过去,她热情,可是叫人感觉幼稚、肤浅,好像个女唐·吉诃德。这次出来之后,可不同啦! 从前,她最爱谈她自己的理想呵,自己的希望呵,自己的苦闷呵……可是现在——这几天她对我所谈的都是事业,都是别人的事。而对她自己——除了我问到的一件事……”她说到这里向道静眨眨眼皮,神秘地一笑,“她可从不谈她自己。你看出没有? 她变深沉了。她还是热情,可是这热情却蕴藏在一种巨大的力量当中,好像发电机里的热力,不再叫它随便消耗、挥发……”

“得了,你别闭门造车来杜撰故事吧!”道静笑着打断晓燕的话,“最近,我看什么都怪没意思。看你对政治那么热情,我不能不敷衍你,其实,晓燕,说实在的,”道静摇摇头,“混日子吧,我可不想什么这个那个的了。”

晓燕惊异地看着她的朋友。怎么,今天她忽然变了,光说起落后话来了?她心里有些不舒服,但又不便说什么。

在她们两个谈这些话的时候,戴愉坐在椅子上,沉闷地一根接一根地吸着纸烟。晓燕向他谈说道静,他只默默地点点头,偶尔也勉强露出一丝笑容。道静看出他的冷淡,但不好说出;晓燕却忍不住回过头去温和地责难他道:

“老郑,你怎么啦?……”她看了他一会儿又笑笑说,“你怎么常常是这样——有时高谈阔论、对答如流;有时就这么沉闷,好像有什么心事……”她不好意思再说下去。她是温厚善良的人,生怕她的话刺伤了爱人。

“没有什么。你们女人总是神经过敏的!”戴愉睁开鼓鼓的眼睛向道静求援似的一笑,又转过头去看着晓燕,“晓燕,你对小林如此关心,可是,你看看她穿的衣服——她是有许多物质需要的,你应当想法帮助她呀!”

“你不说我差点忘了。”晓燕把头转向道静,“前几天我本想向母亲要点钱,可是,觉得他们也不富裕,没有要。今天,我已经想法找来了十五块钱,虽然少,也有点用处。小林,你就拿它买些应用的东西。”

晓燕把钱掏出来放在桌子上。

道静笑道:

“晓燕,正好。我可真是需要点钱。看我穿的这件破旗袍,实在该换一换了。”

晓燕听罢,又看着戴愉笑道:

“我说林道静变了,这又是一个很好的证明。过去,她是难得接受别人的钱的,一来就是不肯为五斗米折腰……现在,我看,为了我们的事业,就是一升米需要折腰,她也可以折了。”

“很对,小林是变得坚强了……”戴愉笑着。但他的笑中却使道静感到有些蹊跷,好像心不在焉的样子。

“老郑,不要胡说!我刚刚放出来,像你这种说法,又该把我送进监狱了。”道静当真红着脸生起气来。

戴愉和晓燕同时望着她,他们的眼中不禁露出十分惊奇的神气。

第二十五章

妈妈——一喊这个名字，就像喊那永远忘不了的林红同志一样，我全身都感到温暖、感到力量。虽然她只有三十三岁，比我大不了多少。

她黄瘦、衰弱，年纪不大已经有了深深的驼背——这是因为长期住监狱和受了严重刑伤的缘故。她的经历是很不幸的：丈夫已经牺牲，儿子也找不到，没有亲属，总是孤零零的一个人。然而，你无论什么时候看她时，她那温柔慈祥的眼睛总是安静而愉快地看着你。她很少讲到自己，总是默默地、不声不响地工作着。表面上我们是替人缝洗衣服的母女俩，实际上她是区委、我是交通。当她把一件重要而紧急的文件交在我的手里时，她那慈祥、坚定的目光就紧盯在我的身上，同时像妈妈一样温柔地低声嘱咐着我：

"秀兰，把这件衣服给王先生送去——小心，别丢了。"每当我接受这种给"王先生"的重要任务时，我的身上就跃动着一种说不上来的力量，她那慈祥、坚定的目光就像火焰一样烧着我的心。她那目光一直送我走出我们住着的破旧的大门。这时，我就在心里对她说："亲爱的妈妈，我一定要完成任务。"

这是林道静调去和刘大姐住机关时随写随撕的片段的感想。因为刘大姐这个人使她感到了和林红相处时同样的兴奋和幸福，因此她忍不住要把心里的情感写一写。

我们的工作是艰苦而又困难的。人手少事情多，我又做抄写、又做交通，又要替人洗衣服缝破烂——因为我们的经费是困难的。有时我忙着写了一天一夜，肚子里只吃了点窝头，一到半夜常常觉得头昏眼花。这时妈妈总是陪在我身边，只要一看到她那安静慈祥的眼睛，看到她那衰弱的不应有的细碎的皱纹，我就忘掉了饥饿，忘掉了疲劳，立刻又勇气百倍地工作下去。每当这样连夜工作的夜晚，她就坐在我身边陪着我——我写，她读。半夜过了，她就站起身来对我笑笑，然后倒一杯开水，拿出两个干烧饼，她自己掰下小半个，把那一个半烧饼和白开水一齐递给我。

是的，妈妈常常这样自己饿着肚子，却尽量让我吃饱。我接过白开水，看着她那瘦削憔悴的脸，把烧饼塞给她：

“妈，我不饿。白天你吃得少，你吃吧。”

“不，你年轻，身体要紧——我要对党负责呢。”

妈妈，我亲爱的妈妈，你是个怎样崇高的人呀！……

妈妈不但在生活上照顾我，而她给我的思想上的教育更是深刻而具体的。当开始到区委机关工作时，我并不是十分安心的。虽然我对江华说得很好。我的性格喜欢幻想，时常向往红军中或者激烈斗争中的战斗生活——狂飙式的生活，而不安于平凡的工作。这个毛病虽然经过几年的锻炼，也还没有完全克服。因此对于来机关后的抄写、送信、洗衣服这种平凡而琐碎的事务工作，我曾经有点儿暗中不满，甚至痛苦。虽然我没有说出来，可是后来妈妈看出来了。于是，有这么一夜，这是永远难忘的一夜！妈妈教育了我；他——我那永生难忘的朋友用他最后坚强的生命教育了我。我到现在才明白，多少年来，我是在怎样爱着他……如果他还活在世上，如果他不叫万恶的国民党刽子手夺去了宝贵的生命，那么，我将是世界上第一个幸福的人……可是，今天，我的希望完全破了，我和妈妈一样，我们都成为孤苦不幸的女人了……写到这儿，我的眼泪忍不住流了下来。如果我能够知道南京雨花台上哪座土坟是埋葬他的，我愿意把我的复仇心愿倾诉他的坟前……

…………

秋天的夜里，飒飒的凉风吹打着破旧的窗纸。月亮已经升得很高，晶莹的青光透过窗隙照见刘亦丰和林道静两个兴奋的脸。在这样美妙的夜，微带凄凉的夜，两个在一起作地下工作的女同志都长久不能入睡。她们低声谈着话，从工作谈到了私人生活问题。刘大姐躺在自己的小铺上仰过头来问道静：

“秀兰——道静和刘大姐在一起住机关后仍改名叫张秀兰，——你什么都对我讲过，就是一样还没说过——你有爱人吗？”

说话从来都是干脆爽利的道静，沉了一阵才回答：

“算有，也算没有……妈妈，我不愿意想这个问题。”

“怎么叫算有、也算没有？他是谁呢？”

道静披衣坐起来，接着又穿鞋下了地。刘大姐默默地望着她，在薄明的月光下，只见道静年轻俊美的脸上布满着愁雾。她轻轻坐在刘大姐的床边，双手拉住她瘦削的手指，声音有点儿颤抖：

“妈，你想不到的……卢、卢——嘉川，我一直都在等着他。可是他……”

奇怪的是，刘大姐好像早就知道这些情况了。她用一种平静的口气缓慢地说：

“嗯，是他吗？很好的同志！你们什么时候恋爱的呢？”

“没有恋爱过。不，表面上没有恋爱过。但是内心里我知道他是爱我的。因此，几年来我都在等着他。”道静的眼睛在洒满月光的小屋里闪着泪光。她低下头更加用力地握紧刘大姐的手，“妈，请你告诉我，他还活着吗？你得到过他的消息吗？……”

刘大姐躺在枕上摇摇头。内心展开了激烈的斗争:那不幸的消息,告诉不告诉她呢?如果告诉她,那即将到来的幻想的破灭、绝望的悲哀,将怎样折磨这颗诚实的心呢?她还没有想妥,只听道静用低低的声音继续说道:

“妈,我心里的秘密很少向人说过。真的,我平生第一次碰到这么可敬可爱的人,一见他我就好像早就认识他似的……”道静的脸是绯红的,声音里充满了遏制不住的激情。刘大姐抚摸着她的手,静静地听她讲下去。“那时候,那个余永泽正叫我苦恼——我多么不幸却先碰见了他。当姓余的告诉我老卢被捕了的那一霎间,我才明白我是爱上他了……”

道静伏在刘大姐的床边不再出声了。她竭力克制着自己,不让压抑了将近三年的情感放肆地奔腾。

刘大姐也缄默着。一阵凉风从窗口吹进来,她用被子盖上道静的上身,然后放下她的手,自己慢慢坐起身来,说:

“孩子,我不能再瞒着你——他已经牺牲了。”

“他已经牺牲了?……”她机械地重复了一句,就用被子蒙住头,半晌没有声音。刘大姐穿上衣服开亮电灯,然后从破旧的柳条包里找出了一本线装的《古文观止》。她打开褪了色的黯旧的书本,裁开了其中的几页,这时就从裁开的书页里面露出几张粗糙的小块的旧纸来。看见道静仍旧蒙着头好像睡着了,她就走过去,揭开被子,小声地说:

“秀兰,别难过。这是他给你写的信……请原谅,我一直没有交给你。”

道静霍地跳下床来,睁大眼睛看着刘大姐:

“他给我写了信?”

“是的。”刘大姐慎重地说,“去年九月我接到他托人带来的这封信,他叫我斟酌情况交给你。那时你还在狱里。大概就在那个月里他就牺牲在南京了。你出狱后,不知道你对他的心情怎样,又怕你难过,因此,我一直没有交给你。”说着,她把那几张用铅笔写下的小块字纸双手郑重地交到道静的手里。

道静接过来,像筛糠一样,她的双手簌簌地抖着。还没有看,眼泪就滴到信纸上。终于,她还是鼓着全身的勇气读了下去:

> 如果你能够看到我这几张字纸,我相信你已经是我的好同志了。几年来虽然在黑暗的监狱中,可是我常常盼望你能够成为人类最先进的阶级的战士,成为我的同志,成为我们革命事业的继承者。因为每天每天我们的同志都在流着大量的鲜血,都在为着那个胜利的日子去上断头台……同志,亲爱的小林,也许过不多久这个日子就要轮到我的头上了——我在北平没有死掉,偶然的机会让我又多活了几个月,又多战斗了几个月,这在我说来是非常高兴的。现在,我等着最后的日子,心中已然别无牵挂。因为为共产主义事业、为祖国和人类的和平幸福去死,这是我最光荣的一天。当你看见我这封信的时候,也许我早已经丧身在雨花台上了。但是我一想到还有我们无数的、像雨后春笋一样的革命同志前仆后继地战斗着;想到你也是其中的一个,而最后的胜利终归是属于我们的时候,我骄傲、欢喜,我是幸福的。
>
> 你的情况我是听到过一点点的,你的信我也看到了。可惜我们已经不能再在一起工作了。在这最后的时刻,我很想把我的心情告诉你。不,还是不要说它的好……只可惜、可恨刽子手们夺去了我们的幸福,夺去了多少亲人们的幸福。小林,更加努力地前进吧!更加奋发地锻炼自己吧!更加勇敢地为我们报仇吧!永远为共产主义事业奋斗不息吧!你的忠实的朋友热烈地为你祝福……

看完了这第一封也是最后的一封信,道静的眼泪反而停止不流了,她的脸色突然变得异常冷静。她站在地上好像一座美丽的苍白的大理石塑像。虽然他已经牺牲了,不在人世了,但她没有白等,多少忆念的眼泪没有白流。他是无愧于共产党员光荣称号的好同志,他是默默无声地爱着自己,直到生命的最后时刻还在想着自己的人。这时在绝望的悲哀中她反而感到了深沉的慰藉与温暖。这温暖和慰藉是和那个不朽的人同样永不衰朽的呵!

第二天晚上临睡前,道静低着头坐在床边沉思着。不能自抑的泪珠又悄悄地流在衣襟上。她曾经爱过吗?不、不,她再也不愿回忆和余永泽那噩梦一样空虚无聊的爱情。当她年事稍长,当她认识了生活,当她真正碰到了值得深深热爱的人,当她正准备用她那温柔、热烈的情感——只有成熟了的、经过了爱情的辛酸的女人才有的那种真挚炽烈的情感去爱卢嘉川的时候,他却突然被捕了。她没有来得及对他有任何表示,他就被反动派夺去了。朝朝暮暮,在每一个空闲的时刻,或者每一个艰难、危急的时刻,他就出现在她的面前,他就给她无限的力量和勇气。可是,日子一天天过去,一年、两年、三年……终于,回答她的是:“他已经牺牲了”、“我早已经丧身在雨花台上了……”这是多么沉重的打击,她的心痛苦得燃烧起来了!她要报仇——为卢嘉川报仇,为千千万万牺牲了的革命同志报仇,为她那失掉了的幸福报仇……于是,她突然站起身来,用力捏住站在她身边的刘大姐的手,用红肿的眼睛盯着她,说:

“妈妈,允许我到苏区去吧!我要拿起枪来,我……我不能这样平静地生活下去了。……”

大姐坐在床上,半晌没有出声。她黄黄的脸上浮现着一种柔和、宁静然而又深深悲伤的神色。

“秀兰,这还有一封,你也看看吧。——你的痛苦我已经先经历过了。”大姐从贴身的衣兜里又掏出一张旧纸来。

“信?还有一封?”道静从大姐的手上又接过一张斑斑点点褪

了色的旧信纸。她无意识地望了她一眼,就默读起来:

梅祥:我意料中的结果已经宣布了,这是我写给你的最后一封信。你不要过于悲哀,因为你即将临产。你将来的任务还沉重得很。好好地保护孩子,保护你的身体,准备为我复仇吧!

我的命运不决定于今天,早在平时我就估计到了。这就是我最后的归宿——光荣地死。我现在并不难过,相反的,能够为无产阶级革命事业奋斗到了最后一息,我感到无上的光荣,无上的欢乐。梅祥,你是忠实的经得起风浪的好同志,那么我们欢忭愉快地来道别吧。

只有一点我不放心你:你那种痴情,你那种主观的不顾一切的莽撞劲头,我很不放心。革命是长期的、艰苦曲折的。老老实实地投到群众当中去吧!老老实实地埋头苦干吧!千万不要因为我的牺牲而冲动乱来呀!

如果孩子累赘,你可把他送给别人。千万不要因为他影响你的前途。不过为了纪念,我请求你把我们惟一的孩子叫做念林。

我最后的一句话是:你要奋斗到底!你要锻炼自己成为更加坚强的布尔塞维克战士!你要勇敢地把我未完成的一份工作担当起来!

文　林　1928,3,27

两个运命相同的女人,在寂寞的深夜里,悄悄互相谈着她们的衷曲。大姐擦着不知不觉流下来的泪珠说:

“文林的遗嘱鼓舞着我,从他牺牲,从看见了他这封信以后,秀兰,我的变化是很大的。过去,我虽是女工出身,但却有许多不踏实、粗鲁、逞英雄、为个人得失闹情绪的毛病,可是从这以后,我一步步地变得沉稳踏实了,工作也比较深入了。在极危险的斗争中我保存了他这封信。因为我要把它当成我们进军的号角，当成我的座右铭。”大姐站起身关了电灯。在窗隙透进的晶莹的月光下，她拉着道静的手，眼睛忽然射出异样的光彩，好像要燃烧似的。可是声音却很低、很慢。“秀兰，我经受过很多很多的痛苦——真是很难很难忍受的……文林牺牲了；许多亲爱的同志，几天之前还在一起开会、谈话，几天不见却听说已经叫刽子手杀死了；我的孩子——文林要叫他念林的那惟一的儿子，生下后把他寄养在上海一个工人同志的家里，后来组织突然遭到了破坏，工人同志搬了家，儿子就再也找不到了。我为找儿子，挎着买小菜的篮子，装做买小菜的，在念林住过的弄堂里来来回回走过多少趟呵，可是念林——我那惟一的孩子却再也找不到了……”

道静以为大姐会痛哭的。她探头望望，大姐却还是那么镇静、安详，仿佛在讲别人的事。只有嘴唇微微颤抖，眼睛也许因为泪光显得更加明亮。她还想说什么，一时说不出，苦笑笑，就沉默了。

道静紧挨在大姐的身边。自从昨夜听到卢嘉川牺牲的消息以来，她的身体一直有点颤巍巍的。她望着大姐憔悴的脸，竭力迸出了一句话：

“妈，这些年你是怎样过来的？爸爸已经牺牲七年了。”

大姐好像恢复了平静，慢慢地说：

“文林牺牲后，我也被捕了。孩子生在监狱里。三年监禁、非刑拷打，肋骨折了好几根，出得监狱，身体坏透了。秀兰，你以为我有四五十岁了吧？其实我只有三十三岁呢。”她突然笑了一下，笑得很微妙，“年岁并不老，可是，我已经不可能再享受家庭的幸福了。不过，秀兰，我希望你幸福……”说到这里，大姐的态度突然变了，变得严肃而冷峻。她看着道静的眼睛说，“文林当年劝我的话我要拿来劝你。踏踏实实地工作吧！党需要你在哪儿，你就在哪儿。不拿枪，但是你可以用笔、用思想，甚至用我们的洗衣服板子——它也是武器——和敌人战斗！”

“妈，你放心！”道静的态度也变得严肃冷静了，“看见了念林爸爸的信，我明白了自己……妈妈，我保证向你学习，永远向你们这些老同志学习！”

第二十六章

大姐常常出去。道静就留在家里看家、做饭、洗衣、应酬主顾。

这天午后大姐又出去了。道静抄好了一份文件，就动手和起半小盆玉米面。她熟练地捏好了六七个窝头蒸在锅里。当她在脸盆里洗手的时候，忽然侧过了头注意地倾听着什么——

“哎唷！……我操你铁路局的奶奶！”

这是一声轻轻地呻吟夹杂着怨愤的咒骂。道静一听到这声音，立刻像母亲听到了自己心爱的幼儿的啼哭，匆忙地把手巾一丢，三脚两步就奔向隔壁房间里去。

一间幽暗的闷臭的小屋里，在靠窗的一条小炕上躺着一个面色焦黄头发很长的年轻人。他有两只很大的但是疲惫无神的眼睛，高高的颧骨好像镶在脸上一样突出着。他一看道静走进屋里来，立刻也好像孩子见了妈妈似的，掩饰不住地露出了天真的喜悦。

“大姐，您又过来看我啦！”他在枕上仰起头来，没有血色的嘴唇扭动着，孩子般露出了真挚的羞怯的微笑。

“你躺着别动！”道静弯下身去制止着他，“大哥，你要喝水吗？这会儿痛得好点没有？”她拿起一只破杯子从水壶里倒了一杯水递给这青年。她的声音又亲切又温柔，“我们蒸上窝头了，一会儿熟了，你趁热吃一个。老大爷又出去了吗，你别着急，慢慢会好起来的。”

奇怪，这青年刚才还在呻吟，还在悲愤地咒骂，这会儿一见道静，他就老实了，服服帖帖地像个小孩子。他睁着无神的大眼睛凝视着她，慢慢地两行热泪滚到了污黑的枕头上。

“张大姐，您，您，我一辈子也忘不了您的好处呀！”

这时，站在炕边的道静反而不好意思起来了。这个青年人也差不多二十一二岁了，他口口声声叫自己大姐。而且，在孤单痛苦中，对真切关心他的道静“母女”俩，他竟产生了一种亲人的感情，他总希望她们过来看他。他有时故意呻吟，有时轻轻敲墙，有时还忍不住直接喊着张大姐。可是，道静是很忙的——在家里要抄写，要分发文件，又要洗衣做饭，还要出去联络奔走……但是不论怎样，对这卧床不起的病邻居，她好像不自觉地负起了一个母亲、姐姐，也好像护士的责任。

道静和大姐住的这地方，是个劳动人民杂居的小后院。这后院一共有三间北房，她们租了两间，另一间住着光棍父子俩。儿子是从铁路上被裁下来的失业工人；父亲原先也是铁路工人，现在只能当个小工，或者挎着篮子做个小买卖。但是奔跑一天，父子俩还是不断挨着饿。

这个年轻工人名叫任玉桂，原是平汉路火车上的司炉。因为煤块砸伤了腿，好几个月不能上班，结果叫路局裁下来了。他失了业，腿又化脓不收口，就成天瘫在小土炕上受着煎熬。当大姐和道静刚搬过来看见他时，病痛、饥饿、缺乏照顾，任玉桂已经是奄奄一息了。但是一个多月以来在这邻居“母女”俩的照顾下，任玉桂有了起色。道静和大姐借着送活的名义，每天都要出去工作的，可是无论她们谁在家，只要看见任玉桂家的火炉还没生，她们就替他生上火；要不就给他送些汤水。任老头成天不在家，她们也常把老头留下的冷饭热好端给他。如果老头没有给儿子留下吃的，在过去，任玉桂就只有饿着等父亲赚了钱买两个窝头给他带回来，现在道静母女绝不叫他饿着，虽然她们的生活也很困苦。尤其道静因为在家的时间比较多,更多地照顾着这青年,因此这年轻的病人对她也就产生了格外亲切的情感。

道静和任玉桂坐了一会儿,就回到自己屋里。等窝头蒸熟了,她把两个热窝头刚刚包好想去送给任玉桂,刘大姐就迈进门槛了。道静见大姐回来,放下窝头,悄悄问道:

"妈,今天听到什么消息吗?有文件带回来没有?"

大姐脱下一件旧蓝布夹袍,喝了一口水,坐在凳子上喘息一下说:

"我才听说,最近中央发表了一个很重要的文件,好像是对于时局的主张的,可是还没有看见。秀兰,这半天家里没事吧?"

"没有。这文件咱们什么时候才能看见?不知道红军打到哪里了,心里惦记着……妈,你饿吧?刚蒸了窝头,才出锅,你吃一点。"

"不饿。秀兰,包起来的是什么?"大姐看见了放在桌上的小包。

道静看看准备送给任玉桂的窝头,不觉红了脸:"窝头。我想留下咱们明天吃的。"

大姐突然笑了。她眯着细细的眼睛看着道静温和地笑道:

"傻孩子,我知道你又在要把戏——你把窝头拿给任玉桂,然后,你告诉我,你已经吃饱了。剩下的好都给我留着。可是自己饿着肚子。这不行啾,自己的身体也要紧。"

道静难为情地笑着:

"妈,你真聪明。可是有什么办法呢,两个人的饭三个人吃。任老头常常挎着篮子叫卖一天也挣不了一两毛钱,咱们能叫他——一个重病的人……"

"对!秀兰,你这样做是好的,赶快给他送过去吧。可是,我不准许你再瞒着我,你必须吃饱。还有,你不要同他讲到政治方面的事。”

“嗯!”没等大姐说完,道静就跑着把窝头给任玉桂送去了。对于这个骨瘦如柴的病人,她的心中滋生着一种崇高和无私的友爱,对于他的每一点帮助,看见他的病体的每一点好转,都使她感到极大的欢快与慰藉。

但是任玉桂的父亲任老头却是一个很奇怪的人。开始他不理道静“母女”,虽然住街坊,他却成天耷拉着脑袋哭丧着脸谁也不理。后来见道静“母女”对他儿子很好,他脸色虽然好看一些了,但依然不跟她们说话。有时道静坐在他们屋里和任玉桂谈些铁路上的事,谈到“二七”平汉铁路的大罢工,儿子的眼里燃起了热情的光芒,脸上有了激动的红色,老头儿却像个木头橛子坐在板凳上睡着了。因此道静心里有些讨厌他,大姐也嘱咐道静不要同他们谈政治方面的事,尤其不能暴露地下工作者的真面目。可是道静却忍不住要对任玉桂谈起政治方面的事。她的热情使她忍耐不住地说起来。

于是,任玉桂渐渐变了。他不仅身体变得健康一些,而且精神也变得愉快了。从前,他躺在炕上无聊时,不是呻吟就是咒骂;要不,就看些《七侠五义》《封神榜》或者《啼笑因缘》《金粉世家》一类小说来解闷。现在在道静的启发下,他阅读起她偷偷拿给他的《大众生活》《世界知识》等进步书刊来。当道静在屋里工作时,她常常被一种轻轻的敲击墙壁的声音呼唤到任玉桂的屋里去——这时多半是刘大姐和任老头都不在家的时候。

“张大姐,您给我讲一点——唉,您有工夫吗?我又麻烦您啦!……什么叫阶级斗争?什么时候咱无产阶级才能——才能胜利呢?”

而这时,道静就兴高采烈毫不顾忌地给他讲起来。

但是在她和任玉桂讲话的时候,常常发现老头儿在门外偷听。

他回了家:悄悄坐在门口的台阶上不声不响地听着。竟有一次,当道静从他们屋里走出来时,他突然拦住她,悲哀而又恼怒地瞪着道静说:

“大姑娘,您行行好！别再要我爷俩的命行不行呀?”

道静很生气。这个老头子是个多么奇怪的人呀!

以后老头子没有再说这类话,只不过还是悄悄坐在门外的台阶上偷听着。

江华常到她们这儿来。他是作为主顾来洗衣服的。来了接个头总是很快就走。有一天他又来了,脸色分外的喜悦。他把一包衣服——里面包的是一大沓秘密印刷品——放在床上,打开来抽出一张交给大姐。大姐看看又给了道静。道静急忙低头读起来。这是中央发表的《为抗日救国告全体同胞书》,也就是后来振奋全国的“八一宣言”。大姐在前些天曾提到的中央对时局发表的重要文件就是这个。道静在前两天也已经看见过了。但当现在市委印成了宣传品即将向广大群众散发的时候,她又仿佛是第一次看见一样,心头充满着欢喜和兴奋。读着,读着,她不由得看了江华一眼,低低地读出声来:

…………

一切不愿当亡国奴的同胞们!

一切有爱国天良的军官和士兵弟兄们!

一切愿意参加抗日救国神圣事业的党派和团体的同志们!

…………

中国境内一切被压迫民族(蒙、回、韩、藏、苗、瑶、黎、番等)的兄弟们!

大家起来!冲破日寇蒋贼的万重压迫,勇敢地:与苏维埃

> 政府和东北各地抗日政府一起，组织全中国统一的国防政府；与红军和东北人民革命军及各种反日义勇军一块，组织全中国统一的抗日联军。……

她念到这里抬头一望，想不到江华和大姐早已围在她身边，也跟她一起无声地念起来了。只见他们的嘴唇颤动，眼睛发亮，虽然听不见声音，但是他们内心的兴奋与激动，她已经看出来并且感到了。道静拉住大姐的手十分喜悦地说：

“妈，你看，说得多好呀！”

“秀兰，这样，打垮了日本帝国主义者，咱们离胜利就更近了！”大姐笑着，两只手分开，同时用力拉住江华和道静的手。她那样激动、那样热情、那样像青年人一样欢快活泼的神色真是少见的。

三个人同时凝视着这一张薄薄的传单，沉默了一下，江华笑道：

“我今天特别高兴，也为这个——我们的党是更加伟大了。遵义会议之后，确立由毛主席领导革命，中国的局面就将要大大改观。”说到这里，窗外突然有一个老头子的声音喊道：

“查户口！查户口！有什么查头！一个病孩子躺在炕上快死啦。……”

迅速地紧张地然而又是悄无声息地，道静和江华把床上的印刷品小心地藏到了碗橱里，大姐就镇静地站在窗前向外瞭望着，只见任老头站在外院通他们里院的二门上，对着外院的什么人——当然是来查户口的警察——不满地大声喊叫着。一下子，大姐和道静什么也明白了！原来，原来这是一个善良的而又有心计的老头儿。他回答道静“母女”对他儿子的照顾的，不是谦卑的答谢，不是感恩的言辞，而是实际的叫人不知不觉的暗中的保护。无疑的，老头子早已看出他的邻居不是一般的洗衣妇了。

大姐回过头来向江华示意，于是江华顺手拿起床上的一叠洗熨好了的衣服，慢慢地、不慌不忙地向门外走去。接着大姐拿出自己的户口簿，也不慌不忙地向走向门来的两个黑衣警察迎了出去。

查户口的警察走了之后，大姐严厉而且愠怒地对道静说：

“秀兰，你知道你的错误吗？……你违犯了地下工作的秘密原则，你知道吗？你不该轻率地、任性地暴露我们的面目。幸亏这是个有良心的老头，不然，……”大姐的脸色和缓一些了，停了停，她沉重地低声说，“你要知道我们的阶级、我们的党，是需要铁的、严格的、丝毫不苟的组织性和纪律性的，可是你检查一下，你在这上面怎么样……”

道静低着头，半天没出声。终于，她抬起了头，用痛苦的深深自责的眼光看着大姐，说：

“妈妈，请相信我！我诚恳地接受了教训，接受了你的批评……”

大姐点点头。沉了沉，她忽然告诉道静说：“你认识的那个戴愉，组织上已经查清楚：是个叛徒、奸细……咱们难道还不该提高警惕吗？”

道静好像听到了什么惊人的消息般，震动了一下，“啊！他真是奸细？”她好像还有点不相信似的。

“不会错的。”大姐说，“江华对这个案件下了功夫，组织上从各方面搜集到不少材料，这才闹清楚。”

道静没的说了，可是好半天她还愣在地上，愤怒地用力咬着嘴唇。

当天夜晚，任老头忽然走进道静她们的屋里，站在当地问她们“母女”俩：

“请你们告诉我实话，你们都是共产党吧？”

道静“母女”许久没有回答他。这老人问得多么突然而奇怪呀。

“告诉我没关系，我不会害你们的。有点东西我要交给你们——我该告诉你们……”

说着话老人从怀里掏出一件污旧的白褂子，上面有着大片陈污的血迹。老人提着这件血衣，手微微颤抖：

“可找着主儿了！把这衣裳给了你们吧。唉，不容易，好不容易，放了两年啦。”

“老伯，倒是怎么回事？说个明白呀！”道静惊奇地问老人。

“别着急。我看看外边有人没有，回头说给你们。”

这是两年前的秋天，在一个黑漆漆的夜里，又是大风又是大雨。这时，任老头是清风店小站上的扳道闸工人。半夜里，他刚把一趟车送走了，回到铁道旁边他临时休息的小屋里，烤干衣服想睡会儿觉。忽然他的小门吱吱响了，跟着踉跄闯进一个浑身是血的年轻人。这下子可把老头吓一大跳，这样大风大雨的夜里，这是人还是鬼呀！他吓得还没张嘴，那个奇怪的年轻人说了话：

“大伯，救救我！外面有人追……”

“你是土匪吗？”老头惊魂不定地问。

那年轻人摇摇头，惨白的脸上还带着笑：

“不是！”

“那，那，你是什么人呀？你不说清，我可不敢留。”

青年人拉住老头的手无力地摇晃着。他的手像死人一样冰凉。

“我是小学教员。我们不是为自己……国民党抓住我要送我上北平，我逃跑……受了伤。”

就在这一霎间，老头看出这年轻人多么像他的大儿子任玉彬呀！——长得像，说话也像。他曾经有过一个大儿子，也是铁路工人。“二七”罢工之后，在郑州叫吴佩孚枪毙了。他活着时，参加了共产党，老头反对他，他常说他们不是为自己。他说：人光为自己活着是没有意思的。现在这年轻人也说不是为自己——那么,他也是个共产党吧?于是,老头留下了他,给他脱下雨和血凝成一片的衣裳,把他被枪打伤的胸部用自己的裤腰带捆扎住,然后又把自己身上的一件干衣服脱下替他换上。他想留这年轻人藏在这屋里,等雨停了再走。可是年轻人摇摇头说:

“老伯,谢谢你,不用了。能够换上你的工人衣裳我就能逃走了。我还有好些事情要做呢。……你姓什么?我忘不了你的!”

那年轻人像他来的时候一样,匆匆忙忙地打开屋门冒着大雨走出去了。不,爬出去了。老头光着身子送他到门外,还没等进来,忽然那年轻人又爬了回来。在大雨中他痛苦得歪扭着脸,声音微弱得刚刚听出来:

“我的伤很重。大伯,我恐怕活不成了。我不愿死在你这里——连累你。请你留下我那血衣,将来有机会——我虽不是个共产党员,可是也请你转告我们的党,我已经为无产阶级革命流尽了最后一滴血……我叫赵毓青,河北博野人……”

老头站在雨地里,望着茫茫黑夜的无尽头的远处,眼泪簌簌地往下流。他的儿子,他的亲爱的大儿子也是这样一个直到最后一口气还在念着共产党的人呵。……

“赵毓青!”道静轻轻喊了一句,就被泪水咽住了。

“你们要是共产党,就把这件衣服收起来。”老头的眼睛红了,眼泪直在里面打转,“早先我为什么不叫你讲……”他看了道静一眼,缓慢地说,“因为我大儿子——我大儿子也像赵毓青一样死了。我怕老二还走这条道。可是后来我明白啦——我常坐在台阶上听着,慢慢地什么也明白了。”

大姐默默地看着老头儿。道静却抱住那件血衣坐在床上发呆。老头儿惊异地盯着这个奇怪的姑娘:“这,这是怎么回事呀?”他怔了一会儿,讷讷地、半吞半吐地低头看着地对道静“母女”

又说：

“他大婶、大姐，还有句话说：以后有什么用得着我们爷俩的地方，我，我能豁出命去……我要为我那大儿子报仇，为赵毓青报仇……”

道静擦干眼泪，走到老头儿的身边，想拉老头儿的手又有点不好意思。沉了一下，她笑笑，大眼睛闪烁着一种深沉的、热情的光芒：

“大伯，我今天才明白您——您，您真是个好人呀！”

“我今天也才真正明白了你们娘俩……”老头儿也笑了。他多皱的瘦脸第一次露出了衷心的欢喜的笑容。

第二十七章

不大宽敞、有些幽暗的厨房里，王晓燕的母亲正站在高大的灶前匆忙而又有条不紊地炒着菜。她端秀的脸上的细碎皱纹，被通红的炉火映得格外明显，但是就在这些明显的皱纹中间却掩饰不住地露出了她衷心的喜悦。她炒着回锅肉，放上了辣子和青蒜，锅里立刻散发出一种冲鼻的香气。就在这一霎间，她像想起了什么极端重要的事，扭过头对正在身旁忙着择洗蔬菜的女用人陈嫂说：

"陈嫂，你知道今晚上谁来我们家里吃饭吗？"

"不知道呀！"陈嫂眯着细眼狡黠地一笑。这一笑显然说明她是知道的。

"晓燕已经是大姑娘啦，恐怕不久就要做新媳妇……今晚，先生和我要招待她的爱人在家里吃顿饭，谈一谈。还有范教授、吴教授作陪。陈嫂，你看这个人不错吧？——很老实，很有学问的人呢。"

"太太，不错！不错！"陈嫂顺口恭维着，"我一看就是个好人……大小姐也该结婚了——她今年二十三了吧？要在我们乡下，十五六上就有了婆家，像她这大年纪孩子都好几岁了。"

"女学生比不得乡下姑娘。晓燕是个有志气的孩子，陈嫂，做娘的着急，她可不着急呢。这么大了第一次交男朋友……"王夫人一边熟练而敏捷地安排着各种菜碟，一边笑着同陈嫂谈起她近日来一直挂在心头的大事，"她明年大学才毕业，她说毕了业才同郑先生结婚。可是，陈嫂，你看出来没有？他们俩现在就好得离不开了。”

陈嫂是个中年的机灵的农妇，她冲着满脸幸福的王夫人也高兴地笑了笑，不慌不忙地叨叨着：“太太，这么说，您快该抱外孙了。抱外孙在我们乡下可是老太太们的一件大事呀！红糖啊，鸡蛋啊，外孙生下以后的垫子、褥子、小衣裳、小裤儿、小帽儿啊，姥姥家要全全圆圆地给他治下一整套。要不，日子艰难的人家就是不愿养闺女。养下小子顶门壮户，养下闺女赔钱货……”说到这儿，她忽然发觉说话说走了板——她的主人家里正是只有三个闺女而没有儿子，可怎么能说是赔钱货！于是这灵巧的女人赶忙改了口，“乡下人是这样，大地方的姑娘可就不这样啦。像大小姐有学问有本领，将来孝顺父母养老送终还不是跟儿子一样吗？”

王夫人侧着头好像听陈嫂说着，其实她并没有听清她说些什么，心思早飞到正屋里丈夫、女儿所在的那边去了。在正房作为客厅的外屋里，他们的未来女婿郑君才、女儿晓燕和另外两个朋友范教授吴教授，还有晓燕姑姑王彦文都围桌坐着，吃着、谈着。整洁而凉爽的房间里，明亮的大玻璃窗上，挂着洁白的窗纱，这里一切都是安静而舒适的。

宾主慢慢喝着酒，王夫人亲手烧好的菜肴，由陈嫂一样样地端了上来。清癯瘦弱的范教授坐在上首；矮胖、圆头好像一个大西瓜的吴教授和王鸿宾教授分坐在他的两旁；王彦文坐在哥哥旁边，晓燕和戴愉两人紧挨着坐在范教授的对面。

“我说，郑老弟，你在哪个学校读书？”吴范举教授呷了一口白干酒，用手帕揩了揩亮亮的圆头上的汗珠，笑着问。

戴愉今天打扮得很整齐。他穿着一套蓝色哔叽秋装，平日总是有些蓬乱像硬毛刷子的头发，今天向后梳理得整齐而光亮。他鼓着金鱼眼睛看着问话的吴教授，刚刚要回答，王晓燕悄悄地把他的衣角一拉，他会心地使人毫不觉察地瞟了晓燕一眼，回答道：

“清华。吴教授。”

“清华？……好啊，那是个好学校呵！”吴教授把大拇指冲着晓燕一伸，哈哈笑了。这个人的性格有点儿像王教授，爽朗而直率。但似乎比王教授更富于幽默诙谐的情趣，也更加健谈。他吃了一口辣子鸡连连赞赏着，“鸿宾，嫂夫人烧的菜我是非常欣赏的！非常欣赏的！不管什么材料，就是一块臭豆腐、一根烂萝卜也好，只要经她的手一烧，立刻味道非常——味道非常……”他把头扭向范教授连连点头道，“老范，你是不常来，我每个星期至少要有两次，不，两顿，非在鸿宾这儿吃饭不可，所以我同这位郑老弟早就见过。”直到这时，他才想起刚才是同郑君才在谈学校来，怎么七扯八扯又扯到吃饭上去了。于是他用拳头连声敲了两下桌子，眨动两下眼皮，又继续了刚才的谈话：

“请问你，你们的《清华周刊》都是哪些同学在主办哪？办得好！好！”不等回答，他又把大拇指冲着范教授和王教授一伸，“老范，老王，你们看过没有？最近我是每期必读。别看是学生们办的，可是，那里面的内容，那里面的见解，当之全国的大刊物而无愧！我看比《读书生活》有些地方还要高明……‘不平则鸣’，看看现时的情况，难怪学生们大声疾呼——革命、救国。我是年岁到啦，老而无用啦，然而忧心如焚则还不能自已也……”他连连摇着头，小眼睛露出了忧愁的光。又喝了一口酒，才好容易停止了说话。

这时王夫人解下了漂白围裙，穿了一件灰色的呢料旗袍，安详地走进屋里来。吴教授看见了，第一个站起身来招呼，又开了话匣子：“秀嫂，来，来，多谢！多谢！我刚才还在夸你炒的菜好吃。就是一块臭豆腐，只要一经你的手，也立刻美味异常。享受美味，这也是人生一乐……好，好，坐下吧，一起来吃！”

晓燕给母亲搬过一把椅子，王夫人坐下了。她温存地看着丈夫和朋友们微微一笑说：

“没有什么好菜，随便吃一点。”她特别看了戴愉一眼，伏在他耳边关切地轻声说，“饿了吧？多吃一点！”戴愉不好意思似的看着这位慈母点头一笑：

“谢谢。你受累啦！”

“不。”王夫人用手在他肩膀上轻轻一拍，看着旁边的晓燕笑道，“晓燕可是不会烧菜呢。将来，我来替你们烧菜好吧？看，吴教授总是抬举我。”

“秀文，你也来喝一口！”王教授好容易找到吴教授住口的空隙，举起酒杯拿到妻子面前，“今天为了君才、老范，还有咱们的话匣子老吴和彦文，你可大大地卖了力气。好！酬谢你一杯！”

王夫人接过酒杯喝了一点，吴教授立刻也举着酒杯赶了过来，“嫂夫人干一杯！为你们夫妇，为晓燕和君才的幸福……来，晓燕，老伯也敬你一杯！”

晓燕今天真有些像新娘似的羞涩不安。妈妈一定要请君才吃饭，而且还请了父亲的两位朋友作陪。照母亲的意思，虽然不勉强要他们举行订婚那一套仪式，但是总也要名正言顺地通知亲戚和最好的朋友一下。因此一个星期以前母亲就开始准备起来。她替晓燕缝了一件漂亮淡雅的墨绿色绸夹袍，也替君才打了一件毛衣，缝了件外衣。今天晓燕就穿上了这件新夹袍，像新娘一般端庄而羞怯地坐在桌旁。往常父亲的朋友们来了，她喜欢和他们一起谈些问题，交换一些意见——她是有意识地在给这些高级知识分子做工作。但是今天，母亲虽然没有明说在给她和郑君才行订婚礼，可是，从大家的口吻中，从姑姑的眼色中，尤其从妹妹们的伶俐的小嘴中她完全明白是怎么一回事了。

“姐夫！姐夫！”淘气的三妹凌燕跟在晓燕的身后用小手指点着戴愉喊道：“大姐！大姐！姐夫！姐夫！……”

晓燕红着脸,躲着姑姑干枯的眼睛里面那种羡慕的眼色;也躲着戴愉不时回头瞅她的温存的眼睛。她含羞地坐了一会儿,就站起身给一直沉默不大开口的范维周教授夹过一些菜,说:

“范伯伯,吃呀!今天您怎么这么沉闷?”

“对呀,老范,今天怎么啦?”王教授也接上一句。

范教授约莫六十多岁,留着花白的小胡子,穿着一件污旧的沾了许多油迹的古铜色的绸夹袍。他的动作是迟缓的,没有生气的,半天,才慢慢地抬起眼皮问道:

“鸿宾,老吴,你们国立大学欠薪欠到几月份了?”

“哎呀,不提这个还罢了,一提这个——”吴范举教授不等王教授开口,又晃着圆亮的大脑袋滔滔地开了话匣子。“自古以来,做官越做越富,教书越教越穷。到了中华民国,更是有过之而无不及。……索薪运动——一年,两年,三年,晓燕你数着点!从民国六年我开始教书起,一直索到如今,整整一十八年,我参加索薪足足有了四十八次!不,不,有五十多次了。……说得倒还好听:大学教授国家栋梁,连车马费每月薪金二三百大洋,可是,给到你手里的是什么呢?闹半天原来是一张空头支票!一个月、两个月、三个月,甚至半年一文不发。……这,正如老百姓所说,人是官的,肚子不是官的,它一日三餐绝不留情。于是只好当当、借账、求亲告友,日坐愁城。吃了这顿,有时要愁那一顿。可是说起来怪好笑,既然是教授嘛,还要维持教授的门面。包车夫不好意思辞退,老妈子也不好意思辞退,出门还要挺着腰板挟着一个大皮包——真是打肿了脸充胖子。其实呢,皮包里除了几张旧讲义,一文不名;身上除了穿的一身破西服,一件不剩……哈,哈,我就在这样的日子里混了一生——混了一生!老范,莫非又穷得紧了?穷愁何时已也?老兄,我劝你还是想开一点吧!”他一口气说到这里,累得满头大汗。他擦擦汗还想说下去,王鸿宾赶快接着说道:

“好！老吴算把咱们教授的生活形容得淋漓尽致了！”他笑着，转了话题，“这些现象，过去我总不明白是什么原因，总希望来个好人政府，那一切就都好了。如今，如今，”他放下筷子点起一支纸烟，仰在椅背上对晓燕和戴愉点头一笑，“说到这里，还该让他们这些青年人喽。君才和晓燕他们对许多问题比我们这些老头子分析得还清楚，看的还远大。君才，你说说，你看形势将要怎样发展下去？华北一天天紧张，日本人的飞机日夜在北平上空飞来飞去，人心呢，惶惶不安……”

轰隆隆一阵沉重刺耳的马达声，忽然在晴朗的天空轰响起来。王教授的话嘎地被打断了。

“说曹操，曹操就到！”吴教授像个活泼的大孩子，他首先从餐桌旁跑到院里去。接着晓燕、戴愉、王教授也相跟着到院里来了。

一架飞机低低地沿着树梢房檐缓缓地飞着，仿佛这城市空无一人似的，飞机在慢慢移动着。机翼上，鲜红的太阳徽傲慢地俯瞰着这被涂炭的土地。吴教授伸长脖子仰头瞅着；王教授看了一眼就扭过了头；晓燕看着戴愉痛苦地小声说道：

“不要看它！进去吧。”

人们都带着不可抑制的苦闷走进屋来了。

范教授和王彦文没有出去，他们在谈着什么。王夫人和陈嫂在收拾残乱的餐桌。

一进屋门，吴教授又大发感慨了——没有吴教授时，王鸿宾教授是一个活跃人物，他常常是高声说笑，慷慨发言；可是一碰到嘴巴不闲的吴教授，他却要退避三舍，再也轮不到他。至于屋里的其他人，就更加插不上嘴了。

“岂有此理！岂有此理！”他摇晃着西瓜亮头，连连敲着桌子激愤地喊道，“朋友们，国亡无日啦！国亡无日啦！……如果我现在是二十几岁的青年，我要立刻投笔从戎，雪此国耻！”

“老吴,你少说些废话吧!”范教授噘着小胡子忍不住打断了吴教授的话,“你光会喊,真像个毛头小伙子!可是,北大南下示威捐款时,你为什么才捐了一块钱呢?好意思拿得出去呀!我最讨厌放空炮的人……四十而不惑,五十而知天命。我们早到了知天命之年,又何必还像小孩子那样乱喊乱叫呢?……”

吴教授愣了一下,脸一红,立刻又哈哈大笑起来:

“此一时也,彼一时也。我老吴难道是个圣人,生而能知全世界未来大事?……好啦,老范,你这老头儿太固执,我不跟你争论。可是,你看看鸿宾怎么样?……当年,他对适之敬若神明,如今他痛恨他的实验主义,痛恨他的读书救国,痛恨他向帝国主义摇尾乞怜……难道区区小弟也不能有所悔悟吗?哈,哈,老兄,我们知识分子都失之能说而不能做;我看你老兄却连说也不会说!”

在这两位老教授争论的时间,晓燕拉了戴愉一把,悄悄在他耳边说:

“你怎么一句话也不说呀?咱们应当和他们谈谈。”

戴愉盯着吴教授摇摇头:

“这样的人不值得!燕,现在我要走了,晚上,我再来找你。你等我,有话讲。”

“你这个人——真是!”晓燕觑着吴教授对戴愉小声说,“他并不是一个坏人呀,你干吗……”

戴愉没有回答她,和屋里的人告了别,走了。这时王彦文拉着侄女的手,坐在茶几旁,又像喜悦又像忧愁地慢慢叮嘱道:

“燕,终身大事啊,我为你高兴……这个人嘛,看样子也还好,可是,不知为什么,我有点儿怕他……告诉我,他也是个危险的人吗?你,你怎么也变得跟林道静一样了?连你爸爸都变了。我真——真有点儿害怕……过两天我想还是回定县去好。在你们这儿,我心神不安。”

“姑姑，”晓燕亲切地瞅着姑姑黄瘦、衰老的脸，“姑姑，您放心吧！我们会安排自己的生活的……我早就想问您：您还恼林道静吗？别恨她，她是个好人。”她那善良无邪的眼睛里流露着乞求宽恕的神色。

“对！上帝主张对一切仇人都宽恕。”王彦文低微的声音里蕴藏着痛苦和不可名状的怨愤。

“不，姑姑，您还是不要宽恕的好！”

说罢，她竟甩开姑姑，走回了自己的房间。

夜晚，戴愉又来了。在晓燕的房里他们喁喁不休地谈着话。

“才，你看白天妈妈那叫干吗呢，……”晓燕白净细嫩的脸微微羞红了，“我也像当年的林道静，怪讨厌这些虚伪的形式。”

“林道静当年怎么样？”

“不告诉你！”晓燕摇头笑道，“你打听到她的消息没有？从她搬走后，两个月了，再也没见她。你知道我怪不放心，怪想她的。”

道静离开晓燕的家和刘大姐去住机关，因为工作的关系，更因为晓燕和戴愉的关系，她一离开晓燕，就没有再看过她。因此，晓燕时常怀念着她要好的朋友。

戴愉捉住晓燕的手抚摸着，眼睛里闪烁着一种叫人捉摸不定的光焰。他沙哑着嗓子说：

“燕，我常常觉得你对林道静比对我还关心。可是，傻姑娘，你太诚实喽——她现在恐怕早就忘掉你了！”

“你说什么？才！”晓燕笑道，“她怎么会？……她是忙。不然也许生了病。”

一缕狡黠的难于捉摸的微笑，从戴愉沉闷的仿佛浮肿的脸上透露出来。他看着晓燕并不在意他的话，就点燃一支纸烟慢慢吸着，又说：

“你不是打听她好久打听不到吗？我在昨天才从一个同志那

里打听明白了。原来,原来——我说出来你会大吃一惊,你是绝不相信的……我真是没办法告诉你。”

“什么?你说什么?”晓燕红涨着脸,喘吁吁地打断了戴愉的话,“才,说明白点!倒是发生了什么事情啊?”

戴愉拉着晓燕,吻着她的手。好像怕吓坏她似的低低地说:

“燕,我的好同志,相信我。林道静是个可耻的叛徒——她欺骗了你……”

“那怎么会!才,你怎么会相信这样的瞎话!”晓燕怔怔地瞅着戴愉,一字一句痛苦地说。

“信不信由你。这是市委正式告诉我的!”戴愉愤愤地吸了两口纸烟说,“她在你这里住的时候不是已经表示厌倦革命了么?”

王晓燕怔住了。随即哭了。她伏在桌子上好像突然听到她热爱的朋友的死耗一样痛心地哭了!

“不,不,才!我不相信!不相信!”哭了一会儿,她抬起头,狠狠地摘下眼镜,狠狠地擦着眼泪摇着头,“你是道听途说!她这样的人怎么会呢?怎么会呢?……你瞎说!瞎说!”

王晓燕迥异寻常的激动而疯狂的神态使得戴愉吃了一惊。他浮肿的黄脸似乎更加黄了,黯淡的眼睛也似乎更加暗淡了。

“燕,安静一点!”他抚摸着晓燕的肩膀,断断续续对这诚实笃挚的姑娘,编着恶毒的谎言,“燕,亲爱的,世界上还有比我俩更亲密的人吗?我爱你,是用最真诚的心爱你的。她是你最好的朋友,我,我怎么能诬蔑她、伤害她呢!真的,你的斗争经验少,理论水平也差,不知道党的高级领导同志,在敌人严刑拷打下、威胁利诱下还常常有人叛变的,何况林道静一个地主阶级出身的小姐,碰到敌人一威胁,再一利诱,那,那叛变党不是很、很自然的吗?”

“那,那你的家里不也是大地主?”晓燕睁大泪眼泄愤似的顶了他一句。她太痛苦了,好像戴愉把她的朋友毁了似的,她把心中的怒火向他发泄起来。

戴愉赔着小心，把晓燕扶到床上躺下，对着她闭着眼睛的苍白的脸，怔了一会儿。这罪恶的人，又改变了腔调——他伏在床边轻轻地忏悔似的，声音又低又慢：

“好心的姑娘，原谅我。也许这消息不确实……不管怎样，我们革命不是为了她……你的爱人是共产党的北平负责人，你，难道没了林道静，你就不能革命了吗？”

“君才！君才！”晓燕拉着戴愉的胳膊又哭了，“我要忘掉，忘掉她——忘掉这无耻的女人！你，你，君才，你——我们可永远不能像她那样呀！”

戴愉的脸像一张白纸。他的黑暗丑恶的灵魂在这善良而纯洁的心灵面前似乎也感到了一阵按捺不住的战栗。他狂吸着纸烟，几颗冷冷的汗珠滴到了晓燕柔黑的头发上。

第二十八章

深秋的夜晚，北平街头骚乱的人声渐渐安静下来。这时，一辆黑色小卧车开着不甚明亮的车灯驰过了鼓楼大街，正朝交道口一带跑去。车内，前面坐着一个年轻健壮的司机，低低的鸭舌帽遮住了他的面庞；后面坐着两个三十岁上下的男子，服装都是普通的职员模样。其中一个有一张精明而安详的脸的是江华，另一个就是戴愉。他面色惊惶，但竭力装做镇静，鼓鼓的金鱼眼睛茫然地瞠视着江华——他是近来党和戴愉发生联系的惟一的人。他们每次碰头都是临时规定在某个街头的电车站上。碰头后，在街上走着简单地谈几句话，江华便迅疾地不见了。为了通过江华获得共产党的信任，因此，戴愉没有布置逮捕他，反而做出十分忠诚、渴望进步的神情，希望组织多给他工作。

今天例外地，江华接他坐上汽车来谈话了。开始戴愉还非常高兴，以为共产党组织又信任了他，将分配他做什么重要的工作。但是他在碰头地点上了汽车，汽车载着他们迅疾驰上鼓楼大街的马路之后，戴愉吓得面孔发黄了。

“今天，我代表党来审查你这个无耻的叛徒！”江华的声音低沉但是清晰有力，他的眼睛在昏暗的汽车内熠熠发光，“说出来！你叛党之后，都替敌人做了哪些罪恶的勾当？一件件说出来！”

“我不明白——不要误会……”戴愉想大声反驳这种对他的“诬蔑”，但他竟做不出来、说不出来了。他惊慌地向遮着窗纱的车窗外偷偷地望了一下，下意识地准备着万一的变故。

“真不明白么?”看见戴愉向车窗外偷看,江华就把双手慢慢地放在自己的膝头上,微微一笑说,“放心！我们并不想杀你。不过向你宣布:党已经决定永远开除你的党籍,从今天起,你再也不能玷污共产党员这个光荣的称号了!”

“啊,开除?”戴愉脸上的肌肉微微颤抖了一下。在迅速驰过的昏黑的马路上,车身猛然颠簸了一下之后,他就势斜倒在车窗上呜呜地哭了起来,“开除？我一九二五年入党,为党做了多少工作……不能开除我啊!”他抽抽噎噎地哭着,好像真的碰到了伤心的冤枉事。

江华靠在座垫上,眼睛看着戴愉眨了几眨,冷冷地说道:

“你还抵赖不肯认罪？好,现在就来宣布你的罪状……”他从口袋里掏出了一张字纸,但暗黑的没有开灯的车内却什么也看不见。他捏住这张字纸,低声地、但声色俱厉地说,“你一九三三年曾经被捕叛变,接着你又混入党内为敌人干了一系列的血腥勾当……拿去！你一切的罪状都在这上头!”他把字纸扔到戴愉的手中,“再告诉你,你不仅被开除了党籍,根据你的罪状,中国人民还宣判了你的死刑!”

“死刑?”戴愉浑身猛地痉挛了一下,看着江华粗壮的躯体,不自觉地重复着这两个字。

“是的,死刑。”江华严肃地答道,“中国人民宣判了你的死刑,但是现在并不处死你。如果你今后洗心革面再不做反革命勾当,那也许饶了你;如果不,如果还胆敢再继续作恶,那么等到胜利那天,可要小心你的脑袋……滚出去!”江华说到这里,汽车开慢了。这是一条宽阔的然而寂无一人的马路,在转角处,江华突然把车门一开,用力一推,戴愉也乘势一溜,在汽车还在开行的时候,他像一摊肉泥般被抛到马路上。汽车接着就转了弯如飞般驰去,转眼间不知去向。

戴愉倒在坚硬冰冷的马路旁，连吓带震昏过去了。但是不久他就自己醒转来了。因为行人稀少，并没有人发现他。他踉踉跄跄地站了起来，茫然地向四周望望，想辨别这是北平的什么街道。看了半天，他明白了，这是大佛寺街的转角处。

“啾，还是布尔塞维克噢！”他摸摸被摔伤了的脊背痛处，给了自己一个小小的嘲笑，“死刑？”他的金鱼眼睛突然流露着困兽般绝望的光焰，“等到胜利那天？……布尔塞维克同志，你们失策了！”

这晚，他没有回到他的上级兼情妇那里去。本来没有她的命令，他也不敢每天去的。他回到了自己的住处——一个上等旅馆的一间宽敞的房间里。扭亮了电灯，首先从口袋里掏出江华刚才给他的那张纸来。

这份中国人民的判决书上这样写着：

> 戴愉，又名李天民，化名郑君才。今年三十岁，浙江宁波人。家庭成分大地主，上海复旦大学肄业。一九二五年在上海参加中国共产党，一九二七年大革命失败后，逃来北平失掉关系。旋恢复组织关系，历任天津反帝大同盟区组织委员、社联①宣传部部长、北平东城区委书记等职。一九三三年六月被捕叛变，被敌迅速释放，复混入党内，并开始一系列的破坏活动……

他忽然觉得头脑发晕，没有勇气读下去了。这一条条的清晰的字迹，像镜子般照出了他丑恶的面目，他感到自己的心有一点儿窒息……歇了歇，闭目喘息一会儿，他仍又鼓着勇气读下去。他过去的罪状大体上都有了，但是关于他在定县的破坏，关于他在北平与王晓燕间的关系，以及最近他的一些活动却一点也没有。他有点儿奇怪，但思索片刻，他黯黄的脸上挂上了笑容：“没有什么，他

① 社联是“社会主义联盟”的简称，是当时党的一个外围组织。

们哪能够一件件都调查清楚呢？……”想到这里他站起身来，喝了一大杯浓茶，精神仿佛立刻振作起来了。他向扔在床上的判决书瞟了一眼，冷冷地笑道：“布尔塞维克同志，不要逞凶！看看吧，看看到底是谁战胜谁！”

他倒在他那华丽的发着浓烈的烟气的大床上，闭着眼睛思索着。上等的三炮台香烟，一根接着一根熏炙着他发黑的嘴唇。

关于戴愉的叛党问题的解决，是复杂而曲折的。由于江华的检举及其他同志的旁证，北平市委和河北省委做了周密的调查对证，最后才被证实了。这是一个重大问题，他不是一般的叛党，而是叛党后又再度混到党内来，作为奸细在党内做了许多破坏活动。他被敌人放出来后，本希望党留他在北平工作，以便窥探河北省委和北平市委这些高级党的负责人的行止，但是党没留他在北平，而调他去了保定。在这里他第一桩破坏工作没有成功，他刚想侦察保定特委负责人的地点，特委却又派他去了定县。在这里，戴愉得到了保卫团要哗变的消息，这回他可不敢再错过献功的机会了，为了一网打尽这些人，这才发生了李永光的牺牲和定县某些组织的遭受破坏。不过这个行动也暴露了他自己，引起了江华的怀疑。他及时向保定特委和北平市委反映了戴愉的这些情况，从此党就开始对他注意和审查。最后毕竟把这个叛徒的真正面目查出来了。

他这个问题的暴露，也给组织带来了一系列需要解决的问题。党估计：严重的问题还在于他将会更加疯狂地向党进攻，敌人还会利用他在共产党内生活过多年的经验，而使他多方破坏革命的事业，欺骗幼稚的青年。根据北平市委最近得到的消息，他确实打着共产党的旗帜，正在北平一些大学校里做着秘密活动。他控制了王晓燕，可能就是作为向北大进攻的一个契机。为此，市委讨论了许多对策,分头布置到各个学校和有关部门。这里只能谈谈这些措施中的两个方面:一个是江华在汽车上宣布开除他的党籍,并向他做了严肃的宣判和警告;一个就是党即将派林道静到北大去工作。叫她去的目的,一个是加强北大党的工作,团结广大的学生,活跃北大的抗日救亡工作;一个是争取晓燕摆脱这个叛徒的桎梏,叫她认清他的丑恶面目,以免更多的同学受欺骗。其实两个目的是一个。戴愉得到的判决书上,没有关于林道静的以及他目前活动的材料,正是为了麻痹这个特务分子,使他不做戒备。

第二十九章

十月初，林道静改名路芳，离开了刘大姐，以巡视员的名义到北大去工作。到那里后，她首先去找北大党支部的负责人侯瑞。

侯瑞是个二十四岁的瘦瘦的青年，北大历史系四年级的学生。正好和王晓燕是同班。一个下午，道静作为他的同乡，拿着组织的介绍信，在北大灰楼二楼侯瑞的小单间房内和他见了面。见了面没有任何客套，他们关好屋门立即开始了简短的谈话。

“你来了很好。”侯瑞的两只眼睛相离很远，说话带着和蔼的笑容，“北大党的力量在最近两年连续遭到几次的逮捕、镇压之后，已经很微弱，到现在还没有恢复上来。”

“那么，你和徐辉怎么能够保存下去？你们一定有好的经验吧。”

侯瑞笑了。他看看窗外，回过头来悄悄说：“保护色保护得好呗。一般学生看起来，我是个拙笨的埋头读书的好学生，不看准了对象，我难得向他谈出自己的思想。徐辉比我更能干，有一阵子，她和那些落后的甚至反动的学生也来往一二，这就当然不为敌人注意喽。”

“但是……”道静本想说，你这样像蜗牛一样睡在壳里怎么开展工作呢？但她没说出来，却问起了王晓燕的情况。

侯瑞笑笑说：“北大的托派活动很有历史。原来名为‘动力’派的托派，后来和陶希圣的‘新生命’派合流。这些家伙们专以‘左’的面目来欺骗年轻幼稚的学生，也专干破坏同学团结的勾当。而且暗中和国民党 C. C. 的学生勾结在一起，侦察学生的行动，告个密，领个赏，还不是那么回事！”说到这里，他好像才想起似的看着道静微笑道，“你不是要问王晓燕的情况么？她可变坏了。她就是和这些托派学生混在一起了。历史系三年级的学生王忠是我们学校的托派头子，近来他们很接近。”接着他把学生当中的情况，又向道静介绍了一些。

道静瞅着侯瑞那张瘦瘦的总是含笑的脸，半晌没说话。她在思考怎么办，她在为她朋友的遭遇痛心着。过了一会儿，好像要摆脱这沉重的负担，她突然从坐着的小椅子上站了起来说：

“侯瑞同志，现在咱们谈谈北大的工作怎么样开展吧。根据区委的意见，有光荣传统的北大，可不该叫它像现在这样老大下去。看，北平各个大学随着华北形势的紧张都活跃起来了，可是，北大的学生会我们还不能掌握，这样，我们就没有力量来领导群众斗争。我看，咱们是不是首先要发动进步力量把学生会夺取过来呢？”

侯瑞笑笑说：“这个工作我们早就在进行。可是……北大受摧残太重了，一下不易……”

道静当时没有多说什么，她和侯瑞谈了要去找晓燕的意思就走了。

她决定开始进行她的工作。第一，去找晓燕。得机会揭露戴愉是个什么样的家伙，争取晓燕抛开他。第二，她要在北大安下身来、听课并参加一些群众活动。因为北京大学是一个有历史传统的“自由”学府，至少外表上学生听课、选课、出来进去都很随便。有些不是北大的学生可以坐在北大课堂上去听课，不但有些教授认不清，就是同学之间也常是互不认识。

道静刚搬到沙滩附近腊库胡同的一间小民房里，就急忙去找王晓燕。自从和刘大姐去住机关，她就没有再见过她。尽管她和戴愉的关系使道静懊恼，但是多年的友情和对于晓燕的信任，使她依然深切地关心她、想念她。当她踏上晓燕房间的台阶时，心里还在热切地期待着一场欢畅的叙谈和真挚的友情的慰藉。

但是事实大大出于她的意料之外，她一见王晓燕就深深被惊异与失望震动了。

晓燕正埋头在桌上写东西，一见道静走进屋来，好像见了什么妖怪似的陡然一惊，接着立刻满脸通红。她头也不抬，冷淡地好像对陌生人讲话一样：

"来啦？有什么事吗？"

道静按捺住自己的惊讶和恼火，轻轻走到晓燕身边，拉住了她的手：

"燕，你怎么啦？三个多月不见，真怪想你……"想不到晓燕把手一抽，把头一扭竟不理她。道静的脸都气白了，声音都发抖了："你？王晓燕，我有什么对不起你的地方？……"

晓燕坐在桌边仍又写起她的东西，并不搭腔。道静只得怔在她旁边，小屋里是一阵难耐的沉寂。

"不，一定要搞明白！"道静在心里下了决心。

"晓燕，你是不是听了什么人的挑拨了？为什么，为什么变得——变得这样？……"

晓燕慢慢抬起头来直视着道静。从那双悲伤的黑色的圆眼睛里，道静看出了它是怎样被痛苦和恐惧缠绕着。终于又从这双善良的圆眼睛里簌簌地滚下了大粒的泪珠——王晓燕坐在桌旁捂着脸哭了。

道静惊疑地看着她。这意外的遭遇，这问也问不出来的疑团使她走也不是，坐也不是。

"晓燕，难道你不认识我了？难道我……"道静的眼睛炯炯地盯着晓燕看着，她已经对一直一言不发的王晓燕提高了警惕，"晓燕,我走了。有什么意见以后再谈吧。我过去读书太少,现在打算在北大旁听课,我们会常碰面的。”

晓燕仍然一言不发。她抬起头看着道静,仿佛监视她是否会偷走东西似的。

两天后的下午,道静听过了两堂古代史的课,在红楼外面的马路旁迎面碰到了王晓燕。她似乎要躲避道静,但道静却迎着她走了过去。

“王晓燕,你上课去?”道静若无其事地笑着和她招呼,“王伯父近来情况怎么样?伯母和凌燕她们都好?”

晓燕似乎不好意思再不讲话了,冷冷地,然而仍掩饰不住她的痛苦,小声说:

“谢谢!他们很好……你是来听课的吗?”

道静抓紧机会赶忙抓住晓燕的手:

“晓燕,你一定有许多痛苦为难的事,但是我不勉强你回答我。”沉了沉她又说,“我听说你近来变了,我心里很难受……如果你还相信我,那你就该考虑一下……”她看了看周围,看了看晓燕的眼色,没有把话谈下去。

晓燕的眼神是恐惧的、惊疑不定的。她盯着道静张嘴想说什么,但是没等说出来,却逃跑似的急忙转身走掉。

这意外的遭遇——晓燕对她态度的突变,打乱了她的计划,造成了新的困难。这种变化,她估计到一定是受了戴愉的挑拨和欺骗。但是那个叛徒用什么办法和口实造成这样情况的呢,道静一时却还没有办法猜度出来。晓燕在学生中是有威信的,现在还在学生会中负有相当的责任,如不能把她教育争取过来,那么她将为敌人所利用。想到这儿,道静的心情非常沉重。深夜她在自己新租下的冷清的小屋中走来走去,不能入睡。

又过了两天,道静才从北大红楼二楼上听完课,随着一些学生走下楼来的时候,在楼梯的转角处,突然有两个男学生跳到她跟前。一个人抓住了她的双臂,另一个有着猴子样瘦脸的人,就左右开弓,狠狠地打起她的嘴巴来。打够了,挥着拳头骂道:

“叛徒!奸细!无耻的女光棍!竟敢跑到堂堂北大来听课,滚出去!”

这一个刚住口,另一个又举起拳头骂起来:

“再看见你冒充学生走进来,叫你屁滚尿流滚出去!”

道静愤怒地反抗着。她挣扎着,把手猛力伸向打她的猴子脸。但是这时又有四只粗暴的手,猛地猝不及防地把她从楼上像一堆碎石样推了下去。她摔下去,匍匐在楼梯上,滚着、挣扎着。当她踉跄地要站起身来,同时被另外两个学生扶了起来的一霎间,她发现站在楼上旁观的、像看把戏般的一群学生中间,站着面色苍白的王晓燕。而挨着晓燕身边笑着、和她谈说什么的就是那个打她的猴子脸。

道静感到一阵眩晕,感到比刚才有人打她嘴巴更难忍受的愤怒与痛楚。在这个新的地方有谁知道她林道静呢?只有她——她一生中最好的朋友王晓燕知道。那么,是被她出卖了?被这最好的朋友出卖了?这是多么可怕的想法呀!然而她却不能不这样想。因为晓燕明明站在她面前……她激怒地瞪着王晓燕,顺着嘴角涌流出来的鲜血涂了她一手掌。

当晚道静和北大的三个党员同志——侯瑞、吴禹平、刘丽开了一次紧急会议。他们开会的地点是在刘丽的家里。刘丽是外语系的学生,二十二岁。她长得矮小伶俐,看起来只有十七八岁。道静的被打,激起了同志们的愤怒,他们坐在刘丽的朴素洁净的房间里,会议开得紧张而迅速。

道静首先发言:

“根据上级党的意见,和我对北大的一点了解,目前我们最主要的任务是要唤醒或者说是推动……”道静的两颊是红肿的，她不得不戴了一个大口罩。因为感觉说话不便，这时，她摘下口罩继续说道，“那些曾经积极参加过救亡活动、有一定认识的同学，要使他们振奋起来，以他们为骨干再去广泛团结中间的同学。我们党员太少了，如果不能把那些思想进步的同学发动起来，那么，我们就无法打破北大这种空前的沉寂状况。”

刘丽接着道静的话发言道：“路芳同志的话很对。我们不能做有名无实的党员，不能总在困难面前裹足不前。自从徐辉调走后的这一个时期，剩下我们几个人，因为怕暴露，怕再遭受逮捕，是太过于保守了。看看人家清华、燕京，”她忽然把手一挥，严肃地看了侯瑞一眼，“看清华、燕京的各种救亡活动多么活跃，没有问题，这是党员在那里起作用。是党的组织发挥了战斗性。我以为我们北大也应该是这样！”

她说话干脆、尖锐、有力量，和她那圆圆的好像孩子般的面孔有些不相称似的。

“事情不像你说的那么简单吧？”说话的吴禹平也只有二十二三岁，他的声音又慢又沉闷。他看看道静，又看看侯瑞，最后把眼光落在刘丽的脸上，“各个学校的情况不同，我看绝不能一概而论。去年北大的社联，又遭受了一次严重的破坏，元气大伤，现在广大同学虽然是有爱国热情，可是，马上推动他们行动起来，我看还有点为时过早……”

“什么过早？……”刘丽忍耐不住，几乎要喊出声来。侯瑞又用眼睛又用手势制止了她的激动，然后慢条斯理地笑道：

“小刘，情况是很复杂嘛，你、你着急有什么用！一九三四年是全国最黑暗的年代，也是北平最黑暗的时期。这个时期光拿北大来说吧，什么 C. C. 、托派、国家主义派、无政府主义派……全蜂拥而出，一齐登上了政治舞台。我们要赶走他们，那是一定的，可、可是……”

“可是什么?”道静紧盯着侯瑞的嘴巴,她不由得也插了一句。

侯瑞仍然不慌不忙地笑道:“可是太着急了,并没有用。党剩下的力量不大了,我们要珍惜这点力量,因为这是革命的本钱。”

还没容道静张嘴,刘丽又挥挥手——好像有什么东西在阻拦她讲话,而她要赶走这些东西似的——极力压低了声音说:

“老侯,要照你这么说,咱们永远躺在安乐椅上不要动弹啦。我忍耐又忍耐,我看许多同学也是忍耐又忍耐,可是,你还叫我们忍耐到什么时候呢?什么时候反革命会自动退出政治舞台呢?”

侯瑞瘦瘦的黄脸有点儿涨红了,他又环顾了道静和吴禹平一下,结结巴巴地说:

“小刘,别、别这么说。难道我、我是不、不想革命吗?不,我是坚决地……我只是怕我们的力量再、再受挫折……”

“挫折!挫折!又是你那个挫折!”刘丽抢着说完这句话,好像要哭似的用双手蒙起了眼睛。

把这些都看到眼里的道静,心头突然像堵上了一块铅板——又沉重、又不安。她虽然觉得侯瑞和吴禹平的见解、做法都有问题,但是她是刚刚派来帮助工作的,而且对情况并不甚了解,当她觉得一时还没有力量把这一切都澄清、扭转的时候。她就更加恼恨起自己来:“究竟怎样才好呢?……”她看着北大的三个同志,自己问起自己来。

四个人都闷闷地低头沉思了一下,还是道静先张嘴问侯瑞:

“那依你说,咱们北大的工作该怎样进行才是?”

侯瑞还是不慌不忙地笑了笑:

“目前,北平正在酝酿成立统一的学联,北大的学生组织还七零八落,我看我们可以分头活动,慢慢把这个摊子收拾起来。”

“不是慢慢,而是快快!”刘丽像炒爆豆似的小嘴,又向侯瑞攻了一炮,“我们要赶快分头发动同学起来斗争,而不是慢慢地等着挨打!”

“对,应当快一点。”道静也加了一句,“我想,北大如果要想参加学联,那首先就必须把进步力量组织起来,然后尽量争取中间分子,孤立那些反动家伙……”

“这个嘛,理所当然的道理!”许久没有发言的吴禹平,文绉绉地细声细气地给了道静一句。道静觉得很不是滋味,但她顾不得多想什么,也不愿多想下去,只是极力克制自己的感情,而且鼓起极大的勇气看了吴禹平一眼,轻轻地说完她要说的话:

“当然,我所说的只是一般的原则。只是根据党中央目前抗日政策的精神来说。至于怎样具体执行,那,我不如你们了解情况,也没有你们经验多。反正团结进步、争取中间、孤立反动,这个方针我们应当是确定不移地去执行。”

吴禹平低头摆弄着手里的钢笔没有搭腔;刘丽睁着亮亮的眸子目不转睛地看着道静红肿的脸颊,也没有说话;侯瑞笑笑说道:

“好吧,咱们就布置团员和积极分子活动起来吧。北大当然要想办法改选学生会争取参加学联。”说到这里,他像刚想起来似的问道静,“路芳,王晓燕的问题,你以后打算怎么办?”

“理她干什么!”爽直的刘丽又脱口而出。

侯瑞眯着眼睛看着刘丽摇摇头:“依着你这个炮仗脾气早把工作都弄糟了。王晓燕是不自觉地上了托派的当,我看还是可以争取她的。”

道静沉思着说:“她还能算中间分子?我现在倒是同意刘丽的意见,咱们不要理她了。”

“理这样的人干么?”吴禹平也加了一句。

侯瑞摇摇头说:“我和她同班,比较了解她的情况。虽然因为她,反动家伙们打了你……”说到这里,侯瑞不自觉地瞟了道静一眼——那红肿的、有着斑驳血印的两颊,这时忽然这样清晰地映入到他的眼里,使他的心不禁翻搅了一下。“假如,我们的力量是强大的,假如我们的工作做得好,她,她怎么会挨打呢?她刚刚来,我们的同志……”侯瑞的这种痛苦心情,连刘丽、吴禹平也立刻感染上了。他们也同时负疚似的看了道静一眼。但是看到她沉思的、似乎丝毫没有想到挨打这件事的神情,这三个同志更加不安起来了。小屋里顿时沉寂下来。

“王晓燕是个固执、自信、不大容易说话的人。”侯瑞看大家全不讲话,就接着说道,“不过倒是个老实的好人,我看只有用事实来揭破了托派的欺骗、虚伪,才能使她惊醒过来。”

“侯瑞的话很对。”道静说,“我很了解她的个性,确是这样。不过,我已经不能再和她接近。如果说到中间分子么,我看,我去接近李槐英还比较合适。”

“我看不必吧。”侯瑞和吴禹平几乎是同时说出这句话,“这位花王小姐,怎能是我们驾驭得了的。”

“不,我们过去认识,我愿意试试看。”道静坚持说。这个会就这样散了。几个同志站起身来要走的时候,道静又戴上了她那个大口罩。这时刘丽站在角落里看着她,等两个男同志先走出去了,她一下扑到道静身边,用柔软的小手紧紧拉住她的手,说:

“疼吧?要不要紧?要不,在我家里休息两天,我爸爸妈妈全很好的。”

感到了同志间诚挚的关切,白天挨打、受辱时没流一滴眼泪的道静,这时反倒热泪盈眶了。对这第一次才见面的陌生的同志,她好像对自己最亲近的人一般,吐露出内心里的话语:

“刘丽,没有什么。疼倒不觉得,只是我们的工作……”说到这里,她有些不好意思似的紧紧握住了刘丽的手。

第三十章

在李槐英的又像书房又像绣阁的房间里，摆满了各种书籍和灵巧的小古董玩意儿。玻璃书柜里面是一套套的精装的英文书，书柜的顶端摆着一盆翠绿的枝叶茂盛的文竹草。雪白墙壁的四周，悬挂着几幅西洋的名画。《最后的晚餐》镶在一个淡绿色的镜框里，挂在小铁床上面的墙壁上。

傍晚六点多钟，屋里罩着绿绸灯罩的电灯放射着柔和的光芒。道静走进李槐英的房间来时，已经先有三个同学在这儿。而她一眼看出，侯瑞也在这里。

那另外两个同学——一男一女——她是不认得的。对于侯瑞她也装做不认识。只和李槐英招呼一下便坐在铺着洁白床单的小铁床上。

“介绍一下！”李槐英燕子似的活泼轻盈地把手一挥，笑道：“这是路芳，我的老朋友。这几块料都是北大的同学。”她挨着一个个地介绍。“吴建中、张莲瑞、侯瑞。”

改名路芳的林道静和他们都握了手。然后坐了下来，微笑着说：

“你们谈吧，别妨碍你们。”在道静没进来之前，他们正谈着什么，一见她来就打住了。她希望他们仍然谈下去。

李槐英接着笑道：

“路芳，你来了正好！这几个人可把我耳朵都吵聋啦。他们都反对我读莎士比亚。这个说‘国亡无日’啦，那个说‘形势紧张’

啦……可是，说这些话有什么用！不如谈点别的。”

“得啦，花王！你别光做‘仲夏夜之梦’了！”张莲瑞是个胖胖的、身体健壮、两颊鲜红的女学生。她拦住了李槐英，说话像炒爆豆似的又急又快。“我就够不关心国事了，可是我看你比我还厉害。你不知道故宫的古物已经开始南运？你不知道日本飞机天天在咱们头上盘旋？咱们的蒋梦麟校长还叫日本人传去留在日本军营‘谈话’三小时……这一切——你们说说，这一切都说明什么？这不是国亡无日是什么！”

“好啦，好啦！”李槐英用双手堵起了两只耳朵喊道，“张莲瑞，你这小胖子，闲着没事扯这些干什么呀？你再说，我就撵你出去。救亡！救亡！我替你说一百句救亡行不行？”李槐英笑了。张莲瑞也笑了。但是一波未平一波又起，李槐英这边刚刚拦住了张莲瑞，那边吴建中和侯瑞却又扯了起来。吴建中是个沉默的安静的青年，他慢条斯理地问侯瑞：

“这几天人心惶惶，听说宋哲元同日本人又在搞什么‘自治’，老侯，你看形势的发展是不是很可怕？”

“是呵，很紧张呵……”侯瑞笑笑，心不在焉地说了一句，“情况确是紧张得很。”道静看侯瑞没有说下去的意思，就接着说道，“你们一定也听说了，前几天天津市市长程克通电国民党当局，公然要求‘五省防共自治’；日本军队从昨天起，开始在北宁、平汉两条铁路上大演习，就以北平为‘假想敌’，所以清华吓得要搬往长沙；东北大学也有信搬太原……事实上，咱们教育界都在准备上最后的一课。……”

“什么！清华要搬家？”李槐英睁大眼睛急急地插了一句。

“啊，你就关心这个！因为‘他’在那儿。……”张莲瑞笑着羞了一下李槐英的脸，“人家阿比西尼亚一个五百五十万人口的小国家都敢抵抗意大利那样的强国，还打了胜仗。可是咱们中国——

哼,东北丢啦,华北也不要啦,看日本人在北平城里那个横冲直撞劲,真正把人气死!"

这时侯瑞看看屋里的几个人,沉重地说:

"昨天在东长安街,我亲眼看见两个日本兵把一个年轻女孩子抢上了汽车。那女孩子又哭又喊,街上的人都气坏了,可是中国的警察就站在旁边装没看见……"

"别瞎扯啦!"李槐英把好看的好像雕刻出来的小嘴巴一撇,驳斥侯瑞道,"你们为了制造紧张空气,到处都扩大宣传。青天白日怎么会有这种事!……嘿,别谈这些好不好?我请你们吃糖,让我休息一下吧。刚才刘丽来了,和我谈了一大阵,现在你们又来麻烦我啦。"

"那么,清华搬家的事你也不要听吗?"张莲瑞顶了她一句。

"你这小胖鬼,真缺德!清华真的要搬?我怎么会没听见呢?为什么搬?就是日本人真占了北平,那,那他也不见得敢损害堂堂世界知名的学府呀!"李槐英靠在床栏上,无精打采地打着哈欠。

"你呀,花王!'皇后'的宝座把你迷得连民族意识都没有啦!"李槐英的糊涂话引起了张莲瑞激烈的驳斥,她认真地瞪视着李槐英,说话又像炒爆豆。这时李槐英生了气。她把脸一沉,把松松的鬈发一甩,拿起一本英文书,谁也不瞧地就靠在床栏看起来。

屋里的空气很紧张。虽然,侯瑞、吴建中两个人和李槐英的关系是不如张莲瑞更熟,因此他们不好意思说什么。道静趁这机会却说起笑话来。她安详地对屋里的几个人慢慢说道:

"今年教育部下令复古,有一阵北平读经尊孔之风大盛。有一个大学热烈响应了教育部的号召,暑假就对学生举行了一次空前绝后的科举式的考试。这次考试的国文试题有两个:一个是'士先器识而后文艺论';一个是'拟南粤王赵佗复汉文帝书'。大学生在做这两个试题时,有人在卷子上就大写特写道——"

“大写什么?”李槐英忘了生气,放下书本扭过脸来好奇地看着林道静。

“有一个人大写道:‘汉文帝三字仿佛故识,但不知系汉高祖几代贤孙?至于答南粤王赵他——注意:这个学生把赵佗写成了赵他——则素昧平生,无从说起。且回去用功,明年再见!’试官一见这个卷子,立刻拿起朱笔批了一首五言绝句:‘汉高文帝爸,赵“佗”不是“他”。今年既不中,明年再来吧!’”道静一字一句真切地说着、背着,引得屋里的四个大学生全大笑了。张莲瑞和李槐英两个女孩子笑得弯下腰去。但是道静在这时候表现得很沉稳,她不笑,等他们笑够了,她仍然接着说,“另外有个学生对第一个试题‘士先器识而后文艺论’更来得干脆。他在试卷上大写了十四个字是:‘若见美人甘下拜,凡闻过失要回头。’写完把笔一扔,掉头而去。试官一见这份卷子,气得大挥朱笔批道:‘应打四十大板,赶出场外!’多有意思,国民党的复古主义的命运就是这样……”

“林道静!林道静!你怎么变得这么能说了啊!”李槐英笑得前仰后合地拍着道静的肩膀,失神地喊起了她过去的名字。但是这样一喊不要紧,屋里轻松愉快的空气突然变了。

“林——道静?”张莲瑞悄悄向吴建中使了个眼色,伏在他耳边说了句什么。接着两个人都扭过头盯着道静看起来——好像她突然变成了一个可怕的东西,以致他们的脸上掩饰不住地露出了惊慌的神色。

“你们怎么?……”李槐英刚刚惊奇地说了一句,张莲瑞拉起吴建中的胳膊头也不回好像躲避瘟疫一般地跑出门外去了。

剩在屋里的三个人有一阵儿都没有开口。

侯瑞想向道静说什么,她向他努努嘴,他没有说。

李槐英轻轻把手一拍,看透了个中秘密似的向道静一笑:

“我明白啦!他们怀疑你是……对吗?”她灵活的大眼睛转了

几转，然后把纤细的腰肢一扭，说道，“我早就说过嘛，‘好人不党！’我就讨厌这个党那个党的互相勾心斗角。政治真就是个争名夺利的角逐场。”

“李槐英，你的见解不对！”道静没有因为刚才发生的意外打击而表现愤怒和气馁，她仍然用动人的大眼睛镇静地看着李槐英说，“你反对政治，但是任何人——不管他是自觉的还是不自觉的，谁又能离开政治而存在呢？你虽然不自觉，可是前几年当你掩护我帮助我的时候，当你憎恨胡梦安的时候，李槐英，你知道吗？你那时候就已经卷入到政治斗争里面去了。”

“得啦！”李槐英把小嘴一撇，俏皮地对道静说，“你们这些政治家向来是危言耸听，我不同你说这些了。林道静，你做了些什么事叫张莲瑞他们对你这样？听说你还挨了王忠的打？……何苦呢，真是冤大头！”

道静没有回答她，随便翻着书架上的书籍。这里摆着的除了一些洋装的文学书，还有一些美国的、法国的时装画报。翻了几页，看到一幅穿着巴黎最时髦服装的金发女郎的彩色大照片，道静抬起头来对李槐英笑道：

“听说今年北大把你选成了花王啦。你确实长得漂亮。一个人有漂亮的外形是幸福；要是同时再有一个美丽的灵魂，那就更美啦。”

李槐英标致的白面孔微微一红，但她没有生气，只轻轻地打了道静一下，说：

“林道静，不，路芳——我总叫不惯你这个新名字，所以惹了祸。那么，你自己可以成为外形内心全美的人了！三句话不离本行，你也向我说起教来没完啦！今天真倒霉，整整三个钟头，刘丽、张莲瑞，又加上你，轮番向我传起道来，简直头痛死了。”她调皮地瞪着大眼睛笑了笑，对道静和侯瑞两人又说，“不过，不管怎样，我还是喜欢你们。我这人就是个软心肠。路芳,北大同学不光是封了我当花王,而且还封了我个热情之花。你知道吗?因为我不管哪派人全一样看待。”李槐英又咯咯地笑了。她笑得天真而可爱。这确实是个热情善良的姑娘。

“花王,热情的花王,不假,不假。”侯瑞见两个女人啰里啰嗦说得怪热闹,他无法插言,就翻着一本小说看了几眼,随便搭讪着笑了笑,就起身告辞出来。他刚走出不远,道静随后追上了他。

当他们一同走在寂寥的黑暗的街上时,侯瑞稍稍不耐烦地对并肩走着的道静说:

“我不明白,你为什么要这样耐心,花这么大的力气来争取这样的一个人——‘花王’‘皇后’这类人还能属于我们的工作范畴?…… 为了跟你碰头,在她这儿待了半天,可是心里真不带劲。”

道静沉默了一下,掉过头来,用她那热情的眼睛——在黑夜中闪闪发光的眼睛注视着侯瑞:

“侯瑞,你领会到党的抗日主张的精神没有?我们再不能像过去那样关门了!李槐英本质上是个好姑娘,有正义感、热情。当然,因为她的出身,因为她和辅仁那个女诗人黄梅霜交上朋友,受了她不少资产阶级的坏影响,因此政治上糊涂不清。但是你要了解另一面:她在同学当中是有影响的——她是花王,是用功的好学生,热心帮助人,不仅在英文系同学中,就是在全校都有些威信。对这样的人,我们不应当把她争取过来吗?你不是也赞成争取中间么?”

“好,你比我了解得还清楚。可是,我看是白费劲!”侯瑞无可奈何地苦笑着。他们在黑夜中顺着沙滩马路迎着凛冽的寒风走下来。歇了一下,他语气有点儿滞重地又说,“路芳,情况不太好。我们计划的学生会改组、参加学联的事,结果……”

“结果怎么样?”道静急着追问了一句。

"结果,"侯瑞慢吞吞地说,"结果会是开了,但争了个你死我活,还,还是只有一小部分同学同意去参加。"

"说具体点!"道静扭过头来看着侯瑞轻轻地说,"过程,为什么失败?"

侯瑞点点头。他那笑菩萨的模样不见了,说话又低又慢,无精打采:"我们先联合了少数进步同学,像张莲瑞、俞自立等,虽然数目不多,但他们眼看形势这么紧张,个个全很积极。可是他们碰到了劲敌,那一小撮 C. C. 和托派,左右开弓——托派用'左'的欺骗,C. C. 、国家主义派用右的威胁,说谁主张参加学联,谁就上了共产党的当……进步同学在会上和这些反动的欺骗的言论展开了斗争,斗争得很激烈。争论的结果,有的中间同学,像你刚才见到的吴建中倒在我们这边来了;可是,更多的同学是:看不惯这激烈的争论,掉头走开了'是非场'。而且,那些反动家伙事前还准备了打手,会开得正热烈,忽然从窗外飞来了大石头,把会场搅得乱七八糟。"

"那么,闹成这样结果的主观原因是什么呢?"道静挨着侯瑞慢慢走着,他们绕过了北大的红楼向北走去。

侯瑞想了想,说:

"主观原因么,准备不足,没有充分发动、组织好各种力量。我们做计划时,本来是想在这个全体学生大会上改选学生会,然后用新学生会的名义通过参加学联。可是,到时候来三院礼堂开会的还不足全体学生的三分之一。学生会的改选是不成了,只好临时动议,由旧学生会去参加学联,当时有赞成的,有反对的。最后,一部分赞成的同学代表他们的班决定参加学联;而那些反对的班就声言坚决不参加。事情就闹得这么个结果。"

道静没有出声,侯瑞也沉默了。他们穿过一条冷清的寒风拂面的小巷时,道静突然站住了,她看看左右无人,便轻轻拉住侯瑞的手，激动地说道：

"侯瑞，不要气馁，我们会胜利的！我看，你说得很对，我们的准备工作做得不好，太匆忙。广大同学还没有发动起来，就急忙召开大会，当然会有这样的结果。"道静这时仿佛变成了一个大姐姐——其实她和侯瑞的年龄不相上下。她没有一句不满的话，反而竭力安慰侯瑞道，"我总觉得北大的同学是先进的，是有觉悟的，只是因为没有很好地去组织、去发动，因此，有些同学不得不埋头书案来安慰自己痛苦的心灵。可是，侯瑞，要是我们一旦把他们都发动起来，那，那一小撮反动分子算得了什么！"说到这里她笑了。她的声音那么柔和，而且充满了自信。这使侯瑞的心情有了改变。他也笑了，两只离得远远的眼睛连着眨了几眨，看着道静笑道：

"路芳，真感激你。人在困难的时候是需要支持与鼓励的。我也相信不久之后，北大就会出现新的局面。不过目前，我们只好忍耐一下，等待时机……"说到这里侯瑞的声音忽然变了，他欲言又止地半天才说道，"路芳，有点事想告诉你，可是……"

"侯瑞，有什么话说吧。"

侯瑞闷了一下说道："路芳，你在北大公开出现不大方便了。你是不是离开这里？……因为，因为在许多同学中间都传嚷有一个女特务——是个叛徒，冒充学生在北大活动……所以张莲瑞一听李槐英叫你，就、就吓跑了……路芳，你看，你是不是暂时躲避一下呢？"

沉默。道静许久工夫都沉默无语。

"不，侯瑞，我不能离开北大！"过了一会儿，道静坚决地说，"党给了我这个任务，多么困难我也要坚持下来！……当然，我的行动要更加谨慎——我可以不去听课，不去参加某些公开集会。可是，学生当中的工作我还是要做下来的……"停一下，想了想，她又说，"目前，正是我们工作最困难的时期，也是工作转折、决定胜负的时期,我不能离开你们。我要尽我的一份力量帮助你……侯瑞,北大党一共只剩下三个党员了,可是工作是多么复杂而困难啊!”她突然把话止住了。

“好。就这样办。只是希望你小心。”过了一会儿,侯瑞离得远远的两只眼睛连连地眨了几眨,忽然露出一种调皮的神色,“路芳,我想问你,你是怎么变成现在这个样子的?”

“什么?你的话叫人摸不着头脑。”道静站住脚步向四外望望。

“你过去是一个多愁善感、落落寡合的人对不对?怎么现在我看你完全不是这样的人了!”

道静稍稍惊异地瞅着那双和善的眼睛。

“真奇怪,你怎么知道我过去的性格?我们不是才在一起工作不久?”

“说起来怪有意思。林道静这个名字,我可早就熟极啦。中学上学时候,我常到我姑母家去。我表姐那时和你是好朋友,她常常提到你,说你是个什么什么样的人,所以我脑子里印得非常深。她把你说得像小说里的人物,可有意思啦。这回你来了,我并没想到林道静就是你。今晚,李槐英一说,我忽然想起来,你大概就是我表姐说的那个同学。”

“你表姐是谁?”

“陈蔚如。你还记得她吗?”

“记得。她现在情形怎样?”

“已经死了。”

“死了?什么病?”

“自杀的!”

道静的心突地动了一下。她想起她幼年时代形影不离的那个浓眉秀目的女孩子,慢慢转过头来问:“她怎么自杀了?——不是嫁了人当了阔少奶奶吗?”

对面有了警察橐橐的皮靴声，侯瑞轻轻地挽起了道静的臂膀："她丈夫又有了新欢，不要她了，她一气吃了安眠药。多惨，丢下两个不大的孩子。这是去年的事。"

半天，他们俩谁都不再出声。仿佛在为那个不幸的、柔弱的女人哀悼。

"侯瑞，我过去确实像你表姐说的那样，是个多愁善感而又狂傲不驯的女孩子，直到今天我的进步仍是不大，毛病很多……刚才张莲瑞来的那一下子真够受，当时我的眼泪在肚子里直打转。我竭力忍耐……可是侯瑞，亲爱的同志……"道静忽然紧紧握住了侯瑞的手，"多么困难呀！上级党好多日子都不派人来联系；许多同学误解我、骂我；但是这一切都比不了北大的工作没有进展，都比不了我们党内的思想不能一致更叫人着急……侯瑞，积极地行动起来吧！我真希望你多帮助我。"

沉默。侯瑞看看道静半晌无声。道静用痛苦的眼睛，向侯瑞深深地瞥了一下，没再说什么，他们就分开了。

第三十一章

这个夜晚，道静回到她临时租住的小屋里，开了锁、进了门，连灯也没点，她就倒在床上睡下了。她当然睡不着。意想不到的困难、挫折，一个跟着一个紧逼而来。而她——她觉得自己是一个拙劣的医生，她既无能力诊断清楚北大的毛病究竟是什么；她也更无能力治好这个毛病。侯瑞这些同志尽管有点不敢放开手脚，但他们还是在干工作，而且她想起了前二年纪念“三一八”游行时，多少青年遭了毒打，多少同志被捕牺牲，也许侯瑞他们稳健一点还是对的？道静翻来覆去思虑着，她的心既焦灼又痛苦。党第一次交给她这样重担，叫她独当一面地进行工作。可是，来了半个月了，北大的工作还丝毫没有进展。“怎么办？”她在黑洞洞的冷清清的屋里，自己问着自己。这时，她想起了临离开区委机关时，刘大姐对她说的话：“秀兰，要独当一面去工作啦，这可不同于咱们一起住机关的工作简单啦，反动统治者把学生叫‘丘九’，意思是学生比‘丘八’——兵，还厉害，这不是没有道理的。我不太了解情况，没有办法更多地帮助你，不过你一定要记住：第一要贯彻党的抗日救国的精神，要尽可能团结一切可能团结的人，再不要关门；第二，依靠群众，依靠组织，要多尊重学校党员同志的意见。”刘大姐的这些话又在道静的耳边清晰地一句一句地响着，道静也一句一句地用它们来对照自己的行动。她觉得自己并没有违背这些指示，但是，为什么工作还没有办法开展呢？……她忽然渴望去见刘大姐和江华，向他们汇报情况，那么，她想困难就会很快解决的。可是，她又想起了她已经不再直接由刘大姐他们领导了,按照组织原则,她不能再去找他们。可是直接领导她的人,却一直没有来找她,她也不知道这个人是谁。层层的困难,好像层层的阴云紧紧包围着林道静。而且天气已经是寒冷的十一月,她又没有公开的职业,因此也就没有经济来源。原来希望晓燕能够帮她一下,现在这个希望也落空了。她就只能饥一顿、饱一顿,有时一天只吃几块烤白薯过日子。"怎么办?……怎么办呀?"深夜,在刺骨的寒风中,在朦胧的梦境里,从道静那沉重的心房中似乎还发出了这个深深忧虑的疑问。

第二天。午前,她找了两个认识的北大学生谈了话;午后,她可再也忍耐不住了,她要去找刘大姐谈谈。当她匆匆走到她和刘大姐曾经一起住过的胡同口外时,她的脚步软下来了。她的心里掀起一阵激烈的斗争——"不,绝不能找!而且,万一……"她想起地下工作机关常常遭到破坏的情况,她有什么理由把自己向虎口里送呢?……于是,她狠狠心从胡同口外走过去了。可是,她并没有走回自己的住处,她的脚步不知不觉顺着马路走到东长安街上,走到中山公园门前。冬天北平冷清的马路,行人寥寥落落,可是道静全不注意这些。她的心燃烧似的,只想找到党,找到有经验的同志帮她想办法。走过了中山公园的大门外,她仍然向西走,她的脚步不知不觉奔向了宣武门外,奔向江华的住处——直隶新馆。可是,走到中南海门外,她战胜了自己的冲动,她知道同找刘大姐一样,她同样不能去找江华。于是,她走进了中南海的大门。她忽然怀着梦幻般的热情想:要是偶然在这里碰到江华或刘大姐,那该多么好啊!于是林道静沿着荒凉的海边慢慢走了下去。

中南海里巍峨的殿堂都静静地好像在灰尘中熟睡了,只有尚未结牢的薄冰在阳光下闪闪发光。冷清的西风吹动着,遍地落叶随风飞舞着,美丽庄严的中南海,到处充满着败落、荒凉的景象。她走得疲乏了,靠在一棵大柏树下站住想歇一会儿,一抬头,一个圆脸、挺秀的青年正和她面对面地站着，这青年用惊喜的眼色看了她一会儿，忽然跑到她面前，说：

“你——小林吧？”

“许宁！你？……”道静惊喜地伸出了手，“想不到在这儿碰见你。”

“我早看见像你，但是不敢认了。小林，你太瘦了，怎么闹的？”许宁那富于男子气的脸上现出兴奋、关切的笑容。他把刚刚松下来的手又一次地握住了。

道静微笑着，快活地看着他：

“我在海边走着的时候也看见了你。可是却没想到会是你。怎么样？什么时候出来的？伯母还好吗？”

许宁且不回答，他拉着道静一同坐在路旁的一条长凳上，用他那细眯着的亮亮的眼睛朝着道静注视了一会儿才说话。

“小林，我打听你好久了。”他热情地说着，“可是总打听不到你的下落。想不到今天无意中碰见了。真是，‘踏破铁鞋无觅处，得来全不费功夫’。你看，我们那时的人全四零五散啦——牺牲的、坐牢的、叛变的、妥协的、不知下落的，真是应有尽有。你怎么样？在做什么工作？你不是也被捕了吗？”

“我在问你，你怎么一个劲地总是问我呀！”道静笑了，抽出握在许宁手里的手，“我是今年七月出来的。在里面住了一年。你出来多久了？”

“刚一个月。我可是整整住了两年多呢。小林，你知道，这两年多对我的锻炼和教育实在太大了，比在外面还大得多。实在，这还得感激咱们那位‘蒋委员长’呢！”许宁笑了，他活泼的眼睛里充满着欢乐的情绪和一种坚韧自信的光芒。道静心里确实感到许宁变了——那轻浮的软弱的许宁已经一去不返，而现在坐在她身边的却是一个比较坚强的同志了。

道静简单地谈了一下她自己的情况。她谈的极简单、平常——仍只是一个革命的同情者。谈完却接着问许宁:“许宁,你今后的打算怎么样?”

“我么?”许宁想了想微微一笑,“到陕北去。听说红军长征已经到达陕北。毛泽东同志也到了那里。小林,说句实话,我找了你好久,你能够和我们一同去那个神圣伟大的地方吗?”

道静的心忽然一动!那多少年来向往着投身到紧张的武装斗争中的愿望,那渴望见到伟大领袖的愿望,经许宁一说,忽然从心底深处抬起头来了。如果能够见到毛泽东——伟大的毛主席,如果能够见到长征的勇士和英勇无敌的红军,那,那该是多么幸福啊!而当她一想到目前的处境,于是,这种幸福就更加有力地诱惑着她。她用一种充满激情和热烈的向往的声音,轻声说:

“那是多么惊人的奇迹呵!咱们红军在国民党天上、地下的围追堵截下,在艰苦卓绝的战斗中,却用了一双脚板走了二万五千里。终于,在毛主席的英明领导下,胜利地到达了陕北……许宁,你就要到那个地方去?你相信我还没有变?敢对我说这些?”说着,她微微地笑了。

“当然相信。变,你是变了。不过,不是变坏,而是变好了。小林你也相信我?”

道静点点头,说:“尽管在残酷的斗争中有人经受不起考验,可是我知道一点你在狱中的情形,所以见了你很高兴。你什么时候走?我能送送你才好。”

“你不去?”许宁微微露出了失望的神色,“为什么不去?我想你一定愿意去的。我是不能留在北平了,你知道,我妈总扯我的后腿。小林,下决心和我们一起去吧!这对你、对我们的事业都是有好处的。”

道静低下头来,摆弄着小手帕,半天没有出声。这时在她心里展开了激烈的矛盾和斗争。她多么渴望去那个日夜向往的地方呵！加上现在的处境——她想起了王忠的猴子脸，想起了张莲瑞鄙夷的眼色，想起王晓燕，想起没有人领导的痛苦，想起北大没有进展的工作……她心里异常地纷乱不安。

"小林，是不是打不定主意？"许宁郑重地说道，"红军经过长征北上抗日，陕北地区的形势是很重要的。那里也会需要干部。你如果决心去，有什么困难我可以想法帮助你——小林，我多么希望我们一块儿走！"

道静抬起头来，她并没有注意到许宁那种焦灼不安的神情，只顾想自己的。经过一阵思考和斗争，她终于冷静下来，并且果决地说道：

"许宁，对不起，我不能去。我在北平还有些事情。我想，我们将来会在那儿见面的。"

许宁不再说下去。他明显地感到：只是短短的二年多，林道静已经大变了——她绰约的丰姿虽然依旧炫耀着青春的光彩，可是，从她坚定的步子，从她低沉的声音，以及从她那带着坚毅神情的眼睛里，他深深感到她已经离开了少女时代的幼稚和狂热，他再不能把她当做自己的学生滔滔地向她讲些空泛的大道理，而是应当像对一个好同志那样来尊敬了。于是，他沉默了一下，笑道："好，小林，你留在北平也好。我们大约再过十天就要动身了。我希望将来能在那伟大的地方再见到你！"

一个黑衣服的警察穿着大皮靴，扬着头向他们面前的石子马路走过来。于是道静轻轻地捏住许宁的手，向他微微一笑。许宁也会意地站起身来，把手向她的臂上一挎，两个人就顺着鹅卵石子路迎着警察漫步起来。

他们走着路谁也没出声。直到来到一座假山旁，许宁才站住脚，松开了道静的手臂。

“咱们坐在这儿再谈谈。你不太忙吧?”

道静点点头,他们面对面坐在石头上。歇了一下许宁先开口说:“小林,你曾经做过我的妹妹,现在,我要走了——当然要瞒着我母亲。这真是——我对她真是没有办法。我想拜托你,你还做我的妹妹行吗?如果可能,安慰安慰她,想法子说服她,叫她去上海——她原来想叫我和她一同去上海的,如果我走了,她也许就不愿再去。孤身一人也实在够苦的!”许宁慢慢说着,说到最后一句他把头低了下来。尽管他已经有了为革命事业牺牲个人一切的决心;尽管他也经受了不少的磨炼与考验;但是,一想起即将和年迈的、把一切希望都寄托在儿子身上的母亲长别,甚至也许是永别,他的情感仍不能不感到深沉的痛苦。

一九三五年十月,许宁从北平第一“模范监狱”被释放出来后,刚一到家,妈妈虽然是刚刚从狱里把他接出来的,却又像刚见面一样,一把眼泪一把鼻涕地围着儿子哭着,笑着,不知怎样是好地喃喃着:“你这个讨债鬼,我总算把你盼回来喽!你这个调皮的家伙,以后可该老老实实地过日子了!”许宁微笑着,打量着妈妈脸上更加深了的皱纹和鬓边的白发说:“妈妈,你比过去苍老了!”许老太太凝视着儿子瘦了的圆脸,抹着眼泪说:“孩子,这都是为你啊,你可再不能离开我了!”说完母亲又笑了。她欣喜地告诉儿子,他的伯父在上海银行里已经替他找好了一个科员的差事,薪水不少,他们母子就可以去过安静而舒适的生活了。许宁还是微笑着,他不回答妈妈的问题,却打岔道:“妈妈,听说你还向同乡胡梦安求过情,送过礼……现在,你该去谢谢他喽!”许老太太瞪了儿子一眼,好像他就是胡梦安似的,呸了一口:“快不要说他!我可晓得这些狼心狗肺的人了!孩子,咱们快到上海去吧,过去的事情,阿弥陀佛,可不要再想它了,我只是日日夜夜地盼着你能叫我过几天安心的日子。”许宁不理妈妈,过了一会儿忽然说:“妈妈,我不去上海。

我在北平还有事情呢。”许宁眯着眼睛微笑着刚说完，妈妈却一下子晕死过去……

想到了母亲，许宁坐在冰冷的山石上有一阵子默不出声。虽然他后来对母亲说了谎话，说他同意去上海；但是，他打定主意去的地方却是陕北。

“小林，”许宁瞅着脚下，沉思地带着浓挚的情感说，“虽然你只看过我两次，就不能再去看我了，以后我们住在不同的监狱也没法再联系。但是，从那以后，我多么高兴我有了一个好妹妹。你知道吗，从那两次以后，我对你的印象完全变了。我常常怀念着你，为你担心……所以一出监狱我就各处找你，毕竟，我们还是又见到了！……”他兴奋地说着。漂亮的面孔虽然瘦了一些，但依然充满着青春的活力。

道静静静地听完了他的话，低声回答道：

“你放心。如果我不离开北平，我一定要尽一切力量帮助你的母亲。一想起她不幸的一生，我也很难过。”

许宁抬起头来，感激的目光和道静真挚的沉稳的目光碰在一起时，他忽然问她道：

“小林，你结过婚了吗？”

“没有。”道静坦率地回答他。

“那么……你为什么不跟我们一起去？还是去吧！”

落日照在长满荒草的嶙峋的山石上，道静站起身来，极目向四面望了望，只见园中更加空旷了，游人也更加稀少了。于是她回过头来对许宁淡淡一笑：

“咱们该走了，走着谈好不？”

沿着石子马路向园外走着的时候，道静边走边对许宁说：

“许宁，你愿意我到陕北去，其实，我又何尝不想去呢。想，做梦都想！可是，我要克制这种欲望。你完全明白，华北形势越来越紧张,第二个东北的命运已经压在华北人民的头上。而北平又首当其冲。所以,我不能离开这里。”她抱歉似的看看许宁,两个人都陷入沉思中,谁也不再开口。

道静回到寓所,天已大黑了。她开开锁摸进门里之后,点着了一盏小煤油灯,屋里的墙壁上立时显出了她消瘦而疲惫的影子。她想倒在床上休息一会儿,但是十一月了,屋里没有火炉是寒冷的,加上她身上只穿着一件毛衣,又没有吃饭,就更加感到了冷不可耐。因此,她只好又站起身来跑到房东屋里说了几句话,在人家屋里暖了一会儿,又找回一壶开水喝了两杯,这才觉得暖和一些了。

但是今晚当她坐在冷清的书桌前准备阅读——像过去一样阅读的时候,却怎么也读不下去了。她沉闷地坐在桌子前,肚子咕噜噜地叫着,她已经又是一天没有吃饭了。她本来想,要是见到刘大姐或江华,向他们要一点儿钱,但是没有见到。虽然碰到了许宁,却又不好向他张口说。她摸摸口袋,真连一分钱也没有了。明天,明天只好再去当当。但是当什么呢?一件棉袍、两件单长衫全送进当铺去了,所有的衣服只剩下穿在身上的一件毛衣一件夹袍。她四面望望空洞的屋子,茫然地笑笑:“真是家徒四壁呀!”她按着肚子趴在桌上忍受着饥饿的煎熬,忽然许宁那微笑着的热烈的眼睛又在她面前闪动起来。“你和我们一块儿走吧,有什么困难,我可以设法帮助你……”她摇摇头,笑笑,站起身打开一个放在床头的破柳条包。

箱子里空空的,除了几本旧杂志几双破袜子什么也没有。再也没有可以当卖的东西。可是在箱子的一个角落里,她却翻到了用一块绛红色乔其纱包得端端正正的小包包。一见这个包,她的心悸动了,忍不住用手慢慢打开来。这时,林红同志临终时赠给她的毛背心赫然展现在眼前。

在狱中因为怕叫看守抢走或失掉，她把这件珍贵的礼物时刻不离地穿在身上，整整穿了一年。出狱后因为怕穿坏，她才脱下来不再穿它，而用一条极华美的纱巾包起它藏在箱底。无论身上多冷，多穷，她视若珍宝，绝不肯再动它一动。

此刻，在寒冷的深夜，她禁不住把这件毛背心紧紧抱在胸前，目不转睛地凝视着这贴在身上的、鲜血凝成的礼物……

囚徒，时代的囚徒！
不是囚徒是俘虏，
…………

她低低地唱起了林红教给她的歌子。

冷风敲着窗纸，黯淡的灯光照着空虚的四壁。惨痛的悲愤与深沉的相知的幸福，这时，一齐涌上了她的心头——她从林红又想到了卢嘉川。于是几行小诗，就在这饥寒交迫、不能成眠的夜里，跳到了纸上。

勇士呵，
你没有死。
你那嘹亮动人的声音，
响遍在被蹂躏的国土上。
雨花台前的枪声，
不是把你——
是他们自掘坟墓在下葬！

夏夜，明媚芬芳的夜晚呵，
你的窗外盛开着无名的野花，
明月照着你安睡的脸，
夜莺就在你的窗前低声歌唱。
它唱，

唱——

倒下的勇士你知道吗?
你心爱的姑娘拿起了你放下的枪。
你给她胸中点燃起复仇的烈火,
她擦干眼泪又挺起胸膛。
为了相爱的人不再惨别,
为了孩子们欢倚爹娘,
也为了偿还你们青春的夙愿,
勇士呵,
她拿起了你放下的枪!

第三十二章

道静早起之后，正像每天的习惯一样，读两小时的理论——此时她正读着《共产主义运动中的“左派”幼稚病》。忽然听到门外有个声音在喊：

“有一个姓路的在这儿住吗？”

她跳到院子里去。

“江华！”她在心里用力地喊了一声，他们俩的手就握在一块儿了。

江华穿着破旧的呢大衣，黧黑的脸上已经有了风霜和劳累的皱纹。连鬓胡须也特别清楚地显了出来。他搓着手，在屋地上站了一会儿，打量了一下道静，又向寒冷的四壁看看，这才微笑着说：

“怎么样？这些日子一定很苦吧？”

道静看着他这些习惯的动作，脸上浮现着一种天真的、无可奈何的苦笑。

“其他都好说，领导的人不来找我——这真苦死了！”

江华笑着瞥了她一眼，说：

“怎么样？又急哭了吗？”他这句戏谑的话，使道静感到惊奇——他怎么变得比过去活泼了呢？过去，他给她的印象是多么持重而沉稳呵。

道静把到北大之后所经过的一切情形说给了江华，最后，她微微皱着眉头说：

“来这里不过一个多月，可是，老江，这比我一生里所碰到的钉子还要多还要硬。除了小时候、除了受刑时,我也记不清托派打了我多少嘴巴。说起来这个还是比较容易忍受的;而叫我最痛苦、最不好忍受的还有两件事,一件是王晓燕——你知道她原来是我最好的朋友,可是现在却成了我最大的敌人。我来北大工作所遭受的一切困难和挫折,有一些就是她造成的。而另一件就是,我到北大来一点作用也起不了,北大的工作毫无进展。我对不起党对我的希望……”说到这里,她抬起头来,抹去浮在眼角的一滴泪水说,“上级也不来人,真把人急死了。”

因为屋子冷,江华不住地搓着两只大手。他站着听道静说完了话,然后在屋里走动着说:“同志,别着急,现在不是来人了吗?”

“啊,是你来和我联系?那太好啦!”道静高兴得又笑了。

“道静,近来时局变动很大,情况很复杂。”江华不慌不忙地说,“所以没顾得找你。你知道十月底日本人又要求平津当局肃清一次抗日嫌疑分子吗?好的方面是……”他把声音放低,用深沉的目光凝视着道静,“长征的红军已经在十月间到达陕北和刘志丹的军队会合了,中国革命的形势就要大大地改变了。这是历史上——不但中国历史上,恐怕也是世界历史上的一次惊人创举。这对于我们整个革命斗争形势的影响是巨大的。敌人吹嘘我们失败了、溃散了,其实呢,这正是新的革命高潮的象征,是我们新的胜利。可是坏的方面——形势也是严重的。日本人的血手接二连三地直接伸到华北来了。十月的‘香河事变’,正在日本驻屯军沿着北宁、津浦两条铁路举行‘秋季大会操’的时候,这时居然有一批‘农民’袭击香河县城,日本说这是‘农民’要求‘自治’,于是华北的‘自治’运动便接连不断地出现了——华北五省‘自治’;冀东防共‘自治’;最近恐怕还要闹起冀察‘自治’来。日本军队就在汉奸们的‘自治’美名下,大批地源源地开到华北和平津各地来。道静,所以说情况是很紧张呵!”他的话停住了,浓黑的眉毛焦灼地紧皱在一起。眼光虽然盯住道静,但却被严重的思路引到别处去。道静凝神听着,他们同时被一种共同的情绪攫住了。——挽救祖国危亡的任务凌驾在一切任务之上了。怎样办呢?共产党人应当怎样领导着中国人民冲破这浓黑的云雾,奔向民族解放的疆场呢?……

道静的眼睛看着江华,心里却在郁闷地想着:多少学生还沉迷在“学士”“博士”的迷梦里;多少人的思想里只有个人的幸福和兴趣……这时,她的眼前闪过了李槐英那轻飘飘的漫不在意的微笑,闪过王晓燕那迷惘的不知所措的眼睛……她坐在床铺上微微愁闷地叹了一口气。

“老江,”她烦闷地说,“请问你,对这些知识分子,大中学生们搞这些工作,费这大力量,究竟有多大用处呢?只要我们武装斗争胜利了,工农劳动人民革起命来,那时,这些秀才举人自然也会跟着造起反来,何必现在就……”她看到江华的眼睛里好像有了一种不以为然的笑意,就闭上嘴不说了,茫然地望着江华,叹了口气。

“怎么?想不到你一下子糊涂起来了!”江华果真向她开了火,“中国的革命,武装斗争自然是根本问题,所以我们大家那么关心红军的斗争和胜利,工农劳动阶级也自然是斗争的主体,是中国革命的基本队伍。可是,你能说知识分子的工作不重要?没用处?这可是有点奇怪!五四运动掀起了反帝反封建的大浪潮,把中国革命向前大大推进了一步,你说是从什么人开始的?这不就是秀才举人们吗?”说到这里江华微微笑了。他拿起桌上的一杯凉开水,咕嘟咕嘟一气喝了下去。接着扭过头来瞅着道静又说,不过声音更低了。“同志,你的工作不但有意义,而且很重要。同到工人、农民当中去一样的重要。将来有机会可以到工农当中去,不过目前加把劲就在这块地盘上凑合凑合怎么样?”

道静扑哧笑了。她觉得江华说话比过去风趣了。就笑着说:“不干怎么办?当然要坚守阵地。不过北大的工作进展太慢,学生们埋头书案,光做着学者名流的美梦。”

江华坐下来,瞅着道静慢慢地说:

“难怪你苦闷,你只看到了一个小角落,所以这么说。来了这多日子,你并没有看见北大的真面目,并没有看见北大真正的群众。你的眼光只落在王晓燕、李槐英这些人身上是不行的!快到广大的群众里面去吧!”

“呵?……”道静吃惊似的盯着江华,“老江,我每天都找学生谈话,了解他们的情况,你还说我没接近群众?”

江华笑笑并不搭腔,却忽然问道静:

“你知道吗?我在做学联工作了。”

“啊,你做学联工作了?”道静又惊异地重复着。

可是江华没理会这些,他继续说:“‘九一八’事变、南下示威以后,沉寂了四年的学生运动,现在,你看,又一天天活跃起来了。‘平津十校自治会宣言’北大学生有多少人看见了?”

“大概不少人都看到了。当然有些学生根本连贴报牌那儿去也不去的。老江,告诉我,你怎么又做起学生工作来了?是不是你亲自来领导我们?”

“不一定。不过北大的工作,还是要交给你独力担当起来。没有办法,干部太缺啦。道静,北大不是有许多群众组织么?像读书会、世界语学会、新文学研究会,另外人民武装自卫会的组织也在活动。跳出你那个小圈子,到这些组织里面去看看,去活动活动。我想,那时你就会有信心、有力量来扭转这个局面;也有办法来说服侯瑞他们听你的话了……快想办法!北大要有一个我们掌握的学生自治会去参加学联,这才有力量领导救亡工作。”

道静用心听着江华的话,同时也在玩味他的话。这时,她才深切地感到自己是太幼稚、太缺乏经验了。同时,一定要锻炼自己做好学生工作的决心也明确起来了。这时,她的心情稍稍好了一些,于是接着问江华:“那,我们对王晓燕究竟采取什么态度才对呢?”

江华沉思一下,点着头说:“根据各方面的情况和你们过去的关系看,我看,争取她比放弃她好。当然,因为她和戴愉的关系,因此,还需要冒点险和下点功夫。侯瑞说得对,只要把那些反动家伙的丑恶面目揭穿了,我看晓燕是可以争取过来的。”

听到这里,道静笑起来了,她忍不住地说:“老江,我真羡慕你。你做学生工作和做农民工作一样,都有一套办法。怨不得组织上调你来搞学联工作。我渐渐觉得你比老卢还更……”说到这里,她不好意思说下去了。

想不到江华却接着说:“我怎么能够比他！他那坚强无畏的精神永远值得我们来学习。……”看着道静用激动而迷惘的眼光看着他,他接着补充道,“你还不知道吧?最近我听到一个同志跟我谈到老卢在北平狱中的一段斗争,使我激动得很厉害。我常常想到他处在那种境地的惊人的顽强意志,给我的教育和鼓舞是很大的。”江华仿佛沉溺在回忆中,停了一会儿,才接着说,“他的双腿在一次刑讯后被老虎凳轧断了,因为他正领导狱中的绝食斗争,被敌人发觉……”底下他讲了卢嘉川在北平监狱中最后忍住剧痛、拖着断了的双腿在牢房的墙壁上敲来敲去寻找同志的经过。

道静听完了,看着江华怔住了。然后又趴在桌子上双手蒙着头待了一会儿。等她抬起头来的时候,她的神色是庄严的,也是冷峻的。她说:

“老江,一想到这样的人,我就更加爱这个世界了！我很惭愧,在我身上还有许多坏意识,许多个人的东西还常常扰乱我……前几天,在极端困难中,我就动摇过,想同许宁一起去陕北;今天,我又暴露了许多不好的思想。……”

江华没有回答她,却忽然在屋里东瞧西看起来,好像在寻找什么东西。道静不好意思地问他:

“你找什么？水吗？对不起，我混得可穷透了，连火炉都生不起，每天只好买点饭吃，喝水就在女房东屋里找点。我就去找点水来，你等一等。”

江华张开两只大手拦住她：“不要去找了。还有煤吗？生起火来，我去买点馒头和菜，咱们在一起吃顿饭好不好？只顾说话，已经快十二点了。”

“好，那可欢迎！”道静喜悦地问道，“你今天怎么这么闲在？能够在我这儿呆多久？”

江华想了想：

“四点以前我都没有事情。可是，你有事吗？”

“没有事。我并不太忙。在北大这些日子，没学到别的，可锻炼了我的耐性。”

“那很好。就这样——我去买菜，你快生火。”江华说着迈着大步走了出去。

等他抱着一包包的肉、菜和馒头回来的时候，道静已把火炉生好端到屋里来。她一见这些大小包包，不禁奇怪地问：

“买这多干什么？要留着给我过年吗？”

“不是留着过年，但是也该留着给你多吃几天。道静，不要瞒着我，你看你已经饿得多瘦了。”

“老江，一看你抱回包包的情形，我想起了过去的一幕。”道静笑着，露出了洁白的牙齿。

“什么一幕？”

“记得你刚到定县找我那天吗？我叫伕役给你买了一包包的吃的，你也问我为什么买这多。现在，你是来还账吗？”

江华听她这样说，忍不住笑起来。道静也笑了。冷清空旷的小屋温暖了，有生气了。道静烧了一壶开水，把馒头烤热；江华熟练地切着肉丝，切着青菜，把小刀在案板上剁得叮叮当当地发出有节奏的响声。道静望着那双敏捷的大手,心中暗暗惊异着:“这个人什么也能干!”但是她没有说出口。

不仅会切菜,江华还会炒菜。他把菜熟练地炒好,道静安排好了碗筷,他们俩就围着火炉热腾腾地吃起饭来。吃完饭他又帮助道静刷干净碗筷,收拾着屋子。他的动作敏捷熟练,做这些事像是一种休息和娱乐似的。因此道静也不拦阻他。当一切整理好了,道静看他还张着两只脏手站在屋地上东瞧西看——看看还有哪儿不够利落的时候,她笑着说:

“老江,我今天才明白——才明白你身上兼有各种成分的原因——你就是又像工人、又像知识分子嘛。”

江华望着道静那双湖水一样澄澈的眼睛,望着她苍白的俊美的脸,望着她那坦率而热情的举止和语言,他忽然噤住不说话了。他能说什么呢?他爱她——很久以来,他就爱着这个年轻热情的女同志。随着她一步步的成长,随着她从一个普通同情革命的知识分子变成了坚强而可信的布尔塞维克同志,这种爱情是更加深了,更加纯厚了。但是,长久以来,他却不得不隐藏着这种感情,甚至压制它、排除它。虽然在偶然间,它也曾忍耐不住地流露过。他怎么能够不这样做呢?她和他的战友、同窗、可敬可爱的卢嘉川是有过爱情的联系的,他们是很好的一对儿。开始他希望卢嘉川能够活着出来,那么,他在定县偶然邂逅的一度冲动的热情会随着这一对爱人的幸福生活而逐渐消逝的。但是不久他却得到了卢嘉川牺牲的消息,他还看到了他写给她的信。这时候,他不是可以表示感情了吗?不,他不愿意这样做。他知道她内心的痛苦,他同情她不幸的命运。他像一个兄长、像一个真实的朋友那样关心她、照顾她;但是,他又有时为了压抑自己的感情而故意疏远她。时间一天天地过去了,今天,他看出来,她不但是一个坚强的同志,而同时她也是一个温柔的需要感情慰藉的女人。而他自己呢,他自己不是也在痛苦中等待许久了吗?

他把双手放在火上烤着,回忆着这一切的经过,依然默默无语。一种激越的青春的热情奔流在他的全身,他感到了一种从未有过的忐忑不安。最后当他抬起头向她脸上深深一瞥想说什么的时候,看看手表,他又把声音变得平静了:

"三点半了,我该走了。明天晚上我想来找你谈点事情,你有时间吗?"

道静也从沉思中清醒过来。她像已经知道他要说什么似的,平静而温和地回答他:

"明晚上来吧,我等你。你先走,我随后也要出去找个人。"

在破旧的街门口分别的时候,他们竟不知不觉地又互相凝视了几秒钟。道静微微一笑,忽然对江华说:"谢谢你的指示。我一定要把北大的工作做好。还有,我想给晓燕写封信可以么?"

江华笑道:"这可是你的自由了。好,进去吧,再见。"

她刚要转身进门,江华又叫住她。望望寂然无人的小巷,他从口袋里把所有的几张钞票掏出交给她:

"刚才忘了,你身上穿得太少了。衣服都在当铺里吧?回头取出来穿暖和一点。"

他低沉的声音又慈祥又严厉。道静望望他,二话没说,就把钱接了过来。

第三十三章

黄昏,西风卷着落叶在冷清的小巷里狂傲地呼啸着。这时,一个红漆小门的两扇门板吱呀地开开了。戴愉瑟缩着两肩,用手捂着灰色的呢帽,低着头匆匆地走了出来。但是他刚离开门口不到两步,一个女人尖厉的声音把他叫住了。

“回来!回来!话还没完,你急着跑什么!”

他好像不情愿,但又胆怯地站住了。女人蓬松的鬈发刚刚从门缝一露,他就赶快扭回身走进门里去。

女人关上了街门,过道里顿时更加昏黑。

“你这笨蛋、傻蛋兼混蛋!”一个嘴巴打在戴愉的脸上,几乎把他的眼镜打掉。王凤娟又像恼怒又像撒娇地拉住他的手就在门道里说起来:“你真叫王晓燕迷上啦?一天不见她就不行?哼,告诉你说,你这样混蛋可是想找死!”

“我真像一个失掉贞操的女人,永远只有受气……”戴愉低头咕哝着。他很想立刻甩脱这女人赶快走掉,但是王凤娟又给了他一个嘴巴,紧紧地拉住了他的胳膊向院里走去。

“放屁!告诉你说,我早看出你动摇、无能来啦!你虚报成绩,你八面敷衍,你怕我,你想甩脱……哼,没有这么便宜的事!说实在的,”走回屋里,王凤娟的声音低了、温和了,但是她那锐利而风骚的眼睛在戴愉的脸上一瞥时,仍然煞像一把利剑一闪,他忍不住打了个寒战。两人挨着坐在沙发上,王凤娟又说,“说实在的,你不要以为你挑拨了林道静和王晓燕的关系,在北大把王晓燕控制住就满足了，我们的工作还多得很呢。中国的‘丘九’比‘丘八’还厉害，要时刻防范他们，绝不能叫他们活动起来、组织起来。告诉你，刚才没有说完你就要跑。告诉你，去把你那‘未婚妻’进一步抓住，叫她参加我们的‘共产党’；叫她去找林道静，叫她们仍然恢复关系；叫她去了解北大共产党组织。还告诉你，你别以为天下太平，北大确是有共产党在活动的。林道静就是一个值得注意的人物。另外，如果你还能弄到北平共产党那些新的负责人的名单、住址——就是一个人的也好，那咱们头儿就会重重地赏你，重重地赏你！好，这就去吧！”王凤娟抱住他的脖子叭地吻了一下，同时，赏给他一个妖媚的微笑。戴愉站起来，像木头橛子样僵硬的身体这才慢慢地向门外走去。

走到黑暗的小巷里，一阵冷风迎面吹来，他不由得又抱起了双肩。好像喉咙里塞住什么难闻的腥东西，他用力大声咳嗽了几声，这才急急忙忙朝大街走去。他厌恶、害怕这毒蛇样的女人，但是他又不能离开她。在他腐朽的心灵里，只有晓燕的爱情还给他卑贱的灵魂留下了最后一点生命的火花，但是这火花是怎样地微弱呀。他戕害了自己，戕害了许多人，最后又在戕害他自己心爱的女人王晓燕……

于是一见王晓燕，他变成了另外一个人。当着那个瘦削的丑陋的女特务，他是卑贱的惟命是听的奴才；但是见了晓燕，他又俨然是一个正派的沉默而持重的君子了。他鼓着金鱼眼睛仿佛烦闷而又纯正地凝视着王晓燕，关切地问她：

“燕，这些天你好像瘦了。有什么不愉快的事?”

晓燕对他赧然一笑，淡淡地说：

“没什么。不知为什么我对参加政治活动不如过去热心了。有些进步同学另眼看待我……”

“不对！”戴愉不慌不忙地说，“小资产阶级知识分子就是极易动摇的。你过去认为革命的、不得了的人,过了几天,也许他一不高兴就不革命了,甚至反革命了。你的好朋友林道静不正是一个最典型的例子? 燕,不要苦恼,党就准备接受你为共产党员了!"

"什么?"晓燕吃惊地看着他,"君才,你说什么?"

戴愉拿起晓燕的手放在唇上热烈地吻着。同时把自己灰暗的浮肿似的黄脸挨在她白嫩的脸上。他闭起了眼睛,仿佛沉在幸福的梦幻中,低声喃喃道:"亲爱的,你是世界无产阶级的先驱者了——我们完全站在一条线上了……"

"我们真的站在一条线上了?"

王晓燕像欢喜又像沉痛似的重复着这句话。此后她就许久默默无言。

深夜,当他们快要分别的时候,戴愉挽着晓燕的臂膀,柔声说道:

"燕,如果你舍不得林道静——我知道你们的感情是很深的,那你找找她,也还可以同她再来往。"停了一会儿晓燕不说话,他又说,"不过,这样做,我要求你要提高警惕,要把她的行动、言论、做什么事情、和什么人来往及时地报告给组织。报告你们的小组长——你以后就要在北大的党组织内过生活了。"见晓燕仍不开口,沉了一下,他语气变严肃了,"这是组织原则——共产党员是不允许有私人情感的。根据工作需要,你应当仍然和林道静去接近,以便了解她反革命活动的情况。告诉你,她同特务胡梦安早就有秘密来往。胡梦安爱她、追她的事你不是早就知道吗?"

"胡梦安?"晓燕仿佛看见了那条毒蛇,陡地惊了一下,"她恨死了他,怎么会……"

"岂有此理! 你这个人真太缺乏辩证唯物观点了!"他松开晓燕的手,面色严厉地皱起了眉头,"你完全不懂马克思主义,头脑里充满着小资产阶级的空想和右倾机会主义的情绪。这是组织决定,明天,就去找林道静——听说她还在北大活动哩。以后你的工作仍由历史系王忠同志来领导,你该认真严肃地在他领导下参加学校的斗争。”

戴愉走了之后,晓燕趴在床沿上,痛苦地、迷惘地轻轻喃喃着:

“天啊,这一切都是怎么回事?怎么回事?……一切都像梦,像梦那样变幻着。我,我怎么能够再同她说话呢?……”

她的眼前突然闪过了林道静那红肿的淌着鲜血的脸,闪过她那踉跄地跌倒在楼梯上的身影。而打她的正是将要领导自己的王忠——他有着一张讨厌的猴子脸。

参加了“共产党”并没有使晓燕感到幸福和愉快,反而被一些莫名其妙的痛苦缠绕着。她不知自己是怎么样一步步远离了所喜欢的人,而同一些不大喜欢的人搅到了一起。她在书桌前看不下书,心里烦躁不安。这时她打开了抽屉,抽出了白天林道静给她的一封信,忍不住又从头看了一遍。说也奇怪,道静给她的信,她竟没有给戴愉看,几次她想告诉他,可是还是被对道静那生了根似的友情挡住了。这信的内容是这样的:

亲爱的燕姐:不管你怎样地讨厌我、害怕我,但是我仍然爱着你、信任你,因为我们是一起长大的,我们彼此有过多少深厚的友情与信任呵!在我困难的时候,你又给过我多少帮助呵!所以我不能忘掉你,是永远也不能忘掉你的!……

燕姐,请相信我向你说的是实话,因为关心你而说的万分真实的话:你受骗了!郑君才是一个很阴险的骗子,他欺骗了你。他是一个伪君子。而你,竟相信了他,断绝了我们的友谊。并且一步步走上可怕的道路……燕,你不理我,我的痛苦还小,可是你和一些坏人混在一起,这使我,使一切关心你、热爱你、对你怀着巨大希望的人都异常痛苦。燕,现在,我知道你还不会相信我的话,因为你被爱情蒙蔽了眼睛。但是我希望你明智的心中,还能保存一点冷静的明辨是非的理智。多观察事实,多思索、研究,慢慢你会看清你是走错了道路。到那天,无论哪一天,当你遇到了困难,当你回过头来猛然醒悟了的时候,我永远是你的朋友,最好的朋友。你就来找我吧!亲爱的燕姐,来吧!快来吧!什么时候我都在等待着你。

接到了这封充满了热情与希望的信,使晓燕竟忘掉了戴愉的话——林道静是个奸细的话,而感动得流下了眼泪。但是这仅仅是一霎间的事,当她定下心来开始认真考虑的时候,她把这信扔到了抽屉里。“欺骗——谁是欺骗?”她冷笑了。对戴愉的信任毕竟超过了对林道静的。“这个堕落的女人,她反说我走上可怕的道路……”晓燕喃喃自语着,内心竭力挣扎着。说实在的,如果林道静说的是实话,那么戴愉……她简直不敢想下去,她怕想这些。所以她见了戴愉时的那种不安、痛苦,甚至入了“党”也不觉得高兴的情形,便是可以理解的了。

第三十四章

江华来过的第二天，道静就按照自己重新想好的步骤，拉着侯瑞一起去参加了一次北大世界语学会的例会。这是晚上，在红楼一间不甚大的课室里，坐着三十多个男女青年——多半是北大的学生，也有不是北大的。而且在这些青年的黑发当中还坐着两个花白头发的教授模样的人。这不仅使得道静感到惊异，连侯瑞那两只离得远远的眼睛也一眨一眨地露出了惊奇的神气。

因为他们两个是经过介绍才来参加的，所以人们看着他们并不奇怪。大家都坐好了，课堂的门就由一个学生把它关好。在昏昏的不大明亮的电灯光下，几十张脸屏住气息，鸦雀无声。多么奇怪，这既不像上课——因为讲台上没有站着教授，又不像茶话会，因为大家都是端端正正坐在教室的座位上。这样沉默了一会儿，这才有一位二十多岁白净面皮的青年学生——据说他的名字叫韩林福，站起来说："大家把讲义和材料都带来了吗？"

印着世界语文字的讲义和各种材料唰唰响着被众多的手放到桌面上来。但是，人们的眼睛并不看这些，那些眼睛都望着韩林福的脸，也有的互相凝望着。怎么回事？为什么这么一个学术性的会上，人们的脸上却流露出了那么沉重的思虑重重的感情？……道静不由已地向身边的侯瑞望了一眼，好像问他这是怎么回事。但是侯瑞的眼睛也直直地望着韩林福的脸像在思考着什么，并不搭理林道静。这时，韩林福讲话了，他以主持人的身份蛮有风度地说：

“我们接到许多世界语学会会员的要求，大家实在不能再安心钻在 A、B、C 这些字母当中了，大家要求能够在学习世界语之前，分出一部分时间，讨论一下目前的形势，讨论一下大家最关心的时局问题。根据大家的要求，所以今天我们的例会是不是就可以开始这样尝试一下？”

像开闸的洪水，坐在位子上的男女青年呼啦一声伸出胳膊喊了起来：

“赞成！赞成！……”

“太好啦！太好啦！……”

那个花白胡子的教授和一个戴眼镜、稍年轻的教授也互相望望，他们的嘴角也都浮上微微的笑意。

韩林福挥挥手不慌不忙地说：

“那太好啦。大家既然都赞成，现在我们就开始讨论。为了大家发言方便，我们不妨拟定一个讨论的题目，今天就讨论‘我们往何处去’这个大家最关心的问题怎么样？”

“好极啦！……”又是一阵激动的欢呼。但是，精明的韩林福马上挥挥手把这激动的呼声压了下去，他望望那位戴眼镜的教授，转身对大家说：

“为了大家更有准备地发言，现在先请我们经济系的陈教授把这个问题给大家阐述一下怎么样？”

一阵微微的长吁，表现了多少热烈的希望与被压抑的苦闷呵！等那位陈教授站起身来，开始了低声的讲话时，课堂里静得连掉下一根针也都可以听见了。

陈教授文质彬彬从容不迫地说：

“古今中外的历史事实告诉我们，一个伟大的民族是不会没有路可走的。但是眼前中华民族的出路在哪里呢？东北已经沦陷四年多；华北也早就名存实亡；长春的木头人戏（指伪满傀儡政府）依然锣鼓喧天;而冀东又凭空添上了一个伪组织。‘五七’‘五九’‘五卅’‘九一八’‘一二·八’的奇耻未雪,现在敌人又准备好一副新的锁链套在我们的头上。中国的人民大众天天在饥寒交迫的死亡线上煎熬、挣扎,怨恨愤怒已达顶点。不管什么人全在心里提出了这样一个问题‘我们往何处去?’……”

这位陈教授身量不高,年纪不过四十左右,但是讲话有条不紊,而且几句话就把人们的注意力全集中到他身上来。道静虽然是在用心观察那些学生们的情绪、表现的,但是,她也不由自主地被这位教授富有魅力的言辞所吸引。她又望望身边的侯瑞和全课堂的青年们,继续听陈教授讲下去:

“中国的道路是有两种截然不同的走法的:这就是人民大众要走的路,和上流社会大人先生们要走的路。这是两种完全不同的路。现在,我先把大人先生们要走的路给诸位分析一下,以做抛砖引玉的尝试吧。

“大人先生们要走的路,其结果虽然都是死路一条,但他们却各有各的一套理论,其中最有代表性的是这样几种:

“一种是悲观主义的理论——他们说中国已经无可救药。和的结果是亡国;战的结果也是亡国。不抵抗是亡国;抵抗也是亡国。既然都是亡国,那又何必抵抗呢。

“一种是失败主义的理论——他们对于中国的胜利毫无信心。他们看中国的飞机大炮不如人,因此断定中国绝对无法取胜。他们看不见人民大众的力量,他们不知道在民族解放战争中,决定胜负的不是飞机大炮而是人。这一派人可以以胡适博士为代表。悲观主义者坦白地承认中国只有亡国;而胡适博士这一派还有一点骗人的幻想,胡适曾说过:‘华北停战虽不能使敌人将东北四省退出一寸一尺;至少也应该使他们不得在东四省以外多占一寸一尺的土地……’他这种自欺欺人的论调虽然彻底被事实粉碎了,但是他那种‘抵抗只有失败，不抵抗嘛，也许幸而生存’的理论还在廉价拍卖着。

“第三种是投降主义的理论——这些人相信可以和帝国主义提携亲善，可以实行东亚民族的合作，干脆说吧，就是公开地卖国投降……”

陈教授讲到这里，多少只激愤的眼睛看着他，仿佛他就是那主张投降的卖国贼似的。他的话讲不下去了，几十只臂膀一齐愤怒地举了起来，要求发言的声音像沸腾的开水，热气炙人。看到这种情况，陈教授笑笑坐了下去。接着一个一个，有红涨着面孔的，有把脸气得苍白发抖的，都发表了一通谴责国民党不抵抗政策的言论。最后一个好像只有十八九岁，有一张孩子脸的男学生站起来讲话时，全场又鸦雀无声地静下来了。这个孩子样的人说话声音低沉，但是那么有力，那么撼动人心。只听他首先提出了一个刺人的问题，他说：“今日的平津还是中国的领土么？诸位同学，听吧，看吧，两翼上标着红膏药的飞机整日在我们的头顶上飞来飞去；天津跑马场附近一千多亩土地被日本人占去修建大飞机场；最近不光是通县成立了伪冀东防共自治政府，河北省各个地方也都有成群结队的日本兵，携带着全副武装，横冲直撞……我们怎么办？我们的出路在哪儿？难道我们就等着敌人来宰割，就等着当亡国奴么？……”

孩子脸的青年说得声泪俱下，连头发斑白的老教授（他一直听着，自己并没发言）的眼泪也直在眼眶里打转。道静又扭头看看侯瑞，不大易动感情的他，这时也激动得满面绯红。

“不，我们要起来抵抗！不，我们要当主人，不当奴隶！”孩子脸的青年，当人们的情绪正在万分激昂的时候，他突然这样挥着拳头喊了两句就坐下了。他的话说得又短、又有力。

这不是课堂，不是研究世界语的学习场所，这是一场向反动派、向日本鬼子宣战的战场。当道静和侯瑞一同从这个课堂走出来，一同走在冷清的马路上时，他们的心还都是热烘烘的。但是他们互相瞥视了一下，谁都没有说话。沉默了一会儿，道静只随便地问侯瑞：

“那个像孩子样的、最后讲话的人是谁？”

“是历史系三年级的。李……李，大概叫李绍桐。讲得不错是不是？”

“有热情，我看代表了整个课堂里的人心。”道静轻轻地说。

“是啊。”侯瑞笑笑，因为冷，他用力抱着肩，想说什么却没有说下去。

他们又一同向前走了几步，黑夜包围着他们，谁也看不清谁的脸。道静又说：

“谁发动开今天这个会的？有党员么？”

侯瑞又走了几步，才说：

“这里面没有现在的党员。但是可能有过去的。韩林福很进步。他自己积极在世界语学会里活动，常常搞些讨论会什么的。”

“侯瑞，”道静站住了，她把寒风吹散了的头发，用手向后一掠，放低声音说，“今天的讨论会你看出点问题没有？”

侯瑞吃惊似的也站住脚说：“什么问题？群众不是表现得很不错吗？”

道静说：

“不是这个。‘我们往何处去’这个问题你看得到解决了吗？大家只是愤怒、苦闷，但是却提不出任何解决问题的好办法来。说了半天，除了控诉，还是不知‘往何处去’。”

侯瑞半天不出声。他好像没有听见道静的话，又像在苦苦思索道静的话。忽然，他把腿向前一伸，迈开了大步子。他一边走着，一边向落在身后的道静点头笑道：“明天晚上咱们再一起到新文字研究会去看看。明天见!”说罢,他走进一条小胡同里,倏忽不见了。

道静站在马路上,望着侯瑞走进去的小胡同,沉重地长出了一口气,也赶快走开了。

第二天晚上,他们又一同到新文字研究会的集会地点去看了看,情形还是和世界语学会差不多。研究新文字成了迷惑敌人的幌子。随着华北形势的紧张,青年学生借着这个地方在控诉日寇和国民党的罪恶,在抒发个人的苦闷、彷徨。但是也像世界语学会的讨论一样,对当前的危急形势,他们除了喊两声要抵抗以外,谁也说不出什么具体的主张来。看到了这些情况的林道静,当夜,立刻把侯瑞邀到她的住处,两个人做了一次比较深刻的长谈。有了江华的指示,又看到了真正的群众的力量,道静的态度变得坚决果断了:

“侯瑞,咱们接着谈谈昨天晚上那个问题——那些积极的爱国群众,为什么对‘我们往何处去’提不出具体的回答?”

道静本来准备要和侯瑞展开一场激烈的争辩的,可是奇怪,侯瑞好像早就胸有成竹不慌不忙地说:

“路芳,谢、谢谢你,一切都、都不必多说了。我犯了保守主义或者说经验主义……我总是拿去年,拿前年白色恐怖最疯狂的时候,群众情绪一度低沉的情形来看今天……”

侯瑞的转变使道静非常高兴。她忍不住一下子拉住侯瑞的胳膊摇晃着说:

“侯瑞,你真是个好同志! ……那,那,我想北大的工作今后一定可以大大地活跃起来啦!”

侯瑞还是不慌不忙地,眯起两只离得远远的眼睛,说:

“路芳,感谢你,也感谢党,感谢群众。想不到北大这个藏龙卧虎的地方,散兵游勇这么多。过去,我也知道同学们对时局的关心、苦闷，有些积极分子十分活跃。可是，我没有把他们和整个形势联系起来；没有重视这些力量，所以造成北大的工作停滞不前。”谈到这里，侯瑞长长地叹了一口气，不再说下去了。

道静的神情也很严肃，她用沉思的眼睛瞅着侯瑞：

“我想，党的工作要是不和群众相结合，那就是没有根的草，不会有生命、有力量。可是群众运动要是不和党的领导相结合呢，那就是无头的鸟，永远不会搞出什么结果，永远不会找到正确的道路。从世界语学会那个讨论会上，我才深刻地体会了这个道理。侯瑞，你看是不是这样？”

侯瑞的神情很特别，他不回答道静，却死死地盯着她，好半天才突然说道：

“路芳，我已经想出办法来了！把那些散兵游勇，把那些自发的积极群众都吸引到我们的周围，都分配给他们具体的工作。通过他们在各个班上再组织起一定数目的可靠群众。这样，党和群众的力量结合起来，我看那些老法[①]就闹腾不起来。然后改选学生会——把各个班上的学生会一个一个地拿到我们手上来。那么全校统一的学生会就会成为我们的，还会有问题么？”

“原来，他是有能力的，可就是过去没有使用它。”道静看着侯瑞那两只离得远远的眼睛里闪烁着激动和智慧的光芒，心里不禁这样想。接着道静也激动地对侯瑞说：“侯瑞，还是你了解情况，有办法。这次要是一个班一个班地去发动、掌握，我看情况一定和上次不同。我想只要积极地发动群众，及时抓住群众的苦闷心理给以启发引导。要是群众都起来了，那几个老法又算得了什么呀！”

侯瑞点点头笑了。这个晚上，他们第一次融洽地、意见一致地商讨了北大工作如何迅速开展的问题。来北大以后，道静也是第一次那么香甜地熟睡了。

---

① 老法，当时北大学生对法西斯派的一种鄙夷的称呼。

第三十五章

早晨,李槐英刚刚洗过脸,准备上图书馆去——因为今天上午她没有课。这时,一个身材袅娜、衣着鲜丽、阔面大眼的年轻女人穿着高跟皮鞋匆匆地跑进房里来。

“小李子,你起来啦?”一进门这个女人就拉住李槐英的手兴冲冲地说,“走,陪我到车站去!快点!”

“黄梅霜——小梅子,什么事?”李槐英不慌不忙地瞅着梅霜微笑着。

从玫瑰色的皮包里,黄梅霜掏出了一封电报。“你这没有皇冠的皇后,什么也不懂!你看看,这是什么?”黄梅霜说话很快,眼神很锋利,看得出来这是个性急的泼辣的女人。

李槐英看过电报,瞅着黄梅霜嫣然一笑。

“好啦!你日也盼、夜也盼的人就要来到啦。小梅子,可以,我当然愿意陪你去接他!”说到“他”字,李槐英用小拇指在黄梅霜白嫩的脸上轻轻一戳,咯咯地笑了。黄梅霜也笑了。

两个穿着翻毛皮大衣的女学生都坐在人力车上。在驰向前门车站的路上,黄梅霜回过头来告诉李槐英:

“小刘在东京帝大毕业以后,就来信说快回国了,可是一拖再拖,也不知他忙的什么。昨夜十一点多我才突然接到这封电报,说他由秦皇岛下了轮船,今天上午十点一刻的火车到北平。嘿!小李子,快十点了……”黄梅霜看看腕上的手表,又赶快说完尚未说完的话,“现在离十点一刻还差三十八分钟,我上午有两堂课都没有上。说实话,他一来,上帝对我都不重要了。”她扭着头对李槐英笑着,忽然,像想起了什么,把高跟鞋在洋车的踏板上连着狠狠地踏了几下,对车夫粗声催促道,“快点！拉快点！火车就要到了。”

两个女学生还没有走进东车站的大门,远远地就望见车站附近好像发生了什么大事,她们再走近一看,许多黑制服的警察,每个人的手里都拿着一根粗皮鞭,而这些皮鞭在嘈乱的人群头上,就像无数的褐色长蛇——有的昂头向上,有的蜿蜒飞舞,有的在凶恶地盘旋……而在这些皮鞭下面的,是万头攒动的人群。皮鞭赶着人群,人群惊慌乱窜。妇女、小孩哭喊着,人群呼儿唤女地大叫着……在这些嘈杂声响之中,还有警察凶猛的叱叫:

“躲开！躲开！都躲到候车室去！躲到远处去！前门里外现在宣布戒严。”

行路的人飞快地跑走了,无数提着包裹行李、箱箱笼笼的旅客,迅疾地跑向候车室里去了,哭喊着的女人孩子也找个角落藏了起来。这时不管他是工人、农民、公务人员,还是大腹便便的商人,人们的眼睛都被一种莫名其妙的困惑苦恼着:“什么事呢!”“什么事呢?”“来了大人物?”许多只眼睛都用惊疑的目光互相探询着。可是谁也没有探出个究竟来。李槐英和黄梅霜两个混在惊慌乱窜的人群中挤进了车站里面。黄梅霜若无其事地拉着她的女友,昂然地走向卖月台票的窗口,却冷不防一条皮鞭在她俩的头上舞动起来,几乎抽在黄梅霜的肩膀上。黄梅霜动了气,她把大黑眼仁一瞪,冲着身边的一个年轻警察喊道:

“你要干么?”

警察开始是满脸的凶煞之气。他把鞭子举得更高,看看第二下就要抽向两个紧挨着的女人身上。但是,他灵机一动,发现他皮鞭下的牺牲者并不是乡下佬或者穷苦的小贩,而是两个衣着阔绰气派大方的小姐时,他高举着的手松下来了。

“对不起！”警察抱歉似的佯笑了一下，“现在戒严了，请到候车室等一等。”

黄梅霜和李槐英同时抬眼向旁边的候车室望去，只见平日空旷旷的大候车室里，现在黑压压地挤满了人群。人们拥挤着、乱窜着，而在入口处，却还有大群大群的人在警察皮鞭的监督下在向里面拥挤。

黄梅霜把描得弯弯的眉毛一翘，厌恶地唾道：

“脏死了！臭死了！谁进那里面去！槐英，来，我们就在这出口地方等着，看他们怎么样我们。警察们也太凶啦，也不知哪个该死的这时候来……”她狠狠地向举着鞭子的警察瞪了一眼。

工夫不大，火车站的里里外外全都鸦雀无声了。仿佛冬日的深夜，一种肃杀的气氛笼罩了整个的车站。警察手里的皮鞭不见了，都一律换成了白色的短木棒。从月台到车站外面，警察排成两行，脸对着脸整整齐齐地站着，仿佛仪仗队一样。

几声汽笛的嘶叫，火车进站了。

警察还在恭敬地肃立着。这时，却又临时增加了一队灰衣的宪兵掺在警察当中来警卫。于是火车站更加显得威严、肃穆——俨然是皇帝驾到般的气魄。

听见火车进站的声音，被关闭在候车室里、像囚犯又像牲口似的人们，在烦躁中响起了惊异好奇的声音：

“倒要看看都是什么贵客大人物。”

“何应钦到北平也没这么抖劲呀！”

“蒋委员长来了，也不准有这大派头！”

愤懑讥讽的议论，在污臭的拥挤的候车室里散布着。突然，玻璃窗狠狠地响了一下，一个军官模样的中年人，举着盒子枪向屋里的“囚犯”们喊了一声：

“友军要到了，不许再嚷！谁再说话，拉出去枪毙！”

“友军？”

“友军？”

人们垂下了眼皮。好像突然遭到了霜冻的庄稼，一个个衰萎地痛苦地低下头来。

顷刻间，在中国的国土上出现了这样的奇迹：

一队队红肩章、大皮靴的矮小而粗壮的日本军人下了火车，雄赳赳地昂头阔步地走过来了。一队接一队地过来了。他们披挂着全副武装——机关枪、步枪掮在肩上，明晃晃地发着耀眼寒光的刺刀握在手里。而“护卫”他们的中国军警呢？黑衣警察身上只有小小的白木棒；灰衣宪兵的腰间只挂着短短的盒子枪。在这些日军以战胜者的姿态迈着大步橐橐地走过这些寒酸的怯懦的中国军警的身边时，被囚禁的人们喘息不安地瞪大眼睛望着那些红肩章，望着红红的像大膏药似的太阳旗……这些眼睛是愤怒的，也是惊疑莫定的。时局将要怎样发展下去呢？日本人不费一枪一弹占领了中国的东北，而现在，北平——中国几千年来的文化古都，竟也悄悄地无声无息地沦丧了吗？

李槐英和黄梅霜终于还是被赶到候车室的门边伫立着。日军经过时，她俩都惊悸了一下，不由自主地把身子向门里挤了挤。黄梅霜也不嫌脏臭了，不，她还是闻不了这气味，时而用绢帕捂着鼻子，时而又用皮包掸着鼻子前面的臭气。李槐英虽然也讨厌这气味，但还不像黄梅霜，她皱着眉头望着那些洋洋自得的日本人，心里不知怎的感到一种说不上来的压抑，好像胸口被什么东西堵住了似的。候车室里的人们看见了昂头经过的日本军队，看清了他们被囚禁起来的原因就是这些“友军”的降临。突然一阵由小而大、由缓而疾的喧哗声爆发了。

“怎么样？怎么样？开来了这多日本军队——北平不是完了吗？”

“你不知道,华北要‘自治’啦。何应钦到北平来就为的是廉价拍卖!”

“他妈的!中国人是孙子,日本人是你他妈八辈祖宗!”

“小子们知道吗?这是中国地方,不是你东洋三岛!哼,打靶——又该在东长安街上打靶啦!”

“嚷什么!嚷什么!找死吗?……”

人群中有激愤不平形于颜色的;有对这些现象视若无睹、只忍耐地等着对他们的释放的;更多的人还是发出了愤慨的咒骂声……于是宪兵老爷又走到了窗前——此时日本人在经过,他不敢大声叱骂,却朝候车室里瞪大眼睛压低声音吼道:

“不许出声!肃静!”

但是屋里肃静不了。喊喊喳喳竟连互不相识的人也低声攀谈起来了。李槐英本来是呆望着窗外络绎不断地走过的日本军队的,但她的肩上忽被什么人拍了一下。一回头,却是江西老乡国文系的同学邓云宣。他满头大汗地挤在她身边,轻轻地摇着头说:

“岂有此理!岂有此理!小李,你怎么也到这儿来了?”

李槐英冲着黄梅霜努努嘴:“陪着她来接人。老邓,你怎么也来了?”

“我的表婶婶从东北来,我来接她……”说到这儿,他扶着眼镜伏在李槐英的耳边小声说,“花王,你的消息灵通,这——这些日本军队究竟是怎么回事呀?”

李槐英摇摇头,茫然地笑笑:“我怎么清楚!听说华北也快变成东北了。你向来不看报的吗?”

“不看。”邓云宣尴尬地笑笑。看得出他是个专心读书的好好先生,“看它,管啥子用呀,不看还舒服些。”

黄梅霜也是望着那些红肩章、亮钢盔在发呆。不过眼前发生的是什么事她并没有想;而这时占据了她整个心灵的却是刘文蔚没有来。刘文蔚是一个大买办的儿子,他俩在上海复旦大学先后同学,以后恋爱了。后来他到日本去留学,她也转到北平辅仁大学来读书。她等了他三年,整整三年。她多么盼望和这个有钱的资本家的儿子结婚呵。而且他在日本学的是政治,回国后还会在政界大大地活跃一番。他们即将有一个美满而舒适的小家庭。这个家庭的安排不要日本式的而要西洋式的……可是他没有来,可恨的日本兵把这趟火车占据了——他明明说是要坐这趟火车来北平的……黄梅霜正在心思缭乱地呆想着,忽然,她的全身抖动了一下,立刻两只眼睛像要跳出来似的瞪住源源走过的日本人当中的一个人——

"小李子,他——他来了!"她喘吁吁地扭头向李槐英说罢,就跳起来,奋不顾身地、连宪兵拦也没有拦住地奔向日本人当中的那个人去了。

刘文蔚穿着漂亮的笔挺的西装,杂在十几个日本人中间。这十几个日本人有的穿着高级军官的制服,有的是西装。黄梅霜三步并作两步扑到刘文蔚的身边,一把拉住了他的衣角。

"文蔚!文蔚!你可来啦!"她喘喘地娇媚地一笑,不仅刘文蔚怔住了,连一同走着的日本人也停住了脚步,一齐望着这个拦在面前的漂亮的中国女人。"文蔚!我等了你半天,你,你?……"她望望同刘文蔚走在一起的日本人,不禁微微露出了惊讶的神情。

刘文蔚有一张白净的长脸。他一见黄梅霜当着许多日本军官拦住他,脸上便露出了惊惶的神色。他向黄梅霜随便点点头,赶快转向一个便服的日本人轻轻地讲了几句日本语。日本人露着几颗金牙笑着,向黄梅霜点了点头,刘文蔚这才放了心。这小群日本人走了过去,剩下刘文蔚落在后面,这时他才靠近黄梅霜,小声地同她谈着什么,一边谈一边跟着日本人走向车站外面去。

李槐英留在候车室里完全被遗忘了。她看见黄梅霜同着一群日本人走出车站去的光景，心里有些不自在。想出去，但是中国的警察还拦在门口，她还必须同一屋子的中国人一起监禁在这儿。在这沉闷、无聊的时刻，邓云宣又同她絮絮地谈起来。

“你最近看见林道静没有？”他认真地问着李槐英，“这些天她找了我好几次，谈哪谈哪，她可会谈哪。李槐英，我觉得她是个很可怜的女人，这冷的天还穿着单薄的衣服。前几年她叫那个家伙威吓的时候，我就很可怜她，你不是也帮助过她吗？”他在人群中摇摇头，好像不胜感慨地瞅着李槐英。

“你这个书呆子！”李槐英回过头去微微一笑，“她并不是你想象的那样落魄可怜的女人。她是有目标的，有头脑的。他们正是要反对……”她把嘴努向走在最后面的几个日本兵，“你这个呆子，只知道诗云子曰——比我还糊涂！”

邓云宣好像恍然大悟地连连点头道，“对！对！你一句话把我提醒了。提醒了。唔，”他又把嘴凑向李槐英的耳朵，说，“她是有‘色’的吧？好家伙！”邓云宣连连闭目摇头，接着，又像惊恐又像欢喜地笑了。

李槐英向他使了个眼色，禁止他再说下去。

约莫中午十二点钟，进驻北平的日本军队早已消逝得无影无踪了，这一群不幸的中国旅客——南来的，北往的，才被从候车室里、从行李房里以及从什么角落里驱赶出来，或者说释放出来了。

“老夫子，咱们走吧！刑期满了。”李槐英站在拥挤抢路的人堆中，关切地拍拍邓云宣的肩头，拉着他就走，“回头见着小梅子非跟她算账不可！”她一边走一边嘟哝着。

白天李槐英有些恼了黄梅霜，嫌她丢下自己掺到日本人当中去。可是晚上，她又被黄梅霜拉着和她一同来到了一个新奇的、她还从来没有到过的场所。

富丽堂皇的大厅，五颜十色的灯光，贵重的地毯，布满屋中的琳琅满目的罕见的古玩玉器……而其中最最特别的还是人。来到这儿的“人”，渐渐使李槐英惊奇起来——缎子皮袍、团花马褂，和戴着尖顶帽盔的仿佛前清遗老的人物首先进来了十几位；接着，打扮得又妖艳、又阔绰、人还没进来而浓郁的香气已经扑鼻而来的贵妇人也先后进来了一二十位；最后——也是这晚宴主人邀请的“贵宾”进来的时候，大厅里的遗老、贵妇们全恭敬地、鸦雀无声地站了起来……

白天，东车站里耀武扬威的日本军官，仍然佩戴着红肩章和明晃晃的指挥刀，在随身的西装翻译——如刘文蔚之流的陪同下，气宇轩昂、步伐整齐地迈进了灯光辉煌的大厅。

李槐英和黄梅霜坐在一个角落里，当屋里全体人员都肃然起立迎接日本人的时候，她们也不好不站起来。但是一幅紫色的丝织围幔挡住了她们的半身，李槐英悄悄地拉了黄梅霜的丝绒袍子一下，噘着嘴小声咕哝着：

“看这个干么？我就不愿来，都是你！”

“我也不知道有他们呀！”黄梅霜瞟了一下陆续进来的日本军官，微微皱着弯曲的眉毛，“小刘也没说清……唉，算啦，”她也拉了一下李槐英的裙子，“人生——逢场作戏嘛，我们和那些太太们一起玩玩去。”

“我不！”李槐英整理一下自己的衣服——她上身穿着一件淡绿色的剔花毛衣，下身穿着墨绿色哔叽料子的裙子，衬着她雪白的俊俏的脸和稍稍拳曲的乌黑的头发，在这一群庸俗的花团锦簇的贵妇人中，反而更加显出她是超群的美丽。

“那个留胡子的老头子，好像屋子的主人，叫什么？”李槐英不耐烦地问。

“王、王揖唐吧。……大概是他。那个胖子是高凌蔚，那个戴黑眼镜的胖子是万福麟，还有我就说不清了。嘿，小刘怎么也不找我们来？”正说着，刘文蔚闪着耀眼的油头走到她们跟前来了。他一见李槐英，深深地鞠了一个九十度的躬——俨然是日本人的风度。

“李小姐，对不起，到那边和我们的贵宾一起入席好吗？”说着，他又深深地鞠了一躬。油亮的黑头，耀眼地在李槐英的面前闪动着。

没容李槐英说话，黄梅霜一把拉住李槐英的胳膊跟在刘文蔚的身后，姗姗地扭着腰肢向人群中间走过去。

大厅上，十几张大圆桌上铺着洁白的桌布，每一张桌子当中还摆着一瓶在冬日难得的鲜艳的玫瑰花。贵妇人、长袍马褂的执政者和日本军官，还有翻译，掺杂地分坐在餐桌边。李槐英和黄梅霜也被刘文蔚把她们分在两张桌子上了。

开始，宾主都是有些矜持的。王揖唐、高凌蔚之流只是殷勤地敬酒，谦卑地点头鞠躬。而那些以“东亚主人”自居的日本高级军官们，则是倨傲的、目不斜视地坐着，庄严地吃着。虽然一些妖媚的中国妇人不断地向他们殷勤地顾盼着，用雪白的手敬着酒，但他们却仿佛没有看见一般地挺直胸膛，正襟危坐。

“这些人倒还规矩。……”李槐英坐在一把椅子边边上，不安地望着桌边的人们思索着。她的心里一直很不舒服。因为她毕竟还没有忘掉自己是中国人。看见敌人这样高傲的不可一世的姿态，她心中自然感到了愤怒和羞惭。但是，“逢场作戏”——她想到黄梅霜的话，又轻轻地笑了。何必这样认真呢，坐一会儿，还矮了什么。……于是她仍然忍耐地坐着，可是心里却又觉得很不安。……

“感激远道辛苦来援助中国……”同桌上，一个中国老头子举杯向日本军官连连点头称谢的声音，把李槐英从胡乱的思索中惊醒了。接着是一片道谢的声音,像阵旋风带着鬼气,阴沉沉地刮过整个华丽的大厅。她忍不住打了个冷战。

这时,大厅正中的桌子上,日本少将,一个五十多岁的矮个子,慢慢地摸着自己的仁丹胡子站起身来。他举着酒杯,用威严的睥睨一切的目光向全场一扫,稳重而矜持地说了几句话。接着站在他身边的刘文蔚用同样的——不过稍稍嫩一些的男中音翻译道:

“我们根据广田外相三大原则来到贵国,希望和诸君共同携手合作。这三大原则,简单地说,就是取缔中国的抗日活动;树立中、日、满的合作制度;第三是三国的共同防共政策。诸位在中国素孚众望、才德兼备,本军万分希望和诸君携手共进。……”

一阵鼓掌,说不上热烈,也说不上不热烈,算是把宴会的正戏演过了。底下的空气,渐渐地缓和起来,而且也轻松起来了。

但是坐在椅子边上的李槐英却感到空气越来越沉重、越来越紧张。

她旁边的那个正襟危坐、威严而稳重的日本军官,在开始时是连李槐英看也不看的。但是酒过数巡,这个人却渐渐活跃起来,对他同桌上的几个妇人彬彬有礼地点头,互相递菜递酒,只不过偶尔回过头来觑觑李槐英。但是酒越吃得多,他的态度越变得多。同时整个大厅上的日本军官也和这个军官一样——在窒热的酒气中,他们摘下了帽子,解下了指挥刀,斜着眼睛和这些陪酒的妇人调笑起来。而那些请客的老头子则完全被他们遗忘了。

挨在李槐英身边的军官,渐渐不理别的女人了,他大杯大杯地狂饮着白兰地,同时,不住向李槐英一个人轻猥地笑着,露出了满嘴的金牙。他递一个削好的苹果给李槐英,低声地用半通不通的中国话说:

“小姐,苹果吃的!贵姓?谢谢……”

李槐英窘得满脸通红。接也不好,不接也不好。怔了怔,她还是接了过来。但是把它往桌上一放,就站起身去找黄梅霜了。黄梅霜和那个讲话的少将同桌。少将正用日本话对她嘀嘀嘟嘟地说着什么,刘文蔚就替他们做翻译。李槐英站在黄梅霜身边,不耐烦地推了她一下。黄梅霜一回头,拉住李槐英的手笑道:

"小李子,好玩吧?你听见没有?小刘翻译得够多流畅!"她不等李槐英张口,又转过脸去冲着日本少将和其他的男人女人笑道,"这是北京大学的花王——皇后皇后,你们看,是够漂亮吧?"

李槐英红涨着脸生气地说:"这是干什么呀!……"她还想说什么,却不料那个给她苹果的军官也跟过来了。他站在黄梅霜和李槐英的当中没等其他人开口,突然向李槐英把大拇指一伸,啧啧称羡地笑道:

"小姐,漂亮的!不愧……皇后……"

李槐英再也待不下去了。她走到衣帽间取出了自己的大衣,连黄梅霜也没告诉就径自走出了那个阔绰公馆的大门。她正走着,在冷清的街道上走了不远,忽然一辆小汽车飞也似的开了过来。车子在她身边嘎地停住了。而从车上跳下的人正是刚才给她苹果的那个日本人。他醉醺醺地,二话不说,含着一种野兽似的笑意,用力一把就把狂喊着的李槐英抱上了汽车。深夜里,冷落、空旷的街道上,汽车呜呜地开过去后,一切又归沉寂了。

第三十六章

过了一个星期。

侯瑞一早来到道静的寓所时，道静刚起床。一进门，他就拉住道静的手，说：

“告、告诉你好消息！——有几个系成立了学生自治会了！”因为过于兴奋，他说话又有些结巴了。

“真的？有几个系？”道静笑着，还有些不大相信。

“国文系、地质系、经济系、外语系，四个系的学生自治会成立了，都是进步分子来掌握了。”侯瑞坐在道静的床铺上，摸摸冻红的脸，笑眯眯地说，“积极发动群众，抓住群众苦闷的心理给以启发、引导……这就是我们这几天的工作经验。你这些话对我们来说是非常可贵的。”

“可是，理科、工科那方面同学的情况怎么样？还有历史系这个最大的碉堡也不好攻破吧？”道静看着侯瑞轻轻地说。

侯瑞的笑意消失了，沉一会儿才回答：

“这些学理工科的同学成天埋头在实验室和方程式中，叫他们参加政治活动，叫他们离开一会儿书桌和实验室可不容易。不过最近化学系、物理系、生物系等四五个系里，也有一些同学靠近我们，他们正在分头活动。我看成立这几个系的自治会，问题也不大。”

“可是，侯瑞，这次我们绝不能再像上次那样了！”道静坐在小凳子上低声说，“学生会——全校统一的新学生自治会的成立，关系到北大今后整个学生运动的开展，关系到党能不能领导北大同学走上抗日救亡的道路。所以咱们的任务还是很艰巨的……”道静的声音越说越低，显然，她的忧虑超过了高兴。这一点，侯瑞也觉出来了，所以他接着说：

“路芳，我说问题不大也是有根据的。自从我们上次谈话之后，首先，核心动起来了——我们三个党员都动起来了；接着，第二层——进步分子、革命同情者和那些爱国的、关心国家命运的同学也都动起来了；至于第三层——一般同学也都在新形势下，在积极分子的带动下，有了活动的意思。还没有告诉你……”他又笑起来了，两只离得远远的眼睛睁得大大的，“李槐英突然变啦。她找到刘丽，哭着说她一定要改变态度，要求今后多帮助她。她忽然把日本人恨得咬牙切齿的。所以昨天外语系的改选工作，由于她的转变，进行得很顺利。还有邓云宣老先生也看起报纸来了。在国文系的班会上，他平生第一次举起手来赞成改选学生会。”

“李槐英是什么原因变得这样快呢？是受了什么刺激？”道静奇怪地问。

“我也这样想。”侯瑞说，“不过，是什么刺激她没有说，你也可以和她去谈谈。”

“王晓燕的情况怎么样？”道静不愿提她，但是还是要问到她。

“一天天颓丧下来，谁也不理，话也不说。”

“看吧，等到历史系改选时，叫她看看真理是在哪一边吧……”道静说到这里，一低头才发现自己是光着脚站在地上的，两只脚已经冻红了。她笑着一边穿袜子一边说，“侯瑞，谢谢你，咱们的工作当真有了转机。不过目前华北的情况更加紧张了。今晚，咱们就要开一个党员会，好好研究研究进一步怎么办。徐辉就要来帮助我们，她也可能来参加这个会。地点还在刘丽的家里，可以吗？”

“徐辉要来了？那可好！”侯瑞笑着说，“就在刘丽的家，没问题。”

侯瑞走了，道静这才匆忙地梳洗完了，看了一会儿书，就跑出去开始她一天繁忙而复杂的工作。她不仅管北大，而且还管起中法大学。个别接头的还有几个人。这天她还找到李槐英和邓云宣谈了一个下午。

当天夜晚。

刘丽的小屋里坐了五个人——韩林福原来是失掉关系的党员，经过上级组织的介绍，恢复了关系。另外还有一个女同志梅慧也是这种情况。会还没开，有人在读一篇文章：

> 奠都以来，青年之遭杀戮者，报纸所载至三十万人之多，而失踪监禁者更不可胜计。杀之不快，更施以活埋；禁之不足，复加以毒刑；地狱现形，人间何世？……昔可以“赤化”为口实，今复可以“妨碍邦交”为罪名……

文质彬彬的韩林福轻轻地诵念着这一段文字。他的声音不高，但是富于表情的眼睛和声调却把屋里的几个人全吸引得目不转睛地望着他，都在准备继续听他的朗诵，但是他却停止了。他眨眨眼皮向其余的四个人说：“这个上国民党六中全会书，文章写得实在好。也不知是哪位同志的大笔，它有力地揭露了国民党的假民主。”

“哼，我还有点闹不通！”刘丽郑重地反驳着韩林福，“为什么向敌人去要求民主？国民党的衮衮诸公管我们这些穷学生的什么‘宣言’‘上书’！他们有工夫还去搂姨太太呢。”

“小刘，你还没有了解党的政策的精神！”侯瑞笑眯眯地插了话，“在路芳的帮助下我闹通了——可以向敌人去要求民主，因为这也是一种策略。这就是党中央的新精神。国民党在约法上说得怪冠冕堂皇，我们就该戳穿它。如果他们不给我们民主，那正是他们自己打了自己的嘴巴子。我们的平津十校的宣言是非常正确而有力的！”

“你们两个一见就抬。”沉闷的吴禹平这时也插进来说，“你们猜这文章究竟是谁的手笔？我猜是清华黄诚写的。他现在是北平学联的领导人。才华、意志、工作精神据说都非常的好。他编的《东方既白》杂志介绍辩证唯物主义也很受欢迎。前几天一个同学还抄了一首他写的诗给我看。好得很。我把它背得烂熟。要不要我背给你们听听？”

“好，背吧。”小刘命令着。屋子有些热，她脱掉半旧的蓝布棉旗袍，只穿一件红毛衣。

吴禹平掏出钢笔，口里念诵，手里在一个小本上写下了一首七言诗：

茫茫长夜欲何之，银汉低垂曙尚迟。
搔首徘徊增感愧，抚心坚毅决迟疑！
安危非复今所计，血泪拼将此地糜。
莫谓途艰时日远，鸡鸣村角现晨曦。

侯瑞和梅慧、韩林福三个人，都围着吴禹平，听他带着感情低声朗诵着。小刘给他们倒着水，也听着他念。这诗确实立刻吸引住这些年轻的人们，因为它也把他们当时的心情深刻地刻画出来了。

“‘鸡鸣村角现晨曦’这句太好了！这真是‘人人意中所有，人人语中所无’……”小刘拿着一只茶杯话还没说完，道静和徐辉就走了进来。

没有寒暄，没有一句多余的话，党支部会议立刻开始了。

侯瑞简短地说了两句，道静就接着说起来。她注意把声音放低、放慢：

“同志们，情况是这样：目前，随着‘冀东防共自治政府’的成立，冀察政委会的汉奸政府又在酝酿。亡国灭种的大祸一天比一天更加逼近了。这就给我们党、我们中国人民的革命斗争提出了新的问题。党的抗日政策提出了必须团结一切可能团结的人来抗日，来停止内战一致对外。所以我们必须把处在国防最前线的人民赶快发动起来。具体谈到北大，这个有着‘五四’光荣传统的学校，最近一二年来是落后了。C. C.、托派等反动家伙活跃着，最近情况虽然有转变，但是还很不够。根据形势的需要，我们必须要迅速想法改变这一情况。现在到了决定胜负的关头，所以我们要开这个会来研究……”

徐辉靠墙坐在角落里。她清瘦的小脸浮现出一种微微兴奋的笑容。她在想：几个月不见，林道静可变得大不同了。听她的讲话，看她的姿态作风，想起她几年前在纪念“三一八”的广场上那种局促不安、站在人群边上连口号也不敢喊的样子，她笑了。

只听道静又继续说道：

“有一个消息告诉同志们：李槐英——咱们的‘皇后’，最近大有好转。她转变的原因——这简直是不能叫人容忍的！日本帝国主义的军官在北平大汉奸们的庇护下把她污辱了。我们可以想象到她的气恼，哑巴吃黄连有苦说不出。我和刘丽找到她，告诉她整个社会不改好，个人想独善其身是不可能的。从这儿，她靠近了我们。从这个人身上可以证明，只要我们善于引导，广大同学都会转到革命救国这方面来。”

这时徐辉看了看大家，接着说道：

“同志们，整个国际国内的形势，对于我们的斗争也是很有利的。全世界被压迫民族的劳动大众，正在风起云涌地起来，为民族的解放而英勇斗争。像阿比西尼亚的反意战争、埃及的反英斗争，全给我们中国人民很大的鼓舞和激励。在国内，毛泽东同志已经胜利地到达陕北，几路红军的会合和党的政策的转变，这一切对于中国当前的革命形势都起了巨大的推动作用。党最近还发表了

"告华北民众书",号召人民行动起来一致御侮。再从我们学生这一个角落来看,北平学运就已经从沉闷了四年的景况中向前跨进了一大步。通过平津十校的联合宣言,扩大了我们的活动范围,促成了平津学生联合会的成立。在许多大学、中学里,我们党的力量也都开始活跃起来。我们团结了广大同学,正把他们从闭门读书的小圈子里,一步步拉到抗日救亡的洪流中。现在说到北大。过去我是这个学校的学生,我知道,我们遭受的摧残是很大的。因此许多学生都转到了埋头读书不问世事的消极道路上。但是,今天,他们已经在血腥的现实面前逐渐觉醒了,所以我们要积极地引导他们,积极地团结他们,带领他们走出这沉闷的小圈子,带领他们奔向民族解放的神圣道路。而这样做的第一步,我也以为必须首先成立全校的学生自治会。我们要把这个组织全部掌握过来,以配合全市的学生运动。"徐辉精明闪亮的眼睛向每个同志的脸上一瞥,沉了沉又说道,"不过要注意,我们现在的口号是为民族解放而斗争。我们不要再用过左的口号吓退那些还没有阶级觉悟的人。过去,我们的工作遭受了极严重的损失,因为那时的领导成问题。今天,我们有了毛主席的正确领导,情况自然大不相同了。"

大家的意见集中在如何攻破各个班上反动的小堡垒,分析各种力量,研究如何进一步扩大进步力量。最后研究到历史系学生会的改选问题时,吴禹平拿出了一张小小的纸条,微微一笑说:

"凭着这张小纸条,就可以叫王忠这伙反动家伙原形毕露。"

"什么纸条这么神秘?!"刘丽要抢吴禹平的纸条,吴禹平把手一缩,收回去说:

"天机不可泄露。我得之不易,现在交给侯瑞,他可以用它做武器,大战一场。"

侯瑞看看纸条,笑着说:"是王忠收到国民党经费的收条。这可真是好武器。不过光有收条不行,咱们还得布置一场激烈的战斗。”

“那时,再看看王晓燕这家伙变成什么样吧!”刘丽忍不住又冲了一句。

党员同志们又在一起商讨了一下和反动学生具体斗争的步骤,就在兴奋的充满信心的心情中散了会。

道静和瘦小的徐辉走在一起,在寒冷的下着微雪的夜晚,徐辉一边走着一边说:

“青出于蓝而胜于蓝。小林,老江何必派我来帮助你?我看你比我进步得快多啦。”

道静不好意思地笑笑说:

“徐辉,你说哪儿的话。我还差得远哩。因为我没有经验,水平低,所以北大的工作直到最近才稍有起色。”

徐辉看看道静的脸,握住她的手笑笑,半天才说:

“一个共产党员永远不会满足于他已有的成就。小林,好好努力吧,不久,北平这座火山就会在敌人的心脏里爆发。现在,咱们就准备好一切力量做个点火的人吧。”

道静感激地望着徐辉,心里感到一种说不上来的同志间的温暖。

第三十七章

午后,冬天的太阳用它最后的柔光投向大地的时候,王晓燕挟着一包书,无精打采地走在景山东街的马路上准备回宿舍。这时戴着眼镜穿着灰色哔叽棉袍的戴愉,斜刺里迎到她面前截住她说:

“燕,哪里去?”戴愉浮肿的黯黄的脸上挂着一丝微笑。

“你? 怎么一个星期不见你? ……”晓燕睁圆了眼睛,绯红了脸,而且忍不住一阵心跳。

戴愉挨在她身边,碰了碰她的手:“现在有时间吗? 我们谈谈。”

“到我宿舍去?”晓燕扶扶眼镜迟疑地看着他。

“到北海去散散步。有许多日子不去了。”

晓燕点点头,戴愉拿过她手里的书,他们就并肩转向北海公园的前门去。

冬天,公园是荒凉而冷落的,在濠濮间栏杆旁的长凳上,他们紧挨着坐下来。

看看左右没人,戴愉拿起晓燕的手在唇边吻了一下,用无神的鼓眼睛看着她愁闷的脸色。

“燕,你怎么搞的? 精神越来越萎靡。不然,我们结婚吧。那样你的精神会好些……你固执得很——封建,把童贞看得那么神圣。真对你没办法! ……”

“瞎说!”晓燕打断了他的咕哝,“我还没到老处女的时候哩,你总是往那上面想。”她轻轻地笑了,推开他的手小声说,“我也说不清这些日子精神为什么不好。君才,你闹错了吧?王忠不是个好人,他乱追女同学、威吓人、打人……这样的人怎么会是个共产党员?我可不愿叫他来领导!"

戴愉用脚踏着地上的枯草,闷闷地说:

"王忠是该批评。可是燕,你不懂得地下工作就是这样的,组织不能够监督得太严……怎么样?你找到林道静了吗?和她的关系怎么样?"

"不要说这些了!"晓燕烦恼起来,"她不在北大了,哪里去找!"她不知为什么忽然这样说。其实她是碰见过林道静的,只不过还是彼此谁也不理谁罢了。"君才,以后不许你再提她了。为你……我相信了你……"她侧过脸去,怅惘地望着结了薄冰的白茫茫的河水。

"不对!晓燕,你这样凭私人感情用事怎么能够称得上党员!林道静她为什么不在?你是故意装糊涂!告诉你,她不但在,而且最近还在活动。北大的一些自封的进步分子不但拉拢落后同学,像李槐英这样的人,他们都在笼络。有些同学也真的在他们虚伪的抗日救亡、统一战线的口号下受了欺骗。这里面恐怕就有林道静的作用。这些,你难道不知道它的危害性?你真的不负责任地听任他们来迷惑纯洁的青年?"

"我看他们这样做并没有什么害处。"晓燕轻轻地咕哝着,"君才,是不是你搞错喽?我看你倒是越来越糊涂了。每次,我想见你,可是又怕见你。你知道我心里多痛苦……"她低下头去,摆弄着衣角,一滴泪水滴在戴愉那被尼古丁熏得焦黄的手指上。

两个人全缄默着。戴愉用打火机点着香烟,无聊赖地靠在椅背上慢慢吸着。一支烟快吸完了,太阳在烟雾缥缈的西山上只剩下了半个橙黄色的圆圈,这时他把烟头一丢,转过脸来瞅住晓燕阴沉地说:

“燕,我必须严正地警告你,你的思想表现得太危险了。没有政治警惕性——不明是非——没有组织观念!这样,你会自己毁灭自己的。你不知道,我用尽所有心血来帮助你、爱护你,你反而怀疑我——这真是岂有此理!如果你不信任我,那么,你就向林道静这个叛徒去告密吧!统一战线是什么?这是完全错误的投降主义的路线。向敌人去告饶,向军阀、官僚和资产阶级去伸手,这正是林道静这些人所信奉的主张。可是,燕,你怎么也信了起来?所以,我说你的思想真是太危险了!”

王晓燕越听,神色越严肃。她被自己的爱人、也是政治上的领导者的滔滔议论和批评慑服了。她低着头,凝神注意地听着,最后,她抬起头来这样回答他:

“君才,你知道我是非常幼稚的。靠近革命才不久,许多问题分析不清……你放心,以后我会改正的。”

“好的。”戴愉拉起她的手笑了。他那黯淡的眼仁里闪过一丝阴谲的得意的笑意。这老实的温顺的女孩子又被他征服了。“走着谈好吧?”他挽起晓燕的胳膊沿着河岸向后门慢慢走去。

“燕,从思想上你必须提高警惕。”一边走着,戴愉一边热切地告诫着王晓燕,“一定要防止这些人利用抗日民族统一战线的旗号来拉拢、欺骗幼稚的同学,现在各个班上都在酝酿成立学生自治会,这都是那些反动学生在搞争权夺利的把戏,你一定知道了。所以,我们必须站稳无产者的阶级立场,同一切资产阶级的思想作殊死的战斗。”

晓燕没有出声,好像在沉思。最后当他们快要走出大门了,她抢先靠在一棵大树下招呼着戴愉:

“嘿,你过来。”

戴愉挨着她站住了。

“才,告诉我实话……你、你是不是真……真爱我?”

那双鼓鼓的金鱼眼睛惊异地瞪着晓燕。

“怎么！你怀疑我?”

晓燕低着头不看他,用力摆弄着一条素花的手帕。

“我发现你有许多事瞒着我。”

“什么事?”

“你、你就从来不肯告诉我你的住处;你说你不喝酒的,可是我闻过你身上的酒气;而且……”

“还有什么?”

“你身上还有粉香、香水香……而且不止一次。才,如果你另有所爱,你明白告诉我,我不会怎么样的……”晓燕的脸像河上的冰一样灰白了。

戴愉不动声色地微笑着。他用手在晓燕的肩上轻轻拍了一下,挨在她耳边说:

“痴心的姑娘,真是个书呆子。你完全忘掉我们都是些什么人喽——白区的地下工作者嘛。我负着这样重大的任务,住处当然是极端机密的,而且是无定的。这是铁的纪律,谁能违背?只好连你也不能告诉。你该原谅我。至于酒气和粉香——燕,你真是太天真太简单了！除了你——我的爱人以外,我还必须和一些女同志来往。她们要化装,有时,我们要装做爱人挨得很近。至于酒嘛,为了麻痹敌人,有时还要装做酒鬼。燕,这一切你、你真不明白吗?”

晓燕笑了。虽然她的笑带着一种凄凉的勉强的意味。

和郑君才分别之后,她回到家里去。

她心情不安,在院子里碰到正在散步的父亲,她瞅瞅他就往自己的屋里跑。教授微微一怔,追上去喊道:

“晓燕,晓燕,又怎么啦?”

晓燕只好站住脚,勉强向父亲笑笑:

“爸爸,没有什么。今天的报纸你看了吗?蒋介石在五全大会开幕式上的讲话你看到没有?”

“看见啦!这些卖国求荣的家伙又在放那些骗人的空炮:什么‘和平未到绝望时期,绝不放弃和平;牺牲未到最后关头,亦不轻言牺牲’。难道现在还不到牺牲的最后关头?……”教授兴奋起来了,他郑重地看着女儿滔滔地议论起来。但是满腹心事的晓燕今天却没有心绪去谈这些,她撒了个谎说身上不舒服,丢下教授就跑回自己的屋子去了。

一进屋,吓了一跳,只见小俞淑秀正坐在梳妆台前,拿着一把大梳子对镜梳妆。她一见晓燕,放下梳子,就跳上去抱住她的脖子。

“王姐姐,你可回来了!差点连你也见不着了!知道吗?今天夜里我就要走啦,要离开北平啦。”

晓燕握住小俞的手,问她:

“到哪儿去?怎么这多日子不见你了?”

俞淑秀拉过晓燕和她一同坐在床边。

“功课忙,加上课外又有好多工作,就谁也顾不得找了。林姐姐也是好久不见她了。你最近常见她吗?你问我到哪儿去吗?你猜不着,组织上答应了我的要求——不念书了,要到工厂做工人工作去了。你听明白没有?我要到工人当中去了!”她东一句西一句兴奋得语无伦次地唠叨着。

“去哪个工厂?在什么地方?”晓燕见了小俞,暂时把心上的烦闷丢掉,温厚地笑着问。

小俞这孩子可鬼头。她向晓燕把眼一挤做了个鬼脸,然后摇摇头回答说:

“不能告诉!谁也不能告诉。反正我要参加工人的队伍去了,多高兴呵!”

晓燕拍了她一下子,笑着又问:

“你爸爸妈妈叫你去?放着书不读,娇女不当,真要去做受苦的工人?”

“瞒着他们呀!今晚上我就偷着跑了。他们找也找不着了。你看,我来看看你,向你道道别,偏你不在,我正要打电话叫你回来,可巧,你自己回来了。王姐姐,只要组织分配,我做什么都高兴。现在,我真高兴极啦!”

晓燕凝神瞅着小俞,只见她那明净俊气的脸上带着一种果决的气概。这颗青春的火热的心激励了晓燕,使她不觉忘掉了多日来的烦恼。她挨着小俞嫩白的颈脖温存地笑道:

“真是有出息的好孩子,我应当向你学习!”

小俞一下子蹿起身来,向梳妆台上拿过那把深红色的精美的大梳子,然后跑回晓燕的身边说:

“王姐姐,你向我学习什么呀?你向这把梳子的主人学习吧。你知道它是谁的吗?林红姐姐的!她在牺牲前把这把梳子给了我,从此以后,我一见这把梳子,就想起她来。一想起她,我身上就像长了翅膀,就长出了无穷的力量。所以我一遇到困难,一遇到难受的不顺心的事,我就把这把梳子拿出来。我一拿起它,我一拿它往我的脑袋上一梳,我就好像变成了林红姐姐,我就什么也不怕,什么也不烦恼了。今天,我要走了,要离开家了,心里有点儿难过——你知道,我妈只我一个女孩子,她该多么想我呵!不见我了,她该怎么样的到处哭着找我啊!所以我拿起了这把梳子,一个劲地使劲梳头。”

小俞本来是笑着说话的,可是说着说着她哭了。

晓燕拿过林红的梳子,目不转睛地望着它。望着望着,含蕴在眼里的泪水也不知不觉地流了下来。为了转移这沉闷的空气,她擦干了眼泪问小俞:

“小俞,你今晚上是坐火车走还是……有没有别人送你?告诉我,是不是有了个爱人——他一定也是个活泼调皮的小家伙吧?”

“没有!没有!”小俞把脑袋摇得像货郎鼓似的,“谁要那些讨厌的男孩子!嘿,王姐姐,我的心事还没同你说完哩。临走以前没有见见林姐姐,这真叫我怪伤心。我可想她哩。可是这几个月她行踪秘密,我也没时间多打听。我问你,你常见她吗?她现在是什么样子?做什么工作?她找过你吗?”

小俞只顾絮絮不休地说着,却没有注意晓燕的脸一阵红一阵白的。等她说完了,歇了一会子,仍然不见王晓燕回答她,这才引起了她的注意。

“王姐姐,她怎么啦,她,她……”小俞的脸白了,她以为道静又遭遇了什么不幸的事故。

“没有什么。”晓燕冷淡地说,“她在北大旁听呢。”

“那你们常在一起了!在一起工作了!”小俞性急地插着嘴,脸上漾着天真的笑容。

怎么办好呢?晓燕心里开始交织着一种复杂的矛盾的感情。她想告诉小俞:林道静变坏了,她们已经断绝往来了……但是她——这个小俞是不是和林道静一样,也是个那样的人呢?她来,是不是有目的地来试探她呢?……于是,她不做声了。

她迟疑的、忐忑不安的心情被聪明的小俞看出来了,一张锋利的小嘴又叭叭地说道:

“王姐姐,你们俩之间一定发生了事情。什么事情呢?她是个好同志,你也是个好战友,你们之间能够发生什么事呢?……不能!不能!王姐姐,这简直是不能想象的!太不能想象了!告诉我,林姐姐究竟是怎么啦?”

她那天真而诚挚的态度,使得晓燕打消了对她的怀疑。

“小俞,我应当告诉你!”半天,晓燕才振作起来庄重地说道,

“林道静欺骗了我们——我简直做梦也没有想到——她早就是一个叛徒,而且做了暗探……”

晓燕是很怕小俞喊叫起来或者咒骂起来的。但是出乎她的意料,听到了这几句话的俞淑秀,没有喊叫也没有咒骂。在一刹那间,她那幼稚的孩子气反而消失了,她忽然变得严肃而冷静。一双灵活的大眼睛紧紧盯在晓燕愁苦的脸上。她轻轻地一字一板地说:

“王姐姐,你搞错了吧?受了什么人的欺骗吧?我和她同住监狱,又一同出来,我知道她。说得天塌下来,我也不相信她会叛变的!敌人的阴谋诡计多得很,不是你上了什么人的当?反动派是喜欢我们起内讧,喜欢挑拨离间我们的。”

“不要说了!”晓燕面色苍白地拦住了俞淑秀。她的声音很低,好像病人一样的衰弱无力,“这些天——我像在噩梦里一样迷迷糊糊;又像坐着小船行驶在风浪上——忽而向右摆,忽而又向左摆。摆得我心里难过极了……”两行热泪顺着她惨白的脸颊滚了下来,她匍匐在床上哭了。

事实不是极为明显的摆在眼前吗?不是好像阳光下面的一座大山那样的赫然在目吗?如果林道静不是叛徒,如果她依然在出生入死地、忠心耿耿地为祖国为人民在奋斗着;那么,戴愉,郑君才——她心爱的人,她把美好的青春,把痴心的热恋都交给了他的人,就是一个可耻的叛徒,就是一个恶毒的伪君子,甚至是比这个更可怕的人。而她自己呢?自己呢?她同他已经一同堕入的又是个多么可怕的深渊呵!由于林道静那封信的启发,也由于许多事实的证明,她早想到了这一点了。但是她害怕自己这样想。她禁止自己这样想。这太残酷了!太可怕了!她的一生完全葬送了!她怎么还有脸活在世界上,怎么还有脸再见她的亲属朋友们和殷殷期望着她的那些革命的同志呵!

小俞似乎看透了晓燕痛苦的心情，她站在她身边，轻轻地扳起了她的头。一双热情而纯洁的大眼睛，流露着深切的关怀，注视着晓燕。

“王姐姐，振作起来！只要你是真心信仰共产主义的，只要你是跟着马克思列宁的道路走的，只要你不忘掉祖国和人民对咱们殷切的希望，那么一切的黑暗都是暂时的。水流千遭归大海，冬天过去，春天就快来了。王姐姐，振作起来，想开一点！如果有痛苦就同我说说可以吗？”

“亲爱的妹妹，”晓燕擦干眼泪看着小俞说，“我是要同你谈谈。过去我太相信了他一个人，也太相信我自己了。”

第三十八章

北大的各个班级，都在学生们爱国热情的冲击下，纷纷改选或成立了新的学生自治会。这一场斗争是顺利的，然而又是激烈的。现在且看历史系的学生们是怎样从反动学生的手里把领导权争夺过来的吧。

午后，一间大课室里，坐满了一百多个历史系四个年级的学生。由于侯瑞他们的酝酿活动，历史系决定在一起开会，先成立一个统一的系的学生自治会。

侯瑞是四年级的学生，他又是四年级临时推出来的代表，所以他先起立发言：

“同学们，今天历史系四个班级在一起开会，是三年来的第一次。这是个大好的事情……好事情……”开始，他讲话总是有点儿结巴，但是说下去，却越来越流畅，“这件事意味着什么？意味着我们历史系的全体同学在中华民族亡国灭种的生死关头，觉醒了，忍耐不住了，我们要团结起来，我们要抱成一个团体行动起来。过去我们没有自己的组织，有的班有有名无实的学生会；有的班什么也没有。我们像一盘散沙。同学们，这种情况我们再也不能继续下去了！我们要选举、成立我们历史系自己的学生自治会，要成立能代表大多数同学愿望的学生自治会，要成立能领导我们大家进行神圣抗日救亡活动的学生自治会！……”

一阵热烈的掌声掩盖了侯瑞最后高亢的呼声。但是掌声未完，王忠已经以三年级代表的资格跳上了讲台。今天，他穿戴得整齐而又朴素，瘦瘦的猴子脸也刮得白白净净。他上了讲台先把手一挥，制止了同学们兴奋的掌声，接着就有条有理地讲道：

“诸位同学，我站在讲台上是如此地高兴、兴奋，看见诸位同学满腹的爱国之心，我更是感动不已。‘天下兴亡，匹夫有责’，我们有知识的青年更谁能袖手旁观？可是……”同学们一个个正把眼睛对准这个瘦小的人儿和他嚅动着的嘴巴，并为他的话所吸引的时候，他忽然话题一转，这样说道，“可是我们爱国、救国要有正确的方法和正确的途径，我们的热血是清白的，我们的时间是宝贵的，我们的行动，我们的组织绝不能叫一些挂羊头、卖狗肉的反动分子、投机分子所欺骗。大家知道么？有一些被国民党收买的分子，他们在我们青年学生当中大肆活动，他们高唱什么‘抗日民族统一战线’，他们还喊着什么‘团结一切可能团结的人’……这是可耻的投降论调！是向反动统治者拍卖自己的娼妓行为！所以，我们不成立自治会则已，要成立自治会就绝不能受那些被收买分子的愚弄，不能被他们高喊着抗日救亡的口号所欺骗！我代表三年级的全体同学表示我们坚定的立场：我们绝不参加反动的学生自治会！也绝不承认这种学生自治会！”

他的话完了，台下有几个人拼命地高声鼓掌，而更多的人却噤若寒蝉、面面相觑。看得出来，这时仿佛在炎热的天气，突然有一股寒流袭过，立刻满天阴云。课堂里刚才侯瑞讲完话时的热烈情绪，一霎间不知飞到哪里去了。一阵短暂的沉默却像延长了几个世纪般的难耐。正在这个时候，忽然那个有张娃娃脸，好像孩子般的李绍桐跳到了台上。在没有讲话以前，他先用眼睛向坐在课室里所有的人那么奇异地一扫——这双眼睛是这样明澈、这样激动，又是这样地勇敢，以致所有在座的人，都不约而同地也把眼睛朝他瞬也不瞬地望着。连那个洋洋得意的王忠和坐在他后面神情忧郁的王晓燕，也都不禁睁大眼睛看着这个有点儿奇怪的李绍桐。等大家都把注意力集中在自己身上了，李绍桐这才不慌不忙地、用和他那孩子模样毫不相称的、沉重有力的声调讲起话来：

“同学们，老王麻子的剪刀有真有假，考古学家也常为出土文物的真伪而煞费苦心。今天，很明显地，主张抗日救亡的人也有了真假两派不同的货色。谁是真的？谁是假的？谁是全心全意为着民族国家而日夜奔波？谁又是享着高官厚禄、鱼肉人民，而在一块块拍卖自己祖宗世世代代居住的国土？这个不用我多讲，同学们可以从最近几年的历史中得到非常明显的证实。‘九一八’时是谁丢掉了大好河山，坚决不许抵抗敌人的？上海淞沪抗战，又是谁出卖了英勇抗战的十九路军而与日寇签订了卖国的‘上海停战协定’？是谁眼看日寇汉奸又在华北横行，是谁眼看‘自治’运动像一股毒气弥漫在华北，却偷偷地去和敌人谈什么睦邻、友善？……可是这些卖国的老爷们不是也在鱼目混珠，也在自称为爱国忧民的志士吗？远的说够了，现在再看看我们的历史系，咱们也有这么几位披着画皮的美人儿……”李绍桐口若悬河，一气说到这里，忽然从后面的座位上发出了嘘嘘的怪声：

“胡说八道！……”

“别卖膏药啦！……”

可是李绍桐仍然不慌不忙的，他看同学们都向那几个嘴里发出嘘嘘之声的同学望去，他也用那火样热情的眼睛望着那几个人，然后激动地把手一摆继续说下去：

“大概那几位对我嘘嘘的同学也就是我要说的那些披着画皮的美人。他们在我们正直的、关心国家命运的同学面前也哭丧着脸，悲伤地喊着什么爱国、救国……可是，背地里呢，他们奔走于国民党、特务、汉奸的门下，做着出卖同学，也是出卖中华民族的勾当……”

“污蔑好人！胡说八道！”

“拿出证据来！乱造谣言！”

像开了锅的水，屋子里顷刻之间大乱起来了。几个特务分子一喊叫，一般的同学也乱嚷嚷起来。眼看这个会议就要吵散。正当这时，李绍桐拿着一张纸头在讲台上的空中，用力地晃了几晃，然后高声喊道：

“有人叫嚷要拿出证据来，同学们请来看吧！这就是咱们历史系三年级的同学王忠，代表他那几个喽啰收到特务经费的收据！”

晴天一个霹雳，整个课堂突然一下子静悄无声了！人们惊诧得还没有完全弄清是怎么回事的时候，接着又发生一件突然的事：一块坚硬的石头子一下子飞到了李绍桐的头上。李绍桐早就留着神，他眼看从课堂门外飞来了这种武器，自然地把头一歪，石头子就砰的一声打到侧面的玻璃窗上。玻璃粉碎了，玻璃碴四处飞溅，课堂里即刻大哗起来：

“无耻怯懦的家伙！有本事出来讲理，干么暗箭伤人啊？”

“不理那些小丑，快念这收条！”

愤怒的同学们高声喊了两句，屋子里即刻静了下来。连那几个特务学生也装做十分老实的样子，有的要解手，有的蹑手蹑脚准备向外溜。

李绍桐站在台上举着小条高声念道：

“收到我党部特种经费三百元，由王忠分配与以下各人……”

以下的人名还没有念，屋子里又是一阵愤怒的呼喊：

“打倒特务走狗王忠！”

“赶走害群之马的走狗！”

“被国民党收买的特务，反咬别人一口，太无耻啦！”

“……”

多少只臂膀举得那么高，多少只拳头挥舞得那么有力，多少只眼睛也都向王忠的座位搜寻的时候，却见这个小人儿的座位早已空空如也。为了怕挨打,这个机警的家伙已经趁群众激愤乱喊的时候,悄悄地溜走了。但是坐在他身后的王晓燕却没有走。她坐在座位上面无血色,两眼呆呆地直视着黑板一动不动。她仿佛不是在人声鼎沸、充满激烈斗争的场所,却像在一个孤零零的地方,一个人深深沉湎在自己的忧伤中。而对这现实的一切,都像是听而不闻,视而不见。

底下进行选举就简单而顺利了。有孩子般的脸,但又聪睿、沉着的李绍桐当选为历史系各班的学生代表和学生自治会的主席。侯瑞和其他进步学生也都被选到新成立的学生自治会中。

这个夜晚,当侯瑞兴冲冲地找到道静向她汇报这场斗争的时候,两个人都不禁为当时特务学生的狼狈样儿失声笑了。最后,道静问起侯瑞这个小条的来龙去脉的时候,侯瑞又向道静讲了这样一个小故事。

原来吴禹平和王忠都是山西老乡,两人住的宿舍又紧挨着。另外有一个中国大学的女学生也是山西人,常常来找吴禹平。王忠一看见这个女学生,就爱上了她。缠着吴禹平把这个女学生介绍给他。为此,王忠还几次三番地要请吴禹平吃饭。吴禹平把这情况汇报给侯瑞,问他怎么办。为了麻痹敌人,或者还可以从王忠那儿得到些消息,侯瑞就叫吴禹平去和王忠稍稍接近一下。于是有一天,吴禹平就带着那位女老乡一同和王忠吃了一顿饭。王忠一高兴,开怀畅饮,喝得酩酊大醉。当他掏出皮包会钞的时候,不留神就把这个收到特务经费的收条给带了出来。吴禹平顺手拾到它,而王忠却毫不知晓。此后,吴禹平把它给了侯瑞,侯瑞就把它交到李绍桐的手里,并布置由这个积极的群众出面把王忠的丑事传扬开,用收条做武器打了一个大胜仗。这一来,不仅在历史系,而且在全校都给了特务学生一个大大的打击。

道静听罢了这个叙述，又笑了。她想了一会儿，忽然说：

"侯瑞，我现在有一个奇异的感觉。"

"什么感觉？"侯瑞两只离得远远的眼睛惊奇地睁得那么大。

"好像入了宝山，到处都发现奇异的珍宝。是党的教育、党的力量、党的影响所造成的人的珍宝。可是，我刚到北大的那些天，却什么也没看见。其实，宝山是早就存在的。"

侯瑞点点头笑了：

"对。我看随着斗争的展开，咱们的珍宝会越挖越多。真没想到，咱们北大的地下矿藏会是这样的丰富！"

"挖出来，还要爱护，还要培养、锻炼是不是？"道静也笑着说。"李绍桐是一个英俊有为的青年，党应当十分爱惜和培养他成为后备军才对。"

现在，侯瑞和道静谈话总是十分融洽、和谐。他们又商量了一下今后工作的步骤和做法，就在愉快的心情中分开了。

第三十九章

十一月下旬的一个夜晚，寒冷的北方飘起了蒙蒙的白雪。寒风卷着雪片，在寂静的夜空、在空寥的街巷正不停地飞舞。这时，江华冒着大雪到道静的住处来敲门。

道静正在灯下写什么，熊熊燃烧的煤火炉就在她身边。一见江华进来，她帮他掸去身上的雪片，顺手把煤火捅得更旺些。

“下雪了，外边很冷吧？”她给他倒了一杯白开水，脸上露着欣喜的笑容，“你知道不？老江，今天北大学生自治会成立了，并且已经决定参加平津学生联合会了！”

江华烤着火，看着道静微笑不语，好像这些情况他都已熟知似的。道静却高兴地滔滔说起来：“感谢你给我们的帮助和鼓励，北大的工作可大有转机。消沉了几年的群众，现在也都动起来啦。不过，不知别的学校怎么样，抗日民族统一战线的方针，在北大实行起来，也不是那么简单的，甚至党员同志都有的搞不通——说这是投降。过去进步同学只顾自己谈救亡天，交救亡朋友，对落后的同学却骂他们是汉奸，理也不理。可是现在情况变了，中间同学都被团结起来了；反动家伙们孤立了；王晓燕像个傻子一样在历史系的改选会上低着头什么人也不敢看一眼。那个猴子王忠叫李绍桐当着一百多同学的面，揭穿了他们欺骗、卑鄙的嘴脸。因为吴禹平得到了一张他收到国民党经费的收条。我们当场给他读了出来。同学们可气坏了，我们的改选就非常顺利了。老江，你看多么大快人心呀！”说到这里，她喘了一口气，发觉自己太兴奋了。有点奇怪,为什么一见这个高大的沉稳而温厚的同志,她就变成了一个热情横溢的小孩子似的呢?为什么对他说话总和对别人说话不一样呢?想到这里她有点不好意思了。于是竭力使自己冷静下来,并且把声音慢慢放低,“老江,对不起你,你不是早就说,有什么话要对我谈吗?这几天我都没有在,今天来谈谈吧。看这半天,光是我一个人说了。”

一句话反使江华不好意思张口了。说吗?不说吗?怎么张口呢?……他黑黑的脸红了。两只大手在火上不停地搓着,搓着——好用这个来掩饰他激动的心情。二十九岁的人,除了中学时代偶然的一次钟情,李孟瑜还从来没有被这样强烈的爱情冲击过。他忍耐着,放过了多少幸福的时刻。可是现在他不应当再等待了,不应当再叫自己苦恼、再叫他心爱的人苦恼了。于是他抬起头来,轻轻地握住站在他身边的道静的手,竭力克制住身上的战栗,率直地低声说:

“道静,今天找你来,不是谈工作的。我想来问问你——你说咱俩的关系,可以比同志的关系更进一步吗?……”

道静直直地注视着江华那张从没见过的热情的面孔。他那双蕴藏着深沉的爱和痛苦的眼睛使她一下子明白了,什么都明白了。许久以来她的猜测完全证实了。这时,欢喜吗?悲痛吗?幸福吗?她什么也分辨不出来、也感觉不出来了。她只觉得一阵心跳、头晕、脚下发软……甚至眼泪也在眼里打起转来。这个坚强的、她久已敬仰的同志,就将要变成她的爱人吗?而她所深深爱着的、几年来时常萦绕梦怀的人,可又并不是他呀……

可是,她不再犹豫。真的,像江华这样的布尔塞维克同志是值得她深深热爱的,她有什么理由拒绝这个早已深爱自己的人呢?

道静抬起头,默默地盯着江华。沉了一会儿,她用温柔的安静的声音回答他:

“可以,老江。我很喜欢你……”

江华对她望了一会儿,突然伸出坚实的双臂把她拥抱了。

夜深了,江华还没有走的意思,道静挨在他的身边说:

“还不走呀?都一点钟了,明天再来。”

江华盯着她,幸福使他的脸孔发着烧。他突然又抱住她,用颤抖的低声在她耳边说:

“为什么赶我走?我不走了……”

道静站起来走到屋外去。听到江华的要求,她霎地感到这样惶乱、这样不安,甚至有些痛苦。屋外是一片洁白,雪很大,还掺杂着凛冽的寒风。屋上、地下、树梢,甚至整个天宇全笼罩在白茫茫的风雪中。道静站在静无人声的院子里,双脚插在冰冷的积雪中,思潮起伏、激动惶惑。在幸福中,她又尝到了意想不到的痛楚。好久以来,刚刚有些淡漠的卢嘉川的影子,想不到今夜竟又闯入她的心头,而且很强烈。她不会忘掉他的,永远不会!可是为什么单在这个时候来扰乱人心呢?她在心里轻轻呼唤着他,眼前浮现了那明亮深湛的眼睛,浮现了阴森的监狱,也浮现了他轧断了两腿还顽强地在地上爬来爬去的景象……她的眼泪流下来了。在扑面的风雪中,她的胸中交织着复杂的矛盾的情绪。站了一会儿,竭力想用清冷的空气驱赶这些杂乱的思绪,但是还没等奏效,她又跑回屋里来——她不忍扔下江华一个人长久地等待她。

一到屋里,她站在他身边,激动地看着他,然后慢慢地低声说:

“真的?你——你不走啦?……那、那就不用走啦!……”她突然害羞地伏在他宽厚的肩膀上,并且用力抱住了他的颈脖。

天刚刚亮,幸福甜美的梦还在朦胧地继续着。突然一阵叩门声,把两人同时惊醒了。这打门的声音虽不高,但急促紧迫,似乎有什么严重的事。他们两个同时从床上一跃而起,互相用沉重的探询的目光在晨曦中凝望了一下。

“有什么重要的文件吗？给我吞下去！”道静用沉痛的小声急促地说，并且掀起枕头准备寻找什么。

“冷静！”江华只说了这两个字，就悄悄披起衣服走到窗前，侧着身从门缝向外窥探。

就在这时，随着叩门声有一个微细的女人的声音传了进来：

“小林，开门！是我——晓燕……”

“晓燕？……”

江华返回身赶快穿起衣服，道静却披着衣服就跑去开了门。门一开晓燕就踉跄地走进屋里。她眼镜也没戴，头发乱蓬蓬，当她抬头看有一个男子站在道静的身后，她吓了一跳，但她没顾得和他打招呼，却一下子抱住道静的肩膀哭了。这个沉静温厚的姑娘大改常态：她呜咽地哭着，眼泪纵流着，却一句话也不说，仿佛被什么沉重的绝望的悲伤撕碎了心。

“晓燕，冷静一点，有什么事就告诉我吧！”道静的声音温存、真挚，好像她们间从来不曾有过什么变故一般的亲切。

但是眼泪流湿了道静的肩背，晓燕还是说不出一句话。

道静也不再说话，只是抱着她，轻轻用手抚摸着她抽动的胸口。

“小林，我对不起你！……我告诉你……”晓燕极力抑制住自己，想说话，刚哽咽地说了一句又说不出了。等了一会儿，她才拭着眼泪抽噎着说，“郑、郑——君——才是……是个叛徒、走狗，我、我才知道！……”

过于沉重的意外打击，使得王晓燕涌流着激泪。过了半天才能把她所发现的、所遭遇的一切告诉道静和江华。

戴愉在王晓燕面前自称是北平共产党的市委书记，王晓燕爱他，敬重他。所以当道静和她断绝音讯以后，她相信了他的诬陷，竟在悲伤中把对道静的印象转了一个一百八十度的大弯。但是慢慢地,她对他的印象有了改变——他的精神越来越不正常,萎靡、颓丧,说话时而侃侃而谈头头是道,似乎叫人非服从不可;但时而又吞吞吐吐自相矛盾。在他身上常常闻到酒味,嗅到女人的脂粉香,而他又在用各种言词来掩饰。由于他在私人生活上暴露了许多可疑的痕迹,她联系到政治上,也就对他起了怀疑。他真是市委书记?而王晓燕自己的所谓"党员"是真的吗?北大王忠那些人专门打击好同学会是好人么?而林道静究竟是怎么回事呢?……在失望中,她就开始注意他的行动了。

当她决心要了解戴愉究竟是个怎样的人以后,她就试图从各方面去进行。但是她不知道他住在哪里,也不知道他的亲属和朋友,而想在王忠那儿了解则更不可能。发现了这个事实,她就更加不安起来。可是爱情——她第一次的钟情,她的热烈的青春的幻梦使她不但不能和他断绝,反而更加强烈地想证明这一切都只是自己的幻想。她想,如果能够证明这一切猜疑只不过是自己的狭隘和多心,而他仍然像他自己所说的是个正直的一切为了党的事业的好同志,那她该是多么幸福啊!可是,她太不幸了!好像是命运把她推到绝望的深渊,好像用生命的碧血所建造起来的一座美丽的冰山突然坍塌了,坍塌得无影无踪了。第一次,她悄悄地跟在他身后,在宣武门外丞相胡同的小巷里,发现他敲开了一座红漆小门,一个穿皮大衣、瘦削、风骚而阔绰的中年女人给他开了门。在门口,他想拉她的手,那女人甩开他,却在他脸上捏了一把,并且说了句:"进去吧,等着我!"就姗姗地走了。而郑君才却像个乞丐样踅进门去。

晓燕气坏了。这女人是他的什么人呢?妻子吗?情妇吗?但是他为什么却不断对晓燕说爱她、尊敬她,而且他的眼睛里也流露过那似乎真实的爱情呢?……晓燕发现了这件事以后,有几天不再理他；但是他却像受不了似的痛苦着，为她流着眼泪。她诘问他那个女人是谁时，他说是女同志，必须装扮成这样才不惹敌人注意。他们的关系只是工作关系。晓燕又半信半疑地在痛苦中接受他的“指示”，继续在学校中欺骗幼稚的同学。

直到前几天，在历史系的学生大会上，李绍桐读了王忠的收款条之后，她更觉得事情有些糟糕。正当她感到无地自容的时候，昨天夜里——就是这个刚刚过去的夜里，郑君才喝得醉醺醺地又来找她了。没有坐稳，他嘴里说了两句含糊不清的话，就倒在她的床上像死人一样地睡去了。这时，晓燕注意了他，开始翻他的衣袋。在他的西装里面的口袋里，发现了一封信，一个奇怪的只有号码的证件和一张各个学校的人名单。晓燕抽出信来一读——立即就像雷电轰来一样地把她殛伤了。

这信是胡梦安写的。他是在回答“愉兄”——他这样称呼他，叫他安心在北平工作，好好听从领导，将来必大有作为。至于要求上南昌去的意图，现在办不到，因为按组织系统，他不便调动他。一切真相都大白了！那人名单显然是各个学校的共产党员或者将要逮捕的积极分子；那个证件自然就是戴愉的特务证明了。原来这个诬陷别人是叛徒、是奸细的东西，自己正是最无耻的叛徒和奸细！这时，晓燕就像疯了一般，用簌簌发抖的手，照着戴愉的脸颊狠狠地打着、打着，直打得自己的手都麻木了，他还是不醒。这时晓燕就拿着这几件东西踉踉跄跄地奔到院里去。她几乎站立不稳地扶着一棵秃秃的丁香树，在凛冽刺骨的寒风中一直站到后半夜。

夜里两三点了，戴愉突然奔到院里来。他醉醺醺地一把抓住她，几乎是把冻僵的她抱回到屋里去。他跪下了，他哭。他说对不起晓燕，对不起党，他诅咒自己的软弱和无耻，忏悔自己的罪恶。但是倒在床上似乎麻木了的晓燕，不再听这一套骗人的鬼话，她的心冷了、僵了，她不再说一句话，仿佛世界即将毁灭，而她的一生也就此完了。但是戴愉并不肯放过她，他煞有介事地哭着，他发誓说他是真爱她的，因为爱她，和她真纯的爱，这才给他留下了一点人性，在他污浊的心灵里，还有一点点光明的地方——这就是晓燕的善良，这就是她高贵的影子。

晓燕听着这一切的诉说，再也不动心了，她像个木头人似的在屋里愣愣地走来走去躲避着他；但是他也走来走去地跟在她身边说、说，撒着酒疯，癫狂得像个疯子。他说，他被自己一时的怯懦害了终身，辜负了党对他的培养；他说阴毒的敌人利用了他的怯懦一步一步逼他走上了罪恶的深渊，使他不能回顾、不能自拔。他是“不得已”才害过一些自己的同志的。他说晓燕看见的那个女人是一个女特务。她抓住他，要他听从她的指挥，叫他供给她的淫乐，他身不由主地只好执行她的命令，不然，他就随时有被害死的可能。他还说，当他对晓燕产生了爱情后，他很想挣脱这个罪恶的环境，和她一起过一点“自由”的生活，免得成天勾心斗角、提心吊胆。所以他才给胡梦安写封信，叫他调走他。他说，只要离开那个女人的魔掌以后，他就打算和晓燕结婚。他会爱她，做她的好丈夫，永远不离开她的……这些话晓燕再也不要听了，她在打主意，在痛切地思索，她、她再也不能和这罪恶的人搅在一起了……戴愉说了一阵，晓燕只是不理他，她趴在桌上假装睡着了。这时，他就踉踉跄跄酒还没醒似的走了出去。他刚走，她就跑来找道静了。

叙述到这里，她哭着说道：

“小林！小林！我完啦——什么都完啦！你，你救救我吧！”

“晓燕，你没完。一切都可以重新开始。”道静的声音很低、很安静。她替晓燕拭着眼泪说，“你怎么会知道我的住址？真奇怪！”

晓燕紧握住道静的手，脸上露出一丝悲苦的笑容：“我也跟过你呀。可是，我没有告诉过他——那个骗子。小林，你说，请你替我出个主意，我该怎样生活下去，还——怎样对待他呀？”她看看道静又看看江华，用手巾擦着红肿的眼睛。

“晓燕，请问你，”江华这时插了话。他向晓燕点点头，“咱们见过面对不对？现在请问你，你得到戴愉的那些东西哪里去了？”

“他抢回去了。”晓燕抹着泪说。

“噢，”江华沉吟片刻又说道，“晓燕，我想提醒你，戴愉的问题不只是你一个人的命运问题，所以只是悲伤痛苦是不能缓和目前的紧张情况的——你是不是已经明白了这种情况？”

“你说什么？”晓燕睁大悲哀的泪眼喃喃道，“我什么都没有想，我来只是想告诉小林——我过去错怪了她，想请求她的宽恕。”

“别这么说。”道静拉住她的手，“晓燕，我看你太疲乏了，倒在床上躺一会儿好不好？”

这时江华和道静一边一个扶着浑身簌簌发抖的王晓燕，让她倒在床上去。

“情况很可能要这样发展下来的，”江华沉思着说，“戴愉酒醒之后，会觉得自己很可笑地向你说了些‘梦话’，这些话随即会成为他的精神负担，况且他的重要证件还落入过你的手中。那么，晓燕，按一般的常规看来，如果你不肯再继续被他利用的话，他就会因惧怕你——甚至恼恨你而用对付敌人的手段对付你。这一点你想到过没有？”

“没有。”晓燕闭着眼睛，脸上像死人一样的灰白，“他——不会的！他忍心吗？他，他是爱我的……”

道静忍不住靠在晓燕的枕边插了嘴：

“晓燕，对他，你现在还能这样看吗？你怎么还在希望着他的爱情和怜悯？这可是极端危险的！”

晓燕闭着眼睛没有说话。泪水顺着她的脸颊汩汩而下。

沉了一会儿，江华站在床边看看晓燕，用低沉而亲切的声音说：

“晓燕,不管怎么样,提高警惕总是只有好处的。不仅你要提高警惕,各个学校的进步分子全要提高警惕。看来这个特务写了黑名单,还在准备用更毒辣的手段对付我们。我看你和小林都要找个地方躲几天才好。而且也要叫你家里的人赶快躲开……噢,晓燕,你还记得那些名单上的名字吗?”

“记不清了。”晓燕拭泪说,“只记得北大有李绍桐、侯瑞、李槐英,还有她!”她向道静一指。

道静挨着晓燕柔声说道:

“你看,连李槐英那样的人都上了戴愉的黑名单,可见这是个多么狠毒的家伙!你该完全相信这点了吧?……所以,听江华的话,咱俩也要躲一躲才好。”看晓燕仍是流泪不语,道静用手帕替她擦着眼泪又说,“燕,你不知道,这些日子我为失掉了你,多么痛苦……现在好了,我又看见你在我的身边,我真是说不上来的高兴……唉,不说这些了,现在,咱们还是商量商量怎么办吧。我看,我带你上一个地方躲几天好不好?”

“我想、想再和他谈一次。”晓燕睁开眼睛乞求着,“相信我,我不会再相信他。我会回来的。”

“燕,绝不能叫你去!”道静果决地说,一面拉起她来,“燕,我们赶快离开这儿吧!万一他知道了我这个地方,如果他别处找不到你,就许上我这儿来。江华,你先走,我和晓燕也就走。我们找个同学的家里待几天。”

江华温存地看了道静一眼,在她耳边说了几句话,然后又走到晓燕跟前和她握握手,他就扭身走了出去。

“为我,拆散了你们。”晓燕失神地看着江华的背影,“小林,我们走吧!我、我不见他了……”

第四十章

戴愉从晓燕那里回到了自己的寓所又足足睡了半天，这场酩酊大醉才完全清醒了。醒来，像迷离的梦境，他想起了和王晓燕间的纠纷，心情非常懊恼。情况很复杂，这几天北平的学生运动急转直下，这个学校成立了学生自治会，那个学校成立了抗日救国会，多少学校都纷纷成立了新的学生组织参加到学联去。而各个学校里他所指挥的那班人马，却像垃圾样被觉醒了的广大学生踢到一边去了。为这个，他已经挨了主子的斥责，受了警告，因为心情烦恼，他才喝得大醉。可是一波未平，一波又起，正在他困难的时候，王晓燕又发现了他的真面目。事情很糟糕，本来她是他最忠实可靠的工具，也是他空虚的灵魂中的一丝火花，可是，醉酒——因为醉酒被她看穿了。怎么办呢？怎么挽回这僵局？怎么挽回自己已失掉的地位呢？他床也不起，脸也不洗，在挂着厚窗帘的昏暗的屋中反复思考、捉摸。一根接一根地吸着烟，弄得满屋子都是混浊的烟气。

下午两点，戴愉才爬起床来。打开窗帘，一股清新爽人的冷气，穿过温旭的日光，迎面吹到了他憔悴暗淡的面孔上。他搔着头发连连打了几个大喷嚏，吓得他又赶快关上了窗户。

饭也没吃，他就开始梳洗打扮。洗澡、梳头、换上雪白的衬衣并且洒上了香水。然后在一套笔挺的咖啡色呢子西装外面，套上了蓝呢子大衣。最后才是一顶英国出品的呢子帽戴到他油亮的头上。多么奇怪，心情烦恼的戴愉，今天却比任何一次去见晓燕时都打扮得漂亮、清爽。看起来,他的心情并不坏。打扮好了,他就风度翩翩、轻松愉快地到王晓燕家里去了。

他是这样估计他和晓燕的关系的:她见到了他的那些秘密东西,自然是会失望痛苦的,但是,她已经爱上了他,她已经和他走上了同一条道路,“生米煮成了熟饭”,她痛苦一阵又能怎么样?只要他戴愉再用一点高明的办法来向晓燕“解释”一下,只要再经他用热泪向爱情的花朵上灌溉一下,那么这诚实而单纯的姑娘对他还能有什么变化吗?

可是晓燕不在家。她一清早就出去了。他赶快又找到学校,宿舍里没有她,课堂里也没有她。他有点儿奇怪,她能上哪儿去呢?他又到她的几个同学处看了看,仍然没有。他只好又回到晓燕的家里。他想她一定会回家的,他们一定要好好地谈一谈。

王教授夫妇看他在等晓燕,便同他攀谈起来。王夫人殷勤地给他拿茶点,王教授也开了话匣子:

“君才,”王教授像孩子一样兴高采烈地说,“你知道我们北大的情况近来大不相同了么?不光是那些青年小伙子全活跃起来了,几乎人人口中都在谈论救亡问题;就连我们这些老头子、老教授们,也耐不住一腔热血,也都在一起座谈起国难问题啦!这就叫人心不死,人心不死是不是?”王教授用大拳头猛地向桌子上一擂,站起身来哈哈一笑,把个坐在小沙发上的戴愉吓了一跳。不知怎的,他的脸色突然苍白了,好像害了急病似的战栗了一下。但他立刻控制住自己,露出同情的样子微笑道:

“老伯这大年纪,还这样关心国事,真是了不得。这就激励我们青年人要更加发奋图强了。”

王教授把手一挥:

“君才,说哪里话来!我一个人算得什么?根据马克思的观点,只有群众才是真正的英雄,才是世界的创造者。个人,个人是多么微不足道！告诉你，君才，在读书做学问上，老教授们是先生；可是提到爱国、提到革命、提到斗争，可还是你们青年人呵！我见到我的好些学生这些天为了挽救危急的祖国，那种奔走呼号、废寝忘食的情况，真叫我这老头子忍不住流下眼泪来！”说到这里，王教授真的摘下眼镜，微微不好意思地拿手帕去擦泪了。

“看，这老头子，真是！……”王夫人看到丈夫那种激动的样子，哭笑不得地瞅了他一眼，赶快岔开话说，“君才，在家里吃夜饭吧。晓燕一早出去，不见她回来，是不是昨夜你们吵了嘴？”

戴愉摇头笑道：

“没有。只是工作意见有些不同。现在形势这样紧张，日本人一天天地逼近，晓燕是个稳重的慢性子，我催催她要加紧干，她就着了急，所以我今天特来向她道歉。”

“那算得什么！”王教授的大嗓子又喊起来了，“晓燕这丫头怎么忽然小气起来了？不要紧，回来我同她说……”

“你说什么？”王夫人笑着打断了丈夫的话，“他们两个人的事哪用我们来多管。好，你们谈，我去烧菜。晓燕一会儿也该回来吃饭了。”

王夫人出屋后，王教授又滔滔地议论起国家大事来，戴愉得了空子随便问道：

“老伯，你刚才谈教授们也都开了座谈会，都是些什么人？我恐怕也有认识的。”

“是呵，人不少。”王教授嘴里含糊地应答，心里却思考着：会上大家约定谁也不把名字向外说，郑君才虽然是自己未来的女婿，可是，也不能徇私呵。于是这粗中有细的老人突然又爆发了一阵大笑，笑过了，好像忘掉了刚才戴愉的问话，说，“君才，说说你近来的情况。你的工作怎么样？成绩还很不错吧？”

“平常，能力薄弱……”戴愉瞪着两只金鱼眼睛，闷声闷气地回答,“这老滑头!老不死的红鬼!”他暗暗诅咒着,忽然掠过一个念头,“也该把他列在名单上。”

晓燕总不回来,王教授夫妇开始着急了。他们打了电话问学校、问同学,都回答说没有见。戴愉听了这消息,比王教授夫妇更着急,他的如意算盘开始破产了。他估计到晓燕必是有了变故:是自杀了?还是投到共产党那边去了?这两种可能对他说来都不好,但后者尤其可怕。因为她看到了他的秘密,尤其是那张各个学校的共产党员和进步分子的名单。

等到晚十时多,他只好走了。因为情况的突然变化,使得他必须要采取许多紧急措施。他一个人走在漆黑的小巷里,一阵冷风吹来,他紧抱双肩,想,——不停地想:

“要杀死她!不然,我——就完了……”他的眼前突然闪过王晓燕那温柔的善良的眼睛,这眼睛像电一样殛了他一下子,他踉跄地走了几步,几乎要跌倒。但他振作一下仍又想道:“逮捕了王鸿宾,就可以知道开座谈会的教授的名单。这样立了一功,可以赎回……损失。”想到了这里,他伸手摸摸准备就要交上去的黑名单还像宝贝一样藏在口袋中,他放下心来,一缕冷冷的笑意浮上了他的嘴角。

冷风继续在寂静的小巷里吹动,他穿过两条小巷,就要走出一条深长而狭小的胡同。正在这个时候,突然有两只大手卡住了他的喉管。多么憋闷呵,他一丝一毫也喊不出来了。

接着,不知怎的,他已经被人架到了一辆昏黑的汽车上。这下子,他更加吓昏了。“完了,”他在心里想。“完了。江华他们要执行我的死刑了……”他还在闭着眼睛想:“也许他们还会放掉我——我,我可再不干这种勾当了……”

“郑君才,你这无用的蠢材!”这个声音一喊,戴愉猛地睁开眼睛笑了。这个声音是谁?这不是共产党员江华,这是他的情妇兼上级王凤娟。她大概在和他开玩笑,在惩罚他不常去找她……于是,他开始在黑暗中摸索,想去握住凤娟的手。谁知就在这时,一条粗大的麻绳已经套住他的颈脖上,而且越拉越紧。他再也喊不出声音来,可是,他却还能够听到王凤娟的声音:

“你这废物!连一个王晓燕都斗不了!连一个王忠都领导不好!把北平的学校闹得一团糟……”她突然把声音提高,“送他回老家!给他一个整尸首!”

汽车飞驰着开到了郊外。在荒漠的昏黑的野地里,戴愉又被从汽车里摔了出来。惨淡的星星仿佛嘲笑般的还对他僵硬的尸体眨着眼睛。

王鸿宾教授在他朋友狭窄的屋地上,背着手不停地走来走去,显得很烦躁。

默然不语的王晓燕低头坐在小桌旁。她的面容消瘦憔悴,像忽然长大十岁似的苍老了。

这样的情况似乎继续很久了,因此,王教授不耐烦地站住脚步问晓燕,他虽然烦躁,却又竭力压低了音声:

“晓燕,不应该叫爸爸这样着急呀!有什么事你就讲吧,——你为什么这样痛苦?警察局为什么突然到我们家里来搜查?幸亏你不在,我也不在。可是我们却都逃起难来。看样子这其中必有缘故。”

“爸爸,请你不要告诉妈妈!”晓燕抬起头来,用她深深悲哀的眼睛,无力地瞅着父亲焦灼的面孔。可是还没张口,她又被泪水咽住了。她用双手掩住脸断断续续地说,“爸爸,我对不起你们,我辜负了你,……妈妈,……对我的希望……”

王教授的面孔变色了。他绛紫脸膛由深红变成了灰白。他不知女儿发生了什么事竟这样伤心、这样绝望。他颟顸地蹲在女儿

身边,用大手抚摸着她凌乱的头发,喘吁吁地说:

“燕,好孩子,别这样……是郑——你们间有什么问题发生了吗?我看你们近来时常吵嘴……”

“爸爸!”晓燕霍地站起身来,在她绝望的悲伤的眼睛里,忽然迸放出一种狠狠的坚决的光焰,“他不是人,他是狼!是奸细!是叛徒!他毁了我!——我什么都完啦!”她一头倒在一张小床上痛哭起来了。

王教授惊愕地摘下眼镜又戴上,戴上又摘下。他慌乱得两只大手不知做什么好。站在女儿身边怔了半天,他才轻轻扳起女儿的头慈祥而又怜悯地小声说:

“好孩子!好晓燕!这究竟是怎么回事?是他丧了良心来捕我们的吗?你详细点告诉爸爸。不,不要说也可以了。我明白了!……”王教授抬起头突然把手一挥,把眼一瞪,好像戴愉就站在他面前,他凛然地呸了一口道,“我明白了!奸细,叛徒,原来是伪君子,是无耻的走狗!晓燕,我猜得对不对?要是这样,我们又何必气愤呢?他当他的走狗,我们干我们的工作,量他还能怎么样我们?最后再看谁胜谁负好了。”

“不,不,他已经死了——已经被人弄死了。”晓燕从牙齿缝里挤出的这句话,不禁又叫王教授大吃一惊。他连着大声咳嗽了几声,瞪大了眼睛。“这一切真是奇怪!真奇怪!好像传奇一样。晓燕,你说的都是真话吗?”

没有回答。晓燕倒在小床上不再哭泣,也不再讲话。从她苍白的脸孔、从她紧咬着的嘴唇上可以看出,这时她的内心正在激烈地斗争着。她要把这个无耻的人从她的记忆里赶出去,永远赶出去。她为什么还要提起这个罪恶的人,还要为他伤心流泪呢?让这一切都像噩梦一样消逝掉——永远消逝得无影无踪吧!

“燕,可不要消极呵!”王教授坐在一把椅子上也渐渐冷静了。

他担忧地看着女儿小声说,“现在形势的发展很快,正需要你们青年人加倍的努力,奋发有为。把过去的一切都忘掉吧!一切重新开始。啾,还没有问你,共产党方面不怀疑你吗?还可以相信你吗?”教授皱紧双眉庄严地追问了一句。

“爸爸,我和林道静又和好了。”晓燕憔悴的脸上露出一丝欣慰的笑容,“我们失和,都是‘他’闹的。你问共产党还相信我吗?相信!完全相信!不是党来挽救我,我就真的完了。”晓燕克制着,竭力克制着才没有使自己又哭出声来。可是她妈妈却哭着把她抱住了。王夫人就在戴愉走后的当夜,得到晓燕写来的通知,也和丈夫一同逃到朋友家里藏起来。刚才,她隐身在窗外听晓燕父女谈了好久,她为女儿痛心,也为自己感到羞耻。想到为女儿和郑君才行订婚礼的那幕戏,她被悔恨和悲伤攫住了。她奔进屋来,一把抱住女儿,流着眼泪说道:

“孩子!妈妈对不起你!可怜你年纪轻轻……都是那个该死的畜生!”

晓燕这时反而冷静了,她安慰着妈妈:

“妈妈,别难过。我已经不难过了。有社会舆论的声援,那些坏家伙们不会把我们怎么样的。你们可以回家去住了。现在小林在等我,我们的工作很多。听说北平学联将要发动一次大规模的游行示威,爸爸你知道了吗?”

这时女儿脸上的坚毅的充满信心的神情,使父母的心上感到惊奇,也感到安慰。尤其是王教授,他看着女儿擦了把脸,站起身就走的那种绝不回顾的、好像一切的污秽、一切的阴暗与不幸都远远地落在她身后的姿态,他欣快地长出了一口气,像对妻子、又像自语似的说道:

“暴风雨又要起来了!看,这些年轻的鹰是多么勇敢啊!”

第四十一章

一九三五年十二月八日——轰轰烈烈的“一二·九”运动的头天晚上。

道静得了病,发着高烧,躺在新搬的公寓的板床上睡着了。傍晚,在她这间破旧的冷清的小屋里,徐辉、晓燕、侯瑞三个人围着煤球炉子低声谈着话。徐辉问晓燕:

“她什么时候病的?找医生看过没有?”

“看过了。”晓燕低声说,“医生说是重感冒。恐怕是这两天太累了。她没日没夜地找人谈话、布置和反动学生的斗争,常常顾不上吃饭,身体当然受不了。”

侯瑞也摇摇头说:“她太累了。”

“你们该多照顾她一点呀!”徐辉看着道静昏睡的样子,不安地说。

这时道静醒来了。她睁眼看着身边的三个人笑笑说:“你们什么时候来的?我都不知道。徐辉,明天的行动确定了吧?不会有什么变化吧?”

“不会。”徐辉伏在道静的身边笑道,“不许你再操心,只许你安心休息。”她直起身来这才问站在旁边的侯瑞,“你估计明天北大可以有多少人参加?”

“还不敢确定。”侯瑞回答,“今晚还在发动,明早临时还可以号召。我想三四百人总可以有的。”

这时道静忽然从床上坐了起来,她瞅着徐辉急促地说:“徐辉,我想明天只要一行动起来,那被压抑的火山立刻就会爆发的,北大一定会有不少人参加的。”

“徐辉不许你操心,你怎么又来啦?”晓燕一边嘟哝,一边把道静按着躺下去。

“‘华北虽大,已经安放不下一张平静的书桌了!’”徐辉笑笑对屋里的人说,“我们明天散发的宣言中,这句话很有力量。它可以反映出广大群众的抗日热情。这次党就是根据群众的要求和觉悟提出行动的口号的……对不起,现在我还得赶快走。晓燕,你跟我出去一下,一会儿再回来照顾小林。”走了两步她又扭回头来嘱咐道静说,“小林,好好休息,不许动!明天再来看你……嘿,差点忘了告诉你,江华让我捎信给你:明天游行完了,他就可以看你来啦。耐心等着吧。”

晓燕和侯瑞分头给道静掖好被子,倒了杯开水,炉子里添上煤球,屋里的客人就都走了。

“啊,明天,火山爆发的明天就要到了!”道静躺在被子里,想起了即将到来的斗争,内心里充满了激昂的喜悦。高烧中还不断喃喃地喊着:火山!火山……

晓燕去的工夫不大就回来了。她睡在道静身边,细心地照顾着她。天还没有亮,她就悄悄爬起来,生怕惊醒了病人。但是在她摸着黑穿衣服的时候,道静也醒了。她颤巍巍地坐起来开了灯。晓燕急忙去拦她:

“小林,别胡来!刚才我摸着你身上还挺烫,可不能出去!”

道静笑笑,穿着衣服说:“烧已经退了。身上一点也不难受了。参加跑跑就会好得更快。”

晓燕急得脸都红了。她拉住道静的手,一本正经地说:

“小林,徐辉把你交给我了,我要对你负责。你可真不能去!”

“你对徐辉负责,我对谁负责呢?好大姐,不要管我!”道静忙忙地洗了一把脸，梳梳头，像个顽皮的孩子又恳求晓燕道，“好晓燕，别再耍你那学究气了，让我去吧！事情多得很，不去怎么成呢？行行好，让咱们俩一道参加这个伟大的日子吧。”她说着，拉起晓燕就往院子里跑。晓燕头也没梳，脸也没洗，无可奈何地跟着她走到院子里。道静忍住身上的寒战、虚弱，刚刚打开大门，一阵刺骨的寒风迎面打了过来，突然一阵眩晕，她身不由主地倒下来了。幸亏晓燕留着神，一把抱住了她。

拂晓前的黑夜，狂风袭击着门过道，晓燕抱着昏迷着的道静踉跄地站着，这时她吓得心头乱跳、四肢无力，不知怎么办好。幸亏道静很快醒转来。晓燕搀扶着她，想送她回屋去。但是道静却站在地上不走。晓燕急得含着眼泪说：

“小林，回去躺下吧！你如果觉得是损失，那，那我会加倍努力来代替你。如果我流了血，我的血里就有你的一份……”王晓燕的眼泪流下来了。

道静倚在晓燕的肩膀上想要说什么，忽然，在黎明前黑暗寂寥的夜空里，传来了一阵嘹亮的歌声——这歌声悲壮、激昂，好像从地心里奔腾而出，带着撼人的热力。道静和晓燕同时歪过头来谛听着。她们两个的脸上也同时凝然浮现着一种庄严的神色。

工农兵学商，一齐来救亡，
拿起我们的铁锤刀枪，
走出工厂田庄课堂，
到前线去吧，走上民族解放的战场！
…………

这歌子她们听过不知有多少次了，听得一点也不新鲜了，但是，在这寂静的黎明时分，在这战斗的烽火前面，她们却仿佛第一次听见一般，心头忍不住被撼动了！这是进军的号角！这是战斗的呼唤！她们的血液同时在血管里奔腾起来。道静想说什么，但

是心脏跳得厉害,什么也没说出来。定定神,她从晓燕的臂膀里挣脱出来,推了晓燕一下,急促地说道:

"快走!我等着你们的好消息……"

晓燕走后,这一整天,道静倒在床上没有睡觉。她时时竖起耳朵——街上沸腾的人声,惊天动地的口号声,夹杂着怒吼的狂风,仿佛从世界的另一端发出来,震撼着她的小屋,也震撼着她的心。她像在梦中,又像清醒地置身在那狂热的风暴里。

好容易挨到天快黑了,风还在窗外咆哮——这是个滴水成冰的严寒天气。道静蜷缩在被子里,熬得太疲倦了,才合眼睡一会儿,却又被一个冰冷的东西激醒来。她睁开眼,扭亮电灯,只见李槐英和王晓燕两个人全抱着双肩哆哆嗦嗦地站在她床前。

"你们可回来啦!情形怎么样?"道静高兴地一把拉住了两个人的手,并挣扎着要坐起来。

"别……别,你别起来……我们,冷……冷坏了!"李槐英和王晓燕浑身哆嗦着。人哆嗦,话也哆嗦。只见两个人的面孔全成了紫萝卜,头发上冻结的一根根的白冰柱就像垂在屋檐下的冰凌。棉衣、李槐英的皮大衣也都成了硬邦邦的冰块子。可是她们的神情却都是喜悦和兴奋的,尤其是李槐英,笑眯眯地张着嘴,只是冻得说不出话来。

"你们怎么成了这个样子?今天的经过怎样?可把我等急了。"道静把身上盖着的棉袄伸手递给李槐英,"看你的大衣成了冰块了,快拿我这个换上。"

李槐英本来是笑着的,这时突然一把抱住道静的脖子哭了起来。

"林、林道静,我、我做了多少年的迷梦呵!今、今天才明白啦,明白一个人应当、应当怎样活在世界上。"她激动得太厉害了,哭着又笑着,泪水流在她俊俏的面孔上。

王晓燕拉起李槐英来，说：

“李槐英，干吗这样激动！我们都、都该庆祝……”说着话，王晓燕自己的眼圈也红了。

道静忘掉了病，穿着一件薄毛衣跳下床来。她站在冰冷的屋地上，拉着两个朋友的手说：

“真是，你们怎么都难过起来了？你们也是这么多愁善感呀！看，今天多冷，你们俩都回宿舍换了衣服再到我这儿来吧。”

这时候，晓燕和李槐英的头发上的冰柱开始融化了，冰水正向她们的身上脸上流淌着。冻成冰块的衣服也在开始融化，这就更增加了彻骨的寒冷。王晓燕打着寒战勉强推着道静说：

“快躺到被子里去！你烧得好点了吗？我们不要紧，这些冰柱子是在王府井大街叫狗军警们用水龙喷射的。等等，一会儿就回来跟你讲。”

“你们看见徐辉了吗？她怎么没来？”道静突然问了一句。

“她已经回来了。要过一会儿才能到你这儿来。怎么？你为什么不问问碰见江华没有？你也该关心他呀！”沉闷了多时的王晓燕，这时又变得活泼了。

“不要说啦，快去换衣服。我等着你们回来报告经过呢。”

屋里只剩下道静一个人的时候，她真的牵挂起江华来了。自从和他同住的那个夜晚以后，他们就再没有时间和机会能够在一起，而且没有机会再见面。分离——总是分离。而在这分离中还带来了多少担惊和忧念呵！半个月来他只捎过几次口信给她，说他很好，有点时间就要来看她。可是，一天、两天，半个月过去了，他却总没有来。不来也不要紧，只要他平安。可是……道静这时候突然无法遏制地渴念起江华来了。啊！这个时候，如果他能来看看她，如果他能够平安无恙地站在她面前，她该多么高兴呵。可是，却没有他……

过了一会儿，王晓燕换了干衣服回来了。这次李槐英却没有同来——她是忍耐不住地向她那些没参加游行的朋友们述说她的“奇迹”去了。

据晓燕谈，她们这天的经过是这样的：

“一二·九”的早晨，北大学生刚跑到东斋门口去集合，大家围巾上就已经结了冰珠——这是个滴水成冰的奇冷天气。可是同学们的热情战胜了寒冷，当李槐英穿着翻毛皮大衣和高跟皮鞋也赶来参加时，同学们全用惊异的眼色望着她。“同学们！走出象牙之塔！走出课室！我们要为挽救民族的危亡而战斗呵！”李槐英在人群中忽然用激昂的尖声高喊起来，许多的同学都被感动了。她一参加，带动了许多犹豫的同学也来参加了。同学们一气跑到新华门——那儿已经像狂啸的海浪聚集了各个大中学校的上万学生。“打倒日本帝国主义”“反对分割领土的自治运动”“用我们的血，打出我们的活路”……一阵阵热烈的口号声此起彼落、山摇地动般响彻在故都古老的天空上。

请愿学生派出代表向当局请愿。人们当时提出了这样六个要求：一、反对秘密外交；二、反对领土破裂；三、保障人民言论集会……以及爱国运动的自由；四、立即停止任何内战；五、不得擅捕人民；六、立即释放因爱国而被捕的同学。人们的要求是多么正确而合理呀，但是宋哲元派出的代表却用欺骗的言语拒绝了这些正确要求。请愿不成，接着大规模的游行示威就开始了。

西长安街的马路上，千万个青年四个一排，手和手、胳膊和胳膊都紧紧地互相拉着扣着，向西大步走着。学生们一边喊口号一边散传单。这时工人、公务员、小贩、洋车夫，甚至家庭妇女也都陆续自动参加到游行队伍中，而且越来越多——觉醒了的人们怒吼着、嘶喊着，交通全都断绝了。但是跟随着游行队伍，阻拦着群众前进的武装军警也越来越多。他们执着明晃晃的刀枪，杀气腾腾地密布在街头、在游行者经过的要道上。当队伍来到西单大街的时候,突然遭到了袭击,在大刀、皮鞭、刺刀的挥舞下,游行队伍被冲散了。但是各个学校全布置了负责交通的人,由于交通的联络,被冲散了的学生,不一会儿在有组织的指挥下,巧妙地穿过西单大街两边的小胡同,在西单商场以北的大街上又集合成浩浩荡荡的队伍,继续向北行进。到了护国寺街辅仁大学的大门外,游行队伍停住了。一阵狂热的口号声像飓风一样吹向校门里。虽然这是个帝国主义办的教会学校,可是坐在教室里的学生们当听到这一片口号声以后,却再也坐不下去了,他们立时蜂拥着参加到游行的队伍里去。人们又继续前进,继续呼着高昂的口号,继续散发传单标语,也继续不断有市民、工人、家庭妇女、小贩参加到队伍里来。越来越浩大的人群走到王府井南口,快接近东交民巷使馆区时,帝国主义的奴仆们再也不能忍耐了!他们如临大敌般布置了大批荷枪实弹的武装军警,再度拦阻了学生们的去路。一霎间,救火的水龙头,在这严寒的天气,倾盆大雨般向游行者的头上喷射过来了!森亮的大刀也向游行者的身上砍来了!反动统治者企图用这种残酷的方法驱散爱国的人群,然而勇敢的人民是什么也不怕的。灰暗的天空依然震荡着动人心魄的口号声;学生们依然昂头奋勇地大步前进着。尽管大刀、皮鞭、短棒、刺刀更加凶恶地在风中、在水龙的喷射中飞舞着、砍杀着,尽管血——青年、妇女、老年人的鲜血涌流着,但是人们毫不畏惧。前面的在血泊中倒下了,后面的又紧跟上来。“冲呵!冲呵!向卖国贼们冲呵!”这用鲜血凝成的声音反而越响越高了。

在冰、血中,在肉搏中,人们前仆后继地斗争着。一个疲乏的女学生跌倒了,刽子手们的皮鞭立刻抽上来。她头上脸上流着血,但是嘴里却高喊道:

“民众们,组织起来!武装起来!中国人民起来救中国呵!”

斗争继续着。直到冬天的残阳落到西山，直到指挥部为了避免过多的损伤，机敏地布置游行者可以散队时，愤怒的人群这才逐渐散去。王晓燕肩上挨了一棒，但不很重。只有李槐英像猴子一样的灵巧，她在紧张、咆哮的人群中穿来穿去地自动做起侦察——看见左边飞来了大刀，她就急忙对着左边喊："留神呀！大刀砍来啦！"看见右边有人摔倒了，她跑上去扶起来。军警向她飞来了刀棒，她镇静而安闲地说："干吗打我呀？我是走路的！"她那件贵重的皮大衣，她那悠闲的风度，使得刽子手们真的没敢下手打她。当她和晓燕一块儿搀着受了伤的徐辉向学校走回的时候，高跟鞋一跛一拐地，她还笑着说："打仗就要有勇有谋嘛！"

"今天，我才对咱们北大真有信心了！"晓燕说到这里停了一会儿，又接着说，"我以为我们'五四'的精神，'九一八'时的斗争精神不会再有了，可是，今天我改变了我的看法。小林，还忘了说给你，后来，在游行队伍经过沙滩时，咱们北大又有一大批人参加了游行，真叫人感动……"接着她又告诉道静下面的事迹。

"一二·九"的早晨，北大虽有许多同学来参加了游行的行列，但有更多的同学还是留在课堂里、留在图书馆里和操场上。后来在游行大队还没有到达北大以前，交通队按照指挥部的指示，先跑回来在各处呐喊起来："北大！起来！""北大同学们！恢复'五四'的精神吧！"这样一喊，学校各处顿时像燃烧起燎原的野火，学生们从斋舍里、课堂里、实验室里、地质馆里、图书馆里、大操场上……各个角落奔到大红楼去集合了。当游行队伍来到这里的时候，各教室的门都打开了，同学们走出来，涌到战斗的行列里去。原来，在喊"欢迎北大同学参加！""北大！恢复'五四'光荣的传统！"这些口号的同时，侯瑞竟跑到大操场上敲起了下课钟——叮当叮当的巨声，真仿佛就此结束了北大同学"读书救国"的一课……

晓燕讲到这里，徐辉一脚迈了进来。她换了干棉衣，但是额头上还有滴滴鲜血渗出来。没容道静说话，她跳到床前急急问道：

“嘿！好点没有？还发烧么？”

道静望着徐辉的头、脸，望着渗出来的滴滴鲜血，紧握住她的手，所答非所问地说道：

“徐辉，为什么不到医院去包扎一下呀？伤口露在外面是很危险的！”

“你又像个老妈妈了。”徐辉敏捷地替道静整理了一下被子，笑笑说，“不要紧的，很轻，还没顾得去呢。你说说你好点没有？”

“好了。怎么样？今天的损失大吗？又有人被捕了吧？”

“嗯。师大有两个女生叫刺刀刺的很重。北大受伤的也很多。有一个同学连鼻子带嘴唇都被大刀劈开了。至于被捕的……只现在知道的已经十几个了。”

“以后怎么办？”道静焦灼地凝视着徐辉。

“我也想问问。”晓燕说。

徐辉站起身，想喝口水，一看茶壶是空的，摇摇头说：

“房东也游行去了吗？怎么连口水都不给你喝？你们问以后怎么办吗？”她想了想微微一笑，“更加广泛深入地发动群众吧！把学生运动深入到整个工农群众斗争里面去吧！火山既然已经爆发起来，那么，就让它把一切罪恶和黑暗都烧毁吧！”

徐辉的调子像朗诵，又像庄严的誓词。三个女同学同时抬起头仰望着窗外的青天。

第四十二章

“一二·九”之后，北京大学和全市的许多大中学校一样，开始罢课了。

“一二·九”三天之后，道静的病好了，但是还衰弱。为了她的身体，也为了减少敌人的注意，徐辉坚决不叫她出屋，她只好躺在床上看书，暂时与沸腾了的外界隔离。

江华在“一二·九”当天没有来，第二天还没有来，等到第三天的傍晚他才来了。

他走进屋来后，面色很高兴。搓着冰冷的双手，对道静情意深重地说：

“道静，今天我可以不走了。咱们能在一块儿住几天了。瞧瞧，这半个多月都没时间来看你一下，咱们真成了一夜夫妻啦。”

“呵，真的?”道静高兴得脸红了。她拉着江华的大手好像不相信，“真的? 这是真的吗? 怎么! 你的脸色这么难看! 有病了?”她吃惊地凝视着他。心里忍不住一阵悸跳。

“没有病。你的病好了吗?”江华微笑着，随身歪在床铺上。

道静不安地瞅着江华：“不对。没有病不会这么黄。是不是受伤啦?”

江华慢慢把脑袋挪放在枕头上，疲倦地闭上眼睛休息了一会儿，然后睁开眼来冲着站在床头的道静说：

“不，游行那天我们指挥部都坐在亚北咖啡馆里，挨不到打。原因是……昨天夜里，东北大学被二百多军警包围了，搜查逮捕游行的领导者,我正在那里……”他对道静看了看,用没有血色的嘴唇对她笑笑,“碰巧赶上了。一看情况紧急,我们跳墙逃跑。雪很大,我光着脚跳上墙,一滑,就从高墙上摔到一家人家的木头上了。大概腰里受了一点伤。”他说得越平淡,道静的心里越担忧。因为她了解江华从来都是这样的。

“让我看看,你伤在哪儿。”她站起身就要去解江华棉袍的纽扣。

江华不让。他推开她:“已经捆好了,不要再动了。静,”他握着她的手低声呼唤她,“静,你听说了这个运动之后带来什么结果吗?——北平各个学校都已经联合罢课了;全国各地的学生也都起来响应了;我们党千辛万苦点起的抗日救亡的烽火已经燃烧起来了!”

“听说了。”道静笑着把自己的脸紧挨在江华的脸上,故意把话岔开去,“你累了吧?请你让我说说心里的话……这么多日子不见你了,你知道人家心里多……什么时候,咱们永远——永远不分离才好哪!”

江华点点头。黑瘦的没有血色的脸上浮现着幸福的笑容。他慢慢睁开疲惫的眼睛,更加紧握着她的手。

“静,我长这么大——二十九岁了,第一次,跟你好是第一次。除了小时候,我妈妈像你这样……所以,我很愿意用我的心、我的感情来使你快乐,使你幸福……但是,对不起你,我心里很不安,我给你的太少啦。”

煤球炉子冒着红红的火苗,李槐英送给道静的一盆绿色的天冬草倒垂在桌子的一角上,道静的小屋里今天显得特别温暖,特别安谧。

听了他的话,她又欢喜又不安地摇着头。

“你说到哪儿去了?难道我们的痛苦和欢乐不是共同的吗?

你以为我对你会有什么不满？不对，我是很幸福的。从来没有这样幸福过。”她喘了一口气，苍白的脸，沉静而温柔，“我常常在想，我能够有今天，我能够实现了我的理想——做一个共产主义的光荣战士，这都是谁给我的呢？是你——是党。只要我们的事业有开展，只要对党有好处，咱们个人的一切又算什么呢？”

江华点点头，温和地对道静笑笑。过了一会儿，道静突然用双臂搂住他小声说：“你不是可以和我一起住几天了吗，那多好！你想想咱们一共只在一起待了那么短的时间。”她害羞地倚在他身边小声笑了。一会儿，又坐起来问他：“华，你的伤倒是重不重呀？不要瞒着我——你总是什么地方也要做工作。”

“不要紧。”江华闭着眼睛慢慢地说，“真是不要紧。如果要紧我还能说话吗？”他突然睁开眼睛笑了，“静，有些地方你还不够了解我，以为我除了革命，就什么也不想？不，有时，我可调皮，有时也喜欢胡思乱想呢。这个，你不知道吧？”

“不知道。你有时乱想什么？”

“我想——想，常常想你！你信吗？”他抱住道静的脖颈，突然在她的脸上吻了一下。他的这个动作，多么像个年轻的热情的毛头小伙呀！道静忍不住笑了。她把他的头扳回到枕头上，轻轻地像抚慰淘气的孩子说：

“华，我知道你……相信你。”

江华笑着没出声，只是用力握着道静的手，生怕它跑了似的。

“你不是欢喜写诗吗？这些日子又写过没有？”歇了一会儿，他忽然问起这个来。

“你怎么知道我写诗？”道静有点儿惊异。

“不但知道，而且还看过。”

道静霎地想起来，一定是怀念卢嘉川的那首诗被他看见了。因为那是在江华进门以前，她只随便把它夹在桌上的一本书里。

想到这儿,她脸红了。她拉起他的手,把自己的脸贴在上面,低声说:“你——不怪我吗? 我不会写什么诗,只是、只是为他,为你的朋友才写过。我愿意你能了解我,不生气。”

江华没有说话。他的脸色是宁静的,单纯而明朗的。只有一个比较成熟的同志,遇到这种场合才能有这种神情。过了一会儿,他才用低沉的声音说:

“静,你刚才说过——我们的痛苦和欢乐都是共同的。一切都没有两样。我只是随便说说,你不要误会。我很高兴你能够写诗……好,再说点别的吧——咱们难得有这么个闲谈的机会。你常问我过去的生活,我总没机会给你说。现在,我来说一点给你听好不好?”他喘了一口气,把道静递给他的开水喝了几口,仍又倒在床上闭起了眼睛,“我爸爸是个印刷工人,一个人供养五六个孩子和我妈妈。平常还好,一遇到失业或厂里欠薪,我们全家就要挨饿。我十二岁那年做了一件很不好的事,什么时候想起来都觉得对不起妈妈。你看我现在还算老实吧? 可是小时候,我是个调皮鬼,是个好打架的小瘪三,放了学我就和一伙小捣蛋在上海的弄堂里逛。十二岁那年,我记得妈妈又养了个小妹妹,爸爸正失业,他出去奔走职业去了,没在家,妈妈生了小孩躺在床上没人管。别的孩子都小,我是最大的,她叫我向邻家去借点米煮点稀饭给她吃,可是,我却跑到街上找伙伴们胡闹去,把这个忘掉了。我和伙伴们到码头上捡些破烂东西填饱了肚子,却忘了妈妈和弟妹们在家里挨饿。黑夜里我玩够了才回家,发现爸爸还没回来,妈妈一个人躺在床上流着眼泪。在昏暗的灯光下,我看她的脸像死人一样白。三个弟妹也都东倒西歪地躺在地上睡着了。当时妈妈没有说一句责备我的话,可是,她那悲伤的面容给我的印象却永远忘不掉。我哭了,我知道自己做了坏事。所以从此以后我就变了……”他睁开眼来,疲惫地打住了话。道静轻轻地给他揩去额上的虚汗,小声说：

“华，今天你太兴奋了，说的太多了。歇歇，不要张口好不好？”

“不累。我们应当多谈谈心。”江华微笑着继续说道，“静，没有党，我也是没有今天。是党挽救了我这个流浪儿。从我当学徒起，党就在培养我、教育我，后来我进了党办的中学受到更多的教育。什么时候一想起我妈妈生了妹妹以后躺在床上那张惨白的流着眼泪的脸，我就想，这个罪恶的社会必须改变！”

“妈妈还在吗？”道静轻轻插了一句。

“四年不通音讯了。”停了一下，他忽然睁眼说道，“我都说了些什么？脑子迷迷糊糊的。还有一件事没有告诉你，许宁又被捕了。”

“什么？许宁说是上陕北，怎么又被捕了？”

“他没有走。党派他到东大去帮助工作。他是和我在同一个晚上——他跳墙后，躲在一个人家的大姑娘的被窝里被捕的。”

东北大学的同学在“九一八”后遭到了国破家亡的深重的痛苦，也遭到了因为饥饿、流亡而更深一层的欺骗与压榨。为了求学，为了学校“赐给”的两餐粗茶淡饭，他们饮泣吞声忍受了四年的奴隶生活。当“一二·九”那天他们冲破了学校当局的各种欺骗与威吓，毅然参加了游行示威归来之后，立刻一幕幕的丑剧就在他们面前排演起来了。

东大同学刚刚游行回来，就被集合去听学校当局的堂皇的训话：“同学们，告诉你们，刚才已经有两个日本人来过咱们学校了。他们问我们还能约束学生不能？要是不能，他们可要直接约束你们来啦！我们赶紧说：‘能！能！学校当然能！’”这奴颜婢膝的讲话刚完，接着秘书长又换了腔调骂起街来。他说：“不怕死的小子们！你们有骨头，是他爸爸揍的，直接拿枪去打日本呀！干么——干么在学校里穷捣蛋！”

接着，堂堂大学的大门口就被武装军警把守起来。学生们成了囚犯，不准出入。但是他们在校内依然毫不畏惧地展开各种爱国的活动。于是，又过了两天——在十二月十一日大雪纷飞的深夜里，更开来了大批东北宪兵把学校团团包围。这时情况更加严重了，斗争更加紧张了。江华、许宁和东大党的负责同志一直没有离开学校。由学生组织起来的纠察队来报告，大家虽然立刻知道了这个恶劣的消息，但是黑夜沉沉，大雪纷纷，而且四面被围，同学们又往何处逃避呢？江华他们更不能立刻走出。因此大家只能分头在校内各处寻找隐身的处所。天快亮的时候，一辆辆的囚车随着又一批荷枪实弹的军警继续开来，于是由学校当局向导，由宪兵拿着用“东北大学公用笺”开好的名单，开始在全校各个宿舍各个角落搜查起来。学校献出的人名单一共三十多名。宪兵按名单搜捕之后，学校更又立刻宣布了“紧急戒严令”，由秘书长和军训主任任戒严司令，宪兵把守校门，严禁学生出入。这时情况更加紧急了，写在黑名单上的学生领袖们不得不迅疾逃避了。江华越墙碰到一家人家的木头上，挨了一钉子还是逃出来了；可是许宁呢，他矫健地蹿上了东大西边的一垛矮墙头，翻身落在一家人家的院子里。他想经过这个院子开开街门蹿出去，但是他没有来得及——后面的军警发现了他，在急骤的枪声中，大批宪兵跟踪而至。这家人家的主人——一个老头和他年轻的女儿听见院子里咚的一声响，他们惊慌地下了床开开屋门向外窥探时，许宁一看情况不能向外逃走了，他就奔到屋门对老头说：“老大伯，救命！我是学生！”老头和他的女儿愣然一惊，但是却立即说道：“进来！”惊慌中他们刚刚把他用被子蒙住头，女孩子靠近他把自己的身子挡住这个大被卷时，一大群恶狠狠的宪兵就追进屋里来了。他们大声吓唬老头：“人在哪儿？赶快交出来！”老头和他的女儿不承认：“不知道，不知有什么人。”那些宪兵大骂道：“放屁！明明看见有人进来，还有满地的脚印，你还想帮助共匪造反吗！不说，你老杂种就要同罪！”老头和他的女儿还是说：“没有！没有！”虽然女孩子的身子在许宁的身旁一个劲地发抖。许宁这时再也不能隐藏了，他突然毫不迟疑地站起身来，就这样被捕了。

江华倒在枕上似乎睡着了，但又忽然睁开眼睛严肃地瞅着道静说道：

“全市大多数学校罢了课，反动家伙一定又要想法子破坏。斗争只会越来越复杂，道静，你的经验还很不够，可要再接再厉地干下去呀！可……可不要因为北大的工作才有一点成绩，就自……满……，要不懈地要……不懈地斗争……下去……”说到这里，他已经昏沉地睡去了。

道静站在床前，默默地望着那张憔悴、焦黄然而又是那么刚强而坚毅的脸。伤得挺重，但他绝不喊一声痛；在和爱人相会的欢快中，在极端疲乏、几乎昏沉过去的景况下，他仍然念念不忘当前的斗争和工作；念念不忘鼓励爱人的进步……而且对于她那怀念别人的诗——虽然他明知她的爱情属于那个死去的同志比属于他的更多、更深，但他毫无怨言。他只是在尽一切可能使她感到幸福、感到欢愉，虽然，他能用在这方面的时间和力量是这样少……她这样想着，默默地凝视了他好久。一种近似负疚的感情，开始隐隐地刺痛着她的心……

看见他的棉袍扯了几个大口子，她找出针线开始替他缝补。在棉袍的口袋里，她发现了一个揉得皱皱的小纸条。她打开来，这是江华清晰的笔迹：“静，对不起你，我这是第三次失信了……”不知怎的，道静看了这个平淡的小纸条——没有寄给她的小纸条，忽然，眼睛潮湿了。

“路小姐在家吗？”

“谁？”道静一惊，放下手里的东西轻轻地开了屋门。一看，原来是任玉桂的父亲任老头——现在他已经是市委的通讯员了。道静又高兴又惶恐地握住老头的手，拉他进屋来小声问："老伯，什么事？"她向睡着的江华一努嘴，"他受伤了。"因为她知道，如果不是有重要的事情，市委是不会派人来找江华的。

老头点点头，关切地站在床前望望江华沉睡的脸，然后扭头对道静说："他什么时候受的伤？同志们并不知道呀！今夜里有一个重要的会，要是去不了，我就去告诉当家的。他的伤重不重？"

道静望望江华黄黄的没有血色的脸，轻轻地说：

"他自己说不重，也不叫我看。他说叫钉子钉在腰上了，好像流多了血有点儿弱。您看叫醒他不呢？"

"不用叫他了。"老头儿怜悯地摇着头，"我去告诉当家的，就叫他在你这儿养几天。"老头说着就往外走。

"大伯，等等！一块儿走。"江华不知什么时候已经醒来坐在床上了。他说着话就下了床，一边从容不迫地穿着棉衣，一边对道静抱歉似的小声说道，"对不起，又失约了。你睡吧，别等我。太晚，我就不回来了。"

她默默地送着他。看着他高大的身影随着瘦小的老头蹒跚地消逝在胡同的转角处，不禁轻轻自语道："卢嘉川——林红——他，都是多么相像的人啊！……"

第四十三章

道静坐在邓云宣的公寓房间里,正和他争论着应当不应当罢课的问题,忽然房门轻轻地敲了两下,接着,一个女人清脆的娇声在门前喊道:

“邓老夫子,快开门呀!”

邓云宣急忙把门开了一条缝,却见李槐英身穿一件绿毛衣,外披一件绿呢大衣,笑盈盈地站在门外。他就急忙把门大打开,并且恭恭敬敬地弯腰鞠躬道:

“不知皇后驾到,有失远迎,恕罪!恕罪!”

李槐英跳到屋子里,用白白的小拳头狠狠地在邓云宣的眼镜前面晃了两晃,大声笑道:

“要不看你平日老实,我一拳打碎你的眼镜!……嘿……”她看见屋里的林道静,就一手紧握住她的手,一手指着邓云宣的鼻子说,“你们有什么仙丹妙药,把这位成天和古人打交道的老秀才也改变得年轻活泼起来啦?这位老先生可从来都是非礼勿言,非礼勿视的啊!”

邓云宣用双手捂住眼镜和鼻子,好像李槐英的拳头真的已经打到他的脸上,他急忙告饶道:

“槐英!槐英!对不起,对不起得很!……”

他这个狼狈样、紧张样,逗得李槐英和林道静都忍不住捧腹大笑起来。见她们笑,邓老先生就越发紧张得两手不知往何处放好,他只忙不迭地求饶说:

“二位,二位,别笑!别笑!……”

李槐英不笑了,一把拉住邓云宣的胳膊,说:

“老夫子,找你去参加一个会。这个会呀,你一定非常、非常愿意参加的!这是非常、非常重要的!”

“什么会?这般重要?我怎么不知道?”邓云宣捂住眼镜,神情又紧张起来。

李槐英又在他眼前晃着拳头,说:

“你这个老夫子呀,‘两耳不闻窗外事,一心只读古人书’,怎么会知道这般重要的国家大事?十号罢课以后,咱们的政府当局可急坏啦,今天蒋校长要召集学生开大会,有重要指示。你老先生快去参加吧!”

“这样的么?我不去了。”邓云宣摇摇脑袋,一下子坐到凳子上,好像刚跑完了百米,累得满头是汗。

道静这时开了口,她笑着问邓云宣:

“老邓,你不是反对罢课,觉得它有碍学习么?我想蒋校长召集你们开会,大概也是这个意思。既然你们志同道合,那还不该去听听。”

“走,快去吧。我还去呢,你更得去了。”李槐英拉着老邓就往外走。

邓云宣扬着一只手,瞪着两只圆眼睛,正不知如何是好,道静推了他一把,说:

“去看看吧。我不是你们学校的学生,还想去领教一番呢。那你更该去了。”

邓老夫子被两个年轻的女人推搡着,他一边走着,一边摆手说道:

“我不赞成罢课,然而我可不同于当局的先生们。你们二位请不要误会……挽救民族危亡于倒悬之中,你们青年学生当然责无旁贷，不过——不过……”

“不过什么？算了吧！九号那天大家都出生入死地干了一场。你呢，老夫子，坐在书斋里不觉得难过么？”李槐英的嘴巴一动，老夫子的脸霎地红到耳根。他一边喘吁吁地迈着大步，一边高声嘟哝：

“冤枉！冤枉！我哪里知道……”

道静悄悄推了邓云宣一下，小声说：“到处都是监视的军警，你小声点吧。”

李槐英和邓云宣互相看了一眼，也互相撇撇嘴巴。

看看已经到了三院门前，道静就替他们和解道：

“二位别争了。看看礼堂里面那么多人……看样子今天参加的人还不少呢。”说着，他们三个人都走进了礼堂。

蒋梦麟校长眼看北大学生罢课将近一周还没有复课的意思，于是，多方活动、设法，要召集全体学生开一次大会，劝学生们复课。还不错，他的召集开会的愿望倒是达到了。今天的这个大会竟到了有三分之一以上的学生——看样子总有三四百人。开始，学生们坐在破旧阴暗的礼堂位子上，鸦雀无声地听着蒋校长的讲话。他的讲话，不像是活人在传达自己的思想、见解，倒像收音机在放送一种半文不白的缺乏文采的文章。只听他这样高声放送道：

“今日开会，见如此众多同学济济一堂，本人高兴非常。现在时局不靖，外面谣传甚多，为诸君前途计，为本校荣誉计，也为上司的命令所训，故今日要与诸君恳切一谈……”

“谈吧！谈吧！不要浪费时间啦！”学生当中不知从哪里这样一喊，蒋校长站在台上，急忙从大皮包里拿出一叠文稿，从中抽出一张，又对站在他身旁的国文系主任胡适看了一眼，就对着文稿高声说道：

“适才教育部来了训令，特在此间向诸君一读……”于是他清清嗓子高声念道，“尔今，国难严重，平市各校，对于时事迭有表示其爱国之诚，政府及社会均已深察。惟目的与行动不可矛盾，此亦爱国青年所当体省。今后凡罢课游行或离校活动之事，必须由诸师长劝阻，此种越轨行动……”

“报告！”念到这里，突然一声尖锐而激昂的声音把蒋梦麟校长的声音打断了。接着胖胖的张莲瑞跳起来，指着自己头上的白纱布，向这位站在台上的校长大声诘问道：

“校长，您是一向主张公道的，请问您来给我们念这种颠倒黑白的训令是什么意思？难道赤手空拳的学生为了表达一片爱国热情，为了抗议汉奸们对华北领土的廉价拍卖，竟是越轨的行动？我们多少学生无辜地受了像我这样的重伤，为什么教育部不去声讨那些汉奸卖国贼？不去为他自己的学生伸冤报仇？却反而诬赖我们堂堂正正的爱国行为是越轨行动？……蒋校长，请您回答！”

“回答！回答！”张莲瑞的声音刚消失，礼堂的各个角落全轰雷似的响起一片“回答”的吼声。

蒋梦麟站在台上，薄明的光线，照见他的瘦脸越发灰暗、焦黄。他拿着那张训令的手不住地哆嗦——哆嗦。他咬紧嘴唇激怒地向坐在台下的学生们瞪视了一阵，好容易捺下心头的恼火，刚想说什么，可是台下却爆发了更加强烈的喊声：

“蒋校长，日本人把你堂堂大学校长都扣留了三个钟头，难道你不觉得愤慨么？不以为羞耻么？”

“蒋校长，你应当为民请命，你应当帮助学生的正义行动，你不该为了自己的饭碗给当局拍马屁！”

“……”

台下乱成了一片。虽然有几个特务学生大喊“肃静！”“开会！”可是愤怒的学生群却像迸裂的火山，一团团抑制不住的火焰，一个劲地熊熊向外喷射！大礼堂的各处全展开了对蒋梦麟校长的口伐——一阵比一阵紧的诘问。

站在台上的蒋校长和他旁边的另外几位学校负责人，全呆若木鸡地鹄立在那里。他们不声不响地看着沸腾了的学生们。等下面的声音稍稍平静了，忽然，戴着金丝眼镜、围着一条讲究的毛围巾、白白净净的胡适“博士”，把蒋校长向旁边一推，自己站在他的位置上高声讲起话来：

“同学们，蒋校长一片忧国忧民的心，你们不要误会。你们罢课已经快一周了，这样下去怎么得了？你们是学生还是政治家？救国要有真本领，赤手空拳、散传单、喊口号，闹了半天，受伤的是谁？挨打的是谁？被捕入狱的又是谁？还不是你们这些年幼无知的青年学生。我们的中央政府对于日本人要讲策略、讲战术，不可逞一时之勇，蛮干、傻干。所以，我奉劝你们爱国也应当讲究一点方法，要找正确途径……”

在他娓娓而谈的时候，学生群中早有人不断发出了“胡说！”“瞎说八道！”的吼声，当他谈到“要找正确途径”的时候，台下几百个学生呼啦一下子全站了起来，并且一齐高声怒喊道：

“滚下去！没人听你的屁话！国民党的走狗胡适滚下去！”

毕竟是胡适博士，修养自与众不同。对着这些当面辱骂他的学生，他不但不像蒋梦麟那样气得面孔发黄，反而气势汹汹地把围巾用力向后一甩，把双手向腰里一叉，活像戏台上的打手，高声对台下喊道：

“我是堂堂政府委任的大学教授，我为什么要滚？……我就是不滚！就是不滚！”

“打这个恬不知耻的走狗！”台下一片激怒的喊声，还是震动了台上的胡博士。他一看情形不妙——台下已经有人直奔台上而来。机灵万分的这位博士，立刻拉起蒋梦麟校长，并且对旁边几位先生一努嘴:“走,快走!”

他一边直奔楼上走去,一边还振振有词地对身旁神情惨淡的蒋校长说:

“对牛弹琴——何必对牛弹琴!……快走!梦麟,快走!”

就在胡适高喊“不滚”的时刻,被李槐英拉起来,也站在人群当中的邓云宣,对着他身旁的林道静长吁了一口气,并且低声在她耳边说道:

“你胜利了!完全应当罢课抗议!真是斯文扫地!斯文扫地!……”

林道静正杂在兴奋的人群当中,走出北大三院大门口的时候,王晓燕不知从哪里一下子蹿到道静的身边,并且一把紧紧拉住她的胳膊,面孔涨红地小声说:

“你的主张对!还是来参加这个会好。不然怎么会叫胡适这样丢尽了人?!”

这时侯瑞和吴禹平、刘丽他们也走了过来。他们没有和道静说话,但是从他们对道静投过来的眼色——那种兴奋而赞许的眼色中,似乎说出了同样的话:

“你的主意太好了……你看,我们北大学生可不落后了吧?”

道静也看了他们一眼,并没有说话。可是,她的眼睛却这样回答了他们:

“群众一旦起来了,你们看,什么样的魑魅魍魉能够不一扫而光呵?”

第四十四章

天还没放明,王鸿宾教授就开了灯披衣起床了。实际上他几乎一夜没有睡觉。这是什么日子?在他一生中这是一个不平凡的日子!他,一个年过半百、一生埋头治学的老学者,竟也起了这样一个奇异的念头——他要像青年人一样亲自去参加游行示威,亲自参加“十二月十六日”这个中华民族为挽救祖国的危亡、为争取民族的自由而奋起斗争的日子。

在起这样一个念头之前,他当然不无矛盾。他想到了反动统治者的淫威;想到了多少爱国人士只为争取起码的自由和民主权利而身陷囹圄,甚至因此上了断头台;他想到了他也许因此而被学校解聘而失业,甚至被捕入狱。那么妻子、他心爱的女儿们,将失掉丈夫、将失掉父亲;而他自己呢,也将吃到从没吃过的苦头。但是这些顾虑,这些忧念,敌不过他胸中燃烧着的正义的烈火,他终于还是行动起来了。他王鸿宾从来就是一个忠正不阿的、忠于自己祖国的、致力于民主的人。他,从来也没有在暴力面前屈过膝。虽然当年由于和胡适的接近,受过他的影响,许多问题认识不清;但是,后来在进步同事的帮助下,在他女儿和青年学生的鼓励下,他终于从辩证唯物主义、从马克思列宁主义的学说中把自己的思想澄清了,解放了,也把自己的头脑武装了。

如今他已认识到世界潮流所向,人类大势所趋,共产主义必将在全世界全人类获得最后的胜利。而那些共产党人的坚贞不屈、为了人民和祖国视死如归的伟大精神更深深使他向往。他鄙视自己的胆怯和私念,他不承认自己的年老和衰弱。一个人如果碌碌无为,只为自己渺小的生存而虚度一生,那么,即使他高寿活到一百岁,又有什么价值和意义呢?又有什么真正的幸福可言呢?因此,他不仅捐款、动员别人捐款援助了“一二·九”,并且还决定了参加“一二·一六”的实际行动。他还找他的好友吴范举以及其他进步教授一起参加,虽然有些人因各种原因不便于参加,而他却在兴奋中一夜不眠地等待到“一二·一六”的天明。他穿好衣服天还不亮,他的妻子也从另一张床上醒来了。她一边穿衣,一边向丈夫怯声问道:

“鸿宾,你的主意不能变啦?你知道你今年多大年纪了吗?——五十九啦。”

“知道!知道!”王教授急忙倒了一点暖水瓶里的水,胡乱擦着脸说,“秀,你可不知道世界上有九十岁的青年,也有二十岁的老头呢。我的主意已定,请君不必多言!”他拿起桌上的一副眼镜用一块绒布揩拭着,揩了两下,忽然又觉得不对劲,急忙对妻子说,“这副眼镜不好,不结实。根据‘一二·九’的经验,恐怕要动武的。你去给我把那一副玳瑁黑边的找出来,那个戴着比较牢稳。万一打碎了眼镜,我这一千二百度的近视眼如何还走得路呢。”

王夫人站在地上不动,她瞅着丈夫,忧形于色。

“鸿宾,你真越变越成孩子了!这是开玩笑的事吗?晓燕——我们已经把她舍出去了,把她交给革命,随她去了。可是,你,你……鸿宾,你想想,我今年——也快五十岁啦,凌燕,她们还小。你这大年纪,这冷的天气,万一……”她说不下去了,这温存的妻子,这善良的母亲不禁用手巾擦起泪来。

“哈,哈。”王教授反而大笑起来。他用大手在妻子的肩上一拍,笑道,“你们女人家真是事多!都像这样,都没有人敢去冒一点点险,世界不就毁灭了吗!去吧,赶快给我做点东西吃,吃得饱饱的,好和小伙子们比一比!"

王夫人做了一大碗鸡蛋挂面汤,又端来几块油炸点心,看着丈夫大口吃着,她的心绪更加不安了。这老头子真的忽然变成了小孩子。他动作敏捷、迅速,仿佛青年人要去赴舞会。他吃完了饭,探头看看外面天还不亮,在屋内分外明亮的灯光下,他在口袋里、抽屉里东掏西摸乱找起什么来。他找出了自己心爱的派克钢笔,找出了几页人名、地址单,又找出厚厚的一叠笔记簿和几把钥匙,等一切都找好了,就一齐用双手捧着,恭恭敬敬地送到妻子的手里,笑道:

"这些东西都是我心爱的宝物,我把它交给你。万一……我要不能回来,你可要替我小心保存。我数十年的心血和研究微得,可都在这上面。……"

一直都在目不转睛瞅着丈夫的王夫人,接过这些东西后,突然低头哭了。过了一会儿,她隐忍着自己的痛苦,把这些东西拿一块包袱包在一起,然后抬起头来,用她从来没有的坚决的声音对丈夫说:

"鸿宾,我和你一起去!"

"那——那怎么行?"王教授惊住了。他想不到一生温顺柔弱的妻子,竟忽然想去参加这流血的斗争。

"你怎么能行呢,你行我也行!"王夫人坚定果决的声音使得教授没的说了。沉一下,他张着两只大手笑道:

"好!好!去吧。救亡战线上又多了一位老女战士。可是,我这些东西谁替我保存?"

"交给凌燕。"王夫人毅然说罢,便去准备食物、衣服,并像将出远门似的把家务交代给二女儿,便和丈夫一同在晨曦中走出了家门。

一对老夫妇在凛冽的寒风中奔到北大女生宿舍去找王晓燕。

没找到,别人告诉他们说晓燕到东斋去了。王鸿宾又带了妻子奔向东斋来。一到这里,王教授的眼睛突然缭乱了!他热烈的奔腾的心突然像受到严寒的袭击,冷缩了。只见东斋的大院子里,乱乱哄哄聚集了许多男女学生。人们嘁嘁喳喳地嚷着、喊着、议论着。突然他的学生王忠,站在人群当中大声地讲起话来。他挥着瘦胳膊,冬天早晨闪出的微弱的阳光照着他黄瘦的猴子脸。他高声说道:

"同学们!刚才学生会的一位同学讲的话倒是对了一点点——这就是:我们北大是该觉醒了,是该不怕一切牺牲起来战斗了。可是话又说回来,我们向谁战斗呢,我们战斗的对象是什么人呢?我要警告大家,我们不要再做某些投降党派的俘虏和工具了!我们再不能把我们的热血洒在粪坑上了!大家知道吗?有些人高喊着抗日统一战线,实际上是投降的统一战线。名义上是联合国民党,实际上是连汉奸卖国贼也在联合……

"十二月九号咱们许多人就上了大当。说是抗议,说是反对出卖华北,其实呢,这是做好了圈套,拿咱们青年学生的脑袋和鲜血来做他们升官发财的政治资本。我们不要再上当了!我们真正爱国的青年就不光是打倒日本帝国主义,而且要打倒一切帝国主义。我们不要上当!我们要革命就革个彻底——在街上转一转喊两句口号管个屁用!"这个瘦猴子王忠的话还没有讲到一半,激怒的学生群众就"通!通!"起来了。"胡说八道"的嘘声在人群中喧嚷着。但是也有些同学不安地摇起头来,并且有的开始把脚步往回缩去。

王教授看到这里,焦急地瞪了他身旁的妻子一眼,嗫嚅着:

"秀,怎么办?这小子真、真坏!"正说着,他看见真的有同学把手里的小旗一丢,喊了声"不去了"就要往回跑了。正在这时,教授夫妇的眼睛突然放出惊异的光彩来——那站在人群当中激愤地昂着头扬着手的是谁?那慷慨有力地讲起话来的是谁?那不是他们心爱的、一向沉静而庄重的晓燕吗？只见她庄严地指着王忠的鼻子，用一种感人的激昂的声调，面向各个角落的同学大声说道：

“同学们！我痛苦地、万分惭愧地请求你们听我讲两句！首先我要揭穿这个、这个历史系的王忠，是一个无耻的托派，是和国民党 C. C. 串通一气的特务走狗！我，我就上过他们的当！有些同学就知道我这段惨痛的遭遇。他们打着各种骗人的招牌，欺骗、愚弄我们一些幼稚无知的同学，他把这些同学拉到了可怕的罪恶的道路上。我自己就是在他们的愚弄下做了许多罪恶的勾当而不自知的，可是，现在我明白了！我再不受他们的欺骗了！

“同学们，你们谁也别再受他们的欺骗呀！今天，我们全北平市的学生罢课六天之后，将要爆发一个更使卖国贼震惊、更使怯懦的人勇敢的大规模游行示威。我们——稍有良心的热血青年，谁能忍心眼看祖国大好山河一块块的变色，谁能眼看敌人汉奸横行在我们祖宗世世代代居住的土地上而不痛心呢？只有这样的人！像王忠这样的人！”说到这里，王晓燕再也不能控制自己的情感了，被欺骗、被污辱的感觉激怒着她，她跳起来，跳到张着大嘴正要反驳她的王忠面前，几个响亮的嘴巴啪啪地打在那张瘦脸上。她一边打，一边愤怒地高呼着：“打！打！打走狗啊！”这时，谁还能认出这个勇敢的、泼辣的姑娘就是当年那个埋头书案温文尔雅的王晓燕呢。

“打！打走狗啊！”随着晓燕的呼声，人群中雄壮有力的声音也一齐喊起来了。要丢掉小旗走掉的学生又回来了。立刻一阵大乱——王忠和他周围的几个党羽被愤怒的人群包围着，“打！打死这走狗！”的喊声响彻在清晨寒冷的院落中。那一小撮坏蛋学生立刻被打得鼻青脸肿、东倒西歪。王教授看到这里忍不住用赞赏的高声向女儿喊道：

“晓燕，晓燕，打得好！打得好！……”

几个坏蛋一看情形不妙，全缩着脖子突破包围抱头鼠窜了。王教授拉住妻子冲过兴奋的、准备集合的人群跑到女儿身边。他仿佛不认识她似的，左看看，右看看，打量了女儿一番，突然把大拇指一伸，豪迈地笑道：

“好，好，晓燕，你算锻炼出来了！锻炼出来了！这迅雷不及掩耳地背后一击，杀得这几个害群之马大败而逃。痛快！痛快！”

“爸爸，妈妈，”晓燕满面通红地看着父母亲，用低低的刚刚可以听到的声音说，“爸爸，您嚷什么！多臊人。我、我过去太糊涂了……”想到过去被骗的罪恶生活，她反而羞愧得要哭了。可是看见父母亲那种热烈的期待的眼色，她又立刻喜悦地笑起来。她拉住妈妈的手亲切地问道，“您，妈妈，您怎么也来啦？”

不等妻子张口，王教授抢先说：“你妈妈也变啦！她当然要变呀，丈夫、女儿……所以也来啦。怎么样，这就集合出发吗？”

“这就集合去西斋，汇合那边的同学再一起整队出发。”王晓燕说罢匆忙地要走；可是这时迅速集合的群众队伍中，忽然爆发了一阵热烈的声音：

“向王鸿宾教授致敬！向教授夫妇致敬！——王老教授也参加我们的游行示威啦！”一阵热烈的鼓掌声暴风雨般冲着教授这边飞过来。

第一次，王教授像一个姑娘般脸红了。他望着这些青年学生纯真的热烈的眼睛，忍不住热泪盈眶、喉头哽咽。他频频向人群挥着手，一边挥手一边拉着妻子，像个小学生似的，慢慢地羞怯地走进排好了的队伍当中去。

第四十五章

“一二·九”之后的一星期内，党紧密地团结了各个学校涌现出来的大批积极分子，广大爱国青年也纷纷奔到民族解放的战场上来。于是党的力量，人民的力量突然扩大了，迅速发展了。为了继续扩大“一二·九”的成果，为了发动更多的群众涌向正义的爱国之路，为了反对出卖华北的冀察政委会的成立，十二月十五日的夜晚，党领导学联的负责人在长安饭店开了一间房间，一桌麻将牌打了一阵，于是一切计划筹划定了，决定在第二天——十二月十六日伪“冀察政务委员会”正式成立的日子，再一次号召全市的大中学校来一次规模更大的示威游行。

道静在深夜里被徐辉唤醒来。徐辉告诉她关于第二天的行动计划，北大的工作她全部交给道静来负责，她便急忙赶到别的学校去了。

道静整整奔忙了一夜。她、侯瑞，和其他党员以及积极分子们，分头分工负责，终于在三四个钟头内秘密动员了一批北大同学去参加第二天——也可以说当天清晨的游行示威；同时也把宣传队、纠察队、交通队等等组织布置妥当。

天快亮了，一切复杂的紧迫的工作大体就绪了，道静倒在女生宿舍张莲瑞的床铺上刚想休息一下，忽然剧烈地咳嗽起来，而且心跳眩晕。歇过一阵，刚好一些，街上已经有了歌声、口号声。她就从床上一跃而起，忙忙地喝了两口冷水，抬起脚就走了。

工作是繁重、艰巨的，虽然大体上已经就绪，但道静心里依然不放心。她迅速跑到东斋找到侯瑞,又最后了解了整个布置的情况后,这才稍稍轻松一些,开始作为一个游行群众奔向西斋去集合。

“一二·一六”这一天,全北平市的大、中学生共组织了四个游行大队。城里三个,城外一个。第一队由东北大学领导;第二队由中国大学领导;第三队由北京大学领导;城外的一队由清华大学领导。计划和路线是:各校一律在上午七时出发,分别向天桥集合。然后由天桥进正阳门,经天安门向东,经东单到外交部街,队伍最后向外交大楼——“冀察政务委员会”成立的地方举行抗议示威。

天气还早,朝霞还懒懒地没有出头,但是街上已经有了三三两两的人群在匆忙地跑来跑去。一阵阵响亮的歌声,也在这时候飘向寒冷的上空,呼唤着战斗的人群。

道静正走着,在马神庙的转角处碰见了李槐英。今天她穿得朴素了,高跟皮鞋和皮大衣都不见了,一件蓝布棉袍衬着她雪白红润的脸,越发显得苗条俊秀。一见面她忙拉住道静的手,在她耳边兴奋地说道:

“林道静!今天我可要做一个普通的战士啦,再不叫他们光拿鞭子打别人啦!嘿,王晓燕怎么没见,你见着她了吗?怎么,你的脸色白得这么难看?”

“要做一个普通的战士?对!”道静没理会她最后的问话,笑着点头回答她,“晓燕到东斋去了。你也去西斋?咱们一块儿走。”说完,她们一起跑向西斋去。

枪口对外,
齐步前进!
…………
我们是铁的队伍,
我们是铁的心。

维护中华民族，
永作自由人！
…………

歌声荡漾在寒风刺面的清晨。

各处拥过来的北大学生奔向了马神庙的北大西斋。歌声也随着人群豪迈地然而又微带凄凉地到处震荡。

歌声唤醒了还在沉睡的市民们，街上渐渐涌出了睡眼惺忪的人群。“什么事？学生们又爱国游行啦？好样的！”

七点钟，北大的一部分学生在西斋集合好了，正举着大旗走出大门准备出发的时候，突然，事先埋伏好了的武装军警——灰人和黑人一声呼啸，狂风似的围了上来。“回去！都回去！——要暴动吗？……”在威吓声和闪亮的刺刀下，学生们被团团围在军警的包围中，接着北大的两面鲜明的大旗也被撕毁了。

“冲呵！冲呵！……”一声愤慨的呼喊在严冬冷漠的天空爆发了。林道静在人群中带头喊起来。

“冲呵！勇敢地冲呵！”上百学生拧成了一座人的铁壁，开始愤怒地猛烈地向包围他们的军警冲击过去。

端着枪把、拿着皮鞭的警察鞭打着同学们，拦阻着他们。寡不敌众，学生们左突右突却怎么也突不出重围去。怎么办？时间到了，怎么到天桥去集合呢？……

正在这危急的时候，援军开到了——东斋集合的一部分同学赶到了。外面的大队配合着里面被包围的同学，两股力量同时用力猛冲，被包围的同学终于一拥而出。立时，欢腾声和口号声把一撮握着亮晶晶刺刀、明晃晃大枪的军警吓得目瞪口呆，毫无办法。接着胜利汇合的北大学生四个一排，列成整齐的队伍出发了。

“一二·一六”北大参加游行的学生和各个学校一样，比“一二·九”时多得多了。尽管“一二·九”后，宋哲元不许北平报纸登载学生游行示威的消息；尽管他们派了大批军警残暴地包围着各个学校；并且严密封锁了整整六七天；但是经过“一二·九”血的感染，经过党及时、有力的宣传、教育工作，人们反而认识了统治者的丑恶嘴脸，于是青年们迅速地行动起来，北大学生仅仅经过几小时的布置与动员，就几乎达到了全体总动员。

东斋和西斋的学生汇合之后，道静在人群中首先看见了国文系四年级的学生邓云宣。全班数他年岁最大，也数他最埋头用功。“一二·九”他没参加，但是今天他也参加来了。他穿着灰棉长袍，戴着一顶黑色的猴帽，一手扶着深度的近视眼镜，一手生怕跌倒似的紧拉住他身旁一个同学的胳膊。他正迈着慌促的步子走着，一回头发现了身后的林道静，立时他又惊又喜地连连点头招呼道：

“你也来了？好！好！好！……请多指教吧！”

“怎么样，不太紧张吧？”道静探着头笑着问他。

邓云宣严肃地招手喊道：“不，不，不，我已经料到了！早已料到了！”说着话，他发觉自己落后了两步，赶快向道静摆着手，拙笨地探着脑袋紧赶上去。

北大的游行队伍刚走到景山东街，又突然停住了。马路旁边一小群军警正摆弄着一架水龙，准备接水喷射前进的人群。

“夺过水龙呀！”道静又领头高喊一声，接着奋勇地冲向了水龙。

“夺过来不叫它逞凶呀！”侯瑞也跟着边冲边喊起来。

侯瑞、韩林福、刘丽、吴禹平、道静几个同志杂在人群中高喊着向军警冲去——夺水龙。

党员同志们分头带领着积极分子，奋勇地向水龙冲过去。被激怒了的同学接着也像一团大火似的向一群黑色的乌鸦扑上去。那些拿着水龙的家伙们一见势头不好，二话没说，吓得扔下水龙扭头就跑。水龙顺利地被抢在同学们的手中。这时王晓燕和李绍桐、张莲瑞捧着刚刚做好的两面崭新的北京大学的旗帜也赶到了。一阵狂热的欢呼,代替了悲愤的口号声。

“北大同学们!胜利是我们的呀!”

这时道静的心里感到了从未有过的欢快。她站在人群中,苍白消瘦的脸上浮现着幸福的红晕。党交给她去完成的任务,一件件都按照计划完成了。对一个党员来说,还有比这个更为幸福的事吗?……

但是,情况并不都是这么顺利的。从景山东街到天桥总集合处,路途并不算遥远,可是今天走起来却一步比一步艰难。监视、阻拦学生们前进的军警越来越多,反动统治者到处布满了荷枪实弹的警士。虽然哪儿也没有失火,可是路旁到处摆列着水龙和各种消防器材。道静、侯瑞、刘丽、韩林福、吴禹平掺杂在许多男女同学中间,接二连三地抢夺水龙,打碎消防器,向拦阻他们、毒打他们的军警肉搏。道静、晓燕、李槐英她们都几次三番地被打倒在地上,头发蓬乱了,脸青肿了,鼻孔淌着鲜血,但是她们和许多被打倒的同学一样,立刻又昂然地立起来,不顾一切地继续向前冲去。……

王教授开始是拉着他的妻子一起在队伍中行进的,可是后来,他的喉咙嘶哑了,过度兴奋使得身体颤巍巍的没有力气了,渐渐落后下来。王夫人反而搀着他。每当冲突紧张时,他总像个青年小伙子性急地闯向前去,可是他的学生们拦阻他,把他放在安全的中心。人们的心中对这个老教授充满了崇高的敬意,像众星捧月般拥戴着他在寒冷的冬日一步步艰难地走向前去。

王鸿宾教授正走着,忽然听见有人在喊他:

“老王!王鸿宾教授!”

这声音可熟,是谁呢?他摇晃着脑袋向各处望去,却没有发现喊他的人。最后还是他身边的王夫人指给他说:

“你看,那不是老吴!”

王教授踮起脚在骚乱的人群中极目搜寻——终于在从他旁边走过的队伍中发现了吴范举教授。他那个西瓜样的亮头,耀人眼目地显现在年轻人的黑发中。王教授同时看见在他旁边还有几个白发苍苍的头。没有问题,这也是些教授们。因为帽子被打掉了,他们一个个全在凛冽的寒风中光着头。

这个意外的相遇,使得老教授的心中突然激动起来。他扭过头,用炙热的眼睛看着夫人说:

“秀!你看!……”他指指那些白发苍苍的头想要说什么,可是,还没顾得说出来,忽然又指着不远处一堆正和军警搏斗的人,惊异地喊道,“秀!你看!那是工人们呀。看,他们——工人也参加这个游行行列了!”他正挥舞着手臂,欣喜地探着头喊着,猛不防一根长长的皮鞭,穿过拥戴着他的人群,凶狠地照着他的头部抽了过来。教授这时勃然大怒。他头也不回,对那皮鞭的来处轻蔑地连看也不看一眼,依然挥着拳,探着受了伤的庄严的头,向工人群众高声喊道:

“工人兄弟们!欢迎你们呵!全中国人民一致团结起来呵!”

“工人兄弟们团结起来呵!”随着王教授嘶哑的喊声,无数的年轻人也喊起来了……就在这时,王教授的面孔由刚才的愤怒、激昂,变成了孩子般的明朗、柔和了。看!他看见了什么呀?他看见那些被打了的工人群众正和被打的学生们,冲破了敌人的大刀和皮鞭,紧紧地握着手,并且拥抱在一起了。他的眼睛潮湿了。他握住王夫人的手紧走了两步,喘喘地说:

“联合起来了!全中国就要这样团结对敌了。”

游行队伍中,开始几乎是清一色的知识分子——几万游行者当中,大中学生占了百分之九十几,其余是少数的教职员们。但是随着人群激昂的呼喊,随着雪片似的漫天飞舞的传单,随着刽子手们的大刀皮鞭的肆凶，这清一色的队伍逐渐变了。工人、小贩、公务员、洋车夫、新闻记者、年轻的家庭主妇，甚至退伍的士兵，不知在什么时候，也都陆续涌到游行的队伍里面来了。他们接过了学生递给他们的旗子，仿佛开赴前线的士兵，忘掉了个人的安危，毅然和学生们挽起手来。

在北大的队伍中，道静支撑着虚弱的身体一晃一晃地走着。

这时在不断被冲散的北大队伍中，有一部分人已经失掉了联系，王晓燕、李槐英全不见了。交通队忙着联系，纠察队忙着整理队伍。于是时间不大，零乱的队伍又列成了整齐的行列。虽然人们行进得很慢，但还是在前进、前进。

北大大队走到前门里邮政总局的门前时，正在人群当中走着的林道静，突然面色涨红、咬紧嘴唇，怒冲冲地似乎要向旁边什么地方奔去……

"怎么啦？你？……"那个同学拉住她，惊疑地问。

"不，没有什么。快走！"道静镇静了一下，嘴角隐现了一丝微笑，重又举步行进了。

原来是这么回事：

道静是靠左边的马路走着的。当她们的队伍经过邮政总局的门前向前门行进时，站在邮政局高高的台阶上的一个男子，使她的神经猛然震动了一下。她清楚地看出，那是余永泽！他正悠然地站在台阶上和旁边的一个西装革履的阔绰男子指指点点地谈论着什么。当道静凛然的眼睛和那双亮亮的小眼睛碰在一起时，她看出了他是在欣赏着这游行的行列，在欣赏着她青肿的嘴脸和鼻孔流出的鲜血。于是她被激怒了！她气得几乎想跳过去骂他一顿，但是，她很快就平静下来，用鄙夷和憎恶代替了一切。

大队过了前门大栅栏后，就遇见了东北大学、北平大学、师范大学和弘达中学等十几个学校的游行大队。当他们欢呼着汇合一起向南走了不太远之后，又遇见了从西城各城门外，爬着城墙跑进城里的清华、燕京的游行队伍。同学们这一阵狂热的欢呼，连站在一旁监视着他们的军警，都有的被感动得放下了手中的刀枪。一个年轻的士兵，悄悄地走到王教授的身边，突然举手向他敬了一个礼，并且低声说道：

“俺们也是中国人……上级命令，没有办法啊……”说到这里，他用袖子擦去眼角的泪水，恋恋不舍地扭头走开了。

在天桥总汇合点，足有一两万名各个学校的同学，列成整齐的大队向路旁拥塞着的广大群众开了第一次市民大会，接着这汇合了学生和市民的游行队伍便开始向城里进发。

但是，这巨大的人群，走到前门五牌楼时，前门的铁门已经紧紧关闭了，而且一阵刺耳的枪声，划破寒冷的上空，开始向游行群众的头顶上锐声地呼啸而过。

“不要怕！不要动！”侯瑞和道静迅速得到交通队传来的指挥部的命令。命令像电一样快地传到了各个核心、各个游行群众当中去。于是几万人的队伍就在枪声中，像巨大的山峰般屹立在冬日的斜阳下。没有人动，没有人跑。人们只是握紧拳头怒视着从头顶上飞过的枪弹。激荡在每个人心头的不是恐惧，而是更大的愤怒……

除了枪声，再没有其他声响。在这异常安静的一霎间，像奇迹般，一个惊人的景象在道静的眼前出现了：一个高大的面色像铁石般的青年人，突然出现在前门外停止开行的电车顶上。这个人就是江华。好几天没有听到他的消息，这个受了伤的人，怎么一下子竟在这个地方出现了？道静看到他，心脏惊喜得狂跳起来。就在这时，只见他在全体被阻拦的青年学生面前，在万千个在枪声中并不惊慌逃窜的市民面前，把头扬起来，忘掉了还在耳旁呼啸着的子弹，站在高高的电车顶上，豪壮地向围在四周的市民和各校学生高声讲演起来：

“亲爱的同学们！一切不愿当亡国奴的同胞们！……”江华铜钟般的声音，嗡嗡震响在这寒冷的前门广场上。一天滴水未进的游行者，这时，忘了饥饿，忘了寒冷，忘了密布四周、杀气腾腾的军警，都不约而同地踮起脚尖、侧着耳朵，来听这个学联负责人的讲话。

“我们的示威游行集会没有别的目的，我们只是要表示我们真正的民意！现在有人说华北自治运动是出自所谓人民的心愿，这完全是日本人和汉奸卖国贼假借民意的造谣！是欺骗！是别有用心的鬼把戏！……”

一阵狂烈的掌声和欢呼声，完全掩盖了断断续续的枪声。数倍于游行学生的广大市民群众，这时，简直像开了锅的沸水，也突然爆发了移山倒海的狂呼：

“打倒日本帝国主义！……”

“打倒汉奸卖国贼！……”

呼声喊过，枪声又猛烈地响起来。这时电车上的江华不见了。一阵忧虑，一霎间突然压上道静的心头，“他怎么样了？被捕了？还是又受伤了？……”但是，在激烈的紧张的斗争中，个人的一切却显得那么渺小和微不足道，道静对于江华的担心不过在心头一闪就过去了，接着就和千千万万的人群一起，更加激昂地喊出整个中华民族的声音：

“打倒日本帝国主义！”

“中国人起来救中国！”

“反对分割领土的自治运动！”

“反对危害民族生存的内战！”

“不愿当奴隶的人们起来斗争呵！”

…………

道静的喉咙嘶哑了，千万个青年的喉咙都嘶哑了。尘土、眼泪和鲜血混凝在他们的脸上。在不远的前面，道静又瞥见了王鸿宾教授和他的夫人。老教授的眼镜已经被打碎，他肥大的棉袍也已被扯烂，满是尘土的脸上凝结着血迹。但他仍和夫人互相紧紧地搀扶着，而且昂然地站在人群的前面。

“一边是神圣的工作，一边是荒淫与无耻。”道静的心里忽然响起了这句话。这时，在她眼前——在千万骚动的人群里面——卢嘉川、林红、刘大姐、“姑母”、赵毓青，还有她那受了伤的、刚才又像彗星一样一闪而过的江华的面庞全一个个地闪了过来；接着不知怎的，胡梦安那个狼脸、戴愉那浮肿的黄脸，还有余永泽那亮晶晶的小眼睛也在她眼前闪过来了。排山倒海的人群，远远的枪声，涌流着的鲜血，激昂的高歌……一齐出现在她的面前，像海涛样汹涌着。由于衰弱的身体加上过度的激动与疲劳，这时，她突然感到一阵眩晕，几乎跌倒。可是，她旁边的一个女学生用力抱住了她。虽然彼此互不相识，但是她们紧紧地拥抱在一起了。

关闭的城门并不能拦阻英勇无畏的青年游行者，他们俨然是攻坚的战士，一行行，一队队，在怒吼的寒风中，就像在狂擂的战鼓中向敌人开始了顽强的攻击战。城门终于被人的海洋冲破了——敌人不得不在狂怒的人群面前打开了城门。于是浩浩荡荡的队伍又继续前进。

“打倒日本帝国主义！”

“民众们，组织起来！武装起来！中国人起来救中国呵！”

无穷尽的人流，鲜明夺目的旗帜，嘶哑而又悲壮的口号，继续沸腾在古老的故都街头和上空，雄健的步伐也继续在不停地前进——不停地前进……

“新中国70年70部长篇小说典藏”书目

书　名	作　者
风云初记	孙　犁
铁道游击队	知　侠
保卫延安	杜鹏程
三里湾	赵树理
红　日	吴　强
红旗谱	梁　斌
我们播种爱情	徐怀中
山乡巨变	周立波
林海雪原	曲　波
青春之歌	杨　沫
苦菜花	冯德英
野火春风斗古城	李英儒
上海的早晨	周而复
三家巷	欧阳山
创业史	柳　青
红　岩	罗广斌　杨益言
艳阳天	浩　然
大刀记	郭澄清
万山红遍	黎汝清
东　方	魏　巍
青春万岁	王　蒙
许茂和他的女儿们	周克芹
冬天里的春天	李国文
沉重的翅膀	张　洁
黄河东流去	李　準
蹉跎岁月	叶　辛
新　星	柯云路
钟鼓楼	刘心武
平凡的世界	路　遥
第二个太阳	刘白羽
红高粱家族	莫　言
雪　城	梁晓声
浴血罗霄	萧　克
穆斯林的葬礼	霍　达
九月寓言	张　炜
白鹿原	陈忠实
长恨歌	王安忆
马桥词典	韩少功
抉　择	张　平
草房子	曹文轩
中国制造	周梅森
尘埃落定	阿　来
突出重围	柳建伟
李自成	姚雪垠
历史的天空	徐贵祥
亮　剑	都　梁
茶人三部曲	王旭烽
东藏记	宗　璞
雍正皇帝	二月河
日出东方	黄亚洲
省委书记	陆天明
水乳大地	范　稳
狼图腾	姜　戎
秦　腔	贾平凹
额尔古纳河右岸	迟子建
藏　獒	杨志军
暗　算	麦　家
笨　花	铁　凝
我的丁一之旅	史铁生
我是我的神	邓一光
三　体	刘慈欣
推　拿	毕飞宇
湖光山色	周大新
大江东去	阿　耐
天行者	刘醒龙
焦裕禄	何香久
生命册	李佩甫
繁　花	金宇澄
黄雀记	苏　童
装　台	陈　彦